"博学而笃志，切问而近思。"

（《论语》

博晓古今，可立一家之说；

学贯中西，或成经国之才。

作者简介

　　陈思和，男，1954年1月生于上海，原籍广东番禺。1977年恢复高考后考入复旦大学中文系，毕业留校任教至今。现任复旦大学中文系教授、博士生导师，并兼任中国现代文学学会副会长等职。主要从事中国现当代文学、比较文学的科研与教学工作。著有专著《巴金论稿》（与李辉合著）、《巴金研究的回顾和瞻望》、《中国新文学整体观》、《20世纪中国文学论》（韩译本）、学术传记《人格的发展——巴金传》；编年体文集《笔走龙蛇》《马蹄声声碎》《羊骚与猴骚》《鸡鸣风雨》《犬耕集》《写在子夜》《豕突集》《牛后文录》；选集《陈思和自选集》《还原民间》《黑水斋漫笔》《新文学传统与当代立场》；对话集《夏天的审美触角》《理解九十年代》等。其中，《中国新文学整体观》1990年获全国首届比较文学优秀图书一等奖；《陈思和自选集》1998年获上海市哲学社会科学优秀成果著作一等奖。参与发起"重写文学史""人文精神寻思"等知识分子话题讨论，并参与策划"火凤凰"系列图书等。

普通高等教育"十五"国家级规划教材
教育部全国普通高等学校优秀教材一等奖
新闻出版总署"十一五"国家重点图书

复旦博学·文学系列

陈思和 ◎主编

中国当代文学史教程

（第二版）

复旦大学
出版社

中国当代文学史教程

（第二版）

主　　编：陈思和
编写人员(按姓氏笔画排列)：
　　　　王光东　刘志荣　李　平
　　　　何　清　宋明炜　宋炳辉
　　　　陈思和　周立民　钱亦蕉

前　言

陈思和

　　中国 20 世纪文学是一个开放性的整体,当代文学只是其整体
发展过程中的一个阶段, 一般是特指 1949 年以后的中国大陆文
学。中国当代文学是中国"五四"以来的新文学运动发展到社会主
义历史阶段以后所产生的文学现象和文学过程, 它延续了"五四"
以来的新文学传统。但在新的历史条件下, 由于中国目前尚处于
社会主义初级阶段, 许多未来社会的理想还有待于实践中以科学
态度和科学方法来检验, 所以, 反映了这一历史阶段精神特征的
中国当代文学充满了曲折和不稳定性, 它始终具有与社会生活实
践保持同步探索的性质。对这样一门学科的研究和教学, 首先应
该注意到它的开放性和整体性两大特点。所谓开放性, 即指它并
不是一个形态完整的封闭型学科, 无论是"五四"以来的新文学, 还
是 1949 年以来的当代文学, 时间上都缺乏明确的下限界定, 也就
是说,我们今天并没有让这门学科完全脱离现实环境的影响,把它
放在实验室里作远距离的超然的观察, 对于这门学科的考察和研
究, 始终受到现实环境的制约;所谓整体性, 是指当代文学与 20 世
纪前半叶的中国文学、与由于政治原因暂时还分裂成另一个特殊
行政区域的台湾地区文学, 与殖民化了一个多世纪于今终于回归
的香港、澳门地区的文学, 构成一个完整的、难以分割的文学整体
现象,但目前它却无法沟通、涵盖这些文学现象。前一特点使这门
学科具有不确定的特性,它没有经典的作品和经典的解释,这就容
许研究者的主体意识对学科的积极注入, 容许研究方法上的多种
可能性存在;后一特点又使其具有"局部性"的特征,如果我们忽略

了对 20 世纪前半叶中国文学的关注,对当代文学的源头就会不甚了解;如果缺乏对台、港文学的研究,对当代文学的评价和定位也会把握不准。所以,这不确定和不完整,是我们在研究中必须注意的。

一、当代文学史教学的三种对象和三个层面

中国 20 世纪文学(或称中国现当代文学),是国家教育部规定的二级学科,在全日制高校中文专业的专科和本科均是必修基础课程,并且设有中文学科硕士点和博士点;在业余高校的中文专业教育中也都属必修课程。也就是说,中国 20 世纪文学史教学至少有三种教学对象:1. 全日制高校中文专业的大专生、非中文专业的本科学生和成人教育的中文专业学生(包括本科生);2. 全日制高校中文专业的本科生;3. 全日制高校中国现代文学专业的研究生(包括硕士生和博士生)。这三种层次的教学对象无论在教学要求、教学条件和培养目标上,都存在着很大的差别。这就要求我们从事这门学科教学的教育工作者应分清自己的教学对象,针对不同对象的具体要求和具体条件,设定这门学科的教学要求和方法。

中国 20 世纪文学史的构成也相应地具有三个层面。首先,它是以现代汉语来表达现代中国人的感情及其审美精神的文学,在使用语言方面,与以文言文为主要表达工具的古典文学是截然不同的。在古典文学中,也有使用白话为文学表达工具的作品,但这只是为了达到通俗易懂的目的,并不是出于表达者的审美精神需要。当现代文学通过提倡白话文而确立自身的美学规范时,不管其有没有达到比较完美的水平,白话文已经不仅仅作为交流工具,更是作为文学的载体即审美形态而存在。20 世纪的人文学者仍然有人使用文言文著书立说吟诗抒情,但现代汉语的美学规范已经作为主要的审美形式被确立。今天我们要提高整个民族的语言表达能力和语言素质,首先要读好的是现代语言艺术大师们创作的文学作品,通过经由大师们艺术提炼的语言,来认识这个民族所拥有的美好情操和传统文化积淀。因此中国现当代文学作品不但深刻包容了中华民族由古典向现代化转型过程中的真切的心理折射,

而且也体现出现代中国人所能达到的审美能力和情操。其次，中国20世纪文学史深刻反映了中国知识分子感应着时代变迁而激起的追求、奋斗和反思等精神需求，整个文学史的演变过程，除了美好的文学作品以外，还是一部可歌可泣的知识分子的梦想史、奋斗史和血泪史。他们以文学的方式参与了对这个时代的重铸和改造工作，仿佛是一道幽黑深邃的夜幕，优秀的文学作品是嵌镶其上的闪闪星星，灿烂的星空是由星与空一起组成的，两者都不可能孤立地存在。因此，学好中国现当代文学史除了阅读优秀作品以外，还需要了解文学史的过程，也就是中国知识分子为追求国家和民族现代化的特殊的立场和方式。最后，中国20世纪文学史在本世纪所产生的历史意义不是孤立的，它是在中国由古典向现代转型的宏大社会历史背景下发生的，它与其他现代人文学科一起承担了知识分子人文传统重铸的责任和使命。中国士大夫的传统随着20世纪新的世界格局的形成而自崩，原来单一价值体系的士大夫庙堂政治文化向多元价值体系的现代知识分子的民间文化转移，知识分子在民间建立起各自的专业岗位，以确立新的价值立场和精神传统。这需要知识分子在长期的文化实践中慢慢形成，也包括他们一代代人用生命血泪换取的经验教训。不能说，今天的知识分子已经建立并完善了自己赖以安身立命的人文传统，但各种现代人文专业学科的知识分子正在通过自己的努力，总结前人的经验，开启后来的探索。中国20世纪文学史的研究和总结，也同样包含了这样的意义和价值取向，它既融化在具体作家的复杂命运和作品的美学精神之中，又是抽象地体现在现代知识分子的继往开来的精神传统之中，需要本专业的学生在学习与实践中超越职业性质的劳动岗位，慢慢地摸索知识分子的精神立场。所谓职业性质的劳动岗位，包含着知识分子依靠本专业的知识技术换取生活资料的生存前提，而后者，则属于精神层面，是知识分子理想的追求和人格的发展，一要生存，二要发展，隐含了这个学科与现代知识分子人格建设密切相关的联系。近二十年来中国20世纪文学学科的蓬勃发展，正是与这作品、过程和精神三位一体的学科结构分不开的。如果没有第一层面的优秀作品，文学史将失去存在的基础；如果没有第二层面的文学史过程，文学史将建立不起来，而如果没有第三层面的文学史精神，文学史将失去它的活的灵魂，也不会有今天的生气勃勃的繁荣。

面对教学对象的多元结构，中国 20 世纪文学史的三个层面并不需要同时进入特定的教学范围，它在学科自身的建设中，是一个自成一体的逻辑结构，需要有个循序渐进的过程。学习者如果没有阅读和了解 20 世纪中国文学的优秀作品，或者对其艺术内涵理解不深，那么，对文学史过程的学习也必然会缺乏感性的把握，难以真正学好文学史；同样，如对文学史过程和作家命运缺乏全面的掌握和深刻的理解，也难以真正在专业领域里讨论知识分子的人文传统。因此，对于中国 20 世纪文学的多层面教学，正符合了这个学科内在建设的需要。具体地说，在对全日制中文专业的大专生、非中文专业的大学生和成人教育的中文专业学生（包括本科生）的教学中，可以突出对文学作品的阅读讲解，让学习者充分感受到现代汉语文学创作的魅力所在，从审美欣赏的层面上领悟现当代文学的存在价值。熟读作品，理解作家，能够如数家珍地举出上百篇现当代作家的作品，初步了解一些文学史知识，应该说就已经达到教学的要求。对于全日制高等院校的中文专业的本科学生来说，光读作品当然是不够的，还需要掌握这百年来整个文学发展的过程及其经验教训，掌握中国知识分子的整个追求、奋斗和反思的大致历程，虽然不需要很深入地思考这些问题，但应该对此有所了解和感悟。而在精神层面上的学习、感受、探讨，对现代知识分子人文传统的继往开来、薪尽火传，则可以作为中文专业的硕士研究生和博士研究生在专业学习的同时深入思考的问题。

我对于整体的教学情况不太了解，但就在工作中接触到的情况来看，以为中国 20 世纪文学（包括现代文学和当代文学两门课）的三个层面在教学实践中常常混淆不清，如在对第一种教学对象的教学中，经常混淆了第一和第二层面的内容要求，既讲作品又讲文学史，本来文学史的过程包含了复杂的思想过程和历史过程，需要有一定的时间容量和知识积累才讲得清楚，但通常在这类课程里，却用简单的方式交待过去，结果不能让学生正确了解文学史的真相，反而容忍和传播了许多已经被历史证明错误了的理论观点和历史结论，对初学者正确掌握这门学科的知识性和科学性都有害无益。我觉得，与其不能透彻地讲解，还不如不去接触这些话题。同样，在对第二、第三种教学对象的训练上，也往往忽略了第二层面和第三层面的递进,在全日制中文专业本科生的教学中,只需要训练其第二层面的文学史知识的掌握,而对于其精神层面的经验总结,只需知其大概就行,不必作过多的讲解,因为本科学生的知识积累和思想积累都还有限,无法消化重大历史现象的内在意蕴,多讲了反而使其得鱼忘筌,津津乐道于所谓思想的"深刻"而影响了对文学史基础的掌握;而对于研究生特别是博士学位论文的研究指导,如果只注意其技术层面的文学史知识而忽略通过专业来施行对研究者人格的培养和训练,那可能会使学生与其专业的关系仅限于获取职业或文凭的手段,而激发不起对专业深沉的感情和生命的寄托,也体会不到其安身立命的重大意义,这样的学生尽管也能成为一名专业研究人材,但终究是第二义的研究工作者。

前面所说,中国 20 世纪文学是一个开放性的整体。作为一种国家、民族及其文化的现代化过程,它并没有随着世纪的更换而终结,所以,以"现代性"为研究特色的总体学术研究(有人提出应建立一门"现代学"的总学科来涵盖一切与"现代"有关的学科,以示与"古典学"的对立,我觉得正是反映了这一学术总趋势)并没有完成。20 世纪文学仅仅是现代文学的第一个阶段而已,它所隐含的现代知识分子的人文传统,就仿佛是一道长长的河流,我们这几代的研究者做的是疏通源流的工作,让传统之流从我们这一代学者身上漫过,再带着我们的生命能量和学术信息,传递到以后的学者那儿去。这样通过以后几个世纪的知识分子的努力与实践,才可能总结出一种在现代社会环境下的人文传统,使知识分子找到一个既能发挥独特的专业知识特长,又能履行知识分子在现代社会环境下的社会责任的位置。现代文学仅仅是整个"现代性"总学科的一个组成部分,所以它不是一种固定的教条和技术性的知识,而是充满了人格魅力和发展可能,这给我们从事这门学科教学的工作者都带来较高的难度。如果我们能按不同教学对象,设定不同的结构层次来进行教学,这些困难就可以迎刃而解。第一种对象只需要让其多读好作品,增加其对这门学科的感性认识;第二种对象需要进行文学史知识训练,从阅读作品的感性程度上升到对文学历史的理性掌握,并隐隐约约地感受到某种人文传统的承传意义;第三种对象才涉及到精神层面的学术探讨,使其在高层次上获得思想的大解放和人格的大提升，以适应下一世纪的人文学科建设所需。

二、本教材所追求的文学史编写特点

我把这本当代文学史当作"初级教程"来编，就是想通过对它的阅读对象的规定，来突出它拥有的文学史教学第一层面的特点。长期以来，中国现代文学和当代文学都是作为一门学科而设立，文学史都是作为教科书来编写的，已经形成了一定的模式。同时，文学史的编写观念和具体写法一直笼罩在西方学术模式和前苏联的学术模式之中，缺少由文学作品为主体构成的感性文学史的方法。在"重写文学史"的讨论中，有的学者提出应该有分别给专家看的文学史和作为教材的一般文学史，并显示了一部分尝试中的成果。照我的理解，这种建议正反映了学术界初步注意到了文学史第二层面和第三层面的区别，所谓给专家看的文学史，是指包含了研究者独特见解和研究个性的学术著作，可供专业同行和研究生学习参考之用；而作为教材的文学史则是比较规范的、以文学史知识为主的文学史读本（其实作为大学本科教材的文学史也不应该是所谓"规范"的，也应该允许有研究者的不同个性）。但是，对于文学史第一层面的编写特征似乎更加缺乏关注，目前这类教材往往只是一般文学史的压缩，无论从学术质量和学术个性来看，都是比较薄弱的环节。我主编这部教材所追求的目的之一，正是想通过对这类以文学作品为主型的文学史教材的编写实践，为"重写文学史"所期待的文学史的多元局面，探索并积累有关经验和教训。所以我应该预先承认，相对以往的当代文学史教材而言，这可能是一部不够完整也不够全面、但具有一定探索性质的教材。

我在主编过程中所追求的第一个特点，是力求区别以文学作品为主型的文学史与以文学史知识为主型的文学史的不同着眼点和编写角度。以文学史知识为主型的教科书一般是以文学运动和创作思潮为主要线索来串讲文学作品，但对于本教材来说，突出的是对具体作品的把握和理解，文学史知识被压缩到最低限度，时代背景和文学背景都只有在与具体创作发生直接关系的时候才作简单介绍。本教材着重于对文学史上重要创作现象的介绍和作品艺术内涵的阐发，学习者透过对这些作品的阅读和分析，可以隐约了解一些文学史背景。譬如有关"胡风"的内容，在一般文学史中不可避免要用许多篇幅来讲解 1955 年的胡风事件，但在本教材所限定的读者对象和文学史层面中，文学史的复杂事件是无法用简洁的意见表达清楚的，所以我决定放弃介绍有关胡风事件以及胡风的文艺思想，而从另一个角度，即通过介绍胡风及七月派诗人的作品来弥补。本教材第一章《迎接新的时代到来》中，第一个就讲解胡风的政治抒情长诗《时间开始了》，胡风尽管在 40 年代与延安政权下的文艺政策发生过一些冲突，但他仍然极其真诚地把新生政权看作是自己长期奋斗和追求的理想，他毫不犹豫地站在胜利者的立场上，热情歌讴新政权及其领袖，诗歌里所表现出来的热情洋溢的政治抒情、个人化的叙述语言、以及磅礴的主体抒情气势，都是以后的歌颂性作品所不及的。所以本教材虽然不详细介绍胡风事件的历史过程，但以他热情歌颂性的艺术作品与后来所遭受的政治打击的命运相对照，启发并吸引学习者产生进一步了解探询文学史真相的愿望。然后在第五章《新的社会矛盾的探索》里，本教材又设计了对七月派诗人绿原和曾卓在蒙受政治冤案后创作的诗歌《又一个哥伦布》和《有赠》的分析，这些作品都表达了诗人们对命运的抗争和对美好情愫的歌颂，通过这些作品使学习者获得对胡风一派的创作及其历史悲剧命运的感性认识和美学理解。如果学习者能够掌握胡风《时间开始了》一诗的创作特点，背诵和欣赏《又一个哥伦布》和《有赠》，并且一般性地了解七月派诗人的创作以及张中晓的杂文集《无梦楼随笔》，也就可以说已经掌握了这一部分的教学内容。至于胡风的文艺思想及其在 1955 年的冤案、遭遇等等，可以放在其他以文学史知识为主型的教材里去讲；至于胡风冤案引申出来的知识分子问题及其教训，更应该放在研究生的课程里去探讨。以文学作品为主型的教材虽然比较简约，涉及的文学史知识并不多，但因为有大量的文学作品供分析阅读，并从文学作品的角度来充实对文学史的理解，这样，仍然给学习者以丰厚的美学的知识，也为学习者进一步学习文学史打好了基础。

　　我在主编过程中追求的第二个特点，是打破以往文学史一元化的整合视角,以共时性的文学创作为轴心,构筑新的文学创作整体观。它不是一般地突出创作思潮和文学体裁,而是依据了文学作品创作的共时性来整合文学,改变原有的文学史面貌。以往的文学史是以一个时代的公开出版物为讨论对象,把特定时代里社会影响最大的作品作为这个时代的主要精神现象来讨论。我在本教材中所作的尝试是改变这种单一的文学观念,不仅讨论特定时代下公开出版的作品,也注意到同一时代的潜在写作,即虽然这些作品当时因各种原因没有能够发表,但它们确实在那个时代已经诞生了,实际上已经显示了一个特定时代的多层次的精神现象。以作品的创作时间而不是发表时间为轴心,使原先显得贫乏的五六十年代的文学创作丰富起来。如第一章《迎接新的时代到来》着重分析"五四"新文学传统与当代文学的关系,本教材设计了胡风的长诗《时间开始了》、巴金的散文《奥斯威辛集中营的故事》和沈从文在精神极度紧张状态下写的一篇随笔。这三位作家都是"五四"新文学传统中的重要作家,但面对新的时代,他们的处境和心境都有所不同。胡风是站在胜利者的立场上歌唱自己的战斗历程,开了1949年以后歌颂诗的先河。巴金则站在比较谨慎的立场上,选择了一个个人政治态度与时代共名的切合点:反法西斯主义和人道主义,他根据二战时期纳粹迫害犹太人的大量罪行作为材料,控诉法西斯,强调人的神圣权利,并以这一立场来表明他与新时代的一致性。沈从文更是不同,他在1949年前后的政局大变动中一度受到粗暴打击,虽然他在主观上依然想努力适应新的生活和新的时代,但对即将来临的新的时代的恐惧却无情地占据了心灵,这篇类似"狂人日记"的作品真实记录了知识分子与时代的多重复杂的关系。今天我们重读这位杰出文学家所写的随笔,不仅把它当作一篇优秀的散文作品来欣赏,同时通过它与其他两篇作品的对比和分析,多层面地展现出时代与作家的关系,并且揭示时代精神的多元性。

以文学作品为主型的文学史也不同于一般的文学作品选的读本。后者以介绍和赏析优秀作品为主;而前者,除了这一功能外,还附带了对学习者进行文学史概念的引导,要求通过文学作品的教学传递出文学史的信息。在课文设计方面不但要选好作品,也要考虑它在文学史上的代表性。如关于文学体裁的布局,本教材打破了以体裁来划分章节的传统做法,突出文学史意识,力求将不同体裁的创作归入同一思潮中去介绍,使学习者读完几种不同体裁的文学作品后,能够立体地把握文学创作思潮和现象。如第六章《寻求历史与现实的呼应》中,在介绍历史题材的小说《陶渊明写〈挽歌〉》和话剧《关汉卿》以外,还加上传统戏剧《十五贯》和巴人的杂文《况钟的笔》,来讨论清官问题。因为清官问题是当代文学史上一个较为重大的理论现象,后来直接引发了"文化大革命",所以这一时期以清官为题材的作品比其他历史题材创作重要得多。又如第十九章分析作家们面对现代大众消费型文化的挑战而作的实践时,不但探讨了王朔和苏童等人的小说,也探讨了崔健的摇滚歌词创作和张艺谋的电影风格,这样就改变了一般文学史划地为牢的自我局限,强调文化本身就是一个社会现象,也顺便带出第五代导演与文学创作的关系。这些课程设计不考虑体裁形式的发展情况(如杂文史或电影史的过程),也不求对某种体裁形式的全面把握,只是要求学习者在读作品过程中不仅了解某些文学思潮、现象的相关性,也注意到其体裁的多样性。所以,它对课程选用作品的设计,都不是随意的安排,而是服从了文学史框架的需要。

我在主编过程中追求的第三个特点是:通过对文学作品的多义性的诠释,使文学史观念达到内在的统一性。中国当代文学(尤其是五六十年代的文学)的特点之一,就是与现实政治、尤其是时代主潮的关系过于密切,但是中国近半个世纪来的社会发展经历了激烈的动荡与反复,以"文革"前、"文革"时期和"文革"后三个时期的国家意志作比较,它们都是以否定前一时期的国家意志为特征的。以农村经济政策为例,从 50 年代的合作化运动到 80 年代的农村新经济政策,走过了一个否定之否定的过程。而五六十年代的文学主流是在国家意志的笼罩下进行创作的,不能幸免为现在已被实践证明是错误的政治路线和具体政策做宣传的色彩,从今天的立场来看有许多作品是不值得保留的。但对一些较好的作家来说,他们在创作宣传国家意志下的时代共名的文学作品时,还是感受到了主观和客观上所存在的与当时的时代共名不相和谐的因素,而且通过民间化的文化形态,把这些不和谐因素曲折隐晦地表达了出来。有些作品在今天读来仍然具有一定的认识价值和审美价值。我前面说的文学史的内在统一性,就是指编写者应该具有这种分辨和解读能力,来剥离这些作品文本中的政治宣传因素,发扬其含有民间生命力的艺术因素。以作家李準根据自己的小说改编的电影《李双双》为例。小说《李双双小传》本是为歌颂农村大跃进而作,在当时的形势下也得到了一片叫好声,可是待其准备拍摄电影时,大跃进的弊病已经暴露无遗,作品所歌颂的大办农村食堂已经破产,作者临时改变原小说的内容,结果拍成了一部描写夫妻之间性格冲突的喜剧电影。不说这部作品对当时错误路线的歌颂,也不说它在艺术上可能对农村真实生活的歪曲性表现,只说它在喜剧创作手法上,却是成功借用了民间喜剧艺术"二人转"等男女二人打情骂俏的表现形式。李双双和喜旺夫妇的矛盾冲突,使原始的民间喜剧艺术贯穿了时代的大主题。对这样的作品,如果恰到好处地分析其喜剧冲突的手法和民间艺术的特点,讨论其怎样以民间因素来抵消政策宣传,那要比教条化地讲解其歌颂当时的错误路线有意思得多,也更加有利于这类被所谓"时代主潮"所嘲弄的文学作品再生出新的艺术生命力。文学作品的魅力在于阐释,越是提供了多种阐释可能性的作品,就越有艺术生命力。中国当代文学作品的艺术生命不在于陈词滥调地宣传和维护那些过时的政策和政治口号,也不是反过来仅仅从意识形态的角度加以简单的否定,而是看它是否经得起用今天的艺术标准来重新阐释。也正因为其多元性的特点,当代文学史不可能有经典的诠释方法和编写方法,以文学作品为主型的教材可以容纳编写者的多种艺术分析的模式,也允许多种文本阐释的尝试。这当然会给编写者和教学者带来某种不确定性的困难,但同时也带来了多元的阐释空间。

三、当代文学研究中的几个关键词

我在决定主编这部以文学作品为主型的当代文学史时,就想把它编成一部既是通俗浅近的普及性文学史,又要能够体现我的个人研究成果和研究风格的学术性专著。其后面的一个要求是通过我为这部文学史所规定的叙述视角展开的,要进入这样一个叙述视角,必须引进几个理解文学史的关键词。其实我在前面的论述中已经引入了这些概念,为引起阅读这本教材的读者的注意、也为他们的阅读方便起见,我想对这些关键词再作一些具体的说明:

[多层面]　我在设计当代文学作品作为教材时，在归类与布局时使用了"多层面"这一概念，经常用于"作家对时代的多层面感受和思考"一类表述中。理解这个词的前提是对五六十年代的政治文化的多元的理解。以往当代文学史的研究者常常用一元的视角切入文学史，也即根据当时的国家意志下的时代共名来规范文学，传统的当代文学史在叙述五六十年代的文学时，不管其艺术感知力的高低，都一律以当时占主导地位的文学作品作为其时代的代表作，而当时被忽略或者被否定、甚至是没有发表的作品，一概进不了文学史。所以讲散文就只有歌颂性的散文，讲诗歌也只有颂歌型的诗歌，似乎离开了这些流于时代表层的作家作品，当代文学史就无从讲起。从表面上看，这样的研究文学史方法没有什么大错，因为在一个精神生活肤浅嚣张的时代里，流行的作品只能是肤浅嚣张的作品。但如果深入一步去看文学史，情况就不一样了。在那个时代里，其实仍然有作家们严肃的写作和思考。不过他们身处不同的社会处境，其思考方式和表达方式都不尽一样。而这些被时代的喧嚣之声所淹没的声音，恰恰充满了个人性和独创性。这同样是时代的声音，而且更本质地反映了时代与文学的关系。我们前面所举的 50 年代初胡风、巴金、沈从文三位老作家对时代的不同感受和表达，显然包含了不同的时代信息。在第八章《对时代的多层面反应》一节中，我们着重比较了三类作家对时代的不同感受：一类是时代的抒情，如《长江三日》和《三门峡——梳妆台》等诗文的创作；一类是现实的讽喻，如《燕山夜话》等杂文创作；还有一类是私人性的话语，这里不仅包括丰子恺先生的《阿咪》这样公开发表的文字，还有潜在写作，如张中晓在困顿厄运中写作的《无梦楼随笔》。这些作家在现实环境里的不同遭遇，并不能决定他们的文学创作在文学史上的地位。显者困者，在艺术内涵的解读时应该是平等的，它们同时表明了时代的复杂性和真实性。这种文学状况即使在"文革"最残酷的环境下也同样奇异地存在着。在第九章关于"文化大革命"时期的文学中可以看到，在那样一个时代里，不但有"革命样板戏"风行一时，也有青年知识分子秘密写作的对现实的诅咒，也有民间流传的诗歌和小说，尽管其中的大部分作品都是在"文革"结束以后才问世，但不能否定的是它们创作的共时性。这些作品共同构成了一个时代的多层面文学。因此，引

入"多层面"概念就是为了打破传统的一元的文学史视角，使当代文学变得丰富起来。

[潜在写作] 这个词是为了说明当代文学创作的复杂性，即有许多被剥夺了正常写作权力的作家在哑声的时代里，依然保持着对文学的挚爱和创作的热情，他们写作了许多在当时客观环境下不能公开发表的文学作品。这些作品可以分成两种，一种是作家们自觉的创作，如"文革"期间老作家丰子恺写的《缘缘堂续笔》，完全延续了以前《缘缘堂随笔》的风格。食指的诗，在"文革"时期的地下广泛流传，影响了以后一代的诗风。另一种是作家们在非常时期不自觉的写作，如日记、书信、读书笔记等。中国自古以来对文学取宽泛的理解，书信表奏均为文学。当作家不能正常写作时，他们将文学才情融铸到日常性文字之中，从而在不自觉中丰富了文学的品种。如沈从文在1949年以后就绝笔于文学创作，但他写的家信却是文情并茂，细腻地表达了他对时代、生活和文学的理解。相对那时空虚浮躁的文风，这些书信不能不说是那个时代最有真情实感的文学作品之一。"潜在写作"的相对概念是公开发表的文学作品，在那些公开发表的创作相当贫乏的时代里，不能否认这些潜在写作实际上标志了一个时代的真正的文学水平。潜在写作与公开发表的创作一起构成了时代文学的整体，使当代文学史的传统观念得以改变。这也是时代"多层面"文学的具体内涵。

[民间文化形态] "民间"一词可以拥有多种解释。我在《民间的浮沉——从抗战到文革文学史的一个解释》中为民间文化形态作的定义是：一、它是在国家权力控制相对薄弱的领域产生，保存了相对自由活泼的形式，能够比较真实地表达出民间社会生活的面貌和下层人民的情绪世界；虽然在权力面前民间总是以弱势的形态出现，并且在一定限度内被迫接纳权力，并与之相互渗透，但它毕竟属于被统治阶级的"范畴"，而且有着自己独立的历史和传统。二、自由自在是它最基本的审美风格。民间的传统意味着人类原始的生命力紧紧拥抱生活本身的过程，由此迸发出对生活的爱和憎，对人生欲望的追求，这是任何道德说教都无法规范，任何政治条律都无法约束，甚至连文明、进步、美这样一些抽象概念也无法涵盖的自由自在。三、它既然拥有民间宗教、哲学、文学艺术的传统背景，用政治术语说，民主性的精华和封建性的糟粕交杂在一

起，构成了独特的藏污纳垢的形态。这三条定义只是就民间的文化的基本形态而言，在实际的文化研究中，"民间"所涵盖的意义要广泛得多，其中还应包括作家的写作立场、价值取向、审美风格、文化修养等等，并以此引申出许多相关的名词概念。

[民间隐形结构] 指当代文学（主要是指五六十年代的文学）作品，往往由两个文本结构所构成——显形文本结构与隐形文本结构。显形文本结构通常由国家意志下的时代共名所决定，而隐形文本结构则受到民间文化形态的制约，决定着作品的艺术立场和趣味。以电影《李双双》的故事为例，从其显形文本结构来说，是一个歌颂大跃进运动的政治宣传品，但其隐形结构则体现了传统喜剧"二人转"的男女调情模式，有意思的是，后者实际上冲淡了前者的政治说教，使作品在一定程度上超越了时代而获得民间艺术的审美价值。又如"文革"时期的样板戏《沙家浜》，是根据原来的地方戏《芦荡火种》改编的，保持了许多传统民间艺术的特点，尽管当时的主流意识形态不断侵犯这个戏，在情节上添加了阶级斗争和路线斗争的内容，但其最精彩的片断，仍然是群众喜闻乐见的民间"一女三男"喜剧情节模式。隐形结构实际上决定了这个作品的艺术魅力。还有许多当代文学作品也出现相类似的情况，如歌剧《刘三姐》、电影《红高粱》等等。

民间隐形文本结构有时通过不完整的破碎的方式表现出来，甚至是隐蔽在显形文本的结构内部，用对立面的方式来表现。这就是造成五六十年代描写阶级斗争的作品里通常出现的落后人物和反面人物写得比正面人物更动人的原因，因为落后人物和反面人物身上往往不自觉地寄托了民间的趣味和愿望，而正面英雄人物则是时代共名的传声筒。如赵树理的许多创作都生动地表达了这一特点。

[民间的理想主义] 我用这个词来归纳90年代出现的一批歌颂理想主义的作家的创作现象。在五六十年代，理想主义是国家意识形态的代名词。随着文革的结束和市场经济的兴起，人们普遍地对虚伪的理想主义感到厌恶，但同时也滋长了放弃人类精神的向上追求、放逐理想和信仰的庸俗唯物主义。90年代知识分子发起"人文精神寻思"的讨论，重新呼唤人的精神理想，有不少作家也在创作里提倡人的理想性，但他们都在历史的经验教训面前

改变了五六十年代寻求理想的方式，转向民间立场，在民间大地上确认和寻找人生理想，表现出丰富的多元性，如张承志在民间宗教中寻求理想，张炜立足于民族土地中讴歌理想……有人称这种思潮为道德理想主义，我觉得有些含混，不如民间理想主义更明确一些。这是世纪末精神的一个值得关注的动向。

[**共名与无名**]　这是一对专指文化形态的相对立的概念。20世纪中国的各个历史时期，都有一些概念来涵盖时代的主题。如"五四"时期的"民主与科学"、"反帝反封建"，抗战时期的"民族救亡"、"爱国主义"，五六十年代的"社会主义革命与建设"、"阶级斗争为纲"、"两条路线斗争"等等，直到80年代仍然有一些诸如"拨乱反正"、"改革开放"……这些重大而统一的时代主题深刻地涵盖了一个时代的精神走向，同时也是对知识分子思考和探索问题的制约。这样的文化状态称之为"共名"。而在比较稳定、开放、多元的社会环境里，人们的精神生活日益丰富，那种重大而统一的时代主题已经拢不住民族的精神走向，于是价值多元、共生共存的状态就会出现。文化思潮和观念只能反映时代的一部分主题，却不能达到一种共名的状态，我把这种文化状态称为"无名"。90年代日趋涣散的文化走向在文学创作上有深刻的反映，出现了启蒙话语的消解和私人生活的叙事视角等创作现象，理论界对90年代文学作过许多命名，如"新状态"、"后现代"等等，在我看来，诸种现象都反映时代已进入了无名状态，在无名状态里，知识分子的声音成为一种个人的声音，但时代是由多种声音构成的，在容忍私人性话语的同时，也应容忍知识分子的启蒙声音，多种声音的交响共同构成一个时代多元丰富的文化精神整体。

对关键词含义的界定，在于帮助读者对文学史叙事语言的理解，也帮助读者弄清编写者有关当代文学的观念。但真正理解文学史，主要还是直接把握文学史本身。重写文学史的提倡至今快要十年了，这十年中，研究者们对文学史的思考没有停止，而且一步步地取得了扎实的学术成果。现在我想通过这部以文学作品为主型的当代文学史的实践，来总结一些实质性的经验，使文学史研究取得更大的突破。

目　录

绪论　中国当代文学的源流、分期和 发展概况

一、中国当代文学的源流

中国 20 世纪文学是一个开放性的整体,尤其是"五四"新文学运动以来的文学历程,虽然几经曲折几遭摧残,依然顽强而逼真地表达了中华民族在现代化转型过程中冲破几千年传统的精神桎梏,追求人性的自由解放、国家的民主富强、社会的进步正义以及种种人类永恒的梦想而生发的丰富复杂的审美心理,同时也顽强而逼真地反映了中国知识分子由古典向现代转型过程中感应着时代变迁而生发的对国家命运、个人命运以及广大人民大众的命运三者关系的思考、探索和实践。这是一个没有终结的集体性的精神运动过程,即使在 20 世纪行将结束的今天,文学的历程仍将一如既往地跨过世纪之门,向新的未来深入推进下去。一百年的时间在人类历史上是极为短暂的瞬间,不可能积累太丰富的精神成果,所以,人为的断代史并不能说明什么问题。从 1949 年算起的当代文学史,仅仅是 20 世纪文学的某一阶段,这个概念也会随着"20世纪文学"或者广义的"现代文学"的普遍应用而逐渐淡出学术舞台。但目前仅就这一阶段性的文学过程为研究和教学对象,其源流也只能在整个 20 世纪文学的范畴中来加以讨论。

早在 40 年代,新文学运动中的左翼人士就已经在理论上探讨:"五四"新文学运动的传统与正在进行中的抗战所提出的文化要求之间存在着怎样的关系。著名的"民族形式问题"讨论是这种理论要求的集中反映,虽然这场讨论表面上是由毛泽东的一段有

关"中国作风和中国气派"的论述①和向林冰的一篇探讨"民族形式"的"中心源泉"的理论文章②所引起的,但它深层次地反映出"五四"以来的新文学传统在战争的现实要求下日益显得不相适应的困境。以启蒙主义为特征的"五四"文化传统是一种一元化价值取向的知识分子的运动,知识分子一方面不断抗争来自国家权力所支撑的主流意识形态,另一方面又对长期蒙受了封建意识侵蚀的民间大众采取了启蒙教育和精神批判的态度,这种"双刃剑"的功能在以鲁迅为代表的"五四"新文学运动的实践中发挥了辉煌的战斗力,并在常识上被认同为新文学传统的主流。但是,1937年爆发的一场全国规模的民族解放战争使这个知识分子的战斗传统受到考验,由于在战争中人民大众(主要是广大农民)承担了最主要的民族解放任务,在几千年被压抑的人性中爆发出自我牺牲的"美的极致"(孙犁语),他们不仅不再是知识分子的启蒙对象反而成了服务的对象,金字塔式的社会文化结构被颠倒了过来。所以,历史地表现了他们的文化内涵和审美要求的民间文化形态不能不进入知识分子所关注的视野。另外一个相关的文化现象是:由于抗战而建立起来的统一战线,使原来相互对峙的知识分子与国家权力之间的关系也变得微妙而复杂起来。当时的中华全国文艺界抗敌协会和以郭沫若为旗帜的国民政府军事委员会第三厅,名义上都是国民党政府管辖的文艺界组织,同时又受到中国共产党组织的暗中控制和领导,这里当然是有内在的冲突和斗争,但国家和党派权力正面渗透到文学领域也是不可回避的事实。这就使战争以来的新文学价值结构有了复杂的改变,原来单一的知识分子启蒙文化取向分成了国家权力意识形态、知识分子的现实战斗精神传统以及大众的民间文化形态三分天下的格局。这种格局不仅存在于当时的国民党统治区,也同样存在于共产党领导的抗日民主根据地,甚至还存在于日本侵略军占领下的沦陷区。因此,从文学史的发展来看,抗战以后的文化格局出现了新的结构和规范。

企图对"五四"新文学传统与抗战以来新的文化规范之间的关系作出理论整合的,是胡风。这位"五四"新文学传统最热烈最自觉的捍卫者,在"民族形式问题"的论战中敏感到新文学的启蒙文化传统与抗战以来大众文化形态之间的尖锐冲突以及新文学可能受到的威胁。于是他这样解释了新文学的传统:"文艺大众化或大众文艺底内容底这一个发展,汇合着'五四'以来的新的现实主义理论底发展(新现实主义——唯物辩证法的创作方法——社会主义现实主义)和进步的创作活动所累积起来的艺术的认识方法底发展,这三方面底内的关联就形成了'五四'新文艺底传统,现实主义的传统。"③如果把这三个方面的内涵的顺序倒过来说,那就是以鲁迅为代表的创作实践、从苏联传来的社会主义现实主义的理论以及以大众化运动为中心的革命文学运动。且不讨论胡风对新文学传统的整合是否全面,他在理论上作出的努力,正是想把抗战以来文学实践的新的经验归纳到"五四"新文学传统中去,来充实和丰富新文学的传统。胡风强调了以大众化运动为中心的革命文学运动是进展而不是否定了"五四"的传统,所谓不是"否定",即迄今为止的大众化运动依然是仍然没有从反帝反封建的民主主义任务中突变出去;所谓的"进展",是指"五四"新文学由"市民阶级"把它的领导权交给了它的继承者④。很显然,胡风虽然以"五四"新文学的传统的捍卫者自居,但他对"五四"运动是资产阶级领导的文化革命这个认识,则是沿袭了自瞿秋白以来所有的共产党人和左翼人士的一般看法。

就在同一年的年初,毛泽东在《新民主主义论》里却对"五四"新文学运动作了完全不同于以前共产党人的高度评价:他称"五四"为开端的新民主主义文化是"无产阶级领导的人民大众的反帝反封建的文化",因而"五四"新文化运动也是"在共产主义的文化思想,即共产主义的宇宙观和社会革命论"领导下的新民主主义的文化运动。这样一来,抗战以来共产党直接参与并建构的新的文化现象,成为"五四"以来的文化逻辑发展的必然结果。他还用热烈的口吻高度赞扬了鲁迅,把鲁迅为象征的30年代左翼文艺运动概括为"围剿"与"反围剿"的斗争⑤。鲁迅当年确实用过"围剿"两字,那是用来戏拟20年代末"革命文学"论争中创造社等对他的批判攻击的,现在毛泽东把这个词与当时发生在江西苏区的军事行动联系起来,将鲁迅为旗帜的左翼文学运动纳入了整个革命斗争事业的范围中,很自然地引申出了朱总司令和鲁总司令的两支军队的说法⑥。毛泽东虽然站在比胡风高得多的政治起点和理论起点上总结了"五四"新文学传统,并且也把它与抗战以来的新的文化规范统一起来,但他的结论与胡风的结论是不同的。面对战争,胡风强调了文学运动必须带了"新文艺底传统"走进"战争所显示的生活密林",如果没有了这个传统,"文艺运动对战争的服务就弄到手无寸铁"⑦。而毛泽东则是站在战争所要求的立场上,更强调的是如何把文学运动改造成文化军队的现实需要。在几年后发表的《在延安文艺座谈会上的讲话》中,毛泽东一系列文艺思想及其论述的出发点,起于其《引言》部分,即关于两条战线和两支军队的论述⑧。为了达到这个需要,毛泽东对新文化的主要体现者知识分子的小资产阶级属性和欧化的文学表现样式,逐一地进行了批判⑨。他否定了"五四"新文化的一个重要标准——西方文化模式,建立起另一个标准——中国大众(主要是中国农民)的需要。他强调知识分子唯有背叛自己的教养,深入到工农大众中去改造思想、脱胎换骨,才有可能适应新的文化规范。他为知识分子指出了两条途径:一、无条件地向工农兵大众学习,为工农兵服务,以大众的思想要求和审美爱好作为自己的工作目标;二、无条件投入战争,一切为战争的胜利服务,也就是一切都围绕着特定历史时期的政治斗争和路线方针政策服务。可以看得出,这两个要求都鲜明地烙上了战时文化的特殊印记。

很显然,由于战争的规模与深刻性,"五四"以来的新文化逐渐改变了前一阶段以启蒙为主要特征的规范,并在实践中逐渐形成新的以战争为主要特征的规范。毛泽东在这一时期发表的《新民主主义论》、《矛盾论》、《实践论》、《在延安文艺座谈会上的讲话》等著作,从政治、哲学、文化等各个方面对这一新的文化规范做了深刻而完整的论述,并且从这一现实出发提出了革命的目标和任务。从文学史的发展来看,战争文化规范的建立虽然与"五四"新文化传统有着某些继承和发展的关系,但它毕竟不是启蒙文化必然的逻辑结果,而是战争外力粗暴侵袭的产物,所以,它不能不与前一文化规范发生价值观念上的冲突。毛泽东在《在延安文艺座谈会上的讲话》中对小资产阶级知识分子所作的严厉批评,不能不是这种文化冲突的反映。因此,自战争开始,中国文学史的发展过程实际上形成了两种传统:"五四"新文学的启蒙文化传统和抗战以来的战争文化传统。毛泽东的文艺思想及其影响下的抗日民主根据地和后来的解放区文艺运动,正是来自于战争的伟大实践。我们在讨论1949年以后的当代文学的源流时,不能不注意到两种文学传统的影响。它们有时是以互相补充或者比较一致的方式、有时则以互相冲突以致取代的方式来影响当代文学，这就构成了当代文学的种种特点及其辩证发展的过程。

二、中国当代文学的分期及其发展概况

中国 20 世纪文学史有各种分期方法和观念。以我个人的研究心得，抗战应该是一个重要的分期。除了文化价值结构上单一的知识分子启蒙文化取向分成了国家权力意识形态、知识分子的现实战斗精神传统以及民间文化形态三分天下的格局外，在地域的分布上也相应于政治格局而分为三大区域：共产党控制的抗日民主根据地和解放区的文学、国民党统治区的文学以及沦陷区的殖民地文学。1949 年以后，文学的基本格局没有变化，只是地域的面积变化了，共产党控制的地域扩大到整个大陆，国民党控制的地域缩小到台湾列岛，而回归前的香港、澳门地区的文学仍然带有某种殖民地文化的特征。正如对抗战以后的文学史应该分头研究解放区文学、国统区文学和沦陷区文学一样，当代文学史研究中也不能无视与大陆文学同时存在的台湾文学和香港、澳门的文学，这一空间区分是不容回避的。需要说明的是，本教材只以 1949 年以后的大陆地区的文学史为研究对象，本身是不完整的，与此相关的分期观念，也只有相对的意义。所以，本教材的文学史分期只是一种权宜的做法，只是划分出一个大致的文学创作背景：

第一阶段：1949—1978 年

1949 年 7 月，中华全国文学艺术工作者代表大会（简称"第一次文代会"）召开。这次大会的特点之一是，长期被分离在两个地区（国民党统治区和共产党领导下的解放区）的文学工作者终于"会师"，也就是说，"五四"新文学的战斗传统和战争中形成的解放区文化传统在目标一致的前提下合流了，并且正式确立了毛泽东的《在延安文艺座谈会上的讲话》所规定的中国文艺新方向为全国文艺工作的方向，这次大会被一般的文学史著作称为"当代文学的伟大开端"[①]。

1949 年 10 月中华人民共和国的成立标志了中国长达半个世

纪的战争局面的结束，尽管在台湾海峡两岸还对峙着两个政治敌对的政权，尽管中国大陆的共产党政权长期处在冷战的威胁之下，一度还卷入了邻国的军事冲突（抗美援朝战争），但中国土地上大规模的军事武装冲突是结束了，中国进入了和平的经济建设时期。毛泽东在中共七届二中全会上已经指出：随着全国革命的胜利，共产党的工作重心由乡村转移到城市，必须用极大的努力去学会管理城市和建设城市。但是，文化规范的形成总是比经济基础的变革要缓慢得多，战争在战后的社会生活中留下的影响要比人们所估计的长久得多也深远得多，毛泽东的这一有益告诫，实际上要到三十年后的中共十一届三中全会才被真正提到议事日程上来。而在当时，当身带硝烟的人们从事和平建设以后，文化心理上很自然地保留着战争时代的痕迹：实用理性和狂热政治激情的奇妙结合，英雄主义情绪的高度发扬，二元对立思维模式的普遍应用，以及民族主义爱国主义热情占支配的情绪，对西方文化的本能性的拒斥，等等。这种种战争文化心理特征并没有在战后几十年中得到根本性的改变。

在这种文化氛围的制约下，文学观念由军事轨道转入政治轨道，两军对阵的思维模式具体地表现为片面强调阶级斗争的教条模式。在文学外部，通过一系列的政治批判运动，改造和批判知识分子的"小资产阶级"积极性，努力实现建设"一支完全新型的无产阶级文艺大军"的设想[①]；在文学内部，则要求将文学变成"整个革命机器的一个组成部分"，就像"齿轮与螺丝钉"的关系[②]。这些文艺思想和政策，都可以从这一时期的战争文化规范上得到解释。在后来的文学史研究中，有不少研究者把这一时期有些违反文艺创作规律的现象归咎于当时中共党内一度占主流地位的"极左路线"，但是，政治路线并不是主观凭空设想出来的，它反映了一定历史条件下社会文化心理与路线制定者思想感情的投合。当时战争文化心理普遍存在的特征之一，如果从那一时期文学批评的语言来观察，充斥了战争心态的词汇几乎俯首可拾：诸如"会师"、"胜利"、"战役"、"插红旗"、"拔白旗"、"文艺大军"、"重大题材"、"锋芒直指"、"猖狂进攻"、"引蛇出洞"等等，文学创作获得成功被称为"打响了"，作品有所创新被称为"有突破"，更无须统计像"战斗"、"斗争"、"武器"一类军事词汇的使用频率。在战争文化心理支配下的文学观念，自然给当代文学创作和批评的主流带来深刻的影响。

　　从文学创作的方面来看，当时的大多数作家在军事胜利的鼓舞下，确实有投合战争文化心理的积极性。这一时期战争文化规范在文学观念上的表现——诸如自觉强调文学创作的政治目的性和政治功利性，自觉运用战时两军对阵的二元对立思维模式来构思创作（即敌我阵营绝对分明），自觉强调英雄主义和革命乐观主义，等等，都不同程度地在一些主要创作中体现出来。但与此同时，我们仍要注意到当代知识分子传统的复杂性，即当代文学史发展中仍有一条"五四"新文学的传统若隐若显地存在着，并支配着知识分子对社会责任和文学理想的追求。有研究者比较了中国文学与前苏联文学以后指出了这一重要的现象："对于苏联文学来说，是叶赛宁、布宁、阿赫玛托娃、茨维塔耶娃、帕斯捷尔纳克等所代表的传统，一个关心人性、人的精神境遇的传统。而对于中国文学来说，则是复活'五四'作家的'启蒙'责任和'文人'意识，以及重建那种重视文学自身价值的立场"⑬这一传统有力地支持了作家们用各种艺术手法来表达对社会的批判性看法，以及对文学真实性的追求，特别值得提出的是，当代文学史上有许多真正有艺术价值的作品，竟是产生在作家被不公正地剥夺了写作权力以后，仍然抱着对文学的炽爱，在秘密状态下创作出来的。还有一种值得一提的创作现象是，这时期有许多作家，特别是从解放区文学的传统下成长起来的作家，他们对中国农村的社会生活状况以及农民的文化心理有着深刻的理解，对中国民间文化形态的表现相当娴熟，他们在创作时，或自觉、或不自觉地运用了"民间隐形结构"的艺术手法，使作品在为主流意识形态服务的同时，曲折地传达出真实的社会信息，体现了富于生命力的艺术特色。可以说，当代文学史上的这两个传统在特定的历史环境下都起过积极的作用。

　　还应该指出，以战争为主要特征的文化规范及其文化心理与和平时期经济建设的不相适应性，在五六十年代不是没有引起有关国家决策者的注意。1956年举行的中共第八次全国代表大会，公开宣布大规模的急风暴雨式的阶级斗争基本结束，今后任务主要是发展社会生产力。在此前后，毛泽东提出了"百花齐放，百家争鸣"的"双百方针"。很明显，这一方针是为适应和调整和平时期文化建设而提出的,与战争文化规范完全不同。以后周恩来、陈毅等中共高级官员对知识分子问题和文艺工作还发表过一系列的讲话,企图纠正当时越来越严重的文化规范与经济建设的不相适应性,以及党和政府与知识分子的紧张关系。但在当时缺乏党内民主的情况下,这些努力都没有产生太大的积极效果,最终导致了把军事体制极端理想化的"文化大革命"的爆发。

从1966年到1976年的"文化大革命",使文学遭受空前的劫难,以往的文学史都将"文革"单独列为一个阶段。如果以当时公开发表的文学创作为依据,这样的分期是可以的。但本教材在编写过程中引进了"潜在创作"的概念作为参照,也就是说,在"文革"前和"文革"当中,中国大陆的当代文学一直存在着潜在的创作,包括历次政治运动中被剥夺了写作权力的知识分子,仍然在用笔表达内心的理想之歌和感情世界,如五六十年代绿原、曾卓、牛汉、穆旦、唐湜等的诗歌,张中晓的随笔,丰子恺的散文,沈从文和傅雷等人的家书等等,尽管他们的个人遭遇、思想倾向和创作风格并不一样,但仍然保持了一种连贯的知识分子精神。这些创作文本在当时的环境下是不可能发表的,但仍然保留了一个时代弥足珍贵的文学声音,至于它们是在"文革"之前还是在"文革"期间创作,其实并没有实质性的区别。如果从这样的角度来考察文学史的话,那么,"文革"前和"文革"中的文学仍然可以看作是一个较大的文学史阶段。

第二阶段:1978年—1989年

当代文学史的第二阶段之所以是从1978年算起而不是"文革"结束的1976年,因为就文学的真正"复苏"来说,是以这一年8月开始的"伤痕文学"为标志的。当时思想领域发起的"实践是检验真理的唯一标准"的讨论和稍后不久在政治上确立了中共第十一届三中全会制定的"全党工作重点转移到社会主义现代化建设"的决定,标志着抗战以来影响了中国文化建构四十年的战争文化规范被否定,中国真正进入了和平经济建设时代,思想解放路线与改革开放路线相辅相成地推动和保证了中国向现代化目标发展的历史进程。在文学史发展上比较有意义的是1979年10月中国文学艺术工作者第四次代表大会(简称"第四次文代会")的召开,邓小平代表中共中央到会致祝辞,在阐述党对文艺工作的领导时明确提出了"不要横加干涉"的意见,并且承认文艺创作是一种复杂的精神劳动,党"不是要求文学艺术从属于临时的、具体的、直接的政治任务,而是根据文学艺术的特征和发展规律,帮助文艺工作者获得条件来不断繁荣文学艺术事业。"⑭紧接着,1980年中共中央正式提出了含义比较宽泛的"文艺为人民服务,为社会主义服务"的总方针,来取代毛泽东在《在延安文艺座谈会上的讲话》中强调的"文艺为工农兵服务"和"文艺为政治服务"的口号。"⑮1984年胡启立代表中共中央出席第四次作家代表大会时发表祝词,首次以科学的态度总结了历史上党领导文艺工作存在的缺点,并作出了"创作自由"的许诺⑯。尽管这一次作代会的路线后来并没有真正地贯彻,但从这一系列的文艺政策的调整中可以看到,一个比较健全的文学环境正在逐渐形成,一种以和平经济建设为特征的新的文化规范也正在初露萌芽状态。

当然,一种新的文化规范的形成不会一帆风顺,从战争文化规范遗留下来的心理痕迹也不会立刻消失,强调"阶级斗争"的二元对立思维模式作为一种历史的思维惯性依然在当代社会生活中发挥着一定的影响,譬如,对"文革"后文学发展的整体成就作出消极的估价,对知识分子的总体评价依然保留"小资产阶级"的偏见,对西方文化思想依然采取恐惧和拒绝的态度,依然希望起用已经被历史教训证明是错误的所谓"搞运动"的方法来解决文艺思想的问题,等等。这就决定了80年代的文学历史充满了过渡时期的特点:新的以和平经济建设为中心的文化规范诞生以前必然会经历的痛苦的文化蜕变和自我斗争。在文学创作和文学理论方面,几乎从"伤痕文学"起,每一次新的创作和理论的探索都会引起强烈的反响甚至争论,探索和创新总是不完善的,每一次争论的意义也有大小之分,好坏之别,但总的说来,80年代的文学充满了生机勃勃的创新精神和活跃气氛。

"五四"新文学传统又渐渐地恢复了活力。正如前面所引用过的一位研究者对"五四"传统的概括,是"复活'五四'作家的'启蒙'责任和'文人'意识,以及重建那种重视文学自身价值的立场"。这一理论概括包含了对"五四"传统的多重理解,比起抗战时期胡风对"五四"新文学传统的重建那种重视文学自身价值的整合,似更接近客观的真实。在我的理解中,这"启蒙责任"和"文人意识"在

"五四"精神里并不是有机合一的整体，而是体现了知识分子从古代士大夫阶级向现代转型过程中的两种价值取向。"启蒙责任"反映了知识分子在脱离了传统庙堂的价值取向后，其思维方式和价值观念仍然沿着救国救民的思路在发展，他们把目标转向民众，企图通过启蒙的道路来唤起民众和教育民众，用民众的力量来推动社会的改革与进步。鲁迅可以说是启蒙文化的最伟大的代表，鲁迅的战斗精神一直鼓舞着中国知识分子积极向上地为捍卫这一光荣传统而斗争。"文革"结束后，历尽苦难的知识分子终于醒悟过来，开始认真反思几十年来国家、民族和自己所走过的道路，在他们心灵深处蛰伏已久的"五四"知识分子现实战斗精神又开始爆发出来，老作家巴金率先发表反思"文革"和总结自我教训的《随想录》，鼓舞了一大批中青年作家和文艺理论家继往开来地发展和捍卫这一传统。"文人意识"一词意义比较模糊，我的理解是指新文学历史上另外一批知识分子，他们对中国社会的现状也充满了批判精神，但对启蒙的意义和结果却持怀疑甚至悲观的态度，进而放弃了启蒙的追求，转而在民间确定自己的工作岗位和专业价值标准，在文学创作的"专业"上则表现出对文学艺术本体规律特征的重视和探求。我们以往文学史著作很少承认并研究这一传统的意义价值，但在"文革"后的80年代文学创作中，仍然有不少作家在这一领域开拓出新的成果，老作家孙犁的读书随笔、汪曾祺的小说等，都具有浓厚的民族文化特色和美文风格，对当代作家产生过广泛的影响，可以看做是这一"五四"传统的复活。从历史的发展来说，"五四"新文学传统在当代的意义并非只是历史精神的重现，"五四"传统是不断发展的，它应该包容当下的时代精神特征和现实意义。但在80年代，由于人们刚刚从"文革"的灾难记忆里醒悟过来，需要有强大的精神传统来支持他们反思历史和参与现实的拨乱反正，"五四"精神传统成了他们最好的武器。

除了"五四"一代老作家在"文革"后重新焕发出写作热情以外，这时期的文学队伍主要是由两代作家构成，一代是在50年代成长起来的作家，他们是在共和国初期的理想主义氛围下步入文学创作的领域，但他们中的大多数，在"双百方针"时期因为真实地表达了对社会或人性的感性认识，在1957年的"反右"运动中遭到不公正的批判和打击，并在社会底层渡过了苦难的岁月，"文革"结束后他们重返文坛,成为80年代文学创作的中坚力量。他们的创作里充满对现实政治生活的干预精神和对人性的赞美,可以说是"五四"传统的精神主题在当代的再现。还有一代是在"文革"中成长起来的作家,他们在青少年时代过早地经受了被虚伪的理想主义所欺骗和愚弄的惨痛体验,其中大多数人曾在"上山下乡"中感受了民间生活和民间文化的熏陶,所以当他们开始写作时,自然而然地从农村经验中汲取创作素材,由最初的知青题材到稍后的寻根文学,反映出新的民间化的创作趋向。复苏的"五四"传统中还有一条"重建那种重视文学自身价值的立场",在"文革"后的文学理论和文学创作中表现得十分积极。文学理论上有关于"文学主体性"、"小说形式探索"、"现代主义技巧"等问题的讨论,虽然不成熟,却推动了理论界对文学自身价值的关注。相比之下,文学创作的意义更大一些,许多作家对西方现代主义思潮的借鉴,大大地开拓了表现现代人感情意识的艺术空间。起先对西方现代主义技巧的借鉴尚有形式主义的割裂感,但在许多作家的实践中渐渐地圆熟起来,新的语言形式融入了民族语言的表达经验,不是削弱而是丰富了现代文学的艺术表现传统。尤其在现代诗歌的表现形式方面,以"文革"时期知识青年的地下诗歌为源头的"朦胧诗"的创作,与"五四"新文学中的现代诗传统结合起来,刷新了诗歌语言的美学原则,恢复了个人话语在诗歌领域的作用。这些虽然是表现技巧上的探索,但对90年代文学创作中的叙事话语的改变和个人立场的出现,都有着一定的影响。

第三阶段:90年代

　　把90年代的文学单独作为一个文学阶段的想法还不完全成熟,所以在本教材的章节安排上,第一、第二阶段各占9章,第三阶段的文学只用了4章的篇幅;而且,在材料的安排上,80年代末和90年代初的作品也有不少互用的现象。这是因为90年代文学作为一个新的文学阶段的特征尚不完备,如果说,80年代是一个在文化上拨乱反正的过渡时代,90年代才渐渐显现出新的文化活力和特点。这种新的特点,对20世纪文学来说只是一个尾声,许多重要成果还不可能充分显示出来,但对未来新世纪的文学发展来看,它的许多特征都是前瞻性的,预示了未来有更大程度的发展可能性。

　　总的来说,80年代末到90年代初,中国社会发生了急剧的转型,国家经济领域的改革开放步伐正在加快,商品经济意识不断渗透到各个社会文化领域,社会经济体制也随之转轨,统治了中国近四十年的社会主义计划经济体制加速向社会主义的市场经济体制转型。在这种情形下,意识形态的格局相应地发生了调整,80年代是知识分子的精英意识最为活跃最为高涨的时期,但进入90年代以后,政治经济文化的多种原因构成了对知识分子的严峻考验:他们在客观上难以维系以启蒙主义和精英意识为中心的知识分子话语权力,同时在主观上也开始反省自身的精英意识所表现出来的心态浮躁和价值虚妄的缺陷。来自这两方面的原因促成了90年代初基本的文化特征:知识分子在"共名"状态下持有的一元化的政治社会理想被淡化,多元文化格局在不自觉中逐渐形成。在文学创作上则体现为作家放弃了宏大历史叙事,转向个人化的叙事立场,特别是由此走向了对于民间立场的重新发现与主动认同。

　　新文学的传统在90年代表现出新的活力,在启蒙文化受到质疑的时代里,一种新的因素却成了当代文学的参照。在"五四"以来的文学历史上,大多数时期都处于一种时代"共名"的状态,即某种时代主题支配了一个时期的思想文化,如"五四"时期的"反帝反封建"和"个性解放",抗战时期的"民族救亡",五六十年代的"阶级斗争"等。"共名"不但概括了时代主潮,而且可能成为作家表达自己社会见解的主要参照。作家通过对时代关键词的阐述,不管艺术能力的高低,其创作的作品都可能被时代认可。但在这种文化状态下作家精神劳动的独创性很可能会被掩盖,作家的个人性因素(包括个人的精神立场和审美把握)不能不与"共名"构成紧张的关系。与"共名"对立的概念是"无名",所谓"无名"不是说没有时代主题,而是指一个时代并存着多种主题,文化工作和文学创作都反映了时代的一部分主题,但不能达到"共名"状态。在中国20世纪文学史上,"无名"的文化状态出现的时间非常短暂,30年代的"京派"文人圈文学、南京官方"民族主义"文学、上海左翼文学、海派都市文学、大众消费文学,以及东北流亡文学等多种互相对立的文学思潮并立的格局,这些文学思潮之间虽然也互相冲突和激烈斗争,但始终不能使文坛统一成一种共同声音,这种格局似乎有点接近"无名"文化状态。

　　我们考察 90 年代的文学不难发现它所含有的"无名"特征：首先是 80 年代文学思潮线性发展的文学史走向被打破了，出现了无主潮、无定向、无共名的现象，几种文学走向同时并存，表达出多元的价值取向。如宣传主旋律的文艺作品，通常是以政府部门的经济资助和国家评奖鼓励来确认其价值；消费型的文学作品是以获得大众文化市场的促销成功为其目标的；纯文学的创作则是以圈子内的行家认可和某类读者群的欢迎为标志。也可以说，国家权力意识形态、知识分子的现实战斗精神传统以及民间文化形态三分天下的格局更为稳固。因为"无名"文化状态拥有多种时代主题，构成相对的多层次的复合文化结构，才有可能出现文学多种走向的自由局面。其次是作家的叙事立场发生了变化，从共同社会理想转向个人叙事立场。90 年代有许多作家的社会历史观点非常接近，但他们却以各不相同的方式来抒写并寄托他们所体验到的时代精神状貌，几乎每一个比较优秀的作家都拥有一个独立的精神世界，联系着他们个人生命中最隐秘的经验。其三，由于时代"共名"的消失，使一批面对自我的作家在开拓个人心理空间方面的写作实验得以实现。个人立场的文学叙事促使文学创作从宏大叙事模式中摆脱出来，转向更贴近生活本身的个人叙事方式，一批被称为"新生代"的青年作家和女性作家应运而生。

　　90 年代的文学仿佛是一个碎片中的世界，作家们站在不同的立场上写作：有的继续坚持传统的精英立场，有的干脆表示要去认同市场经济发展中出现的大众消费文化，有的在思考如何从民间的立场上重新发扬知识分子对社会的责任，或者还有人转向极端化的个人世界，勾画出形色各异的私人生活……无论这种"无名"状态初看上去多么陌生，多么混乱，但它毕竟使文学摆脱了时代"共名"的制约，在社会文化空间中发出了独立存在的声音。作家们在相对自由轻松的环境里逐渐成熟了属于自己的创作风格，写出越来越多的优秀作品，诸如王安忆的《叔叔的故事》、史铁生的《我与地坛》、张承志的《心灵史》、张炜的《九月寓言》、余华的《许三观卖血记》、韩少功的《马桥词典》等，都堪称是中国 20 世纪最后十年文学界的重要收获，也是本世纪文学舞台上的一道庄严神圣的落幕。

注释：

① 毛泽东的原话是："使马克思主义在中国具体化，使之在其每一表现中带着必须有的中国的特性，即是说，按照中国的特点去应用它，成为全党亟待了解并亟须解决的问题。洋八股必须废止，空洞抽象的调头必须少唱，教条主义必须休息，而代之以新鲜活泼的，为中国老百姓所喜闻乐见的中国作风和中国气派。"——引自《中国共产党在民族战争中的地位》，收《毛泽东选集》合订本，人民出版社 1968 年版，第 500 页。

② 参见向林冰《论"民族形式"的中心源泉》，原载重庆《大公报》1940 年 3 月 24 日。

③ 引自胡风《论民族形式问题》，收《胡风评论集》中册，人民文学出版社 1984 年版，第 215—216 页。

④ 同上，第 209 页。

⑤ 引自《新民主主义论》，收《毛泽东选集》合订本，人民出版社 1968 年版。

⑥ 朱总司令指朱德，鲁总司令指鲁迅。这是毛泽东在延安文艺座谈会上讲话时的原话，整理成文稿发表时被删。原材料参见何其芳《毛泽东之歌》，收《何其芳文集》第三卷，人民文学出版社 1983 年版，第 76 页。

⑦ 同注③，第 218 页。

⑧ 毛泽东的原话为："我们要战胜敌人，首先要依靠手里拿枪的军队，但是仅仅有这种军队是不够的，我们还要有文化的军队，这是团结自己、战胜敌人必不可少的一支军队。'五四'以来，这支文化军队就在中国形成。"参见《在延安文艺座谈会上的讲话》，收《毛泽东选集》合订本，人民出版社 1968 年版，第 804 页。

⑨ 在《在延安文艺座谈会上的讲话》里，毛泽东不止一次地把小资产阶级与封建地主、大资产阶级并立在一起，作为无产阶级的对立面。如："小资产阶级出身的人们总是经过种种方法，也经过文学艺术的方法，顽强地表现他们自己，宣传他们自己的主张，要求人们按照小资产阶级知识分子的面貌来改造党改造世界……无产阶级是不能迁就你们的，依了你们，实际上就是依了大地主大资产阶级，就有亡党亡国的危险"等。见《毛泽东选集》合订本，人民出版社 1968 年版，第 832 页。

⑩ 参阅《中国当代文学》第一册，华中师范大学《中国当代文学》编写组，上海文艺出版社 1994 年版，第 1 页。

⑪ 引自毛泽东在周扬署名的《文艺战线上的一场大辩论》一文中的修改语。参见洪子诚的《1956：百花时代》，山东教育出版社 1998 年版，"百年中国文学总系"丛书，第 258 页。

⑫ 引自毛泽东《在延安文艺座谈会上的讲话》，收《毛泽东选集》合订本，人民

出版社 1968 年版,第 82 页。

⑬ 引自洪子诚《1956:百花时代》,第 12 页。

⑭ 引自邓小平《在第四次全国文学艺术工作者代表大会上的祝辞》,载《人民日报》1979 年 10 月 31 日,并收入《邓小平文选》,人民出版社 1983 年版。

⑮ 该口号被正式宣布是在 1980 年 7 月,《人民日报》依据邓小平与周扬在几次会议上的讲话发表社论:《文艺为人民服务,为社会主义服务》。

⑯ 参阅胡启立《在中国作家协会第四次会员代表大会上的祝辞》, 载 1984 年 12 月 30 日《人民日报》。

第一章　迎接新的时代到来

第一节　"五四"新文学传统的转型

1949 年 7 月召开的全国第一次文代会上,周恩来总理代表中共中央在会上作政治报告,明确表示庆贺"从中国第一次大革命失败以来逐渐被迫分离在两个地区的文艺工作者在今天的大会师"。这"两个地区"是指解放区和前国民党统治区,他用相同的口吻高度评价来自这两个地区的文艺工作者:"在解放区,许多文艺工作者进入了部队,进入了农村,最近又进入了工厂,深入到工农兵的群众中去为他们服务,在这方面我们已看到初步的成绩,在以前的国民党统治区,革命的文艺工作者坚持着自己的岗位,在敌人的压迫之下绝不屈服,保持着从"五四"以来的革命的文艺传统。"①在会上,还由周扬和茅盾分别作了总结两个地区文艺运动经验的报告。但我们如果比较一下两个报告人的报告文本和发言态度,就会发现一些有意思的差别。周扬刚开始宣读报告就用斩钉截铁的口气宣布:"毛主席的《在延安文艺座谈会上的讲话》规定了新中国的文艺的方向,解放区文艺工作者自觉地坚决地实践了这个方向,并以自己的全部经验证明了这个方向是完全正确,深信除此之外再没有第二个方向了,如果有,那就是错误的方向。"②按这样的思路,他介绍解放区文艺的经验理所当然是作为未来新中国文艺的方向来推广的。而茅盾的报告虽然也是总结斗争经验,但更重要的篇幅是用在检讨前国统区的革命文艺运动中的种种"错误"倾向,尤其引人注目的是从理论与创作两方面批评了抗战时期捍卫"五四"新文学传统的一面旗帜胡风和团结在胡风周围的一些进步作家。很显然，两个地区、两种传统在未来文艺发展道路上所处的主次、重轻关系摆得非常明确。当然，能参加这次会议的代表都是经过认真选择的，属于"人民需要的人"③(毛泽东语)，这本身就体现了一种崇高的荣誉，因为还有许多在"五四"新文学发展中作过重要贡献的文学家被排除在大会的外面，如创作《边城》的著名作家沈从文、主编《文学杂志》的著名美学家朱光潜以及在沦陷区大紫大红的女作家张爱玲。

全国第一次文代会是一个标志，预示了即将拉开帷幕的中国文学新阶段将由来自解放区战争实践的文艺传统为发展基础，同时也在思想斗争和思想改造的基础上有条件地吸收"五四"革命文艺传统的战斗力量。这样的新的文艺阵容的组合工作，早在1948年就加紧展开了。那一年，中共领导下的香港文化工作委员会策划的文学理论刊物《大众文艺丛刊》创刊，充满火药味地批判文坛上各种倾向：有郭沫若的《斥反动文艺》一文激烈批判沈从文、朱光潜、萧乾等"资产阶级"作家，又有邵荃麟、胡绳、乔木(乔冠华)等对左翼阵营内的胡风的文艺理论和路翎的小说进行了集中的清算。

1949年毛泽东、周扬、茅盾、郭沫若(左起)在第一次文代会上。

与此同时，中共领导下的香港另外几家进步刊物也一起配合对国统区有较大影响的作家创作进行了有计划的批评，被批评的作家有姚雪垠、骆宾基、钱钟书、臧克家、李广田等，范围相当广，相对照的是他们对解放区文艺创作进行了热情洋溢的介绍和肯定性的评价。因此，后来的文学史家有理由认为，1948年的这场批判和"再评价"运动，正是"在为文学史的评价做准备，所要争论(争取)的正是文学史(以及现实文坛)上的主导地位。"③可以说，这场批判运动的结果和目的，就是有明显政治倾向性的全国第一次文代会的召开。

　　第一次文代会的召开虽然意味着新政权领导下的文艺阵营已经建立，但是并没有宣布阵营内部的思想斗争已经结束。当代文学的两大传统虽然已分清了主次地位，但两种价值观念、两种美学修养、两种文化实践，仍然存在着尖锐的冲突，并通过政治运动的形式一再表现出来。50年代初期的文学史是由一系列的批评与自我批评构成的，到1954年和1955年，毛泽东亲自发起对古典文学研究专家俞平伯《红楼梦研究》的批判和对文学理论家胡风及其"集团"的镇压，可以说是这场冲突的顶峰。俞平伯一生研究古典小说《红楼梦》，学术上有许多开创性的贡献，这是谁也抹杀不了的，他的学术成果之所以被挑选为一场声势浩大的全国性批判运动的典型，主要是他的学术研究方法来自于"五四"新文学的开创者之一胡适的学术传统，40年代末胡适离开大陆远走美国，但他对留在大陆的现代知识分子依然具有巨大影响，这种影响不但体现在政治立场，更多的是体现在学术研究的思维方法上。胡适一生强调实用主义的思想方法，强调重实验、重证据、不迷信、不盲从等等，在30年代，胡适曾用这种思维方法来劝阻青年接受马克思主义，到了50年代，在当时战争文化心理支配下的特定革命历史时期要求人们——特别是知识分子——抛弃自己的旧世界观，同时焕发出战争时期所有的巨大热情来投入新生活的创造，这套思维方法不能不成为一种消极的障碍，毛泽东抓住俞平伯为活靶，真正目的是掀起一场"反对在古典文学领域毒害青年三十余年的胡适派资产阶级唯心论的斗争"⑤。果然，批判俞平伯的《红楼梦研究》不久，运动就转向了社会科学领域批判胡适唯心论的运动，接着又推动了大规模的知识分子思想改造运动。而胡风，则是30年代左翼文艺运动中诞生的左翼文学理论家，他把世界革命文艺理论及其实践经验与抗战以来的"五四"新文艺战斗传统相结合，总结出自成体系的文艺思想。在鲁迅逝世以后，他自觉继承鲁迅所开创的现实战斗精神的实践道路，用现实主义的理论来指导和影响文艺创作实践，他通过编辑《七月》《希望》等刊物和丛书，团结了一大批向往革命的文学青年，在抗战文学运动中产生过重大的影响。但胡风的所有文学实践都是以知识分子的启蒙立场为出发点的，他强调知识分子应该带了"五四"的战斗传统进入抗战，在接近大众的过程中通过学习大众的思维方式、感情方式和认识生活的方式，来更好地引导大众参加抗战并在抗战实践中逐步提高自己，他还坚持对蕴涵于大众中的"精神奴役创伤"进行批判。这些鲜明体现了"五四"启蒙传统特征的思想与毛泽东的《在延安文艺座谈会上的讲话》从战争要求出发强调知识分子自觉改造思想感情、无条件地到工农兵群众中去、为工农兵服务和为政治服务的思想，实质上是存在着较大的差异。由于40年代解放区和国统区的生活环境不一样，这些差异还不明显，50年代毛泽东的文艺思想成为全国文艺的总方针时，这些差异就不能不尖锐地表现出来。但胡风本人主观上并没有意识到这些差异的严重性，他把它看成是来自解放区的一些理论家在解释毛泽东文艺思想时发生的理论偏差，为了让毛泽东直接理解他的理论观点，他根据自己对马克思主义文艺理论的认识，系统地解释自己的理论主张，并逐条反驳何其芳、林默涵等人对他的批判。这就是胡风的长达三十万言的《关于解放以来的文艺实践情况的报告》。结果他非但没有获得信任和缓解矛盾，反而受到了更为严厉的批判，最后升级为政治问题，胡风和他的朋友们被强加上"反革命集团"的罪名而受到镇压，这个冤案直到80年代才逐渐平反。

　　经过批判胡适思想和镇压胡风集团，"五四"新文学传统的基本内涵已经无法再生出积极的意义，它凡能被毛泽东吸收到自己文艺思想体系去的部分因素，也只能通过毛泽东自己的语言方式表达出来。其他因素，都不能不转化为隐形状态，零零星星地结合着作家的创作实践被表现出来。如1956年的"双百方针"时期，关于干预生活和提倡写真实、人性论的文艺现象中，"五四"传统表现出一定程度的复活⑥。在文学创作方面，"五四"的传统仍然断断续续地发挥着影响。一批从"五四"新文学传统中成长起来的作家面对新时代的感情是极其复杂的，由于三十多年来的文艺道路和复杂的政治斗争犬牙交错地紧密结合在一起，使不同社会地位和文化背景的作家都不能不带着自己的方法来处理与新时代的关系。这里不提已经出奔海外的作家，以留在大陆迎接新政权的作家来说，内心世界也是各种各样的，有的纵情欢呼，有的小心窥视，有的惊惶失措，也有的隐姓埋名……从那时期的文学创作中我们大致可以看到，在一个比较单纯的革命时代里，知识分子的心理世界却是不单纯的。

第一类作家主要来自左翼文学阵营和长期配合共产党进行政治斗争的进步民主人士。他们在新政权的奋斗史和建立史上占有一席光荣之地，一种当然的胜利者的喜悦极大地支配了他们的情绪，尽管在实际的政治生活纠葛中他们也会遭遇各种意想不到的烦恼，但在历史与人民的同一立场上，他们真诚地感受到分享胜利的喜悦。他们与来自解放区的作家不同，后者经过延安整风的教育，从革命实践中体会到新政权对知识分子来说，意味着除了赋予革命的权利以外还将同时赋予痛苦地改造自己旧世界观的义务；而他们则是在左翼文艺运动开始，就一向以唯我革命的姿态激励着自己在艰苦的环境里孤军奋斗。一直在指导别人斗争的人往往忘记了自己也会成为革命和改造的对象，所以，此刻他们自然而然地把新政权看做自己长期追求的理想的实现，高声歌唱新政权。胡风的长诗《时间开始了》就是这个时代的代表作。

第二类作家是一批数量众多的游离政治斗争的知识分子，他们在漫长的文学生涯中坚持独立的理想追求，不满国民党统治下的社会现状，所以对于历史的大变革抱有希望，但并不了解新政权对他们意味了什么。尤其是在"五四"传统下成长起来的知识分子多少受到自由主义和个人主义的影响，他们自知与新的时代要求有一定距离，但希望通过互相谅解达成一种新的契约关系。"五四"一代的重要作家比较多的是持这一类态度，如老舍，最初从海外回国，提出过"不反美"的要求[7]；如巴金，他早期信仰无政府主义的理想，在参加第一次文代会时发言，竟情不自禁地套用了俄国无政府主义者柏克曼在"十月革命"后回国参加苏维埃建设时的讲演题目：《我是来学习的》[8]。

　　第三类作家是指那些曾经在历史上间接或直接地与共产党或左翼运动发生过冲突，有过并不愉快的回忆，或者虽然没有冲突，但出于阶级或社会关系的隔阂，在感情上对新政权是格格不入的。但他们在时代发生深刻变化的关键时刻，没有离开自己的国家，他们希望能够忘掉过去的不愉快记忆，和新政权重新调整好关系。在新时代面前，他们的内心是相当紧张的。沈从文可以说是这一类作家的代表。他在当时因承受不了来自时代的巨大压力，一度神经失常，在狂人般的呓语里表达着敏锐的感受。他当时写下的这些文献，都不可能公布，成为一种潜在形态的写作，在今天看来，却成为那个时代难得真实的精神记录文献。沈从文后来终于离开了文学领域，转向历史文物的研究，作出了新的成绩。这类作家大多数都自觉退出文坛，隐居在民间，有个别人也在潜在状态下从事大量的写作，如卜宁（笔名无名氏）在隐居状态下完成了两百万言的巨著《无名书》。

　　作家与时代的关系是复杂的，作家的主观态度和倾向仅仅能决定文学创作的某一个方面，他们所面对的更具体的文化困境是"五四"新文学传统给予作家的表达形式——从思想、感情到审美语言，在一个新的时代环境和革命功利主义的要求下完全失去了呼应时代的能力。除极个别作家在特定条件下（如历史题材）创作出较好的作品外，绝大部分前国统区作家的创作优势都没有能够发挥出来，他们的抒情变得空洞无力，他们的写实变成图解时事，这就使他们的创作不仅数量下降，而且艺术质量上也失去了生命涌动的魅力。且不说巴金、曹禺、叶圣陶、冯至、臧克家等一代作家均没有创作出力作，即使是左翼文艺运动中的重要作家如茅盾、艾青、丁玲、夏衍、沙汀、艾芜、田间等，也没有创作出可与自己以前的文学成就相媲美的作品。这不能完全归咎于个人创作能力的衰竭，而是战争文化心理支配下的当代文化规范不适应并且不能接受他们的精神劳动。反过来，真正体现出"五四"精神成果的，倒是许多在当时不能发表、也没想到要发表的潜在写作，如被剥夺了写作权力的"七月派"和"中国新诗派"诗人的创作、无名氏所创作的多卷本长篇小说《无名书》等，⑨在今天看来却是那个时代最有特色的文学创作。

第二节　胜利者的政治抒情:《时间开始了》

50 年代初期是一个旧的文化规范不适应新的形势、新的文化规范正在酝酿的新旧交替时期，思想理论上的批评与自我批评成了一时的风气,文学创作反而相对寂静。这与时代表面所呈现的轰轰烈烈状况成了不协调的对照。在这样的气氛下,胜利者的政治抒情诗创作,成了唯一高昂的声音。在新的历史环境下,政治抒情的主要内容体现在对新政权及其领袖人物的直接歌颂上，这也是在"五四"新文学传统中所没有的因素,大约先是抗战环境促使一部分诗人对灾难中的祖国进行颂扬，进而在抗日民主根据地的民间文艺中出现了对地方政权和领袖人物的颂扬,有些诗人（如艾青、徐迟等）也初步尝试了歌颂题材的创作。50 年代以后,"为满足表现'新的人民时代'的题材与主题的要求,'颂歌'便进一步发展为诗歌创作的普遍范式。在内容上,它表现为互有联系的两个方面,一是对于时代——人民革命的时代和社会主义建设的时代及其主人翁——工农兵群众的歌颂；一是对于新中国的缔造者和建设的领导者中国共产党及其领袖的歌颂。二者同时也就是对于新生的社会主义祖国的歌颂。"⑩"颂歌"样式成为 50—60 年代政治抒情诗创作的主流,一直发展到"文化大革命"时期,对领袖个人的颂扬达到了登峰造极,歌颂的构思方式也日愈模式化。

在 50 年代初期,由于"颂歌"是一种新的主题样式,"五四"新文学启蒙传统下成长起来的知识分子显然缺乏相应的语言表达能力。最典型的例子是"五四"时期的著名诗人、自由诗体的创始人郭沫若,竟用古典词赋形式写出了歌颂新政权的《新华颂》,柳亚子等旧体诗唱和也风行一时。用自由诗形式来写颂歌的作品虽然数量不少，但流于空洞抒情或概念化叙事的粗制滥造倾向也不在少数。总的说来,可能是诗人积蓄在心底的感情急于倾诉,语言上往往表现出汪洋恣肆的泛滥风格，散文式口号式甚至语录式的叙事句比比皆是,泥沙俱下,既粉碎了一般抒情诗歌的规律和节奏,以宏大叙事来重新创造诗歌的巨无霸形式；又反映出诗人主观感情的大自由大解放与"颂歌"体的英雄崇拜心理奇妙混合的矛盾,它构成了一个特定时代的诗歌特色。

　　把这种政治抒情诗风格发挥得淋
漓尽致的，是胡风于 1949 年底到 1951
年上半年创作的大型交响乐式的长诗
《时间开始了》①。这部作品有五个乐章
组成：第一部《欢乐颂》，以 1949 年 9 月
中国人民政治协商会议开幕为缘起，
极力夸张和渲染会场的热烈气氛和毛
泽东的伟大形象；第二部《光荣颂》，具
体描写了中国劳动妇女的苦难历史以
及她们在时代感召下奋起反抗的几个
光荣典型；第三部《青春曲》里，诗人将
主观抒情转换成一组感性的形象，对
小草、晨光、雪花、土地、阳光等新生事
物的青春充满了真纯的感激。这是一
组形象优美感人的抒情小诗，可惜诗
人当时并未全部完成。第四部《安魂
曲》，由天安门广场上举行人民英雄纪
念碑的奠基礼写起，以浪漫主义的想象
力，与诗人相知的几个先烈的英魂进行

1949 年春胡风在北京华文学校。是年年底到
1951 年上半年，他创作了大型交响乐式的长
诗《时间开始了》。

灵魂的对话，非常深情、真挚地写出了先烈们的生活剪影与灵魂真
实；最后一章为《又一个欢乐颂》，回到了开国大典的欢庆场面。全
诗有三千多行，以欢乐起，以欢乐终，其中贯穿了政协会议、纪念碑
奠基、开国大典三个历史时间，也贯穿了诗人个人寻求革命追求理
想的生活道路；全诗在构思上精心设计了宏大的政治抒情体诗、凝
重的叙事体诗和轻快的抒情体小诗相交替的诗体结构，使之波澜
壮阔，大开大阖，充分传递出那个欢乐时代的精神之魂。

　　胡风创作这部政治抒情诗的心情可能比较复杂，不仅仅是出
于对新政权的欢呼（尽管表现出来的是这种形态），当时胡风的文
艺理论已经受到中共具体领导下的有计划的批判，被认为是"以自
己的小资产阶级观点去曲解了无产阶级文艺思想的基本原则方
针"②，而且从茅盾在第一次全国文代会上的报告中对他的批判来
看，他似乎很难从理论角度来为自己作有效的辩护（尽管他一直试

图这么做），所以，在当时情况下最好的方法是用创作来证明他的理论究竟是否有利于新的政权建设，知识分子的"主观战斗精神"究竟能否与新的政权的要求达到一致。《时间开始了》就是一个努力，他用夸张的热情歌颂毛泽东，歌颂共产党领导下的革命实践，就是为了证明自己理论与时代的同一性。当然，胡风对毛泽东所怀有的亲近和钦佩也是真实的，特别是1938年曾经他之手最早发表了《毛泽东论鲁迅》以后，一种知遇之感始终洋溢在他的心里。这样两种感情的交融，使他在诗中用饱满的激情大声歌唱：

> 海
> 沸腾着
> 它涌着一个最高峰
> 毛泽东
> 他屹然地站在那最高峰上
> 好像他微微俯着身躯
> 好像他右手握紧着拳头
> 　　　　　　放在前面
> 好像他双脚踩着一个
> 　　　　　　巨大的无形的舵盘
> 好像他在凝视着流到了这里的
> 　　　　　　各种各样的大小河流

语言里贯彻着个人视角的亲切感，又不失分寸地把毛泽东推上了历史巨人的高峰。这正是胡风诗歌理论的核心：诗人的声音是时代精神的发酵，诗人的情绪的花是人民的情绪的花，诗人的巨大的感情因素必须与时代的精神特质紧紧地结合起来。《时间开始了》更成功的是诗人用相当个人化的语言叙述了诗人与几个先烈之间肝胆相照的动人故事，所谓"个人化的语言"指的是诗中抒情主体既是十分具体的诗人自传形象，又融合了某种庞大的共同性的时代声音，后者是通过前者的真实而不是概念化的感受来表达的。这个叙事特点尤其体现在第四部《安魂曲》中，诗人毫不掩饰先烈们曾经有过的灵魂低沉的时刻，以及各种性格上的缺点，尤其是对革命作家丘东平的诗体叙述，简直刻画出一个血淋淋的灵魂。这与诗人一贯主张的要作家写出人物灵魂的痛苦搏斗过程也相一致。

七月派诗人绿原曾高度评价这部诗："当时歌颂人民共和国的诗篇实在不少,但从眼界的高度、内涵的深度、感情的浓度、表现的力度等几方面进行综合衡量,能同《时间开始了》相当的作品未必是很多的。"⑱如果把《时间开始了》放在同类政治抒情诗创作之中来考察,这样的判断无疑是准确的,这部长诗包容了以颂歌为特色的政治抒情诗的许多必要因素,特别是强烈的抒情主体的塑造,以致后来者贺敬之、郭小川、闻捷等50年代重要政治抒情诗人的创作都难以达到这样的独创程度。但是也应该看到,当时凡"颂歌"体的政治抒情诗具有的缺点,诸如诗歌语言的不精炼和"颂歌"体的程式化,无节制的主观感情宣泄以及对领袖人物的狂热崇拜倾向,等等,在这部作品中都有比较充分的暴露;至于其巨无霸式的结构所造成的无旋律美感的冗长和重复,如在一个"欢乐颂"后再来一个"欢乐颂",在描写政协会议中间又插入了党员大会,在叙述纪实性人物时也采取了跟着故事走的自然主义态度等等,这些可能又是这部长诗所特有的缺点。

第三节　寻找时代的切合点：
《奥斯威辛集中营的故事》

在50年代初期的文学读物里,不管是哪一类作家,只要他能公开发表的作品,大约都是歌颂性的,只是各人的历史文化的背景不一样,对时代的感受也不一样。有许多为"歌颂"而"歌颂"的作品,在今天读来完全失去了具体的感染力。这不完全是因为今天的读者已经不理解那个时代的感情,譬如胡风的《时间开始了》虽然也夹杂着许多程式化的语言,但诗歌里洋溢着巨大而真挚的感情(主要是《青春曲》里的抒情诗)和对先烈的深切缅怀(主要是《安魂曲》的部分内容),现在读起来仍然相当感人。但是大量来自国统区的作家,对新的政权不可能产生理所当然的"胜利者"情怀,他们认同新的时代,并愿意学习时代所需要的精神武器,在自我教育的基础上赶上时代的要求。这样的作家在写歌颂性的作品时态度总是比较谨慎,很少将抒情主体扩大为"时代声音",而是作家通过发扬主体的积极因素来寻找与时代的切合点。"五四"新文学的传统自身具有强烈的民主性因素，在新的时代里仍然可能结合时代的战斗性要求，使他们对时代的歌颂与主观情感建立切实的联系，使"颂歌"成为一种比较诚实的抒情。如诗人臧克家在1949年底写的短诗《有的人》，在纪念鲁迅这一切合点上接通了时代的精神,诗中有名的短句："有的人活着，/ 他已经死了；/ 有的人死了，/ 他还活着。"深刻地表达了两种人生观念和人生价值的对比，不但在当时，而且在半个世纪的生生死死的民族灾难和苦斗中，也一再被人们引用来表达对行尸走肉的憎恨和对革命圣徒的怀念。还有老舍，他从美国回来后根据北京市民的生活状况，写出了《龙须沟》等一批话剧，在表现北京市民生活变化这一点上，歌颂了新的时代和北京市政府，主题是新的，但作品的题材和创作思想都有一以贯之的连续性。这样的创作在当时都属于比较优秀的创作。本节所要重点介绍的散文《奥斯威辛集中营的故事》⑬，正是这样一篇有代表性的作品。

作家巴金是在"五四"新文学运动中觉醒并走上社会的一代知识分子的杰出代表。他早年信仰国际共产主义运动中的无政府主义理论，参加过一些社会活动，1929年初发表第一部小说《灭亡》，就是以自己的社会革命经验为题材，来宣泄对社会专制制度的仇恨。30年代中国的无政府主义运动遭到镇压而失败，巴金用文学形式写了大量的小说和散文，宣泄内心的苦闷和寻找出路的欲望，在社会上激起强烈反响，受到广大青年读者的欢迎。他的代表作《激流三部曲》、《爱情三部曲》等以强烈批判社会专制制度和封建家族制度、鼓励青年反抗精神而闻名。抗战后期他的写作风格渐转冷静，代表作《憩园》、《寒夜》等，对小人物的不幸遭遇寄予了深厚的人道主义的同情。50年代以后，巴金虽然作为一位有声望的进步作家受到社会的尊重，但他原来的政治理想显然变得不合时宜，事实上他也主动放弃了对信仰的宣传，只是保持了热情的文风，用来抒写对新的政权和新的时代的歌颂。巴金这一时期的文学活动主要有官方安排的各种出国访问（包括到朝鲜战场去"体验生活"），然后写出各种游记、随感和志愿军的英雄故事。虽然写得不少，但在这种急功近利的写作动机下很难发挥他的创作优势，他所擅长的抒情艺术也显得琐碎而空洞。在这样的创作背景下，《奥斯威辛集中营的故事》是一篇难得的好作品。

　　这篇散文虽然还是用平铺直叙的方式记录了作家参观集中营的过程，虽然作家基本上是叙述集中营的历史资料而很少主观发挥，但它震撼人心的力量仍然十分强烈。这首先是材料的力量所决定的，在大量的纳粹迫害犹太民族的罪行面前，任何主观抒情都会变得虚伪与不相适宜，重温这段历史悲剧的人，只能屏气息声，静静地沉入历史。作家用纯客观的叙事方式带领读者身临其境地参观集中营，从进入到结束，让历史事实在每个人的眼中和心中流淌，这正是这篇散文最恰当的表达形式。其次，从作家的叙事中可以了解到，作家并不是真的纯客观地介绍一次参观过程，任何形式的参观活动都不可能获得那么详细的材料和完整的印象，作家只是套用参观记的叙事结构，在阅读了有关研究著作和回忆录以后，才精心组织起这篇文章。许多材料不动声色地从作家笔底显现出来，与集中营所展览的内容浑然一体地糅合在一起，达到了完整、丰富、有机的统一。第三，在非常有限的篇幅下，作家还是刻画了一个波兰人阿来克斯的形象，这位从小就在集中营里度过、父母都死在这里的年轻人竟然担任了参观集中营的接待工作，这本身就是一个残酷的现象，但作家写出了他的冷静和坚强，只有一处，作家这样写他："平日倔强的阿来克斯现在显得沉静了，他的眼光在各处找寻。他在找寻他的父母的脚迹吗？他在回忆那些过去了的恐怖的日子吗？忽然他抬起头看着我们，过后便指着湿润的土地说：'这都是烧剩的人骨头啊，这些白色的小东西！'我朝我的脚边看，土里面的确搀杂了不少的白色的小粒。"这样一个小小的残酷的现场有力地衬托了阿来克斯冷静的表面下巨大的内心痛感，他显然不是麻木地职业化地展览自己民族的苦难。

　　巴金所信仰的无政府主义本身具有复杂的内涵，人道主义是其内容的重要构成之一。20世纪人类文明的伟大之处，不仅在于有能力制止残酷与野蛮，还表现为有能力揭露人类自身的野蛮的兽性，以此警戒人类自身内部存在的文明危机。这是任何一个人道主义者所必须勇敢面对的问题。巴金的信仰里充满了人道主义的战斗勇气，在20年代反对美国政府迫害工人运动领袖萨珂与凡宰特的时候、在30年代反对法西斯军队侵犯西班牙的时候，巴金都积极地参与到这些世界性斗争中，尽了中国知识分子的国际人道主义的义务。所以由他来写关于奥斯威辛集中营的罪恶是最恰当不过的,他的人道主义的痛苦也只有在这种场合才能与 50 年代初期中国政府反对帝国主义的立场有机地吻合起来。散文的结尾写到作家将离开现场,他悲痛地写着:"我不能再想下去了。我是一个人,我有人的感情啊! 我的神经受不了这许多。对着那遍地的白色骨粒,我能够说什么告别的话呢? "于是作家依依不舍地站在那里不忍离去。这样的抒情方式与心理描写,与当时高昂的时代战斗精神也不怎么相吻合,若出现在另外一种场合很可能会被批评为"小资产阶级思想感情"的表现,但由于这样的国际性题材和反纳粹背景,也就被理所当然地接受了。

第四节　潜在写作的开端: 《五月卅下十点北平宿舍》

这是一篇奇异的手记式的散文,写作时间如标题所点明的:1949 年 5 月 30 日。从文学史的意义上说,当代文学的大幕还没有正式拉开,但北平(北京)城里已经云集来自全国各地的文艺工作者,人们正在兴高采烈地筹备第一次文代会。可是,30 年代京派文学的代表作家、《边城》《湘行散记》的作者沈从文却陷入了异常困惑的精神危机中。从抗战开始,沈从文与左翼政治力量的关系不断恶化,在左翼批评家发起的对"与抗战无关"论、"战国策派"、"反对作家从政"论、"自由主义文学"的批判运动中,他几乎每次都被列为论争对象,他在这时期创作的小说也屡遭批判,1948 年郭沫若发表《斥反动文艺》,用清算的口气辱骂他"一直是有意识的作为反动派而活动着"⑮。政治上的乌云重重地压在他的心头,摧残了他并不坚强但很敏感的神经系统。四十多年以后,公布了沈从文当时各种文字材料的《从文家书》一书的编者这样说:"1949 年,正准备'好好的来写'一二十本文学作品的沈从文,终止了文学事业,也走下了北大中文系讲台。由于内外原因交互作用,1 月起,陷入精神失常。消息传到刚刚解放的清华园朋友中,梁思成夫妇、金岳霖等马上请他去清华调养。朋友的真挚关怀未能缓解起病情,他病了很久很久……"⑯这篇《五月卅下十点北平宿舍》⑰就是当时留下的文字材料之一。

　　虽然这篇手记仅仅是作者在病中的"呓语狂言"，但它富有象征意味地记录了知识分子在一个大转型的时代里呈现出来的另一种精神状态。病中的沈从文敏锐地感受到时代的变化："世界在动，一切在动"，但他真正感到恐慌的不是世界变动本身，而是这种变动中他被抛出了运动轨迹："我似乎完全孤立于人间，我似乎和一个群的哀乐全隔绝了"，"我却静止而悲悯的望见一切，自己却无份，凡事无份。"正因为沈从文从来就不是"有意识的作为反动派而活动"，所以他才会对这个变化中的时代既不具备任何敌意和戒心，也不是明哲保身地冷眼旁观，而是想满腔热情地关爱它和参与它，所以才会对自身被排斥在时代以外的境遇充满恐惧和委屈。这种感受多么清醒，多么逼真，哪里有丝毫的"神经失常"？所以他要大声地宣布："我没有疯"！他还要进一步地反复追问：这"究竟为什么"？作者虽在病中文字仍然充满力量，读完这篇手记，一个善良而怯懦的灵魂仿佛透明似的毕现在读者的眼前，人们忍不住想问：一个新的伟大时代的到来，难道不能容忍这样一颗微弱而美好的生命的存在吗？

沈从文与夫人张兆和

　　虽然这是一篇随意性极强的手记，其文体却鲜明地烙上沈从文向有的文字特点：文字松弛、内涵丰富、语言有节奏感。沈从文有很高的音乐辨别能力，文章从"静中有声"开始写起，写了各种各样的声音：远处的鼓声（幻觉），灶马的振翅声，孩子的睡鼾声，收音机里的古典音乐声……每种不同的声音都唤起了他不同的情绪变化，相当细腻有致。在短小的篇幅里他插入了三段不同时间向度的叙事文字：历史的回忆、现实的抒情和对未来的幻想，其中蕴涵了三个女性：历史上的丁玲，现实生活中的张兆和，和幻觉中的翠翠。他首先从一张旧照片引出了丁玲的故事是意味深长的。青年时代，沈从文与丁玲夫妇是极好的朋友，虽然走的道路不一样，但是在丁玲的丈夫胡也频牺牲以后，他曾冒着危险护送丁玲和遗孤回家乡，可说是有胆有识；当丁玲被国民党政府秘密逮捕后，他又公开发表长篇散文《记丁玲》来唤起民众对失踪者的关注，可说是有情有义。十九年过去了,丁玲成了新时代的文艺官员和风云人物,当年护送的遗孤也已经长大成人,可是他,却"被自己的疯狂,游离于群外",历史是多么嘲弄人?对于患难与共的妻子张兆和,沈从文是充满了感谢和愧疚。当他的思绪从照片上的历史回到现实时,他用两句话来描写自己的家庭:"兆和健康而正直,孩子们极知自重自爱"。这两句话其实是一层意思,后一句更加衬托出前一句兆和的健康正直、教子有方。眼看着这样一个在温馨熟睡中的幸福家庭将会因为他的缘故而遭到破坏,他的恐惧和绝望是可以想象的,静夜中小灶马的振翅鸣叫似乎也渲染了这种绝望的心理。最后,沈从文又想到了家乡——他时刻魂萦梦绕之地,这位湘西民间世界的赤诚歌手在社会变动中饱经孤独与冷遇以后,本能地想回到土地的怀抱之中,他本来就是属于那一块朴素的土地。翠翠也许是他小说里的人物,也许是艺术人物的生活原型,也可能是家乡民间世界的一个文化幻想,象征了作家归隐民间的理想。值得注意的是作家描述家乡时用的是未来时态(端午快到了)而不是过去时态,隐含了作家对未来道路的自觉选择:虽然他后来没有归隐湘西民间,却以半生的精力流连于民俗文化和历史文物的整理,而自觉远离喧嚣的文坛与社会,在民间岗位上尽了知识分子的职责。

　　如果说,鲁迅当年以石破天惊的《狂人日记》揭开中国现代文学大幕,宣布了现代知识分子与传统彻底决裂的大无畏精神,奠定了以启蒙为特征的现代文学传统,那么,沈从文的这篇低调的新"狂人日记"对 50 年代以后的文学史同样有着重要的意义。尽管这篇作品当时不可能发表也不可能流传,但从文学史的眼光来考察,当代文学史上一直若隐若现地流淌着一股创作潜流,许多被剥夺了写作权利的知识分子留下大批没有公开发表的私人性文字:日记,书信,札记,诗歌,以及有意识的文学创作,真实地表达了他们对时代的感受和思考的声音。这些文字比当时公开发表的作品更加真实和美丽,因此从今天看来也更加具有文学史的价值。而沈从文的这篇手记,应该是这股潜在写作之流的滥觞。

注释:

① 引自周恩来《在中华全国文学艺术工作者代表大会上的政治报告》,收《文学运动史料选》第 5 册,上海教育出版社出版的"现代文学史参考资料",

1979 年版,第 640 页。

② 引自周扬《新的人民的文艺》,同上,第 684 页。

③ 引自《毛主席讲话》,同上,第 637 页。

④ 引自钱理群《1948:天地玄黄》,山东教育出版社出版的"百年中国文学总系",1998 年版,第 33 页。

⑤ 引自毛泽东《关于〈红楼梦〉研究问题的信》,收《毛泽东选集》第 5 卷,人民出版社 1977 年版,第 134 页。

⑥ 参阅洪子诚《1956:百花时代》,山东教育出版社出版的"百年中国文学总系",1998 年版,第 12 页。

⑦ 参阅吴定宇《学人魂——陈寅恪传》,上海文艺出版社出版的"世纪回眸"丛书,1997 年版,第 188 页。

⑧ 引自[日]坂井洋史《读巴金——违背宿愿的批判者的批判者的 60 年》,收《巴金的世界》,东方出版社 1996 年版,第 197 页。

⑨ 《无名书》在 40 年代末已出版第 1、2 卷及第 3 卷上册,50 年代开始,无名氏隐居杭州,继续写作,相继完成了第 3 卷下册和第 4、5、6 卷。80 年代全书陆续在台湾出版。

⑩ 引自洪子诚、刘登翰《中国当代新诗史》,人民文学出版社 1994 年版,第 23 页。

⑪ 《时间开始了》包括五个乐章,第一乐章《欢乐颂》初刊于 1949 年 11 月 20 日《人民日报》,第二乐章《光荣颂》初刊于 1950 年 1 月 6 日《天津日报》,第三乐章当时没有完成,只发表几个片段,第四乐章《安魂曲》(后改名《英雄谱》)于 1950 年 3 月由北京天下图书公司初版。第五乐章《又一个欢乐颂》(后改名《胜利颂》)初刊于 1950 年 1 月 27 日《天津日报》。80 年代胡风对全诗做了修订和补充,正式出版。本教材依据《胡风诗全编》本,浙江文艺出版社 1992 年版。

⑫ 引自萧恺《文艺统一战线的几个问题》,载《大众文艺丛刊》第 2 辑。

⑬ 引自绿原、牛汉对话录,收《胡风诗全编》,浙江文艺出版社 1992 年版,第 776 页。

⑭ 《奥斯威辛集中营的故事》初刊于《小说》第 5 卷第 1 期(1951 年 2 月),本教材依据《巴金全集》第十四卷本,人民文学出版社 1990 年版。

⑮ 引自郭沫若《斥反动文艺》,收《文艺运动史料选》第 5 册,上海教育出版社 1997 年版,第 617 页。

⑯ 引自沈虎雏编《从文家书——从文兆和书信选》,上海远东出版社出版的"火凤凰文库"本,1996 年版,第 145 页。

⑰ 《五月卅日下北平宿舍》当初没有发表,初刊于《从文家书——从文兆和书信选》,上海远东出版社 1996 年版。

第二章　来自民间的土地之歌

第一节　民间文化形态与农村题材创作

全国第一次文代会上，周扬的报告虽然只是介绍了以延安为中心的抗日民主根据地以及后来的解放区所开展的文艺运动实践，实质上却指出了新建立的国家政权对文艺工作的要求和领导方针。正如有研究者所指出的：经过了 40 年代末中共领导下的一系列文艺思想斗争以后，"以解放区文学为代表的左翼文学，已成为当代文学的构成的主要资源"①。毛泽东的文艺思想成熟于战争的实践，所以，以毛泽东文艺思想为指导方针的抗日民主根据地的文艺运动，正是当时战争实践的不可分离的一部分。它具有如下一些特征：一、文学与一个时期的特殊的战争任务紧密结合起来，并严格服从战争时期为革命全局服务的写作动机，这就要求写作者尽可能地克服个人（尤其是小资产阶级知识分子）的主观情绪，把战争的主体力量（人民大众）作为描写对象、歌颂对象和宣传教育对象；二、由于战争是以争取胜利为目的的，各种文学宣传材料都必然要以歌颂性、乐观性和前瞻性为主要基调，以起鼓舞士气的作用，这就排除了悲剧色彩或任何悲观颓废倾向的文艺；三、由于战争的主体是文化程度不高的广大农民，文学的表现手法应该多多吸取来自民间的文艺因素和文艺样式，用通俗易懂的形式来达到文学的宣传功能，民族化与大众化的审美要求就是这样提出来的；四、要求从战争实践中直接培养工农出身的知识分子和文艺干部，使作家队伍的结构发生有利于工农兵文艺创作的变化。这样一些特征，在 1949 年以后较长时期内一直成为中国文艺领导工作者所追求的目标。

来自解放区的文艺工作者有两类:一类是"从文学到革命",另一类是"从革命到文学"②。前者主要来自30年代左翼文学运动,抗战以后到抗日民主根据地参加实际工作,如周扬、丁玲、周立波、萧军、艾青、田间、欧阳山、草明等;也有个别人来自纯艺术的文学圈子,如何其芳,他们都是带着"五四"新文学传统的文化背景参加战争实践,并在延安整风运动中经过思想批判和自我斗争,有的克服了"小资产阶级性"而成为战争文化规范下的文艺干部,也有的因为自我斗争得不彻底而受到批判或者陆续转化为政治运动的对象。后者是指抗日战争的实际工作中逐渐成长起来的文艺工作者,如赵树理、柳青、孙犁、马烽、李季、梁斌、杜鹏程、吴强、贺敬之、郭小川等等,他们中有的是学生出身,也有的虽然没有受过正规教育,但在生活实践中多少受到传统民间文艺的熏陶,与来自民间的生活方式和文化形态有着天然的联系。这两类作家的创作,构成了五六十年代文学与国家政治生活紧密结合、用艺术来表现国家意志下的时代共名的创作主流。

1949年开始的中国当代文学继承了战争文化规范下的解放区文学传统,它理所当然地要发扬战争时代的文学特征,使文学自觉地成为整个社会主义革命和建设事业的一个有机组成部分。应该说明的是,中国具有社会主义性质的所有制改造和一系列思想意识斗争,都是在50年代初逐步推进,并且需要在较长的历史阶段加以实践的检验,它与一场具体的战争毕竟是不能等同的,要求同步发展的当代文学及时、甚至是超前地用艺术来反映这场本身尚处于实验阶段的革命运动,要求作家对生活中还没有充分展开其全部内容(包括正面和反面的全部经验教训)的事件表达一种准确的见解,都是不符合艺术创作规律的。但是出于战争年代的文化熏陶,也出于对中国这块古老土地彻底改变贫穷落后面貌的迫切需要,大多数作家都真诚地拥护社会主义制度在中国的尝试和实践,并出于感性的巨大欢乐来歌颂这场史无前例的革命运动。如果说,社会主义在19世纪是从空想到科学的一次理论飞跃,那么,它在20世纪是人类将其从理论运用到具体社会实践的伟大尝试,当时在世界上除了前苏联有过不算很成功的实践以外,没有别的现成经验可以参考,所以,如何结合中国具体历史条件来进行社会主义革命和建设，本身是一种类似"摸着石头过河"的探索和经验积累过程，这就决定了这样的尝试很可能会是无数次的反复实践的过程。作家作为直接投入和参与到这样一种历史过程的具体个人，他不可能超越历史限制创作出完美无缺的社会主义的艺术画卷。他的创作的重要依据只能是来自两个方面：一是各个历史阶段国家指导社会主义革命和建设的政策条文，这是国家意志的体现；还有一个是实际生活中的普通人民群众，尤其是生活在社会底层的群众，他们的物质现状和精神反映，这是民间评判事物价值的标准。毫无疑问，来自解放区的作家们都是自觉的国家意志的体现者和传播者，但同时，他们中间确实有不少人在长期的工作实践中与人民群众保持了血肉相连的精神联系，并能够自觉将艺术追求融入民间文化形态，使他们在艺术创作时不自觉地向民间文化形态倾斜，流露出民间的真实声音。

这种特点最明显的是表现在那一时期关于农村社会主义运动的文学创作方面，这是 50 年代文学创作的一个重要领域。在农村合作化运动中，中共中央的政策有过几次反复，直到 1955 年，毛泽东在全国省、市、自治区党委书记会议上做《关于农业合作化问题》的报告，对农村工作部部长邓子恢进行不符合实际情况的批判，并否定了中央在 1953 年和 1955 年春对合作社的两次整顿工作，大反所谓"小脚女人"的"右倾思想"。接着召开的中共七届六中全会，把党内在合作化速度问题上的不同看法当作右倾机会主义来批判。这些政治思想路线与后来几年中左倾冒进错误的发展、夸大阶级斗争和路线斗争以至"文化大革命"的爆发，都有着内在的联系③。1979 年以后，中共中央推行农村新经济政策，撤消人民公社制度和推行联产承包责任制，历尽苦难的中国农民又进入了一轮新的尝试。回顾农业合作化运动的历史全过程及其在以后二十多年的实践检验，今天的人才能作出近乎事实的结论，而身处 50 年代"高潮"时期的人们，包括作家，是不可能看清这些被后来事实所证明的结果的④。80 年代以后，文学创作中出现了许多总结农村经济失败教训、歌颂新经济政策的文学创作，但五六十年代公开发表的文学创作，几乎都是以拥护农村社会主义改造的国家意志为时代"共名"，用国家最新或者最后的政策条文为创作的依据，作家们从感情上确认这是摆脱几千年来私有制度的伟大革命，不可能毫无讳饰地揭示出这场历史变动给农民带来的真实况景。那么，按照这样的理解，当时那些以农村合作化运动为题材的创作还有没有文学史的价值呢？当然有，本章所要讨论的，正是这一类创作在怎样的意义上保留了历史的和美学的价值。

　　这里需要引进一个概念，即民间文化形态。"五四"以来的新文学史上，乡土题材的创作成果也许是最为丰富和发达的，它集中汇集了知识分子探索与改造国民性的启蒙主义和崇尚原始、民间和自然的田园浪漫主义这两大创作流派⑤，40年代崛起的战争文化规范几乎中断了"五四"以来各种题材的创作，唯独对农村乡土题材创作有所继承。五六十年代农村题材小说塑造的比较成功的农民形象虽然也烙上了鲜明的时代的印记，但从精神上说仍然摆脱不了闰土、阿Q、老通宝、翠翠等优秀典型的历史胎记，或者说，正是那一代人物沿着历史的轨迹走到了新的现实环境里，如周立波的《山乡巨变》里的盛佑亭（亭面糊）、王菊生（菊咬筋）、盛淑君和柳青的《创业史》里的梁三老汉、王二直杠、郭振山等等。"民间"是一个有着丰富涵盖面的文化概念，在乡土文学传统里，它是与自然形态的中国农村社会及其文化观念联系在一起的，比较真实地表达了挣扎在社会最底层的广大农民的生活态度和精神状态。"五四"一代的作家对这样一个"民间"世界抱着极为复杂的态度，并把这种真切关注和特殊感情传给了新的一代作家，我们从柳青对农民传统私有观念的鞭辟入里的痛切分析中，似乎能联想到鲁迅是怎样以痛切的批判态度来呼唤劳苦大众在自我斗争中冲破几千年来的精神重负，追求新生和希望的；我们从周立波对湖南山乡自然景色和美好人性的由衷赞美中，似乎也联想到沈从文是如何以血肉相连的感情来歌颂、表达"民间"的原始性、朴素与健康。现代中国知识分子总是怀有一种剪不断、理还乱的深厚的民间情结。其次，民间文化形态在当代文学史上还具有特定的含义，它既包含了来自生活底层（民间社会）的劳苦大众自在状态的感情、理想和立场，也包含民间文化艺术的特有审美功能。由于战争文化特征所决定的文学必须重视民族化和大众化，使本来处于自在状态的民间文化形态被当作民族化大众化的因素或被及时地吸收、或被批判地利用，慢慢地运用到当代文学创作中，并且化解、中和了其中过于强烈和僵硬的政治宣传的成分。许多作家的创作常常摇摆在政治政策宣传和文学艺术创作之间，而民间文化形态的因素往往成为决定作品是否具有艺术价值的关键。除了前面提到过的作品以外，还有中篇小说《三里湾》(赵树理著)、《铁木前传》(孙犁著)、《归家》(刘澍德著)、《黑凤》(王汶石著)，短篇小说《赖大嫂》(西戎著)、《锻炼锻炼》(赵树理著)、《山那边人家》(周立波著)，戏剧《布谷鸟又叫了》(杨履方编剧)、《洞箫横吹》(海默编剧)，电影《李双双》(李準编剧)、《我们村里的年轻人》(马烽编剧)、《五朵金花》(季康、公浦编剧)等，这些作品虽然在创作背景上保持了强烈的时代共名，内容构思和人物塑造也都含有明显的政治宣传意图，但作家们凭着对农村生活的丰厚经验和美好感情，在文学创作的各个层面上或强或弱地体现出民间文化艺术的魅力，终于使作品保持了动人的创作情感和活泼的艺术魅力。

第二节　民间艺术空间的探索:《山乡巨变》

在 50 年代小说创作中,农村生活题材的作品占了相当大的比重,尤其是 1953 年农村开始大规模的社会主义革命——合作化运动，吸引了大多数作家的关注。这场涉及到每个农民的家庭及个人命运的变化，特别是要求农民从几千年的小生产者的生产方式和传统私有观念中解放出来，转变为中国社会主义革命的动力的"运动"，对于从土地改革中获得土地、劳动发家的梦想刚刚开始燃烧的广大农民来说，真是一场痛苦的、触及灵魂的考验。同样,对于一些熟悉农村生活、与农民感情上血肉相连的作家来说,也不能不相伴着经历一场严峻的灵魂搏斗。在政治上，作家们都理解这场革命的意义，并希望通过歌颂农村的新生事物来推动这场革命的顺利进行,可是越深入到生活的激流深处去设身处地地体验、观察、把握农民思想感情，以及他们所经受的脱胎换骨的考验，真正愿意与农民共命运的知识分子的自身灵魂也不能不经受同样的震荡与感动。当然有些对农民没有深厚感情的青年作家是可以公式化地按中央文件所规定的政策来图解这场运动，轻易地把农民世世代代的创业梦想简单地判定为"走资本主义道路的自发势力"，轻易地宣布"不能走那条路"! 但对大多数严肃的作家来说，他们不能不在时代共名与农民沉浸其中的痛苦的精神斗争之间，寻找出一种可能表达的真实来。这时候，民间文化形态的因素就发挥了恰到好处的作用。

周立波的长篇小说《山乡巨变》⑥，虽然不是最早用艺术来描写合作化运动的作品，也不是最具有理论深度的长篇小说，但它有非常鲜明的艺术个性，即从自然、明净、朴素的民间日常生活中，开拓出一个与严峻急切的政治空间完全不同的艺术审美空间。周立波参加过 30 年代左翼文艺运动并有着很

1955 年，周立波回家乡农村深入生活，同时开始创作长篇小说《山乡巨变》。

好的中外文学修养，他翻译的萧洛霍夫的长篇小说《被开垦的处女地》和基希的报告文学集《秘密的中国》，都是名重一时的文学作品。延安文艺座谈会召开以后，他自觉地放弃原来的文学修养和创作道路，在参加实际的政治斗争生活的同时，努力深入农村生活，学习来自民间的语言艺术。他的第一部长篇小说《暴风骤雨》以土地改革运动为题材，曾与丁玲的长篇小说《太阳照在桑干河上》同获斯大林文学奖（1951 年），但这部小说在学习民间方面并不成功，只是停留在表面层次的地方色彩和方言土话上，与作品的整体风格是脱节的。1955 年，他举家迁移湖南家乡落户，深入了解与研究合作化运动中的农民的精神状态。也许是写自己家乡的缘故，《山乡巨变》成功地显现了作家独特的艺术语言和创作个性，在同类题材中是相当引人瞩目的。

在对合作化运动的态度上，周立波毫无疑问是站在时代共名的立场上，鼓励农民走合作化道路的。小说的基本构思和人物关系，包括对农村阶级斗争的设计，都保持了与国家意志下的时代共

名的一致性。这一点与柳青的《创业史》有某种相似性,但不同的是,《创业史》的作者对农村阶级关系及其冲突更加具备了高屋建瓴的理性把握,因而也就更加具备了思想的"深刻性"和人物矛盾冲突的"尖锐性"。但应该说明的是,这种深刻与尖锐都是从当时国家政策的立场而言的,《山乡巨变》所缺乏的正是这两点,作家是把一场政治运动放在民间生活舞台上演出,回避了思想的深刻性,却换得了人情的自然、醇美与和谐;回避了人物矛盾冲突的尖锐表达,却散淡地写出几个活灵活现的农民性格。"民间文化形态"表现在文学创作上是一个完整的艺术整体,孤立地使用"民族形式"和"民间语言"说明不了小说的真正艺术成就。

举一个例子。小说所写的时间背景,正是 1955 年毛泽东批判了邓子恢整顿、收缩合作化的方针,把合作化运动推向"高潮"的时候,对于这段历史,有不少作家编成"批判党内右倾路线"的情节写进作品里,连《创业史》都摆脱不了这个影响。到了 70 年代,还有作家根据这段历史编造了反对"党内走资派"的《金光大道》。周立波当然不可能超越历史环境来辨别中共高层领导中间的分歧,他在小说里也写到了党内右倾的错误。但是,他从实际的农村工作状况出发,本能地意识到这种"右倾"恰恰是农民所需要的。小说里的清溪乡党支部书记李月辉,是个"男儿无性,钝铁无钢"的"婆婆子"。他响应整顿合作社的方针,"收缩"了唯一的合作社,结果被指责犯了右倾错误,但他很坦然,只认定一条理:"社会主义是好路,也是长路,中央规定十五年,急什么呢?还有十二年。从容干好事,性急出岔子。"对于别人批评他是右倾"小脚女人",他理直气壮地反驳:"我只懒气得,小脚女人还不也是人?有什么气的?"作家没有越俎代庖地宣传当时的反右倾路线,而是通过这样一个理论觉悟"不太高"的农村基层干部曲折地说出了不同的声音。李月辉和合作社社长刘雨生都是小说里的主要农村干部,合作化运动的领导者,但他们身上没有同类题材小说里经常出现的人为拔高的英雄人物"气味",都是平平凡凡的泥腿子。李月辉说:"我最怕的是人家怕我,……脱离群众,不要说工作没办法推动,连打扑克也没得人跟我打了。"他爱打牌,自己也说,"解放前,我也算是一个赖皮子,解放后才成正果。"他出身于破落户,读过书,做过小买卖,后来当了干部,所以对种田并不内行,只是靠有人缘、恤民情才得到农民的信任。

这非常符合农村基层干部的实际状况。而刘雨生不仅通过他的劳动,还通过他因公忘家,被迫与发妻离婚的内心痛苦来表现心灵的淳朴与善良。由于这两个基层干部的本色和富有民间的人情味,使合作化运动中左倾盲动、伤害农民感情的政策和做法(以区委书记朱明为代表)得到了稀释,国家意志与民间生活中间有了一座互相沟通的桥梁。

并不是说,周立波笔下的农村基层干部形象就是生活本来的面貌,事实上,从农村的"赖皮子"当上基层干部,进而鱼肉农民,迎合上级好大喜功的需要而不顾民情的事例大量存在,关于这一点,深深扎根于民间的赵树理写出来的作品要深刻得多,也尖锐得多。但周立波作为一个站在时代共名的立场上的知识分子,能塑造李月辉和刘雨生这样的干部形象而不是那种"高大全"的新型农民和当代英雄,不仅表现出他对自在自然的民间文化形态的尊重,也反映了作家个人身上善良、宽厚、天真的美好品格。出于这样一种美好的主观愿望,小说主要画面里没有剑拔弩张的阶级冲突(除了硬加的龚子元夫妇等"阶级敌人"的故事,是明显的败笔),盛佑亭、陈先晋、王菊生等老农民形象都被刻画得栩栩如生、活灵活现。作家首先从劳动的态度上热烈地赞美了这些农民身上的优秀品质,他们几乎都是在非人的劳动强度下开荒耕种,甚至付出了几代人的血汗与生命,刚刚获得一点微薄的土地,现在政府突然要求他们把田地、山林、家畜一律加入合作社,精神的斗争与感情的痛苦都是非常自然的。作家虽然出于政治立场不可能更深刻地写出这种精神斗争的残酷性,但也没有从精神上人格上丑化他们侮辱他们,反而是从民间的角度写出了他们身上淳朴的人情美,给予他们善良的同情。后来理论界把这些农民的艺术形象称作为"中间人物",其实在那个片面夸大阶级斗争的时代里,文学创作中只有这些"中间人物"才或深或浅地传达出民间真实的声音。

人情美、乡情美和自然美,是这部小说所展示的主要画面,也可以说这里隐藏了沈从文笔下的湖南大山深处民间社会的菁华。大量的民间传说、乡村风俗、自然风光都恰到好处地穿插在故事情节当中,看似闲笔,却在丰厚的民间文化基础上开阔了小说的意境,使合作化的政治主题不是小说里唯一要表达的东西。小说第一章写了县工作组下乡推动合作化运动，女干部乘小船随着缓缓流水进入山乡，隐含了外来政治风雨将席卷自在民间社会的征兆。小说叙事处处将两副笔墨重叠起来，政治是一景，乡情也是一景，而且是更加美好和本色的景致。如那个深深坠入情网中的胖姑娘盛淑君，对爱人的火辣辣的热恋和复杂细腻的心理；如桂满姑娘因吃醋与丈夫大闹，闹到丈夫服毒自杀，她还在一旁乱发脾气的蠢相；如盛佳秀被丈夫遗弃后的患得患失，重新有了爱情后又变得温顺体贴等等，人生众相，千姿百态，即便没有合作化运动的穿针引线，也同样展现了民间生活的丰富蕴涵。

第三节　民间立场的曲折表达：《锻炼锻炼》

也许并不存在着一个纯粹的"民间世界"，也没有一个纯粹的民间文化形态，正如"任何一个时代的统治思想始终不过是统治阶级的思想"那样，民间总是以低调的姿态接纳国家意志对它的统治、渗透和改造，同时它又总是从漫长岁月的劳动传统中继承并滋生出抗衡和消解苦难、追求自由自在的理想的文化品格，而且，民间也不是完美的概念，它是一个包容一切被侮辱与被损害的人们的污秽、苦难、野蛮却又有着顽强生命力的生活空间，有关这个空间的文化形态，又总是能够比较本色地表达出下层人民的生活面貌和情绪世界。五六十年代的文学创作强烈地体现着国家意志和时代共名合流的意识形态，民间文化形态并不是作为这些意识形态的对立面，而只是作为一种艺术补充出现的，只有当两者发生激烈冲突、民间的立场遭到全面否定的时候，它才会被迫以破碎的或隐形的方式曲曲折折地表达自己的声音。

在这个意义上，赵树理的创作在当代文学史上有着重要的地位。赵树理是"五四"以来新文学传统的异端，他早年曾接受过新文学的影响，但很快就发现新文学传统的圈子过于狭小，无法真正提供农民所需要的精神食粮。他是属于中国民间传统中比较有政治头脑和政治热情的农村知识分子，他把民间传统作为自己安身立命之地，自愿当个"文摊文学家"⑦，完全出于自觉的选择。这一方面取决于他来自山西民间社会的家庭背景和浸淫过民间文化的熏陶⑧，更重要的是，他在战争的时代里看到了农民将会在未来的政治生活中发挥更大的作用,民间文化传统也应该风云际会,获得复兴⑨。所以他始终想绕过新文学传统,将民间文化直接与实际的政治工作结合起来,他把自己的小说解释为"问题小说"⑩,所谓"老百姓喜欢看,政治上起作用"⑪,都包含了这种意思。他所说的"起作用",不仅仅是利用通俗方法将国家意志普及远行,也包含了站在民间的立场上,通过小说创作向上传递民间的声音。这才是赵树理拥有的一般民间艺人所不可取代的特性。自觉的民间立场形成了赵树理特有的叙事美学和艺术风格,他说:"我写的东西,大部分是想写给农村中识字人读,并通过他介绍给不识字人听的。"⑫他时刻想的是"自己供给的精神食粮群众能不能吃进去"⑬。必须了解赵树理特殊的创作对象和创作观念,才能真正了解他的创作的美学意义。一般来说,文学艺术"为工农兵服务"是五六十年代作家共同所遵循的创作方向,但像赵树理那样,把自己的文学对象具体规定为"农村中识字人"(大约不会超过中学毕业的文化程度)和"不识字人",应该说是很少见的。所以用新文学传统的审美眼光,用一般知识分子理性的眼光,都无法从审美感情上认同和理解赵树理的小说,甚至很难走进赵树理的艺术世界之门。赵树理所要表达的,不是概念形态的农民,也不是艺术形态的农民,而是实实在在的山西农村日常生活当中的活人的具体感情,没有一点儿的虚伪。他在抗日民主根据地和解放区创作的重要作品,虽然也表现出特定政治环境下的农村生活,但那是用民间的山泉洗过一遍的生活,显现出民间的本色。《小二黑结婚》写农民的自由恋爱,却先写一个三仙姑,一个因为爱情得不到满足而装神弄鬼的女巫,接着是农村流氓窃取村政权为非作歹,压制青年农民的自由恋爱……把一个藏污纳垢的民间社会文化历历在目地展现了出来。同样是写土地改革运动,别的作家都是按土改政策文件铺展惊心动魄的阶级斗争情节,而《李有才板话》、《邪不压正》等却土头土脑地描述了农民在土改中表现出来的各种心态和遭遇的尴尬事件,他总是紧紧盯着这块土地上蠕动着的那些小人小事不放。如果按"阶级斗争"的时代共名来衡量,如果用知识分子的启蒙主义的审美标准来衡量,赵树理的小说怎么也谈不上"深刻"和"魅力",但是,如果我们暂且放弃一下"五四"以来政治与艺术逐渐结合而成的一系列新文学批评标准:如"深刻性""典型性""史诗"等等,换一

1954 年赵树理在中国作家协会院子里。

副农民的眼光，就不难理解赵树理笔下所展示的魅力。

首先，赵树理作为农民的代言人，他本能地发现，在农村，对农民最大的危害，正是农村"基层干部是混入了党内的坏分子"⑭（周扬语），如金旺那样的地痞流氓，小元那样的旧势力跟屁虫，小旦那样随风转的地头蛇，以及小昌那样"轮到我来捞一把"的坏干部……他的小说的矛盾冲突大都是围绕这样一批农村旧势力和新政权结合的坏人而展开的，这是站在农民的立场上才会发现的问题。⑮他的创作曾被一些用所谓阶级斗争的眼光来"深刻"看问题的人批评为"模糊了阶级观点"，⑯但如果从当时的农村实际生活斗争来看，赵树理的小说何止深刻，可以说是相当尖锐地揭示了抗日根据地的农村的新的阶级斗争和农民的愿望。其次，赵树理已经指明了自己创作的服务对象是文化程度相当低的农村读者，所以在艺术表现手法上不能不迁就传统的民间文艺手法，但他所表现的内容和艺术趣味则完全是新的，没有为迁就大众口味而利用通俗文学的庸俗手法。他所自觉追求的是让老百姓喜欢看有政治内容的新故事，就必须注意到读者的欣赏口味。他的小说叙事是用日常口语，一般现代小说注意到人物语言的性格化与口语化，叙述故事的语言则是书面白话，而赵树理的作品连叙事语言都是日常口语。赵树理很少刻意追求方言土语以壮声色，擅长运用朴素干净的口语来叙述故事，他也不刻意突出人物的性格语言，常常把叙述语言与人物语言混成一片，实际上是用民间口语高度统一的小说叙事，表现出内在的和谐和朴素。还有，赵树理基本上不用现代小说刻画人物的所谓典型化原则（即把人物放在各种矛盾冲突中展示其阶级的内涵），他的小说从来不围绕一两个英雄人物转，而是长卷似的平铺展示群体的农民故事，逼真地写出日常生活细节的过程，仿佛是听一个民间说书人在乡场上讲村里的故事,讲得圆熟,琐碎,说到哪个人物,哪个人物就成为故事的中心,细细节节的过程很真实地被描述出来。如写农民的心理盘算,就会具体地将一笔笔细账小利都写得清清楚楚,不熟悉农村生活的人读了也许会不耐烦,但在农民读来或听来,不仅真实可信,如临其境,还很容易引起同感和共鸣。这可以说是一种细节的现实主义,宋元话本,明清小说,并不缺乏这个传统。如果比较周立波与赵树理两人的风格,周立波是刻意向民间学习,用知识分子的理想化写出了民间社会的"桃花源",而赵树理则本来就是民间社会中的一名艺人,不过是用他生命的本相展示民间社会生活的本来面貌,可以说他是真正做到了与农民及农村生活的无间无隔。

认识了赵树理的艺术追求,才可以进一步把握他在当代文学史上的创作意义及其悲剧性的命运。总的来说,赵树理在五六十年代的创作成就不及以前,这一点,同样来自解放区的作家孙犁有过很好的论述。他说赵树理在 50 年代初进北京后的情况:"这里对他表示了极大的推崇和尊敬,他被展览在这新解放的急剧变化的,人物复杂的大城市里。不管赵树理如何恬淡超脱,在这个经常遭到毁誉交于前,荣辱战于心的新的环境里,他有些不适应。就如同从山地和旷野移到城市来的一些花树,它们当年开放的花朵,颜色就有些暗淡了下来。……他的创作迟缓了,拘束了,严密了,慎重了。因此,就多少失去了当年青春活泼的力量。"[17]"青春活泼"的丧失意味着民间精神的失落。由于赵树理自觉而本色地代表了农民的立场,在抗日民主根据地的战争环境下,为了有别于知识分子视角下的新文学叙事立场,他的创作受到了高度的推崇,一度被誉为"赵树理方向"。但随着战争的胜利,新的国家意志构成了新的时代共名,对农民也有了进一步的要求,农民的本来立场及其文化形态并不总是与时代共名相一致的。这时候,本色的赵树理不能不陷入创作困境。描写土改时期农民故事的《邪不压正》已经与别的土改题材的作品在宣传政策文件上显出了差异;《三里湾》虽然是第一部描写合作化运动的小说,但故事情节发展很勉强,远不及后来的《山乡巨变》和《创业史》那样理直气壮地宣传国家的农业合作化政策;连歌颂新婚姻法的《登记》,也不能像当年的《小二黑结婚》那样深刻地展示民间文化状态和揭露农村基层的坏人坏事。

1958年农村"大跃进"运动，由于指导思想违背了农业生产的基本规律，各级领导盲目地夸大农业产量，以迎合好大喜功的国家意志，结果给农业生产和农民生活带来了生死攸关的严重破坏。彭德怀元帅从农村收集的民歌有这样的歌词："谷撒地，薯叶枯，青壮炼钢去，收禾童与姑，来年日子怎么过……"[18]真实地反映了农村劳动力分配的混乱和农民的绝望。但是，当时真实的生活是不允许被反映被揭露的，相反，文艺界一方面积极提倡所谓"革命现实主义和革命浪漫主义相结合"[19]的创作方法，另一方面也相应发起批判"修正主义文艺思想"[20]的运动，真实描写现实生活的创作非但不可能发表，而且还会给作家带来祸害，所以，当时许多歌颂"大跃进"的文学创作和所谓"民歌"，不能不是对现实生活的歪曲性的描写。但赵树理就在这时候发表了短篇小说《锻炼锻炼》[21]。

理解这篇作品是比较困难的。首先我们应该了解一些背景。赵树理作为一个自觉的农民的代言人，他目睹了"大跃进"过程中实际存在的问题不可能没有反应。1959年，他写了《公社应该如何领导农业生产之我见》一文，委婉地提出了自己对农村工作的看法。文章交给当时的中共党刊《红旗》杂志，但尚未发表就发生了中共"庐山会议"错误批判以彭德怀为首的"右倾机会主义"，赵树理的这篇文章被杂志社转到中国作家协会，当作"右倾思想"的代表进行批判。1962年政治形势略为宽松的瞬间，中国作家协会在大连举行"农村题材短篇小说座谈会"，赵树理在会上发言，他很激动地讲到农村的一些情况后，说："60年简直是天聋地哑"[22]。这句话当时看来非常尖锐，也表达出这位中国农民的忠实儿子极为悲怆的心理。《锻炼锻炼》写于1958年，正是"大跃进"的高潮期间，与农民血肉相连的赵树理不会不敏锐地发现中国农村正处于这"天聋地哑"的前期。当时的文艺界刚刚经过"反右运动"，表面上一片莺歌燕舞，暗地里却一片心惊胆战，赵树理不可能也不会被允许写出农村真实情况。所以《锻炼锻炼》也利用了当时一般文学创作惯用的歪曲生活真实的方法，曲折地反映出作家的民间立场。

这篇小说的题目就很奇怪，谁需要"锻炼锻炼"？原来农业社副主任杨小四是个青年人，老主任王聚海认为他还年轻，还需要"锻炼"，但在一次强迫农民出工劳动的"当家"过程中，杨小四表现出非凡的工作能力，所以，老主任受到了批评。从赵树理当时谈的创作体会,似乎也是这样的创作动机。但是,当我们仔细读这个文本,就会发现它所描写的真实生活场景的意义,大于作家所申明的主观意图。他是怎样来描写杨小四的"锻炼"过程的呢? 小说着重写了两个落后的"农业社员",一个外号叫"小腿疼",一个叫"吃不饱",这两个外号似乎暗示了农民劳动积极性低下和生活待遇的低下。合作化以后,农民的土地交了公,劳动也成了集体性的劳动,每天由领导安排具体劳动任务,在劳动力短缺和劳动积极性普遍不高的情况下,不参加劳动的人就会受到严厉批评。小说就从杨副主任如何整治这两个落后农民写起。第一个冲突高潮是杨副主任利用大字报的形式公开批判这两个社员,于是引起了"小腿疼"大闹社办公室,但终于被干部利用法律和政权的力量所治服。小说是这么描写的:

> 小腿疼一进门一句话也没有说,就伸开两条胳膊去扑杨小四。……杨小四料定是大字报引起来的事,就向小腿疼说:"你是不是想打架? 政府有规定,不准打架。打架是犯法的。不怕罚款,不怕坐牢你就打吧! 只要你敢打一下,我就请得到法院!"……小腿疼一听说要罚款要坐牢,手就软下来,不过嘴还不软。她说:"我不是要打你,我是要问问你,政府规定过叫你骂人没有?""我什么时候骂过你?""白纸黑字贴在墙上你还昧得了?"王聚海说:"这老嫂! 人家提你的名来没有?"小腿疼马上顶回来说:"只要不提名就该骂是不是? 要可以骂我就天天骂哩!"杨小四说:"问题不在提名不提名,要说清楚的是骂你来没有? 我写的有哪一句不实,就算我骂你! 你举出来!我写的是有个缺点,那就是不该没有提你们的名字。我本来提着的,主任建议叫我删去了,你要嫌我写得不全,我给你把名字加上去好了!""你还嫌骂得不痛快呀? 加吧! 你又是副主任,你又会写,还有我这不识字的老百姓活哩?"支书王镇海站起来说:"老嫂你是说理不说理? 要说理,等到辩论会上找个人把大字报一句一句念给你听,你认为哪里写得不对许你驳他! 不能这样满脑一把抓来派人家的不是! 谁不叫你活了?""你们官官相卫,我

跟你们说什么理？我要骂！谁给我出大字报叫他死绝了根！叫狼吃得他不剩个血盘儿，叫……"支书认真地说："大字报是毛主席叫贴的！你实在要不说理要这样发疯，这么大个社也不是没有办法治你！"回头向大家说："来两个人把她送乡政府！"

这个文本很复杂，"大字报"、"大辩论"在整风时期是群众发扬民主的武器，利用它们向领导提意见，但在"反右运动"以后则变成了领导干部整治群众的工具，而且干部嘴里口口声声挂着"法院"、"乡政府"，他们对群众的蛮横态度就是仗了国家机器作为后台。辩论中干部们句句逼人，不断上纲上线，甚至把"毛主席"的大帽子也拿出来，逼得农民无话好说。农村干部即使水平低，即使是对待落后的群众，也不应该不做耐心细致的思想工作，而只会用"罚款"、"坐牢"和"送乡政府"来欺侮人。更离奇的是小说的第二个冲突高潮：因为社员出工率低，查原因是一部分落后的群众(不止"小腿疼"和"吃不饱"两个)嫌工分太低，定额太高，还有就是自私自利思想作怪，只愿意拾"自由花"，不愿意为社里摘棉花。于是杨副主任又想出一个办法，他头一天晚上开社员大会宣布第二天集中拾自由花，等到第二天本来不愿出工的妇女都上工了，他突然宣布改为集体摘棉花，并批评那些受骗上当的妇女是出于自私的目的才出工的，所以不但必须强迫参加劳动而且还要写检讨。副主任杨小四这样布置社员的劳动："谁也不准回村去！谁要是半路偷跑了，或者下午不来了，把大字报给她出到乡政府！""太和，你和你的副队长把人带过村去，到村北路上再查点一下，一个也不准回去！"社员出工就这样变成了强制性的劳动。小说第三个冲突高潮又回到小腿疼等人身上，原来她们以为第二天是自由拾花，于是就自己单独去拾花，结果变成了"偷棉花"，当做犯罪接受群众的批斗。小说有下面一段描写：

她(小腿疼)装作受委屈的样子说："说什么？算我偷了花还不行？"有人问她："怎么'算'你偷了？你究竟偷了没有？""偷了！偷也是副主任叫我偷的！"主席杨小四说："哪个副主任叫你偷的？""就是你！昨天晚上在大会上说

叫大家拾花，过了一夜怎么就不算了？你是说话呀还是放屁哩？"她一骂出来，没有等小四答话，群众就有一半以上的人"哗"地一下站起来："你要造反！""叫你坦白呀叫你骂人？"三队长张太和说："我提议：想坦白也不让她坦白了！干脆送法院！"大家一起喊："赞成"。

这段冲突的对话、气氛都写得相当逼真。在后来几年发生的"文化大革命"中，群众批斗会是变相的刑场，它使每一个参加批斗会的群众都失去人性，成了盲从暴力的帮凶。从小说的情节发展来看，是干部们诱民入罪，然后利用群众的盲目性来整治落后的农民。可是，小腿疼等人究竟犯了什么罪？赵树理自己也说："这是一个人民内部矛盾问题，王聚海式的，小腿疼式的人，狠狠整他们一顿，犯不着，他们没有犯了什么法。"⑧可是，在小说里小腿疼不正是让村干部当作罪犯(是上圈套被当作罪犯)狠狠整治了一顿吗？这样写干部整治社员，公平吗？

这篇作品即使在今天读来，仍然真实得让人读了感到心酸，"天聋地哑"也就落到实处。作为一个真正的现实主义作家，赵树理抛弃了一切当时粉饰现实的虚伪写法，实实在在地写出了农村出现的真实情况。干部就是这样横行霸道地欺侮农民，农民就是这样消极怠工和自私自利，农业社"大跃进"并没有提高农民的劳动积极性，只能用强制性的手段对付农民……艺术的真实，就这样给后人留下了历史的真实性。尽管以赵树理的主观创作意图而言，还不至于达到这样的深度，他只是想反映农村现状是怎样的一幅图景而已，而且从当时可能表达的方式来说，他也只能站在杨小四等所谓新生力量的一边，但从赵树理的艺术画廊里看，这篇作品分明是与描写农村"有些基层干部是混入了党内的坏分子"的艺术精神一脉相承的，不过在当时的环境下，连这点维护农民的立场都不能直接地表达出来。现实主义的方法冲破了作家的历史局限，只能在当时非常严峻的环境下，以它自己的方式达到了生活真实和艺术真实的统一。

60年代以后，"阶级斗争"的理论愈演愈烈，赵树理再也不能写出真实反映农民心声的作品，他用琐碎的笔调写了几篇歌颂劳动者的报告文学后，不得不停止了小说创作。不久，"文化大革命"

爆发,他被残酷地迫害死了。

第四节 民间艺术的隐形结构:《李双双》

本章讨论的是李準根据自己的小说《李双双小传》改编的电影剧本《李双双》②,影片由鲁韧导演,张瑞芳和仲星火主演。从小说到电影,作品的故事情节与思想内涵都有很大的改变,原小说只是一部应时的歌颂农村"大跃进"中妇女办公共食堂的故事,准备拍摄电影时,农村办食堂的政策已经破产,原小说也失去了存在的价值。但是作家凭了对民间艺术的娴熟,从原小说的人物性格冲突中发现了新的主题。作家自己解释说:"这个主题上还蕴蓄着更加重大的东西,那就是这一对普通农民夫妻中的关系变化,反映了我们这个社会的变化。……从写人出发、从写性格冲突出发,把这两个人换到什么地方都可以。"⑤于是,电影的中心事件改写成农村如何发挥妇女劳动力,正确开展评工记分问题。这样的创作谈似乎给人一种印象,仿佛艺术创作中人物性格是可以脱离具体的环境和时间,随便放在哪个环境下都能成立的。这当然是一个误解,造成这种误解的是当时的作家与评论者都回避了一个艺术现象:这部影片的成功取决于艺术的隐形结构,即来自民间的表演艺术模式。

李準是属于在 50 年代成长起来的一代新的作家,他熟悉传统民间艺术,也有较好的语言文字能力,但没有更多的实际生活经验,创作中较多地按照时代共名和政策文件来图解生活。所以在他,以及与他同一代的作家的早期创作中,很难读到赵树理小说里所弥漫的现实主义的力量。像《李双双》所展示的事件背景,与《锻炼锻炼》基本相同,但我们完全读不出作家的沉痛心情与真实的生活场景。但作品在艺术创作的另外一个层面上展开了想象力,那就是对人性所应该拥有的美好品质与劳动生活中应该具有的精神面貌作了生动的描述。应该承认,《李双双》所歌颂的大公无私、敢想敢为、关心集体、敢于批评农村基层干部的自私自利行为等品质,也是我们这个时代所需要的,不仅是 50 年代,即使在今天实行商品经济的时代里,也仍然沟通着人们美好的心灵追求。农村"大跃进"运动作为一场乌托邦运动已经失败,但它的乌托邦性也包含了当时人们迫切想摆脱贫穷落后的现状的愿望,[⑧]所以才会生出不切实际的浪漫主义的美好想象。《李双双》的创作风格体现了那个时代所鼓励的浪漫主义精神,但作家在回避现实生活中严峻的矛盾冲突的同时,并没有像原小说那样去渲染错误的左倾的政策精神,也没有站在损害农民利益的错误路线上歌功颂德,它歌颂的是普通老百姓中间的美好人性,提倡的是敢于与社会上的自私行为,特别是干部的自私自利作斗争,这就是这部影片在今天还能使我们感动的艺术力量。虽然李双双的性格在当时也迎合了"大跃进"运动的乌托邦政治的需要,但从本质上说,不管作家主观上有没有自觉到,这个人物性格及其冲突,体现了民间对美好理想的追求,它所表现出来的形式,也是民间传统艺术中的"二人"对戏的模式,即一个心直口快、泼辣大胆、纯洁乐观的旦角和一个自私胆小、好心善良、趣味横生的丑角展开性格冲突的轻喜剧,所以,这部作品的人物性格冲突有自身的民间逻辑,办食堂或者评工记分只是外在的时代符号,或者说是一件披在作品上的外衣,于艺

作家李準

术的真精神无关紧要。这就是作家所说的"把这两个人换到什么地方都可以"的实在意思。

所谓艺术的隐形结构,是五六十年代文学创作的一种特殊现象。当时许多作品的显形结构都宣扬了国家意志,如一定历史时期的政策和政治运动,但作为艺术作品,毕竟不是一般意义上的宣传读物,由于作家们沟通了民间的文化形态,在表达上自觉或不自觉地运用了民间形式,这时候的民间形式也是一种语言,一种文本,它把作品的艺术表现的支点引向民间立场,使之成为老百姓能够接受的民间读物。这种艺术结构上的民间性,称做艺术的隐形结构。《李双双》的隐形结构是来自民间表演艺术中的"二人"模式,这在民间地方艺术中是很普遍的形式。在"二人"的表演艺术中,通常是一旦一丑,旦主丑从,丑角围着旦角转。著名的东北二

人转艺术就是这样："这男女二人不论表演什么故事内容，都是'旦'起高，'丑'走矮，'唱丑的'围着'包头的'转，以口、相、绝做'滑稽表演'，作挑逗、戏弄之状，赞赏女性之美，讨女性之欢悦，旋解性爱之苦。"从这一特点来看《李双双》的性格冲突，正是喜旺（丑）低而李双双（旦）高，喜旺围着李双双转，喜旺尽管在每一场冲突中都输于李双双，还是不断夸耀李双双的好处，直到最后亮出"先结婚，后恋爱"的包袱底，暗示了剧情所推动的二人冲突，其实是一种男女相恋爱的过程。剧情是以"夫妻打架"→"双双荐夫"→"约法三章"→"喜旺出走"→"双双迎夫"→"再次出走"→"夫妻和好"为线索，妙趣横生地展开了两人的性格冲突。由于隐形结构来自二人模式，所以除男女主角的戏外，别的角色都是扁形人物，只起了跑龙套的作用。有的研究著作对这一点提出批评，其实这正是由"二人"的结构模式所决定的。

《李双双》的人物性格的喜剧性也来自民间。李双双的性格里有着中国传统民间文学中的快嘴李翠莲的性格遗传，大胆泼辣，无所顾忌，敢笑敢哭，活脱脱的一个农村妇女的快嘴形象。她的几次大"笑"都带有农村妇女的粗野泼辣（如抓住男人打架）和天真烂漫（如与丈夫打架后破涕为笑），她的几次"哭"，也表现了农村妇女对丈夫的复杂感情：依赖、爱抚和失望，使性格在泼辣中不失温顺，这是中国民间能够接受的女性性格。而喜旺作为唱"丑"的，更显得诙谐有趣，他精通民间乐器，喜唱河南梆子戏，还粗通兽医技术，具备了民间文化人的身份。他对外的大男子主义与惧内的憨厚老实，在自身的性格矛盾里就构成了喜剧性

电影《李双双》剧照

的冲突。如"约法三章"一场戏,李双双被选为副队长,喜旺怕她惹事,先是假意出走,双双哭着阻拦,喜旺便乘机提出三个条件,第一条是:以后该说的说,不该说的别说。双双点头答应,表现出做妻子的温顺,喜旺胆渐壮,提出第二条:生产上的事你管,别的事少管,双双也勉强答应了,喜旺气更粗,大声地说出第三条:别得罪村干部金樵。其实这三条就是一条,只是越来越具体,终于说出真意,双双突然火冒三丈,边哭边赶着丈夫走,喜旺一看妻子发火立刻全军崩溃,连连说:"你别生气,就前两条吧。"两人的性格冲突层次极为分明,一个先礼后兵,一个得寸进尺,最后突然间胜负逆转,让人忍俊不禁,充分表现出"旦起高,丑走矮"的民间喜剧特点。

　　对照小说《李双双小传》和电影《李双双》,虽然是同一个作家所创作,也同样的带有歌颂农村"大跃进"中新人新事的主观意图,但前者只是一部没有生命力的应时的宣传读物,后者却超越了时代的局限,成为艺术生命长远的一部优秀喜剧片。其中的原因值得深思。当然小说与电影的表现手法不同,不能一概而论,但是有没有注入民间的艺术精神往往成了那个时期艺术创作能否获得成功的关键。民间的艺术模式也不仅仅是抽象的没有生命的"形式",民间艺术本身反映了劳动人民渴望追求自由的美学精神的凝聚,这样一种生动活泼的人物对应关系和来自民间的开朗健康、爱憎分明的审美语言,产生出这个时代所能够生存下去的艺术,以满足人民群众不断增长的精神需求。民间文化形态在当代文学史上的特殊作用不可轻视,以后的文学史还将继续证明这一点。

注释:

① 引自洪子诚《"当代文学"的概念》,载《文学评论》1998 年第 6 期。

② 引自胡采《〈论柳青的艺术观〉序》,上海文艺出版社 1981 年版。

③ 参阅任建树主编《中国共产党七十年大事本末》,上海人民出版社,1991 年版,第 404—409 页。

④ "我国农业合作化后,由于长期受到'左'倾指导思想的影响,农业生产长期处在徘徊状态。全国粮食产量 1958 年为 2 亿吨,可是 20 年后的 1978 年才达到 3 亿吨,年平均只增加 500 万吨左右。1977 年,全国农村有 1.5 亿人口的口粮不足。1978 年,全国有 139 万个生产队(占全国生

产队总数的 29.5%）年人均分配在 50 元以下。农民的温饱问题还没有得到
解决。"引自《中国共产党七十年大事本末》,第 577 页。

⑤ 前者以鲁迅的乡土题材小说为代表，后者以沈从文的湘西题材小说为代表。

⑥《山乡巨变》上卷初刊于《人民文学》1958 年 1—6 期,1958 年 7 月由作家出版社初版。下卷发表于《收获》杂志 1960 年第 1 期,同年 4 月由作家出版社初版。以后又经过作家的多次修改,本教材依据的是《周立波文集》第 3 卷本,上海文艺出版社 1982 年版。

⑦ 30 年代初,赵树理就表达过这样的思想:中国的"文坛太高了,群众上不去,最好拆下来铺成小摊子"。初见陈荒煤《向赵树理方向迈进》,收《赵树理研究资料》,黄修己编,北岳文艺出版社 1985 年版,第 200 页。

⑧ 赵树理的祖父和祖母都是北方农村宗教"三教圣道会"(将儒、释、道三教合为一教的宗教组织)的信徒。他父亲精通民间的阴阳学,人称"小孔明"。赵树理从小在这样的环境里长大,对民间文化与民间文艺都有很深的造诣。参考董大中的《赵树理评传》,百花文艺出版社 1986 年版。

⑨ 赵树理一生都在追求民间文艺传统的复兴,直到生命的最后时期所写的《回忆历史,认识自己》,还在强调民间文艺的重要性:"中国现有的文学艺术有三个传统:一是中国古代士大夫阶级的传统,旧诗赋、文言文、国画、古琴等是。二是五四以来的文化界传统,新诗、新小说、话剧、油画、钢琴等是。三是民间传统,民歌、鼓词、评书、地方戏曲等是。要说批判的继承,都有可取之处,争论之点,在于以何者为主,文艺界、文化界多数人主张以第二种为主,……可是这不合乎毛主席所说的从普及基础上求提高,在提高的指导下去普及的道理。……按那个正统所要求的东西,根本要把现在尚无文化或文化不高的大部分群众拒于接受圈子之外的。以民间传统为主则无上述之弊。"引自《赵树理全集》第 5 卷,北岳文艺出版社 1990 年版,第 389—390 页。

⑩ 赵树理说过:"我在作群众工作的过程中,遇到了非解决不可而又不是轻易能解决了的问题,往往就变成要写的主题。"(《也算经验》,收《赵树理全集》第 4 卷,第 186 页。)联系赵树理的小说创作实际来看,他从来就没有对所要解决的问题找不到答案才求助于创作的例子,也就是说,他所遇到的"不能轻易解决"的问题,并不是他不知道如何解决,而是就现状来说无法解决,而阻力只能来自两个方面,一是群众中较普遍的落后思想,一是新政权本身的问题。所以他才要用文学创作来表现,对前者,通过小说的宣传在群众中慢慢发生影响,对后者,通过小说来提醒上层领导以求引起注意。

⑪ 转引自陈荒煤的《向赵树理方向迈进》,收《赵树理研究资料》,第 200 页。

⑫ 引自《〈三里湾〉写作前后》,收《赵树理全集》第 4 卷,北岳文艺出版社 1990

年版,第 281 页。

⑬ 引自《当前创作中的几个问题》,收《赵树理全集》第 4 卷,北岳文艺出版社 1990 年版, 第 430 页。

⑭ 周扬在《〈赵树理文集〉序》中指出:"赵树理在作品中描绘了农村基层组织的严重不纯,描绘了有些基层干部是混入党内的坏分子,是化装的恶霸地主,这是赵树理同志深入生活的发现,表现了一个作家的卓见与勇敢。"载《工人日报》1980 年 9 月 22 日。

⑮ 赵树理自己说:"据我的经验,土改中最不易防范的是流氓钻空子。因为流氓是穷人,其身份容易和贫农相混。在土改初期,忠厚的贫农,早在封建压力之下折了锐气,不经过相当时期鼓励不敢出头;中农顾虑多端,往往要抱一个时期的观望态度,只有流氓毫无顾忌,只要眼前有点小利,向着哪方面也可以。"引自《关于〈邪不压正〉》,收《赵树理全集》第 4 卷,北岳文艺出版社 1990 年版,第 198 页。

⑯ 参阅董大中《赵树理评传》,百花文艺出版社 1986 年版,第 210 页。

⑰ 引自《谈赵树理》,载《孙犁文集》第 8 卷, 百花文艺出版社 1982 年版, 第 319 页。

⑱ 对于这首歌词的作者是谁,有两种说法,一说是彭德怀本人所作,另一种说法是湖南地区的民歌,由彭德怀采集来的,今从后者的说法。

⑲ 所谓"两结合"的创作,最初是出于郭沫若《答〈文艺报〉问》和张光年《给郭沫若同志的信》,均载《文艺报》1958 年第 7 期。此语最初用来解释毛泽东的《蝶恋花·答李淑一》的创作风格,后来被一些政治家和理论家上升到无产阶级文学艺术应该采取的创作手法,也是文化大革命中"样板戏"的创作方法。参阅潘旭澜主编《新中国文学词典》,江苏文艺出版社 1993 年版,第 898 页。

⑳ 1959 年底到 1960 年的一次文艺批判运动,主要批判文艺理论家李何林、作家刘真、方纪等人,"这次运动主要是为了配合庐山会议对彭德怀的批判和国际上的'反修',是文艺界在政治上与毛泽东保持高度民主的一致"。参阅潘旭澜主编《新中国文学词典》,江苏文艺出版社 1993 年版,第 60 页。

㉑《锻炼锻炼》初刊《火花》1958 年第 8 期。本教材依据《赵树理全集》本,第 2 卷。

㉒ 引自黎之《回忆与思考——大连会议·"中间人物"·〈刘志丹〉》,载《新文学史料》1997 年第 2 期。赵树理在大连会议上的发言原话是"1960 年的情况是天聋地哑,走五十里就要带粮票。"引自《赵树理全集》第 4 卷,第 518 页。

㉓ 引自《当前创作中的几个问题》,收《赵树理全集》第 4 卷, 北岳文艺出版社 1990 年版第 429 页。

㉔《李双双小传》初刊于《人民文学》1960年第3期,本教材依据的是短篇小说集《李双双小传》,人民文学出版社1977年版。本节所评述的电影《李双双》系由海燕电影制片厂出品。

㉕引自《向新人物精神世界学习探索——〈李双双〉创作上的一些感想》,载《人民日报》1962年12月16日。

㉖《关于建国以来党的若干历史问题的决议》在分析中共八大二次会议通过的社会主义建设总路线及其基本点时,也指出"其正确的一面是反映了广大人民群众迫切要求改变我国经济文化落后状况的普遍愿望,其缺点是忽视了客观规律。"参阅中共中央文献研究室编《关于建国以来党的若干历史问题的决议》注释本,人民出版社1983年6月版。

㉗引自田子馥《二人转本体美学》,时代文艺出版社1996年版,第29页。

㉘参阅《中国当代文学》第3册,上海文艺出版社1997年版,第418页。

第三章　再现战争的艺术画卷

第一节　战争文化规范与小说创作

　　战争题材的文学创作在 50 年代以后达到了空前的繁荣,由于中华人民共和国是通过几十年的战争才建立起来的,"枪杆子里面出政权"成为 1949 年以后宣传现代革命史的重要内容,马背上的英雄也成了时代的骄子。新生的政权理所当然地要求文学为政治服务, 要求作家们用中国共产党的历史观点来反映中国现代战争史,并通过艺术形象向读者宣传、普及有关新政权从形成到建立的历史知识。周扬在第一次文代会上直截了当地呼吁作家:"假如说,在全国战争正在剧烈进行的时候,有资格记录这个伟大战争场面的作者,今天也许还在火线上战斗,他还顾不上写,那末,现在正是时候了,全中国人民迫切地希望看到描写这个战争的第一部、第二部以至许多部的伟大作品! 它们将要不但写出指战员的勇敢,而且还要写出他们的智慧、他们的战术思想,要写出毛主席的军事思想如何在人民军队中贯彻, 这将成为中国人民解放斗争历史的最有价值的艺术的记载。"周扬认为, 只有这样写战争历史,才算达到了黑格尔所说的,站在"时代思想水平"①上了。周扬的话流露出当时的文艺界官员对未来中国文学创作走向的设计:描写战争,通过战争的胜利来歌颂中国共产党的胜利, 来表现历史的本质的发展(即黑格尔的所谓"时代思想水平")。1949 年正处于百废待兴的时候,一切新的生活都刚刚开始,唯一与新的生活紧密相连的历史,就是已经被实践证明为胜利了的昨天的战争。

　　于是,歌颂革命战争,并通过描写战争来普及现代革命历史和中共党史,成为 50 年代公开发表的当代文学创作中最富有生气的部分。刚刚结束不久的抗日战争和解放战争成了众多作家竞相反映的热门题材。袁静、孔厥的《新儿女英雄传》、孙犁的《风云初记》等一系列表现华北抗日根据地战斗生活的作品率先拉开了战争小说的序幕。此后,抗战中敌后斗争的传奇性故事受到广大作家的特别欢迎,知侠的《铁道游击队》、刘流的《烈火金刚》、冯志的《敌后武工队》、雪克的《战斗的青春》等在当时都风行一时。与抗日战争的游击题材相比,第三次国内革命战争题材的创作更为活跃。碧野的《我们的力量是无敌的》、杜鹏程的《保卫延安》、峻青的《黎明的河边》、肖平的《三月雪》、吴强的《红日》、曲波的《林海雪原》、玛拉沁夫的《茫茫的草原》等各种体裁的小说,都是当时引人注目的作品。到了 60 年代,萧玉的《高粱红了》(三部)、柯岗的《逐鹿中原》等一批描写重要战役的长篇小说也相继问世。其他现代历史阶段的战争也得到了艺术上的反映,但数量上要比前两种题材少得多,只有陈立德描写北伐战争的《前驱》、王愿坚反映第二次国内革命战争的一系列短篇小说比较有影响。直接的原因可能是作家们大多数亲身经历了抗日战争和第三次国内革命战争,而对年代较远的战争缺乏感性的认识(据说王愿坚的创作题材基本上来自第二手的采访资料)②。朝鲜战争爆发以后,许多作家(包括来自国统区的作家)被安排到前线去"下生活",有组织地创作了一些作品,如巴金、路翎、杨朔、陆柱国等关于朝鲜战场上的故事,但优秀作品并不多。

战争小说的作者绝大多数来自解放区,主要是军队里的随军记者和部队文艺工作者,也有个别作家直接担任过军队的指挥工作。他们既是战争的目击者,也是战争的参与者,特殊的战争经历和特殊的文化背景,形成了他们特殊的文学创作风格。他们的出现不仅充实了新文学以来的作家队伍,同时还改变了新文学的传统格局:他们除了自身的战争生活经验以外,还带来了把他们滋养成作家的战争文化的背景。也就是说,他们在战争文化背景下不仅获得了有关战争的知识,而且获得了认识战争和表现战争的美学观念。

这种观念,首先表现在作家不再以知识分子的启蒙主义立场和视角去描写战争。抗战时期,由于作家们是带了启蒙主义传统的文化背景去表现战争的，所以文学创作中经常表现的是农民如何带着自身的局限投入战争，又如何在战争的考验中开展自我克服和自我斗争的问题。在新的历史环境下，这一启蒙主题被迅速淡化或压缩到很不重要的地位，作家们全心全意地赞美和歌颂革命战争中涌现出来的战斗英雄。虽然战斗英雄不久前也可能是穿上军装的农民，但当他们投入了革命战争后，就被认为是无产阶级革命行列中的一员，因而必须用无产阶级革命战士的标准来塑造他们。英雄的成长一般被表现为从不够成熟到成熟，而不再是自身带了旧时代遗留下来的沉重精神负担而进行自我灵魂搏斗的过程。其次，战争形态使作家养成了"两军对阵"的思维模式，因为战争往往使复杂的现象变得简单，整个世界被看作是一个黑白分明、正邪对立的两极分化体：活着或者死去；我军或者敌军；战斗或者投降；前进或者后退；胜利或者失败；立功或者受罚；烈士或者俘虏，等等，两者必须选一，不允许兼而得之。这种由战场上养成的思维习惯支配了文学创作，就产生了"二元对立"的艺术模式，具体表现在艺术创作里，就形成了两大语言系统："我军"系统和"敌军"系统。"我军"系统是用一系列光明的词汇组成：英雄人物（包括共产党领导下的各种军队和游击队战士，以及苦大仇深的农民），他们通常是出身贫苦，大公无私，英勇善战，不怕牺牲，不会轻易死亡，没有性欲，没有私念，没有精神危机，甚至相貌也有规定：高大威武，眼睛黑而发亮，不肥胖，等等；"敌军"系统是用黑暗的词汇组成：反面人物（包括国民党军队、日本侵略军队、汉奸军队的官兵，以及土匪恶霸地主特务等等一切"坏人"），他们通常喜欢掠夺财富，贪婪，邪恶，愚蠢，阴险，自私，残忍，有破坏性和动摇性，最终一定失败，长相也规定为恶劣、丑陋、有生理缺陷……这两大语言系统归根结底可以用"好人一切都好"、"坏人一切都坏"的模式来概括。在实际的创作中，这两大语言系统是不允许被混淆的。这种"二元对立"艺术模式在当代各类创作中都是存在的，但因为战争题材最符合它的特征，所以表现得最为充分。其三，由于战争是以辉煌胜利告结束的，战争帮助人们实现了建立新的社会秩序的美好愿望，所以英雄主义乐观主义的创作基调被作为固定的审美模式，并以此形成了统一的审美风格特征。它表现为强调战争的最终胜利意义，将过程的意义溶解到最后的结果中去，将个体生命的

1979年杜鹏程摄于西安东木头市

价值溶解到集体的胜利中去。英雄人物不会轻易死去，即使是非死不可的时候，也必须要用更大的胜利场面去冲淡它的悲剧气氛。英雄的死不能引起传统悲剧中的恐惧效果，而是以道德价值的认识来取代生命本体价值的认识，其结果消解了战争文学的悲剧美学效果。因此，中国当代战争小说不像西方战争小说那样重在通过战争表现对人类命运、对个体命运遭遇的观照，体现对人的存在意义和生命意义的思索，而是重在表现战争中的群体风貌、战争的整体和现实结果。与此相应的是，中国作家对战争中大量存在的暴力、血腥的回避，对英雄之外的大量普通个体命运和生命价值的忽视，这都是现代战争文化规范对作家主体制约的结果。

五六十年代，由于中国政府一度卷入了支持邻国反对美国军事干涉的战争，同时东西方冷战、中苏意识形态的论战以及当时流行于国际共产主义运动中的"解放全人类"的思想观念的影响，都促使了战争文化传统在中国和平建设时期不但没有失去生命力，反而更加深刻地渗透到人们的日常意识中，不但支配了作家们的创作过程，也支配了大多数读者的审美接受过程。战争文化规范一方面有力地推动了战争题材的文学创作，另一方面又把这一题材牢牢置于固定的审美模式之下，虽然十多年来战争小说在数量与篇幅上不断有增长的趋势，但从艺术多样化的要求来衡量，却很少突破英雄主义基调和人物程式化的模式。描写战争而回避了对生命的直接的感性的体验，不能从战争中生命力的高扬、辉煌和毁灭过程里把握它的美感，那么，充其量只能起到普及军事知识和历史知识的宣传教育作用，很难在审美意义上产生真正的力量。

1954年，杜鹏程的《保卫延安》由人民文学出版社隆重推出，被看作是新的战争文化规范下当代战争小说的一个重要收获，它保留了这一时期战争小说的许多特点。首先，这部小说第一次在较大规模上全景式地描写了整个战役的全过程。它通过青化砭伏击战、蟠龙镇攻坚战、长城线上的运动战以及沙家店歼灭战等不同类型的战斗场面，很生动地表现出各种类型的战争的特征。作家也没有孤立地写陕北战场，他把这场对中国的政治大决战有着决定性意义的延安保卫战置于全国性战争的大背景中，通过与"刘邓大军挺进大别山"、"陈谢大军强渡黄河"等军事行动的相呼应，展现出中国人民解放军由战略防御转入战略进攻的宏大军事画卷。从描写战争的规模和丰富性的意义上说，这部作品可以起到形象教材的作用。其次，作家从英雄主义的审美原则出发，塑造了周大勇、王老虎等英雄形象，这些近于完美的英雄形象并不是靠空洞的赞美词树立起来的，而是通过战争的惨烈、环境的残酷、生死的考验，用力刻画出英雄人物摧枯拉朽、九死一生的传奇色彩。在当时的创作环境中，这部小说比较完整地体现了战争文化规范下的审美特征。如果用今天的审美标准来看，《保卫延安》有很多不尽人意的地方，幼稚与粗糙也在所难免，但问题主要不是在于作家个人的艺术表现能力，而是这样一种文化规范对文学创作的限制，使之只能创造出这样一种具有时代特征的审美模式的作品。《保卫延安》直接描写了具体指挥这场战役的中共高级将领彭德怀的形象，所花笔墨不多，写得也很拘束，不能说很成功，可是在1959年中共庐山会议批判了彭德怀对"大跃进"运动的意见书以后，这部小说遭到株连，被禁止发行借阅和就地销毁，作家也受到残酷迫害。但小说所反映的文化审美心理并没有引起质疑，反而在文化大革命中被变本加厉地推到了极端。

　　战争文化规范下的审美模式，也是在创作实践和不断开展文艺批评的过程中逐步形成的，《保卫延安》只是反映了这种文艺实践所达到的一个较高的水平。在这之前或之后，也一直有不少战争小说的作者都试图对这样一种审美模式有新的突破和新的探索。比如，革命军队里的战士身上有没有农民阶级的局限性？能不能描写军人的复杂的内心世界和私人感情？能不能打破简单化的"二元对立"艺术模式写出反面人物的复杂精神世界？能不能暴露军队里的阴暗面？能不能写战争给人的精神和命运带来的永远的创伤？……这些领域的问题，在《红日》这样曾经产生过相当影响的作品中，也作过可贵的探索，但直到80年代以后这种探索才由一批军人作家取得了很有价值的收获。在 50 年代的文化环境里，这样的艺术探索，哪怕是极为微弱的，都会遭到无情的批评和否定。今天还值得一提的是路翎的短篇小说《洼地上的"战役"》。作品以志愿军侦察兵在朝鲜战场上的战斗生活为背景，通过新兵王应洪与老侦察班长王顺以及纯洁热情的朝鲜姑娘金圣姬的故事，从志愿军士兵之间的感情写到军人与朝鲜姑娘的男女之情，在"友情"和"爱情"两个层面上探讨了个人幸福与战争的关系、部队纪律与个人情感的关系，在当时文学创作普遍不重视人物心理，特别是完全忽视个人感情的氛围下，更显得特立独行。小说在战争场面的描写上也别开生面，它正面描写侦察员在洼地上与敌人战斗的场面，完全摒弃了英雄传奇的成分，同时在战斗过程中不断地插入人物的内心活动，将各种心理变化都无遗地展示出来。这是一部打上了鲜明的个人风格印记的作品，但正因为它的艺术追求不符合当时的战争文化规范，也因为受胡风冤案的株连，小说一面世就遭到无情的否定。

还有一种探索性的努力表现在对民间文化形态的利用方面。中国传统文学有所谓"游侠"、"绿林"、"侠义"等题材，一向为社会下层民众所喜闻乐见，其传统的艺术结构、道德观念和审美模式虽然含有传统封建意识形态的因素，但同时也渗透着劳动大众强烈向往自由的文化心理积淀。许多作家自觉从民间文化中吸收其粗野、活泼、洋溢着原始生命力的艺术营养，用以打破战争文化规范下过于刻板的审美模式。他们使小说情节变得传奇化，使人物变得草莽化，使战争场景变得灵活化，大大加强了作品的可读性和趣味性。但由于叙述对象的限制，也因为这种叙述观念与方式和战争文化规范有着潜在的抵触，所以，这类尝试多半不能应用于正规的战争场面，只能用来描写抗战时期的游击战争题材，或者是剿匪、侦察、改造土匪等特殊题材。创作实践证明，这类作品虽然不能深刻地达到现实主义真实性的艺术高度，但比起描写正规战争的作品来，它们在生动活泼、接近大众口味这一点上，却获得了成功。如《铁道游击队》在当时是一部脍炙人口的流行小说，小说写了一支活跃在铁路线上打击日本侵略军的游击队，主要的游击队员是一群"车侠"，不仅身怀绝技，而且具有草莽英雄的习性，所以他们的喝酒赌钱、莽撞好斗等本来"英雄人物"不能沾有的习气都得到了合法的描写。主要英雄人物(刘洪)与一个准风尘女子(芳林嫂)的恋爱也变得可以理解。读者既从他们打击侵略军的战斗中品尝到传统"侠义"的动人魅力,同时也觉悟到这些农民英雄身上还是留存着传统社会的印迹,必须在长期的斗争实践中加以克服。这就曲折地表达了知识分子的启蒙观念。为了平衡这些英雄人物的草莽习气,这类小说往往又设计一个代表共产党正确领导的"政委"形象(如李正),虽然后者常常比较概念化。这种"政委—草莽英雄"③的模式,在五六十年代相当流行,反映了现代战争小说的特殊形式。

第二节　战争小说的巨构性探索:《红日》

继杜鹏程的《保卫延安》以后,吴强的长篇小说《红日》④在用艺术形式表现重大战役方面作了较好的探索。它以 1947 年山东战场的涟水、莱芜、孟良崮三个连贯的战役作为情节的发展主线,体现出作者对战争小说的"史诗性"的艺术追求,即努力以宏大的结构和全景式的描写展示出战争的独特魅力。这三次战役中,解放军有败有胜,各具特点,作家的描写也有略有详,各有侧重,在叙述历史事件的过程中,体现了其在小说结构上的匠心。作品采用先抑后扬的方法,先以涟水撤退来表现当时国共双方力量的悬殊和解放军面临的严峻形势。发生于 1946 年底的涟水战役,以国民党军队攻占涟水,解放军因伤亡惨重被迫撤退而结束。涟水撤退在整个国共军事冲突中只是一个小插曲,但作家将它一开始就展现在读者面前,使整部作品充满了悬念和吸引力,使后面战事的发展成为读者共同关心的焦点。而且,作家通过解放军在战场上的被动局面,既形象地表现了当时山东战场上力量的强弱对比,与解放军的最终胜利形成强烈对比,以说明战争胜利的来之不易;同时也为进一步刻画国共双方各具个性的人物形象作了很好的铺垫。作家一开始就把解放军放在"置之死地而后生"的绝境之中,这样的结构布局在当时习惯于描写解放军"横扫千军如卷席"的文学作品中显得独特而又真实,体现出这位战争小说作家在当时时代共名下表现现代战争的独到眼光。然后,作品再以莱芜大捷的胜利作为过渡,最后以集中描写孟良崮战役歼灭国民党"王牌军"74 师达到高潮，三次战役虽有主有次，却浑然一体，作家在对历史事件的叙述中，形象地完成了对时代共名的印证和阐述：即中国共产党所领导的现代革命战争，经历了惊心动魄的艰难曲折，经过了无数的牺牲，终于取得了最后的胜利。

作为一部战争题材的长篇小说，《红日》在中国当代文学发展中更重要的贡献还在于：在应和时代共名的同时，小说在战争观念和小说美学上体现出一定的创新性和探索性。

首先，以宏大的现代战争场面的描绘替代传统战争小说中的传奇性故事。在50年代战争题材的长篇小说中，《铁道游击队》、《林海雪原》等作品都是自觉吸收和利用了民间文化传统中自由粗放、洋溢着原始生命力的艺术精

作家吴强（徐福生摄）

神，以传统游侠小说的传奇性故事作为叙述框架，来表现战争中的英雄业绩。这种叙述方式保留了中国传统小说的痕迹，而面对新的叙事目的，则明显地体现出其在叙事结构上的局限，因为传奇性故事的叙述一般只适合于讲述较小规模的游击战争，而无法自如地正面展现大规模的现代战争场景。其实，即使像《保卫延安》这样有意识地展现大规模现代战争的作品，还是在相当程度上依赖于传奇性的魅力，其主要情节构架还是由周大勇及其连队的脱离大部队、沙漠迷路、打粮站等传奇性故事构成。而《红日》则突破了以往传奇小说将着墨重点放在"连队"上的写法，直接以中共一支"常胜英雄军"与国民党的王牌军之间展开的大规模战役为叙述中心，将笔触从军师团一直延伸到连排班，从高级将领写到普通战士，从军队写到地方，从前方战场写到后方医院，视野开阔而层次分明，场面宏大而结构紧凑，应该说在叙事上是非常有特色的。

其次，小说对战争环境中人物性格的丰富性有较好的刻画，突破了当时同类创作中存在的局限。这除了指小说刻画了从军队高级将领到普通士兵的多层次的丰富的人物群像、他们的包括爱情生活在内的丰富的内心活动外，还体现在下列两个方面：一是注意对人物的文化背景和历史性的揭示。在刻画我军官兵形象

时,作家没有把他们写成十全十美的完人,而是在表现他们的英雄
行为时,也十分注意表现他们的七情六欲,挖掘他们自身的性格弱
点,以及在战争进程中人物精神上的自我斗争。作家对团长刘胜
和连长石东根的形象塑造虽然并不排除借鉴外国战争文学作品的
因素,但在 50 年代战争文学形象中仍然是独特的。作者不仅写出
了他们作为我军基层指挥官的一面,还写出了来自他们的农民出
身的性格弱点。事实上,绝大部分军人在穿

上军装之前都是农民,具有农民固有的文
化观念,比如作为一团之长的刘胜对知识
分子(政委陈坚)的偏见,他的时间观念的
淡薄,又如连长石东根在胜利后醉酒纵马,
着一身缴获而来的敌军军官装束,狂奔乱
喊,这让人联想起《水浒》中的阮小七在征
方腊获胜后的醉酒细节,把农民阶级造反
的某种特性展示无遗。吴强这样的描写显
然不是对《水浒》的单纯模仿,而是隐含了
对农民文化传统的批判意味,从而一定程
度上显示了作家作为一个知识分子的启蒙
主义立场。尽管作家的这一立场在强大的
时代共名下显得有点游移不定,但其探索
仍然是难能可贵的。二是小说对敌对人物
形象的刻画并没有采用当时流行的漫画化

《红日》书影

方式,而是较为真实地写出了他们作为具有不同政治立场的军人
的责任感、作战才能甚至作为人的良心。漫画化的方式总是不屑
于进入对象的内心世界、将其作为社会关系中的人来描写,而将国
民党的中高级将领作为现实的人来描写,是《红日》在人物塑造上
的一个突出特点。当时更多的作品都是将国民党军队写得不堪一
击,视战争如同儿戏,而《红日》却着力写出了张灵甫、张小甫这两
个国民党军官形象。由于张灵甫所率领的 74 师是蒋介石用全副美
式装备武装起来的嫡系王牌部队,国民党五大主力部队的第一主
力,号称"天之骄子",所以张灵甫攻占了涟水城之后显得不可一
世,甚至在他已经陷入了解放军的包围之中的时候,仍在盘算着全
歼中共华东野战军,一举解决山东战场。但作家在描写他刚愎自

用、骄横狂妄的同时，也写出他对作战中孤军突出、无人接应的内心恐慌，还写出了他作为高级将领的沉着干练的一面。另外，小说还通过张灵甫与张小甫的对比，写出了不同类型国民党军官的形象，张小甫投降并力劝张灵甫放弃孟良崮的情节也没有作简单化的处理，而是在体现中共政治攻势的威力时，也显示了大势所趋的压力和其对上司、对军人职责的忠诚的一面。在战争小说中，把敌方的形象作为一个有独立地位的艺术形象来描写，在客观上是对战争文化规范下"二元对立"艺术模式的偏离，使作品的人物较为丰富、生动、可信，在当代的战争小说中具有着特别的意义。

第三，小说在战争与和平场景的相互对照、转换的描写中，既在叙述上体现了适度的节奏感，又在战争观念上隐含了对时代共名的某些偏离。小说中用大量的篇幅反映非战争的现实场景，如医院、后方生活的场景，爱情生活的场景等，以此来衬托现代战争，使对战争的叙述更加丰富生动。这一方面使小说叙述有张有弛，快慢协调，使读者获得一种阅读上的快感；另一方面，这些舒缓明朗的非战争场景和细腻感人的爱情画面，本身就是对战争暴力的一种对照，它的叙述行为就是对和平生活的向往和美好人性的呼唤，客观上是对当时的战争观念的一种偏离。这也可以从《红日》在60年代的遭遇中看出，与《保卫延安》一样，《红日》也遭到了残酷的批判，而且原因复杂得多，其中"歪曲我军官兵形象"、过多和不恰当的爱情描写以及"美化国民党反动派的形象"是三条最主要的"罪名"，其背后隐含的正是与时代共名状态下的战争观念的抵触和背离。

第三节　战争小说的传奇性：《林海雪原》

与吴强创作《红日》一样，长篇小说《林海雪原》①也是作家根据自己的亲身经历创作的。作家曲波曾担任中国人民解放军的团指挥员，指挥过解放军的一个小分队在东北牡丹江地区的林海雪原的剿匪战斗。《林海雪原》反映了作家的这段生活经历，即描写一支由36位侦察兵组成的解放军小分队，在东北长白山林区和绥芬草原追剿国民党残余势力和土匪的故事，在叙事上充满了浪漫主义的想象力和传奇性。书中以奇袭奶头山、智取威虎山、大战四方台等剿匪战斗为主要线索，穿插各种出人意料、趣味横生的小故事，产生了曲里有曲、险中有险的阅读效果。所以，它一出版就受到广大读者，特别是青少年读者的欢迎和喜爱，成为当时雅俗共赏、老少咸宜的流行读物。50年代以后，原来盘据在通俗文学领域的言情、武侠、鬼怪等小说均被取缔，真正能填补这一阅读空间的，正是《林海雪原》一类读物。它的一些情节和片断被改编成电影、京剧以及其他戏曲后，杨子荣、少剑波、座山雕等艺术形象更是家喻户晓。

继《铁道游击队》以后，《林海雪原》同样是一部利用传统的民间文化因素来表现战争的成功之作。这当然不是说，它已经摆脱、或者突破了当时战争小说的一般审美模式，相反，它正是以塑造出一批流传广泛的英雄人物形象为成功标志、以截然分明的"两军对阵"的思维模式来构造布局、以宣扬英雄主义和革命乐观主义为创作基调的。这也不是说，它在利用传统的民间文化因素方面获得了完全成功，相反，小说有许多缺点都与它的民间叙事特点与生俱来，比如过于夸张和煽情的描写，过于陈旧的表现英雄人物的模式，特别是对小分队的指挥员少剑波的描写，作家浪漫得过了头，竟按照旧小说的"儒将"形象来刻画：少剑波不仅会指挥打仗，还会写浪漫主义的诗歌，而且在诗歌里自称"少帅"，为了成全"英雄美人"的传统理想模式，作家还特地配置了一个美丽多情的女卫生员。故事当然很好看，但从"五四"新文学发展而来的现代审美理想来衡量，缺陷也是相当明显的。

但不可否认的是，《林海雪原》仍然给普通读者带来了强烈的阅读快感，它在浪漫传奇的审美趣味上统一了战争小说的一般艺术特点，使原来比较刻板、僵硬的创作模式融化在民间的趣味下。如对英雄人物的塑造是《林海雪原》的一大特色，但与一般的战争小说相比，虽然作家在表现剿匪小分队战士的英雄特征时也注意到了所谓"阶级本质"等程式，但在人物性格配置上又受到了民间传统小说的"五虎将"模式这一隐形结构的支配。自从传统小说《三国演义》首设"五虎将"模式⑥以后，五种性格构成的主要英雄人物常常是古典武侠小说的基本人物模式，《林海雪原》也不自觉地套用了这"五虎将"的结构。"五虎"之首当然是忠诚（政治方面）勇毅（个性方面）双全的少剑波，依次是骁勇威猛、谋略不足的刘勋苍,胆识过人、百战百胜的杨子荣,身怀绝技、粗俗诙谐的栾超家,忠厚老实、刻苦耐劳的"长腿"孙达得。"五虎将"当然都是英雄人物,每个人物身上突出一种主要性格,有的是忠,有的是勇,有的是谋,有的是技(才),有的是德,等等,有主有次,互为衬照。那时还没有流行文化大革命中"样板戏"的所谓"三突出"创作原则,"五虎将"模式往往使每个人物都有独立的经历和故事。如刘勋苍猛擒刁占一,袭击虎狼窝,活捉许大马棒等一系列故事,突出了他的"勇猛";杨子荣从智捉小炉匠到化装土匪里应外合智取威虎山,突出了他的"智勇";而栾超家作为攀山能手,则在飞越绝壁,出奇制胜上突出了他的"绝技"……英雄个个性格鲜明,传奇经历也不重复,以致读者读罢掩卷,脑子里留下了个个鲜活的印象。因为是明显借鉴了民间小说的传奇手法,所以读者也不会在真实性上过于苛求,完全能够接受这样的艺术处理。

在结构布局上,《林海雪原》也带有比较明显的"两军对阵"的思维模式,而且在传奇的意义上更加夸张了所谓"好人特别的好,坏人特别的坏"的模式,比如小说里漂亮多情的女卫生员白茹与丑陋淫乱的女土匪蝴蝶迷的对照。但由于传奇作品本身具有追求情节的曲折生动与故事的浪漫夸张的传统,正反两方的强烈对比反

作家曲波

而强化了这种艺术效果。如围绕着奇袭奶头山的战斗一波三折:作品一开始通过渲染土匪许大马棒血洗杉岚站的悲剧,使作品沉浸在压抑悲痛的气氛之中。紧接着杨子荣智捉小炉匠,刘勋苍猛擒刁占一,虽给急于报仇的小分队带来了希望,可奶头山险恶的山势却又使大家一筹莫展,而久居深山的蘑菇老人的指点和林业工人出身的栾超家的攀援本领,使故事情节急转直下,小分队犹如从天而降的天兵,战斗激烈而痛快。围绕着智取威虎山的战斗,情节发展则更加扑朔迷离:从刘勋苍活捉"一撮毛",杨子荣冒充许大马棒的饲马副官,以缴获的联络图为见面礼,单枪匹马闯进威虎山,到少剑波率领小分队在夹皮沟发动群众,一切都有惊无险。但天有不测

风云，由于火车遭到伏击，小炉匠乘乱逃走，情况万分危急。杨子荣却临危不惧，处惊不变，巧施离间计，终于化险为夷。作品这种节外生枝，险象环生的故事处理方法，与民间说书艺术有异曲同工之妙，使故事大起大落，情节大开大阖，人物大忠大奸，情绪大悲大喜，把艺术各种要素都推向极致，产生了引人入胜的魅力。

《林海雪原》虽然也暴露了土匪极其残忍的本性和描写了解放军战士的英勇牺牲精神，但在描写主要英雄人物时始终洋溢着英雄主义和乐观主义的基调。作家所运用的手法也相当有意思。如小说中的主要英雄人物杨子荣的塑造，是以现实生活中的同名英雄为原型的，真实生活中的杨子荣牺牲于一次剿匪战斗中。作家自己也说过，他写这部小说是为了"让杨子荣等同志的事迹永垂不朽，传给劳动人民，传给子孙万代"。⑦在小说里，杨子荣是智勇双全的英雄，是理想人物。按当时的文学创作标准，这样的英雄人物不能有任何"缺点"或不符合"理想"的私人癖好，所以杨子荣不能在战斗中误中敌人的无声手枪子弹而死，更不能写他在乔装土匪时本身具有的草莽习气。但在小说里杨子荣几度化装匪徒深入敌巢，又必须沾染一定的匪气和流气，不具备这些特点就无法取信于土匪。作家除了描写杨子荣在外形上和行为上故意作土匪状以外，不可能写他性格本身的草莽气，于是在杨子荣身边，就出现了栾超家，在艺术结构上这个人物与杨子荣形成一种补充和合一的关系。栾超家身上带有更多的农民旧习气，粗俗鲁莽、素质不雅、说话爱开玩笑，有时喜在女人面前说一些与性有关的口头禅等等，这种来自民间的粗放性格与他作为一个山里攀登能手的身份相符合。栾超家之所以是杨子荣的性格补充，是因为这些性格本来同样为杨子荣所有，但苦于杨子荣在作品中担当了理想人物，不能更丰富地表现其性格，于是作者只能转借了栾超家的形象来完成，因此栾超家性格在一定程度上成了杨子荣性格的外延。甚至在最后一次战斗中，作家让栾超家冒失轻敌误中敌人子弹，在一旁的杨子荣替他击毙匪酋。很显然，栾超家挨的这颗子弹，正是真实生活里的杨子荣的不幸结局。所以，如果没有栾超家的存在，杨子荣也就变得不真实。由于栾超家的存在，有人曾批评《林海雪原》带有农民文学的色彩⑧。但正是这种"农民文学的色彩"，使这些人物形象具有了感人的力量。

第四节　战争小说与人性美:《百合花》

茹志鹃是 50 年代少数几个用短篇小说的形式来描写战争的作家之一。短小精致的结构与细腻独特的视角浑然一体,体现出这位女性作家独有的明朗秀丽风格。这位在 1943 年参加新四军部队文工团的女作家,对战争的关怀和理解都别具一格,她似乎并不在意战场上敌我双方的进退胜败, 而专注于战争中人与人之间的情感碰撞与交流。

短篇小说《百合花》⑨写作于 1958 年初春, 正是"反右"斗争的高潮时期,许多作家知识分子都经受了不同程度的打击,作家本人在当时的时代环境里也感受到一种无形的压抑, 在高度政治化的时代氛围中, 人与人之间的关系也变得紧张起来, 相比之下, 战争硝烟之中淳朴真挚的人际关系则更加令人怀恋。"战争使人不能有长谈的机会,但是战争却能使人深交。有时仅几十分钟,几分钟,甚至只来得及瞥一眼, 便一闪而过, 然而人与人之间, 就在这个一刹那里,便能够肝胆相照,生死与共。"⑩作者的写作动机是想借对战争年代圣洁的人际情感的回忆和赞美, 来表达对现实生活的感慨。它显然是一篇不合时宜的作品,由此它在问世前的曲折遭遇也就可以理解了。当茹志鹃把《百合花》寄给许多刊物时,一再遭到退稿, 其理由是"感情阴暗,不能发表"。这样几经周折,终于发表在《延河》杂志上,后经时任文化部长的茅盾的赞扬,才开始受到评论界的重视。

《百合花》的清淡、精致、美丽, 在五六十年代的战争小说中是绝无仅有的。它以战争为背景,描写了部队一个年轻的通讯员与一个才过门三天的农村新媳妇之间近于圣洁的感情交流。作家的创作目的很明确也很坚定,那就是表现战争中令人难忘的、而且只有战争中才有的崇高纯洁的人际关系, 与通过这种关系体现出来的人性美和人情美。因此,作品取材于战争生活而不写战争场面,涉及重大题材而不写重大事件。战争的枪林弹雨只是为了烘托小通讯员与新媳妇之间诗意化的"没有爱情的爱情牧歌"。

通过生活的侧面写生活中的普通人, 写日常生活中的"家务

事"、"儿女情"，这是茹志鹃一生为数不多
的短篇小说的一个重要特点。《百合花》是
她早期作品，虽然写的是战争，却已经包
含了刻画普通人的感情世界的美学追
求。那两个连名字也没有的小通讯员和农
村新媳妇都是这样的普通人。在当时提倡
写"英雄人物"的战争文化背景下，茹志鹃
有意识地不把作品中的主要人物写成"英
雄"，或者说是不把他们当作"英雄人物"
来写，这是与她对"英雄"艺术形象的认识
直接相关。在她的眼里，英雄应该与平常
的人是一样的，战斗英雄只有在战斗时才
是英雄，而在平常的生活中，他们就是平
常的人，也会脸红，也会带有女孩儿的忸
怩姿态，他们所谈的也只不过是些家常
话。从这个意义上来说，小通讯员也可以
说是一位英雄。由于作家避开了战斗场

晚年茹志鹃

面，她就不用去写他的英雄行为，而只是写他平常的一面。她还认
为，小说中的人物形象必须是能够站立得起来的艺术形象，然后才
谈得上是不是"英雄"。如果把小通讯员当作"英雄"来写，那就得
写他的英雄事迹，突出他在战场上勇猛的一面，小说叙事者只能与
"英雄"同行，不断发现他的优秀品质，而且，按当时审美习惯，作家
是不可以让新媳妇随便笑话"英雄"的，虽然"英雄"可能有暂时的
失败（如借不到被子），但受到嘲笑却会有损于"英雄"的高大形
象。所以，作家有意回避对英雄形象的正面塑造，只是为了坚持自
己的美学风格而不受当时流行的创作思潮所左右，这正是茹志鹃
的可贵之处。

　　由于作家摆脱了"英雄"概念的束缚，小说里的主要人物身上
的美好情感都得到了自由充分的表现。小说主要刻画的是小通讯
员与新媳妇之间的圣洁感情，但两者之间穿针引线的是小说叙事
人"我"。 这篇小说引人注目的叙事特色就是女性视角，即"我"是
个有强烈性别意识的角色，一开始就写在战争爆发前，因为"我"是
女性，才被团长安排到前沿包扎所，才引出了小通讯员的护送。小

通讯员是个刚参军一年，只有十九岁的农村青年，质朴憨厚、不善言辞，特别怯于与异性的交往。为了突出他的后一特点，作者用较大篇幅描写了他与"我"和新媳妇两位女性的关系。在小通讯员送"我"去包扎所的路上，是初步展示小通讯员的性格的重要阶段。作者有意地把这段行军路程安排在白天而不是夜晚，安排在总攻之前而不是炮声呼啸的战斗之中，使得小通讯员不愿与女性接近的个性明显地暴露出来。在这个过程中，"我"微微有些女性特有的撒娇，如走不动路啦，主动与小通讯员认老乡啦，甚至带有挑衅性地问他娶媳妇没有等等，表现出一种战争年代思想感情开放的新女性特有的"泼辣"，以反衬小通讯员的外表腼腆淳朴和内心荡漾着对女性的喜悦。小说写了这么一个情节：小通讯员完成了任务（护送"我"与借被子）后要回团部，他对这次与女性接触的经历充满兴奋。作家这样写道：

> 他精神顿时活泼起来了，向我敬了礼就跑了。走不了几步，他又想起了什么，在自己挂包里掏了一阵，摸出两个馒头，朝我扬了扬，顺手放在路边石头上，说："给你开饭啦！"说完就脚不点地的走了。我走过去拿起那两个干硬的馒头，看见他背的枪筒里不知在什么时候又多了一枝野菊花……

几乎没有任何议论和解说，小通讯员的一系列动作和那枝不知何时插在枪筒里的小花，已经把一种性格的形象活泼泼地表现出来。

新媳妇的出现是在小通讯员的形象初步定型之后，作品通过小通讯员借不到被子引出了新媳妇的形象，并成功地将作品的重心转移到新媳妇身上。新媳妇的出场十分自然而优美，给人以赏心悦目的快感，正好与结尾时的庄严肃穆形成强烈的对比：

> 门帘一挑，露出一个年轻媳妇来。这媳妇长得很好看，高高的鼻梁，弯弯的眉，额前一溜蓬松松的留海。穿的虽是粗布，倒都是新的。我看她头上已硬挠挠的挽了髻，便大嫂长大嫂短的向她道歉，说刚才这个同志来，说话不

好别见怪等等。她听着,脸扭向里面,尽咬着嘴唇笑。我说完了,她也不作声,还是低头咬着嘴唇,好像忍了一肚子的笑料没笑完。

新媳妇的性格塑造,是通过她与小通讯员的关系,或者说是以小通讯员的最后牺牲为代价来完成的。起先是代表部队去向老百姓借被子,小通讯员去了,她不借,而"我"去了,她就借了。读者完全可以通过对小通讯员已有的了解想象当时两人初次接触的"窘状"。她心里觉得委屈了小通讯员,所以当小通讯员接过被子,慌慌张张地把衣服的肩膀处挂了一个口子时,"那新媳妇一面笑着,一面赶忙找针拿线,要给他缝上。通讯员却高低不肯,挟了被子就走。"只有女性才会对衣服上的破口子那么敏感,这个口子就永远地留在了新媳妇心上。因此,当她从众多的伤员中一眼看见那个露着的大洞时,立即就变成了另一个人。作品写道:

> 我回转身看见新媳妇已轻轻移过一盏油灯,解开他的衣服,她刚才那种忸怩羞涩完全消失了,只是庄严而虔诚的给他拭着身子,……等我和医生拿了针药赶来,新媳妇正侧着身子坐在他旁边。她低着头,正一针一线在缝他衣肩上那个破洞。医生听了通讯员的心脏,默默的站起身说:"不用打针了"。我过去一摸,果然手都冰冷了。新媳妇却像什么也没看见,什么也没听到,依然拿着针,细细的、密密的缝着那个洞。我实在看不下去了,低声地说:"不要缝了"。她却对我异样的瞟了一眼,低下头,还是一针一针的缝。

作者在这里不厌其烦地反复渲染小通讯员肩上那个破洞,一步步把新媳妇的感情闸门打开,也一步步把作品推向了高潮。当卫生员让人抬了一口棺材来,要动手揭掉小通讯员身上那床被子时,新媳妇的感情终于爆发出来。作者用了一连串与新媳妇刚出场时感情色彩截然不同的词汇:"劈手夺过被子","狠狠的瞪了他们一眼","气汹汹的嚷了半句"等,然后,为她心目中的"英雄"盖上了那条"枣红底色上洒满白色百合花的被子"。作者正是通过这条精心设计和挑选的有着"象征纯洁与感情的花"的被子，最终完成了作者对战争中的人性美和人情美的歌赞。

善于运用细节的描写来表现人物的精神面貌，是这篇小说常为人称道的艺术特色，但这篇小说在叙事上的特色却很少被注意到。从结构上说，两个主人公是被言说者，他们的心理世界是通过叙事者"我"的眼睛看出来或感受到的，所以"我"的作用是很重要的。小说前三分之一是写"我"眼睛里的小通讯员形象，中间三分之一还是写"我"眼中的通讯员和新媳妇，而他们俩唯一的一次单独接触则完全被虚写，读者并不知道新媳妇对通讯员的真实态度。直到小说的最后三分之一的篇幅里，小通讯员牺牲了，新媳妇的感情才汹涌澎湃地爆发。但读者读到这里并不会感到突兀，似乎只有这样表现才符合人物的性格逻辑。这种读者心理上的逻辑，却是通过叙事者"我"的作用来完成的。小说写了一个小通讯员衣服被挂破的细节，这个细节先是出现在"我"的眼睛里："他已走远了，但还见他肩上撕挂下来的布片，在风里一飘一飘。我真后悔没给他缝上再走。"而新媳妇对那个破口子有什么想法并没有正面表达。可是当通讯员的尸体出现时，新媳妇正是从那破口子上认出了他。这以后，"我"反而退到了很不重要的位置上，重彩放在描写新媳妇缝衣服上面。这似乎是一个暗示："我"眼中看到通讯员肩上的破口子而引起的"后悔"，也就是新媳妇心里的"后悔"，表面上叙事人在写自己对小通讯员的感想，其实是暗示了新媳妇的内心世界。虽然小说没有正面写新媳妇对通讯员的心里感觉，但叙事人的心理活动却处处起到了借代的修辞作用。以此类推，小说前三分之一写"我"眼中的小通讯员，也不仅仅是一般的介绍人物，而是通过"我"对小通讯员的接触方式和感想，读者可以联想到小说虚写的那个新媳妇与小通讯员初次接触的场面以及新媳妇对他的感想，有了这种借代作用，才会有新媳妇一出场时"笑个不停"的暗示。通过这样的叙事方式来表达小通讯员与新媳妇之间的感情交流，显得含蓄优美，令人回味。

注释：
① 参见《周扬文集》第一卷，人民文学出版社 1984 年版，第 529 页。
② 参王愿坚《在革命前辈精神光辉的照耀下——谈几个短篇小说的创作经

过》，原载《解放军文艺》1959 年 6 月号，此处依据《中国当代文学研究资料丛书·王愿坚研究专集》第 5—6 页，解放军文艺出版社 1983 年版。

③ "政委—草莽英雄"模式在五六十年代的战争题材的电影、戏剧中也很普遍，较著名的有《杜鹃山》、《独立大队》等。

④《红日》自 1957 年 7 月经中国人民解放军总政文化部审定，作为"解放军文艺丛书"之一由中国青年出版社 1957 年 7 月初版。初版后，先后于 1959、1964 和 1978 年作了三次重大的改动，其中 1964 年的改动最大，1978 年第四版时，基本恢复了 1959 年第二版的原貌。本教材依据 1978 年版。

⑤《林海雪原》，中国青年出版社 1957 年 9 月初版。

⑥ "五虎将"在《三国演义》里由关羽、张飞、赵云、马超和黄忠五个角色构成，以后在古典小说里多有这样五个角色的配置，甚至考虑到"金木水火土"五行的关系。在当代战争小说里，有些作家不自觉地运用了"五虎将"人物关系的模式。除了《林海雪原》外，还有如《铁道游击队》中刘洪、王强、林忠、鲁汉、小坡的"五虎将"，《烈火金刚》中史更新、丁尚武、萧飞、孙定邦、孙振邦的"五虎将"，等等。有关这些英雄人物性格塑造的美学规律，是值得进一步探讨的。

⑦ 引自曲波《关于〈林海雪原〉》，作为《林海雪原》附录收入书中，人民文学出版社 1978 版。

⑧ 参阅侯金镜《一部引人入胜的长篇小说》，收《侯金镜文艺评论选集》，人民文学出版社 1979 年版。

⑨《百合花》，初刊于《延河》1958 年第 3 期。

⑩ 引自茹志鹃《我写〈百合花〉的经过》，载《青春》1980 年 11 月号。

第四章　　重建现代历史的叙事

第一节　　确立现代历史叙事模式

现代历史题材创作是五六十年代文学的一个重要创作现象，它的特征是以近代以来的革命历史为线索，用艺术形式来再现中国共产党领导的新民主主义革命的必然性与正确性、普及与宣传中国共产党的历史知识和基本观念的叙事文学作品。这些基本历史观念逐渐成为当时的时代共名，即人人都在政治教育中达到的"共识"。广义地说，现代战争小说也是现代历史题材的一个组成部分，但本教材为了强调战争文学的特殊表现手段，才有意识地把现代战争史题材与一般现代历史题材分为两个章节来分析。后者的范围可能更加广泛些，除了新民主主义革命（1919—1949）时期以外，还包括了 19 世纪与 20 世纪之交的一系列重大历史事件，如描写从戊戌维新失败到抗战结束后的国民党腐败政治的话剧《茶馆》（老舍著），描写四川保路运动的长篇小说《大波》（李劼人著），以及从戊戌变法写起的多卷本长篇小说《六十年的变迁》（李六如著）等，都可以归纳到本章所要讨论的内容中。现代历史题材创作的主流是表现新民主主义革命过程中的重大历史事件，比较突出的艺术体裁是长篇小说，不但数量可观，而且也拥有比较强烈的个人风格。代表作有梁斌的《红旗谱》、杨沫的《青春之歌》、冯德英的《苦菜花》和《迎春花》、高云览的《小城春秋》、李英儒的《野火春风斗古城》、欧阳山的《三家巷》和《苦斗》、艾明之的《火种》、罗广斌、杨益言合著的《红岩》等。其他文艺体裁也有比较成功的创作，如叙事诗有郭小川的《将军三部曲》和《一个和八个》、闻捷的《复仇的火焰》，

话剧有于伶的《七月流火》，电
影有于伶等编剧的《聂耳》、夏
衍编剧的《革命家庭》等等，而
歌剧《洪湖赤卫队》、《江姐》在
吸取民歌乐曲的基础上创作
的现代歌曲在当时家喻户晓，
除剧本以外，歌词创作也达到
了较高的成就。

晚年梁斌在工作

　　这一时期现代历史题材
的创作之所以发达，首先与当
时普遍的革命历史传统教育
有密切关系，大多数作家都自
觉将文学创作与革命传统教
育结合起来，使文学作品体现
强烈的政治目的。如李六如在
谈《六十年的变迁》创作时说，他的创作就是想帮助人们"从这些历
史经验中吸取一些'观今宜鉴古'的教训。"①梁斌谈创作《红旗谱》
时直截了当地承认："我写这部书，一开始就明确主题思想是阶级
斗争，因此前面的楔子也应该以阶级斗争概括全书。"②像这样的
自我表白在当时是很普遍的。但是现代历史题材的创作者，既有
参加过革命斗争实践的解放区作家，也有许多"五四"新文学传统
下成长起来的作家，他们有着较丰富的生活经验，虽然这些生活经
验是经过时代共名的过滤后表现出来的，但他们所描写的具体生
活场景和历史场面仍然具有独立的历史价值和审美意义。有些作
家调动他一生的经验感受，其展现出来的真实历史场面往往超过
一般普及党史知识的意义。如《红旗谱》写到的保定二师学潮，《革
命家庭》写到的年关暴动和立三路线，作家在揭示革命斗争的复杂
性和曲折性的同时，仍然歌颂了在错误路线指导下英勇牺牲的人
们（出于当时人们认识水平的限制，还不可能写出中共党内极左路
线对革命本身的摧残和破坏）。甚至有些作家的才华远远超出一
般时代共名的局限，表现出更加强烈的艺术个性。如老舍，他在话
剧《茶馆》里通过一个民间茶坊在几个历史时期的变迁，为旧时代
谱写一曲葬歌，在这一点上，它与时代共名相一致；但由于作家对

旧北平生活的熟悉,使得作家突破了图解政治主题的限制,其圆熟滑润的语言、形散神凝的场景、横断面连缀式的结构,创造了一部真正具有中国气派与中国作风的话剧。

现代历史题材创作发达的另一个原因就是它在新文学史上有比较多的经验积累。将中国近现代历史摄入文学创作的视野,是随着"五四"新文学的开始而开始的,虽然当时这类题材离现实生活不很远,但作家们是自觉地把它当作"历史"来进行创作的。如茅盾,一直在寻求刻画自辛亥革命以来的中国历史长卷,他的《霜叶红似二月花》、《虹》、《蚀》甚至《子夜》,都有这种现代史诗的含义。李劼人的长篇小说《死水微澜》、《暴风雨前》、《大波》更是开创了"五四"新文学的长篇历史小说的先河。可以说,现代历史题材的叙事模式,在"五四"新文学的实践中已经被确立了,并对五六十年代的现代历史题材创作产生了影响。这一类创作归纳起来大致有三种叙事模式:茅盾的《子夜》模式、李劼人的《死水微澜》模式和路翎的《财主底儿女们》模式。

《子夜》模式,是一种以阶级性与典型性相结合,并通过人物的阶级关系来展示社会面貌,带有鲜明的中共党史的叙事立场的叙事模式。《子夜》的创作意图之一,不仅是为了答复托派关于社会性质的论战,而且还企图对中共党内的路线斗争进行揭露,这些涉及党的理论斗争和路线斗争的问题,若作家不是对中国共产党的内部生活和斗争历史非常熟悉并作出深邃的思考,是很难写好的。这种自觉的党史立场和通过阶级分析来塑造人物典型的创作方法,对五六十年代现代历史小说产生过深刻的影响。当代作家在新的文化规范的制约下轻而易举地把这种影响发挥到极致,如《红旗谱》、《苦菜花》、《三家巷》、《青春之歌》、《红岩》等,都是在塑造时代英雄形象的同时,体现出作家们要尽力创造出"中国共产党的光辉史诗"的强烈愿望。这时期的战争文化的审美特征,诸如塑造英雄人物、二元对立的艺术模式、胜利者的主体定位和视角,以及英雄主义和乐观主义基调等等,在现代历史题材的创作中也同样存在,不过是表现得复杂与含蓄一些。

《死水微澜》模式,是一种以多元视角鸟瞰社会变迁为特征的叙事模式,突出了民间社会的生活场景与历史意识。如小说中的三个主要人物,蔡大嫂是风尘女子,罗歪嘴是袍哥头目,顾天成是土财主,三人构成的多角冲突完全可以建立在民间的传统叙事上,但小说加入了洋教的因素,使历史出现了新的力量对比,故事也进入了近代史领域。这种透过民间生活场景来展示历史的叙事模式,在当代文学创作中虽然不能完全体现,但局部的民间生活场景还是能起到重要的作用。如《三家巷》前半部分写来自三个不同背景家庭的青年男女一起欢度各种民间节日的场景,《红旗谱》里朱严两家生死相连的农民生活场景与伦理观念,都是构成小说魅力的最重要的艺术因素。老舍的《茶馆》更进一步试图发展民间的叙事特征。遗憾的是李劼人在 50 年代重新改写《大波》,只完成了前三部,第四部由于作家过早地离开人世而未能完成,而且在当时的主流意识形态的影响下,《死水微澜》的叙事模式即使作家本人也不可能真正贯穿下来。

《财主底儿女们》模式,则是一种以个人心理历程反映时代发展为特征的叙事模式,如胡风所分析的:"路翎所要的并不是历史事变底记录,而是历史事变下面的精神世界底汹涌的波澜和它们底来根去向,是那些火辣辣的心灵在历史运命这个无情的审判者前面的搏斗的经验。"③这是一种带有强烈的知识分子精神自传色彩的叙事模式,是西方人道主义和个性主义的精神传统在中国的回响。正如罗曼·罗兰的《约翰·克利斯朵夫》在 40 年代的中国知识分子中间产生了积极的影响一样,路翎这部总结性地展示中国知识分子的精神苦难历程的小说,虽然在 50 年代被剥夺了存在的可能性,但它仍然代表了知识分子审视社会历史以及自身的精神搏斗史的独立视角和叙事立场,并在以后漫长的文学历程中曲曲折折地顽强地表现出来。比如从 1957 年刚发表就被批判的宗璞的短篇小说《红豆》里,我们多少可以看到知识分子在历史大变动中精神挣扎的痕迹。

这三种现代历史的叙事模式对当代文学创作所产生的影响程度不一,有时是混合在一起的,给文学创作带来了复杂的艺术效应。

以 1957 年出版的长篇小说《红旗谱》④(梁斌著)为例,这在当时是一部好评如潮、影响很大的作品,被某些文学史誉为"一部描绘农民革命斗争的壮丽史诗"⑤。尤其是主人公朱老忠的艺术形象,评论家们认为是:"一个兼有民族性、时代性和革命性的英雄人物的典型"，"不仅继承了古代劳动人民的优秀品质，古代英雄人物的光辉性格，而且还深刻地体现着新时代（无产阶级革命时代）的革命精神。"⑥可是这部小说仅仅是作家所要表现的历史长卷的第一部，仿佛是一道序幕，许多斗争刚刚展开，朱老忠的英雄性格并没有通过具体的斗争事件充分表现出来。他仿佛是一个茫茫长夜期待光明的饱经风霜的灵魂，许多历史事件并没有击中他穿透他，而只是在他身边轰隆隆地滑过。这部小说主要描写了四场斗争。第一场是朱老巩"大闹柳树林"，作为全书的"楔子"，以此来揭开朱严两家农民与恶霸地主冯家的血海深仇，为朱老忠被迫闯关东、二十五年后回乡复仇做了铺垫，但朱老巩只是朱老忠的父亲，不能代替主人公自身的斗争。第二场斗争是"脯红鸟事件"，从运涛抓到一只珍奇的"脯红"鸟，到冯老兰欲买不成，派账房先生李德才威逼利诱，再到鸟儿不明不白就"给猫吃了"，冲突双方没能得到充分展开，特别是朱老忠完全游离在冲突以外。第三场"反割头税运动"是四场斗争中农民取得的唯一胜利，也是作品最为重要的部分，从江涛回乡发动群众到朱老忠和大贵在家门口安锅宰猪；从刘二卯当街挑衅到冯老兰派儿子冯贵堂代表割头税包商向县衙门求救；从反割头税大会和示威游行，再到朱老忠、严志和、大贵等举行入党仪式等，整个过程写得有声有色，但领导者始终是江涛，出面宰猪的是大贵，朱老忠仍然是跑龙套敲边鼓的角色。第四场"保定二师学潮"是作品的压轴戏，斗争重点从农村转向城市，中心人物也是江涛，描写了在共产党领导下的青年学潮、学生与国民党军队面对面的激烈斗争，朱老忠只落得一个扮成车夫救学生的次要角色。应该承认，作家描写这些冲突事件的笔墨还是很精彩，很真实，有许多值得称道的地方，但问题是斗争的中心人物从第一代的朱老巩一下子过渡到第三代的运涛、江涛两兄弟，作为主要塑造的英雄朱老忠完全被架空了。小说中唯一与朱老忠直接有关的事件是去济南探监，但也只是就事论事地完成了任务，没有写出朱老忠第一次遭遇共产党员而产生的精神作用。作家认为："几千年来，在中国革命历史上，涌现了许多有勇有谋的农民英雄，因此，我认为对于中国农民英雄的典型的塑造，应该越完善越好，越理想越好！"⑦可是这个"完善"与"理想"主要是通过作家的理性分析与人物的主观抒情来完成的。

　　为什么作家主要歌颂的英雄人物会游离于斗争的中心旋涡？原因似在文本的叙事逻辑与作家的主观意图的错位。从小说所反映的历史长卷而言，第一部的农民斗争只是铺垫，主要表现的恰恰是知识分子（运涛、江涛都是农村知识分子）在广大农民还没有觉悟的时候，起着革命的先锋与桥梁的作用，直到他们在革命实践中屡遭失败，并在唤起了民众之后，有组织有觉悟的农民阶级才逐步承担了历史的革命重任。所以《红旗谱》的主题实际上是写知识分子在革命实践中的成长，从第二部《播火记》开始农民才开始成为真正的主角。但在当时，突出知识分子革命经历的艺术实践不符合新的文化规范。⑧尽管作家表现的是参加了革命实践的知识分子，仍然会被认为是对工农为主体的革命运动的不真实的反映，而且《红旗谱》所描写的保定第二师范的学潮，是执行了当时中共党组织内部的左倾路线，这多少是有忌讳的，所以作家为了淡化这一历史背景，只能让尚未作好准备的农民好汉朱老忠仓促登场，构成了小说文本与主观解读的严重错位。

　　但如果我们换一个阅读视角，即从民间的角度来解读《红旗谱》，就会发现这部小说在描写北方民间生活场景和农民形象方面还是相当精彩的。作家说过："只要概括了民族的和人民的生活风习、精神面貌，即使不用章回体，也仍然会成为民族形式的东西。"⑨也就是说，所谓"民族化"，重要的不是形式而在内容。只有对自己所要描写的农村生活和农民文化心理有了真正透彻的理解和美学上的把握，作家才有这样的自信。小说语言风格浑厚朴素，在看似有点自由散漫的叙事中，仿佛是无意地点染、绘织出一幅幅乡间的人情风土画卷。如"脯红鸟事件"，不仅写出了河北民间玩鸟的风俗文化，还轻松地写出冯老兰的"老夫聊发少年狂"以及运涛、大贵两个孩子的不同胸襟和性格，虽酝酿已久，却举重若轻，引出朱严两家第二代人的形象。朱老忠的形象如果不用所谓"英雄"来衡量，那么，他的慷慨、豪迈、讲义气、有远谋、急人所难等等农民好汉的脾气，通过点点滴滴的语言和细节还是表现得很鲜明的。还有些次要人物也写得相当精彩，那严老奶奶，无数次唠叨着自己的悲惨遭遇，最后怀着对走关东的丈夫的急切盼望死去。那春兰，是当代文学创作中最优秀的农村闺女形象之一。她与运涛的相爱过程，从两小无猜到以身相许，再到忠贞不渝，都写得朴实无华、真挚动人，表现出在北方保守的伦理环境下农村姑娘对新生活的向往和美好感情。作品中写得最美的段落大多与春兰有关，在浓郁的村野气息中，饱含着作家对农村生活的眷恋。

五六十年代现代历史题材的创作，有些是以多卷本的长篇小说的形式出现的，如果不是 60 年代中期的"文化大革命"爆发，许多作家可能会毕其一生的精力来完成一部歌颂中国共产党领导下的革命历史长卷。但由于 60 年代愈演愈烈的中共党内路线斗争和文化大革命中作家们遭受的残酷迫害，以致许多鸿篇巨构未能完成，即使有的作家挣扎到"文化大革命"结束，继续完成创作计划，但由于精力和体力都受到严重摧残，无力在现实的经验教训中重新反思历史和认识历史，使原来的创作冲破当时的时代共名的束缚，达到新的认识水平。所以，多卷本长篇小说的后几部所取得的艺术成就往往不及第一部。

第二节　家族和历史的命运组合：《三家巷》

曾经是上海左联盟员，后来在延安参加过文艺整风的欧阳山，早在 1942 年就有意要创作一部"反映中国革命的来龙去脉"的历史小说，初取名为《革命与反革命》，1957 年正式动笔，改名为《一代风流》。1959 年出版第一部《三家巷》①，主要表现"一个叫周炳的打铁出身的知识分子的半生经历"①。在 50 年代出版的现代历史题材创作中，这部作品在题材选择、人物塑造、表现方法和风格情调等方面都有着鲜明的个性特征。它以 20 年代的广州为背景，将个人的成长道路、家族的兴衰沉浮和历史的风云变幻融为一体，通过与广州直接有关的"省港大罢工"（包括这期间发生的"沙基惨案"）、国民革命军北伐和广州起义等重大事件，表现了 20 年代的工人运动从幼稚到成熟的发展过程，以及第一次国共两党从合作到分裂的全过程，描绘出中国革命初期既轰轰烈烈又错综复杂的时代画卷。

《三家巷》的叙事是从《子夜》模式发展而来，书中每个人物都是某种阶级的典型。但是作家表现历史的独特的切入点和表现方法相当引人注目，他没有从正面去描写这一系列在中国现代史上有着特殊意义和鲜明特色的运动和斗争，而是通过人物的心理历程来反映革命运动,通过展示社会生活风俗来表现时代政治风云,别出心裁地塑造了一个远离斗争漩涡、并不具备革命者成长要素的"典型环境"——三家巷,作为当时广州社会甚至 20 年代中国社会的缩影。作家精心编织出一个以血缘关系、婚姻关系和社会关系为主的人物关系网,通过周、陈、何三家以及他们的各种社会关系,表现革命运动对他们的影响以及他们对革命运动的态度,并通过革命运动的深化使各种阶级力量发生分化,虽然这部小说的基本构思仍然符合"阶级斗争"的时代共名,但其间的多元复杂关系,尤其是对不同阶级出身的小资产阶级知识分子的多元复杂关系的描写,打破了一般现代历史小说把阶级关系和阶级矛盾简单化庸俗化的思维定式。

在三家巷的三家人中,周家是世代打铁的手工业劳动者,陈家是由小商人发展起来的买办资本家,而何家则是靠大荒年办赈济暴发的官僚地主,他们分别代表了广州这类大都市主要的社会阶层。但作家没有机械地用阶级观点来处理三户人家的关系,他从富有中国特色的家族—社会关系写起,放手建构作品主要人物之间的"五重亲"关系:在表亲、姻亲的基础上,又增加了换帖兄弟、邻居、同学三重关系。第八章《盟誓》、第九章《换帖》写陈文雄等五个中学毕业生,满怀青春激情,在三家巷结盟宣誓,发誓要"永远互相提携,为祖国的富强而献身",洋溢着年轻人的单纯、自信、理想主义,写得非常感人,同时也通过他们个人的不同信仰之争,暗示了日后的分裂。这种关系写出了人的阶级性不是先验的,只有在社会实践中,特定的经济地位和社会环境才会逐渐显现出人的阶级本质。作家是经历过延安整风运动的,对描写小资产阶级知识分子的动摇与分化尤其注重,陈文雄与四个姐妹原来都是接受过"五四"新文化熏陶的进步青年,他们主张自由恋爱,人人平等,同情社会主义,但在严峻的阶级斗争中却一个个暴露了软弱动摇的性格。应该指出作家这样的构思仍然体现了时代共名的影响,对知识分子的革命性,以及资产阶级出身的知识分子在实际斗争中向革命转化的可能性缺乏实事求是的理解与尊重。但作家毕竟细腻地描写了这一分化的过程,给读者提供了艺术想象的余地。

周炳这位历史长卷中的主人公,在五六十年代文学人物长廊里是非常特殊的一个艺术形象,作家把他定性为"打铁出身的知识分子"。打铁出身，不仅指他出身于世代打铁的家庭里，身上流着早期工人阶级的血液，而且他自己也打过铁，与一批城市手工业劳动者结成真诚的友谊，这就决定了他在中国共产党领导下的革命实践中将逐渐磨练成坚强战士的阶级基础。但同时他又是个知识分子，虽然没有接受过系统完整的资产阶级教育，却从小在一批青年知识分子的哥哥姐姐的温柔爱护下，几乎是本能地接受了小资产

作家欧阳山

阶级的思想感情，这也注定了他在参加严酷的阶级斗争过程中必将接受严峻、甚至痛苦的考验。作家既不把他当作英雄人物来塑造，也就没有一般作家难以甩掉的思想包袱，能够比较放手地描写人物的内心世界，敢于直言不讳地暴露人物的憨直、软弱、幼稚、温情不切实际、富于幻想等性格弱点，使人物形象始终具有着独特的个性和鲜活的特征。作家笔下的周炳，是一个"长得很俊的傻孩子"，这又俊又傻的特点，构成了他"现代贾宝玉"式的独特个性。他既对革命胜利充满浪漫主义幻想，但又经受不了革命失败的打击，虽然作家通过他一次次在实际的革命斗争中得到锻炼，写出了他的成长和转变，却没有急于完成这个转变过程。尤其是他在国民党"清党"以后躲避乡下时一再写信给恋人陈文婷，以致暴露了地址，连累大哥周金被害。广州起义时，他已经成长为勇敢的起义战士，但其思想觉悟却仍然停留在"为区桃报仇"的革命狂热性的水平上，这些情节都体现了人物性格发展的复杂性，同时，也符合多卷本长篇小说的创作需要。

与周炳性格构成直接有关的是两个女性：区桃和陈文婷。在作品众多的女性形象中，作家对区桃的用心最深，对陈文婷的着墨最多。在区桃身上，寄托着作家对中国女性的审美理想，既美仑美奂、多才多艺，又性格温柔、纯洁善良；既甘于贫寒，又勇于革命。作家用心良苦地塑造出这样一个精致的南国美女，希望通过她香消玉殒的悲剧，来激发周炳的斗志。只是作者在这里用心太深，反倒暴露出过于明显的人工痕迹。但小说的前半部通过周炳与区桃的相恋过程，写孩子们在七月七乞巧、除夕卖懒、人日选皇后、学校演剧

等等一系列的南国民俗，成为小说最迷人的篇章。作家对陈文婷的描写则放松得多，她的幼稚、热情和任性，她的"娇"、"骄"二气，都表现得淋漓尽致，是作品中写得最成功的女性形象。而在处理周炳与陈文婷这两个人物的关系时，作者仿佛受到《钢铁是怎样炼成的》中保尔·柯察金与冬尼娅的故事的影响，较多地强调了阶级的分化逻辑，使陈文婷的性格不能得到进一步的展开，这是很可惜的。但就第一部而言，由于作家对陈文婷性格中的轻狂一面有较好的铺垫，因此她的颓废和转变还是基本令人信服的。

第三节　旧时代的民间生活浮世绘:《茶馆》

老舍的《茶馆》⑫是中国当代戏剧舞台上首屈一指的杰作，其突出之处在于，在与时代"共名"契合的同时，作家调动了丰富的生活资源，展现出了一副旧北平社会的浮世绘，通过"茶馆"这样一个小小的角落，表现了五十年来中国历史的变迁。在当时的现代历史题材创作中，它是将《死水微澜》式的民间叙事模式发挥得最好的一部作品。

《茶馆》三幕分别选取"戊戌变法"后、北洋军阀统治时期、抗战后国民党统治时代的三个社会生活场景，在这三个场景中，一方面描绘了北平风俗的变迁，另一方面三个旧时代共同表现出政局混乱、是非不分、恶人得势、民不聊生的特点，黑暗势力越来越蔓延，整个社会表现出不断衰退的局面。第一幕中康梁变法失败后，裕泰茶馆中形形色色人物登台表演，一方面是拉皮条的为太监娶老婆，暗探遍布社会，麻木的旗兵无所事事，寻衅打群架，另一方面是破产的农民卖儿鬻女，爱国的旗人常四爷因几句牢骚被捕，新兴的资本家企图"实业救国"，裕泰茶馆老板左右周旋，企图使生意兴隆。在第二、第三幕的发展中，恶势力越来越肆无忌惮，为所欲为，暗探宋恩子、吴祥子的后代子承父业，继续敲诈勒索，拉皮条的刘麻子的后代青出于蓝，依托当局要员准备开女招待"拖拉撕"⑬，庞太监的侄子侄媳组成的迷信会道门在社会上称王称霸，甚至做着"皇帝"、"娘娘"的美梦。而一些企图有所作为的良民百姓却走投无路:主张"实业救国"的民族资本家秦仲义抗战中被日本人抢去资产,抗战后国民党当局将其当作"逆产"没收从而使他陷入彻底破产的境遇;做了一辈子顺民的茶馆老板王利发妄图"改良"赶上时代,生意却越来越坏,到最后连"茶馆"也被官僚与骗子联手抢去;在清朝"吃皇粮"、有旱涝保收的"铁杆庄稼"的旗人常四爷成为一个自食其力的小贩,过着朝不保夕的生活。剧本的结尾三个老人在舞台上"撒纸钱""祭奠自己",走投无路的王利发悬梁自尽,这是一个很有象征意味的结局,既是对旧时代的控诉,也是对之唱了一曲"葬歌",弥漫着一种阴冷凄惨的氛围。这是在 50 年代话剧舞台上很少出现的没有亮色的结局。

《茶馆》描写了三个时代旧北平形形色色的人物,构成了一个人像展览式的"浮世绘"。老舍选取"茶馆"作为剧本的场景颇具匠心,他避开了对重大历史事件的直接描绘,只是描述这些历史事件在民间的反响,将之化入日常生活之中,从而避开了时代共名的简单、僵化与专断,发挥了作家熟稔旧北平社会生活与形形色色的人物的优势。事实上,这是在时代共名笼罩之下,民间话语表现自己的一种重要的艺术手段。为达到这一目的,"茶馆"这一地点是一个颇具匠心的选择,"大茶馆就是一个小社会",从社会上层到社会底层,形形色色的人物都在茶馆登台亮相。剧本以描写人物为主,老舍对北平口语与旧北平人物心理的熟稔,使得他能三言两语就勾勒出一幅生动的人物肖像,制造出内在的戏剧冲突。如第一幕中松二爷、常四爷与打手二德子冲突的场面,篇幅仅占一页,戏剧冲突、人物的个性与心理发展的层次却写得有声有色。冲突刚起时,兵痞二德子企图以势压人,但并不想真的干架,所以问常四爷在"对谁甩闲话",被对方呛了一句"要抖威风,跟洋人干去"后,他被掐着短处,下不了台,就要动手打人,不料想对方轻轻"闪过",他更加没辙,只好虚声恫吓。这时"吃洋教"的马五爷一句"二德子,你好威风啊",马上使他收束,赶紧溜走。这个打手外强中干、欺软怕硬的性格很有层次地表现在纸上。再看松二爷、常四爷面对意外事故的反应,松二爷性格软弱,所以赶紧以大家都是"外场人"来打圆场,常四爱国、梗直、而又粗中有细,所以说话处处不让人,用"英法联军烧了圆明园,尊家吃着官饷,可没见您冲锋去",呛得对方没话可讲,但他也不想节外生枝,所以并不主动与对方动手;而只有三句台词的马五爷形象更显出作者的大手笔:马五有洋人之势可依,所以一句话就制伏了二德子；以文明人自居，所以教训二德子"有什么事好好地说，干吗动不动就讲打？"；但他制伏二德子并非因为同情常四爷，而是因为打架会惊扰他喝茶，常四爷骂洋人又无意中得罪了他，所以当常四爷要他评理时他冷冷地一句"我还有事，再见"就走过去。短短一页，塑造了四个性格鲜明、心理层次丰富的人物形象，人物的一举一动、一言一行，都与其性格、心理配合得丝丝入扣，委实只有大手笔才能做到。《茶馆》中这样的场面比比皆是，如第一幕中，秦仲义与庞太监冲突的场面；第二幕中王利发与崔久峰对话的场面，第三幕中小刘麻子欺骗王利发的场面等等，无不如此，剧中塑造的鲜明的人物形象还有妖怪式的庞太监、庞四奶奶、暗探宋恩子、吴祥子、拉皮条兼人贩子的刘麻子、借算命骗取钱财的唐铁嘴等社会渣滓及其后代、民族资本家秦仲义、茶馆老板王利发、早年从事革命晚年心灰意冷拜佛参禅的议员崔久峰，甚至只有一个"蒿（好）！"字台词的国民党官僚沈处长等等。短短三幕戏，塑造了几十个性格鲜明的人物，概括了五十多年的历史，显示出老舍高超的艺术功力与艺术才能。

　　在结构上，《茶馆》采取三个横断面连缀式结构，每一幕内部也以许多小小的戏剧冲突连缀。这样的结构本来容易变得松散，老舍克服了这方面的困难，剧本以"人物带动故事"，"主要人物由壮到老，贯串全剧"，"次要人物父子相承"，"无关紧要的人物招之即来、挥之即去"。[15]同时，人物的故事、命运又暗示着时代的发展，从而使得剧本紧针密线，形散神凝，以貌似平淡散乱的人物、情节织出一幅"清明上河图"式的从清末到民国末年的民间众生相。这种独到的艺术构思与创作胆识，今天看来也是很值得钦佩的。

第四节　知识分子的心灵搏斗掠影：《红豆》

　　50年代活跃在文学创作领域的作家们，大都是经受了革命实践磨练的知识分子，他们以自己的成长经历为证明，相信知识分子经过革命实践的考验后能够成为真正的无产阶级革命者。所以那个时期的现代历史题材中，许多主人公都是成长中的知识分子。可是出于与《红旗谱》差不多的原因，这样一种突出了知识分子革命经历的创作倾向与新的文化规范不相符合，这就使作家们不能不在描写自身经验时有所顾忌，不敢真实地开掘知识分子参加革命实践过程中切身感受到的痛苦、挣扎、以及灵魂深处的自我搏斗，也不能如实写出知识分子在成长过程中所经历的丰富的精神感受与精神升华。而像40年代《财主的儿女们》那样赤裸裸的精神自传式的叙事模式，几乎是广陵散绝。在这个意义上我们选择了宗璞的短篇小说《红豆》作为讨论对象，正是因为它在短小的篇幅内可贵地表达了知识分子自己的叙事视角，虽然浮光掠影，却隐晦地表现出知识分子在大痛苦与大欢乐交织在一起的时代洪流中所面对的人生选择和内心矛盾。

　　1957年7月，《红豆》由《人民文学》的"革新特大号"作为"新人的作品"推荐发表，编辑当时的意图是为了贯彻"百花齐放、百家争鸣"的文艺方针，但杂志正式出版时，文艺界的"反右运动"已经全面展开，所以成了短命的"百花时代"的最后一批绝唱。小说发表以后，《人民日报》、《中国青年报》、《文艺月报》等对它进行了将近一年的批判，认为作品宣扬了资产阶级的"人情味"和爱情观。其实这篇作品所包含的深刻的思想内涵与艺术激情，远远超过了一般意义上的爱情小说。

　　作品通过大学生江玫与齐虹由于生活态度和政治立场的分歧而导致的爱情悲剧，讲述了一个在时代巨变面前知识分子选择自己的人生道路的故事。爱情虽然是故事的主要内容，但并不是作品的主题。作家要想表现的就是这种人生在"十字路口的搏斗"。作家之所以选择一个爱情故事来表现这一主题，是因为"在我们的人生道路上，不断地出现十字路口，需要无比慎重，无比勇敢，需要以斩断万路情丝的献身精神，一次次作出抉择。祖国、革命和爱情、家庭的取舍、新我和旧我的决裂，种种搏斗都是在自身的血肉之中进行，当然是十分痛苦。"[15]而作家正需要用这种"在自身的血肉之

作家宗璞(徐福生摄)

中进行"搏斗的痛苦,来表现知识分子在十字路口进行选择的艰难和选择成功后的欢乐。我们从作家的自白中不难感受到与路翎创作《财主的儿女们》相似的精神格调与艺术追求。

在人物的塑造上,宗璞完全是独立特行的,作品主人公江玫一开始不是英雄,最后也没有成为英雄,她虽然走上了革命道路,但却没有像林道静(《青春之歌》的主人公)等知识分子典型那样"与工农相结合"。作品一开始,出现在读者面前的是一个清纯可爱的女大学生,"白天上课弹琴,晚上坐图书馆看参考书,礼拜六就回家。母亲从摆着夹竹桃的台阶上走下来迎接她,生活就像那粉红色的夹竹桃一样与世隔绝。"也就在她上大学二年级的 1948 年,两位物理系大四学生的出现改变了她的人生道路。她的新同屋萧素"总是给人安慰、知识和力量",很快把她带入了一个新的天地,让她懂得了一些朴素的革命道理,并带领她一步步加入到革命运动之中。而"老像在做梦似的"齐虹则以他在弹琴时的神采飞扬,无声无息地闯入了她的情感世界,对音乐和文学的共同爱好把他们联系在一起,很快她卷入了爱情的旋涡。作家非常细腻地描写了江玫在这两个方面的感情变化过程,一方面她在萧素的影响下越来越多也越来越主动地参加到社会活动之中,先是不十分情愿地参加了红五月的诗歌朗诵会,再是怀着民族的义愤以救护队员的身份参加了"反美扶日"的北京学生大游行,最后则是在抗议国民党屠杀东北来的青年学生的游行中,走到了队伍的前列。另一方面,她与齐虹的感情越陷越深,矛盾也越来越尖锐,"他们的爱情正像鸦片烟一样,使人不幸,而又断绝不了"。最后,是留在北平迎接排山倒海般压过来的解放军,还是答应齐虹远走美国,她必须作出自己的选择。江玫的情感一开始是纤细的,甚至还有几分无病呻吟的意味,后来虽然有所丰富,有所爆发,但仍然是十分敏感的,多愁善感的。作家大胆地深入江玫的内心世界,细致入微地写出她作为一个知识女性所特有的所谓"小资产阶级"感情和恋爱中的心理变化。江玫与齐虹的爱情始终是在时局的变化中发展的,始终是在江玫对社会形势越来越关心的背景下变化的,他们如痴如醉、如颠如狂的爱情,也因此而一波三折,跌宕起伏。

作家对成长过程中的女大学生江玫的描写摆脱了公式化的影响,对学生运动领袖萧素的刻画也没有落入概念化的俗套。萧素在作品中的最大作用是影响江玫走上革命道路，但她有她自己的个性，坦率泼辣，正直勇敢，对人对事都一针见血；她有她自己的风格，不尚空谈，不讲大道理，脚踏实地，身体力行。在她的影响下，江玫的任何变化都不会让读者吃惊。相比之下，齐虹的形象则缺乏立体感，略显单薄。虽然作家表现了他自私本性的暴露过程，强调了他前后性格的鲜明对比，也注意到了他在恋爱过程中的复杂表现，但是对于"他真该是最懂得人生最热爱人生"的一面还开掘得不够，使江玫在已经清楚地看到他们之间的根本分歧并成为学生运动的积极分子之后，仍然不能与他一刀两断，仍然在最后一刻产生动摇等描写，缺少了充分的依据。

《红豆》虽然是一篇短篇小说，但所反映的社会层次和艺术格调都明显地高于当时以宏大历史叙事为主的现代历史小说。诗意化的意境和散文化的笔法，形成了作品独有的艺术风格，而温馨浪漫的情调和浓郁含蓄人情味则形成作品独特的文人韵味。倒叙手法的使用有助于作家在疾风暴雨的时代氛围中营造出爱情的小天地，而江玫因"红豆"而引发的怀旧情绪和情不自禁的泪水，则使作品带有一种温情脉脉的"感伤美"。

注释：

① 引自李六如《六十年的变迁·自序》，人民文学出版社 1981 年版。

② 引自梁斌《漫谈〈红旗谱〉的创作》，《人民文学》1959 年第 6 期。

③ 引自胡风《青春底诗》，收《胡风选集》第一卷，四川人民出版社 1995 年版，第 184 页。

④ 《红旗谱》，中国青年出版社，1957 年 12 月出版。

⑤ 引自《中国当代文学》第二册，上海文艺出版社 1984 年版，第 80 页。

⑥ 引自冯牧、黄昭彦《新时代生活的画卷》，载《文艺报》1956 年第 19 期。

⑦ 引自梁斌《漫谈〈红旗谱〉的创作》，《人民文学》1959 年第 6 期。

⑧ 当时周扬在第一次文代会上的报告中已经发出警告："当中国人民已经在中国共产党领导之下，奋斗了二十多年，他们在政治上已有了高度的觉悟性、组织性，正在从事于决定中国命运的伟大行动的时候，如果我们不尽一切努力去接近他们，描写他们，而仍停留在知识分子所习惯的比较狭小的圈子，那么，我们就将不但严重地脱离群众，而且也较严重地违背历史的真实，违背现实主义的原则。"引自《周扬文集》第一卷，人民文学出版社 1984 年版，第 514 页。

⑨ 引自梁斌《漫谈〈红旗谱〉的创作》,《人民文学》1959 年第 6 期。

⑩ 《一代风流》全书分为五卷:《三家巷》(1959)、《苦斗》(1962)、《柳暗花明》(1981)、《圣地》(1983)、《万年青》(1985)。1997 年作家重新校改全书,改定名为《三家巷》,分做四卷,取消分卷的书名(见欧阳山《校改全书〈三家巷〉序》,载《新文学史料》1998 年第 4 期)。本教材讨论的是最初出版的《一代风流》第一卷《三家巷》,广东人民出版社 1959 年版。

⑪ 引自欧阳山《〈一代风流〉序》,载《作品》1962 年新 1 卷第 8 期。

⑫ 《茶馆》,中国戏剧出版社 1958 年初版。

⑬ 即托拉斯的谐音,但作品中小刘麻子对此有另外的解释,参见《茶馆》第三幕。

⑭ 引自老舍《答复有关〈茶馆〉的几个问题》,收《老舍研究资料》(上),北京十月文艺出版社“中国现代作家作品研究资料丛书”, 1985 年版, 第 640 页。

⑮ 引自宗璞《〈红豆〉忆谈》,收《中国女作家小说选》,江苏人民出版社 1981 年出版。

第五章 新的社会矛盾的探索

第一节 "双百方针"前后的文艺界思想冲突

"百花齐放,百家争鸣"的方针,最早酝酿于1956年4月下旬中共中央政治局扩大会议上,在讨论毛泽东《论十大关系》的报告时,陆定一、陈伯达提出了在科学和文艺事业上应实施将政治问题和学术、技术性质的问题分开的方针,在后者的建议中就有"百花齐放"、"百家争鸣"的提法,并得到了毛泽东的肯定①。在同年5月2日召开的最高国务会议上,毛泽东正式将这一方针公开提出,宣布"在艺术方面的百花齐放的方针,在学术方面的百家争鸣的方针,是必要的","在中华人民共和国宪法范围之内,各种学术思想,正确的、错误的,让他们去说,不去干涉他们"②。5月26日,在中共中央在中南海怀仁堂召开的由北京知名科学家、文学家、艺术家参加的会议上,中宣部部长陆定一作了题为《百花齐放,百家争鸣》的报告③,代表中共中央对这一方针作了权威性的阐述,指出"百花齐放,百家争鸣"的方针,"是提倡在文学艺术工作和科学研究工作中有独立思考的自由,有辩论的自由,有创作和批判的自由,有发表自己意见、坚持自己意见和保留自己意见的自由",同时说明了这一方针的实施界限和范围,"是人民内部的自由","这是一条政治界线:政治上必须分清敌我"。陆定一的报告,也标志了"双百方针"正式实施的开始。

这一重大方针的提出,有着国内国际的具体历史背景。从国内来看,对阶级斗争状况的估计,对中国面临的经济和文化建设的历史性任务的理解,以及对知识分子政治态度和思想状况评价的变化,是"双百方针"提出的重要依据和条件。在 1955 年下半年发生的对"胡风反革命集团"的斗争和在全国范围内开展的"肃清反革命"的运动所造成的阶级斗争的紧张政治气氛,随着农业合作化"高潮"和对城市工商业的社会主义改造的"胜利"而得到相当程度的缓解,这使最高决策者对政治形势的估计也有了变化,毛泽东主席作出了大规模的阶级斗争已基本结束的论断,要求把全党和全国工作的重点转移到经济建设上来④。这样,发掘和动员建设资源,"努力把党内党外、国内国外的一切积极因素,直接的、间接的积极因素,全部调动起来"⑤,便成为当务之急,其中知识分子的积极性自然是至关重要的。在知识分子中间,1955 年的"胡风反革命集团案"以政治斗争替代思想和学术论争并演变成一场波及广泛的政治悲剧所带来的心理阴影还没有消散,在这种情况下,1956年 1 月,中共中央召开了知识分子问题会议,周恩来总理在会上所作的《关于知识分子问题的报告》,提出了改善知识分子工作条件(包括物质生活条件和精神环境的条件)的重要许诺,承认知识分子经过参加社会活动、政治斗争,经过新中国成立以来的思想改造, 他们的绝大部分"已经是工人阶级的一部分",因而是可以信赖和依靠的对象。

　　就国际形势来看,50 年代中期苏联和东欧发生了一系列重大政治事件,也是"双百方针"政策产生的重要背景。特别是 1956 年2 月苏共第二十次代表大会的召开, 赫鲁晓夫反斯大林的秘密报告在世界范围内引起了巨大的震动。随之而来的匈牙利、波兰等社会主义国家所发生的群众性事件, 进一步从正反两个方面推动中国决策者们坚定了原来就已存在的冲破苏联模式的立场, 加快了寻找中国式道路的探索,从而逐步形成了反对教条主义的思想束缚,以自由讨论和独立思考来繁荣科学和文化事业,用批评和自我批评的办法来处理"人民内部矛盾",以避免这种矛盾因处理不当而发展到对抗性地步的思路。具体到文学艺术领域, 苏联文艺政策的调整和文艺思潮的变动对中国也产生了影响。斯大林时代结束后,"解冻文学"思潮随之兴起,一批在 30 年代以来受到迫害的作家被"平反"和恢复名誉,尤其是 1954 年召开的苏联第二次作家代表大会对文艺的行政命令、官僚主义、文学创作的模式化和"虚假"作风的质疑,显示了苏联文坛的一种企图"复活"俄苏近、现代文学另一种曾被掩埋、被忘却的传统的努力,这也激发了中国作家对"五四"新文学的启蒙主义传统的重新认识,它与国内政治形势的社会变化一起,共同构成了"双百方针"提出期间中国文坛的一个重要的思想和文化背景。

"双百方针"的提出,体现了在人民共和国新体制下、在特殊的国际和国内背景下国家最高决策者对社会主义文化政策的一种新的尝试,它显然包含了倡导科技学术和文艺创作自由的努力,但它的表达方式却又是"含混的诗意化"⑥的,它之所以不采取法律条文的形式来保证文艺和学术的自由,而要采用文学性的语汇来表达、采用政治宣传的方式来展开,本身就包含了政策制定者的暧昧、犹疑心态。具体表现在:一、"双百方针"从一开始形成就包含了多种解释和自我防御的成分。例如,毛泽东在提出这一方针之初,就规定了它的实施范围:"只有反革命议论不让发表,这是人民民主专政"⑦,陆定一的报告对此从正面作了规定:即"双百方针"是"人民内部的自由",指出"这是一条政治界线:政治上必须分清敌我"⑧。这就意味着,如果某些人一旦被判定为"人民的敌人",他不但失去了行使"双百方针"的权利,而且他们的言行也就会被认定为来自敌对阵营的"猖狂进攻",但确定敌我阵营界线的标准并没有明确具体的法律条文规定。二、事实上,从"双百方针"倡导的开始,对于学术问题的具体争论都是在最高决策者的干预和控制下进行的,形势的发展很快表明,并非所有的学术问题都是可以随便争鸣的,除最为敏感的政治问题外,学术领域中如经济学、社会学、人口学等方面问题的讨论也显得相当敏感。三、"双百方针"的落实过程一直处于摇摆不定之中。对知识分子而言,胡风事件仍记忆犹新,这使他们在这一方针提出之初,兴奋的同时仍有观望心理,"知识分子的早春天气"⑨这一对形势的估计,是大部分知识分子的典型心态。代表国家意志的舆论也一直左右摇摆,特别是 1956 年底到 1957 年初的一段时间里,情势有点让人捉摸不定,1957 年 1 月,陈其通等人的《我们对目前文艺工作的几点意见》已经被人视作"收"的信号,但毛泽东否定了这种左的倾向,并进一步开展整风,结果使文艺界的挑战声扩展到整个知识界。但不管怎样,这一方针的提出仍然极大地鼓舞了知识分子,使他们逐渐从胡风事件的阴霾和惊恐中摆脱出来。

在 1956 年初到 1957 年春夏之交的近一年半的时间内，"双百方针"确实产生了重大而积极的影响，在它的提出和贯彻的过程中，国家意志的统制一时间似乎有所松动，与知识分子传统间的紧张关系也有所缓和，知识分子的政治参与和社会批判的热情也空前高涨起来。就文艺界的来说，"双百方针"的成果主要表现在三个方面：

第一，它鼓舞了一大批来自"五四"新文学传统下的老作家的创作，从而在一定程度上弥补了自第一次全国文代会以来，在五四新文学传统和战争文化规范下的解放区文学传统间无形中形成的隔阂。许多跨时代的作家都相继发表文章或作品，他们包括周作人、沈从文、汪静之、徐玉诺、饶孟侃、陈梦家、孙大雨、穆旦、梁宗岱等，出版部门也出版了（或计划出版）徐志摩、戴望舒、沈从文和废名等作家的作品选，包括张友鸾、张恨水等现代通俗作家在内的许多老作家和袁可嘉等外国文学的翻译研究者一道，都以不同的方式对中国当代文学传统资源的相对狭隘提出了质疑和批评⑩。

第二，在理论方面提出了反对教条主义，提倡现实主义的"广阔道路论"，提倡文学写人性，恢复人道主义传统。围绕"社会主义现实主义"概念及其内涵，何其芳、秦兆阳、周勃、刘绍棠、陈涌等人都作出了各自的思考，其中秦兆阳的题为《现实主义——广阔的道路》⑪一文的影响最大也最有代表性，文章认为在坚持追求生活真实和艺术真实这一现实主义的总原则的前提下，没有必要再对各种"现实主义"作时代的划分。这既有苏联文学界对这一创作方法修正的国际背景，也反映了中国文学界对 50 年代以来的文艺政策所体现的越来越严重的教条主义倾向的质疑和反思。这些思考在对现实主义真实性的强调，对社会现实的积极干预，对文学创作中的主体性的肯定等方面，在某种程度上都是胡风文艺理论的延续和展开。另一方面，钱谷融、巴人、王淑明等人对文学中的人性和人道主义的阐发，又与有关典型、形象思维等问题的讨论一起，从另一个角度对文学创作中的教条主义和公式化倾向提出了批评。

第三，出现了一批揭示社会主义社会内部矛盾的创作，这标志着社会主义文学开始成熟。这部分文学创作主要是由一批年轻的新生代来承担的。与文艺理论和批评相对应，在文学创作中最能显示出"双百方针"的巨大精神力量的是青年作家王蒙、刘宾雁、宗璞、李国文、陆文夫、从维熙等人的小说和流沙河、邵燕祥、公刘等人的诗歌。这些作品中的绝大部分是自"五四"以来中国知识分子为民请命的启蒙主义传统在新时代的再生,如王蒙的《组织部新来的青年人》、刘宾雁的《在桥梁工地上》和《本报内部消息》、李国文的《改选》等小说,以高度的社会责任感,大胆干预生活,深刻反映人民内部的复杂矛盾,揭露和批判了官僚主义和其他阻碍社会主义建设的消极现象以及政治经济体制上存在着的弊端,同时又在揭示阴暗面的过程中显示了社会积极健康的力量,流沙河的《草木篇》是以讽刺和象征的诗歌形式,体现了同样的现实战斗精神。另一批作品如陆文夫的《小巷深处》、宗璞的《红豆》等则涉及了以往的社会主义文学不敢轻易描写的爱情生活题材,揭示了人物丰富的情感世界,从而折射出时代历史的变迁。

如果深入分析的话,文艺界这一新气象的出现,一方面是来自对"五四"精神的复活,提倡现实主义的真实性和对现实生活的积极干预,提倡写人性,都是来自"为人生的文学"、"人道主义文学"的"五四"新文学主题;另一方面,揭示社会主义矛盾的文学创作和反对教条主义的理论斗争,虽然是由文学新生代提出,但依然是延安时代王实味、丁玲等一部分知识分子反省和批判革命阵营内部不良倾向的思想延续。所以,既然提倡"百家争鸣,百花齐放",就不能不带来作家们对 50 年代占主导地位的战争文化规范下的审美原则和教条主义的批评。

首先是对教条主义的直接声讨。姚雪垠在著名的《打开窗户说亮话》[12]一文中,尖锐指出文学创作中的公式化主要"应该归罪于教条主义的猖獗",而教条主义已成为一种"时代空气",只有清除教条主义的危害,才能使作家摆脱"战战兢兢,如临深渊,如履薄冰"的心态。其次是对 50 年代初期文艺现状和成果的反思与再评价。如钟惦棐对国产电影创作的批评[13],刘宾雁对文艺创作、戏剧演出和书刊出版业的尖锐批评,并把创作的落后、公式化概念化的严重与文艺规范和文艺领导方式联系起来[14]。而最为尖锐的话题,是如何正确认识《在延安文艺座谈会上的讲话》在新体制下的指导作用的问题,刘绍棠认为,文学创作公式化概念化的根源,"就在于教条主义者机械地、守旧地、片面地、夸大地执行和阐发了毛主席指导当时(指抗日战争时期,引者注)的文艺运动的策略性理论"[15],

其行为表现在要求文艺作品及时地为政策方针服务，以及片面强调普及为主等等。从这些发难中可以看出，挑战性的作家来自各种不同的传统，不仅有来自"五四"新文学传统下的作家群，也有解放区来的作家，甚至还有新中国成长起来的新生代，这实际上是继胡风之后，文艺界又一次对文艺创作和批评领域存在的教条主义和公式化现象的挑战，从某种意义上说，这种挑战也是已被在政治上镇肃了的胡风文艺观点的重申。

然而，到 1957 年夏季政治形势发生了突然的逆转，"百家争鸣"一下子变成了资产阶级与无产阶级"两家"的政治斗争，"双百方针"竟然被曲解为"引蛇出洞，聚而歼之"的政治斗争手段，一场反右风暴很快地结束了这一繁荣局面，全国有 55 万人被定为"右派"，其中极大部分都是知识分子，文艺界的一大批作家、批评家如丁玲、冯雪峰、艾青、秦兆阳、姚雪垠、吴祖光、王蒙、刘宾雁、宗璞、刘绍棠、李国文、丛维熙、陆文夫、高晓声、钟惦棐等都在其列。上述在这一时期刚刚成长起来的青年作家，几乎无一例外地被风暴所席卷，他们的作品被视为"毒草"而遭到批判，作家本人则被打入生活的底层，不仅失去了创作自由，而且丧失了起码的政治权利，直到二十多年之后，他们才作为"重放的鲜花"而再次开放在中国文坛。

政治形势的逆转使刚刚受到一些抵制的官僚主义和政治上的极左路线都得到恶性发展，随后的 1958 年，在经济建设领域出现了不顾实际的"大跃进"，大刮所谓"共产风"，反映在文学创作中便是发动"新民歌运动"，数以万计的粗制滥造的"大跃进民歌"，绝大部分都是流行的"共产主义乌托邦"政治观念的图解，成为当时"革命现实主义和革命浪漫主义相结合"的典型产物。到这时为止，来自共产党外的知识分子的批评力量几乎丧失殆尽。不过，压抑性的政治高压并不能使知识分子停止思考，那些受难的知识分子面对初露端倪的社会主义社会的矛盾，仍然以不同的方式，在各自层面上表达了自己的思考，尤其显得难能可贵，尽管他们的声音可能显得很微弱。

在社会主义文化的这一体制化和调整过程中，作家们居于不同立场的选择，在这一时期的文学创作中，体现为对现实矛盾的不同态度及不同表现方式。除了郭沫若、何其芳、贺敬之、刘白羽、杨朔等人的颂歌型诗文之外，还有以下几种情况。一种是在特定的时代历史条件下，直接以文学为武器，通过文学形象，积极参与现实政治，反映社会主义现实矛盾，力图干预现实生活的创作。刘宾雁的特写《在桥梁工地上》和《本报内部消息》，王蒙的小说《组织部新来的青年人》等作品是这一类创作的代表。另一种创作则大多出于已经被残酷的政治和思想斗争无情地置于敌对地位和社会底层的作家，如绿原、曾卓、张中晓等"胡风反革命集团案"的受难者。他们已经失去了为新中国及其人民唱颂歌的权利，也没有了借助文学创作活动来参与政治、干预现实的可能，因此，他们只能以地下创作或私人写作的方式来表达对个人遭遇和时代命运的思考。如果说绿原的《又一个哥伦布》还是将个人的受难经历赋予民族的象征寓意，那么，曾卓的《有赠》等诗作则更多地是从个人感受出发表达一个社会畸零者对朴素爱情的真挚赞美。张中晓则更是在贫病交困的绝境中仍然以片段札记的形式，记录着他对现实和人生的严肃思考。

　　但情况往往并不那么截然分明，即使是被时代潮流所摒弃的作家，也无法完全超越时代的共名，反过来也一样，即使是那些在现实矛盾面前闭着眼睛高唱赞歌的人，内心也未必没有惶惑和愧疚。更多的情况则是第三种，即作家既想使自己作品回荡着时代的主旋律，又要努力在时代的大合唱中发出个人的声音，两者之间的对峙，往往导致了知识分子的内心矛盾，这种矛盾也会在文学作品中留下它的印迹。诗人穆旦虽然在 50 年代中期的"肃反"运动中已被列为审查对象，但在被打成"历史反革命"之前，还没有失去公开发表诗歌创作的权利。他在 1957 年的《葬歌》中就表达了个人面对时代的复杂感受，"历史打开了巨大的一页，/多少人在天安门写下誓语，/我在那儿也举起手来：/洪水淹没了孤寂的岛屿"，"但这回，我却害怕：/'希望'是不是骗我？/我怎能把一切抛下？/要是把'我'也失掉了，/哪儿去找温暖的家？"带着这种矛盾与惶惑，诗人自然与当时的争鸣运动有一定的距离，《九十九家争鸣记》就是从这一立场出发，对"百家争鸣"中的矛盾现象加以揭示和批评的讽刺诗，"我这一家虽然也有话说，/现在可患着虚心的病"，呼吁"在九十九家争鸣之外，/也该登一家不鸣的小卒"。诗人郭小川则更是一个典型的例子。以"战士"自许的郭小川，其五六十年代的创作总体上始终没有超出时代共名的范畴,他的组诗《致青年公民》与贺敬之的《放声歌唱》齐名,也同样是那个时代精神的典型体现。但与贺敬之不同的是,他并没有满足于仅仅传达时代的声音,完全取消自己的个人声音。虽然在理智上他并不怀疑个体对于历史潮流的服从和投入,但基于独特的体验和思考,他开始了对个人意识与历史潮流的复杂的离合现象的考察。抒情诗《致大海》、《望星空》和叙事诗《白雪的赞歌》、《深深的山谷》、《一个和八个》以不同的方式表达了同样的主题,即都是通过短暂的个人感情与历史洪流的矛盾、游离现象,表现个人与时代关系的复杂性。不过,面对个人与外在时空的复杂对立和矛盾,作者主要表现的还是个人思想、性格和感情上的弱点,对个人的谴责或自我反省是诗人解决矛盾和对立的通常办法,这种内在矛盾几乎贯穿了郭小川的整个创作。这是诗学与政治、时代共名理念与个人人生感受相互矛盾、相互冲突的典型体现。

第二节　新的矛盾和困惑:
《组织部新来的青年人》

短篇小说《组织部新来的青年人》最初发表于《人民文学》1956年9月号,发表时编辑部对其有所改动⑩。王蒙创作这个短篇小说时才22岁,但已经是一个具有八年党龄的“少年布尔什维克”。他身为北京共青团市委干部,在这篇作品的许多地方留下了个人特有的社会阅历和思考的印迹,即在理想主义的陶醉中敏锐而朦胧地感受到一种潜藏在社会心脏部分的不和谐性。小说的文字清新流丽,讲述了一个对新中国和革命事业抱着单纯而真诚的信仰的青年人林震,来到中共北京市某区委会组织部工作后所遭遇的矛盾和困惑。小说发表后,在文坛内外产生了很大的影响。

从当时特定的阅读期待视野出发,人们一致认为,这是一篇旨在揭露和批判社会主义条件下官僚主义作风的小说。作品围绕组织部对通华麻袋厂党支部事件的处理经过,相当成功地刻画了一系列的人物形象,而在这些人物当中,刘世吾的形象的刻画尤其受到重视和肯定。刘世吾的形象当时被认为是一个颇有深度的官僚主义的典型。他有一定的革命经历,解放前是北京大学学生自治会主席,还负过伤;他也有相当的工作能力和魄力,富有经验,懂得"领导艺术",知道如何去把握工作重点,只要一"下决心,就可以把工作做得很出色"。但他对工作缺乏积极主动的热情,对那些有损于党和人民利益的错误和缺点,有一种职业性的平静甚至漠然。他自我解嘲是得了如炊事员厌食症一般的职业病,他对什么都"习惯了,疲倦了",一句"就那么回事"成了他的口头禅;小说还揭示了在刘世吾对事物冷静理智的观察和分析背后的世故与冷漠,如"成绩是基本的,缺点是前进中的缺点,我们伟大的事业,正是由这些有缺点的组织和党员完成的"等等。此外,"金玉其外","漂浮在生活上边,悠然自得"的新生官僚主义者韩常新和蜕化变质的王清泉等更是作者在小说中直接抨击的对象。在这样一种阅读和分析的视野里,相对于对刘世吾形象的重视和争议而言,对作为小说叙述人和主要人物的林震形象,虽然也有大致准确的把握,认为他是小说中与刘、韩等人物对立的中心人物,一个热情单纯,富有理想,朝气蓬勃,正在成长的青年共产党员的形象,但对这一形象在小说叙述结构中的作用和与作品主题的关联则明显地存在被忽视的倾向。

从小说的文本实际来看,《组织部新来的青年人》虽然具有揭示官僚主义现象、"积极干预现实"的外部写真倾向,但它更是一篇以个人体验和感受为出发点,通过个人的理想激情与现实环境的冲突,表现叙述人心路历程的成长小说。主人公从一个小学教师的岗位,带着一种"节日的兴奋"来到组织部这个新的工作环境,结果却发现这里的情形与自己的想象有着很大的差距,一些领导干部的官僚主义作风、革命意志和工作热情的衰退使他愤怒、疑惑,他为自己无法融合于这一环境而惶恐、伤感。与对外部冲突的再现相比,作者更注重对叙述人心理内部冲突的表现,甚至可以说,对心理冲突事件的精彩呈现,才是这篇作品的艺术独特性所在。小说的主题和现实针对性也只有在对其内部视角的分析中才能获得更切实的理解。

主人公林震快乐、单纯、富于青春的朝气和理想的激情,他是怀着一种成长的渴望和焦虑来到组织部的,二十二岁的"生命史上好像还是白纸,没有功勋,没有创造,没有冒险,也没有爱情",组织部是他走向成熟,实现人生理想的新的环境,而小说也正是以林震的心理体验为视角,在事业功勋和爱情体验这两条线索上,通过麻袋厂事件的始末,展开对理想与现实之冲突的叙述。作品的第一章,林震刚来组织部报到,就出现了两个人物,一个是"苍白而美丽的脸上,两只大眼睛闪着友善亲切的光亮"的赵慧文;一个便是常务副部长刘世吾,而刘世吾对他的第一次谈话,恰好涉及了工作与爱情这两个话题。而这两个方面相互交织、矛盾和冲突,对初涉人世的林震来说又都带有"冒险"色彩。

从这个意义上说,刘世吾的形象在作品中有着特别重要的意义。如果说苏联小说《拖拉机站站长与总农艺师》里的娜斯佳是林震理想中的人生偶像,那么在他具体生活境遇中,刘世吾象征了现实对理想的冲击,或者说理想对现实的妥协。与对韩常新、王清泉两个人物的简单化、漫画化的描写相比,刘世吾在作品中是以林震的现实指导者的身份出场的,尽管林震始终对刘世吾的处世态度、工作作风抱有审视和批判的意识,但他们之间有很深入的思想和情感交流。刘世吾身上所具备的许多东西,如处事不惊的沉着、观察分析的冷静理智、传奇般的经历、工作经验和工作能力等等,都是林震并不反感甚至是钦佩的。和林震一样,对于韩、王这样的干部,刘世吾在心里也很反感,相反对林震则认为"你这个干部好,比韩常新强"。如果说林震对韩、王两人的态度是明显的反感和对立,那么他对刘世吾的态度是十分复杂的,其中既有疑惑、质疑和批判,也包含了理解、同情甚至钦佩的成分,他的内心冲突在很大程度上正是体现在这里。在小说中,林震与刘世吾的对话主要有四次,每一次出场,作者都没有把刘世吾这个人物作单一化处理,尤其是第四次在小饭馆的夜谈,使刘世吾的性格心理及其演变轨迹获得了较为完整和深入的体现。作者反复强调的刘世吾对文学作品的熟悉与喜好,正表明这个人物的内心深处仍拥有一块理想的田地,这种理想的激情也曾经使他冲动,而现在则被现实与理智牢牢地锁在文学想象的角落里了。这既使林震感到迷惑、惶恐和感伤,又引起他的警惕和质疑,他担心自己的理想和激情是否也会被现实所磨灭,他痛苦地探问这种理想与激情是怎样变得淡漠的。林震对刘世吾的审视和批判,包含了作者的严肃思考,而对刘世吾的超越也是他走向成熟的开始。所以,刘世吾的形象并不是"官僚主义者"这一概念可以概括的。至少,从刘世吾这一形象可以看出，揭示现实生活中的官僚主义只是对《组织部新来的青年人》外在冲突意义上的概括，并不能完整地体现这篇作品的思想和艺术特性。与赵慧文的交往是林震心理历程中的另外一条线索。作者暗示了林震对赵慧文朦胧的爱情意识，即"两个人交往过程中的感情的轻微的困惑与迅速的自制"。在作品所呈现的外在冲突中，他们是相互理解的同志，从某种意义上说，赵慧文是比林震先到一步的"组织部新来的青年人"；而在林震的内心冲突中，他与赵慧文的情感涟漪也是一个重要的侧面，在林震对现实的质疑、惶惑、孤立无援之时，有一双忧郁而美丽的眼睛注视着他，两颗年轻的心来不及相互靠拢，就为几乎是预设的"警告"所阻隔，林震在内心矛盾中对这份情感的克制，是爱情需要对事业需要的退让，也是现实原则对内心欲求的胜利，最后所作的理智选择同样体现了他的成长。

50年代中期，新中国的生活刚刚展现它的魅力，周围弥漫着早春的气息，一切都充满生机。但作家却敏感地对此投出了怀疑的目光，他通过林震的内在视角，在两条冲突线的交织中表现出：就在这一片生机里，有一种可怕的惰性在蔓延，就在刘世吾那些据之有理的逻辑和成熟举动的背后，有某种不可原谅、不能妥协的东西，他对之不满甚至力图反抗。尽管对于林震而言，斗争的对象似乎无处不在，有王清泉式、韩常新式的在明处，也有刘世吾式的像泥鳅一样滑腻；斗争的过程中也不免要付出某种代价，但他偏偏以一种执拗的"幼稚"进行着力量悬殊的斗争，这种知其不可为而为之的精神，至今还散发着青春激情的芬芳，也超出了对官僚主义揭露与批判的具体性，而体现出理想与激情的永恒魅力和对现实的审视批判意义。

当然，从小说在当时的客观效果看，人们从一开始就看重其对社会生活阴暗面的揭露。实际上，《组织部新来的青年人》也是在"百花齐放，百家争鸣"方针的鼓舞下，作家积极干预生活，勇于揭示社会生活矛盾的一个尝试，是现实战斗精神的一种体现。可是不久之后，小说却被认为是"向党猖狂进攻"的毒草，作者也因此被划为右派，直到二十多年之后，小说才成为"重放的鲜花"，受到应有的肯定。

第三节　思想者的苦恼:《望星空》

郭小川的《望星空》,是一首典型地体现了个人与历史的复杂关系的政治抒情诗。表面看来,它与当时盛行的那些政治抒情诗有着一副相似的面孔,但细细分辨,其中包含了诗人对个体生命与巨大的历史洪流之间矛盾的敏锐感受。在当时的时代共名观照下,郭小川强烈地意识到个人的抒情、个人情感的迷失与软弱,最终必须汇入滔滔沸腾的历史洪流之中,只是这种汇入在郭小川这里并非那么轻而易举,它充满着矛盾、痛苦,而对这种矛盾与痛苦的敏感体验和有意无意的表现,正是郭小川的大部分政治抒情诗的思想与艺术特点。

《望星空》一诗,本是为 1959 年人民大会堂的落成而作,写于同年 4 到 10 月,历时半年,三易其稿[⑰]。从创作的最初萌动而言,它与当时流行的“颂歌式”政治抒情诗并没有什么两样,甚至与当时沸沸扬扬的“大跃进民歌”也有某种共同的情绪背景。诗歌的内容是:一个夜晚,诗人站在北京街头,向星空眺望,面对无边无际的宇宙,心中涌起了人生短暂的联想,但是,当诗人把目光转向壮丽的天安门广场,想到了我们“沸腾的战斗生活”,想到了人类征服自然的豪迈气概时,就感到自己“充溢了非凡的力量”,“我们要把广漠的穹窿,变成繁华的天安门广场”。在诗人的理性意识中,《望星空》是以比较曲折、形象的艺术手法,歌颂“人定胜天的伟大力量,歌颂人民在党的领导下迎难而上,去建设美好、幸福的人间天堂”的时代主题,但在诗歌的具体展开中,却明显地体现了感受与理念、诗学追求与政治要求之间的矛盾。

全诗共有 230 多行,分为 4 章,从情感的起伏和内容的展开来看,明显地分为前后两个部分,前半部分叙写作为革命战士的“我”,面对浩瀚星空时所引发的有关人生、宇宙的超越时空的思绪,显示了较为强烈的自我意识,并凭借这一独特的角度展开抒情,“在伟大的宇宙的空间,人生不过是流星般的闪光。在无限的时间的洪流里,人生仅仅是微小又微小的波浪”,对人类的生命现象作了诗意的、隐含了某种忧郁和痛苦的自我反省。在这种忧郁

诗人郭小川

与痛苦里，既折射出 50 年代后期违反客观规律的大跃进造成的严峻后果的时代背景，表现了作者对历史挫折的严肃思考和感应；同时，也寓意了在历史的挫折面前，革命者对自身生命、意义、命运的重新思考。超越个人与具体的现实事象之上的浩远的时空意识，以及由此带来的感慨、惆怅，给诗人一贯明朗豪迈的诗风添加了深沉，但他所拥有的理想主义又使得这种感慨并不流于消沉。诗的后半部分全力描写了人民大会堂的灯火，她使得"天黑了，星小了，高空显得暗淡无光"，而"当我怀着自豪的感情，再向星空了望，我的身子，充溢着非凡的力量"，诗人的幻想一经回到人间，便由衷地体察出人生的壮丽，并对前半部分的诗思提出了诘难，对人生的浩叹便转而成为对人间建设事业和战斗者人格力量的一个铺垫。作者力图在这前后的一抑一扬，欲扬先抑之间，展示一个在当时显得较为深刻、别致的思考角度和过程：不囿于现成流行的观念，注意表述生活和个人的情感世界的复杂性，努力思考现实的严峻性、斗争的坚定性与广博的人性情感之间的矛盾统一关系，并尝试以一种超越局部时空限制的视界,以达到当代诗歌未曾达到的深度。

进一步的分析可以看出,诗人在这里触及到了个人、时代历史潮流与宇宙恒常之间的复杂关系。诗人仰望星空时的遐思,终被广场上辉煌的灯火所淹没,个人终究会融汇于时代大潮之中,但个人与时代环境并不总是和谐的,相反常常有矛盾和冲突;不过个人一旦借助于恒常的自然景象抵达个人与历史背后的博大存在时,个人与历史都显现出它们的有限,"呵,星空,只有你,称得起万寿无疆!⋯⋯你观尽人间美景,饱看世界沧桑。时间对于你,跟空间一样——无穷无尽,浩浩荡荡。"尽管这种超越在诗歌的后半部分很快被否定,但这种在体认时代思潮对个人的超越和挟裹的同时,敏锐地感悟时代大潮和历史有限性的表述,在50年代后期,尤其显得可贵。

不过,诗人对个人、历史和恒常之间的矛盾和冲突的敏感,并不保证诗歌对此有完满的表现。当抒情主人公从急湍的历史时间之流中短暂地离开,抬头向星空凝望时,他发现了一个超出个人、也超出具体历史的博大存在,他站到了历史给予的位置,进入了人与宇宙对话的情境。但诗人并没有将此进一步引向生存图景的形而上把握和个体生命的省思,相反在诗歌的后半部分把这种超越性的思绪当作"虚无主义",让它在人民大会堂的灯光下曝光。我们毕竟不能苛求处于那个时代中的作者,这首诗毕竟是献给新落成的人民大会堂的"颂歌",是作者对时代潮流总体认同的一种表现,至少在理智上是如此,只是郭小川的这一颂歌与同时代的其他颂歌相比,体现了明显的主体意识和个性色彩。

于是,真实的人生感受与理念间的矛盾使《望星空》出现了反讽的情景:前半部分循着实境与遐想展开描写,后半部分却企望以理念进行反拨,结果,不仅反拨没有成功,反而显出主观理念的人为性;作者在主观上企望矛盾能在"人定胜天"的主题下得以解决,但在客观上,"星空"仿佛以它"异常的安详"注视着大地与个人的无谓抗争。难怪诗作发表后曾引起激烈的责难,认为此诗宣扬了人生渺小、宇宙永恒的意思,完全不符合马克思主义的宇宙观,而是一种资产阶级、小资产阶级的虚无主义,与当时"大跃进"的时代精神相抵触。可见,前半部分对生死存亡的重视和感慨与当时一片乐观的时代气氛是很不协调的,另一方面,在前半部分对望星空的超越性表现之后,后半部分的反拨确实显得有点无力,前后的"矛盾"终究无法解决。《望星空》为我们提供了一个矛盾的文本,从这个文本中,可以折射出时代思潮的状况和相当一部分知识分子的矛盾心态。

第四节　受难者的炼狱之歌:
《又一名哥伦布》和《有赠》

　　同为"七月派"的诗人,绿原和曾卓有许多大体相似的经历。他们都是湖北人(一个祖籍黄陂,另一个是武汉),又同于 1922 年出生,40 年代起同在胡风的影响和提携下开始诗歌创作,1955 年又都因胡风案牵连而被逮捕入狱,在牢狱里都没有放弃诗歌写作,经历了二十多年的监禁和劳改生涯后,又差不多同时获得平反,恢复自由后又都创作了一些颇有影响的诗作。在分别创作他们的代表作《又一名哥伦布》和《有赠》时,都已经历了一段囚徒生涯,而且之后还有漫长的苦难在等待着他们,因而不约而同地采取了秘密写作的方式,直到二十年之后才得以公开发表。当然两人的性情、经历和创作风格又各有不同,这也反映在上述他们的两篇代表作里。

　　绿原在被囚于监狱的七年里,以坚强的毅力自修德语,阅读了大量的马克思、恩格斯以及黑格尔的原著,后以"刘半九"的笔名从事德语文学的编译,成为著名的翻译家。长年在孤独中被迫作冷静的思考,加上理论原著的阅读也影响了他的诗作,使绿原的后期诗歌创作体现出深沉有力的思辨穿透力和高度浓缩的精练风格。《又一名哥伦布》[18]创作于 1959 年的秦城监狱,他在被囚时的心境与曾卓没有什么两样:"当我发现自己是在铁窗下时,我恍恍惚惚地以为是处于一场噩梦中。难于相信这一切是真实的,难于接受强加于我的罪名,难于面对门上的小窗口狱卒窥探的目光,难于忍受孤独的煎熬……我力图使自己冷静并镇定下来,但还是无力从痛苦的重负下解脱。"[19]绿原的这种孤苦绝望的心境,也反映在题记所引用的法国思想家帕斯卡尔的一句话中:"无限空间之永恒沉默使我颤栗"。诗人的诗思穿越五百年的中西时空,将自己想象成为 20 世纪的哥伦布。如同五百年前的那个哥伦布一样,他也"告别了亲人 / 告别了人民,甚至 / 告别了人类"。所不同的是,五百年前的哥伦布能够将自己的理想付诸行动,显示出一种征服自然力的积极自由境界,而五百年后的绿原则被迫走上孤独的长旅;哥伦布有着众多的水手,而他是独自一人;他的"圣玛利亚"不是一条船,而是"四堵苍黄的粉墙";他不是航行在空间的海洋,而是在"永恒的时间的海洋上","再没有声音,再没有颜色,再没有运动",在无边无际的孤寂中,诗人只能凭借想象力来穿透时空,以固执的理想来抵御孤独,反抗绝望。这是他的自我写照:

> 这个哥伦布形销骨立
> 蓬首垢面
> 手捧一部"雅歌中的雅歌"
> 凝视着千变万化的天花板
> 漂流在时间的海洋上
> 他凭着爱因斯坦的常识
> 坚信前面就是"印度"——
> 即使终于到达不了印度
> 他也一定会发现一个新大陆。

诗歌采用对照的方式,以巧妙的构思,朴素的语言,表现了现实的背谬和生存的苦难,弥漫着庄严的苦涩和难言的隐痛,冷凝而苍凉。

同是对自身经历和体验的艺术记录和表现,与绿原的凝练和思辨不同,曾卓的《有赠》②则饱含着强烈的情感色彩。诗人牛汉说过:"他的诗

诗人绿原

即使是遍体伤痕,也给人带来温暖和美感。不论写青春或爱情,还是写寂寞与期待,写遥远的怀念,写获得第二次生命的重逢,读起来都可以一唱三叹,可以反复地吟咏,节奏与意象具有逼人的感染力,凄苦中带有一些甜蜜,极易引起共鸣。他的诗句是温润的、流动的:像泪那样湿润,像血那样流动。"①1959 年,经受了两年牢狱之苦的曾卓因病保外就医,又两年后下放农村,直到 1961 年末才回到自己的家,家里一位平凡朴实的伟大女性一直在等待着他的归来。对于一个在孤寂的沙漠中长途跋涉的人来说,这样的重逢是刻骨铭心、终身难忘的,曾卓以浓厚的情感和生动的笔墨,记下了这感人的一幕:

> 在一瞬间闪过了我的一生,
> 这神圣的时刻是结束也是开始。
> 一切过去的已经过去,终于过去了,
> 你给了我力量、勇气和信心。
>
> 你的含泪的微笑是一座炼狱。
> 你的晶莹的泪光焚冶着我的灵魂。
> 我将在彩云般的烈焰中飞腾,
> 口中喷出痛苦而又欢乐的歌声。

诗人曾卓

发自内心的情感本身就具有感人的力量,何况以诗的语言出之。曾卓并没有从正面描述自己曾经的孤寂与苦难,而是竭力表现孤苦中的慰藉和温馨,在孤苦无告的境地里,平凡朴实的爱情就尤其显得伟大神圣,成为抒情主人公"生命的灯"和再生的"炼狱",而诗人也特别珍视他在沉默时期的作品,将它们看作"闪耀在生命炼狱中的光点,开放在生命炼狱边的小花"。诗思真诚、温和而感伤,但不乏意志的刚健,单纯中内蕴沉郁的悲剧性体验。

不论是绿原的《又一名哥伦布》还是

曾卓的《有赠》，它们都是苦难时代生命的忠实记录，写作时根本没想到发表，也根本没有发表的可能，但唯其如此，也更可以少受当时的政治话语的影响和统制，体现出可贵的个人特性。当然，人不可能完全超越时代的限制，在这两首诗歌中，多少还是可以看出时代共名的影响。当灭顶之灾降临时，作为知识分子的他们已不可能对现实予以关注和干预，他们已被视为社会的异类，无法再以"主人翁"的姿态来确立自己的抒情主体，在逼人的绝望和痛苦中，个人的倾诉成为最自然的表达方式。不过从绿原带有思辨色彩的表述中，仍可以看出现代知识分子传统中现实战斗精神的曲折体现，他的"坚信"即使是一种自慰，也带有入世的"英雄情结"。作为政治斗争和意识形态的受难者，他们不可能有王蒙、郭小川那样的主人翁姿态，只能采取一种抵抗悲苦与绝望的低姿态抒情，是受难者对人性的权利和责任、理想与信念的坚守，但在意识形态一统天下的时代里，受难者个人命运的记录和绝望中的思考本身，就是社会矛盾和社会悲剧的见证。

注释：

① 参见夏杏珍《"百花齐放，百家争鸣"方针的形成过程的历史回顾》，载《文艺报》1996 年 5 月 3 日。

② 同上。

③ 报告载《人民日报》1956 年 6 月 13 日。

④ 引自《〈中国农村的社会主义高潮〉序言》，《毛泽东选集》第 5 卷，人民出版社 1997 年版，第 223 页。

⑤ 引自《论十大关系》，《毛泽东选集》第 5 卷，人民出版社 1997 年版，第 288 页。

⑥ 引自洪子诚《1956：百花时代》，收入"百年中国文学总系"丛书，山东教育出版社 1998 年版，第 50 页。

⑦ 同注①。

⑧ 同注③。

⑨ 费孝通在 1957 年 3 月 24 日《人民日报》发表的《知识分子的早春天气》中有这样的文字："早春天气，未免乍寒乍暖，这原是最难将息的时节。""对百家争鸣的方针不明白的人当然还有，怕是个圈套，搜集些思想情况，等又来个运动时可以好好整一整。这种人不能说太多。比较更多些的是怕出丑。"

⑩ 引自洪子诚《1956：百花时代》，第 29—45 页。

⑪ 署名何直,刊发于《人民文学》1956 年第 9 期。

⑫ 原载《文艺报》1957 年第 7 期(5 月 19 日出版)。

⑬ 钟惦棐《电影的锣鼓》初刊《文艺报》1956 年第 23 期,同年 12 月 21 日《文汇报》转载。

⑭ 引自刘宾雁、陈伯鸿《上海在沉思中》,载《中国青年报》1957 年 5 月 13 日。

⑮ 引自刘绍棠《现实主义在社会主义时代的发展》载《北京文艺》1957 年第 4 期;《我对当前文艺问题的一些浅见》,载《文艺学习》1957 年第 5 期。

⑯ 作者原稿题目为《组织部来了个年轻人》,后由《人民文学》编辑部(秦兆阳)作了修改。参阅《〈人民文学〉编辑部对〈组织部新来的青年人〉原稿的修改情况》,《人民日报》, 1957 年 5 月 9 日。因作者对修改有不同意见,故在《1956 年短篇小说选》(中国作家协会编,人民文学出版社 1957 年)、《文学作品选读·建国以来短篇小说》(上海文艺出版社, 1980 年)等版本中,又恢复了原稿的题目。但考虑到当时发生重要影响的还是发表于《人民文学》的版本,故本教材仍以此为依据。

⑰ 郭小川《望星空》初刊于《人民文学》1959 年 11 月号。

⑱ 《又一名哥伦布》,初收绿原诗集《人之诗》,人民文学出版社 1983 年版。

⑲ 曾卓《生命炼狱边的小花》,收《曾卓文集》第 1 卷,长江文艺出版社 1994 年版,第 379 页。

⑳ 《有赠》,本教材依据的是七月诗派二十人集《白色花》,人民文学出版社 1981 年版。

㉑ 牛汉《一个钟情的人》,收《学诗手记》,生活·读书·新知三联书店"今诗话丛书", 1986 年版,第 79 页。

第六章　寻求历史与现实的呼应

第一节　历史题材创作的繁荣

50 年代末至 60 年代初，当代文学史上出现过一个短暂的历史题材创作的繁荣局面。以"双百"方针提出为标志的文艺政策的调整，打破了无形中形成的题材方面的禁忌，为历史题材创作的繁荣局面的出现提供了可能；而 1957 年的反右运动，文艺界对"现实主义深化论"、"干预生活"的文学思潮的批判，又形成了新的禁区，使得作家不得不回避直面人生、指陈时弊的创作，只能转向历史，以曲喻隐指的方式表达他们对现实的多层次的体验与感受。1949 年以前一些活跃的作家，如田汉、曹禺等，原来都从事现实题材的写作，1949 年以后由于对"新生活"的陌生，在写作上出现了平庸乃至停滞的现象，历史题材创作为他们提供了新的领域，这些老作家也成了当时这种繁荣局面的主要支撑者。此外，在旧戏整理、旧戏改革运动中，一些知识者企图在其中寄托自己的情怀，而民间文化形态也寄生于传统的"清官戏"、"鬼戏"等类型上得以保存下来，显示出其顽强的生命力与广阔的包容性。

历史题材创作可以离析出几个层次。首先，一些作家如郭沫若、曹禺等，本身就是时代"共名"的热心营造者与具体体现者，其历史题材创作也常常是在"古为今用"原则下为当时政治路线服务的作品，它们或是别出心裁地歌颂历史上伟大人物的文治武功，或是借古喻今为具体的现实政策服务。其次是一部分知识分子借历史题材曲折地表达自己心曲的"个人话语"，它们虽然常常遭遇被压抑、歪曲乃至被批判、埋没的命运，但正是这些个人话语体现了一部分知识分子对自身处境的真诚的感慨与反思以及对底层人民处境的真正关怀与同情。第三类作品带有强烈的民间趣味与民间意识，它们是顽强的民间传统在新的历史环境下的延续。

郭沫若这一时期的历史剧有《蔡文姬》（1958）与《武则天》（1960），它们都是翻案之作，在这两个历史剧中，曹操与武则天不同于传统的奸雄、淫妇形象，而是以雄图大略、"忧以天下，乐以天下"、扶危济困、爱民如命的面目出现，其私德方面亦无可挑剔。这两个剧本有明显的借古颂今色彩，是一种间接的对新政权及其领导者的歌颂。在《蔡文姬》中，作者虽然也企图寄托自己"去国十年"的身世之感和希望统治者爱惜人材的心曲，但这种个人感怀只是借古颂今主题的陪衬，剧中为体现"民族团结"主题而加上的有关匈汉一家的对白也纯属蛇足。与之相比，《武则天》一剧结构谨严，矛盾集中，在戏剧艺术上明显要优于前者。但这两个剧本具有共同的以古拟今色彩，其对史料的"好恶随心、笔削任我"更是不足为训的。与郭沫若相比，曹禺执笔的《胆剑篇》在史料的运用上要严谨得多。剧本以吴越争战为背景，着力歌颂越王勾践与越国人民在战败之后，忍辱负重，"自力更生、艰苦奋斗"，终于反败为胜的精神。在剧中人物塑造上，它也力求按照古代人物的面目来塑造，而不做过分的"以今例古"的拔高。此外，剧本结构的严谨、对白的圆熟生动也是值得称道的。但该剧也打上了明显的时代共名烙印，如为了体现人民群众是创造历史的英雄的观点，剧本塑造了坚韧不拔的人民英雄苦成的形象，并出现他向勾践献苦胆鼓励其继续抗战的情节；剧中虚构的越国人民"不吃吴国的白米，没有牛用人拉，没有犁用手刨"的情节，也明显是为了响应当时"艰苦奋斗、自力更生"的口号而作的。姚雪垠从1963年开始发表的长篇小说《李自成》，是当代文学史上罕见的宏篇巨制，它以李自成起义为题材展现了一幅中国封建社会百科全书式的画卷。该小说在这一时期历史题材创作中颇为突出，但它对农民起义领袖形象的塑造也有明显的拔高色彩，这与作家的思想处于"农民起义"、"农民战争"是中国封建社会历史发展的真正动力这一历史观的笼罩之下有关。

60年代初，理论界由历史剧创作是否应该忠于史实引发了一场关于历史剧问题的讨论。这场讨论涉及到如何坚持唯物主义历史观塑造历史题材的问题，"古为今用"是双方共同的前提，问题仅仅在于为达到这个目的是否可以改动史实本身。史学家吴晗区分了"故事剧"与"历史剧"，认为"历史剧必须有历史根据，人物、事实都要有根据，不许可虚构夸张"，没有史实根据的"杨家将"与"包公戏"则只能算是故事戏①。李希凡不同意吴晗的观点，认为历史剧"是艺术而不是历史"，因而"在忠于历史生活、历史精神的本质真实"前提下，可以对一些历史事实、历史细节加以虚构夸张②。这场争论导致了茅盾的《关于历史和历史剧》这篇重要论文的产生，他认为"历史剧既应虚构，亦应尊重历史；虚构而外的史实，应尽量遵守事实，不宜随便改动"③，他以当时繁多的"卧薪尝胆"戏为例，对牵强附会的以今例古倾向做了批评。但从整体上看，当时的论争在遵守着共同前提的情况下，默认了"历史剧的任务不仅仅是反映客观的历史真实，更重要的是要通过历史的真实，从中取得教育和鼓舞的作用，有利于今天的社会主义革命和社会主义建设"④，也承认了根据现实政治需要来重新塑造历史形象的合法性与权威性，因此，多元化、个人化的历史理解与文学想象事实上是很难产生的。所以这场讨论不但很难从理论原则上阻止历史剧创作任意地古为今用、不尊重历史事实的态度，也没有为真正的文学杰作的产生创造条件。

在表达知识分子心声的作品中，田汉的《关汉卿》具有理想色彩。该剧是为纪念世界文化名人关汉卿而作，着力塑造了一个理想化的知识分子英雄形象。剧本主要突出了关汉卿的接近民众、表达人民心声与坚持知识分子的独立人格与精神操守的特点。前者主要通过关汉卿亲眼目睹贪官污吏的凶残愤而作《窦娥冤》、揭露黑暗、代民伸冤、发出"将滥官污吏都杀坏"的呼声的情节表现出来，后者则主要通过关汉卿不顾权贵的威逼利诱拒不修改剧本，坚持代人民立言的立场表现出来。"蒸不烂，煮不熟、捶不扁、炒不爆、响当当一粒铜豌豆"本来是关汉卿表现自己的浪子情怀之作，田汉则将之用作关汉卿坚持知识分子的精神操守与立场原则的自我表白。这种精神是新文学史上知识分子的战斗意识的延续，在以后的历史发展中也被证明是极为重要的，但在时代共名的规范之下，它不能不仅仅是一种理想的寄托。

50 年代末文艺创作领域开始出现了不少历史剧，关于历史剧的讨论也挺热闹,"相形之下,历史小说却成了'冷门'"。直到1961年,陈翔鹤发表了《陶渊明写〈挽歌〉》,黄秋耘撰文称之为"空谷足音","让人闻之而喜"⑤,随后引发了一个小小的历史小说高潮。陈翔鹤又于次年发表了《广陵散》,黄秋耘也写了《杜子美还家》、《顾母绝食》、《鲁亮侪摘印》(1962)等小说,此外还有冯至的《白发生黑丝》、姚雪垠的《草堂春秋》等等。相对于广受注目、同时也作为一种重要的宣传工具的戏剧、电影来说,小说所受到的审查与限制要少一些,因而不时从层层夹缝中表现出一种真实的个人性的东西。所以与田汉相比,陈翔鹤等人表现知识分子心态的小说有更多的私人话语成分,代表了一部分知识分子心态的平实的表露,也更为真实而沉痛。这类作品中的一部分,如黄秋耘等的小说还存有谏诤之意,企图"通过历史故事提出现实中的重大问题","隐晦曲折地表达人民的呼声",例如他的《杜子美还家》企图借助历史故事来讽喻大跃进后中国的现实⑥,陈翔鹤的小说却更多的是历史感受与个人感受的融合,虽然其中也有对时代反应的意思。陈翔鹤塑造的都是一些对滔滔浊流不愿合作而又无可奈何的知识分子。以《广陵散》为例,它以嵇康之死为题材,写出了知识分子在政治争斗的漩涡中无地自由的处境。《广陵散》中的嵇康是一个有正义感、想"追求自由"、"独善其身"而不能的形象,嵇康的处境与五六十年代知识分子的处境有相似之处。据黄秋耘回忆,陈翔鹤写这篇小说是有感慨的,他说过:"我也是同情嵇康的。嵇康说得好:'欲寡其过,物议沸腾。性不伤物,频致怨憎',这不正是许多人的悲剧么?你本来不想卷入政治漩涡,不想干预什么国家大事,只想一辈子与人无患,与世无争,找一门学问或者在文艺上下一点功夫,但这是不可能的,结果还是'物议沸腾,频致怨憎'。"⑦陈翔鹤的历史小说本来只是一种知识分子的个人话语,但在一个共名的时代,异端的声音总是被歪曲,它们被加上"通过历史题材进行反党反社会主义的宣传"、"替反革命、右派作家喊冤控诉"、"影射两条路线斗争"⑧的罪名而受到严厉批判,作家在文革中也惨遭迫害,似乎又一遍重复了《广陵散》的悲剧。

这一时期历史题材创作中的民间意识,主要表现在个别话剧作品、旧戏的整理改编及一些新编历史剧(戏曲)中。国家戏曲改革工作的重点是以"古为今用,推陈出新"原则对旧戏的改造,是在国家意识形态引导下对旧戏中体现出来的民间意识进行清理。民间从来就不是纯粹的，它具有某种"藏污纳垢"的特征，包含了旧时代的封建统治阶级的意识形态、旧的伦理道德或宗教迷信等成分，也包含了民间自在的追求自由的表现形式。从 1950 年 7 月到 1952年 3 月，中共中央、文化部禁演了 24 个"有不良影响"的剧目，许多相关剧目也在"不禁自禁"的状态中，其结果是真正能上演的传统剧目非常之少。1956 年，为了贯彻双百方针，文化部召开第一次全国戏曲剧目工作会议，提出要"破除清规戒律，扩大和丰富传统戏曲上演剧目"。到第二年 4 月召开的第二次全国戏曲剧目工作会议上，全国各地已经挖掘到剧目累计有 51867 种，记录了 14632 种，上演剧目达 10000 种，并且开放了《探阴山》等禁戏[⑨]。虽然不久这些工作成就又被极左的政治路线所否定，但它充分地证明了：作为一种民间艺术，戏曲中的民间意识与民间趣味还是顽强地存在着。从另一方面看，推陈出新的结果也使戏曲在新时代获得了自我表现、更新的机会，其表现领域也得到了扩大（如现代戏的出现）。在当时的旧戏领域，引起广泛关注的是"清官戏"。1956 年浙江省昆剧团改编的昆剧《十五贯》赴京演出，获得巨大成功。毛泽东、周恩来等领导人观看了演出，盛赞"一出戏救活了一个剧种"，"历史剧可以很好的起现实的教育作用"[⑩]。当时还改编与创作了不少新的清官戏，如田汉根据陕西碗碗腔剧本《女巡按》改编的京剧剧本《谢瑶环》，吴晗在毛泽东提倡"海瑞精神"、"魏徵精神"的背景下创作的京剧剧本《海瑞罢官》等。"清官"形象后来引起了论争，支持者认为"清官"身上的不畏权贵为民请命的精神，是值得尊敬的，可以当作新社会的伦理道德能够继承的优良成分；反对的一方则从阶级分析的角度，指出"清官"仍然属于地主阶级，他们具有忠君与奴才思想，清官戏在现实中起了麻醉人民的作用。挑起这一争论者是别有用心的，到 1965 年 11 月姚文元发表《评新编历史剧〈海瑞罢官〉》时就露出了真面目，学术讨论变成政治斗争的工具，直接揭开了给中国人民带来深重灾难的"文化大革命"的序幕。

　　我们由以上简述可以看出，在历史题材创作领域，国家意志、知识分子与民间的各种话语都有所表现，但国家意志处于权威的地位，所以随着 60 年代中共党内政治路线斗争加剧，就自然导致了短暂的历史题材创作繁荣局面的结束。

第二节　知识分子英雄形象的再现:《关汉卿》

1949 年之后,田汉长期担任戏剧界的领导职务,因为行政事务缠身,也因为对新生活不熟悉,曾经在中国话剧发展过程中做出过重要贡献的田汉,在相当长的时间里,仅仅改编了几个戏曲剧本,直到 1958 年,才写出了被认为是他最成功的话剧剧本《关汉卿》①。在这个剧本中,田汉将关汉卿塑造为反抗黑暗势力的压迫、自觉为人民代言的英雄。这个剧本发表之后,郭沫若第一个写信道贺,开头一句就说:"我一口气把您的《关汉卿》读了,写得很成功。关汉卿有知,他一定会感激您。"郭沫若如此激动地赞誉这个剧本,其实在乎的并不是剧本是否符合历史上关汉卿的形象——历史上关汉卿到底是一个怎样的人物,因为史料的贫乏,可能是一个永远也无法确知的悬案,事实上这一点也并不重要——重要的是,田汉塑造的"关汉卿"这个人物,是应该当作身为"剧作家"、"作家"乃至"知识分子"的田汉的一个理想化的自我描绘、自我认定来看待的,扩而言之,借助历史人物塑造这样一个理想化的英雄形象,实际上寄托了老左翼知识分子心目中的一种"自我形象"、"自我认同"与"自我定位"。这个形象显然与当时主流意识形态话语塑造的知识分子形象不太一致,可以说是公开文学中知识分子的精英意识的最后表露,而这一表露只有通过历史题材才得以实现。

剧本的基本情节完全是虚构的。与关汉卿有关的史料遗留下来的非常少,这为田汉的编剧留下了较大的虚构空间。事实上,由于和主人公的身份、性格相似(如都是颇负盛誉的剧坛领袖、与艺人都有许多的交往),田汉自觉不自觉地按照左翼文人的自我想象来虚构关汉卿的故事,难怪曹禺在谈到这个剧本时说:"我感到这个剧作凝聚了田汉同志一生的经验和感情"②。剧本的情节以关汉卿写作《窦娥冤》前后的故事为中心,我们可以看到,田汉为关汉卿的写作虚构了一个动机:在现实生活中看到了一个类似《窦娥冤》那样的故事,所以要以戏剧为武器,为民申冤,揭露与反抗统治者;他也为关汉卿的写作活动提供了一个虚构的结果:剧本触怒了统治者，因而编剧者与演员都下狱；可是剧本唤起了民众，壮士王著在剧本"为万民除害"的呼声的鼓舞下，刺杀了黑暗势力的代表人物——权臣阿合马。在这种虚构中，写作成了鼓舞人民、打击敌人的有力武器，不难看出左翼知识分子的文艺思想以及据之的自我定位是这一虚构情节的核心动力，所以，《关汉卿》的基本情节很容易让人联想到田汉以及其他共产党领导下左翼文艺家在 1949 年以前的活动。

在这个虚构的情节框架之下，作者塑造的关汉卿的英雄形象，无疑有些理想化。写出《窦娥冤》的关汉卿直接被推上了正义与邪恶的殊死搏斗的第一线，他所面对的三次考验——改戏、出走、投降——在程度上层层递进，而关汉卿每一次都不屈不挠，直到最后直接面对死亡的威胁时，仍不改代人民立言的初衷：

> 我们的死不就是为了替人民说话吗？人家说血写的文字比墨写的更贵重，也许，我们死了，我们说的话更响亮。

层层递进的情节最后终于树立起一个理想化的英雄。事实上，在这一时期现实题材的主流文学中，只有"工农兵"才能成为居于中心地位的"理想英雄"，而知识分子则只能是可以改造好的中间人物，经历"思想改造运动"、"批胡适"、"反胡风"、"反右"种种运动，文学中知识分子的形象变得更加委琐。田汉本人在与《关汉卿》写作时间差不多同时

田汉（右一）与戏剧家熊佛西（右三）和京剧表演艺术家梅兰芳（右四）、周信芳（右二）等合影。

的《十三陵水库畅想曲》中塑造的知识分子的典型形象，也多半好名利、爱虚荣、势利眼、厌劳动，其中有一个作家还是勾引妇女的能手，最后出乖露丑，丢人败相。但在历史题材创作领域，控制相对来说要松一些，所以田汉有可能将关汉卿塑造为一个人民的代言人、一个社会良心的代表、一个不向任何外在的压力屈服的"真正的人"，同时也是一个"富贵不能淫、贫贱不能移、威武不能屈"的大丈夫、一个真正的英雄。这自然与主流意识形态对知识分子形象的描绘有相当大的距离，却符合30年代以来左翼知识分子对自己的职责与形象的集体认定，也可以说是对反抗黑暗、为被压迫人民代言这一知识分子的现实战斗精神的自觉捍卫。

话剧《关汉卿》剧照

在这个意义上，关汉卿不是一个现实的人物，而是一个象征型的人物。他象征的是知识分子的理想人格，所以他在行动中是毫不犹豫的，在心理上也是毫不动摇的。他是单向的，扁平的。为了使之不流于单调，田汉特意设计了一个反面的知识者形象——统治者的帮凶叶和甫作为对照。叶和甫担任的是一个劝降的角色，与只遵循"正义"、"理想"原则的关汉卿的形象不同，他遵循的是"现实"的原则。关汉卿只考虑如何"为民申冤"，而叶和甫则只考虑声名富贵，主张"做事说话就得把谁硬谁软好好地掂量一下"。剧本中关汉卿自然看不起叶和甫，斥之为杂剧界的败类，活得像一只老鼠。田汉为了让冲突更加激烈，还让叶和甫在狱中劝降时挨了关汉卿一个巴掌，象征着理想和现实两种原则的决裂。这个情节事实上也暗示了一种极端的处境，即在特定的社会环境中，知识分子要么坚持自己的使命、理想与人格，要么就只能陷于堕落的境地，舍此别无选择。剧本中关汉卿作为一个英雄形象毫不犹豫地选择了前者，但作家田汉让知识分子在两种选择面前表现为如此尖锐的冲突，则暗示了其内心非常耐人寻味的一种心理张力。在这个意义上,叶和甫不但是关汉卿的对立和对照,而且是一种陪衬与补充。

第三节　知识分子心声的曲折表露:
《陶渊明写〈挽歌〉》

陈翔鹤是从"五四"时期就开始创作的老作家,也是当时最坚韧的文学社团"浅草社"、"沉钟社"的主要成员,他1949年以前的创作多取材自现实生活,带有浓重的感伤色彩,一方面感觉觉醒之后无路可走,另一方面又不愿意屈服。1949年以后,他长期担任编辑工作,很少有创作发表,1961、1962两年却得风气之先,连续发表《陶渊明写〈挽歌〉》⑬与《广陵散》两篇历史小说,引发了历史小说创作的一个小高潮。

在60年代,选取陶渊明、嵇康这样的历史人物作为小说的主人公,本身就显示出一种与"时代共名"保持距离的态度。无论是陶渊明还是嵇康,在历史上都是很有个性的人物,他们与各自所处身的时代的权力秩序,处处显得格格不入。像这样的人物,不论以其阶级出身还是以其特立独行的性格而言,都不可能成为60年代国家意志占据主导地位的时代共名所欣赏的时代英雄,而只可能成为争议性的人物,对其人格与生活态度的欣赏,也只可能是个人性的,何况陈翔鹤在小说中并没有刻意去迎合时代,将他们塑造为"反抗的英雄",而是着重表现对一个颠倒混乱的时代持不合作的精神立场的知识分子的无力之感。这样的"无力"的知识分子形象,当然不符合时代的需要,但却毫无疑问具有一种从个体心灵出发的真实性,也彰显了一种真实的知识分子的生存样态,这正是文学所应该表现的而时代共名企图刻意抹杀的。

与传统的观点不同,陈翔鹤在《陶渊明写〈挽歌〉》中塑造的陶渊明形象,强调的不是达观的生存态度,而是潜藏在这种达观态度后面的感慨与"殷忧"。小说中的陶渊明,自觉地与权力中心——不论是精神上的权力中心,还是现实的政治权力中心保持一种疏离关系,前者如他对庐山法会上慧远和尚的"傲慢、淡漠而又装腔作势的态度"的否定,后者如他对慕名而来的声威赫赫的刺史檀道济的反感与厌恶。这两种权威，在小说中都以一种讽刺的笔调写出，例如庐山法会上的慧远，"俨然是另一种达官贵人的派头"，"只见他半闭着眼睛，双手合十，一任香客们在他座前四礼八拜，脸上纹风不动，连一点表情都没有；真不知他是在睡觉呢还是在闭目养神"。一直到法会结束，"这时他才微微地动了一下眼皮，在钟鼓齐鸣中，喃喃念到：'揭谛揭谛，波罗揭帝，波罗僧揭谛，菩提萨婆诃！'念毕这种神秘而又令人难懂的咒语之后，他甚么也没有说，便下得座来起身入内了。对于那些匍匐在地面上的会众，连正眼都不曾看一眼，更不用说和气地来同大家打个招呼了！""这种毫不理会大家的态度，给陶渊明以一种大有'我慢'之慨的印象。而这种'我慢'，又正是慧远本人对陶渊明所时常提起，认为是违反佛理的。"显然，作者有意识地把慧远塑造为自相矛盾、心口不一而且俨然真理在握的人物。进一步说，虽然他也写了《沙门不敬王者论》，在行为上也可以不合世俗，但在根本上他并没有完全摆脱世俗的习气，没有自外于现实的权力结构，在根本的道理上，依然有"未达"之处，用陶渊明的话说就是：

> 死，死了便了，一死百了，又算得个甚么！哪值得这样敲钟敲鼓地大惊小怪！佛家说超脱，道家说羽化，其实这些都是自己仍旧有解脱不了的东西。

表面上看，陶渊明"纵浪大化中，不喜亦不惧。应尽便须尽，无复独多虑"的生死观与慧远的"形尽神不灭"论仅仅是一种义理上的分歧，实际上，陶渊明貌似达观的生死观背后隐含着沉痛的精神经验，那就是对整个道德沦丧、乾坤淆乱的时代的疏离与拒斥的关系。小说结尾将这种整体性的疏离直接通过写《挽歌》与《自祭文》的情节表达出来，也为陶渊明的生死观作了一个形象的解说：

> "死去何所道，托体同山阿"。不错，死又算得个甚么！人死了，还不是与山阿草木同归于朽。不想那个赌棍刘裕竟会当了皇帝，而能征惯战的刘牢之反而被背叛朝廷的桓玄破棺戮尸。活在这尔虞我诈、你砍我杀的社会里，眼前的事情实在是无聊之极；一旦死去，归之自然，真

是没有什么值得留恋的！

"写《挽歌》"的情节是整篇小说的中心与高潮，通过这个情节，小说将陶渊明的精神境界从对个别对象的否定引申到对整个颠倒混乱的时代的否定，从而只能与之采取一种疏离与对立的关系。由此出发，可以理解陶渊明特立独行的精神立场，这不仅表现在他对政治权威与精神权威的拒斥上，也表现在他对不能脱俗的朋友的批评上，如批评颜延之"一天到晚都在同什么庐陵王、豫章公这一些人搞在一起，侍宴啦，陪乘啦，应诏赋诗啦，俗务萦心，患得患失，哪还有什么诗情画意？没有诗情，又哪里来的好诗！"这也显示出他不仅仅是在语言上与时代疏离，而且在生活上也有意识地躬行践履，自觉地保持自己独立的精神立场不受时代污染。

一个自觉地疏离于整个时代的人，即使是大勇者，恐怕也难以摆脱这种疏离引起的孤立之感。陈翔鹤塑造的陶渊明，在达观之外，还带上了伤感、苦闷与悲愤的色彩。例如小说中设计了一个陶渊明吟咏、欣赏阮籍的《咏怀》诗的情节："良辰在何许，凝霜沾衣襟。感物怀殷忧，悄悄令心悲。多言焉所告，繁辞将诉谁"，这首诗流露出浓重的忧世伤生的色彩，而又孤立、苦闷，举世滔滔而莫能与之交流，愤世嫉俗而又恐惧为世俗所觉、所害，构成诗里所说的"殷忧"。这种"殷忧"不仅是阮籍的，而且是小说主人公陶渊明的，也是小说家陈翔鹤自己的。不过小说中将陶潜塑造为一个远离权力中心的隐士，恐惧的成分相对少一些，而更多孤立之感。但就作者来说，在小说中设计这样一个细节，所流露出的就不仅仅是与时代主流疏离的孤立之感，而且明显地显示出一种不敢与别人交流这种"疏离"的隐忧，典型地体现出处身于国家权力构筑的"时代共名"的裹挟之下而又有自己独特的精神立场以及不可磨灭的良知的知识分子的苦闷心态。拒绝了时代主潮，而又无法阻挡这个时代主潮，由

晚年陈翔鹤

此必然产生一种无力之感,在达观之外,难免有悲愤、苦闷、伤感。小说中陶渊明发出的"人生实难,死之如何"的感慨,一方面由于对时代主潮拒斥因而无所牵挂,针对的是整个时代,另一方面也针对自己的一生,针对的是颠倒错乱的时代特立独行的知识分子的无力与无可奈何(这实际上也是一个颠倒错乱的时代良知与正义的无力与无可奈何),所以小说中潜伏着的感伤色彩在最后终于压制不住而流露出来。当陶渊明念到《自祭文》中最后五句"……匪贵前誉,孰重后歌,人生实难,死之如何?呜呼哀哉!"时:

> 一种湿漉漉、热乎乎的东西,便不自觉地漫到了他的眼睛里。这时他引以为感慨的不仅是眼前的生活,而且还有他整个艰难坎坷的一生。

这种感伤,绝不仅仅是历史人物陶渊明的,作者显然也是在"借他人之酒杯,浇自己之块垒"。通过一种个人性的叙事立场,通过对历史人物的追忆,陈翔鹤也由此间接地表露了一种个人性的面对时代的态度。

经历各次运动的打击,知识分子的心态不敢再作直接的表露,只能通过历史故事曲折地表现。但这与"旧瓶装新酒"式的肆意篡改史实的方法不同,它是在尊重史实、"知人心"的前提下的一种创作。黄秋耘对此有一个精彩的解说:"写历史小说,其窍门倒不在于征考文献,搜集资料,言必有据;太拘泥于史实,有时反而会将古人写得更死。更重要的是,作者要能够以今人的目光,洞察古人的心灵,要能够跟所描写的对象'神交',用句雅一点的话说,也就是'心有灵犀一点通'罢。只有这样,才能真正体会到古人的情怀,揣摩到古人的心事,从而展示古人的风貌,让古人有血有肉地再现在读者面前"⑭。也只有这样,作者的现实寄托与历史故事才能够融为一体,作者的心声与历史人物的心声也才能契合无间,作者的个性、爱恨褒贬也才能通过对历史的重塑表现出来。就此来说,《陶渊明写〈挽歌〉》等小说远远超过了那些"借古颂今"、"以今例古"的戏剧,而为解读当时一些知识分子的精神立场提供了很好的文本依据。

第四节　清官形象的理论与创作：
《十五贯》与《况钟的笔》

《十五贯》[15]根据传奇《双熊梦》改编，删去了其中巧合的情节与神明托梦破冤狱的思想，从而成了一出较纯粹的"公案戏"。其基本情节是：无赖娄阿鼠杀死酒徒尤葫芦并盗其十五贯钱，尤的继女苏成娟当夜因父亲戏言要卖她出走投亲，路遇客商熊友兰身上恰好带十五贯钱，昏官知县过于执于是以之为据，妄断苏熊二人盗钱、杀父、淫奔，判其死刑。清官况钟监斩时发现冤情，越权过问，在仔细查勘后发现凶手的蛛丝马迹，于是化装成拆字先生微服私访，以拆字奇招诱使真凶娄阿鼠招供，将之缉拿归案，平了苏熊二人的冤狱。

作为一出公案戏，《十五贯》体现出非常典型的民间趣味，其情节也属这类戏"巧合成奇冤——昏官冤枉无辜——清官以奇招破案"的模式。这种戏之所以受民间欢迎，当然与清官形象有关，但更重要的是其中奇案与破案的趣味性。在《十五贯》中，十五贯成了巧合的中心，苏熊二人因而被冤，真凶在一旁贼喊捉贼更使案件扑朔迷离，这样的故事很能吸引一般人的好奇心。而况钟以拆字奇招破案，更与《潘杨讼》中寇准设假阴曹审潘仁美的情节有异曲同工之处：关键不在其现实可能性，而在于这种传奇式的情节所具有的趣味性能够满足市井细民好听奇闻异事的心理。况钟以"鼠"、"窃"、"窜"及老鼠好偷油（尤）的字面与意义联想，旁敲侧击，让娄阿鼠胆战心惊中说出真话，这段心理战在剧本中写得很成功。如果站在精英立场的话，会认为这出戏荒诞无稽、一无可取，可是它之受民间欢迎正在于其于荒诞无稽中所体现出的民间趣味。

当然，公案戏中的清官，作为普通百姓在不能主宰自己命运时"幻想中的偶像"，也是这类戏受欢迎的原因。改编本《十五贯》中塑造的况钟形象，去掉了神秘色彩，增加了其内心冲突的描写。他具有"君轻民为贵"的思想，所以当犯人在刑场喊冤时他能发现疑点，但过问案情超出了他的职权范围，况且已经三审定案，能否昭雪很成问题，所以他不免犹豫，但看着犯人的冤苦，他又觉得不

晚年巴人

可草率判斩，"这只笔，千斤重，一落下，丧二命！既然知，冤情在，就应该，判断明。错杀人，怎算得为官清？"终于冒着丢官的危险，下定决心来翻案。对其心理冲突的描写使其性格有了更现实的内涵。改本对作为陪衬的昏官过于执与老官僚周忱也作了精彩的漫画式描写。过于执在刚审案时的场面，典型地表现了其草率、愚蠢、固执的性格："看她艳若桃李，岂能无人勾引？年正青春，怎能冷若冰霜？她与奸夫情投意合，自然生比翼双飞之意，父亲拦阻，因之杀其父而盗其财，此乃人之常情。这案情就是不问，也已明白十之八九了。……"民间的爱憎，通过这些形象得到了表达。

改本《十五贯》的成功典型地体现了官方、知识分子和民间对历史的不同想象和寄托。整体来看，改本《十五贯》仍然是一出有浓厚的民间趣味、民间感情、民间意识的戏曲作品。但官方与知识分子，却对之作了"为我所用"的理解。官方从中看到了"现实的教育作用"，把它的主题解释为反对官僚主义、主观主义、教条主义，使之可以在现实的整风运动中起到作用。像巴人这样的知识分子则从中看到了人道主义、用笔的严肃性等等。巴人的杂文《况钟的笔》[⑩]从况钟"那枝三起三落的笔"联想到他"善于在笔底下看到人"的人道主义精神，并对现实中官僚主义者用笔的不负责任与恶毒作了让人悚目惊心的刻画：他们"满足于自己的高官厚禄，闭着眼睛签发文件，而又讨厌下属提出不同意见，为了去掉不顺手的干部，就故意设下陷阱叫你跳下去"。文章得出的结论是"一个对人负责的人，一定会得到人民力量的支持，就会有大勇气；而一个得到人民力量支持的人，一定能集中群众的智慧，就会有大智慧"。由《十五贯》联想到用笔（笔在这里象征着权力）的严肃性与人道主义精神，虽然在剧本中也有根据，但

《十五贯》剧照

并非该剧的要旨，而是知识分子巴人的引申。这一方面有劝谏之意，另一方面也是站在知识分子的立场上批判现实。联系当时的现实，可以发现这是深有感触之言。即以批评界来说，在"扣帽子"、"打棍子"式的批评盛行的年代，笔的误用造成的恶果已到了触目惊心的程度，在其恶性发展即大批判开路的文章中，更是到了"以笔杀人"的境地。巴人强调用笔的严肃性、"笔下有人"的人道主义精神，在其思想发展中有其来由，同时也有其现实所指，"况钟的笔"只不过给了他一个立论的由头而已。

注释：

① 引自吴晗《论历史剧》，《文学评论》1961 年 3 期。

② 参阅李希凡《历史剧问题的再商榷——答朱寨同志》，《文学评论》1963 年 1 期。

③ 引自茅盾《关于历史和历史剧》，原刊《文学评论》1961 年 5 期。

④ 引自舒楠《关于历史剧问题的讨论》，《人民日报》1961 年 4 月 5 日。

⑤ 引自黄秋耘《空谷足音——〈陶渊明写挽歌〉读后》，参见《黄秋耘自选集》，花城出版社 1986 年版，第 736—737 页。

⑥ 参阅黄秋耘《我的文学道路》，该文为《黄秋耘自选集》的序言。

⑦ 参阅黄秋耘《"十年生死两茫茫"》，同上书 164 页。

⑧ 参阅颜默《为谁写挽歌——评历史小说〈广陵散〉和〈陶渊明写挽歌〉》，《文艺报》1965 年 2 期。

⑨ 参阅洪子诚《1956：百花时代》，山东教育出版社 1998 年版，第 16—18 页。

⑩ 引自《人民日报》社论《从"一出戏救活了一个剧种"谈起》，1956 年 5 月 18 日。

⑪ 《关汉卿》初发于《剧本》1958 年 5 月号，后经多次修改，本教材据《田汉文集》第 7 卷，中国戏剧出版社 1983 年版。下文所引郭沫若语见同书第 357 页附录郭氏信中语。

⑫ 转引自王行之《剧作家之歌——简论话剧〈关汉卿〉》，原载《戏剧艺术论丛》1979 年第 1 辑。

⑬ 《陶渊明写〈挽歌〉》，原载《人民文学》1961 年 11 月号，本教材据《陈翔鹤文集》，四川人民出版社 1980 年版。

⑭ 同注⑤。

⑮ 昆剧剧本《十五贯》，中国戏剧出版社 1960 年版，引文见该书第 30 页、19—20 页。

⑯ 据巴人《遵命集》，北京出版社 1957 年版，引文见该书第 40 页。

第七章 多民族文学的民间精神

第一节 进入汉语世界的多民族文学

中国是一个多民族的国家，除汉族以外，其他非汉民族也有着丰富绚烂的民间文学传统。它们与本民族的历史、生活、文化传统、风土人情等等有着紧密的联系。在许多方面，其成就甚至超过了汉族文学，因而成为中国文学中极为重要的部分。对少数民族文学的搜集、整理与翻译以及少数民族作家的创作是1949年以后中国文学中非常重要的内容。

搜集、整理与翻译非汉民族文学的工作，让人们看到一个丰富多彩的民族文学世界，也进一步拓宽了研究中国文学的理论视界。例如，对非汉民族文学与民间文学的关注打破了长期以来中国文学被认为缺少神话与史诗成分的偏见。以史诗而言，无论是创世史诗还是英雄史诗在各民族文学中都有着丰富的储藏。据调查，包括汉族在内，中国至少有三十个民族有创世史诗，其中突出的如纳西族的《创世纪》、彝族的《梅葛》、彝族支系阿细人的《阿细的先基》、布依族的《开天辟地》等等。英雄史诗有藏族的《格萨尔王传》、蒙古族的《江格尔》与柯尔克孜族的《玛纳斯》三大史诗以及维吾尔族的《乌古斯传》、傣族的《相勐》、《兰嘎西贺》等。史诗是一个民族精神的结晶，在该民族中具有神圣的地位，但是由于各种原因，它们到了失传的边缘，在这种情况下对之搜集整理尤其显得意义重大。我们很难断定民族史诗全然属于权力边缘的"民间"范畴，事实上，许多史诗与民族的宗教阶层、统治阶级的思想是很难断然分开的。不过由于史诗是在历史长河中累积下来的人民群众

的集体创作，仍旧天然地带有丰富的民间的成分——它们充满了
"人类社会的童年"所特有的天真的自由自在的诗性想象以及民间
对幸福生活的美好理想。以纳西族的《创世纪》为例，这部史诗记载
于该民族的宗教典籍《东巴经》中，其内容包括开天辟地、大洪水、
天人联姻、重造人类、民族起源等等，既包含着浓厚的宗教信仰的
成分，又同时表现出丰富的民间想象。例如其中写混沌中产生天地
万物、日月化生善恶二神、善神变为白母鸡生蛋孵出诸天地神与开
天辟地的九兄弟与七姐妹、恶神变为黑母鸡生出诸妖魔鬼怪等等，
其中有着奇特瑰丽的想象，与西方的创世纪神话相比，它更强调万
物化生的宇宙观而并不把"神创论"作为第一原则，具有典型的东
方民间想象的特点。又如英雄史诗中的英雄形象往往是该民族理
想、意愿的表达与民族精神的化身，同时往往以一定的历史真实事
件为基础，体现出该民族的重要的历史进程。三大英雄史诗分别寄
托了该族人民对幸福生活的向往。《格萨尔王传》描绘格萨尔王是
天上的神人转世，降生于岭国，神通广大，未卜先知，变化多端，聪
慧博识，成为雄狮大王，消解世间的灾难，降妖伏魔，打败强敌，带
领人民过上了好日子，死后回归天界，带有浓厚的藏族特色与佛教
色彩。流传于新疆卫拉特蒙古人中的《江格尔》，叙述以江格尔为首
的十二名"雄狮"英雄与六千名勇士同各种各样的敌人战斗的故
事，尤其值得注意的是它塑造了一个理想国"宝木巴"，那里没有贫
富差别，每个人都像二十五岁一样年轻，体现出典型的民间想象的
特点。

对民间叙事诗与抒情诗的整理工作，使我们发现了一个更加
丰富的充满了民间精神的文学宝藏。民间叙事诗中内容最为丰富
的是婚姻爱情叙事诗。它们是各民族民间婚姻爱情观的朴素而集
中的体现，典型地表达了民间对自由自在的生活与自由自在的情
爱的向往与追求。其中著名的如彝族支系撒尼人的《阿诗玛》、傣族
的《娥并与桑洛》、《召树屯》、苗族的《仰阿莎》、回族的《尕豆妹与马
五哥》、壮族的《唱离乱——〈嘹歌〉之五》等。另外还有相当数量的
英雄叙事歌，如纳西族的《人与龙》、蒙古族的《嘎达梅林》、苗族的
《张秀眉之歌》等等，它们一般是在人民群众中口头传唱而层累式
地形成的。值得注意的是这些叙事诗中常常出现一些正统文学难
以容纳的因素，保留了无法被意识形态化约的原生态的民间经

验。例如回族长诗《尕豆妹与马五哥》中写到童养媳尕豆妹与马五哥在幽会时,不慎惊醒了她的小丈夫,她慌乱之中把丈夫杀死。但长诗的叙事者并不对尕豆妹作出道德谴责,而依然把同情倾注在这一对"有情人难成眷属"的贫穷爱侣身上。又如《嘎达梅林》中出于民间创造的牡丹杀女焚屋决心毁家起义的情节,一唱三叹地表现了母性面临悲剧性抉择时的内心矛盾。这种把人物置于超出道德伦理范围外的极端状态之下,以传达出被压迫者某种激烈的境况与感情,常常是民间想象的典型特点,也正是其特别真实感人之处。相对来说,汉民族的正统文学则是难以直面、甚至故意回避人生的这些方面的。除此之外,当时还搜集了不少民歌、民间抒情长诗以及大量的各民族的民间故事。如著名的壮族的长诗《特华之歌》、维吾尔族的民间传说《阿凡提的故事》等。

其实多民族文学与民间精神的关系,也同样包括了汉民族文学。但与这些来自非汉族文学的民间精神相对照的是,汉族当代文学的主流对民间文学的态度完全不同。大跃进中出现了大量的所谓"新民歌",其运作过程及基本精神再一次显示出主流意识形态对民间形式的粗暴入侵。1958 年 4 月,《人民日报》发表社论《大规模地收集全国民歌》,掀起了一个全国规模的"新民歌运动",这个运动的目的不仅仅在于收集民歌,而且以浮夸的形式鼓励杜撰、"创作"了许多"民歌",提出的口号是"全党办文艺"、"村村有诗人",并向群众布置写诗的任务和指标,其质量可想而知。1959 年人民文学出版社出版的由郭沫若、周扬选编的《红旗歌谣》在当时产生了不小的影响,并被作为"革命现实主义与革命浪漫主义相结合"的文艺指导方针的范本。所收集的作品虽然采取了民歌的形式,大多数却是当时的浮夸风的产物,其中充满了不着边际的夸张的空话和大话,如《红旗歌谣》中的一首《我来了》写到:"天上没有玉皇,/地上没有龙王,/我就是玉皇! /我就是龙王! /喝令三山五岳开道,/我来了!"它所要表现的只是"大跃进"政策下的盲目乐观精神,与真正的民间精神很少有关系。

文人根据民间文学的改编与创作,从延安时期的歌剧《白毛女》等作品起就成为一个比较重要的文学现象,在改编过程中,"虽说政治话语塑造了歌剧《白毛女》的主题思想,却没有全部左右其叙事的机制","从叙事的角度看,歌剧《白毛女》的情节设计中有着某种非政治的运作过程",其特点"不仅是以娱乐性做政治宣传,而倒是在某种程度上以一个民间日常伦理秩序的道德逻辑作为情节的结构原则"①。这一特点在 1949 年以后的同类作品中还是得到了保留。以歌舞剧《刘三姐》的改编工作为例,在改编中,阶级斗争的意识形态不可避免地支配了作品的改编程序,可是促使其成功的因素,却是显形的现代通俗文艺形式与潜藏其下的民间隐形结构。刘三姐的传说很早就流传在广西侗族地区,几百年来其内容颇为芜杂,隐含了多方面的矛盾和可能性。彩调剧《刘三姐》剧组依据当时的文艺方针,以阶级斗争作为剧本的基本主题。在具体选材过程中,凡符合当时的文艺政策的就作为"真"和"精"采纳,否则就当作"伪"和"芜"加以摒弃。如有的传说讲刘三姐被自己的哥哥杀死,后者见她成天唱歌,而且推掉了许多可以让自己发财的机会,非常生气,借机把她推下崖去。也有的传说讲刘三姐与白鹤秀才对歌,七日七夜不分胜败,于是都升天化为歌仙。歌舞剧剧本编者都把它们当作对"劳动人民"的诬蔑而摒弃。从其基本情节来看,它隐喻着主流意识形态对阶级斗争的强调。舞剧的基本情节是,刘三姐以山歌为武器,揭穿了地主莫海仁企图霸占农民茶山的阴谋,地主派人说媒,企图娶刘三姐为妾,被拒绝后便以逼债威胁刘三姐的哥哥,刘三姐只好答应,但"结亲先要摆歌台",唱不过她,不但不能娶亲,也不能霸占茶山。地主雇了三个秀才,装满两船书来对歌,被刘三姐驳得哑口无言,狼狈而去。地主于是设计加害刘三姐,结果被爱慕刘三姐的小牛杀死。在这里,山歌不是单纯的民间声音,而成为阶级斗争的工具;对歌也不再是一种朴素的民间风俗,而直接是一场短兵相接、关系重大的阶级斗争;地主及其代言人秀才在对歌中的失败,也直接隐喻着封建势力在精神上的失败,阶级斗争的政治话语借助民间文学的改编达到了宣传自己的目的。可是,在这个明显的意识形态化了的作品中,民间趣味、民间意识、民间的声音不论在表层还是在深层依旧有着充分的保留,表层如刘三姐带有浓厚民间鲜活生命的唱词,深层如作品的隐形的"一女三男"模式等,这也是这个作品深得人民喜欢的艺术上的原因所在。"一女三男"的模式在许多有民间色彩的作品中存在,"一女"一般是民间的代表,她常常是一种泼辣智慧、向往自由的角色,她的对手,总是一些被嘲讽的男人角色,代表了民间社会的对立面——权力社会和知识社会。前者往往是愚蠢、蛮横的权势者,后者往往是狡诈、怯懦的酸文人;战胜前者需要胆识,战胜后者需要智力。这种男性角色在传统民间文艺里可以出场一角,也可以出场双角,若再要表达一种自由、情爱的向往,也可以出现第三个男角,即正面的男人形象,往往是勤劳、勇敢、英俊的民间英雄。这种一女三男的角色模型,可以演化出无穷的故事。三男的不同的身份变化可以隐喻不同的意识形态内容,但隐形结构本身所体现的民间特点、民间趣味以及民间对自由生活的向往,依然是这类作品受到喜爱的深层原因。

1949 年以来,还出现了不少非汉民族作家。他们有的继承本民族的抒情传统,以自己民族特有的方式歌颂时代,如蒙古族诗人纳·赛音朝克图、维吾尔族诗人铁衣布江、藏族诗人饶阶巴桑、傣族诗人康郎英等等,也有的取材于时代变迁中本民族的现实生活而写出一些长篇巨著,如彝族作家李乔取材于凉山彝族斗争生活的《欢笑的金沙江》、蒙古族作家玛拉沁夫的《茫茫的草原》等。与汉族作家相似,这些作家的创作也接受国家制定的文艺方针的指导,但他们的创作毕竟标志着少数民族的文学写作成为了当代中国文学不可分割的一部分。在表现民族生活的作品中,老舍的具有自传色彩的未完成的长篇小说《正红旗下》,与话剧《茶馆》一起,将艺术才华回归到自己最拿手的对社会风习尤其是社会底层风习的变迁的描绘,这也调动了作家真正具有的生活资源,并以之绕开与化解了时代共名笼罩下的历史想象。尤其值得注意的是,老舍以前的写作很少直接表现自己民族的生活,在这部没有最后完成的小说中,老舍却以出色的艺术手腕描写了清朝末年满族人各阶层的生活风习,并由之涉及当时北京社会与各族人民生活风习的方方面面。在这部具有高度艺术成就的作品中,老舍的语言艺术达到了炉火纯青的地步,显示出通过"个人记忆"与"个人话语"进入民间的可能性。蒙古族作家敖德斯尔发表于 1962 年的短篇小说《阿力玛斯之歌》,虽然也暗含了一些阶级斗争的时代共名成分,但其主要的兴趣在于表现民族习俗与铺演民间传说,在这过程中描绘了草原民族特有的生活方式与爱好,也应受到注意。

汉族作家的创作也从民间文学中汲取创作的材料与灵感。如诗人艾青、闻捷、唐湜等。其中诗人唐湜对民间文学素材的改造,标志着自 20 年代以来的浪漫主义、唯美主义的叙事长诗传统在

1949 年后的潜在创作中继续发展承传。1957 年唐湜被错误地划为右派后,从自己的家乡温州的民间传说中寻找创作的原料,写了一组在艺术上达到了很高成就的南方风土诗,如《白莲教某》、《划手周鹿之歌》、《泪瀑》、《魔童》等等,此外还有十几个历史叙事诗如《海陵王》、《敕勒人,悲歌的一代》、《桐琴歌》等等。温州"在古代是一个蛮荒的百越之国,'怪力乱神'的巫风很盛",像周鹿、魔童、泪瀑等等都是较原始的神话传说,后来才渐渐的近代化了。作者以之为基础,加上自己的想象,"把南方海滨的风土的描绘,民间生活的抒写,拿浪漫主义的幻想色彩融合起来;……在现实主义的基点上运用了一些新的现代手法与构思;可仍然力求中国色彩、风格的完整"[②],在形式上也力求严整而又符合艺术的需要。这不但显出与时代粗陋风气迥然不同的艺术追求,而且标志了另外一条与民间结合的道路,即疏离于时代"共名"之外的个人感情、个体想象与民间想象的结合。事实证明了恰恰是这样一种方式在当时取得了重大的文学成就。

第二节　民间文学的整理与改编：《阿诗玛》

《阿诗玛》[③]是云南彝族撒尼人的民间叙事诗,被撒尼人民称为"我们民族的歌",阿诗玛的传说已经成为撒尼人民日常生活、婚丧礼节以及其他风俗习惯的一部分,在人民中间广为传唱。这部长诗 1953 年由云南省人民文工团圭山工作组搜集,当时搜集到二十份异文,由黄铁、杨知勇、刘绮用"总合"的方法整理、加工出来,整理稿第二稿完成后,又请公刘参与整理工作,在文字上进行了加工、润色。这个整理本 1954 年首发于《云南日报》上,1954—1956 年由四个出版社先后出版。1960 年由于四个整理者中三个人被打为右派,在再版修订本(由李广田执笔修订)取消了原整理者的署名。1979 年原整理者又进行了重新修订。《阿诗玛》整理本出现后受到广泛的关注,被改编为各种剧种演出,并被摄制成电影,在国外也出现了多种文字的译本,产生了相当大的影响。在 1949 年以后中国大陆对民族民间文学的整理方面,《阿诗玛》整理本甚得其失,都

著名画家黄永玉为长诗《阿诗玛》画的插图。

很有典型性。

《阿诗玛》的整理，采用的方法是"总合"的整理法，实际上是"将二十份异文全部打散、拆开，按故事情节分门别类归纳，剔除其不健康的部分，集中其精华部分，再根据突出主题思想，丰富人物形象，增强故事结构等等的需要进行加工、润饰、删节和补足"④。但是问题在于，判断什么是"不健康的部分"、什么是"精华部分"，采用什么样的人物关系、故事情节，突出什么样的思想以组织整个叙事，其标准必然要依据当时时代共名的要求。《阿诗玛》在撒尼人民中间广泛传唱，仍然是一个活的传说，远远没有形成比较定型的讲法，作为流传时间较长的叙事诗，在长期广泛的传承过程中，必然会掺入后来各个时代撒尼人的社会生活内容，各地流传的版本很不一致，流传时间的长久与流传地域的广泛必然会导致长诗异文很多，要整理出来一个能被所有人接受的"定本"实际上是做不到的。但这并不等于整理者就有特权去改造长诗的真实面目。在50年代的整理过程中，原来流传的长诗中的民间的暧昧复杂的因素被有意识地遮盖，而将之改造、简化为一个符合50年代的时代共名的阶级斗争故事。其基本情节是：撒尼阿着底地方一户穷人家生了一个女儿阿诗玛，她美丽善良，深得父母及乡亲的喜爱，地主热布巴拉家慕名欲娶阿诗玛，说媒不成，于是用卑鄙的手段抢亲，阿诗玛哥哥阿黑闻讯赶回，闯过对手设置的重重阻挠，救回阿诗玛，热布巴拉家向恶神崖神祷告，崖神发洪水挡住兄妹两人的归路，阿诗玛化为回声。这显示出整理者在整理过程中是有意识地以时代共名作为整理标准的，这就不能不在相当大的程度上扭曲了非汉民族的历史记忆。

这在整理过程中的选择、加工、改造等方面明显地表现出来。据原整理者陈述，仅以当时搜集到的20种异文而言，同一个传说母题就有好几种不同的主题思想："(1)控诉媳妇被公婆和丈夫虐待的痛苦；(2)反抗统治阶级的婚姻掠夺，追求幸福和自由；(3)维护传统习俗；(4)显示女方亲人的威力，使公婆丈夫不敢虐待；(5)羡慕热布巴拉家的富有，阿诗玛安心地在他家生活；(6)阿诗玛变成抽牌神，群众耳鸣是因阿诗玛作怪，责备她死后不应该变成恶神"⑤。这典型地显示出在阿诗玛的传说中，民间追求自由自在的精神向度与其藏污纳垢的特性不可避免地混杂在一起。整理者有意识地忽略了这种民间的复杂性，而是先入为主地以阶级划分的方式将主题(2)确定为整理本的主题思想，而排除了其他的思想主题，尽管"反映这一主题思想的材料，在原始材料中占的比例不大"⑥。

主题思想的选择，使得整理者不能不在情节设计、人物形象、人物关系上也做出一些更动。例如，整理本有意识地以"抢婚"作为阶级斗争的表现，将抢婚的热布巴拉家与阿诗玛一家的矛盾设计为一种阶级矛盾，从而使阿黑救阿诗玛的情节也就成了被压迫者反抗压迫者的象征，而阿诗玛的悲剧结局也就成了阶级社会被压迫者的悲剧的象征。但在特定的时代与民族习俗中，抢婚实际上是"当时社会上公认的、特殊的然而却是有效的一种缔结婚姻的仪式"⑦，同时，原始材料中在提到有阿诗玛父母嫁女的七份异文中，一致显示出："海热头两次去说媒的时候，格路日明夫妇是拒绝的。但经过海热的多方妁合，他们还是答应了。"⑧所以，尽管热布巴拉家的抢婚是对格路日明家

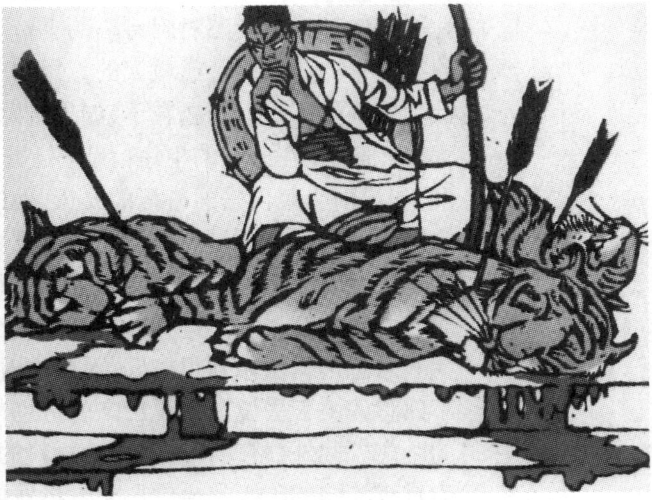

著名画家黄永玉为长诗《阿诗玛》画的插图。

的侮辱,但似乎仍然是符合习俗的正当行为,两家仅只是贫富的差别悬殊,并没有本质的阶级对立。整理本以"抢婚"作为颇具象征色彩的阶级冲突的情节枢纽,显然是有意识地将之改造为符合时代需要的文本。又如原始材料至少有 12 种不同的结尾,"大体上可以分为三种类型:(1)阿诗玛出嫁以后,不愿在丈夫家里,违反了传统习俗,神给她惩罚,她终于逃不脱神的主宰;(2)阿诗玛留在热布巴拉家,受苦一辈子;(3)反抗到底的结尾,在路上被害,死后变成回声"⑨。整理者从表现阶级斗争的主题出发,自然只能选择材料依据较少、但充满了"斗争到底"的精神的第 3 种类型作为结尾。为了表现阶级斗争与乐观精神,较早的版本中还杜撰了一个热布巴拉决堤放水的情节代替传说中象征着不可测的命运的不知从何而来的洪水,同时设计了一个善良的诗卡都勒玛姑娘救活阿诗玛的情节,结果与阿诗玛变为回声的结局形成了很多矛盾⑩。

在人物形象上,整理本也作了很多符合时代共名的纯化工作。整理本既然要将阿诗玛作为撒尼女性的艺术象征,就不能不赋予她美丽、正直、勇敢等特征,"把有利于她性格特征的部分全部保留,并作适当补充,有损于她性格特征的部分则毫不吝惜地全部删除"⑪:增强了她热爱劳动的描述与反抗到底、"不为金银所惑、不为威武所屈的高贵品格",杜撰了阿诗玛被抢后人民群众对她的怀念……等等⑫,全是当时的时代共名所认可的高尚品质。与此相配合,整理本中阿黑对阿诗玛的支持和卫护,也突出了他反抗压迫、卫护美好希望、舍己救人的无畏勇士形象,而"排除了显示舅舅威力的描述"⑬。但问题在于,如果排除了颇具民族特色的"舅舅为大"的成分,在诗歌的枢纽情节"抢婚"一段中也出现了矛盾与混乱:如果阿黑仅仅是阿诗玛的兄长,他的"舅舅为大"所代表的女方家庭的荣誉感没有受到侮辱,他是没有抢回阿诗玛的权利与义务的——可以看出,在阿黑的形象上面,整理者也有意识地作了符合时代共名的改造。不过其中的破绽也正说明利用民间题材表现时代共名总是无法做到很彻底,而要被对方限制,仿佛用一种自己还不熟悉的语言去说话,说出来的意思与要表达的意思总是有不小的距离。此外,整理者违背原始材料的意思,将格路日明夫妇塑造为具有清醒的阶级觉悟的形象,将他们塑造为始终反对热布巴拉家的求婚、在阿诗玛的婚事上不受传统习俗的束缚、一任女儿自由选择的开明夫妇,也是一种迎合时代共名的拔高。

从各个方面看,整理本《阿诗玛》都有很多简单化的地方。最关键的地方在于,整理本仅仅以阶级压迫作为阿诗玛的悲剧命运的原因,实际上排除了更为复杂、也更具有民间色彩的因素。从原始材料来看,阿诗玛的悲剧,既有权势者的婚姻掠夺的原因,也有传统民族习俗的重荷,更有父母包办的成分。整理本排除了妇女的婚姻不幸这个重要的主题,势必也要将这些复杂的原因进行简化。但这种简化显然违背了民间的精神,例如整理者自己也发现:"……开始同志们总不了解为什么撒尼族⑭如此热爱《阿诗玛》,后来了解他们的婚姻制度的基本情况是:'恋爱自由、婚姻不自由的情况严重存在'之后,问题就得到了解答。"⑮而从现有的整理本来看,是看不出对这一点的表现的。

整理本《阿诗玛》之所以产生广泛影响,其中的原因并不在于那种"阶级斗争"的整体叙事,而在于它和其他民族文学的整理一起,象征着非汉民族文学随着中国大陆的再一次统一,其传统文学也进入了汉语文化圈,并在当代产生了影响,在汉民族文化圈里获得了一定的地位。同时整理本中仍然保持了相当的民间因素,虽然它在整体上是一个阶级斗争的叙事,不过其连缀的阿黑与阿诗玛的故事,作为一种对恶势力的反抗,不但有阶级斗争的意义,而且是自由自在的民间精神的体现。整理者虽然有意识地附和时代共名强调阶级斗争的含义,却无法控制接受者从另外一层暗合自己心理积淀的意思上去理解。在叙事手段上,整理本在翻译、整理过程中尽量保留原始撒尼长诗的语言与叙事韵味,也是它当年受到欢迎的原因。这也说明了凡是它尊重民间特点的地方,也正是它最有生命力的地方。例如诗中说媒的场面,用形象的比拟与重复对话的方法来叙述,不仅交待了故事情节,而且描述了撒尼民间婚娶的仪式。又如,阿黑来救阿诗玛时,与热布巴拉父子比赛对歌、砍树、撒种和拾种以及阿黑用三支箭分别射中热布巴拉家的大门、柱子和供桌时,则使用了列举形象化情节的方式来展开叙述,这种方式在民间文学中被普遍运用,成为重要的叙事手段与原型思维方式。长诗鲜明的民族民间语言,尤其是充满民间色彩的比喻、对比、重复、夸张手法等等,对外民族读者来说,也有一种新奇的吸引力。

不过整体看来，整理本《阿诗玛》虽然象征着非汉民族的民间文学进入了当代汉语文化圈并得到一定的地位，但这种地位仍然是边缘的。由于非汉族文学处于一种被言说的地位，其主体性得不到充分的尊重，所以在 50 年代，它们进入当代汉语文化界不是没有代价的：时代共名的限制，不可避免地使它们失去了许多民族民间文学的优秀内容，使非本民族读者只能鉴赏一个被化妆过的断臂维纳斯。《阿诗玛》在传承中所积淀的大量的原始思维形态、撒尼人的生产生活习俗都被加工、润色、删节和改写，使其民间文学的神韵受到影响，只是其中一个比较明显的例子。

第三节　民族风土的记忆与诗情：《正红旗下》

老舍从 60 年代初开始创作的带有自传性的小说《正红旗下》[16]属于其最为成熟的作品之列，在艺术造诣上几乎超过了他以前的任何小说，可是由于种种原因小说只写了十一章便不得不终止，在文学史上留下了莫大的遗憾。但是从已完成的篇章来看，我们也可以看出老舍在这部作品中的追求：即以自传为线索，表现社会风习与历史的变迁，尤其与他过去的写作不同的是，他在这部作品中对本民族的历史——清末旗人的生活习气作了出色的表现。对这一目的来说，自传性提供了一个很好的观察、进入历史与审视民族风习的视角。老舍一方面又回到他以前创作的审视国民性的角度，另一方面，在不违背时代共名的前提下，他以个人所见所闻的民族风习及其变迁为叙述的中心，与本民族的历史保持一种亲熟的反省态度。这种态度与《茶馆》类似，是采取了一种把重大的历史事件与思想主题化入对日常生活的描绘之中的叙事策略，从而由时代共名走向对民族民间风习的诗意描绘。

作为一部小说的人物兼叙述者，小说中的"我"可以区分出两个层面，第一层面的"我"是小说中的人物，他在已完成的十一章中是一个始终未超过十五岁的小孩子，作为小说的叙述者，他却是一个经过了几十年的风雨沧桑、具有批判能力的人物，他叙述本民族的社会风习与历史变迁时，带有一种亲熟而又有善意的讽刺的态度，在亲切形象的描绘中也伴随着冷静的对民族性的批判与反省，由此出发，老舍对民族风习的表现才有了真正的深度与艺术魅力。满族入关二百多年，原来的勇武善战之气退化殆尽，清末的旗人已深受汉文化的影响，奢靡柔弱，对国家大事漠不关心，讲究"生活的艺术"，"二百年积下的历史尘垢，使一般的旗人既忘了自谴，也忘了自励。我们创造了一种独具一格的生活方式：有钱的真讲究，没钱的穷讲究。生命就沉浮在一汪死水里。"这种艺术说白了就是对"礼节规矩"与"玩"的讲究，像小说中的"大姐夫"父子，"生活的意义，在他们父子看来就是每天要玩耍，玩的细致，考究，入迷"，"他们老爷儿们都有聪明、能力、细心，但都用在从微不足道的事物中得到享受与刺激。他们在蛐蛐罐子、鸽铃、干炸丸子……等等上提高了文化，可是对天下大事一无所知。他们的一生像作着一个细巧的，明白而又有点胡涂的梦"。在"小刺激"与"小趣味"中，他们消磨着自己的生命，"把毕生的精力都花费在如何使小罐小铲、咳嗽与发笑都含有高度的艺术性"，这种死水式的生活在作家的笔下生动地表现出来，在字里行间隐含着讽刺与批判的锋芒。这种"生活的艺术"表现在另一方面就是"妇女们极讲规矩"，尤其是年轻的媳妇，在聚会的场合，怎样伺奉长辈，怎样眼观六路，耳听八方，端茶递烟，招呼周到，而且要"姿态美丽得体"，"在长辈面前，她不敢多说话，又不能老在那儿呆若木鸡地侍立。她必须选择最简单而恰当的字眼，在最合适的间隙，像舞台上的锣鼓点儿似的那么准确，说那么一两小句，使老太太们高兴，从而谈得更加活跃"。在较大

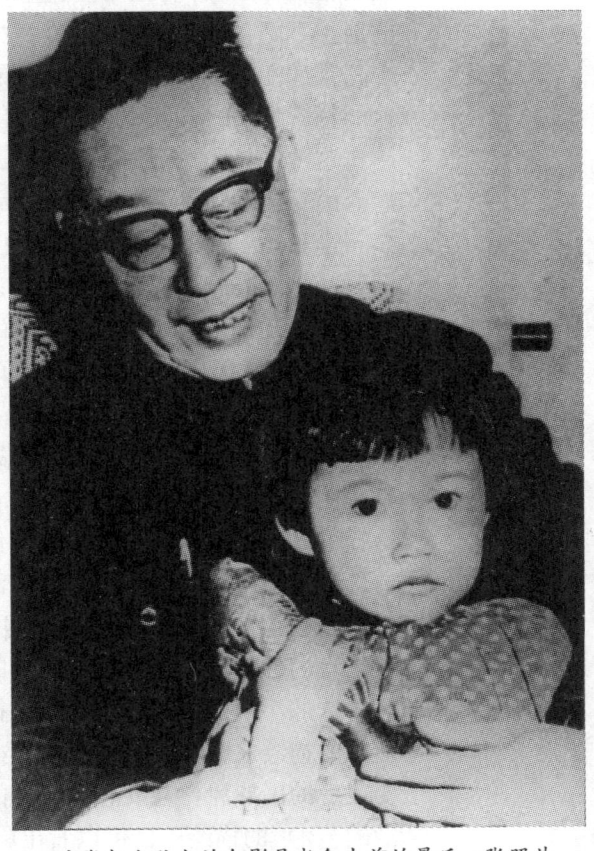

这张与小孙女的合影是老舍生前的最后一张照片

的场合就是"这种艺术的表演大会"。规矩与玩乐,这种"生活的艺术"甚至成了他们对付洋人、证明自己高洋人一等的手段,如定大爷对付牛牧师时,在邀请他的同时邀请了两个翰林、一僧一道、两个喇嘛,故意以各种规矩和讲究让牛牧师叨陪末座以给他难堪,这种心理在外国列强侵略中国的背景之下显得特别自欺欺人,从而构成一种含蓄的讽刺。老舍胜过以后的所谓"京味小说"作家的地方就在于他的小说不仅仅是一种怀旧的风俗描写,而是在其中寄托着深刻而沉痛的对民族性的反省与批判,正是这种感情使他不至于落入油滑的泥坑。

在对"生活的艺术"的描写之外,老舍还写出了时代冲击之下旗人的分化,富裕的旗人在讲究着"生活的艺术",贫困而老实的旗人则在贫穷中挣扎,靠举贷为生,而且随着政府的腐败没落,旗人的地位下降,赊账越来越困难。"我"的一家就在这种贫困的生活中苟延残喘,每次领了饷银总是要还的钱比得到的钱多,而由于旗人的特殊地位,他们又难以拉下脸去做苦工。也有一些旗人,他们越过这种偏见,做某种在以前被认为是下贱的手艺,也与汉族、回族人民打成一片。像二哥福海,是"熟透了的旗人,既没忘记二百多年来骑马射箭的锻炼,又吸收了汉族、蒙古族和回族的文化",可同时又是个"油漆匠",还信"白莲教",二哥是书中少有的有头脑的人物,"历史发展到一定的阶段,总会有人,像二哥,多看出一两步棋的"。穷人有穷人的活法,他们的生活中也有自己的一点点乐趣。书中对"我""洗三"时的描写:二哥福海既办得经济,又不违背"老妈妈论"的原则,白姥姥认真做着典礼中该做的事情,说着"一打聪明,二打伶俐!"之类的祝词,一派贫穷而又融洽的气氛。类似这样的充满温情的描写,显示出作者对本民族社会风习的眷恋之情。书中还对旗人之中堕落为借洋人之势力欺负中国人的"吃洋教的"渣滓作了漫画式的描写,也暗示了义和团运动的兴起,虽然在已有的部分没有来得及作充分的描绘。

这部小说的语言艺术也很值得称道,老舍把理性的反思融入形象的描绘之中,从而形成一种含蓄的讽刺笔调,特别适合小说所要表现的民族风习与反思国民性的需要。这在上述对旗人的"生活的艺术"的描绘中已可以看出,再略举一例,如书中对定大爷的描写:"他的字写得很有力量,只是偶然地缺少一笔两笔,或多了一撇。……他没学会满文，也没学好汉文，可是自信只要一使劲，马上就都学会，于是暂且不忙着使劲……他自居为新式的旗人，既有文化，又宽宏大量。他甚至同情康、梁的维新主张与变法。他的心地良善，只要有人肯叫'大爷'，他就肯赏银子"，"自幼儿就拿金银锞子与珍珠玛瑙作玩具，所以不知道它们是贵重物品。因此不少和尚与道士都说他有仙根，海阔天高，悠然自得。他一看到别人为生活发急，便以为必是心田狭隘，不善解脱。……他渺茫地感觉到自己是一种史无前例的特种人物，既记得几个满洲字，又会一两句汉文诗，而且一使劲便可以成圣成佛"。这种概括性的描绘很有力度，既起到了简洁地介绍人物的作用，又融评价于描绘之中，婉而微讽而又穷形尽相，非常耐人回味。

第四节　汲取民间营养的文人创作：《划手周鹿之歌》

　　唐湜在 1958 年被划为右派以后，在颠沛困惫之中写了为数不少的长诗，主要有一组从民间文学中汲取营养而创作的"南方风土故事诗"与一组历史叙事诗。《划手周鹿之歌》⑰就是以其家乡温州广为流传的民间传说为素材而创作的一首"南方风土故事诗"。与当时一般的以主流话语为原则来改编民间文学的作品不同，唐湜的作品"是艰难生涯里酿出来的一点蜜"，他是把自己非常个人化的想象与感受融入了对民间传说的改写之中，他自述"想把南方海滨风土的描绘，民间生活的抒写，拿浪漫主义的幻想色调融合起来"⑱，事实上除此之外，他还把自己在逆境中倍受压抑的激情注入了诗歌之中。

　　民间传说给这首长诗提供了一个神秘奇幻的叙事框架与牧歌式的抒情氛围。在传说中周鹿是南方水车的发明者，又是砍伐森林、划木排的能手，"他是个美少年，过着漂泊的生活，可几个少女都迷上了他，为他发着傻；他的爱情导致了死亡，更是个感人的传说"。他在后来成了"水手们眼里的海神"与陆地上"年轻人的爱神，有点儿原始意味的爱神"。"为了贯串这故事的悲剧主题,"作者"挑了他的单纯的爱与为了爱的悲剧的死来描绘"。基本的情节写划手周鹿与乡绅的养女小孤女产生爱情,周鹿在去远方伐木时,乡绅把小孤女许配给一个官少爷,小孤女在幽愤之中病倒,灵魂化为一只小翠鸟去远方寻找周鹿,周鹿回来后与小孤女在祭神的龙舟里沉入海底。长诗的优秀之处在于,在叙述故事时它能够把牧歌的质朴单纯与传说的神秘奇幻几近完美地结合起来,从而创造出一种深沉而又透明的诗歌风格。作者说:"为了凸出这单纯的浮雕式的悲剧,我拿单纯的动物象征来勾描这一对爱人:拿波涛上的马来象征周鹿的男性美,男性雄健的性格;拿江上飞游的小翠鸟儿来象征小孤女的女性美,女性灵巧、柔和的性格。我觉得这样可以恢复一些民间牧歌与牧歌人物的质朴、单纯的本色。"[19]在他的笔下,周鹿"像一匹打水波里诞生的马,……在水波上沐浴着早晨的阳光,在水波上沐浴着一春的芬芳!"小孤女则"从小就像翠鸟一样灵巧……那么单纯,就如

诗人唐湜

一片光洁的月色,又那么清醒,就如一颗草叶上闪烁的珍珠",都是类似牧歌中的单纯的人物;他们刚刚产生的爱情也是像清水一样纯洁到近于透明的地步的牧歌式的爱情,可是当这种爱情遇到波折与阻挠时,故事就带上了神秘的色彩。这种神秘色彩是中国文学尤其当代文学中很少见到的境界,值得佩服的还不是"幻化"的情节,而是作者的描述强烈地传达出那种神秘的氛围,这种氛围主要是通过对人物心理的渲染传达出来的,如小孤女在幽愤之中化为一只小翠鸟去寻找自己在远方的爱人时,诗中有一长段对她在

空中飞行时的恍惚心态的描绘，她仿佛看到了周鹿在砍树的情景，听到了树木倒地时的呻吟，闻到了倒地后的树木的芳香……这种恍惚的很难传达的心理在作者笔下表达得很为出色，甚至诗歌的韵律也带上了跳跃与迷离恍惚的色彩。再看诗中对周鹿与小孤女赴死的描绘，在作者的笔下，死亡被描绘得神秘莫测、迷离恍惚、恐怖而又美丽，"爱"与"死"这种传统的浪漫主义的主题，在他的笔下得到了颇具中国的地方色彩的处理，在伴随着祭神的喧闹的鼓声中，周鹿与他的爱人乘着美丽的龙舟沉入深深的海底，在一片热闹而美丽的景象中迎接死亡：

> 他们的眼光默默相望着，/ 凝合成了一片无声的合唱！// 呵，不能让人间的婚礼把我们结合在一起，/ 那就叫水底的音乐把我们的灵魂凝合为一；// 叫水波来完成我们爱的旅程，/叫水波来完成我们青春的航行！// 也叫水波来完成我们爱的抗议，/ 叫水波来歌唱我们青春的胜利！//……喝呵，喝下这一杯醉人的酒，/叫我们的心灵呵更加清醒！//喝呵，喝下这一杯喷香的酒，/叫我们开始又一次生命的旅行；// 去向一个新的欢乐的幻想，/ 去向那个水底下蓝色的家乡！

　　唐湜自述，他要在这首诗中追求一种"彩画"般的效果："一个故事在民间流传着，就像珍珠含在珍珠贝里，时间会给抹上一层层奇幻的光彩；我们把蒙上的灰尘拂去，就会耀出一片夺目的光华。诗人冯至的《帏幔》与《吹箫人》给了我一些启发，我更想学习诗人里尔克抒写东方传说的精神，写出一些彩画似的抒情风土诗篇，这一个故事就是个开始。"①就这首诗而言，这种彩画的效果是通过颇具地方特色的意象表现出来的，南方海滨的"水"的特点浸润了这首长诗，水的意象与长诗要表现的各种情绪融合得亲密无间。从我们上举各例中可以看出，长诗中不论是"纯洁安静"的牧歌情调还是"神秘奇幻"的想象境界，其表现都离不开对"水"这一意象的各个方面——或平静透明、或幽深虚幻——的发掘，除此之外，更重要的是，"水"的狂暴激烈也与作者的激情紧紧地融合在一起，从而为诗的牧歌情调增加了一种激情奋发的抒情风格。我们看周鹿与小孤女在赴死时的景象——狂暴的大海、热烈的鼓点与主人公心中沸腾的激情融会在一起（诗歌的节奏在这里也类似于波浪与鼓点的声音），只有这样热烈的气氛才能表现出那种为爱而死的庄严境界：

> 呵，我们的周鹿拿他的生命的画笔／要给我们画出最浓艳的一笔！／／他的最后最浓烈的一笔，／他的最后最壮烈的一击！／／……呵海洋，我生命的故乡，／我要奔向你无比辽阔的胸怀！／／你给我的童年孕育过金色的想象，／你欢乐的水涡也叫我舒展过自己的臂膀；／／……这忽而，我可要在你的胸怀上／唱出我最后的一支歌，欢乐之歌；／／我要唱出我青春的怀恋，／拿我的爱，我的生命！／／我要唱出最初一次燃烧的恋情，／拿我的爱，我的生命！／／我要唱出最后一次燃烧的搏斗，／拿我的爱，我的生命！／／…… 风忽忽地在海上飞奔，／轰雷追着闪电，岸然向海上轰来；／／疯狂的风暴，深沉强大的奔流，／合成一片山峦样突兀的九级浪；／／ 白鲸似的巨浪一个个涌来，／ 怒吼着，张开大口吞下了龙舟……

在这里，诗人的激情与周鹿的激情合而为一喷发出来，唱出了这首诗歌中最高昂的乐章。作为一曲对青春与爱情的颂歌，长诗并没有因为主人公命运的不幸而沉入一种悲观的氛围，而是像莎士比亚的《罗密欧与朱丽叶》一样充满着青春的纯洁、激情与生命力，彩画般的意象与生命力的喷发形成了一幅幻美的图画："……他伴着他的新娘，／从容地奔向那蓝色的甜蜜的故乡；／／ ……叫他的龙舟箭似的穿过激流，／射向闪亮的镶着珠贝的宫阙；／／他还在海底擂着他的大鼓，／发出那战斗的生命的欢呼；／／化入一片无边的汹涌涛声，／化入一片无涯的海洋乐章！／／化入一片珍珠贝似的波浪，／化入一片红珊瑚样欢笑的音乐"。考虑到作者在创作这首长诗时正处于遭受严重的不公正而颠沛流离的时期，这种感情就显得更为难能可贵。我们不妨设想，作者把自己倍受压抑的激情融入了诗中，所以才会写出这样激情饱满的诗篇，虽然这样的情况在许多诗人身上都会出现，但唐湜的优秀之处在于他的激情整体上有一种纯洁、健康的因素在里面,而没有陷入阴沉狞厉的疯狂境界,其中的原因何在,非常值得思索。也许除了作者一贯的对"美"的执著追求而外,置身于底层之后,他更能体会到中国民间那种活泼泼的生命气象,从而在民间文学的营养中找到了一种健朗的、生生不息的生命力?

注释:

① 参阅孟悦《〈白毛女〉演变的启示》,收入王晓明主编《二十世纪中国文学史论》(第 3 卷),东方出版中心 1997 年版,引文见该书第 191 页。

② 引自《泪瀑》,唐湜著,人民文学出版社 1985 年版,第 2—3 页。

③ 黄铁、杨知勇、刘绮、公刘的《阿诗玛》整理本首发于 1954 年《云南日报》副刊《文艺生活》第 3、4、5 期(1 月 30 日、2 月 6 日、2 月 13 日)上,随即由《人民文学》(1954 年 5 月号) 等杂志予以转载。后分别由云南人民出版社 (1954 年 7 月)、中国青年出版社(1954 年 12 月)、人民文学出版社(1955 年 3 月)、中国少年儿童出版社(1956 年 10 月)分别出版。1960 年云南人民出版社、人民文学出版社再版修订本(李广田执笔)时署名为"云南人民文艺工作团圭山工作组搜集整理,中国作家协会云南分会重新整理"。1980 年中国青年出版社又出版了黄铁等人的第二次整理本。本节依据 50 年代较有代表性的 1954 年 5 月号《人民文学》杂志转载本与人民文学出版社 1955 年 3 月版本论述,同时参考 1960 年云南人民出版社再版修订本及 1980 年上海文艺出版社《中国民间长诗选》所收原整理者的第二次修订本。

④ 《〈阿诗玛〉第二次整理本序言》,引文见《中国当代文学研究资料·阿诗玛专集》(内部参考资料),广西师范学院中文系编,1979 年 10 月出版,第 19 页。

⑤ 同上 21 页。

⑥ 同上 22 页。

⑦ 孙剑冰《〈阿诗玛〉试论》,引自同注④书第 146 页。

⑧ 同上 116 页。

⑨ 同注④第 27 页。

⑩ 据人民文学出版社 1955 年版。1954 年《人民文学》杂志转载本无此两情节。由于受到批评,1960 年云南人民出版社再版修订本、1980 年原整理者第二次修订本均删去了这两个情节,并进行了新的修改。

⑪ 同注④第 24 页。

⑫ 参阅同注④第 25 页。

⑬ 同上。

⑭ 应为撒尼人,因为一般的看法是撒尼人是彝族的一个支系。

⑮ 杨知勇《撒尼族叙事诗〈阿诗玛〉整理经过》，载《西南文艺》1954 年第 5 期。

⑯ 初刊于 1979 年《人民文学》第 4、5 期,本教材依据《老舍文集》第 7 卷本,人民文学出版社 1984 年版。

⑰ 初刊于作者诗集《泪瀑》,人民文学出版社 1985 年版,本教材依据该版本。

⑱ 以上引自上书第 2 页。

⑲ 引自上书第 44 页、46 页。

⑳ 引自上书第 44 页。

第八章　对时代的多层面思考

第一节　时代的抒情与个人的思考

　　50 年代一系列的政治运动以后，"五四"新文学运动在知识分子中间形成的精神传统基本处于萎缩状态，作家创作情绪普遍低落，再也没有积极性去探索真理，去独立思考，去向执政党的文艺政策提出不同意见。这种精神状态显然是对以"百花齐放，百家争鸣"为旗帜的社会主义文化事业发展不利的，因此也引起了部分中共党内高层领导的担忧。陈毅元帅在 1962 年召开的广州会议上坦率地说："我是心所谓危，不敢不言。我垂涕而道：这个作风不改，危险得很！我们必须改善这个严重的形势。形势很严重，也许是我过分估计，严重到大家不讲话，严重到大家只能讲好，这不是好的兆头。将来只能养成一片颂扬之声……危险得很呵！"①陈毅的话也代表了一部分中共党内高层领导的心理，所以，在中共中央为扭转"大跃进"政策失误造成的经济上的困难局面而提出的"调整、巩固、充实、提高"的政治大背景下，周恩来总理逐步着手对知识分子政策和文艺政策进行调整。自 1959 年起，周恩来参加了各种文艺界的会议活动，并亲自做了一系列的报告，如 1959 年在中南海紫光阁举行的座谈会上发表《关于文化艺术工作两条腿走路的问题》、1960 年在北京新侨饭店举行的全国文艺工作座谈会和全国故事片创作会议上的讲话以及 1962 年在广州举行的话剧、歌剧、儿童剧座谈会前后的两次讲话，尤其是在广州会议上所作的题为《论知识分子问题》，其核心是对社会主义时期知识分子的定义、地位、作用给以重新评价，以求纠正党内关于知识分子是属于"资产阶级"或"小资产阶级"的阶级定性的认识,达到对知识分子最大程度的团结;他一再鼓励作家要解放思想,活跃创作,要求领导干部改变粗暴的工作作风,发扬民主,还主动为一些被错误批判的作品(如电影《洞箫横吹》)平反。陈毅在广州会议上进一步发挥了周恩来的观点,提出要为知识分子"脱帽加冕",即脱"资产阶级"之帽,加"劳动人民"之冕。

周、陈等中央领导的讲话在当时对知识分子产生过一定的鼓舞作用,60年代历史题材创作的活跃就与这种略微宽松的背景有关,但更重要的影响是发生在部分领导文艺工作的党内官员之间。此时,经过了一系列政治运动的周扬,在完全掌握了文艺界的领导大权以后也深深感到了其所推行的极左路线的严重后果,于是他在周恩来总理的讲话的鼓励下,开始制定旨在文艺界纠左的《关于当前文学艺术工作的意见(草案)》(即《文艺十条》),经反复修改后又以《文艺八条》为正式文件下达落实。《文艺八条》包括进一步贯彻执行双百方针、努力提高创作质量、批判继承民族遗产和外来文化、正确开展文艺批评、保证创作时间、培养和奖励优秀人才、加强团结继续改造、改进领导方法和领导作风等内容,既可以看作是周恩来关于怎样领导文艺工作的思想的具体化和政策化,也可以看作是以周扬为代表的文艺界领导力图挽救已经被政治运动严重伤害了的文艺事业的努力。党内其他头脑较清醒的文艺界领导干部此时也都注意到纠左的问题,如1962年《人民日报》为纪念毛泽东的《在延安文艺座谈会上的讲话》发表二十周年而撰写的社论中,公开提倡文艺要"为最广大的人民群众服务",以求替换过去狭隘的"为工农兵服务"的概念;张光年发表《题材问题》的专论,提倡创作题材的多样化;由邵荃麟主持召开的"农村题材短篇小说座谈会"(大连会议)中代表们所提出的"现实主义深化"和"写中间人物"的理论等,这一切都可以看做是那一个时期文艺界纠左的努力。

但是,从以后发展的历史看,这些努力实际上并没有发生多少效力。从1962年七、八月在北戴河举行的中央工作会议上,毛泽东开始抓阶级斗争,接着他在北京召开的中共八届十中全会上提出了"千万不要忘记阶级斗争"的口号,尖锐地指出:"凡是要推翻一个政权,总要先造舆论,总要先做意识形态方面的工作。革命的阶

级是这样,反革命的阶级也是这样。"一向被纳入意识形态范畴的
文学艺术工作一下子又处于紧张状态。长篇小说《刘志丹》被定罪
为"利用小说进行反党活动",这显然不是指一般的"反党",而是涉
及了党内的路线斗争。紧接着毛泽东在 1963 年和 1964 年相继发
表两个关于文艺界的批示②,几乎是全盘否定了周扬等人领导的中
宣部的工作,同时他亲自过问下的思想文化领域的一次次反修批
判运动,也包括了对田汉、夏衍、阳翰笙等 30 年代左翼文艺运动的
中坚力量的批判与否定。愈演愈烈的极左路线终于逼近了 1966 年
的"文化大革命"。

　　60 年代的文学创作背景是由 50 年代的一系列政治运动的基
础上发展而来的,即使像周恩来、陈毅等高级领导人对社会主义文
化建设具有深深的忧患意识,即使周扬等人煞费苦心地想使文学
文艺真正繁荣起来,但由于缺少了广大知识分子真诚合作和参与
的积极性,已经无法从根本上改变那种过于僵化的文化模式与思
维模式。本书在前几章讨论过的战争文化形态的特征,到这个时候
已经充分膨胀,并开始走向反面。整个文学创作与政治意识形态之
间的关系成为一种僵硬的机械运作,而且完全脱离了现实生活的
制约。所谓"写中心、演中心、画中心"③的口号就是产生在当时的环
境下面。在文学审美方面,主流意识形态话语已经使时代的共名凝
固化,公开发表的文学创作只能成为共名的宣传物,个人性的思考
与体验完全被时代的共名所取代。当时具体表现为两种创作倾向,
一种是歌颂性的抒情作品大量产生,一种是图解阶级斗争理论的
叙事作品应运而生。

　　前一种抒情作品主要表现在诗歌和散文创作中,在一般的抒
情作品中,抒情主体是不可缺少的,但由于时代共名已经规定了个
人所允许抒发的感情内容,所谓的个人抒情,抒发的只能是某种被
规定了的时代本质。当时的抒情作品中贺敬之的诗歌应该是达到
了较高成就的,他的《放声歌唱》、《回延安》、《三门峡——梳妆台》、
《桂林山水歌》、《雷锋之歌》等等在某种程度上仍然继承了"七月"
诗派的强烈的主体抒情的艺术特征,他以一种豪迈慷慨、激情澎湃
的抒情风格与直接的、热烈的抒情姿态来歌颂国家政权——包括
它的各种符号:人民、祖国、革命时代和英雄人物。由于他把自己完
全融入时代的共名之中,很难从他的诗歌里区分个人与时代的界

限，他笔下的单数的抒情主人公"我"无一例外可以置换为复数的"我们"，而歌颂的对象"人"——如雷锋，则是表现为时代本质的"大写的人"。按照当时的审美标准，贺敬之是那个时代最成熟的政治抒情诗人。在散文领域里，歌颂性的抒情作品也是占绝大多数。刘白羽的散文与贺敬之相似，即以歌颂"随着时代脉搏而跃动"的"大我"作为主体抒情的寄托，只是他不采取直接抒情的方式，而是通过大自然的雄伟景象与大我的战斗激情融合起来的方式获得一种具有鲜明的时代色彩的"崇高"的抒情风格，如他的散文《日出》、《长江三日》等等。杨朔提供了一种独特的抒情结构形式，在他的《香山红叶》、《海市》、《荔枝蜜》、《茶花赋》等作品中借用古典诗歌中借景抒情、托物言志等手法在现代散文中寻求诗的意境，形成了当时被人称道的"杨朔模式"，即"从写景入手，然后引出在风景中活动着的平凡人物，最后通过比兴象征将景物与人物联系起来，升华出人民性的颂歌这一抒情主题④"。秦牧的散文则把历史知识、自然知识、风土人情等等纳入散文写作中，并通过直接对历史、人民、生活等等抽象的概念议论的方式来抒情，其代表作有《古战场春晓》、《土地》、《社稷坛抒情》、《花城》等。值得注意的散文作家还有郭风，他的散文诗创作有当时难得的浓厚的泥土气息和牧歌风味。在抒情大合唱中，往往宣扬一种"人民性"，但这种"人民性"因为附和时代共名的需要而蒙上了一层虚伪的色彩，例如杨朔的《蓬莱仙境》、《海市》等散文描写了农村美好的"新生活"，并以之来抒情，但其产生的背景却是50年代末60年代初中国近百年历史上少见的大饥荒时期，这就不能不对之构成强烈的讽刺。时代的抒情形成了可怕的惯性，个人仅仅成了这个抒情机器的零件与功能，不再能表达自己真正的所思所感，甚至以这种时代抒情来取消自己真实的思想感情。在这种情况下文学创作掩盖、抹煞了"我为人民鼓与呼"的正义声音而企图制造出一派到处莺歌燕舞的盛世景象，是今天学习文学史者所要加以注意的。

后一种图解阶级斗争理论的叙事作品主要表现在长篇小说创作中，也有一部分体现在话剧、电影创作中。1962年9月召开的八届十中全会以后，毛泽东把社会主义社会中一定范围内存在的阶级和阶级斗争扩大化和绝对化，并将对其严重性的估计提到了不恰当的高度，这种错误导向对文学创作造成了很大的影响。为了配合当时政治上展开的反修防修、社会主义教育、农村"四清"等运动，文学创作也紧紧跟着形势编造大量阶级斗争的传奇故事，从而掩盖了现实生活中真正的矛盾冲突和人民疾苦。最典型的作品是浩然的长篇小说《艳阳天》。浩然长期生活在北方的农村，1956 年起发表了不少反映农村新人新事的短篇小说，虽然文笔清新活泼，描写的农村生活场景也有一定的可读性，但缺乏思想的深度和现实主义的真诚态度是明显的缺点。60 年代他创作多卷本长篇小说《艳阳天》，通过京郊一个农业合作社在 1957 年麦收前后十五天的时间里所发生的惊心动魄的阶级斗争故事，来证明"千万不要忘记阶级斗争"的党内路线。小说采用了战争文化中"两军对阵"的结构模式，描写合作社的支部书记萧长春为首的贫下中农与党内蜕化变质分子马之悦为首的地主富农及富裕中农之间的一场异常激烈的较量，小说里好人绝对之好，坏人绝对之坏，双方调兵遣将，刀光剑影，最后发展到地主杀人行凶，坏人终于被一举歼灭。这样的作品因为其故事编造得紧张通俗，引人入胜，再加上浩然的语言流畅明白、善用简单短句，所以一时颇受读者欢迎，但它对当时农村生活状况的描写则是不正确的，只是以农村为舞台编造了阶级斗争的神话，为即将爆发的"文化大革命"残酷迫害"黑五类"和反"走资派"制造了舆论。难怪在"文化大革命"文艺界百花凋残的时代里，这部写阶级斗争的"标本"仍然能够一花独放，与"样板戏"同列。

但在 60 年代上半叶的共名状态下，由于中共党内存在着纠左的健康力量，错误的路线还没有达到支配全局的程度，对知识分子的不同认识和估价之间还保存着思想文化界的一丝活力，这表现在 1962 年 9 月以前公开发表的创作上仍然有某种不和谐的声音夹杂在时代抒情的大合唱里。除了历史题材小说的创作外，如老作家丰子恺发表的散文作品《阿咪》，亦庄亦谐，表示出这位老居士委婉讽世的态度。上海在这一年 5 月召开的第二次文代会上，巴金发表《作家的勇气和责任心》的杂文，呼应了周恩来、陈毅等人调整文艺政策的讲话。在杂文创作中，最值得注意的是当时的中共北京市委书记邓拓以马南邨的笔名撰写的杂文专栏《燕山夜话》和由邓拓、吴晗、廖沫沙以"吴南星"的笔名合作开设的杂文专栏《三家村札记》。当时这三位作者都在北京市担任领导职务，对"大跃进"以来的严重形势有一定的清醒认识，同时又兼有左翼知识分子的身份，前者使他们站在党性的立场愿意为纠正党内及社会上各种不正风气作出自己的努力，后者使他们在言论中不自觉地体现出知识分子的良知传统，如他们的文章里多次提到明末东林党人和海瑞、况钟等清官，多少可以看作是一种隐喻性的寄托。他们的杂文以渊博的知识说古道今，有些颇能抓住时代的弊端，如对当时以大批判开路的时代风气以及吹牛皮、说大话的浮夸风等都有所针砭。"三家村"的风格各有特点，邓拓的文章有强烈的针对性与批判性，吴晗的文章带着学者气与书卷气，廖沫沙的文章则显得平和亲切。他们的杂文在一派颂歌声中多少显得有些不合群，所以，在1962年9月以后，专栏已经无法存在下去。文革发生，"三家村"首当其冲，姚文元在《评"三家村"》中恶毒地称之为"继《海瑞罢官》之后有步骤、有组织地向党继续进攻"的黑店，"是资本主义复辟的一个重要巢穴，内藏毒蛇，必须彻底弄清它、捣毁它"⑤。由此他们受到严酷迫害：邓拓含冤自尽，吴晗全家被迫害致死，只有廖沫沙在受尽残酷迫害后，等到了文革后的平反昭雪。

要在60年代前半期的公开读物中寻求知识分子的独立精神似乎很困难，但在我们引入了"潜在写作"的文学史概念之后，这种传统的文学史图像就被打破。80年代发表的一些作家的书信与札记让我们看到，知识分子的精神世界仍然是多层面的，"五四"以来的知识分子的精神传统在受到冲击之后并没有自行消失，而是从公开出版的报纸、刊物、书籍等领域转到了处于边缘、民间乃至地下的私人领域，以书信、札记、日记等私人话语的形式存在，可是对估量一个时代的精神成果与艺术成就来说，正是这些私人性的东西而非公开发表的东西真实地代表了那个时代人们创造与思考的高度。这方面的作品有《傅雷家书》、《顾准日记》、张中晓的《无梦楼随笔》等等。私人写作大体上与时代共名保持了一定距离，并对之进行分析、解剖与批判。《傅雷家书》收录了傅雷夫妇1954年至1965年写给傅聪兄弟的家书（绝大部分是傅雷写给傅聪的信），在信中他教育儿子要以严肃的态度对待生活与艺术，要锻炼自己的人格，其对待艺术的严肃认真精神与当时浮夸的轻视艺术自身规律的态度迥然不同。《顾准日记》中"文革"前部分，真切地记录了"大饥荒"中底层人民的悲惨生活、知识分子被"改造"的心态及其对"大跃进"等神话的思考，与当时颂歌体的作品相比之下，真伪立判。张中晓的《无梦楼随笔》记录了他在作为胡风案重要成员受审之后，在家乡养病期间广泛阅读历史、哲学、宗教著作的基础上对时代、历史、民族文化、民族个性、人性、良知等命题所作的思考。在这种思考之中，个人遭遇成了反思时代神话与民族历史的重要背景，因而其思想与感性就有了一种血肉相连的痛切感与深度。这些个人写作，当时都不是为了供公众阅读的，其作者"都命运坎坷、并不是为了立言传世而著书立说，只是由于不泯的良知而写作"，但在今天，它们被公开之后，却让我们看到了那个时代文化的另一面，使之有了一种震撼人心的力度与深度，并使得我们通常对那个时代的文学容易产生的浅薄、轻浮的印象发生改变。可以说，这就是这些个人话语不可替代的意义所在。

第二节　时代的抒情：《桂林山水歌》与《长江三日》

对于 60 年代的主流话语来说，虽然刚刚经过了严峻的大饥荒的灾难，但其建构的时代共名已经不可动摇地确立了主导地位。文学界进入了一个宏大叙事的"抒情时期"，"现实实际上是指对现实的一种判断。对现实的描写与热情本身意味着一种抒情"⑥。这种抒情性在公开发表的文学作品中是以貌似客观的面目出现的，即通过对客观景物的描写来表现，古老的借景抒情手法所抒的不再是个人的感触，而是借自然界的秀美与崇高来隐喻时代的美好与崇高，传统的艺术技巧也带上了新的意识形态色彩。贺敬之《桂林山水歌》与刘白羽的《长江三日》⑦是这种现象的典型代表。

这两个作品都成功于对景物的描写与刻画，文体上带有"赋"的特征。《桂林山水歌》开始对景色的概括描写："云中的神啊，雾中的仙，/神姿仙态桂林的山！//情一样深呵，梦一样美，/如情似梦漓江的水！……"在今天读来，这些诗句还是具有较好的表现力和感染力的。刘白羽也有描写景物的才能，《长江三日》对三峡景物的描写，不论是瞿塘峡的险峻、巫峡的秀美还是西陵峡的凶恶，都有出色的描绘。正如汉赋浸透了汉帝国刚建立时的精神气韵一样，这两个作品也显示了对国家政权的膜拜和信念，甚至比汉赋表现得更为直接。"桂林山水"在贺敬之的笔下成了战士豪情的衬托："桂林山水入胸襟，/此景此情战士的心……"山水之美在古典文学中常常引起一种空灵而惆怅的感喟，山水之永恒常常衬托出人生的短暂，可是时代精神的熏染使得贺敬之有能力把山水之美转换成战士的豪情，而且一点不带惆怅与感伤的气息，这是因为他诗中的抒情主人公分享了时代的本质，小我在大我之中获得了扩张与永恒，所以不再会有人生短暂的感觉。这种豪情使他甚至要到"七星岩

1980 年的贺敬之

去赴神仙会，/招呼刘三姐呵打从天上回//……三姐的山歌有十万八千箩，/战士呵，指点江山唱祖国……"天上地下，海北山南，都在这个战士诗人"指点江山"的范围之内，然而指点江山只是"起兴"，目的是要"唱祖国"。他展眼望去："红旗万梭织锦绣，/海北天南一望收！"终于唱出了他的颂歌的最强音，时代的豪情接通了他的诗情，使他"意满怀呵才满胸"，"汗雨挥洒彩笔画——/桂林山水——遍天下"，完成了对山水描绘向对时代颂歌的转化。刘白羽同样通过描写来抒情，但他的抒情有一个过程，不同于贺敬之的直接抒情。长江"开阔——狭窄——开阔"的旅程，使他产生"战斗——航进——穿过黑夜走向黎明"的想象，于是他的旅程也就带上了意识形态的象征色彩：

　　　"曙光就在前面，我们应当努力。"这时一种庄严而又美好的情感充溢在我的心灵，我觉得这是我所经历的大时代突然一下集中地体现在这奔腾的长江之上。是的，我们的全部生活不就是这样战斗、航行、穿过黑夜走向黎明的吗？……我们的哲学是革命的哲学，我们的诗歌是战斗的诗歌，正因为这样——我们的生活是最美的生活。列宁有一句话说的好极了："前进吧！——这是多么好啊！这才是生活啊！"

《长江三日》写于大跃进失败之后，所以作者不断强调战胜阻碍、向前航行的意义。文章中不断出现这类象征性的意象，一会儿是险峻的峡谷中"一注阳光像闪电样落在左边峭壁上"，一会儿是"一只逆流而上的木船，看起来这青滩的声势十分吓人，但人从汹涌浪涛中掌握了一条前进途径，也就战胜大自然了"，等等。这篇文章的最后面对冷战时代的"世界"，它歌颂"今天我们整个大地所吐露出来的那一种芬芳、宁馨的呼吸，这社会主义的呼吸，正是全世界上，

作家刘白羽

不管在亚洲还是欧洲，在美洲还是在非洲，一切先驱者的血液，凝聚起来，而放射出来的最自由最强大的光辉。"这种声音已经是直接代时代抒情了。这两部作品的抒情主体无例外都是一个"我"，但这个"我"最后都不是个人，而是"历史"、"现实"、"时代"的化身，当个人毫无保留地参与到时代共名的宣传之中，个人事实上已经不再是个人了，所以这个"我"的抒情才能有那么大的豪情与气魄。

第三节　现实的讽喻:《燕山夜话》及其他

对于 60 年代头脑清醒而又与执政党关系密切的知识分子来说，经历反右运动、大跃进、三年自然灾害、反右倾运动，他们会产生一种失落与幻灭的感觉。"信仰没有改变，对领袖的忠诚和崇拜没有改变，但面对现实的诸多现象，他们毕竟有一些诧异，有一些疑惑。"[8]这种心态的描述也适合于邓拓这样的党内知识分子，他写于《燕山夜话》[9]与《三家村札记》中的杂文，内容非常驳杂，但确实有一些现实感很强烈，也很有思想的锋芒。邓拓的性格中，兼具政治家与文人的两重人格，他既是一位党性原则与政治操守都很坚定、也颇具务实精神的政治家，同时又是一位颇具见识与独立性、不愿

随时俯仰的知识分子。前者使他具有强烈的参与现实的精神，像他在《事事关心》中引用的："风声、雨声、读书声，声声入耳；国事、家事、天下事，事事关心"⑩，后者使他在关注社会现实时不愿只写赞美的颂歌而要以讽喻的态度针砭时弊，以求引起改进的注意，这就不免与时代的抒情大合唱不合拍。"三家村"的文字狱之所以能够发生，今天看来，主要是因为党内斗争的矛头指向了彭真为首的北京市委，但选择邓拓等人作为突破口，却也与他们此前这些"不合时宜"的表现有关。60年代的政治运作过程，已经容不得邓拓性格中强烈的"书生意气"。所以当党的路线转为"以阶级斗争为纲"时，他就不免被深文周纳，置于万劫不复的境地。

阅读《燕山夜话》《三家村札记》及其他一些邓拓的杂文，确实可以感受到邓拓身上强烈的书生气质。这些杂文以渊博的知识谈古论今，从古籍考证一直说到农业生产，从书法、绘画、文学谈到科技与智谋，古今中外的知识在他征引来显得非常熟练，尤其是古籍方面的知识，对他来说更是驾轻就熟、挥洒自如。这使他的文章具有相当的趣味性和可读性。书生气质，确实是邓拓身上最吸引人的地方。正如有的研究者指出的："他是以书生气质投身于革命的一个类型，一个范本。书生气质自然不是他的全部。但恰恰因为他带有书生气质，他才能够与众不同地在现实生活中呈现出他的独特的东西，才会产生那么丰富的内心世界，从而才会有他自己也意想不到的文化创造。"他从古籍与文化得到的，也显然不仅是皮毛："作为书香世家的后代，邓拓获得的显然不只是诗词书画的技能训练，而是一种历史文化精神的熏陶"。邓拓的人格显然与他所景仰和爱慕的历史人物

1958年邓拓在北京

如苏东坡、林则徐、郑板桥等不无共同之处："这些人物都才华卓绝,但他们都有过怀才不遇或者被误解被冤屈的经历。这样的经历没有让他们消沉,他们在诗词书画里寄寓着忧思。他们依然关怀着芸芸众生,忧国忧民的情结从来不会因为挫折而淡化。更为重要的是,他们的精神从来没有萎缩过。仕途可以中断,政治抱负可以只是梦想,但人格却不能变形。"⑪作为党内知识分子,邓拓与当时那些与时俯仰、见风使舵、欲擒故纵的政客和文痞不同,他有自己的政治见解与政治操守,人格上也保持了一定的独立性,正如他在《郑板桥和"板桥体"》中说的:"我认为学习'板桥体'的最重要之点,是要抓住'板桥体'的灵魂。什么是'板桥体'的灵魂呢? 我以为它就是在一切方面都要自作主子,不当奴才!"⑫正是这种独立性,使他对现实保持了一种清醒的态度,由此发现了当时的弊病,从而对之进行批评。这种冷静的批评态度是他那些最具现实讽喻精神的文章的灵魂。邓拓在政治见解上属于执政党内比较开明、务实而具建设性的一派,在指陈时弊方面,他的敏锐性与这种务实精神息息相关。因为前者,他才对那些不着边际、好大喜功、没有丝毫的实际效果的高谈阔论始终采取了嘲讽批评的态度。例如,以对浮夸风的批评而言,他就写有《一个鸡蛋的家当》、《说大话的故事》、《两则外国寓言》(《燕山夜话》)、《伟大的空话》、《专治健忘症》(《三家村札记》)等篇。其中《一个鸡蛋的家当》讽刺那种只有一个鸡蛋就妄想发财致富的人,"统统用空想代替现实",其"计划简直没有任何可靠的依据,而完全是出于一种假设,每一个步骤都以前一个假设的结果为前提"⑬;《伟大的空话》讽刺那种喜用许多大字眼,"说了半天还是不知所云,越解释越糊涂,或者等于没有解释"的"伟大的空话"⑭。在当时"大跃进"刚过去不久的情况下,文章的针对性是很明显的,其讽刺在今天看来也很尖锐而且有实际意义。他对当时的下情不能上达、互相推诿、不肯负责做实际的事情而只擅长权力争斗的官僚主义也作了讽喻,《燕山夜话》中的《陈绛和王耿的案件》,借历史故事来说明事件的"扩大化"与"复杂化"源于"吏治腐败"与行政的"尾大不掉",这对现实中"用人行政方面的许多弊病"也是一个有力的鉴诫。除过这种讽刺外,邓拓还有一些正面的主张,都是很有见地的意见。如《燕山夜话》中的《堵塞不如开导》与《批判正解》,前者认为堵塞事物发展的道路是错误的,必然会失败,而应该积极开导使之顺利发展,后文则主张:"不论是思想批判、学术批判等等,决不是以'打击'或'否定'一切为目的的;而是为了去粗取精,去伪存真,更好地接受遗产,发展文化"⑮。在50年代一系列运动的冲击之下,百家争鸣变为一家独唱,而"扣帽子"式的批判风行一时,邓拓的这些观点是很有见地的。邓拓是实实在在地主张一种脚踏实地的作风,例如他对"王道"与"霸道"作了一种颇有现实针对性的解释:"所谓王道……就是老老实实的从实际出发的群众路线的思想作风;而所谓霸道……就是咋咋唬唬的凭主管武断的一意孤行的思想作风。"⑯这种态度在他身上是彻底的,在1965年底批判《海瑞罢官》的气氛已经很紧张的情况下,他还在一个座谈会上号召大学生"不要扣帽子,要摆事实讲道理,力求创造一种'百花齐放、百家争鸣'的态度,改变过去讨论中的紧张气氛……"⑰邓拓大概想不到,他在杂文和讲话中的这些颇具建设性的意见,在不久后爆发的"文革"中被当成"有指挥、有计划"地发动向党进攻的罪证,他和他"三家村"中的朋友们将成为"文革"开始后的首批打倒对象,而且迅速扩大为震荡全国的残酷的文字狱。

置于当时的时代背景下反思邓拓等人的悲剧,可以清楚地看出,他们对现实的建设性的讽喻之所以不能见容,与当时的党内决策者没有能够及时完成从战时文化心态向和平时期的建设心态的顺利过渡有关。邓拓等人的批评性意见虽然在本质上没有企图否定当时的权威,但却被最高决策者以战时敌我"二元对立"的文化心态来错误理解,将他们善意的劝谏当作"敌人"有组织的进攻,所以必须给以毁灭性的打击。悖谬的是,虽然邓拓本人不一定很清楚地意识到,他的现实讽喻,所针对的其实正是这种战时文化心态在和平时期的畸形扩张:如他的批判所针对的大跃进前后流行的"浮夸风"与各种各样的批判运动中所采取的不容对手置辩的霸道作风,正是战时文化心态的延伸——前者采取了一种战时的急功近利的大兵团作战的方式,后者则延续了"你死我活"的敌我"二元对立"的战时心态。他的讽喻其实目的正在于促进领导阶层从这种浮夸、畸形的战时心态转变为务实、建设的和平心态。他大概想不到这种意见也会被以战时心态的方式来理解,从而将自己逼上绝境。

但邓拓即使清楚地意识到这一点,他大概仍然会义无反顾地走上这条道路。他的政治家兼文人的本色在这种绝境里得到清楚的表现，他的强烈的历史责任感使他"无法割断与现实的联系，无法改变一个政治家参与现实的本能要求"，他的书生气质也使他不能曲与逶迤，指陈时弊时如骨鲠在喉，不吐不快，即使说话的空间已经很小，他仍然要以讽喻的态度进行劝谏。现实的矛盾、个人的挫折不会使他改变对集体理想的忠诚，骨子里，邓拓受中国传统中士人阶层的劝谏传统影响很深：他的个人价值与一种理想主义的入世精神的传统紧密相连，在终极价值上，他不可能对他借以寄托生命价值的理想及其现实体现者采取怀疑的态度。他的批评也仅限于这种理想在现实中的不完善，目的是促使其早日改进、得到实现。像他所崇尚的屈原以至东林党人、林则徐一样，即使"信而见疑、忠而被谤"，他仍然要参与现实，仍然会毫不犹豫地走上这条知其不可而为之的"讽谏"道路。他最后真的走上了这条道路，因此也使得60年代的公开文学中还保存了一脉知识分子的批评精神与理想主义传统。

第四节　私人性话语：《无梦楼随笔》

在论述张中晓的《无梦楼随笔》⑱前，我们先摘录其中的一段话：

> 孤独是人生向神和兽的十字路口，是天国与地狱的分界线。人在这里经历着最严酷的锤炼，上升或堕落，升华与毁灭。这里有千百种蛊惑与恐怖，无数软弱者沉没了，只有坚强者才能泅过孤独的大海。孤独属于坚强者，是他一显身手的地方，而软弱者，只能在孤独中默默地灭亡。孤独属于智慧者，哲人在孤独中沉思了人类的力量与软弱，但无知的庸人在孤独中只是一副死相和挣扎。（《无梦楼随笔·拾荒集·五十》）

从这段话可以看出，在写作《无梦楼随笔》时，张中晓必定处于极端的孤独之中，用他自己的话说就是"久幽空虚，已失世情"（《拾荒集》自序）。其书名似乎就暗示了他的孤独与绝望。可是他仍然以难以想象的意志力把这种"无梦"的绝望转化为精神净化与超升的炼狱。《随笔》中的"札记"有一种严肃凝重的风格，在其底下则流动着他的被压制的激情。那种外来的强大的打击想必在他的心中造成了强烈困惑:《无梦楼文史杂抄》第一则中他写道"全部哲学史上的伟大思想家，几乎都提出了一个中心课题(道德原则)，即:哲学

1954年国庆节张中晓(左)与
诗人芦甸在北京北海公园。

的任务是在于使人有力量(理性)改变外来压迫和内在冲动"，可是在第十四则他又写道:"少年时期，真理使我久久向往，真实使我深深激动。但后来，我感到真实像一只捉摸不住的萤火儿，真理如似有实无的皂泡了，康德的阴影逼近我。"但他又以坚强的意志摈绝了这种怀疑论最后导致的虚无心态，而宁愿相信"真实是存在的，真理也是存在的"，为了免于局促自卑，他要"检点身心"，"临亢者固须理智克制，处卑时尤须理智照耀，不然阴毒之溃胜于阳刚之暴，精神瓦解，永堕畜牲道矣。"(《拾荒集》序)在这个意义上，《无梦楼随笔》展示了一个正直的知识分子在遭受灭顶之灾后，如何抵抗虚无的威胁，重新恢复对人类、人性与良知的信任的心灵历程。

"一个人最大的不幸，是使他看到他所不愿意看到的——战争、哀悼、愚蠢和憎恨等种种不幸"(《狭路集·七一》)，可是这种种不幸，都让张中晓遇上了。他要反思这种种不幸与灾难及其根源，就不能不把目光投注到那外来的压迫上。在这方面，他的言辞极端而敏锐:"在颠倒的世界和混乱的时代中，人们的言论悖理和行为的违反人性，是当然的现象"(《无梦楼文史杂抄·五七》)，"对待异端，宗教裁判所的方法是消灭它;而现代的方法是证明其系异端。宗教裁判所对待异教徒的手段是火刑，而现代的方法是使他沉默，或者直到他讲出违反他的本心的话"(同上·八十)。……张

中晓的这些批判，大多来源于他对现代"统治术"的观察，这一半应归因于他的早慧，另一半，却不能不说是来自于他自己在苦难中那种血肉相连的痛苦体验，那种对某种体制下权力者控制社会与人心的卑鄙手段的非同一般的真切感受。他是这个体制的一个杰出的观察者与批判者。这种杰出之处在于，他不仅深刻地认识到这种统治者的权术的手段，而且从"统治"与"被统治"的两个方面揭示了这种统治术得以存在的心理基础。在这一点上，他继承了鲁迅以来的现实批判与国民性批判的传统，他揭示了中国传统政治的现代转化之后的"主"和"奴"的发生心理学以及这种现代意识形态得以存在的道德、心理基础。他的有些观点充满了某种先锋性：

《无梦楼随笔》书影

　　统治者的妙法：对于于己不利者，最好剥夺他一切力量，使他仅仅成为奴隶，即除了卖力之外，一无所能。欲达到此目的，首先必须剥夺其人格（自尊心）。盖无自尊心，说话不算数，毫无信用，则无信赖，也就没有组织力量（影响）了。于是，人无耻地苟活（做苦工），天下太平。（《拾荒集·五八》）

　　特权与谎言是一对玩弄的伙伴。为了自己的特权，当然斥责别人对人类权利的要求。或把个人特权称为人类权利，把人类理性变为个人欲望。把权利变成了特权，或以特权形式存在的权利。一方面肆无忌惮地虐待别人，而另一方面肆无忌惮地放纵自己。（《狭路集·九四》）

在这里，张中晓深刻地指出了"统治者"的专制与"被统治者"道德上的奴性之间互为因果的关系，在这里，他也就揭示了这种体制之下道德败坏的制度根源，反过来说，也就是这种制度的道德基础本身就是败坏的。只有领会到他在观察、体验这些压迫与败坏时内心的惨苦时，我们才能理解为什么他在追溯这些"愚蠢"与"憎恨"的根源时，那么厚责古人——因为他痛切地感到："中国人的所谓心术，是一整套没有心肝的统治手段，残酷地进行欺诈和暴力行为。所谓'奸邪'与'忠正'，不过是美化自己和丑化他人的语言罢了。心术越高，而他内心中的人性越少"（《文史杂抄》七三），"古中国的一切精神训练（心术）是为了形成一个坚强有力的意志，去奴役无数的意志和无意志"（《狭路集·五六》）。也只有理解了这些，我们才能体会他的振聋发聩之音中饱含的苦味与心酸。

> 如果精神力量献给了腐朽的思想，就会成为杀人的力量。正如人类智力如果不和人道主义结合而和歼灭人的思想结合，只能增加人类的残酷。（《狭路集·六九》）

一个人在面对强大的黑暗时，其心灵如果不被这黑暗所吞没，或者是因为坚强的意志，或者就是他找到了化解黑暗的方法。在《随笔》中我们处处能看到张中晓为了化解这种黑暗的努力，一种绝望中的抗争精神。事实上，他坚持了知识分子的文化传统中最为可贵的一面，那就是，在逆境中也仍然坚持对人类正义与良知的担当。在《狭路集》中他写道："即使狂风与灰土把你埋没了，但决不会淡忘，当精神的光明来临，你的生命就会更大的活跃"，"知识人的道德责任，坚持人类的良知。只有正直的人们，才不辜负正义的使命"（《狭路集》六一、六四）。张中晓显然明确地认识到了这一点。这种对思想、正义与良知的忠诚使他甚至对自己产生反省，下面这段话由于记录了他写作时的真实处境，其精神之博大深刻与其处境之困厄两相对照更为震人心魄：

> 过去认为只有睚眦必报和锲而不舍才是为人负责的表现，现在却感到，宽恕和忘记也有一定的意义，只要不被邪恶所利用和牺牲。耶稣并不完全错。一九六一年九月十日，病发后六日记于无梦楼，时西风凛冽，秋雨连宵，寒衣卖尽，早餐阙如之时也。（《文史杂抄·九九》）

在遭受到那样的飞来横祸之后，张中晓还能写下这样的话，实在不能不让人感佩。由此看来，"无梦楼"中的张中晓，却还有梦，只是再也不是那种虚无飘渺的"乌托邦"幻梦，而只是对人的"良知"、"自由"与"意义"的一线还没有破灭的希望。他认为："生活的意义是：从别人获得与给予别人；帮助别人和接受别人的帮助。要帮助人们，通过帮助人们，也帮助了自己。人与人之间的关系应当是：互相尊敬，互相帮助，互相合作而不是互相仇视、残杀与伤害。应当是伙伴关系，而不是敌对的关系。"(《狭路集·十九》)张中晓的这些梦想是非常朴素的，远没有乌托邦梦想那样灿烂辉煌。可是问题在于，当一个时代的人都在追求那种"灿烂辉煌"的梦想时，这种非常朴素的梦想却成了奢侈品，以乌托邦为梦想的社会却为了实现这种梦想而挑动其成员互相敌对，彻底破坏了人与人之间的关系，这真是一个尖锐的讽刺。在这种语境下，我们才能明白"无梦楼"的那些朴素的"梦想"的撼人心魄之处，我们仿佛听到了旷野之上人性的呼吁与呐喊。事实上，多少代以来。人们就不断地发出这种诉求，但是只有在像张中晓这样从痛苦与迫害中走出来的人，说出这样的话来，才格外显得真诚与有力。

　　《无梦楼随笔》的价值不仅仅在文学上，对于理解那个时代的文化来说，它也有重要的价值，这种价值到今天仍然历久弥新。它之所以有文学史的意义，在于它不仅仅是一种思想的表现，而且伴随着有血有肉的感情，并在这种血肉相连的思想与情感的展示过程中，让我们看到了那个时代有良知的知识分子的心理历程，并在此基础上塑造了一座知识分子自己的雕像。作为私人话语，它们在当时不可能公开发表，因而默默无闻，然而千古文章，传真不传伪，时间的大浪淘沙使得"沉者自沉，浮者自浮"，《无梦楼随笔》无疑是当代文学史乃至当代文化史上的一座道德文章的丰碑。

注释：

① 引自陈毅《在话剧、歌剧、儿童剧创作座谈会上的讲话》。该报告作于 1962年 3 月 6 日，后刊载于《文艺研究》1979 年第 2 期。

② 两个批示：毛泽东 1963、1964 年关于文学艺术工作所作的两个批示的简称。1963 年 12 月 12 日毛泽东在中宣部文艺处编印的《情况汇报》上作了第一次批示："各种文艺形式——戏剧、曲艺、音乐、美术、舞蹈、电影、诗和文学等等，问题不少，人数很多，社会主义改造在许多部门中，至今收效甚微。许多部门至今还是死人统治着。……许多共产党人热心提倡封建主义

和资本主义的艺术,却不热心提倡社会主义的艺术,岂非咄咄怪事。"中宣部、文化部直属文艺单位、文联各协会,根据批示精神进行了历时半年的整风。结束时中宣部编写了"情况汇报"(草稿),毛泽东 1964 年 6 月 27 日在这份报告上作了第二次批示:"这些协会和它们掌握的刊物的大多数(据说有少数几个好的),十五年来,基本上(不是一切人)不执行党的政策,做官当老爷,不去接近工农兵,不去反映社会主义建设。最近几年,竟然跌到了修正主义的边缘。如不认真改造,势必在将来的某一天,要变成匈牙利的裴多菲俱乐部那样的团体。"批示下达后,在第一次整风范围内的单位、团体再度进行整风,文艺界不久掀起了批判资产阶级、修正主义毒草的运动。江青等人不久依据这两个批示发展为"文艺黑线专政论"。中共中央 1981 年否定了这两个批示。参见潘旭澜主编《新中国文学词典》第 394—395 页。

③ "写中心、演中心、唱中心":文艺口号。在第一次文代会上周扬作了《新的人民的文艺》的报告,高度评价了延安工农兵群众文艺"紧密配合着当前的中心工作"的做法;第二次文代会周扬作《为创造更多的优秀的文学艺术作品而奋斗》的报告,再次肯定地方文艺工作者"配合中心任务的文艺宣传"经验。至 1958 年,配合中心工作的论点,演变为"写中心、演中心、唱中心"的口号,为当时的大跃进运动起了推波助澜的作用。70 年代末,这个口号才被否定。

④ 引自李扬《抗争宿命之路》,时代文艺出版社 1993 年版,第 219 页。

⑤ 引自姚文元《评"三家村"——〈燕山夜话〉〈三家村札记〉的反动本质》,原载 1966 年 5 月 10 日《解放日报》和《文汇报》,《红旗》杂志转载时姚氏作了一些修改,本处引文据《三家村札记》附录姚文(该附录据《红旗》杂志本),见该书第 215、227 页。

⑥ 引自李扬《抗争宿命之路》,时代文艺出版社 1993 年版,第 196 页。

⑦ 《桂林山水歌》、《长江三日》分别原载《人民文学》1961 年第 10 期、第 3 期,本教材分别依据《贺敬之诗选》,山东人民出版社 1979 年 12 月版;《刘白羽散文四集》,重庆出版社 1989 年版。

⑧ 引自李辉《落叶》,收入《李辉文集·沧桑看云》,花城出版社 1998 年版,第 109 页。

⑨ 《燕山夜话》是邓拓应《北京晚报》之约以"马南邨"的笔名开的杂文专栏,初次发表自 1961 年 3 月起到 1962 年 9 月停止,共载杂文 150 多篇。曾由北京出版社分集出版,1963 年 3 月出版《燕山夜话》合集。1979 年同一出版社出版新一版,本教材对《燕山夜话》的论述即依据该版本。《三家村札记》系《前线》杂志特约邓拓、吴晗、廖沫沙三人以笔名"吴南星"合写的杂文专栏,自 1961 年 10 月起到 1964 年 7 月止,共发表杂文 60 多篇,1979 年 9 月人民文学出版社将之成集出版,本教材依据该版本。另外论及邓拓未收入此

两集的杂文是参考了李辉的《书生累》一文。特此说明。

⑩《燕山夜话》，北京出版社 1979 年，第 156 页。

⑪ 以上引文引自李辉《书生累》，见《李辉文集·沧桑看云》，花城出版社 1998 年版，第 228 页、236 页。

⑫ 邓拓写作该文时《燕山夜话》已经停止，但《三家村札记》还在继续，该文未收入上二书，引文据李辉《书生累》转引，同上书第 239 页。

⑬ 引自《燕山夜话》第 81 页。

⑭ 引自《三家村札记》第 7—8 页。

⑮ 引自《燕山夜话》第 92 页。

⑯ 引自《王道和霸道》，引文见同上书第 321 页。

⑰ 转引自李辉《书生累》，收入《李辉文集·沧桑看云》，第 239 页。

⑱《无梦楼随笔》初版收入陈思和、李辉所策划的《火凤凰文库》丛书，上海远东出版社 1996 年版。

第九章 "文化大革命"时期的文学

第一节 "文化大革命"对文学的摧残及
"文革"期间的地下文学活动

"文化大革命",全称"无产阶级文化大革命",这是一场中国现代历史上空前的政治运动,它从 1966 年开始到 1976 年结束,历时整整十年,对中国政治、经济和文化造成了极其深远的破坏性影响,文学当然在此之列。在这场运动中知识分子更是首当其冲的受害者,因为"文化大革命"从一开始就以文学艺术作为其主要批判领域,虽然在它的背后有着更为险恶的政治权力斗争作为枢纽。

1966 年 5 月召开的中共中央政治局扩大会议和同年 8 月的八届十一中全会,是文化大革命全面发动的标志,但它的"导火索"则是 1965 年 11 月 10 日上海《文汇报》发表姚文元的文章《评新编历史剧〈海瑞罢官〉》。新编历史剧《海瑞罢官》是历史学家吴晗应京剧表演艺术家马连良之约创作的,1961 年初在北京上演。吴晗写海瑞原是为了响应 1959 年毛泽东提出要宣传和学习海瑞的主张,但因为彭德怀在庐山会议上就"大跃进"政策及其后果向毛泽东提出了一系列激烈的批评性意见,被免去国防部长等领导职务,康生和江青有意把历史剧中的海瑞与现实生活中的彭德怀联在一起,促使毛泽东认可了此剧具有影射意味。姚文元的这篇批判文章正是江青和张春桥直接授意策划而成,并经毛泽东审定后发表的。同年 11 月 29 日后,全国主要报纸均予转载,并由人民出版社出版单行本。

1966 年 2 月，江青得到林彪的支持，并以林彪的名义在上海召开了"部队文艺工作座谈会"。会后形成一份纪要，由江青、张春桥、陈伯达定稿，并经毛泽东审阅修改。纪要共十条内容，包括"文艺黑线专政论"、重新组织文艺队伍、破除对 30 年代文艺的迷信、破除对中外古典文学的迷信、文艺上反对外国修正主义等，并且点名批判了一大批文艺作品。其中关于"文艺黑线专政论"是这样解释的：建国以来的文艺界"被一条与毛主席思想相对立的反党反社会主义的黑线专了我们的政，这条黑线就是资产阶级的文艺思想，现代修正主义的文艺思想和所谓 30 年代文艺的结合"，并表示要"进行一场文化战线上的社会主义大革命，彻底搞掉这条黑线"，①它与另一条"重新组织文艺队伍"相配合，从文艺路线和文艺组织两个方面全盘否定了新文艺的历史和现状，以此作为洗劫文艺界的依据，给以后的文艺造成了极大的祸害。

同年 4 月，这个会议纪要以《林彪同志委托江青同志召开的部队文艺工作座谈会纪要》为题，以中共中央文件的形式下达全党。这就与中共中央此前签发的《文化革命五人小组关于当前学术讨论的汇报提纲》（即《二月提纲》）形成了完全的对立，并且否定了后者（当时以彭真为组长的"中央文革五人小组"在《二月提纲》中，强调吴晗的《海瑞罢官》问题是学术问题）。《纪要》的出台同时也表明江青在文艺界领导地位的确立。自 60 年代初期以后，江青在文艺领域地位的提高是一个突出的现象，这也表明中国的文化和文艺格局的新变动。因为 50 年代初对胡适派文人的批判否定了"五四"一代知识分子的自由主义传统，使知识分子基本上失去了基于"五四"自由主义立场批判现实的能力和权利；1955 年对胡风集团的批判又将来自 30 年代左翼文艺阵营内部的反对派清除出文坛；1957 年的"反右"运动又剥夺了一大批在 50 年代成长起来的知识分子对现实的批判权利；直到这时为止，周扬一直是以解放区以来的毛泽东文艺思想传统的阐释者和捍卫者自居，如今周扬地位的被替代，使文艺界割断了自"五四"到 1949 年的所有传统，在这一连串的批判运动之后，新中国的文艺传统成了一片空白。

1966 年 5 月召开的中央政治局扩大会议上，彭真、陆定一与罗瑞卿、杨尚昆被定性为"反党集团"，《二月提纲》被撤消，原"文革五人小组"也被解散，并通过了由康生、陈伯达起草，经毛泽东修改的《中国共产党中央委员会通知》(即《五一六通知》),第一次完整地表述了毛泽东的"无产阶级专政下继续革命的理论","黑线专政论"被正式写入其中,而且扩大到文艺以外的其他所有系统,《通知》与三个月之后的中共中央八届十一中全会通过的《关于无产阶级文化大革命的决定》一起,成为文化大革命的指导性文件。8月18日,毛泽东在天安门广场检阅红卫兵,一场浩劫迅速蔓延全国。

8月23日,著名作家老舍与北京文艺界许多知名人士在成贤街孔庙被红卫兵暴徒挂牌批斗,施以皮带、拳头、皮靴、唾沫等殴辱,会后红卫兵们又尾随押解的汽车赶到当地派出所,将老人轮番毒打至深夜。第二天,老舍自尽于北城太平湖。"文革"开始后,文艺界遭到灭顶之灾,先后殉难的有理论家叶以群、邵荃麟、侯金镜、巴人、邓拓,翻译家傅雷,艺术家马连良、严凤英、蔡楚生、郑君里,作家赵树理、田汉、吴晗、杨朔、闻捷、魏金枝、陈翔鹤、萧也牧、海默等。随着文革的展开,除了少数紧跟当权者外,几乎所有的作家、艺术家都受到不同程度的批斗、打击、劳改和迫害,幸存者也都遭受了巨大的身心摧残,给当代中国文艺事业造成了难以估量的灾难。即便像周扬等身名显赫的文艺界当权者也受到残酷打击,和过去被他们整过的"反动作家"一起,被关进了监狱。

在将政治上的异己力量和文化思想上的传统因素全部清除之后,江青等人宣布"无产阶级文艺新纪元"的开始,并极力推行一系列为其政治斗争服务的高度政治化、概念化的文艺创作,使整个"文革"期间公开出版的文学在总体上呈现荒芜、枯竭和畸形发展的局面,只是其间也有一个阶段性的变化过程,而这种高度政治化的文学演变,当然与政治事件密切相关。

自"文革"开始到70年代初,"革命样板戏"是官方提倡最力、影响最大的文艺作品。其实,京剧现代戏的提倡开始于"文革"前的50年代中期,60年代初起更多地与所谓"阶级斗争"的政治现实相关联,在江青的直接干预下开始了样板化的过程。1964年文化部在北京举办全国京剧现代戏观摩大会,汇集了全国19个省市28个剧团的37个剧目,其中好些戏就是后来"革命样板戏"依据改编的原本。"革命样板戏"的正式命名是发表于1966年12月26日《人民日报》的一篇题为《贯彻毛主席文艺路线的光辉样板》的文章，它首次将京剧现代戏《沙家浜》、《红灯记》、《智取威虎山》、《海港》、《奇袭白虎团》，芭蕾舞剧《红色娘子军》、《白毛女》和交响音乐《沙家浜》并称为"江青同志"亲自培育的八个"革命现代样板作品"。之后又出现了京剧《龙江颂》、《红色娘子军》、《平原作战》等第二批"样板戏"，到1975年"文革"接近尾声时，"样板戏"的数量增加到18个，其中京剧11个。在这个打倒了所有中外文化传统的时代里，它们便是数量不多的公开文学

京剧《红灯记》剧照

作品中的"样板"，通过舞台表演、电影播放、电台广播和语言文字等国家控制的传播渠道，被强行在全民中推行，至少在公开的层面上，它们已经成为文革时代精神生活的象征。在样板戏的推行过程中，还形成了"三突出"、"三结合"等一系列模式化的文学创作观念，这些"理论"的强行推行给文革期间的文学创作造成了十分恶劣的影响。

自1971年9月13日的林彪叛逃坠机事件发生至1974年底，可以看作"文革"时期公开文学的第二个阶段。随着领导层的变动，国家对文艺政策有了相应的变化。一方面，文艺书刊得到有限度的出版，1971年12月，由北京市文联主办的原《北京文艺》以《北京新文艺》为名率先复刊，随后，《广西文艺》、《广东文艺》和《革命文艺》(内蒙古)等文艺杂志相继复刊，到1973年夏季为止，全国大部分省市文联(或作协)的机关刊物都已复(创)刊[②]。同时，文艺书籍出版也有一定程度恢复，如鲁迅作品集的单行本24本到1973年底全部出齐，根据1938年版重排的20卷《鲁迅全集》也

京剧《沙家浜》剧照

在1974年发行，到1975年，《三国演义》、《儒林外史》、《水浒传》等古典作品也由人民文学出版社出版，这与"文革"高

潮时期相比,读者毕竟有了一些被官方认可的公开出版物可供阅读,在政治许可范围内的创作也有了发表的园地。另一方面,这个时期的公开创作继续受到政治权力的严密控制,仍旧在《纪要》所规定的框架内进行,其时还出版了长篇小说《金光大道》(第一、二卷)③和《虹南作战史》④等典型体现其创作原则的文本。浩然的三卷本长篇小说《艳阳天》,是"文革"时期唯一可以公开出售的"文革"前的文艺作品。在阅读环境异常恶劣的条件下,它竟获得了巨大的声誉,浩然也因此成为当时能够继续公开写作的少数作家之一。《金光大道》虽然是个人创作,但完全失去了作家的个体性话语,作品从主题、人物到情节结构,都成为时代共名的演绎。《虹南作战史》则是当时文学作品"集体创作"的一个典型怪胎,这个由"土记者和农村干部相结合"的"上海县《虹南作战史》写作组",直接听命于"上海市委写作组",其写作方式完全按照《纪要》所规定的"三结合"进行,所有的艺术手段包括情节设置、人物刻画、结构和语言,都紧紧围绕、服务于"两条路线斗争"的主题。但因为有了文艺创作,就必然会涉及到是否按照艺术规律来表现生活的不同态度,官方内部围绕文艺创作而进行的政治斗争又日益激烈起来,1973年的湘剧《园丁之歌》事件⑤就是一个例子。也正是在这一年,受"四人帮"及上海市委控制的《朝霞》丛刊和《学习与批判》杂志先后在上海创刊。

1975年1月,全国人大四届会议召开,周恩来总理在政府工作报告中第一次提出了实现"四个现代化"的目标,会议还确立了以周恩来、邓小平为核心的国务院人选,这就使全国的政治、经济和文化领域发生了一些明显的变化,即一系列的政策措施事实上在努力纠正"文革"所带来的毁灭性后果,政策的调整又一次侧重于政治的稳定和经济、文化的建设,但同时,毛泽东虽然具体地肯定了这些调整,但不允许也不可能对"文化大革命"做丝毫的否定,这样,周、邓等同以江青集团为代表的极左政治势力间的斗争就势必更加激烈。这在文艺领域的表现也十分明显。它突出表现在围绕电影《创业》和《海霞》展开的政治斗争上,尤其是在对《创业》批判时,两种政治力量的较量相当激烈。当时邓小平已经主持中央工作(这时候,毛泽东对文艺现状和文艺政策也有明显的不满),在邓小平等人的直接推动下,毛泽东在7月间作出支持《创业》的批示,从而使文艺政策开始调整。1976 年,《人民文学》、《诗刊》等六家全国性的文学杂志得以复刊。在此前后,叶辛、张抗抗、王小鹰、贾平凹等一些知识青年开始在各地文艺刊物上以个人署名发表作品,尽管这些作品还不可能摆脱时代共名的规范,但他们毕竟将自己的生活感受带入了写作活动。从某种意义上说,这些作品是文革后"知青文学"的发端。不过,极左势力出于政治目的对文艺的绞杀并没有终止,"四人帮"先后策划了一批写"与走资派斗争"的电影和戏剧,如《春苗》、《决裂》、《反击》、《盛大的节日》、《欢腾的小凉河》等,这些作品在政治上完全沦为替帮派阴谋制造舆论的"影射文艺"。 1976 年《人民文学》复刊,第 1 期发表蒋子龙的短篇小说《机电局长的一天》,描写了老干部为企业改革所做的努力,因此又引起激烈争论。这种冲突和斗争直至那一年的"天安门事件"达到顶峰。

综观"文革"时期的文学概况,"革命样板戏"是公开文学中最为显赫的作品,也是当时极左政治开创"无产阶级文艺新纪元"努力的集中体现。它在文艺观念上的"根本任务论"⑥是"文艺为政治服务,文艺为工农兵服务"的极端化形式,前者发展为"文革"中对政治斗争的直接参与,后者则直接简化为工农兵形象"占领"舞台;它所选取的题材分布于中共党史的各个时期,力图勾勒出中国无产阶级的革命历史;其艺术样式包含了来自西方的芭蕾舞和交响乐等现代艺术和传统的中国戏剧京剧,但又根据政治宣传的需要作了许多符合现代人口味的形式改革;在表现方式上则以"三突出"的原则⑦塑造"高、大、全"式的英雄人物,起自于"大跃进"时期的"领导出思想,群众出生活,作家出技巧"的"三结合"创作方法,在"样板戏"的出台过程中被再次实施并强行推广,在这样的"创作"过程中,作家完全陷于工具化的机械劳动之中,他对时代和社会的个人感受几乎不可能通过文学创作去公开表达,同时,民间文化传统也在"为工农兵服务"的旗帜下被不断改造和利用。在这个意义上,"革命样板戏"是主流政治意识形态对知识分子文化传统和民间文化传统的摧毁、压制、改造和利用在文艺领域中的典型体现。

从表面上看起来,"文革"时期被定于一尊的政治意识形态在摧毁、改造和利用知识分子传统和民间文化传统的基础上,形成了自己"完美"的"样板"。 但从另一方面看,"样板戏"中略有艺术价值的剧目,也是对知识分子和民间文化利用较好的作品,如著名作家汪曾祺在"文革"中就参加过京剧《沙家浜》的改编,而真正决定样板戏的艺术价值的,仍然是民间文化中的某种隐形结构。如《沙家浜》的角色原型,直接来自民间文学中非常广泛的"一女三男"的角色模型;《红灯记》和《智取威虎山》则暗含了另一个"隐形结构"——道魔斗法。以《红灯记》中的"赴宴斗鸠山"一场为例,这是全局的高潮戏,也是最富于民间趣味的一折。观众在这里期待的,既不是鸠山取得密电码,可也不是李玉和保住密电码,这些都是早已预知的情节。观众真正期待的,是鸠、李之间唇枪舌战的对话过程,它们由此得到的仅仅是语言上的满足。它体现了民间"道魔斗法"的隐形结构,一道一魔(象征了正邪两种力量)对峙着比本领,各自祭起法宝,一物降一物,最终让人满足的是这种变化多端的斗法过程,至于斗法的目的却无关紧要。在"文革文学"中,由于主流意识形态是以阶级斗争理论来实现国家对政治、经济和文化各个领域的全面控制,民间文化形态的自在境界不可能以完整本然的面貌表现,它只能依托时代共名的显形形式隐晦地表达。但只要它存在,即能转化为惹人喜爱的艺术因素,散发出艺术魅力,从而部分消解了主流意识形态的僵化、死硬与教条。民间隐形结构典型地体现了民间文化无孔不入的生命力,它远远不是被动的,在被时代共名改造和利用的同时,处处充满了它的反改造和反渗透。

知识分子的文化传统在被摧毁后,也以破碎的方式隐遁于民间。除个别人物如遇罗克、张志新等作为人类良知的代表继续进行精英式的悲壮反抗外,"五四"新文化传统也转入民间延续香火。首先,老作家在受到迫害时的即兴创作以或曲折或直露的方式表达对专制暴政的反抗,如廖沫沙在被批斗时作的《嘲吴晗并自嘲》(1967年夏):"书生自喜投文网,高士如今爱折腰。扭臂载头喷气舞,满场争看斗风骚",满怀的辛酸化为无奈的自嘲,在平淡中显出时代的荒谬;另一首《悼吴晗同志》,其中的警句如"低头四改元璋传,举眼千回未过关",借对吴晗的悼念,抒发了知识分子对文化专制主义的无限愤慨。又如杨沫的《自白——我的日记》的"文革"部分,真实地记录了时代的残酷以及知识分子的真实心态。还有一种现象意义更为重要,这就是"文革"中老作家们自觉的秘密创作。这些老作家在1949年前已形成了自己的人生观念与艺术风格,并在文坛上占有一席之地,他们有着自己的精神资源,也有着对时代的独特体验与思考。他们的秘密创作在延续了以往的风格的同时,也对时代有或含蓄或直接的反应。考虑到他们大都身处逆境,其秘密创作就更应得到钦佩——因为他们的努力,使得"五四"以来的新文化传统在黑暗专制的时代延续了一线香火。它可能随时被黑暗扑灭,可其存在本身就说明了新文化传统的顽强生命力。如丰子恺在文革中,身受严酷的批斗与迫害,但时代的疯狂与喧嚣可以伤害他的身体却无法触及他的灵魂。在灵魂深处,他却守住了自己心灵的一方净土,写下了《缘缘堂续笔》中的几十篇散文。这些作品在对旧人旧事的琐忆中,老作家对人生、对生命的亲和而又达观的态度与过去一脉相承,显示出在那个疯狂的年代难得见到的超脱、从容与镇静。"七月"派诗人曾卓、牛汉、绿原等人这一时期的创作,则强化了生命意识,在他们的《悬崖边的树》、《半棵树》、《重读圣经》等作品中,他们超越了自己40年代创作中的强烈的社会功利意识,而思考在重压之下的生命、死亡与背叛等主题。曾卓的《悬崖边的树》与牛汉的《半棵树》显示出处于逆境中的生命的不屈的意志。《悬崖边的树》可以说是曾卓最好的诗篇:

> 不知道是什么奇异的风
> 将一棵树吹到了那边——
> 平原的尽头
> 临近深谷的悬崖上
>
> 它倾听远处森林的喧哗
> 和深谷中小溪的歌唱
> 它孤独地站在那里
> 显得寂寞而又倔强
>
> 它的弯曲的身体
> 留下了风的形状
> 它似乎即将倾跌进深谷里
> 却又像是要展翅飞翔

这棵"悬崖边的树","是靠了坚毅而又倔强的意志，没有栽入深渊之中。但是，它的形貌是被时代的风扭曲了。这是一幅奇特的画面：在风暴、厄运降临之时，顽强抗争，顶住狂风，同时展开着向光明未来飞翔的翅膀。这里概括了文革时代知识分子的典型姿势和共同体验。短短的小诗浓缩了整个文革时代知识分子曾进入的精神境界。"⑧与上述诗人相比，诗人穆旦的诗艺更为深沉，他在自己生命的最后阶段，创作了近三十首诗歌，大多数都是成熟深沉的杰作。其中的一首《停电之后》中歌颂的那支在风中摇曳不定，但是仍然顽强地抵挡着黑暗与许多阵风，把室内照得通明的小小的蜡烛，可以说是在动乱中仍然坚持自己的文化传统与精神立场的知识分子人格的写照，正是由于这些人及其出色的写作，新文化传统才得以在黑暗时代存亡绝续、不绝如缕。除以上诸人外，诗人唐湜、蔡其矫、郭小川也进行过"潜在写作"活动，创作了为数不少的优秀作品。

另一方面，年轻一代中的敏感者也开始萌生自己的独立思考与独立意识，在 70 年代进行了一些"地下沙龙"与"地下诗社"活动，为一个新的时代的到来作了预告。其中最值得注意的是黄翔、食指、白洋淀诗派的诗歌创作与赵振开（即后来以笔名出名的诗人北岛）、张扬等人的小说写作。这些潜在写作有一个共同的特点，即摆脱了主流意识形态话语的制约而回到自己的现实生活体验、想象与思考之中，并由此显示出人性与艺术的觉醒。与老作家们借重自己的精神资源不同，年轻一代的反叛更多的来自于现实生活经验的刺激。黄翔属于最早的诗艺探索者之一，他的诗歌创作在文革前已开始。在写于 1962 年的一首《独唱》已显示出他的特立独行的性格："我是谁／我是瀑布的孤魂／一首离群索居的／诗／我的漂泊的歌声是梦的／游踪／我的唯一的听众／是沉寂"。他是文革中最早觉醒的青年之一，其诗歌《野兽》与《火神交响曲》对那个年代发出了最强烈的诅咒：

> 我是一只被追捕的野兽
> 我是一只刚捕获的野兽
> 我是被野兽践踏的野兽
> 我是践踏野兽的野兽

> 我的年代扑倒我
> 斜乜着眼睛
> 把脚踏在我的鼻梁架上
> 撕着
> 咬着
> 啃着
> 直啃到仅仅剩下我的骨头
>
> 即使我只仅仅剩下一根骨头
> 我也要哽住我的可憎年代的咽喉⑨

在这样的诗里,不仅作者的意识已跳出了那个"可憎年代"的笼罩,而且其诗艺的尖锐、集中,整体意象的变形,都产生出强烈的形象效果,显示出强烈的探索精神与反抗精神,与那个时代的干枯的语言迥然不同。他的组诗《火神交响曲》,则借火炬之口发出了那个时代最高亢的呼喊,呼唤人性、科学与真理的复归:"把真理的洪钟撞响吧","把科学的明灯点亮吧","把人的面目还给人吧","把暴力与极权交给死亡吧"……"人性不死 人的良心不死 人民精神不死 /人类心灵中和肌体上的一切自然天性/和欲望/永远洗劫不尽搜索不走"。与感情奔放不羁、启蒙色彩浓厚的诗人黄翔相比,食指的抒情诗表现了更为普遍的那个时代青年的心灵与声音。他原名郭路生,被称为"文革中新诗歌的第一人,为现代主义诗歌开拓了道路"⑩,其著名作品有《海洋三部曲》、《鱼儿三部曲》、《相信未来》、《这是四点零八分的北京》、《命运》等。食指的诗歌表现了盲目的理想、激情被现实击碎之后一代青年迷惘、绝望、辛酸的真实心态,与此同时,却仍然执拗地寻找一种肯定性的力量。这两种情绪在他的著名诗篇《相信未来》中交织在一起——一方面是现实的"贫困"、"悲哀"、"凄凉",另一方面却依然固执地呼唤"相信未来":

> 当蜘蛛网无情地查封了我的炉台
> 当灰烬的余烟叹息着贫困的悲哀
> 我依然固执地铺平失望的灰烬

　　　　用美丽的雪花写下:相信未来

　　　　当我的紫葡萄化为深秋的露水
　　　　当我的鲜花依偎在别人的情怀
　　　　我依然固执地望着凝霜的枯藤
　　　　在凄凉的大地上写下:相信未来

　　　　我要用手指那涌向天边的排浪
　　　　我要用手掌那托住太阳的大海
　　　　摇曳着曙光那枝温暖漂亮的笔杆
　　　　用孩子的笔体写下:相信未来

　　　　我之所以坚定地相信未来
　　　　是我相信未来人们的眼睛
　　　　她有拨开历史风尘的睫毛
　　　　她有看透岁月篇章的瞳孔

　　　　不管人们对于我们腐烂的皮肉
　　　　那些迷途的惆怅、失败的苦痛
　　　　是寄予感动的热泪、深切的同情
　　　　还是给以轻蔑的微笑、辛辣的嘲讽

　　　　我坚信人们对于我们的脊骨
　　　　那无数次的探索、迷途、失败和成功
　　　　一定会给予客观、公正的评定
　　　　是的,我焦急地等待着他们的评定

　　　　朋友,坚定地相信未来吧
　　　　相信不屈不挠的努力
　　　　相信战胜死亡的年轻
　　　　相信未来,热爱生命⑪

　　食指的诗歌中也有一些与时代共名合拍的颂歌式作品，显示出诗人尚不能完全摆脱"红色主流文化"的影响。不过他的诗作中更多的、也更有影响的，还是他的那些从个体心灵的感受出发写出的诗篇。后来的"白洋淀诗歌群落"，在其诗歌写作中则基本上摆脱了"红色主流文化"的笼罩，更重视表现个人心灵的真实感受——他们并不回避这种感受经常是灰黯的、失落的，也没有用虚假的理想主义色彩将之遮蔽或者拔高，反而常常将之推至极致。他们的诗歌写作更带有自觉的现代主义色彩，形成了当时较有规模的处于潜在状态的现代主义诗歌写作群落，直接预示和影响了"文革"后诗歌领域现代主义的艺术探索。其重要诗人有芒克(姜世伟)、根子(岳重)、多多(栗世征)等。

试举根子与多多的两段诗为例：

> 那么我的十九次的陪葬，也都已被
> 春天用大地的肋骨搭成的篝火
> 烧成了升腾的烟
> 我用我的无羽的翅膀——冷漠
> 飞离即将欢呼的大地，没有
> 第一次没有拼死抓住大地——
> 这漂向火海的木船，没有
> 想要拉回它
>
> ——根子《三月与末日》⑫

> 虚无，从接过吻的唇上
> 溜出来了，带有一股
> 不曾觉察的清醒：
>
> 在我疯狂地追逐过女人的那条街上
> 今天，戴着白手套的工人
> 正在镇静地喷射杀虫剂
>
> ——多多《万象·青春》⑬

这些诗从意象到情绪，都带有浓厚的现代主义色彩，但其语义也许要还原到中国"文革"中的具体语境来理解，比如，同样表达一种冷漠、虚无、价值失落的情绪，中国青年一代的幻灭感直接来自于文革中革命乌托邦破灭后形成的价值真空，这与西方现代主义从根基上对人性、文明等的质疑尚有区别。除此之外，"文革"后朦胧诗派的代表人物如北岛、舒婷、顾城、杨炼等人，也在"文革"中开始了自己的诗歌写作。北岛写于 1976 年的《回答》，因为代表了青年一代的声音，在"文革"后很受人们注目。

在比较精致的诗歌探索之外，当时在各地知青中还广泛流传着各种版本的"知青命运歌"，它们反映了知青们对故乡亲人的思念、以及对被迫将"脚印深浅在偏僻的异乡"、"跟着太阳出，伴着月亮归，沉重地修理地球是光荣神圣的天职"（《南京知青命运歌》）的不满与心酸。这些歌谣具有广泛的代表性。"文革"时代潜在写作中的小说相对来说比较薄弱，较著名的有毕汝协的《九级浪》、佚名作者写的《逃亡》、张扬的《第二次握手》、赵振开（北岛）以笔名"艾珊"写的《波动》等作品。《第二次握手》在"文革"中流传很广，并导致了一次著名的文字狱，其主要成就在于把曲折的爱情故事与对知识分子的歌颂以及爱国主义的主题融合了起来，这对正统文艺的清规戒律是一次很大胆的触犯。赵振开的《波动》以多角度叙述的方式勾勒了当时社会各种人物的心态，其中最值得注意的是对知青中绝望与希望两种心态的描写，就其语言的精警、感觉的强烈敏锐、象征手法的圆熟、人物意识的准确流动以及多角度叙述的成功来说，它无疑是"文革"时期潜在写作中最成功的小说。

由于环境的恶劣，潜在写作只能以破碎的形态存在，但其存在本身就说明了"文革"中的主流意识形态企图制造的大一统局面的失败。它的存在意义已经不仅仅限于与当时的政治意识形态的直接对立，而在于不论是老作家，还是年轻一代新人，他们都在那个价值失落的疯狂年代，找到了现代作家应有的写作立场："这就是相对于当下的所谓的'红色主流文化'的个人化的边缘立场，这不仅使他们找到了可以清醒地思索和看待现实问题的角度与视点，而且也找回了作者作为人文知识分子最重要的传统，这是扭转当代中国作家与诗人多年来写作的'政治迷失'、重建'人文写作'的关键所在和真正的开端。"⑭由于这个原因，它上承新文化传统，下启文革后中国文学中的许多重要现象：如以伤痕文学、知青小说为代表的人性、人道主义复归潮流，以及现代主义诗歌的实验等等。作为一种存亡绝续的存在,其重要性是不言自明的。

第二节　老作家的秘密创作:《缘缘堂续笔》

丰子恺在上海日月楼(约 1963 年)

　　丰子恺的《缘缘堂续笔》[15]是作家在 1971 至 1973 年间利用凌晨时分偷偷写成的。在一个举国狂乱的大浩劫年代，这些散文疏离于时代共名之处而保持了作家平和的风格，在对旧人旧事与生活琐事的满怀兴致的记忆与书写之中，它们体现了作家的生存智慧，并由此流露出在喧嚣与混乱之中人性的生趣与光辉。在《暂时脱离尘世》中，他引用夏目漱石的话："苦痛、愤怒、叫嚣、哭泣，是附着在人世间的。我也在三十年间经历过来，此中况味尝得腻了。腻了还要在戏剧、小说中反复体验同样的刺激，真吃不消。我所喜爱的诗，不是鼓吹世俗人情的东西，是放弃俗念，使心地暂时脱离尘世的诗。"[16]大体说来，这段话可以概括《续笔》的创作特点。

　　"使心地暂时脱离尘世的诗"并不是意味着否定生命与脱离人生，像一般人对佛教所理解的那样(丰子恺是著名的居士)，而是意味着远离时代的喧嚣与疯狂，把目光投向虽然细小却真正代表了人生的真趣的小人物与小事情。正如他在同一篇文章中说的："铁工厂的技师放工回家，晚酌一杯，以慰尘劳。举头看见墙上挂着一大幅《冶金图》，此人如果不是机器，一定感到刺目。军人出征回来，看见家中挂着战争的画图。此人如果不是机器，也一定感到厌烦。"倒是一些微小事物，如"儿童游戏"与"西湖风物"之类，让人萦心注目。所以在《续笔》之中，他津津乐道的或者是"吃酒"、"酒令"、"食肉"之类琐屑之事，或者是"牛女"、"清明"、"酆都"、"塘栖"之类的时令风物，或者是"癞六伯"、"五爹爹"、"王囡囡"、"阿庆"之类的市井细民，或者干脆就叫做"琐记"，在这些小人小事之中，他发现了人生的真趣味。以《吃酒》为例，文章记取不同情况下喝酒之四事，以记述喝酒之因缘，"回想上述情景，酒兴顿添。正是'昔年多病厌芳樽，今日芳樽惟恐浅'"，旧时喝酒之种种情事，对于别人来说，其实也不见得多么有趣,可在作家心中与笔下,这些旧事种种,因为记取了几个"酒徒"的真性情,也体现了作家自己的真趣味,所以写得分外细腻生动。以其中吃酒的两种情景为例,一是与老黄在日本江之岛就"壶烧"吃日本黄酒的往事(壶烧是一种大螺,烧杀取肉切碎,再加调味品放入壳中,作为佐酒佳品),在美景入画之处,吃着美酒"佳肴","三杯下肚,万虑皆消。海鸟长鸣,天风振袖。但觉心旷神怡,仿佛身在仙境"。另一种情景在杭州西湖之畔,偶遇一钓虾之人,颇有隐士之风,与世无争,悠然自得。他每次只钓三四只大虾,在开水里浸过之后下酒,"一只虾要吃很久,由此可知这人是个酒徒","自得其乐,甚可赞佩"。在丰子恺的笔下,浸透了一种对人生平和而亲切的真性情,这种真情表面看是一点也不伟大的,可是它却没有丝毫伪饰,在一个充满了虚假与夸张的革命激情的年代,这种平和的声音恰恰代表了人性的声音。

也许由于这个原因,他特别欣赏那些能够"自得其乐"的人,《癫六伯》、《阿庆》中的两个人物,就是这样的代表。癫六伯"孑然一身,自耕自食,自得其乐",每日做完生意,就在席棚底下从容不迫地吃时酒,这种酒"醉得很透,醒得很快",喝到饱和程度,就在桥上骂人,"旁人久已看惯,不当一回事。……似乎一种自然现象,仿佛鸡啼之类"。他家中环堵萧然,别无长物,却很好客,而且不乏生活的乐趣,墙上贴了几张年画,竹园里"有许多支竹,一群鸡,还种着些菜",自得其乐,很可羡慕,仿佛羲皇上人。阿庆也是这样孑然一身而能自得其乐的人,他以打柴为生,唯一的生活乐趣是拉胡琴,"皓月当空,万籁无声。阿庆就在此时大显身手。琴声婉转悠扬,引人入胜。……中国的胡琴,构造比小提琴简单得多,但阿庆演奏起来,效果不亚于小提琴,这完全是心灵手巧的缘故"。阿庆胜似癫六伯之处,在于他有一种精神寄托,"他的生活乐趣,完全寄托在胡琴上。可见音乐感人之深,又可见精神生活有时可以取代物质生活。感悟佛法而出家者,亦犹是也"。作家之欣赏这些小人物,就因为他们身上这种对自在的生命的欣赏以及自发的对精神生活的追求与作家自己的精神追求和人生智慧有相通之处。这种智慧具体说来就是达观与知命。在《放焰口》中,他由《瑜伽焰口施食》的悲哀的文辞引发议论说:"读了这些文辞,慨叹人生不论贵贱贫富、善恶贤愚,都免不了无常之枞。然亦不须忧枞。曹子建说得好：'惊风飘白日，光景逝西流。盛时不可再，百年忽我遭。生存华屋处，零落归山丘。先民谁不死，知命复何忧。'"在明白了人生的"无常"之后，不是陷于绝望、疯狂，而是以平和的心态继续生活于人间，决不像俗人那样执迷，但对人间却仍然保留一种平和的爱恋，这种智慧是典型的东方智慧，所谓"入世出世间，不离世间觉"。由于有这种达观与知命的智慧，作家才能在那个混乱的疯狂的年代，既没有混同在时代的喧嚣之中，也没有因连绵而来的批判的冲击而晕头转向，而依然能保持头脑冷静、灵台明澈，保持不为物役的独立品格，在自己心灵之中，保持了一块人性的绿洲。

可是在这种个人的生存智慧之外，他有时也不禁发出对疯狂时代的轻蔑与不屑："今世许多人外貌是人，而实际很不像人，倒像一架机器。这架机器里装满着苦痛、愤怒、叫嚣、哭泣等力量，随时可以应用。即所谓'冰炭满怀抱'也。他们不但不觉得吃不消，并且认为做人应当如此，不，做机器应当如此。"他说："我觉得这种人可怜，因为他们毕竟不是机器，而是人。他们也喜爱放弃俗念，使心地暂时脱离尘世。不然，他们为什么也喜欢休息说笑呢？苦痛、愤怒、叫嚣、哭泣，是附着在人世间的，人当然不能避免。但请注意'暂时'这两个字，'暂时'脱离'尘世'是舒服的、营养的。"（《暂时脱离尘世》）在一个煽动人与人之间的仇恨的年代，丰子恺的这种人生哲学与艺术哲学，表面上看来真是"卑之无甚高论"，而且其声音之微弱渺小在时代"高亢"的、洋溢着"革命激情"的"战歌"声中几乎被淹没，可是正是这种微弱的声音代表了人性与良心的存在。正是在这方面，《续笔》显示出其深远的意义。

第三节　压抑中的生命喷发与现代智慧：
《半棵树》与《神的变形》

诗人牛汉 1955 年由于胡风事件的牵连，遭到两年的拘捕囚禁，释放后也失去了用自己的名字发表作品的权利。"文革"开始后，他理所当然地被关进"牛棚"接受批斗、从事强制性的劳动。但这些并没有使他失去创作的欲望，相反，逆境生涯反而激发起了他更加强烈的生命意识。牛汉 40 年代的诗歌充满了一种反抗的火力,而写于 1970 年到 1976 年的几十首诗歌,如名诗《华南虎》、《悼念一棵枫树》、《半棵树》、《巨大的根块》等,则大部分属于他所谓的"情境诗",这些诗歌相对他早期的诗来说语调比较平静,但在内里则仍充满了坚韧的反抗精神。这些诗歌更加突出了生命意识,他借助不同的意象,表达了陷于逆境的生命不屈地抗争与坚韧地生存的精神,也高扬了"五四"新文化运动以来知识分子的抗争与现实战斗的传统。

以《半棵树》⑰为例,处于全书中心地位的是一个极端变形的意象:"半棵树"。诗人写到:

　　　　真的,我看见过半棵树
　　　　在一个荒凉的山丘上

　　　　像一个人
　　　　为了避开迎面的风暴
　　　　侧着身子挺立着

诗人牛汉

牛汉早期学过绘画,所以他对视觉意象特别敏感,那极端怪异的"半棵树"的形象想必是一下子就抓住了他的心灵,诗人联想:"它是被二月的一次雷电/从树尖到树根/齐楂楂劈掉了半边",这必然使他对自己的身世与处境产生强烈的触动,在历次运动中的知识分子,不是也被政治权力的雷电,"齐楂楂劈掉了半边"吗? 可是:

　　　　春天来到的时候
　　　　半棵树仍然直直地挺立着
　　　　长满了青青的枝叶

　　　　半棵树
　　　　还是一整棵树那样高

<blockquote>还是一整棵树那样伟岸</blockquote>

在这里,半棵树的象征意味就更加明显了,它象征着不屈的生命,象征着知识分子不屈的抗争与战斗的传统,这个意象很有些"刑天舞干戚,猛志固常在"的味道,但那个恐怖的时代却使得诗人产生了不祥的预感,在抒写了一种坚韧顽强的意志后,他在诗的结尾又写道:"人们说/雷电还要来劈它/因为它还那么直那么高/雷电从远远的天边就盯住了它"。

牛汉一直认为:"任何一首真正的诗,都是从生活情境中孕育出来的,离开产生诗的特定的生活情境是无法理解诗的。"所以他说:"'文革'期间我在湖北咸宁文化部五七干校写的那些诗,如果把它们从生活情境剥离开来,把它们看作是一般性的自然诗,就很难理解那些诗的意象的暗示性与针对性,很难理解到产生那些情绪的生活境遇。"他在这段时间写的这类诗,多半吟诵被侮辱与被损害的生命,像被伐倒的枫树、不断地被斫伐的灌木、囚笼里因为反抗甚至抓破了指爪的华南虎、在地下的黑暗中默默生长的根块等等,但这些意象中还是以"半棵树"的意象最为引人注目,那种被斫去了一半身躯却依然坚韧不拔、生命不息的意象,鲜明地体现了"文革"中正直的知识分子的人格形象,而诗歌最后一段的突然转折,则又显示出一种惊人的清醒。《半棵树》代表了战争年代成长起来的知识分子(如七月派作家群)在"文革"中的"潜在写作"仍然带有反抗的英雄的风格,虽则"都不可避免地带着悲凄的理想主义的基调"⑱。

40年代中国最优秀的青年诗人穆旦在1949年后的遭遇也很坎坷。1954年,他因为抗战中参加远征军的经历被查成为"肃反对象",1958年底,被法院宣布为"历史反革命","接受机关管制",逐出讲堂,到南开大学图书馆监督劳动。1962年解除管制后降薪留用在该馆做职员,"监督使用",从事整理图书、抄录索引以至打扫厕所之类的繁重工作,"文革"发生后他的处境自然更加艰难。但即使在困惫处境中,他仍坚持自己的翻译事业:1963年利用工余时间翻译了《丘特切夫诗选》,1964—1973年译完拜伦的长诗巨制《唐璜》,1973年开始选译英美现代派诗歌(身后集为《英国现代诗选》出版),此外在文革中还修订和补译了拜伦、普希金的抒情诗和长

"文革"后期的穆旦

诗。⑩显示出中国最优秀的知识分子在逆境中仍然坚守自己的精神岗位、为文化建设努力的优良传统，这与几十年文化传统不断被破坏的外部情境相对比，更显其精神之伟大坚强。尤其难能可贵的是，在被迫中断写作近二十年后，他在去世前的一年多时间里（1975—1976）重新开始诗歌写作，不但一点不见诗艺的衰退，而且由于几十年坎坷经历的浸泡，显得更加意蕴深厚。穆旦去世前给我们留下的近三十首诗，现在看来，无疑属于"文革"中的潜在写作中最优秀的诗歌之列。这些诗歌仍然保留了他的繁复的诗艺，在层层转折中表达着对个人身世的慨叹、对时代的乌托邦理想的审视与反讽，基调是冷峻甚至无奈的，有些诗篇如《停电以后》、《冬》等仍显示了一种在黑暗之中坚持岗位的精神——不过更多的是表达几十年坎坷之后所获得的苦涩的智慧，像诗人自己说的：在走到幻想的尽头、过去的所有欢喜都像落叶一样"枯黄地堆积在内心"的时候，"唯有一棵智慧之树不凋／我知道它以我的苦汁为营养，／它的碧绿是对我的无情的嘲弄，／我诅咒它每一片绿叶的生长"。我们所要讨论的《神的变形》无疑也属于这种以苦汁为营养的智慧之列。

《神的变形》是一出小小的诗剧，可是其内涵却包蕴了历史上的各种权力运作的机密，自然，其直接的针对性更让人联想起"文化大革命"时代中国的社会现实。诗剧有四个人物：神、魔、权力、人。一开始，曾经"浩浩荡荡"、"掌握历史的方向"的神发现："可是如今，我的体系像有了病"。权力接着登场，它毫不犹豫地宣称："我是病因。你对我的无限要求／就使你的全身生出无限的腐锈。／……而对你的任性，人心日渐变冷，／在那心窝里有了另一个要求。"这另一个要求就是魔，魔代表着反抗，神被无限的权力所腐蚀，魔从他那里夺来了"正义、诚实，公正和热血"作为自己的营养，魔在人心里滋长着，呼唤着"决斗"，由它来继承历史的方向。这时候人登场了，人处于"神"和"魔"争斗的中间，它们都呼唤着人起来帮助它们打倒对方，可是人已经厌恶了神，也不相信魔，他们已经看清了真理，该首先击败的是"无限的权力"，他们多少个世纪被卷进"神魔之争"，然而"打倒一阵，欢呼一阵，失望无穷，／总是绝对的权力得到了胜利！／神和魔都要绝对地统治世界，／而且都会把自

已装扮得美丽！"人感叹自己是多么容易受骗，然而他们现在已经
"看到一个真理"。如果诗剧在这儿结束，在"文革"那个年代里，它仍
不失为振聋发聩之作，可是穆旦不是廉价的乐观主义者，他让人在
魔鬼的诱骗下再一次上当，人再一次落入了历史的循环，起来反抗，
满心以为"谁推翻了神谁就进入了天堂"，这时候权力冷冷地发话：

> 而我，不见的幽灵，躲在他身后，
> 不管是神，是魔，是人，登上宝座，
> 我有种种幻术越过他的誓言，
> 以我的腐蚀剂伸入各个角落；
> 不管原来是多么美丽的形象，
> 最后……人已多次体会了那苦果。

这是一种貌似冰冷的智慧，然而仔细辨析，诗人在做出这样的判断
后内心充溢的恐怕仍然是深深的苦涩。通过这四个人物戏剧性的
冲突与联系，它展示了一个人类历史悲喜剧的寓言，同时也是一个
酸楚的预言。

　　穆旦在 40 年代就受奥登等人的影响，富于理性的思考、以思
想入诗是他的诗歌一贯的特色。这首诗也不例外，可是它的特点在
于并不是直接的思想演绎，而是把思想戏剧化，在戏剧的结构中展
示思想的全过程。《神的变形》至少有三个层次的转折：魔的反抗是
一个转折，人的觉醒是第二层转折，而人最后仍旧落入魔的圈套是
第三层转折，权力的冷冷的插话，使得这三个转折构成一个圆圈，
象征着人类历史可悲的循环，思想的层层转折、深入、循环的过程，
通过戏剧化的结构表现得非常生动，从而也就有了一种内在的形
象性。它也不是没有情感，只是情感深深地潜隐在思想的底层，决
不作过剩的流溢，却也因此获得一种深度与力度，使得有能力触及
到这种情感的人获得一种震撼。《神的变形》同时有一个潜在的神
话结构，就是从弥尔顿以至浪漫主义思潮以来的"神魔争斗"的神
话原型，在这个原型中，"魔"是代表争取自由的反抗者的形象出
现，穆旦运用这个原型却对之作了反讽式的处理，这不再是近代式
的朴素的"压迫——反抗"的戏剧，他发现"反抗者"也可以成为压
迫者，而人的历史仍是循环的怪圈。这其实也展示了一种现代主体

的分裂:无论是神、魔还是人自身的理智与感情,其实都是这个现代主体的不同侧面,"神的变形"这个循环实际上说明了现代主体在权力的运作秩序之中的分裂、变形、软弱与无力,自然这里也有一种哈姆雷特式的苦涩的智慧,处于"文革"的逆境中的穆旦仍然保留了浓重的现代意识。

"七月"派与"中国新诗派"诗人在40年代分别被批评家称为"现代的堂吉诃德与哈姆雷特",通过以上解读,我们可以发现在"文革"中,他们仍然保留了自己的独特的气质:一个是愤怒的反抗,一个是犹疑的智慧,只是在这时"堂吉诃德"已经饱经挫折,其理想主义已经不无辛酸,而"哈姆雷特"以他的智慧更加发现了时代的可悲与苦楚。

第四节　年轻一代的觉醒:
《这是四点零八分的北京》与《波动》

食指的诗《这是四点零八分的北京》^①与赵振开的小说《波动》^②,不但与"文革"中的公开发表的文学大相径庭,即使与五六十年代公开发表的作品相比,也具有迥然不同的特点。这标志着年轻一代不但在精神上从"乌托邦神话"中觉醒,而且尝试以自己独特的方式来表现自己的感性体验与理性思考,从而走出权力者制造的梦魇,回归到个体的真实体验,也因此它们具有一种涤除了政治权力话语之后的真率与清新。

《这是四点零八分的北京》与作者的另一首诗《相信未来》一起在知青中广为流传。作为上山下乡队伍中的一员,在即将离开故乡北京的一刹那,作者的心灵突然受到强烈的触动,这种触动包括对故乡、母亲、文明的眷恋,也许还包括对不可知的未来的恐惧。"这是四点零八分的北京",在"一片手的海浪翻动"与"一声尖利的汽笛长鸣"中,诗人突然感到:

> 北京车站高大的建筑
> 突然一阵剧烈地抖动
> 我吃惊地望着窗外

> 不知发生了什么事情
>
> 我的心骤然一阵疼痛,一定是
> 妈妈缀扣子的针线穿透了心胸
> 这时,我的心变成了一只风筝
> 风筝的线绳就在妈妈的手中

在当时的官方政治话语里"上山下乡"被解释为接受贫下中农再教育、改天换地、大有作为的神话,从而掩盖了当事人的真实感受,食指这样的诗却以真率朴素的态度,将个体的真实而独特的经验彰显出来。他具有天生的诗人的敏感气质,表现在这首诗中就是敏锐地抓住个体的"我"心灵中的几个幻觉意象,并把它们自然而集中地组合起来,这在 1949 年以后的大陆文学中是很罕见的。幻觉中"剧烈地抖动"的"北京车站",作为"我"的心灵的外化,强烈地表现了诗人的感情震动之巨,表现了那种"不知发生了什么事情"的茫然与无助。另一个"幻觉蒙太奇"也很精彩,"我的心骤然一阵疼痛,一定是/妈妈缀扣子的针线穿透了心胸"。对"幻觉"的出色表现,在文革中年轻一代的艺术探索中成了一个很重要的手段,表现出他们对政治权力话语的偏离与反叛。"妈妈缀扣子的针线穿透了心胸"所表现的正是文学中源远流长的对母爱的眷恋,在这种普通而强烈的人性面前,政治权力者们制造的所有神话都褪去了绚烂的光彩,显得苍白无力,而隐藏在其背后的现实的黑暗、悲哀与人性永恒的喟叹赤裸裸地表露出来。

赵振开的小说《波动》被称为"从黑暗与血污中升起的星光",其中也有类似的对幻觉的描写。在女主人公萧凌的意识中,母亲惨死的场面作为一种"创伤性经历"不断强烈地回复到她的幻觉中:

> 皮带呼啸着,铜环在空中闪来闪去。突然,妈妈冲出重围,向阳台跑去,她敏捷地翻到栏杆外面。"反正一死,谁要过来,我就跳!"
> 一切都静止了。天那么蓝,白云纹丝不动,阳光抚摸着妈妈额角上的伤口。

80年代的食指在病中疗养

"妈妈——"我大叫一声。

"凌凌——"妈妈的眼睛转向我，声音那么平静。妈妈。我。妈妈。眼睛。血珠。白云。天空……

娃娃脸似乎清醒过来，他用皮带捅捅帽檐，向前迈了一步。"跳呀，跳呀！"

我扑上去，跪在地上紧紧抱住他的腿，用苦苦哀求的目光望着他。他低下头犹豫着，

嘴唇微微张开，露出亮闪闪的牙齿。他咽了口唾沫用力把我推开。

"妈妈——"

白云和天空陡地翻转过来。

很难设想，如果不是这种蒙太奇式的幻觉描写，食指诗歌与赵振开小说中的强烈情感如何表现出来。在当时流行的艺术模式中，个人的爱憎感情必须以阶级标准来判断，"小我"的感情必须服从"大我"的理想，在这种话语模式中，个人的真正的感情必须按阶级的标准来过滤与消解，其任何流露如果最终不归结为对革命理想的衬托都有可能被认为是可疑甚至是反动的（即使在当时知青的地下文学中，这种话语模式也颇有市场，其典型例子如同样表现年轻一代中思想冲突的长诗《决裂·前进》）。在这一背景下反观食指

与赵振开的作品，我们不难发现其精神上的觉醒与艺术上的探索的同步性。这种艺术探索以一种"陌生化"的方式对现实进行祛魅除幻，其目的正如俄国形式主义理论家所说的，是"为了恢复对生活的感受，为了感受到事物，为了使石头成为石头"②，就此看来，食指与赵振开对个人主观感受的表现，无疑是冲破文革中虚假的权威话语对个人的真实生活经验的遮蔽的有力手段，在这种带有强烈的主观色彩的艺术中，蒙在时代表面的灿烂辉煌的神话面纱才被撕得粉碎，显示出现实"黑暗与血污"的真相。在此之后，人性的觉醒才有可能随着个人的觉醒进入人们的脑海与视野之中。

事实上，食指的诗歌与赵振开的小说中充满了个人象征与个人意象。上举的幻觉意象就是比较典型的例子。而《波动》中的个人象征与个人意象还要丰富，"书中那座城市充满了纯粹的错觉、损坏的偶像、邪恶、暴力、种种荒谬还有孤独。"如杨讯出场时的叙述："车站小广场飘着一股甜腻腻的霉烂味。……一路上，没有月亮，没有灯光，只是在路沟边草丛那窄窄的叶片上，反射着一点一点不知打哪儿来的微光。"这种充满了个人情绪的意象为全书定下了压抑的基调，有一种整体的效果。又如萧凌的意识活动，其中有些意象特别具有尖锐的刺激力：

> 我和黑夜面对着面。
> 空虚、缥缈、漫无目的，这是我加给夜的感觉，还是夜加给我的感觉？真分不清楚，哪儿是我，哪儿是夜，似乎这些都浑然一体了。

> 天空变得那样黯淡，那样狭小，像一块被海鸟衔到高处的肮脏的破布。

类似的例子举不胜举。在看惯了当时充斥在公开发表的文学中的那种虚假、枯燥、干瘪与程式化的共同象征之后，再看这些个人性的象征与意象，虽然传达的是一种压抑的情绪，但还是让人感受到人生的清新气息。

在个人的主体性回复之后，政治权力话语对现实的权威解释模式必然发生动摇，代之而起的是独特的个人在与其血肉相关的生活经验的基础上对现实与未来的思考。这些充满个人性的思考必然会激起更多的尖锐的矛盾与冲突，从而形成一个"多音齐鸣"的世界。就这一点而言，《波动》无疑得风气之先。小说采用了复调叙述的方式，主要的叙述者不但有主人公杨讯与萧凌，还有充满矛盾的地方领导林东平及其女儿，彻底的虚无主义者、充满了原始兽性的流浪汉白华等等。这些叙述者的不同视角展现出那个特定年代的现实的方方面面，以及不同经历与地位的人们冲突而矛盾的内心世界，从而展示了一幅多角度、多侧面的时代图景。以相恋的主人公杨讯与萧凌而言，同是时代的反叛者，他们的内心世界却有很大的差异与冲突。对这一点的表现是小说最成功的地方，因为这两个主人公代表了觉醒中的知青一代的两种典型心态，他们的个性互相冲突而又互相衬托。萧凌几乎经受了人世间最为惨烈的苦难，父母惨死以及被前男友抛弃的创伤性经验使她变得孤僻而封闭，趋于极端的怀疑主义，她不相信什么"终极的意义"，认为那只不过是"一种廉价的良心达到一种廉价的平衡的手段"。她眼中看到的是现实的黑暗与血污，正如她所说："这代人的梦太苦了，也太久了，总是醒不了，即使醒了，你会发现准有另一场恶梦在等着你。"与此相反，杨讯却愿意设想"一个比较好的结局"，插队时因农村大旱他领头反对交公粮并因之被逮捕的经历，也没有使他摆脱自己的理想主义。然而相对来说，由于其高干家庭出身，他没有更直接地面对现实的血淋淋的残酷，他的理想主义未免显得有些浅薄，正如萧凌一针见血地指出的："……你们总是相信结局……因为在每个路口都站着这样或那样的保护人"，"你们毕竟不用付出一切，用不着挨饿受冻，用不着遭受歧视与侮辱，用不着为了几句话把命送掉……"，由于这种浅薄，他得知萧凌有私生女时，不能体会她的难以言说的痛楚而残酷地与她分手。但在另一方面，这两个人物能走到一起，就有其共同之处，这就是对人性的执著。他们虽然各趋一端，但又互相补充。即使极端绝望的萧凌也企图在充满了"粗暴"、"狂野"与"残忍"的环境中保住

诗人赵振开

人性中的一点"优雅"与"诗意"，而永远不可能与残酷粗暴的现实协调。这一点"优雅"与"诗意"，就是在时代的黑暗中一点人性的

"星光"。"星光"这一意象,在小说中多次出现,正如杨健所指出的"星光是这个黑夜中唯一的光明,在没有温暖阳光的时候,这冷冷的光明就显得极其宝贵。这星光就是深藏在萧凌等人心底的未曾泯灭的人的良知。这星光是对要不变为兽或畜生,而保留的一点对人性的执著。"③可以说,这一点对人性的执著,是年轻一代精神上觉醒的契机与艺术探索的动力,它也为文革后中国文学的复苏作了预告。

注释:

① 引自《林彪同志委托江青同志召开的部队文艺工作座谈会纪要》,引文据谢冕、洪子诚主编《中国当代文学史料选》,北京大学出版社 1995 年版,第 632 页。

② 文革后期文学(艺)类杂志的复(创)刊,最早的当属《北京新文艺》(1971.12),这也许是一个率先发出的信息。但在全国范围来看,总体上呈现出"从边缘到中心"的过程,1972 年 1 月,先有《广西文艺》、《广东文艺》、《革命文艺》(内蒙古)复刊,随后吉、鲁、黔、川、湘等省市的文艺刊物也陆续复刊,到次年夏季,全国除上海(影响重大的文艺丛刊《朝霞》也于是年 5 月在上海创刊,但它直接受"四人帮"控制)、天津、江苏、浙江等省市外的大部分省市都有由当地文联或作协主办的刊物复(创)刊,而沪、津、苏、浙等地,也已有地市一级文艺刊物刊行。参阅《新中国文学词典·附录·文学刊物刊名变更情况一览》,第 1310—1330 页,潘旭澜主编,江苏文艺出版社 1993 年版。

③《金光大道》共有四卷。第一、二两卷分别于 1972 年 8 月和 1974 年 5 月由人民文学出版社出版。1994 年夏由京华出版社重版,并一次出齐四卷。

④《虹南作战史》,上海人民出版社 1972 年出版。

⑤ 1973 年 7 月 28 日,江青、张春桥、姚文元在审查湘剧舞台艺术片《园丁之歌》时,对影片横加指责,扣以"否定无产阶级文化大革命"、"为反革命修正主义教育路线招魂"的罪名,一年后,该片在全国范围遭到批判。

⑥ 根本任务论是在 1966 年"林彪委托江青召开的部队文艺座谈会"上正式提出的,即将塑造工农兵英雄人物规定为"社会主义文艺的根本任务",参见《林彪同志委托江青同志召开的部队文艺工作座谈会纪要》,收入谢冕、洪子诚主编《中国当代文学史料选》,北京大学出版社,1995 年版,第 635 页。

⑦ 1968 年 5 月,于会泳在《文汇报》发表《让文艺舞台永远成为宣传毛泽东思想的阵地》一文,依江青指示归纳出"在所有人物中突出正面人物来;在正面人物中突出主要英雄来;在主要英雄人物中突出中心人物来"。后来经姚文元改定为"在所有人物中突出正面人物;在正面人物中突出英雄人物;在英雄人物中突出中心人物"。这一原则被广泛运用于电影镜头的运用、舞台调度、情节安排等各个方面,既是创作原则又是批评标准。这个原则还演绎

出三陪衬、多侧面、多浪头、多回合、多波澜、多层次和高起点等一系列"三字经"创作模式,将人物和情节简化为固定公式。

⑧ 引自杨健《文化大革命中的地下文学》,朝华出版社 1993 年版,第 271 页。

⑨ 此诗作于 1968 年。引文依据谢冕、唐晓渡编《在黎明的铜镜中·朦胧诗卷》,北京师大出版社 1993 年版。在黄翔的《狂饮不羁的兽形》(纽约,天下华人出版社 1998 年版)和《黄翔禁毁诗选》(香港,明镜出版社 1999 年版)中,此诗文本有所改动:第 2 段第 1 行中"我的年代"改为"一个时代",全诗最后一行中"我的可憎年代"改为"一个可憎时代"。我们认为,从艺术上看,《在黎明的铜镜中》的文本要比《狂饮不羁的兽形》和《黄翔禁毁诗选》里的要好,更重要的理由在于,这个文本公开出版的时间要远早于后者,所以引诗选用了这个版本。

⑩ 引自同注⑧书,第 87 页。

⑪ 此诗写于 1968 年,有多种版本。本处引文依据林莽、刘福春编《诗探索金库·食指卷》(作家出版社 1998 年版),该版本与第一次公开发表在民刊《今天》文学双月刊上的文本略有差异。

⑫ 写于 1971 年。引文依据郝海彦等编《中国知青诗抄》,中国文学出版社 1998 年版。

⑬ 写于 1973 年。引文依据多多油印诗集《里程(多多诗选 1972—1988)》。

⑭ 引自张清华《中国当代先锋文学思潮论》,江苏文艺出版社 1997 年版,第 46 页。

⑮ 《缘缘堂续笔》据《丰子恺散文全编》,浙江文艺出版社 1992 年版。

⑯ 《丰子恺散文全编》,第 662 页。本教材所引用的丰子恺散文均依据此版本,不再一一注明。

⑰ 《半棵树》据《牛汉诗选》,人民文学出版社 1998 年版。

⑱ 本节引文均引自《对于人生和诗的点滴回顾和断想》,见牛汉《学诗手记》,三联书店 1986 年版。

⑲ 以上叙述参考了李方的《穆旦(查良铮)年谱简编》,该年谱收录于李方编《穆旦诗全集》(中国文学出版社 1996 年版)。下面讨论的《神的变形》亦依据此版本。

⑳ 《这是四点零八分的北京》原是地下手抄作品,初次发表于民刊《今天》文学双月刊第四期,后被编入多种选本,本教材依据的是林莽、刘福春编《诗探索金库·食指卷》,作家出版社 1998 年版。

㉑ 《波动》原系地下手抄作品,初次发表在民刊《今天》文学双月刊四、五、六期连载,用笔名"艾珊"。首次公开发表于《长江》1981 年第 1 期。本教材依据的是小说集《归来的陌生人》,花城出版社 1986 年版。

㉒ 《俄苏形式主义文论选》,中国社会科学出版社 1989 年版,第 65 页。

㉓ 引自同注⑧书,第 168 页。

第十章　"五四"精神的重新凝聚

第一节　"五四"新文学传统的复苏

　　随着 1976 年 10 月"文化大革命"结束，长期遭受压抑的知识分子的精英意识和"五四"新文学传统开始逐渐复苏。在此后一年半时间里，当文艺界尚未普遍地自觉摆脱文革话语时，最早隐隐展露出这种复苏迹象的，是"三只报春的燕子"：白桦的剧本《曙光》取材于中共党史，以历史悲剧借古讽今，首先揭开了几十年来压在人们心底的对极左路线的仇恨；刘心武的短篇小说《班主任》以中学生的愚昧无知为警钟，写出了"文革"十年盛行的反知识反文化的政治风尚造成的现实危害；徐迟的报告文学《哥德巴赫猜想》则直接为知识分子在"文革"中的遭遇鸣不平，正面表达出对文化知识的尊重和对知识分子的赞美。

　　这"三只报春的燕子"正预示着中国当代文学新的精神走向，而与此同时，中国政治和思想界的剧烈变化也体现着相似的趋向。由 1978 年春天至年底在政治文化和文学领域里发生的一系列大事的前后次序，不难看出文革后文学是怎样拉开帷幕的：1978 年 5 月 11 日，《光明日报》发表评论员文章《实践是检验真理的唯一标准》，随即引起了思想文化领域的一场大辩论；5 月 27 日至 6 月 5 日，中国文联召开第三届第三次全体会议，宣布中国文联及五个协会正式恢复工作，《文艺报》复刊；8 月 11 日，卢新华的短篇小说《伤痕》在上海《文汇报》发表；9 月 2 日，北京《文艺报》召开座谈会，讨论《班主任》和《伤痕》，"伤痕文学"的提法开始流传；10 月 28 日至 30 日，宗福先歌颂北京"四五天安门事件"英雄的剧本《于无声处》在上海《文汇报》发表；11月15日，北京市委正式为"四五天安门事件"平反；11月16日，新华社正式报道，中共中央决定为1957年被错划的"右派分子"平反；12月5日，北京《文艺报》和《文学评论》编辑部召开了文艺作品落实政策座谈会，为《保卫延安》、《组织部新来的青年人》等作品平反；12月18日至22日，中共十一届三中全会召开，思想解放路线始被确立①。

很显然，以"伤痕文学"为发端的"文革"后文学，在开始阶段里从时间上极其巧合地配合了政治上改革派对"凡是派"的斗争。所谓"凡是派"的主张是对"文化大革命"及毛泽东晚年错误思想的维护，是在理论上继续捍卫新的极左统治②。"伤痕文学"以显明的立场表达了对"文革"的彻底否定及对相关现实问题的揭露和批判，这种真挚而深切的现实情感在广大群众中获得响应，成为改革派否定"凡是派"的威力巨大的武器。在短短一两年中，文学创作得到极大繁荣，在批判现实方面达到了50年代以来从未有过的深度和力度，由此展现的知识分子的主体精神也出现了"五四"以来罕有的高扬，这种局面的形成和在一个短时期内得到维持，在某种意义上也是由于这一激情的表达有利于改革派对"凡是派"的全面发难，反过来便也相应从政治上得到支持。"文革"后的文学正是在这样一种政治与文学精神互为声援的默契中拉开了帷幕。

但必须认识到的是，"文革"后知识分子激发起巨大的政治热情，体现在文学创作中的是对"五四"新文学传统的回归，具体地说，是对"五四"新文学的现实战斗精神的回归。这一传统的意义归结起来，就是现代知识分子在半个多世纪的长期斗争中形成的一种紧张地批判社会弊病、针砭现实、热忱干预当代生活的战斗态度。也就如鲁迅所说的："真诚地、深入地、大胆地看取人生并且写出他的血和肉来。"③"文革"结束以后，知识分子作为人民群众代言人的身份重新确立起来，从最年长到最年轻的几代作家都以复活的政治激情和极大的勇气来直面现实人生，重新凝聚了现代知识分子的现实批判力量。他们最初对"文化大革命"进行反省、否定，揭发它的罪恶性，进而对现实社会中的种种弊病给予大胆的暴露，他们把满腔的政治热情和审视现实的批判目光结合起来，把批判的锋芒直接投向社会上与人民群众的意愿所不相容的阴暗面。可以说"文革"后文学是以批判"文革"、揭露社会弊病的"伤痕文学"作为其开端的，这正是"五四"新文学现实战斗精神再度高扬的标志。④

这种回归首先在从"五四"走来的一批老作家的创作中有着自觉的表现。巴金是杰出的代表，他自1978年底开始写作融回忆、思考、议论为一炉的散文著作《随想录》，历时八年才完成，从自身经历出发来反省"文革"，并由此展示出整个现代知识分子的主体精神在50年代以后历次运动中被屡屡摧残直到消灭的遭遇，书中更为深刻的地方还表现在巴金通过真诚的忏悔，暴露了"五四"传统被毁之后，知识分子丧失了自主性而成为"精神奴隶"，甚至堕落成权力体制的"帮凶"的悲剧命运。巴金在《随想录》中痛心疾首地呼唤着"五四"精神的真正回归，并且以这部著作的写作，实践了这一回归的努力。例如他在行文中始终贯彻着对现实问题的敏感与批判，如对死难的"五四"一代作家的追怀，对创作自由和精神自由的呼吁，对存留在当代社会形态中的封建意识的不留情面的揭露等等，可以说"五四"新文学的现实战斗精神和个性解放传统在《随想录》中都得到了复活。在巴金的影响之下，一大批老作家都自觉地投入了对"文革"历史的严肃反思，冰心、萧乾、王西彦和柯灵的散文著作，成为一个时代最激动人心的精神性文献。"五四"传统下不同文学风格的老作家也都以自身的创作个性来揭露文革，为时代留下见证。杨绛的《干校六记》以平和稳健的纪实风格，描写了钱钟书夫妇在"文革"时下放五七干校的真实情景；孙犁以《芸斋小说》为总题创作了自传体作品，以老年人的心情回顾"文革"时代的种种生活细节，对人心的卑劣与异化作出善意的讽刺。杨绛和孙犁都不是怒目金刚式的作家，他们以婉约、讽世的态度，更为本色地建筑起个人心灵深处的"文革博物馆"。

随着大批在50年代后被各种运动打倒的作家陆续得到平反，这时候还出现了被称作为"归来的诗人"的创作群体，包括因"胡风反革命集团"案遭受打击的"七月派"诗人胡风、曾卓、绿原、牛汉、彭燕郊等，因艺术观念的分歧而被迫离开诗坛的"中国新诗派"诗人杜运燮、辛笛、陈敬容、郑敏、唐祈、唐湜、杭约赫、袁可嘉，以及1957年被错划为"右派"的艾青、公刘、流沙河、邵燕祥等等。这些老诗人重返诗坛后，在价值取向上表现出对"五四"精神的自觉承续，一方面继续保持了原有的创作个性，另一方面他们以或激情或冷峻的方式,对几十年来的社会历史悲剧给予了深刻的批判,揭露出刻写在个人及民族精神上的巨大创伤。艾青的创作尤其在文坛上引起了广泛的关注。他从1978年起重新发表诗歌,久被压抑的诗情澎湃高涨,在此后不到五年时间里,写下了上百首激情饱满的新作。如写于"天安门事件"公开平反后第二天的长诗《在浪尖上》,正面歌颂了"四五运动"的英雄;又如哲理性的长诗《光的赞歌》以颂诗的宏大气魄写出了对任何形态的无约束的权威秩序的诅咒,以及对文明和"为真理而斗争"的自由精神的歌颂;再如广为传诵的《鱼化石》,以隐喻的方式写出了知识分子的心灵悲剧,诗中通过对鱼化石"失去了自由,/被埋进了灰尘","连叹息也没有,/鳞和鳍都完整,/却不能动弹"的状态描绘,生动地传达出一代有着自由思想和崇高信仰的受难者在被禁锢中的窒息感,使"鱼化石"这一形象成为整个知识分子群体的心灵创伤的象征。

1979年春孙犁在天津寓所

使"伤痕文学"得以命名的小说《伤痕》则代表了更为年轻的"知青"一代人的写作。"知青"是指文革中的下乡的知识青年,即"文革"时期大批中学生毕业后被直接送到农村"接受再教育",他们在个人成长过程中经历了理想与信仰的失落,内心深处对整个时代存有着巨大的怀疑,而当"文革"结束以后,这种无法弥补的心灵"伤痕",伴随着"已逝的青春"的感伤,给他们的创作笼上了一层阴郁和绝望的色调,同时也使他们磨练出了对于现实的异常敏感。除了卢新华的《伤痕》以外,这类小说还有郑义的《枫》、孔捷生的《在小河那边》、阿蔷的《网》、曹冠龙的《锁》、《猫》、《火》三部曲等。这些作品的共同主题首先体现在对"文革"的批判及揭露文革给人们造成的精神戕害上,在艺术上则都采用了能明确剖析社会问题的现实主义手法,如《伤痕》写少女王晓华受到"文革"思潮的蒙蔽,与被打倒的母亲决裂,最终才发现永远也无法再抹去被戳在心上的"伤痕";又如《枫》真实再现了"文革"中血腥的武斗场面,但更为震撼人心的还在于其中通过卢丹枫、李红钢这对青年恋人由于派系不同而不得不置对方于死地的近于怪诞的悲剧，揭示出了时代本身残忍的欺骗性。正是由这些富有直面现实的勇气和批判精神的青年作家的创作，开拓了敢于揭露社会阴暗面的现实主义倾向，而在"文革"后文学最初的繁荣局面中，为数最多反响也最大的就是对社会问题不断深入开掘下去的、暴露"文革"和极左路线的罪恶性的"伤痕文学"。在 1979 年又出现了一些更有针对性的作品，作家的阵容也不限于知青，如白桦、彭宁的电影剧本《苦恋》、王靖的电影剧本《在社会的档案里》、李克威的电影剧本《女贼》、沙叶新等的话剧剧本《假如我是真的》、刘克的中篇小说《飞天》、徐明旭的中篇小说《调动》等。其中《飞天》和《在社会的档案里》都十分大胆而尖锐地把批判锋芒指向了深藏于社会体制内的封建特权和官僚主义，尽管两部作品都有意把悲剧的背景设置在"文革"期间，但那种饱含在行文之中的激情与愤懑还是会很明显地促使人以批判的眼光来重新审视社会现实中的各种问题。《苦恋》则展现了爱国知识分子的悲剧命运，同样也对社会体制的弊病提出了追问。这些作品在当时思想解放运动的过程中引起争论甚至遭到否定是必然的，但它们显然在现实经验的基础上激活了"五四"新文学传统中的干预现实的批判精神。当时的作家们胸中涌动着知识分子新生的对现实生活的热情与自信，他们在揭露社会弊病的同时，把希望寄托于批判的社会效果上，在这种希望之中正滋生着已经消失了近三十年的知识分子的主体意识。

70 年代末中国文学的另外一次意义深远的变革是"朦胧诗"的崛起⑤。它的源头可以追溯到"文革"期间知青诗人食指和"白洋淀诗派"的创作，当北岛、芒克等自办的民间文学刊物《今天》（从 1978 年 12 月到 1980 年 7 月共出九期⑥）创刊以后，这一具有全新的审美精神的诗歌

七月派成员在第四次作代会期间（1985 年 1 月）的合影。前排左起鲁藜、曾卓，后排左起徐放、杜谷、牛汉、冀汸、绿原、路翎。

倾向在诗坛上开始发生重大影响。但"朦胧诗"并不是一个具有一致性的诗歌群体⑦,后来通常所说的"朦胧"诗人包括北岛、顾城、舒婷、江河、杨炼、芒克、多多、梁小斌等,他们的作品确实较多地运用了隐喻和象征的手法,而这种诗艺上的探索与诗人怀疑和反抗的精神取向是合而为一的,其中真正孕育了中国诗歌的现代主义。而在文革后的时代背景下来看"朦胧诗",可以发现它们在对现实的批判性上正应合了"伤痕文学",充满了一种把个人与民族的使命紧紧相连的理想主义,并且有着明显的自主性的自我意识和探索精神。这方面的代表作当属北岛的《回答》,诗人以愤怒的情绪来反叛现实世界中的既定秩序:"我不相信天是蓝的;/我不相信雷的回声;/我不相信梦是假的;/我不相信死无报应。"同时他以一种强烈的主体精神向世界发出挑战,诗行之中填满了激情的色彩,由此展露出来的精英意识无疑达到了当时文学中最高昂的顶点。

但是正如上文中所说的,"文革"后文学中政治权力与文学精神互为声援的局面只维持了很短暂的一个阶段。当"五四"新文学传统得到复苏、文学创作中渐渐滋生出了批判性的现实战斗精神和知识分子的精英意识时,文学与现实生活的磨擦也就在所难免了。从1979年到1981年,"伤痕文学"和大量反映社会阴暗面的作品陆续引起广泛争鸣,"伤痕文学"随即终结,那种知识分子自发的现实批判激情也慢慢开始减退了。

第二节　痛定思痛的自我忏悔:《随想录》

巴金自1978年底在香港《大公报》开辟《随想录》专栏,从1978年12月1日写下第一篇《谈〈望乡〉》到1986年8月20日写完最后一篇即第一百五十篇《怀念胡风》(陆续以每三十篇编为一集,共出五集,依次为《随想录》、《探索集》、《真话集》、《病中集》和《无题集》)⑧,其间历时八年。写完这部全长四十二万字的散文巨著,对于年届八旬的巴金来说,不仅意味着工作的艰辛,它还更是一次老人对自己心灵的无情拷问,是一次伴随着内心巨大冲突而逐渐深入的痛定思痛的自我忏悔。

巴金写《随想录》的出发点非常明确,就是要对"文化大革命"作出个人的反省,正如他在后来所写的《随想录》合订本新记中说的："拿起笔来，尽管我接触各种题目，议论各样事情，我的思想却始终在一个圈子里打转，那就是所谓十年浩劫的'文革'。……住了十载'牛棚'，我就有责任揭穿那一场惊心动魄的大骗局，不让子孙后代再遭灾受难。"他在《随想录》中真实地记录了"文革"给他和他的家人及朋友带来的身心摧残（如那几篇非常感人的著名篇章《怀念萧珊》、《怀念老舍同志》等），揭示出"文革"的恶性威力和影响并未随着它的结束而消失（如《"毒草病"》等），他以噩梦中与鬼怪搏斗的场景不断向自己加以警醒，或者反复呼吁"建立一个'文革'博物馆"（《"文革"博物馆》），来为世人留下这一民族灾难的见证。事实上整整一部《随想录》也正可以看作是巴金用纸和笔建立的一座个人的"文革"博物馆。

　　《随想录》的独特与深入之处，是其中对"文革"的反省从一开始就与巴金向内心追问的"忏悔意识"结合在一起，而不是像很多"文革'的受害者那样，简单地把一切责任都推给了"四人帮"，因而认为粉碎"四人帮"就解决了所有问题。巴金的反省包容了对历史和未来的更大的忧虑。这一反省在《随想录》中并不是一下子就完成了的，而是经历了一个逐渐深入的过程。最初是在《一颗桃核的喜剧》中，巴金这样责问自己："我常常这样想：我们不能单怪林彪，单怪'四人帮'，我们也得责备自己！我们自己'吃'那一套封建货色，林彪和'四人帮'贩卖它们才会生意兴隆。不然，怎么随便一纸'勒令'就能使人家破人亡呢？"接着，他又说起了令他一生都为之困扰的一件事，这就是他小时候在父亲的衙门里看到犯人挨了打还要向知县老爷谢恩的情景，这个儿时印象最早曾出现在他的第一部小说《灭亡》中，此时它再次浮现出来，成为贯穿《随想录》全书的总体意象。在以下篇章里，巴金不断反省自己的"文革"经历与奴隶意识的联系，他发现在"文革"初期他也曾像奴隶似的心甘情愿地低头认罪，主动改造思想，而在《十年一梦》中，他痛苦地喊出了这样的自谴："奴隶，过去我总以为自己同这个字眼毫不相干，可是我明明做了十年的奴隶！……我就是'奴在心者'，而且是死心塌地的精神奴隶。这个发现使我十分难过！我的心在挣扎，我感觉到奴隶哲学像铁链似地紧紧捆住我全身，我不是我自己。"

　　由这一痛苦的自白使《随想录》中的反省进一步深化下去，巴金以巨大的勇气来重新认识自己所走过的人生道路，于是在《怀念

写《随想录》时代的巴金

非英兄》中又有了一次这样的自我发现："只有在反胡风和反右运动中，我写过这类不负责任的表态文章，说是划清界限，难道不就是'下井投石'？"接下来的《怀念胡风》是他最后的也是最动感情的一篇随想，文中他详细剖析了自己在反胡风运动中为了明哲保身而不惜任意上纲写表态文章时的痛苦心情，此时的忏悔之情给他造成的内心伤痛已经无以排解，而使他感到恶心、耻辱。很显然，巴金在这里所忏悔的，已不仅是奴隶意识。所谓奴隶意识还是以相信自己有罪为前提，把自救的希望寄托于救世主，本质上是一种愚昧的表现。但巴金对他在 50 年代的一些行为的反思，则是挖掘到一个更深的思想层次上了：即在无约束的权威秩序统治下，他是为了保全自己而被迫牺牲正义和朋友，这就在事实上为无约束的权威秩序作了帮凶，而在这行为的背后，他原是明白是非的，所以他的良心也要为此而受到煎熬，结果就在愈加绝望的生存环境和身心交困的巨大痛苦中，他最终一点点地丧失了清醒的意志，放弃了作为一个现代知识分子的独立思想的自觉和能力，也根本违背了自己曾经奉为生命的自由精神和人文理想；这也正是他何以会在文革中变成精神奴隶的心理基础。

这不禁令人想到巴金在《"激流"三部曲》中塑造的"觉新性格"：一种在环境的压力下主动放弃个性和自我意识的不断妥协的性格。这原本是巴金站在"五四"崇尚独立人格和自由精神的立场上加以鞭挞的内容，他曾经是一个以"五四"精神为人生探索起点的现代知识分子，但经过了一场浩劫之后，才发现在自己身上也有着可怕的"觉新性格"，这是令他真正痛心疾首的事情。由此从《随想录》第七篇《"遵命文学"》中对自己在 1965 年参与批判柯灵的剧本《不夜城》的反省，到最后关于反胡风运动的忏悔，巴金艰难地完成了漫长的由浅及深的自我发现与清算。它的意义应该不仅在于巴金个人的反思，因为他所揭示的自己的心路历程，十分典型地反映出了现代中国知识分子一般所经历过的文化心态。特别是在 50 年代以后，整整一代知识分子悲剧的成因中，无疑是包含着他们逐步地在环境压力之下放弃了对权威秩序的批判和对"五四"精神传统的捍卫，这一放弃行为及随之而来的不断妥协、屈服于强势压力，最终在一代人的精神世界里打上了"觉新性格"的可耻的烙印。

当巴金以割裂伤口的勇气揭示出这一切潜隐在个人和民族灾难之下的深在内容时，他其实也完成了对自己和对整个知识分子群体背叛"五四"精神的批判。而《随想录》真正给人以力量和鼓舞的所在，便是它由作为知识分子的忏悔而重新提出了知识分子应该坚守的良知和责任，重新倡导了对"五四"精神的回归。比如巴金起初通过谈论创作自由的问题，反反复复地证明独立思想对于作家的重要性（如《"遵命文学"》、《"长官意志"》、《文学的作用》、《要不要制订"文艺法"》等篇），在后来几篇以"探索"为题的随想中，则明确地提出没有"独立思考"、"探索精神"的人跟机器人一样没有真正的生命力，而只有坚持"独立思考"的人才有资格享受自己的人生，通过表明对当时"伤痕文学"的支持态度，他还多次直接提到了作家的社会责任问题，对新一代作家的批判精神给以褒扬。从《随想录》的写作过程中，也可以看出巴金的"五四"现实战斗精神的逐步觉醒，他引用了赵丹的遗言："对我，已经没什么可怕的了"。（《"没什么可怕的了"》）这种重新被点燃的勇气使他对各种现实社会问题保持着警醒和批判的态度，对存留在当代社会形态中的封建意识则加以毫不留情的揭露，尽管在心理上经过了义无反顾和心有余悸的交替消长，但最终他战胜了几十年不幸遭遇留在他心头的恐惧，在最后的几篇随想，如《官气》、《"文革"博物馆》、《二十年前》、《老化》、《怀念胡风》中，火山爆发式的社会激情又重新从他的笔端喷射出来，老人真正敞开了心胸，义无反顾，大声疾呼，以尖锐的社会性抨击完成了"五四"人格的再塑造。可以说，这部"遗嘱"一般沉重深刻的"忏悔录"，为当代中国知识分子找回了久已失落的社会良知，也以个人流血的灵魂诉说确立了知识分子的当代精神传统，这就是自觉继承"五四"新文化传统，自觉地成为现实社会的清醒的批判者，用现代文化来战胜社会上各种丑恶、落后和黑暗的事物。

第三节　年轻一代的觉悟与反思:《死》

陈村是一位随着"伤痕文学"的浪潮出现的年轻作家。虽然他同这时期新出现的其他年轻作家一样，也是写自己亲历的知青生活，以自己的现身说法来揭露文革留下的"伤痕"，但无论在选材还

是艺术形式上，他从一
开始就显示出了许多独
特之处。他并不刻意去
写"文革"经历中惨烈的
一面，也不把尖锐的批
判意图作为自觉的追
求，因而与通常的"伤痕
文学"相比，可能很难找
出他明显的固定特点。
从他发表的第一篇小说
《两代人》，到后来的《走
通大渡河》、《少男少女，

作家陈村

一共七个》等作品来看，他都可以说是一个走位飘浮的"怪枪手"，
不仅一篇一个题材，而且是一篇一种写法，习惯于另辟蹊径，特立
独行。这些作品的另一个引人注目的特点，是其中经常出现"死
亡"的主题，这大约同作家特殊的生命体验有关，然而他虽然迷恋
死亡，却不是企图通过死者来达到歌颂或批判的目的，只是为了用
一种日常生活的描写来表达他对生活现状和生命意义的思考。因
此可以说陈村从创作的开始，就"努力从不同的视角的层面进入自
己拥有过的冥想、回忆、温馨情致，以及当下现实生存的情绪心
态"⑨，也可以说他是在时代的共名主题中自觉地保持了一定程度
的个性偏离。

　　但写于 1986 年的短篇小说《死》⑩，既没有他过去那种对待死
亡的淡泊和平常心，也没有那种夸夸其谈的反讽与幽默，面对他十
分敬重的老翻译家傅雷，他写出了一种超越以往个性的深沉而复
杂的感情，其中当然饱含了义愤和伤痛，但也分明翻滚着梦幻一般
的激情和热烈的爱慕。写作这篇小说的源起，是由于为了纪念文
革爆发 20 周年，有一家杂志社策划了一个选题，组织作家用小说
的形式写那些在运动中被迫害致死的文人。这家杂志社的编辑请
陈村找人写傅雷，在约稿遭拒绝后，他自己便应下了稿约。作家当
时的心情，在作品中明白地说出："我是为他的死而来的，他死得那
么沉，使我由这死感觉到自己的生。"这是因为他难以忘记自己曾
在那个寒冷的岁月里，说到过傅雷的死和众多的死，"说到苟活的

我们和我们的不堪苟活"；作家决心要以这篇作品去向已死去的傅雷陈述困惑："一代人的困惑和一代代的困惑"。

　　整个作品中透出一种梦魇般的气息。在开头段落里，作者"心事重重"地来寻访死者的故居，周围那些平常的景物使他"隐隐嗅到死亡之气"，随后他"走向死屋"，死气愈加浓重，而当房门在他身后合上，他看到"黑暗中有一双眼睛"，于是开始了与亡灵之间的错乱、痛苦的对话。梦魇的气息出自于文中对各种形象和感觉的隐晦的描绘，在根本上则是出自于作者对亡灵的心的感应。他由此进入了一个异样的时空，从他的自白看来，那里本是为他所不熟悉的，但亡灵的出现复活了那个时空里的氛围，"黑光与死气重造了世界的喧嚣与空洞"，那是令他极度恐怖的，死气吞没了一切，"远古联到现在的一切统统消隐，不再有东方西方。没有黑光。没有猩红。一切都远了，同时一切也都近了。"不用说，这种种的景象是隐喻着文革十年整整一个时代的灾难，那个时代似乎早已经成为过去了，且是作者无法直接感受的，但通过对亡灵的追寻，它的气息在他心中弥漫开来，把他也拽向了那个时代。

　　由这提领全篇的梦魇气息，作品完成了对文革灾难的隐喻与揭示，但它所要表达的更重要的意义还不止于此。全文中最惊心动魄的是作者与傅雷的亡灵在假想中的对话与争论。众所周知，傅雷是在文革之初，因不堪侮辱和夫人一起自杀的，作者所要追问的便是在那样一种梦魇般的环境里，死究竟有何种意义。作者的心情是极矛盾的："你的死比死还沉重地淤积在活人的心中，我已无法被阳光射穿。我只能找你来了，为的是摆脱这经久不衰的死气的纠缠，为的是你经久不死的目光。你死得那么黑暗，那么明亮。"面对依然痛苦的亡灵，他表达了困惑甚至责问，他不能理解先生何以会抛弃生，何以不和大家一起"苟活"，何以会忍心放弃一生挚爱的艺术，这困惑和责问似乎也指向了他自己，他在自身感情的迷乱中，仿佛要与亡灵争辩起来，但他始终未能得到直截了当的回答，亡灵的沉默不语中显现出令他心惊的尊严。作品里没有一条清晰的线索能表明这困惑的解决，但随之而来的是愈加沉重的悲愤，作者仿佛亲眼目击了悲剧的过程，他的描述因内心的激动几乎变得语无伦次起来："不可遏止的刺痛随之而来。几十年经营几千年积淀束手待毙毁于一旦。理想的世界始终是理想在默默流逝流逝流逝。"

那死气所吞没了的,不止是一个时代,而是更加久远的、与文明相伴的理想和人格的光辉。作者最终似乎与亡灵一起经历了死亡,他也终于洞彻了死亡的意义,那是先生为理想和人格树立的永远的墓碑,也是一种最为特殊方式的反抗和勇敢。尽管作者仍未放弃对这死亡的价值的怀疑,如他坚持认为因捍卫人格而死使人格"成为代价,成为累赘,成为渣滓",但他却情不自禁地发出了对先生之死的由衷赞美:"先生善良而远不弱小,那灿烂辉煌的死,使活着的人觉到生的黯淡。"

可以说陈村的《死》是以一种非常个人化的方式表达了对文革的反省。通篇是一场超现实的梦幻,而无真实故事的描绘,但是它以被抽象化了的主观感受强烈地突现出了文革灾难的血腥与罪恶,也以这种主观感受沟通了文革死难者与新一代青年之间的情感。隔了这一场浩劫,后者对前者的精神继承遭到中断,显得难以为继,正是经过了发自内心的怀疑、诘难与真诚思考,这继承才又成为一种潜在而真实的可能。

第四节 民族命运的自觉承担:《一代人》

> 黑夜给了我黑色的眼睛,
> 我却用它寻找光明。

顾城的这首写于 1979 年的小诗总共只有短短的两行,它以一组单纯的意象构成了对刚刚过去的"文革"岁月的隐喻。"黑夜"、"光明"和我的"寻找"在这里的含义都是不言自明的,类似的意象组合在其他"朦胧诗"作品中也常可见到:比如江河的《星星变奏曲》:"如果大地的每个角落都充满了光明/ 谁还需要星星 谁还会/ 在夜里凝望/寻找遥远的安慰",比如顾城的另一首诗《我是一个任性的孩子》:"我想在大地上/画满窗子/让所有习惯黑暗的眼睛/都习惯光明"。《一代人》①的意象则更为简约、自然,明白地表达出了诗人心中强烈的感受和意愿。

"朦胧诗"的崛起一直伴随着整个社会的理性和反省力的逐渐复苏,个人的情感表达往往也是整个社会的情感的投射,应该怎样面对黑暗时代留给我们的创伤,怎样才能改变个人和民族的命运,这是笼罩了所有诗人的疑问。向来被称作"童话诗人"的顾城,尽管一直沉醉于他的梦幻般远离尘嚣的"生命幻想曲"中,却也开始探索时代的问题,这首《一代人》就是一个最直接的回答。其实也可以把它看成是一代人"心灵史"的缩影:像顾城和其他"朦胧诗人"所代表的这一代,都是在文革中长大,心灵的成熟包括着对苦难的承担,或者是在不断的受伤害中经历成长,然而苦难却给予了他们超越性的信念和理想,使他们时时企图透过时代的阴暗寻找光明,时时企图在精神的向往与追寻中战胜苦难。这一类的表达可以一直追溯到食指在60年代"文革"初期的创作,例如那首著名的《相信未来》:"当蜘蛛网无情地查封了我的炉台/ 当灰烬的余烟叹息着贫困的悲哀/ 我依然固执地铺平失望的灰烬/ 用美丽的雪花写下:相信未来"。

诗人顾城

经过磨难的理想与信念导向个性的自觉,导向了一种坚强不屈的独立意志和反抗精神,这是《一代人》及"朦胧诗"整体上给人的印象,也是70年代末期文学中富有激进色彩的一面。这首诗仅有的两句之间意义上的转折,无疑也体现出了同北岛的《回答》相一致的精神取向:"告诉你吧,世界,/我——不——相——信!/纵使你脚下有一千名挑战者,/那就把我算做第一千零一名。"面对"黑夜"毫不妥协,自觉承担起民族的命运,同时伴随着个人高涨的理想主义,可以说这便是北岛、顾城和他们这"一代人"对苦难和整整一个行将过去的黑暗时代的回答。

注释:

① 参阅陈思和《民间的还原:"文革"后文学史某种走向的解释》,收入《陈思和

自选集》,广西师范大学出版社 1997 年版,第 227 页。

② "凡是派"主张的中心思想表述为两句话:"凡是毛主席作出的决策,我们都坚决拥护;凡是毛主席的指示,我们都始终不渝地遵循。"这就是著名的"两个凡是",最早见诸文字,是在发表于 1977 年 2 月 7 日的《人民日报》、《解放军报》及《红旗》杂志上的社论《学好文件抓好纲》中。

③ 鲁迅《论睁了眼看》,收入《鲁迅全集》第一卷,人民文学出版社 1982 年版,第 241 页。

④ 参阅陈思和《中国新文学发展的圆形轨迹》,收入《中国新文学整体观》,上海文艺出版社 1987 年版,第 45 页。

⑤ 当时有三篇支持"朦胧诗"的理论文章被称作"三个崛起":谢冕的《在新的崛起面前》、孙绍振的《新的美学原则在崛起》、徐敬亚的《崛起的诗群》。

⑥ 参阅《〈今天〉编辑部活动大事记》,收入廖亦武主编《沉沦的圣殿》,新疆青少年出版社 1999 年版,第 438 页。

⑦ 它的命名仅仅来自于一篇批判文章,即 1980 年 8 月章明发表在《诗刊》上的《令人气闷的"朦胧"》,文中所指的是一些诗意"朦胧"的诗歌新作。

⑧《随想录》最初由人民文学出版社于 1980 年 6 月出版第一集,到 1986 年 12 月出齐。1987 年 9 月,生活·读书·新知三联书店出版合订本。本节论述还参考了韩国李喜卿的硕士论文《在〈随想录〉里表现出的作家自我形象恢复过程》。

⑨ 杨斌华《屋顶上的脚步·跋》,长江文艺出版社 1992 年版。

⑩《死》,初刊于《上海文学》1986 年第 9 期。

⑪《一代人》收入《顾城诗全编》,上海三联书店 1995 年版,第 121 页。

第十一章　面对劫难的历史沉思

第一节　"归来者"的历史反思

　　"文革"后文学的最初构成,除了"五四"一代老作家们对知识分子精神传统的恢复以外,另一个重要的力量便是"归来者的反思"。本章所讨论的"归来者"是有特定所指的,它主要是指50年代开始走上文坛的一批作家,他们有着差不多相似的经历:一般出生在30年代,少年时代起就接受了中国共产党的影响,有的甚至直接参与了共产党夺取全国政权的斗争,具有一定的"革命资历",这使他们年轻的履历变得十分耀眼,曾经是踌躇满志的一代文学新人。由于他们身上没有老一代知识分子已经承受的历史负担,因而50年代初期文艺界频繁的思想斗争并没有给他们的精神投下多大的阴影,相反,在"百家争鸣,百花齐放"文艺方针鼓舞下,他们以文坛上的新一代主人的身份和热情,携着他们对现实积极干预的处女作走上了文坛,他们当中包括刘宾雁、王蒙、公刘、流沙河、邵燕祥、白桦、张贤亮、高晓声、方之、陆文夫、李国文、从维熙等等。但在1957年夏季开始的"反右斗争"风暴中,他们的热情和思想锋芒受到了残酷的摧折,他们的作品都受到了严厉批判,作者本人则被打入社会的底层,他们当中有的被监禁,有的被发配到穷困偏远的地区,有的在车间工矿,从事着艰苦的甚至是非人的体力劳动和思想改造,经历了长达二十多年的磨难,其中包括"文化大革命"时期。1978年11月16日,中共中央正式为1957年错划的"右派分子"平反,使这批作者终于恢复了政治权利,50年代遭到批判的作品重新被肯定。1979年初,上海文艺出版社编辑出版了这批作家的作品选集《重放的鲜花》,这便成为他们重返文坛的标志,"重放的鲜花"于是成为这一代作家在文坛上的共同标识。

这些重新获得创作机会的作家们,依凭着特有的群体优势,自然而然地成为70年代末到80年代初文学创作的主力。与上一代和年轻一代的作家相比,他们有着特有的优势:二十多年的底层生活不仅仅是无法摆脱的个人梦魇,而且,这一段经历使他们对中国的现实有了切身的了解,同时也丰富了个人生活的阅历和体验;与那些步入老年的上一代作家相比,复出后的他们一般正是五十岁上下的年龄,这正是他们一生创作经历中的黄金岁月;与知青一代相比,他们在50年代已有的创作经验虽不丰厚,但足以在"文革"后文学的荒原废墟上显露头角,至少免去了如知青一代作家的初期摸索过程;积压二十多年的情感与思想终于有了展示的机会;更重要的是:他们的个人命运和生活体验本身为认识现实、反思历史提供了这一代人所特有的理念,他们在50年代已经确立了与国家意识形态相对应的个人和社会理想,尽管之后二十多年的遭遇也曾使他们对这种理想发生过怀疑和破灭,但苦尽甘来的平反昭雪反而加深了这种信念和理想,更坚定了他们对待历史和现实的理性主义态度。这种理性主义态度,对他们的创作带来了很大的影响。

某种意义上说,这一批"归来者"作家在社会主义的历史条件下复活了"五四"一代知识分子的现实战斗精神,他们大多数人与"五四"时期的知识分子主流一样,心系国家民族的未来,自觉地充当人民大众的代言人,他们敢于以执政者的诤友身份为民请命,揭发社会弊病,并将这种战斗精神与"五四"知识分子传统联系起来。他们自觉认定:我国文学有一条可以引以为自豪的"五四"传统和鲁迅的道路,那就是同劳苦大众血肉相连,倾听群众的呼声,走在时代的前列和敏锐地感受生活的需要,探索真理,以极大的革命热忱投身于火热的战斗。这就是"五四"一代知识分子所开创的现实战斗精神的传统。高晓声在阐述自己的文学观念时曾形象地说:"跌倒了站起来,打散了聚拢来,受伤的不顾疼痛,死了灵魂不散,生生死死,都要为人民做点事,这就是作家们的信念。"①从这些宣言式的语言和精神来看,这一批"归来者"作家是以50年代背景下的革命激情与"五四"新文学的战斗传统相结合,构成自身的特定的现实关怀。他们紧张地注视着国家政策的抉择与变化,毫无保留地坚信并支持改革开放的政策,反对上上下下的这一政策的反对者,并且对那些反对者以及社会上腐败不正的风气展开紧张的批判斗争。

应该说,"归来者"作家复出的当时,中国政治文化的客观环境极其有利于现代知识分子现实战斗精神的高扬。中共第十一届三中全会确立的思想解放路线,结束了自"文革"以来的中共党内极左政治路线及其意识形态的统治,确定了"思想解放"的马克思主义探索路线,中国的政治文化也相应地形成了一个"摸着石头过河"的改革探索期;同时,广大民众的政治热情空前地高涨。这种热情急切的为民请命的声音,在国家新的政策的支持、同情和默认以及民众政治热情的推动这双重作用下,很快就成为这一时期文学的主流。不但是"归来者"的声音,整整一代清醒认识历史的中年知识分子都参与了这一反思的行列。

1979 年《人民文学》第二期刊登了茹志鹃的短篇小说《剪辑错了的故事》,作家不再像"伤痕文学"作家那样直接表现痛苦的历史和私人情感,而是表现出一种痛定思痛的努力,对"文革"这场历史灾难的认识有了明显的深入。她通过作品的叙述挖掘了发生在 50 年代农村"大跃进"运动中的灾难根源,检讨近四十年历史中执政党与人民群众之间的关系的演变,甚至以梦幻的手法写出了令人痛心的警告:如果再一次发生战争,老百姓还会像抗战时代那样支持抗日军队吗?这个问题提得相当严峻,但作家的立意是维护执政党的根本利益,希望执政党能够吸取历史教训,以此为戒。以这篇作品为标志,中国文学领域在 1979 年至 1981 年间形成了一股以小说为主体的"反思文学"思潮,而"归来者"们的创作是其中最主要、最瞩目的。

与"伤痕文学"相比,"反思文学"具有较为深邃的历史纵深感和较大的思想容量,揭露和批判极左路线、反对官僚主义,揭示社会和历史悲剧,呈现和剖析悲剧人物的命运遭际,刻画悲剧人物性格是它们共同具有的鲜明特色,这种揭露性的内容和思想特色也成为反思作品吸引读者的最主要的因素。但也因为这批作家的理性主义色彩,他们相应地失去了"伤痕文学"那种刻骨铭心的忏悔与绝望,在某种程度上回避了揭露"文化大革命"的灾难性实质,他们"反思"的历史范围也局限在一定的政策之下，而且大多数是以苦尽甘来的"大团圆"为结局。所以，从"伤痕"到"反思"，反映了"文革"后文学与现实环境的第一场冲突龃龉以及随机转形。

"反思"作品的一个共同艺术特征是突现故事的政治背景和故事情节。"反思文学"将几十年历史真相昭示于人，整合出一部政治运动迫害知识分子的历史，传递出前所未有的关于社会主义社会的复杂信息，加强了对历史与现实的尖锐的批判意义。其中的大量作品描绘了一幅幅好人落难、坏人当道、君子不遇、小人得志的世相图，并以启蒙式的话语突出了极左政治路线与传统封建思想如何合二为一地造成社会和人的深刻异化，赞美了不屈不挠的人性力量和知识分子的执着信仰。几十年悲剧何其多，而如今黑暗终于散去，苦难终于结束，"好有好报，恶有恶报，不是不报，时辰未到"的心理在这批作家的每一篇"反思"作品中都有体现，而不管前面对历史灾难的叙述有多么的压抑。

由于要在每一篇作品中浓缩几十年的故事，使"反思"小说大多倾向于篇幅的拉长，约定俗成的短篇小说的容量无法展开情节，而结构长篇小说还没有充裕的时间和心态，于是作家们都不约而同地采取了中篇小说的形式，这与其说是一种自觉的文体选择，不如说是出于表达需要而在无意间形成的一种共同趋势，但在客观上却是中篇小说一度空前繁荣的主要成因，因而，80 年代初的"中篇小说热"成为"反思文学"的一种共生现象。另一方面，它又与七八十年代之交的对小说艺术手法的探索相呼应，茹志鹃的《剪辑错了的故事》和宗璞的《泥淖中的头颅》，尤其是王蒙的被称为"集束手榴弹"的《布礼》等六个中短篇小说，都开始尝试采用以人物的意识活动为叙事线索的结构和表现方式，这对中国当代小说的叙事传统带来令人耳目一新的变化，而青年作家高行健的《现代小说技巧初探》一书对西方现代派文学技巧的扼要介绍，又在小说理论上给予作家们极大的启发。

面对劫难的反思有两种不尽相同的叙事立场。较为普遍的是将个人的苦难与民族的苦难联系起来，从而使个人的苦难具备了超越个人的普遍的启蒙意义。如王蒙的《布礼》、《蝴蝶》，张贤亮的《灵与肉》、《土牢情话》、《绿化树》，鲁彦周的《天云山传奇》，张一弓的《犯人李铜钟的故事》等等，这种作品的主人公不是知识分子，就是干部,他们既是受难者,又都是心怀天下或为民请命的英雄,其中尤以知识分子居多。这样,作家在个人苦难经验和民族灾难之间就有了一种普遍的联系,这种联系,一方面满足了作家个人情感宣泄和表达的愿望,另一方面也为他们心系庙堂、表现对时代历史的思考找到了一个切实的途径,但与此同时,也往往使那些知识分子受难者的形象沾染上一层虚构色彩,体现了他们企图在民间和庙堂之间构筑知识分子神话的努力,在这些受难英雄的身上,多少显露了这一批知识分子对自身经历的一种迷恋情绪。另一种叙事方式是有意无意地从民间的视角和立场反思中国民主革命和历次政治运动中存在的悖谬与悲剧现象。如茹志鹃的《剪辑错了的故事》、高晓声的《李顺大造屋》、方之的《内奸》、古华的《芙蓉镇》等,虽然这些作品所体现的反思主题与前一种没有根本上的区别,而且作为一种叙述立场的选择也很难说是完全自觉的,但它们毕竟为"反思文学"提供了另外一种思考途径和立场,也为文革后文学预示了一种新的可能开拓的空间。

第二节 从"同路人"的立场反思历史:《内奸》

中篇小说《内奸》②是"反思文学"中相当典型的一个作品,作者方之就是 50 年代江苏"探求者"团体③的成员之一,后被打成"右派",这是他复出后的一个代表作。小说叙述的故事发生在苏北农村,时间则从 40 年代初的抗战时期一直到 70 年代末,先后跨越了近四十年,作品以"不干不净,好吹好炫"、经历复杂的榆面商人田玉堂为主人公,通过一系列富有传奇色彩的情节和生动的场面,在与各色各样的共产党人的对照中,揭示了"内奸"这一命名下的复杂内涵,体现了作者对四十年中国历史的深刻而又别具特色的思考。这种在历史的纵深中展示社会悲剧,并对导致悲剧的历史原因作出追根溯源的探询的方式,在当时很具有代表性,它是建立在作者二十多年的个人命运遭际和对民族、历史的痛苦而执着的思考的基础之上的。

作品塑造的主人公田玉堂,是"文革"后文学人物画廊里十分独特的一个。所谓"不干不净,好吹好炫",只是带有特定政治意识形态眼光的一种界定模糊的评价。这个普通的小商人在战争年代里，因为日本侵略军的蹂躏而惶恐不安，也为八路军的日益壮大而惊异。当他看到家有万贯的大地主少爷严赤不仅参加了共产党，而且变卖捐出了全部的家产，惊诧之余他感到纳闷：共产党何以有如此的吸引力？自此他不再像躲避土匪那样躲避共产党了，还很乐意与他们交往。作为与共产党交善的商人，他不仅为新四军提供了许多药品，还时时牵挂着他们的生死安危。1942 年日本军队围剿新四军的时候，黄司令员托他设法掩护快要临产的女共产党杨曙，她正是副司令员严赤的妻子。田玉堂以多年为商的机敏和社会关系，闯过重重难关，终于使母子二人平安无恙。这是小说上编所叙述的故事。下编则已是"文革"时代了，当了县蚊香厂厂长的处处受人尊敬的民主人士田玉堂在一片"砸烂"声中一下子变成了牛鬼蛇神，"什么挂

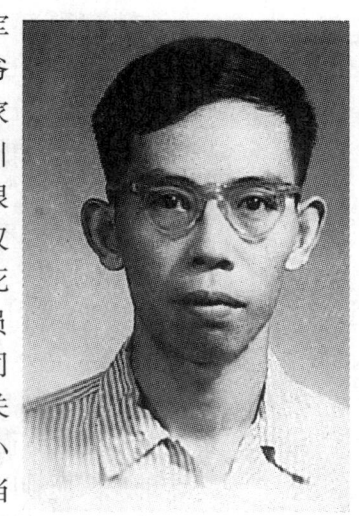

作家方之

牌子、高帽子、阴阳头、喷气式之类，倒也平平，无啥可说"，但当有人出于不可告人的目的诬陷黄司令、严赤夫妇为"内奸"，并要他作伪证时，他本着自己的良心实话实说，因而招来一顿打，并将他革职为民，遣返故乡喂猪去了。田玉堂对拷打他的"造反派"说："今后打起仗来，还有谁来掩护你们工作同志呢？"

　　"内奸"本是个充满政治意识形态和党派色彩的名词，在中国现代复杂的政治斗争历史中，它的所指往往随着党派立场和时势的变迁而发生戏剧性的变化。《内奸》中所叙述的老干部在"文革"中被诬为"内奸"终而昭雪的故事和背景，并没有越出四十年党史斗争的范畴，与当时流行的"伤痕文学"和"反思文学"作品的题材也并无多大的差别，但作者所选取的叙述视角却是相当独特的。小说以田玉堂这个富于民间色彩的人物为主人公，以他的眼光看取四十年来的政治风云，使这段历史的是非曲折又有了另外一种解释。就田玉堂个人来讲，作为一个普通的商人，他的历史并没有什么值得炫耀的地方。他为共产党做事，是出于一个中国人的良知和对这个组织的朴素的好感，并不曾出于一种信仰而使他把全身心都交给组织，对于真正的共产党人而言，他始终是一个"同路人"，他从惧怕、远离共产党，到同情、钦佩、最终参与共产党人的事业，成为一个小企业的厂长，都是出于一个普通百姓的良知。但具

有悲喜剧意味的是：他正是以其特有的甚至有点软弱的方式，不仅保护了他自己人格的完整，抵制了极左政治路线和政治阴谋者的行径，而且还在某种意义上成了黄司令员、严赤这样的英雄人物的救命恩人；更与像田有信这样在"干干净净"的白大褂底下精心掩盖着私利的"共产党人"形成了鲜明的对照。

小说并不是从正面去展示和探问"文革"的悲剧及其历史成因，而是以一个胆小、谨慎、四面逢迎的普通人的悲哀、痛苦来折射时代悲剧，田玉堂的悲剧不会激起大悲大恸，而是引发一股淡淡的苦涩，在这一种甜酸交织的苦涩里，我们感到普通人的美好与卑微，勾起我们深深的隐痛。作为一个民间小人物，他没有可歌可泣的历史壮举而无法进入崇高和壮美的正史，也没有直面惨淡血污的现实而难以有令人崇敬的英雄色彩，但以民间化的视角来叙述政治历史的悲剧性变迁，其本身就是历史反思的一种表现。

这篇小说在艺术上的特别之处，还体现在故事的传奇性和独特的讽刺手法上。

《内奸》的作者采用了中国古典话本小说的"说话"方法，一开始便提挈出故事延续的时间和涉及的人物，然后慢慢道来，脉络清晰，娓娓动听。作者不是孤立地描写环境、事件和人物，也不对人物肖像、心理、动作和对话作静止的刻画，而是以田玉堂的遭遇为主线，在四十年的历史中选取了1942年护送杨曙就医脱险和文革中身陷冤狱、有口难辩这两个传奇式的事件，让许多人物纠缠在一起，在波澜起伏、出乎意外而又合乎情理的故事发展中刻画人物，表现时代。同时，故事的传奇性和作品所采取的独特的叙述语言有关，小说土腔土调的叙述语言与叙述结构和叙述方式相得益彰。

《内奸》的辛辣讽刺不仅表现在让讽刺对象自我嘲弄，自相矛盾，比如将田有信的圣洁的言辞与卑劣的行径相互对照，更重要地体现在对人物和情节的把握与安排上。精通买卖，交游广泛，好吹好炫的榆面商人田玉堂本来是一个具有民间喜剧色彩的人物，他惯于随机应变，真真假假，云天雾地，但作者恰恰在这个人物身上发掘出悲剧性的讽刺意味，田玉堂本来并不了解共产党，后来在黄、严两位共产党人的感化下叹服了，并为之冒了风险出了力气，到头来被当作"内奸"；他当年好吹好炫时倒没被当作坏人看待，文革中他本着良心，不吹不炫，老老实实时，却反而连遭痛打。时代历史的内涵在田玉堂这个民间人物的眼里,与"好人落难,小人得志"和世事变幻的沧桑感叹相结合,获得了独特的讽刺效果。

第三节 对理想主义及其实践过程的反思:《海的梦》

王蒙是同代人中最富于艺术探索精神的作家之一。1958年因为发表《组织部新来的青年人》,他被补划为"右派",随即下放劳动五年,"右派"摘帽后他携家去新疆,在与兄弟民族的亲近相处中他不仅学会了维吾尔族语言,而且学会了来自维吾尔民间的幽默、宽容和乐观的生活态度。"故国八千里,风雨三十年",特殊的经历熔铸成他特别的文体。1979年他回到北京,成为创作力喷发最为壮观的作家之一。

短篇小说《海的梦》④写于1980年4月,这是复出后的王蒙在70年代末80年代初相继创作的被称为"集束手榴弹"的六篇小说(即中篇小说《布礼》、《蝴蝶》,短篇小说《春之声》、《夜的眼》、《海的梦》和《风筝飘带》)之一,它们既反映了作者对历史和现实的复杂感受和深入思考,也是他在小说叙事艺术领域率先进行大胆探索的集中体现。也许是不愿重复或变相地重复在《布礼》和《蝴蝶》中已经铺衍过的蒙冤受难昭雪的故事,《海的梦》"去掉了很多叙述语言,没有那么多交代过程的话"⑤,它显得单纯、含蓄而又凝练深厚。概括地说,小说通过主人公一段情绪活动的描述,浓缩了一代人的惨痛经历和沧桑体验,同时又是对他们这代人的理想主义及其实践过程的反思,在这里,个人的坎坷遭遇和国家民族的历史灾难已经被自然地连为一体,或者说,作者在自身的遭遇中看到了历史的曲折进程和未来发展,在理性主义和理想主义的前提下,个人生命的价值在这一结合中显示了超越性的意义。

《海的梦》的情节线索十分简单,五十二岁的翻译家和外国文学研究专家缪可言经历了长期苦难之后,来到了一个海滨疗养地度假,这一次疗养终于使他看到了自己向往一生的大海,他禁不住无限感慨。但是仅过了短短五天,他又毅然提前离开了这个迷人的海滨。作者在这一简单的情节线索里,融入了大量细腻的心理描写，生动地描述了主人公丰富的内心世界和对历史人生的深沉思考。缪可言出生于内陆，以前从没看见过大海，而由于安徒生、杰克·伦敦和海明威等外国作家作品的熏染，他少年时代所拥有的激进而浪漫的理想却一直与大海的浩瀚神秘意象结合在一起，即使是被莫名其妙地打成"特嫌"（即特务嫌疑）而经历了二十多年的苦难，大海对他还是不减其魅力。现在他终于投入了海的怀抱，眼前辽阔的大海激发了他的阵阵思绪。缪可言对个人的苦难、对曾经拥有的理想和梦想、对民族的历史和未来都有一种冷静清醒而又平和温熙的沉思，个人伤痛的惨烈记忆、历史灾难导致的激愤在这里都已化作平静的回味和思考，就像这平静的大海也曾经翻腾起滔天的巨浪一样。

理想主义精神特色在王蒙的作品里体现得最为鲜明突出，他在创作中对理想的反思和执着也在同代人中最具典型性。曾经是"少年布尔什维克"的王蒙，在屡经劫难之后，并没有唾弃早年的理想主义，平反复出的遭际反而坚定了他对历史理性主义的认同，也就是不管历史发展有多少曲折，前途总是光明的。因此在对理想讴歌时他不忘冷峻地指出它的艰难性，同时，在对一切不符合理想状态的现象批判与揭露时，也抱有隐约的谅解与同情。这种"中庸"的态度早在他青年时代的作品里就表现为林震与刘世吾的关系，以后长期的灾难性生活阅历又坚固了这种人生观，所以他的作品既不偏激也不放弃自身的责任，处处显出圆融贯通。这些思想倾向在《布礼》和《蝴蝶》中已经通过主人公命运的具体叙述以大体类似的方式作了颇为生动的表达。"虽然对于那些消极的东西我也表现了尖酸刻薄，冷嘲热讽，然而，我已经懂得了'凡存在的都是合理'的道理。懂得了讲'费厄泼赖'，讲恕道，讲宽容和耐心，讲安定团结。尖酸刻薄后面有我的温情，冷嘲热讽后面我有谅解，痛心疾首后面我仍然满怀热忱地期待着"⑥，《海的梦》在对个人命运和历史变迁的理想主义态度上，是这一倾向的延续。

作家王蒙（徐福生摄）

　　但是,《海的梦》里所弥漫的沉思和感伤情调似乎更加浓郁。王蒙在给这位主人公取名时,似乎颇费了一番心思,隐含了一种复杂的寓意。在汉语中,"缪"姓读作 miao,另作 miu 读,释为"谬误";又通"穆",为穆然静思之意;亦读 liao,通"缭",有缠绕之意。在这个人物身上,包含了作者对生命一去不复返的无奈感叹,历史谬误对生命的摧折就个体来说毕竟无法挽回,在如愿以偿地见到大海的短暂满足之后,他想到的则是对青春不再的悲叹。终于挣脱了"特嫌"的(——即"文革"中对"特务嫌疑"的简称)政治帽子后,领导和同事们最关心他的是两件事:一是好好疗养一下以恢复健康,二是"刻不容缓地建立一个家庭",二十多年的磨难使他不可能为自己寻找一个生活伴侣,但他并没有接受大家的好意劝说,他觉得自己已经错过了时间,"萝卜、白菜,各有各的播种节令",爱情的美酒"如果发酵过度也会变成酸醋。俱往矣,青春,爱情,和海的梦!",对于海,他"梦想了五十年,只呆了五天",因为这里的"天太大。海太阔。人太老",这便是"谬",谬不可言,或可言者尽谬,短暂而独特的生命面对历史的荒谬,一切似乎都难以和无可言说;但与生命血肉相连的感受,一切又都挥之不去,它时时会将人的思绪掳回逝去的年华,这真是够"缭"人的。

　　不过,作者似乎又不愿过于沉溺于这样伤感的回味之中,他竭力要借助于现实、借助于对历史和现实的理性思考即"穆然静思"而摆脱出来,而早年确立的信念和理性主义和集体主义的人生观正好是他有力的支撑。小说最后,当缪可言在夜晚的海滩上看到一对年轻恋人的身影时,当他把个体的生命融入历史整体中去思考时,才又在理性主义的逻辑里找到答案和精神归宿,"爱情、青春、自由的波涛,一代又一代地流动着,翻腾着,永远不会老,永远不会淡漠,更永远不会中断"。这里包含了一种久经劫难的理想主义与个人身心体验之间的心理矛盾和心理冲突,解决方式也是王蒙这一代人所特有的,尽管对青春和生命在劫难中的白白耗去表示了刻骨铭心的悲叹,但在理智上他仍要用理性主义的历史观说明青春和生命在群体中的延续,从而为一生所信奉的理想主义寻找一个依托。这种对理想和理性的坚执在王蒙已成为一种自觉,他在致老作家严文井的信中说起写作《海的梦》的初衷:"我原意只是为青春唱一首赞歌,证明哪儿也不应该没有年轻人。……没想到前半部分却触动了一些上了年纪的同志",因为严文井在小说里更多地感受到的是青春不再、生命流逝的悲情:"它的艺术效果,对于我这样年龄的人来说,几乎近于残酷"[7]。这不仅是一个作品的主观意愿与客观效果的问题,它也正体现了王蒙这一代人反思历史的特有方式,不是从个人的立场,而是以民众的代言人乃至于民族良知的身份发言,个人的所有情感体验和精神矛盾最终都在汇入群体和历史的过程中才能得以解决,才会获得意义。

在作品的表述方式上,王蒙并没有正面具体地叙述主人公的沧桑经历,而只是以大海为中心意象,以简单的外在动作引发人物丰富的意识活动,让主人公梦魂幻游,锐意求索,淋漓抒情,把一个历经沧桑、从生活谷底一下子上升到顶峰的主人公的感情心态、意识活动,真实而生动地描绘了出来。他对于大海的情思意念,就像连绵重叠的波浪,闪着粼光,带着声响,汪洋浩瀚而又平稳深厚,以梦幻般的旋律谱写了一曲激动人心的乐章,沉思中交织着幻想和追求,既是洋溢着浪漫的意绪,又是浓缩了历史和现实的深厚内涵。人物的意识流动实际已成为小说的结构线索,但在这连绵不断的意识片段之间,仍有一个理性的逻辑存在,它始终围绕着对个人命运和理想的理性思考,并把个人与民族历史联系起来,在个人与历史命运的同构中,以这一代人所特有的方式,形象地阐述了对理想主义及其实践过程的思考。

第四节　对民族灾难的反思:《哎,大森林》

1979 年 8 月 12 日那天,诗人公刘来到了沈阳市郊外的一个名叫"大洼"的地方。这是一片荒芜的坡沟地,没膝高的草丛中,杂生着一株株槐秧,这里是通常枪决犯人的地方,却也有冤魂在此飘荡。1975 年 4 月 4 日,女烈士张志新就在这里就义。张志新生前是中共沈阳市委宣传部干部,文革期间因不满林彪和江青集团的极左路线,对他们迫害广大革命老干部、捣毁各级党政机关的做法发表了尖锐的批评和质疑,因之被批斗、关押,弄得夫离子散,1970年被判无期徒刑,但张志新利用一切机会继续申辩抗议,最后在江青集团的授意下被强行枪决,临刑前还被割断了喉管,为了防止她在刑场上当众抗议声辩,高呼口号。四年过后(1979 年 3 月 31

日），这一冤狱获得了平反。诗人公刘几个月
后特地前来凭吊，在这片荒坡沟里盘桓良
久，感慨不已，诗潮泉涌。这一天他写下的两
首诗，即《刑场》和《哎，大森林》⑧，后来都成
了公刘复出后的诗歌代表作。炽热的情感，
深入的思考，坦诚的襟怀和沉郁的色调，典
型地体现了诗人复出后的风格特色。　《刑
场》⑨一诗就是以诗人前往大洼凭吊的经过
为线索，抒发激愤和悼念之情：

诗人公刘

> ……
>
> 旷野静悄悄，静悄悄，
> 四周的杨树也禁绝了喧哗。
> 　难道万物都一起哑啦？
> 　哦，可——怕！
>
> 原来杨树被割断了喉管，
> 只能直挺挺地站着，像她；
> 那么，你们就这样站着吧，
> 直等到有了满意的回答！
>
> 　中国！你果真是无声的吗？
> 　哦，可——怕！

　　如果在《刑场》一诗中"杨树"的意象明显地象征了死难的烈
士，那么在《哎，大森林》里，虽然诗歌的副题"——刻在烈士饮恨的
洼地上"仍明白的标示着张志新事件的背景，但作者的诗思显然已
经超越了这一具体历史事件，而上升到对民族命运的历史反思。公
刘在这首短短的诗歌里，通过对"大森林"意象的复杂内涵的揭示，
在矛盾复杂的情感意向中表达了对那种抹杀记忆，淡忘历史教训
的喧嚣的愤恨，以痛切的口吻对现实提出了严重的警告：如果大
森林不能吸引啄木鸟来清除病害，它就必然要遭到自然法则的严
惩，全诗充满了对国家和民族的忧患意识和对历史与现实的批判

精神。

公刘从 50 年代的清新优美、单纯明朗，到此时的火山爆发式的激情，曾被批评家概括为从"带着旭日光彩的'云'"到"喷射着至爱大憎的炽烈感情的'火'"的转变(黄子平语)。二十多年的劫难，并没有磨去诗人青春的激情和锐气，却平添了坎坷所留下的沉郁和深思。沉郁和激愤是这首诗歌最明显的情感特征，标题"哎，大森林"就以一个感叹句式显示了浓烈的情感。同样表现历史反思的思想内涵，它与王蒙的《海的梦》的情感方式有着明显的差异，追求思想和情感的不加掩饰的真实呈现，使诗歌具有锋芒毕露的思想逼力与炽热的感情喷发。

公刘认为，"诗人可以不写诗，但不可以背叛诗"，"诗必须对人民诚实"(《〈离离原上草〉自序》)，这种对现实的密切关注，对国家和民族的高度责任感和深沉的忧患意识，表现在诗歌的取材和主题意蕴上，就是具有强烈的政治性和理性思辨色彩，大森林的意象无疑是国家和民族的一个象征，它的喧嚣，它的生机和腐败，代谢与健忘，正使人联想起刚刚过去了的那一场民族浩劫和浩劫过后的亟待反思和清理的现实。记取历史教训，不让历史的悲剧重演，既关乎现实，也关乎未来。

大森林的意象具有复杂的内涵，包含着矛盾的思想和情感意向。它既有喧嚣的波浪，但又覆盖着沉默的止水；富有弹性的枝条和饱含养分的叶脉喻示着生命，但又会枯败；既哺育希望，又掩盖死亡……相互对立的意蕴品质和导向被统一在大森林的意象之中，使诗中所表达的心理和情感内容也发生了激烈的冲突：一方面是作者的深情呼唤："我爱你，绿色的海！"；另一方面是痛苦和怀疑，"难道这就是海？！这就是我之所爱？！"而这种痛苦又是双重的，"我痛苦，因为我渴望了解；我痛苦，因为我终于明白"，它既产生于苦苦探求的过程之中，又产生于获得答案之后。这种正反复杂的因素在同一意象中的并存、对比和曲折发展，体现了公刘的反思所具备的辩证特色，使他的思考交织着对历史的反思和未来的忧虑和警醒。这也决定了诗歌所表达的炽热情感的痛苦内质，这种痛苦不仅仅来自个人，而更是在个人的痛苦中凝集了对国家和民族的历史、现实和未来的深切关注，这使诗歌在激愤中又显得沉郁、冷峻，甚至辛辣，对现实的剖析入木三分，让人不寒而栗。融解着炽热而痛苦情感的冷峻与辛辣,还会诱发奇特的联想和意象,从大森林的意象分头出发展开联想,与孕育生命的"摇篮"相对立的,封闭记忆、遗忘历史的竟是"棺材"的意象,它所包含的意蕴让人感到震颤。

长期积郁在胸中的情感,使诗人几乎来不及更仔细品味情感的表达,而是采取了类乎大哭大笑的方式。尽管"大森林"意象所取得的整体象征效果使诗歌显得比较完整统一,但在短短的十四行中,诗人还是密集地采用了排比、感叹、设问和反诘等句式,使情感的宣泄得以酣畅淋漓,以这样的方式对社会、政治问题作近距离的透视、反思和批判,使此诗在当时的读者中产生了较大的反响,这也体现了公刘的为民请命,为国家和民族忧患的现实战斗精神和五四以来知识分子的精神传统。

注释:

① 引自高晓声《解放思想和文学创作》,收入《生活·思考·创作》一书,上海文艺出版社 1986 年,第 236 页。

② 《内奸》,初刊于《北京文艺》1979 年第 3 期。

③ "探求者"是 1957 年 6 月江苏一批年轻作家陈椿年、高晓声、方之、陆文夫、梅汝恺等人在当时"双百方针"的鼓舞下,酝酿成立的一个同人文学刊物,当时只写成《探求者文学月刊社章程》和《探求者文学月刊社启事》,《启事》没有发表,刊物更没有成为事实。但反右运动中,因为《启事》里有文学应该打破教条、大胆干预生活等内容,其成员均被打成右派分子。

④ 《海的梦》初刊于《上海文学》1980 年 6 月号。本教材依据《王蒙小说报告文学选》,北京出版社 1981 年版。

⑤ 引自王蒙《在探索的道路上》,收《漫话小说创作》,上海文艺出版社 1983 年,第 48 页。

⑥ 引自王蒙《王蒙小说报告文学选·自序》,北京出版社 1981 年,第 8 页。

⑦ 引自严文井《给王蒙同志的信》和王蒙的回信,载《北京晚报》1980 年 7 月 21 日。

⑧ 《哎,大森林》收入公刘诗集《仙人掌》,四川人民出版社 1980 年版,本教材依据此版本。

⑨ 《刑场》收入公刘诗集《仙人掌》,四川人民出版社 1980 年版。

第十二章　为了人的尊严与权利

第一节　文学创作中人道主义思想的兴盛

在 20 世纪的中国，人性和人道主义一直是文学的普遍而敏感的话题。"人的觉醒"不仅为"五四"新文学带来了普遍的人道主义，也形成了新文学创作的强烈的主体意识和与鲜明的个性特征。新文学在以后的发展虽然包含了许多曲折，但人道主义始终是优秀作家和优秀作品的主要思想内涵和情感依托。50 年代开始，文学中的人性与人道主义被作为大逆不道的异端邪说，并且在历次政治运动中受到越来越严厉的打击，被不加区别地斥之为"资产阶级思想"、"修正主义的理论"，作家的独立思考与艺术个性都被否定，在政治斗争中被各种大一统的思想与思维模式所改造和取代。到了文化大革命时期，政治性、阶级性成了人的唯一属性和文艺批评的唯一标准，人道主义完全被驱逐出文艺创作的领域。

"文化大革命"给中国人民带来了空前深重的灾难，其中最大者莫过于极左政治路线统治对人性的戕害与摧残。在那个时代，人不再是人，而是被异化为"阶级斗争"的工具，一部分人被迫成为"阶级敌人"而失去做人的资格，一部分人因为"以革命的名义"摧残同类而沦为兽性发泄，也失去了做人的尊严与自爱。"人民"成了一个被架空和任意填塞的名词，成了权力者实施残酷专制、谋取政治私利的遮羞布，而作为个体的人则成了"螺丝钉"，完全失去了独立意志的可能。"文革"期间所发生的种种惨无人道的悲剧，不管是身居高位的国家主席被随意迫害致死，还是无辜小民被任意蹂躏，而作恶者往往又是受害者，受害者也难免在无意间伤害了别人，人性的丑陋充分暴露,但所有这些,都是在国家意志下,在"发扬革命传统","加强无产阶级专政"的冠冕堂皇的口号下行使的。"文革"结束之后,人们对于十年浩劫的痛苦回忆,对于历史的反思,最重要的一点就是对于"人"的重新发现和重新认识,"人们迫切地需要恢复人的尊严,提高人的价值"①。

　　"文革"后的文学艺术创作,从一开始就自觉地承担了这个历史任务。按马克思主义的人类社会发展与进步规律,社会主义的人应该比封建主义和资本主义的人都享有更多的人的权利,具有更多的自由和民主,因而也能在社会生活中发挥更大的主动性、积极性和创造性,从而创造出比以往的社会更多的物质和精神财富。但从 50 年代后期开始,特别是"文革"期间所推行的社会主义却恰恰相反,人的价值和尊严、人与人之间的关系却越来越倒退了,这是什么原因呢? 对这一问题的思考,就成为许多文学作品的一个内容。在 1979 年举行的全国第四次文代会上,作家们就提出了"繁荣文艺必须肃清封建流毒"、"人是目的,人是中心"的观点,②它既是在人性和人道主义的思想层面上肯定了"伤痕文学"对文革这段野蛮历史的揭露,也是对 80 年代文学的展望与呼唤。

　　需要说明的是, 70 年代末到 80 年代初在中国盛行的人道主义思潮,首先是一个广泛的社会思潮,它波及了这个时期社会生活的各个方面,在政治思想、哲学、历史和文学艺术的许多领域都有不同程度的反映,甚至波及到了经济和科学技术领域。当时思想理论界对人道主义的讨论相当热烈。自 1980 年起,在之后的四五年内,人性论和人道主义一直是学术界关注的论题,涉及了哲学、文艺学、心理学和伦理学等许多学科,对人性的概念内涵、人性与阶级性、马克思主义与人道主义、人道主义与新时期文学等问题展开了讨论,尽管这场讨论后来在政治因素的干预下没有进一步深入展开,但思想理论界的讨论对文学创作也有一定的启发作用。相对应的是当时文学创作中对人性、人道主义的肯定与强调,对思想领域的人道主义思潮始终起着前导和关键的作用。也就是说,在整个社会思潮中,文学远远超出了它原有的功能范围,而承担了其他学科的任务,也因此引来了整个社会对文学特别强烈的关注,其中也包括政治意识形态的干预。

　　从创作实践来看,文学对人性和人道主义的肯定,又是分别体

1988 年戴厚英在广东乡下

现在具体的文学现象之中，所谓"伤痕文学"，首先就是揭露人的精神与肉体在"文革"期间遭受的创伤；所谓"反思文学"，首先就是关于人的命运、人与人之间的关系的思考。"伤痕文学"对历史创伤的揭露正是以人的基本生存权利为依托的，下面要介绍的短篇小说《邢老汉和狗的故事》，就是通过小人物的悲惨命运对非人道进行控诉，这里的人道原则不是知识分子的理性思考的直接呈现，而是借助于叙述者转述其他人物对邢老汉的同情，以民间情义的形态表现出来的。

借助人物之口，甚至于通过作者的议论直接提出人性与人道主义概念的，是戴厚英的长篇小说《人啊，人》。小说以 1957 年反右斗争到中共十一届三中全会这段风云变幻的历史为背景，描写了 C 城大学以党委书记奚流为代表的反人道势力，同以何荆夫为代表的人道主义者之间的矛盾冲突。虽然作品构思还留有正反两军对垒的概念化影子，还有着理念大于形象的倾向，但作者毕竟是"文革"后第一个在文学创作中大胆提出了人性、人道主义的命题，而小说在形式上尝试的心理意识结构和第一人称叙事的转换方式，在一定程度上弥补了过于理念化带来的欠缺。作者在"文革"前和"文革"当中曾经一度迷惑于所谓的"阶级斗争"理论，参与过对文艺理论家钱谷融关于"文学是人学"观点的批判，现在，她觉醒了，她在《后记》中干脆用自己的语言直接表明了一个觉醒的知识分子对人性的领悟和呼吁：

　　终于，我认识到，我一直是以喜剧的形式扮演着一个悲剧的角色：一个已经被剥夺思想自由却又自以为是最自由的人；一个把精神枷锁当作美丽的项圈去炫耀的人；一个活了大半辈子还没有认识自己，找到自己的人。我走出了角色，发现了自己，原来我是一个有血有肉、有爱有憎、有七情六欲和思维能力的人。我应该有自己的人的价值，并不应该被贬抑，自甘堕落为驯服的工具。……一个

大写的文字迅速推到我的眼前：'人！'一支久已被抛弃、
被遗忘的歌曲冲出了我的喉咙：人性、人情、人道主义！③

这话由忏悔者嘴里说出，在当时确实起了振聋发聩的作用，同时受
到批判和引起争论也是可以想象的。

爱情作为人性的一部分，是许多作家着力表现和探讨的主题，
也是人道主义思潮在文学创作中的一个重要体现。中国是一个封
建文化传统悠久深厚的民族，以个性为前提的爱情一向是被封建
伦理道德所压制的。文革中对阶级性的过分强调和夸大，使人与
人之间的关系被荒唐地简化为同阶级的"同志"、"阶级兄弟"与对
立阶级的殊死敌人两种，从而将男女间正常的感情一概视为"资
产阶级和小资产阶级思想"，"爱情"两字在生活中几近绝迹，在文
学中也被其他莫名其妙的语言所替代。现在我们也许很难理解当
时"爱情"两字从普通人口里说出或者用来描述普通人时给读者
所带来的震动了。首先是理直气壮地争取爱的权利。于是有了刘
心武的《爱情的位置》，替现实生活中的年轻人为爱情争一席之
地；而张弦的《被爱情遗忘的角落》，则正是通过对"文革"期间一
对农村青年因为情爱而投水、入狱的故事，揭示了扼杀男女之情所
造成的惨剧。张洁的《爱，是不能忘记的》则深入到婚姻、爱情和
伦理道德领域，提出了婚姻与爱情的关系这个长久影响人类生活
的问题。小说中的主人公钟雨离婚后带着女儿生活，却与一个没
有爱情但家庭生活也和谐的老干部长期刻骨铭心地相爱着。小说
通过人物的爱情悲剧，反映了一种普遍存在的非常现象：没有爱情
的婚姻和不被尊重的爱情，并借此剖析了某些社会伦理道德的顽
固，表现了"只有以爱情为基础的婚姻才是道德的"这一严肃但又
带有理想化色彩的主题。从争取人人应该有爱的权利，到探讨什
么才是真正的、应该选择的、合乎道德的爱，张洁显然在对爱情的
思考中又跨进了一步。

随着思想理论的探索深入和文学创作的进一步展开，作家们
对人性的理想状态与现实可能之间的分野也越来越有清醒的认
识。于是，描述人生的现实处境，反映和思考人在理想和现实间的
选择两难，使文学中的人道主义思潮超越了简单化的价值评判，真
正显现出独立、清醒的探索精神。这就使作家们从对人道主义思

潮的感悟、呼应以体现特定的时代精神，进而逐渐获得相对个人化的体验方式、观照角度和文体风格。

女作家铁凝的《哦，香雪》在对偏僻山村的少女们对山外文明、对未来理想的朦胧憧憬投去深情一瞥的同时，也给读者留下了一连串严肃的思考，那美丽宁静的山村景色，那纯洁热烈的向往，在现代文明的推进中能保留多久？而张洁则沿着理想爱情之现实遭遇的思路继续进行她的思索。《方舟》中的三位女性都对理想爱情有自己的追求，但又都是爱情现实的失败者。她们已经超越了对理想爱情的单纯追求，她们发现：爱情不是人生的全部；而在对人生价值的实现中，女性要承担比男性更多的东西，于是在爱情和人的整体价值之间，她们宁愿选择后者，但这又是一个痛苦和孤独的选择；不仅如此，她们的选择又使自己再度陷入了新的异化境地，她们的出路何在？作者没有提供明确的答案，但作品的悲剧色彩是相当浓厚的。值得重视的是，这两位作者各自以不同的角度和方式，显现了女性性别意识的觉醒，特别是张洁的那一路富于勇气的探索，事实上成为新时期女性主义文学的先导。

文学对人道主义思潮的感悟与呼应，从对人最基本的生存权利的肯定开始，经历了如此曲折的历程，终于走到了这里。这是对以往的人性观念的不断突破，是对文学个性化和独特性的不断逼近，是文学通往多元化状态的必由之路。

第二节　苦难民间的情义：
《邢老汉和狗的故事》

《邢老汉与狗的故事》①写于 1979 年 10 月，当时张贤亮的"右派"冤案还没有平反，他还在宁夏的一个农场劳动。所以这个短篇小说还没有后来他所创作的某些小说那样矫饰，它以一种质朴的方式，讲述了发生在 70 年代中国偏僻乡村的一个悲惨故事。

作者在极左政治路线所造成的中国农村经济极其凋敝的社会背景上，刻画了朴讷、勤劳、本分的农民邢老汉的形象，他善良、诚实，对生活所求甚少却又不能得到满足。50 年代初，随着国家新的政权的诞生和新的社会秩序的建立，邢老汉曾一度对生活充满了希望。他分得了几亩地,也在四十岁那年成了家,他本以为可以以简朴的方式,按照传统中国农民的娶妻、生子,温饱有余的简单理想度过他的一生。但之后的命运却出乎意料的坎坷、悲惨,他的理想几度复萌、几度退缩,却一再受到天灾与人祸的无情摧折。第一个妻子病故,邢老汉不仅失去了妻子,也把几年的积蓄全部用完,这是天灾。不过这并不使老汉丧失希望,他很快又树立起生活的信

作家张贤亮(徐福生摄)

心,正当他张罗着重新建立家庭的时候,农村"大跃进"运动不仅没有兑现"共产主义"的许诺,连再讨个老婆的希望也成了泡影,这回是人祸。70 年代的大饥荒反而使这个原来穷得娶不起媳妇的庄稼汉得到了酸楚而温暖的家庭生活,她是一个来自邻省的逃荒女子,这算是因祸得福。但不久她迫于政治原因(她是一个富农,"文革"期间有些地方甚至不准这种身份的人在灾年里逃荒讨饭,更不用说是私自出逃和婚嫁了)悄悄地离开了老汉。为了排遣失去女伴的寂寞,老汉养了一条黄狗。但作为他生活的唯一安慰和寄托的狗,也在当时匪夷所思的"打狗运动"中被枪杀了,邢老汉终于在这接踵而至的打击下凄然老去。这是一曲凄婉的挽歌,又是一篇极其严厉的控诉辞,也是对朴素的民间情义的深情颂歌,朴实、沉郁、凝重而又动人心魄。

"孤独悲凉的心,对那一闪即逝的温情,对那若即若离的同情,对那似晦似明的怜悯,感受却特别敏锐。长期的底层生活,给我的印象最深刻的,就是种种来自劳动人民的温情、同情和怜悯,以及劳动者粗犷的原始的内心美。"这种在苦难中获得的切身体验决定了作家以后创作主题的一个重要方面。《邢老汉和狗的故事》从邢老汉的一生中截取几个片段,写他的命运遭际,尤其着意把他的精神痛苦和孤寂写到令人颤栗的程度,形象地展示了极左政治路线肆虐下小人物的精神生活的惨痛,这正是作家以对劳动者朴素原始的心灵感受,来观照和描述他们的遭遇,并且寄予了深切的人道同情:"我的作品,……总是要告诉人们:'那种不正常的政治生

活再不要重复了,那些摧残心灵的悲剧不要再重演了,让劳动者之间的友谊、同情、爱恋, 滋润着、温热着每一颗正直善良的心吧'"⑤。小说在主人公悲惨命运的故事中, 在控诉和揭露的同时仍以温情之笔, 写出了劳动者之间的朴素的情义。在邢老汉与逃荒女子之间,作者并没有用"爱情"这样的词语加以描述,他们之间的感情与其说是爱情,倒不如说是一种同命相怜的民间情义,这种苦命的小人物之间的相互理解、扶持和宽容,是知识分子的浪漫爱情所无法包容的。这种情义同样也体现在魏老汉、魏天贵及其他乡亲对邢老汉的同情和关照上。在张贤亮的笔下,导致邢老汉悲剧的原因,不是某些具体的个人,即使对那几个枪杀黄狗的民兵,也没有过多的指责,他们与队长魏天贵一样,也是迫于无奈,真正的凶手是当时官方所推行的非人性的极左政治路线。

　　黄狗的被杀是邢老汉悲剧的高潮,是命运给老人的最后也是最为残酷的一击。小说在这一点上做足文章,越是渲染人与狗的感情之深,就越是反衬出失去狗之后的孤寂和悲伤;越是强调黄狗是老人唯一的安慰,就越能揭露极左政治路线的非人道。细节的提供和气氛的渲染,使小说的叙述具有很强的戏剧性效果。作者的叙述以画家韩美林的一幅题为《患难小友》的水粉画开始,在引出邢老汉的故事之前,已经将故事的宗旨预先和盘托出:"当一个人已经不能在他的同类中寻求到友谊和关怀,而要把他的爱倾注到一条四足动物身上时,他一定是经历了一段难言的痛苦和正在苦熬着不能忍受的孤独的。"之后对故事的主人公,对"狗"和"邢老汉"的关系做了一个概括而生动的介绍,然后才进入具体情景,按时序娓娓道出主人公的命运遭遇。这种看似笨拙的叙述方式,颇类似于中国传统民间故事和话本小说,具有一种土头愣脑的、质朴的民间风格,这在张贤亮的小说创作中是不多见的。这不仅与叙述对象的内在特质相吻合,也在一定程度上体现了作家在患难时分对民间的亲近,更是作品关注普通人命运,同情小人物遭遇的人道精神在小说叙述结构和叙述方式上的体现。

第三节 美好理想的憧憬:《哦,香雪》

与张贤亮的《邢老汉和狗的故事》的质朴、传统的叙事风格迥异,铁凝的《哦,香雪》⑥则是一篇抒情意味浓厚的短篇小说,作品题目的感叹语调也提示和透露了这一点。《哦,香雪》是铁凝的成名作,和大部分青年作家一样,铁凝也在这篇作品里倾注了相当多的抒情成分,作家特有的女性的细腻、敏感也突出了作品的抒情风格;但更重要的是时代思潮的影响,70 年代末兴起的个性解放和主情主义思潮,使这一时期的小说出现了一种抒情化的倾向。也就是说,这种抒情倾向是人道主义文学思潮在一个短篇小说中的感应,又是《哦,香雪》所敏锐感应的时代精神的形式化体现。

小说以一个北方偏僻的小山村台儿沟为叙述和抒情背景,通过对香雪等一群乡村少女的心理活动的生动描摹,叙写了每天只停一分钟的火车给一向宁静的山村生活带来的波澜,并由此抒发了优美而内涵丰富的情感。小说的情节十分简单,而相对较多的景物描写和心理描写,使作品具有浓郁的抒情色彩。闭塞的台儿沟因为火车的经过而没有了过去的宁静,也扰乱了少女们的心,一方面是因为少女们天生的好奇心理,一方面是封闭的山寨对山外世界、对文明社会的向往之情,使她们每次都以极其隆重的方式——像过节一样梳妆打扮,去迎接那列只停一分钟的火车的到来。她们对山外的东西充满了好奇:一个发卡、一块手表、一只人造革的书包、一个带磁铁的塑料泡沫铅笔盒……都会带给她们热烈的话题和美妙的遐想;在这好奇与向往的目光里,还融入了少女对未来生活的个人梦想。铁凝曾经说过,世上最纯洁、美丽的情感就是少女的梦想。尽管它幼稚、缥缈,甚至可笑,尽管它也许是人性中最为软弱的一部分,但同时也是最可宝贵的一种情感,作为美的对象,它可以洗涤人性中那些功利的、自私的、丑陋的部分,至少可以作为这些东西的反衬和对照。小说中香雪那洁如水晶的目光,那洁净得仿佛一分钟前才诞生的面孔,少女们那飘荡在山谷里的天真烂漫的笑声,还有少女凤娇对乘务员"北京话"的那种无私无邪的情感,都是少女世界特有的美丽风景。小说重点写了少女香雪的一段小小的历险经历：她在那停车一分钟的间隙里，毅然踏进了火车，用积攒的四十个鸡蛋，换来了一个向往已久的带磁铁的泡沫塑料铅笔盒。为此，她甘愿被父母责怪，而且一个人摸黑走了三十里的山路，这对一个平时说话不多，胆子又小的山村少女来说，需要极大的勇气。作者还有意交代了香雪这一举动的心理动力，那就是对山外文明的向往，对改变山村封闭落后、摆脱贫穷的迫切心情，还有山里姑娘的自爱自尊。

创作《哦，香雪》时的铁凝

作者选取了一个类似于全知全能的叙述视角，把叙述者确立在城市人的位置上，但又具有敏感的心灵和宽厚的胸怀，对那个封闭的小山村，对那一群普普通通的山里少女投来同情、关爱的一瞥，在看似稚嫩可笑的心理律动中发掘时代思潮的波澜。反映在小说的叙述结构上，作者并没有以情节线索来安排叙述，而是根据情感抒发的内在逻辑，把一些情节片段加以组接。她极力在"一分钟"里开掘，细致入微地描写了香雪们对新生活的纯真、热切的向往和追求；将一些每天一分钟里发生的事件以特定的方式加以精心的选择、排列和叙述，最后以香雪换铅笔盒的"冒险"为终结，尤其对香雪夜归的情景做了浓墨重彩的渲染，使情感的抒发达到高潮，就如一支优美动人的小夜曲。

小说的情感基调是清新、婉丽、优美、纯净的，但并不意味着纤弱、单薄和浅显，相反它寄予了作者对时代现实的严峻思考：那纯朴、淡远的美果然是迷人的，令人不由自主地去欣赏和赞美，但它恰恰又是与贫穷和闭塞联系在一起，在时代列车的呼啸声中，这种纯朴迷人的美还能保留多久呢？香雪和她的伙伴们，连同整个台儿沟，在走向新时代的路途中，将会经历怎样的变故呢？80年代是一个对"现代化"充满神秘与迷信的时代，一种新的二元对立的思维模式——现代化必然代表进步、文明和美好；反之，就是落后、封建和野蛮——正在逐渐形成并影响人们的思维方法，但敏锐的作家铁凝却对现代化（火车的象征）进入以前的人性淳朴的民间社会作出美仑美奂的赞美,这种深远的意蕴,将会超越时空而发生永恒的魅力。

第四节　女性激愤的呼声:《方舟》

中篇小说《方舟》[7]是张洁最富于个人特色的一篇作品,它以女性所特有的尖锐、激愤和性别意识,叙写了在社会变动和个人觉醒中的女性生存处境,敏感地表现了知识女性在奋力挣脱旧式的人身和精神锁链的同时陷于新的异化状态时所面对的痛苦、绝望和抗争等复杂心理状态,同时也进一步完善了张洁作为一个痛苦的理想主义者的自我形象的刻画。

如果说,《爱,是不能忘记的》所叙写的还是一种带有理想和浪漫色彩的爱情在现实中的境遇,那么,《方舟》则是这种理想和浪漫走向现实的严峻考验。《方舟》中的三个女主人公都是知识女性,曹荆华研究马列主义哲学,柳泉是一家进出口公司的翻译,梁倩则是一位导演,她们曾是中学的同学,在走过了坎坷的人生道路之后,又都在离婚或者夫妻分居后住进同一套公寓房。于是,这里便成了她们摆脱现实的痛苦和不幸的"方舟"。但"方舟"的意象既象征着被庇护、被救赎,同时也意味着一种居无定所的漂泊感,整篇小说都笼罩着孤独无援的悲剧性氛围,正如题记所预示的那样:"你将格外地不幸,因为你是女人"。

小说带有浓厚的主观色彩,作家以密集的内心独白和议论的方式,表现了作为现代知识女性的主人公在人生道路上追求的焦灼、孤独与悲凉感受。作为知识女性,她们已经意识到旧有的生存状态的无意义,和伴随着社会改革出现的自我更新的必然,对离婚的毅然选择和离婚后的艰难奋斗就是这种觉醒的体现。她们并不满足于一般意义上的女性的政治和经济地位的独立和解放,而是清醒地意识到必须在这个基础上,"以充分的自信和自强不息的奋斗来实现自身存在的价值",即通过为社会尽责任、做贡献来实现自我。"和旧式妇女相比,对她们这类女人来说,所思虑、所悲伤,耗尽全心关注的,早已有了不同的内容,就连她们表现悲哀的方式也已经不同了。"为了实现一个新的自我,女主人公们首先付出了牺牲婚姻、爱情和平静安宁的巨大代价,她们奋力摆脱旧有的人身和精神锁链,然后为自己规定了一个理想目标,接下来就是一连串充满艰辛、磨难、苦痛和眼泪的孤军奋斗。

俗话说,"寡妇门前是非多",她们的特立独行不可避免地受到传统道德观念的挤压,她们不得不在人与人难于沟通的环境中孤独地挣扎。不管是已经离异的荆华、柳泉,还是欲离而不能的梁倩,都遭受到一些居心不良的男性的觊觎和骚扰;在工作和事业上,她们又都不同程度地被社会习惯势力推至传统的竞争规范中。而更难于摆脱的桎梏,则是她们内心的羁绊和作为女人的先天特性,在实现自我和担负起作为妻子和母亲的责任之间的选择终归是一种两难。这样,她们的奋斗之路就注定变得十分艰难、坎坷,小说中的三位女性在事业上的成功和她们所付出的代价相比足以令人悲哀、扼腕。因此,在实现女性价值的奋争中,她们又无可奈何地陷入了新的异化状态之中,即使在各自的岗位上她们依靠个人的艰苦不懈的奋斗,取得了不同程度的成功,但同时又难免出现了一种新的压抑,即为了实现新的人生价值目标,她们不得不重新压抑自我天性中的一部分自由:包括作为女性的自然欲望的需求,这样,她们就如在小说《方舟》里所描写的那样,一个个都显得那样孤独、雄化,甚至都不同程度体现出某种变态心理。比如,她们都有点歇斯底里;在她们身上看不到女性特有的温柔、优美;甚至在她们看来,男人都是那么委琐、卑劣,即便是值得信任的男人(如支书老安、科长老董)也都显得相当软弱,处于"泥菩萨过河"的境地。这表明作家和主人公一样,对男性存在着普遍失望的情绪,这是对理想爱情的失望,也是对现实生存状态的愤慨。这样,作家和主人公一样都陷入了两难的境地:认知了女性现实生存状态的缺陷:旧有桎梏还没有完全清除,又陷入了新的异化困境。《方舟》的可贵之处就是没有回避现实生活中这样一种女性处境的严峻性,它用文学的方式表现了当代知识女性所面临的新旧因素交织、困境与希望并存的生存状态。

小说在叙述结构和叙述方式上,都有着鲜明的特色。作者善于将人物放在理想与现实的冲突交点之上,把多种情感交织在一起,支撑或撕扯着人物的内心,使心理描写富于戏剧性和抒情意味。为了直接切入人物心理,作品的叙述改变了通常的固定视点,每一个章节大体由一个人物视角叙述,人物视角的交叉变化使每个主要人物都能直接表露自己的感情。大量的内心独白、频繁的随感式议论,使叙事、抒情与议论达到了和谐与统一。

注释:

① 引自周扬《继往开来, 繁荣社会主义新时期的文艺——在中国文学艺术工作者第四次代表大会上的报告》,载《文艺报》1979 年第 11—12 期合刊。

② 同上。

③ 引自戴厚英《〈人,啊人〉后记》,花城出版社 1980 年出版,第 353 页。

④《邢老汉和狗的故事》,初刊于《朔方》,1980 年第 2 期。

⑤ 引自张贤亮《满纸荒唐言》,收入《写小说的辩证法》,上海文艺出版社 1987 年版,第 12、15 页。

⑥《哦,香雪》,初刊于《青年文学》1982 年第 8 期。

⑦《方舟》,初刊于《收获》1982 年第 2 期。

第十三章　感应着时代的大变动

第一节　改革开放政策下的社会与文学的责任

中共第十一届三中全会之后，党内确定了改革开放的政治路线，在全国范围内开始了经济和政治的改革浪潮。尤其是 1982 年中共十二大后，农村相继实行联产计酬和承包责任制，城市的经济改革也进一步加快，改革便真正成为中国大地上的第一重大事件。于是，依仗着强大的社会思潮而日渐兴盛起来的文学创作也就有了相应的新的历史使命。在"五四"传统下成长起来的中国作家本来就视"齐家治国平天下"为正途，经过文化大革命的悲惨历史阶段以后，执政党纠正"文革"错误、否定极左政治路线和制定一系列实现现代化的措施，使知识分子重新看到了国家和民族的希望，同时又激发起他们强烈的社会责任感，在他们看来，用文学来为社会、经济、政治的改革推波助澜，是义不容辞的。就社会思潮而言，"改革文学"是中国人在打碎精神迷梦之后的产物，这个刚从迷狂中惊醒过来的民族，需要知道它是否还有救，是否还能振兴起来。政治家们已作出了明确的预言式答案：改革就是希望！与此同时，人们需要重构精神信仰，重建精神家园，重新树立民族的自信心，这一切，似乎又成为文学工作的责任。

从文学史的经验来看，"改革文学"似乎又重复了 50 年代国家政权利用文学创作来验证一项尚未在社会实践中充分展开其结局的政策的做法，改革事业本身是一项"摸着石头过河"的探索性工作，文学家并不能超验地预言其成功和胜利。但不同的是，50 年代的文学家们仅仅是作为国家政策的喉舌来宣传政策，而 80 年代的

"改革文学"则表现出作家们对政治生活的强烈参与精神。他们不但坚定不移地宣传改革政策的必要与必然，更注重对现实社会中存在的不利于改革的因素的批判，包括对来自执政党内的权利斗争和社会腐败风气的批判。

于是，在文学走出"伤痕"之后，几乎在"反思文学"的同时，被称为"改革文学"的思潮勃然兴起，1983—1984年间描写社会改革的作品大量涌现，形成了一个小小的创作高峰。如果从文学观念和文学精神来看，"改革文学"的范围相当广泛：凡是反映这一时期各个领域的改革进程以及由此而引起的社会变化、人的心理和命运变化的文学作品，都在此列，读者从中可以看出改革开放以后中国社会各阶层精神风貌的急剧变化，体味其新旧历史交替中的痛苦和欢乐。"改革文学"与之前的"伤痕""反思"等文学思潮一样，都是作为知识分子的现实关怀和政治热情的直接体现，但又因为它在文学的发生和演变上仍延续了当代文学的一个传统，即并非按照文学的自身规律，而是依仗着强大的时代"共名"而产生，所以，作品往往不自觉地充当了社会或民众普遍情绪的代言人，它常常提出相当尖锐的政治、伦理或现实主题，引起一阵又一阵的"轰动"效应。这既成为作家们积极关注和贴近现实问题的酬劳与安慰，有时也难免成为供人指责的原由和把柄。

"改革文学"经历过一个自我完善的发展过程。自1979年夏蒋子龙的短篇小说《乔厂长上任记》的脱颖而出，"改革文学"开始了它的发轫期，这一时期的作品大多揭示旧的经济体制、极左政治路线影响与改革家的改革事业的矛盾冲突，并且预言了一个"只要改革，生产就能搞上去"的神话。《乔厂长上任记》就是这样一部典型的"乌托邦"作品。它叙述了某重型机器厂经历了十年动乱后，生产停顿，人心混乱，成了一个烂摊子，乔光朴受命于危难之际，立下军令状当了厂长后，大刀阔斧地整顿队伍，建立新的生产秩序和奖惩制度，激发了职工的工作热情和主人公精神，很快改变了全厂的涣散状态，扭转了生产被动局面。这是最早的一篇自觉地"写四化，写四化的阻力，写克服阻力的斗争"的文学作品，它写工厂却突破了以往"车间文学"的模式，把眼光从车间、工厂放大到社会，揭示改革的困难、斗争和已经出现的变革与转机；它还着力塑造了改革家乔光朴的英雄形象，写他的坚毅刚强和困惑苦恼，写他感情世界的波涛起伏和对待爱情的果敢态度,性格鲜明突出,有棱有角,这正好应和了变革时代的人们渴望雷厉风行的"英雄"的社会心理,一时间引起了读者和批评家们的盛情赞扬。虽然蒋子龙后来还写了反映改革浪潮中城市青年和津郊农民生活的小说如《赤橙黄绿青蓝紫》、《燕赵悲歌》等,但其声誉都未达到《乔厂长上任记》的程度,"乔厂长"成了改革者的代名词,之后的改革小说中,便出现了一个与"乔厂长"有血缘关系的"开拓者家族"的人物系列,如《改革者》(张锲)、《跋涉者》(焦祖尧)、《祸起萧墙》(水运宪)、《三千万》(柯云路)等。

与正面塑造时代英雄,鼓舞民众信心相对应,另一些作家则在作品中对历史因袭和现实问题而造成的种种社会弊端予以尖锐的揭露和批判,呼唤理想的英雄和新的社会秩序。剧作家沙叶新(与李守成、姚明德合作)的六场话剧《假如我是真的》几乎与《乔厂长上任记》同时问世,却正好从另一个侧面呼应了社会思潮和民众的这种期待心理。剧本以现实生活中的一起诈骗案为原型加以虚构改造,叙述了一个名为李小璋的插队知青冒充高干子弟,斡旋于几个不同职务的干部之间,以非正当手段办完回城的调动手续,终而被识破的故事。它的问世很快在全国引起了反响,也导致了一场激烈的争论。客观地说来,《假如我是真的》一剧及其作者的遭遇并不奇怪,因为在创作的一开始,作者就不是意在作品的文学和审美效果,而是以文学为工具,通过对现实事件的暴露,放大现实事件的社会影响,以直接产生干预现实政治的效果。

与上述作家的用意不同,高晓声则一直专注于对普通农民的物质与精神生活的变动和滞后的观察、思考和描绘。从《李顺大造屋》到《漏斗户主》,再到《陈奂生上城》、《陈奂生转业》、《陈奂生包产》、《陈奂生出国》,作者旨在对普通农民在农村各个历史时期的物质和精神变化作追踪式的描写。在他的笔下,既没有叱咤风云、一呼百应的英雄,也没有大奸大恶、刁钻蛮横的坏人,他所关注的始终是最广大最普遍的农村小人物的命运,为他们生活境遇的改善而欣喜,也对他们身上因袭的落后精神因素予以细致的刻画和温情的嘲讽。和蒋子龙等作家的初期改革文学作品相比,高晓声的创作更具有普通平民百姓,尤其是农民的质朴风格,他使我们看到在改革大潮的轰轰烈烈背后更迟缓、更严峻、也更博大的文化内涵。

至 1981 年底张洁的长篇小说《沉重的翅膀》问世,改革文学进入了第二阶段。这一阶段的创作剖示了改革进程的繁难与艰辛,透射出政治经济体制改革所带来的社会结构的整体变化,特别是思想、道德和伦理观念的变化。影响较大的有长篇小说《故土》(苏叔阳)、《花园街五号》(李国文)、《男人的风格》(张贤亮)、《新星》(柯云路) 及中篇小说《老人仓》(矫健)、《鲁班的子孙》(王润滋)、《秋天的愤怒》(张炜)、《腊月·正月》(贾平凹) 等。路遥的中篇小说《人生》就是着重表现了处于变革中的农村生活方式、思想观念、伦理道德的变化,以农村知青高加林的视角作深层的探索和思考。高加林对城市生活的向往,对事业和个人价值的追求,对爱情的选择,都可以从中看出商品经济观念和现代意识观念对传统农村文化生活的冲击,他的痛苦、迷茫和选择,给处于同样处境中的人们以启示。

到 1985 年之后,作家们已不再满足于仅仅表现一部分人的改革热情或铁腕行动,改革精神也更多地成为普通劳动者的自觉要求,存在于他们的日常生活的情态之中,这些作品在题材的开拓上,更趋于生活化和多视角,从历史文化的角度,写改革与人心世态、风俗习惯的变化,与前两个时期相比,描写改革已经很少那种理想主义的色彩,而是交织着多种矛盾和斗争,具有更加强烈的悲剧性。其实从文学发展的整体来看,"改革文学"已无法涵盖许多新的现象,或者说,对社会改革的敏感和表现已经融入作家们的一般人生观念和艺术想象之中,作为一种文学思潮和创作现象的"改革文学"则已经结束。

第二节　呼唤理想的人民公仆: 《假如我是真的》

六场话剧《假如我是真的》①写作于 1979 年夏。当时,上海曾发生过一起骗子冒充高干子弟招摇撞骗的事件,骗子归案后,其行径在民众中广为流传,并转化为社会上对干部阶层以权谋私等不正之风的愤慨。剧作家沙叶新等便以这一事件为创作触发点,在艺术虚构和加工的基础上编出了这个剧本，并发表在《戏剧艺术》杂志上，同时进行多次内部排演，听取意见，进行了多次修改。后在上海和北京举行"内部上演"，即在有选择的观众中演出，不久就在全国的许多城市相继演出，同时又伴随着激烈的争论，如此直到1981年停演为止，在观众和读者中产生了很大的影响。

　　该剧基本剧情是这样的。农场知青李小璋本可以按政策上调回城，但他的名额却被一些干部子弟挤占。李的女友已回城当工人，且已有孕，但他们的婚事却因李的不能回城而遭女方父母的反对。李在焦急无奈间偶尔在剧场门口听到话剧团赵团长、文化局孙局长和组织部钱处长的谈话，便冒充中纪委"张老"的儿子张小理，并很快取得了上述三位的信任。因钱处长之夫市委书记吴某与"张老"是老战友，"张小理"便住进了吴家。由于赵、钱、孙、吴都有求于这位张公子，故对他提出的要把"好友李小璋"从农场调回的事十分热心，在吴书记违反"暂停上调"的规定亲自批条后，农场郑场长向中纪委举报了此事，"张老"亲往调查，揭穿了李的骗局。李在法

剧作家沙叶新

庭上说：我错就错在是个假的，假如我是真的，那我所做的一切就都会是合法的。

这是一个相当精彩的社会讽刺剧，剧作者巧妙地通过李小璋的行骗和被戳穿的过程，对干部中存在的特权现象予以无情的剖析和辛辣的嘲笑，体现了剧作者出色的喜剧才能。作家通过一系列的情节安排、戏剧手段和人物语言来达到强烈的讽刺效果。比如，一开始李小璋虽然有意行骗，却并没有一套完整的计划，甚至也没有立即想到要通过诈骗来达到从农场调回城里的目的，他起初只是为了骗得两张戏票。但一旦开始行动，他的骗局却会连连成功，而且看来简直是轻而易举，更多的不是精心谋划，只要顺水推舟就行了，关键是他已经掌握了特权阶层的弱点和他们的交往原则、交往语言，这不仅反映了现实社会存在的特权行为是一种普遍现象，而且尖锐地揭示了以权谋私、相互利用的党内腐败之风的危害性。作者还设计了一些精彩的细节增强讽刺和喜剧效果，一瓶由李小璋灌制的假茅台酒，在这个特权圈子里几经转辗，最后竟又回到了他的手中。这一细节的设计，既符合现实主义戏剧道具设置的经典规范，即一个道具应该贯彻剧情的始终，又赋予道具巧妙的象征意味，可以说这瓶假酒就是特权人群的交往规范、交往语言和交往实质的集中体现，其中浓缩了丰富的喜剧因素和讽刺意味。另外，剧本还让李小璋在骗局被揭穿后在法庭上为自己辩护，他的一句辩护词"假如我是真的"，道出了那种社会特权现象的实质，它的"无可否认"更增加了剧本的讽刺效果。

《假如我是真的》一剧，虽然是一出社会讽刺剧，它只是"把无价值的东西毁灭给人看"，但剧作者的用意显然不限于此。剧本开头引用的一段话，很可以表明作者在此剧中的用意，它引自俄国讽刺剧作家果戈理在《剧院门前》的话："难道正面的和反面的不能为同一个目的服务？难道喜剧和悲剧不能表达同样的崇高思想？难道剖析无耻之徒的心灵不有助于勾画仁人志士的形象？难道所有这一切违法乱纪、丑行秽迹不能告诉我们法律、职责和正义该是何物？"这段话表明，作者提供的这面现实社会的哈哈镜，不仅为了照出可笑和丑恶，还是为了反衬出崇高。在《假》剧中，作者显然没有为我们提供这一类的人物，虽然其中的"张老"和郑场长是剧中仅有的两个"正剧人物"，但作者显然并未在他们身上赋予多少"崇高"因素。但如果把此剧和作者在不久后发表的《陈毅市长》放在一起,就可以看出作者的"借剖析无耻之徒的心灵"以"勾画仁人志士的形象"的用意,他是要从英雄的缺失中呼唤英雄,在对一些陷身于特权和私利的干部形象的揭露和批判中,呼唤理想的人民公仆。与那些直接塑造理想的改革者形象的文学作品相比,作者的用意可谓别出心裁。在戏剧手法上,剧作者也进行了富于新意的尝试。作者巧妙地设计了"戏中戏"的开场,既把舞台和观众、剧情和现实作出乎意料的沟通,给人以形式上的新颖感,同时又与剧情巧妙地相吻合。

第三节　小人物命运的悲喜剧:《陈奂生上城》

高晓声是专注于当代农民生活的一个作家。他在 1979 年发表了中篇小说《李顺大造屋》后,又以陈奂生为主人公连续写了《漏斗户主》、《陈奂生上城》②、《陈奂生转业》、《陈奂生包产》和《陈奂生出国》五篇小说,人称"陈奂生系列",后被结集出版为《陈奂生上城出国记》。作者的用意是在历史发展的纵向上,对中国农民的命运历程作系统剖析。

作者积二十多年的农村生活经验和观察,对中国农民的性格有着深刻而清醒的认识:"他们善良而正直,无锋无芒,无所专长,平平淡淡,默默无闻,似乎无有足以称道者。他们是一些善于动手而不善于动口的人,勇于劳动而不善思索的人;他们老实得受了损失不知道查究,单纯得受到了欺骗会无所察觉;他们甘于付出高额的代价换取极低的生活条件,能够忍受超人的苦难,去争得少有的欢乐;他们很少幻想,他们最善务实。他们活着,始终抱着两个信念:一是在任何艰难困苦的条件下,相信能依靠自己的劳动活下去;二是坚信共产党能够使他们的生活逐渐好起来。……但是,他们的弱点确实是很可怕的,他们的弱点不改变,中国还会出皇帝的。"(《且说陈奂生》)这种认识,体现了他描写中国农村经济体制改革的现状,刻画农民性格时所特有的眼光,而刻画富于典型意义的中国农民形象,正是高晓声的一个重要特点。

要说明陈奂生的性格,最好是把"陈奂生系列"作为一个整体。陈奂生是一个勤劳、憨实、质朴的农民,在《漏斗户主》中,他长期被饥饿所纠缠着，并不懒惰却无法摆脱困境，对现实失望却又并不放弃努力，到了《陈奂生上城》中，陈奂生这个形象获得了特殊的艺术生命。

《陈奂生上城》发表于 1980 年，是这一"系列"中最为精彩的一篇。这里的陈奂生已不再为饥饿所累了，小说通过主人公上城卖油绳、买帽子、住招待所的经历，及其微妙的心理变化，写出了背负历史重荷的农民，在跨入新时期变革门槛时的精神状态。尤其精彩的是在招待所的一幕，他在病中被路过的县委书记送来，第二天结账时听了大吃一惊。对刚刚摆脱饥饿的他来说，五元钱并不是一个小数目。作者对陈奂生付出房钱前后的心理变化作了细致的开掘。

在付出五元钱之前，陈奂生是那么自卑、纯朴，他发现自己住在那么好的房间里，感到了父母官的关怀，心里暖洋洋的，

作家高晓声，他曾为此照题字："上城出国十二年，小说一篇写白头。"

眼泪热辣辣的，盖着里外三层新的绸被子，不自觉地缩成一团，怕自己的脚弄脏了被子，下了床把鞋子拎在手里怕把地板弄脏，连沙发椅子也不敢坐，惟恐瘪下去起不来。而在付出五元钱之后，他心中完全相反的一些因素，一种破坏欲，一种损人不利己的心理便发作起来，他用脚踏沙发，不脱鞋就钻进被窝，并算计着要睡足时间。但作者并没有就此止步，而是对人物心理作进一步的挖掘，写尽了这个农民的各个心理侧面。陈奂生的心理又从破坏欲的发泄转变成自我安慰：既然一夜就住了五元钱，那么索性就去买个新帽子戴戴，在五元钱的刺激下，他长期养成的节俭习惯被轻易放弃了。但当他想到，如此那五元的住宿费还是无法向老婆交账时，便只好用"精神胜利法"来达到心理上的平衡和满足，认为由县委书记送去花五元钱住一晚是一个不可多得的荣耀，于是他"仅仅用五元钱就买到了精神上的满足"。在通常只有一个层次的激发点上，作者发掘出了好几倍的心理内涵，充分的喜剧风格使陈奂生的形

象塑造达到了作者小说创作从未达到的高度。每一个层次的挖掘，都体现了规定人物、规定情景中的规定心理，都体现了现实主义典型塑造的独特性，但同时都是以其独特性展示了七八十年代之交改革开放初期中国农民所共有的心理倾向，即作为小农生产者性格心理的两个侧面的并存交错：善良与软弱、纯朴与无知、憨直与愚昧、诚实与轻信、追求生活的韧性和容易满足的浅薄、讲究实际和狭隘自私等等。

陈奂生的精神，典型地表现了中国广大的农民阶层身上存在的复杂的精神现象。他的形象是一幅处于软弱地位的没有自主权的小生产者的画像，包容着丰富的内容，具有现实感和历史感，是历史传统和现实变革相交融的社会现象的文学典型。作者对陈奂生既抱有同情，又对他的精神重荷予以善意的嘲讽，发出沉重的慨叹，这种对农民性格心理的辩证态度，颇具鲁迅对中国"国民性"的"哀其不幸，怒其不争"的精神传统。

《陈奂生上城》体现了典型的高晓声式的叙事风格。他惯于运用第三人称的叙述方式，以叙述为主，尤其擅长概括性叙述，很少采用直接呈现的方式，让人物直接说话和行动，作品的语言基本上都出自叙述人之口。其语言简练明快，幽默犀利，意蕴含蓄，富有情绪感和节奏感。所以，他虽然采用传统的讲故事的语气，但又不是讲故事，既不围绕一个具体的事件结构故事，也不组织矛盾冲突步步发展的戏剧情节，而是将人物几十年的普通生活压缩进某一个生活焦点上反映出来，通过对人物心理的深入开掘，揭示人物性格和作品的题蕴，这又很有点现代小说的味道，在这个意义上，他的小说叙述方式是传统与现代的结合。

第四节　人生道路的选择与思考：《人生》

路遥的中篇小说《人生》[③]在一个爱情故事的框架里，凝聚了丰富的人生内容和社会生活变动的诸多信息。农村青年高加林高中毕业后，未能考上大学，回到乡里当了一个民办教师。不久又被人挤回家里当了农民。在他心灰意冷之时，农村姑娘巧珍炽热的爱情使他振作起来。一个偶尔的机会，他又来到县城广播站工作，当他抵挡不住中学同学的城市姑娘黄亚萍的追求、断绝了与巧珍的爱情后不久，组织上查明他是通过不正当途径进城的，于是取消其公职，重又打发他回到农村；这时，即将迁居南方城市的黄亚萍也与他分手，而遭心灵打击的巧珍则早已嫁人，高加林失去了一切，孑然一身回到村里，扑倒在家乡的黄土地上，流下了痛苦、悔恨的泪水。

作家路遥摄于 80 年代

路遥说过，他始终关注的焦点是"城乡交叉地带"。其实，他所说的"乡"固然是名副其实，"城"却并非"城市"而只是"城镇"，但与乡村相比，两者的文化落差还是十分明显的。社会文明的发展变迁，总是先"城市"、"城镇"而后波及乡村，所以，关注城乡地带变化，即便从反映 80 年代农村变革的角度，也是具有普遍意义的。小说《人生》就是通过城乡交叉地带的青年人的爱情故事的描写，开掘了现实生活中饱含的富于诗意的美好内容，也尖锐地揭露出生活中的丑恶与庸俗，强烈体现出变革时期的农村青年在人生道路的选择中所面临的矛盾、痛苦心理。

小说的主人公高加林是一个颇具新意和深度的人物形象，他那由社会和性格的综合作用而形成的命运际遇，折射了丰富斑驳的社会生活内容。借助这一人物形象，小说触及了城乡交叉地带的社会的、道德的、心理的各种矛盾，实现了作者"力求真实和本质地反映出作品所涉及的那部分生活内容"的目的。在高加林的性格中，错综复杂地交织着自尊、自卑、自信等方面的性格因素，好像有"无数互相交错的力量，有无数个力的四边形"在互相冲突，互相牵制，从而在一次次骚动和斗争中决定着他的选择，产生一个总的结果。这个结果似乎不以旁人的意志为转移，也是与高加林的本意相对立的。

小说通过高加林和刘巧珍的爱情悲剧多层次地展现了高加林这种悲剧性格的形成过程。高加林与传统道德观念有着千丝万缕的联系，他对爱情是相当严肃的，他对巧珍也有着真实的感情，但在变动着的现实中，在他对城乡生活的差异有了强烈的感受之后，他被实现个人愿望的可能而引起的骚动所折磨：一方面他留恋乡村的淳朴，更留恋与巧珍的感情，另一方面又厌倦农村传统落后的生活方式,向往城市文明,希望能在那里实现自己新的更大的人生价值。对他来说,这一开始就是一个甜蜜而痛苦的矛盾。由于偶然的机会,他的命运出现了转机,他对生活、对自己作了重新的估量。最后,他与刘巧珍的爱情终于被与黄亚萍的世俗爱情所替代。他与刘巧珍的分手标志着与土地和它象征着的传统乡村生活的决裂,他在坎坷不平的人生道路上终于迈出了重要的一步,这一步合法却似乎不尽合理和合情,特别是它对巧珍所带来的伤害更令人遗憾,就是他自己也难免内疚和不安,他在心里谴责自己:"你是一个混蛋!你已经不要良心了,还想良心干什么?……"自我谴责背后是一种痛苦搏斗后的自我肯定。最终他把来自内心的良心发现和来自外部的责难全部否定,"为了远大的前程,必须作出牺牲!有时对自己也要残酷一些。"这里个人主义的排他性得到了最大限度的表现,在这一两难选择中,人生的含义终于被他误解,社会变成了一座动物化了的竞技场。

但作者并没有回避高加林选择的合理因素,高加林的悲剧同样给读者这样的启示:倘若古老而淳朴的乡村文化不能产生更高的物质和精神的要求,倘若刘巧珍诚挚又深沉的爱情始终不能满足高加林个人愿望中的合理部分,那么,传统生活哲学如何说服他、束缚他呢?这里,作者显然已经超越了早期"改革文学"中对人物及其处境作二元对立的简单化处理方式,而是深入到社会变化所引起的道德和心理层面,以城乡交叉地带为了望社会人生的窗口,从一个年轻人的视角切入社会,既敏锐地捕捉着嬗递着的时代脉搏,真切地感受生活中朴素深沉的美,又把对社会变迁的观察融入个人人生选择中的矛盾和思考当中,在把矛盾和困惑交给读者的同时,也把启示给予了读者。

路遥的小说叙述,朴实、深沉、厚重、蕴藉,其中的人物大多元气充沛,除了高加林之外,另一个主要人物刘巧珍的形象也被塑造得生动感人,她那"像金子一样纯净,像流水一样柔情"的性格和灵魂,也给人以深刻的印象。作者始终认为,文学的现实主义创作方法在以后的相当长时间内,仍然会有蓬勃的生命力。这样的自信力在《人生》中已经得到了证明,在他的长篇遗作《平凡的世界》里体现得更加有力。

注释:

① 《假如我是真的》, 1979 年 10 月在上海上演, 剧本初刊于《戏剧艺术》、《上海戏剧》联合增刊 (1979 年 8 月)。本教材依据《争鸣作品选编》(第一辑)本, 北京市文联研究部编, 1981 年内部发行。

② 《陈奂生上城》, 初刊于《人民文学》1980 年第 2 期。

③ 《人生》, 初刊于《收获》1982 年第 3 期。

第十四章　民族风土的精神升华

第一节　乡土小说与市井小说

　　当80年代的文学创作一步步地恢复和发扬现代知识分子的启蒙主义和现实战斗精神的时候，"五四"新文学的另一个传统，即以建构现代审美原则为宗旨的"文学的启蒙"传统也悄悄地崛起。这一传统下的文学创作不像"伤痕文学"、"反思文学"、"改革文学"等思潮那样直接面对人生、反思历史、与社会上的阴暗面做短兵相接的交锋；也不像启蒙主义大旗下的文学，总是发人深省地从芸芸众生的浑浊生活中寻找封建阴魂的寄生地。这些作家、诗人、散文家的精神气质多少带着一点儿浪漫性，他们似乎不约而同地对中国本土文化采取了比较温和、亲切的态度，似乎是不想也不屑与现实政治发生针锋相对的摩擦，他们慢慢地试图从传统所圈定的所谓知识分子的使命感与责任感中游离开去，在民间的土地上另外寻找一个理想的寄托之地。从表面上看，这种新的审美风格与现实生活中作家们的政治追求和社会实践的主流有所偏离，也不必回避其中有些作家以"乡土化"或"市井化"风格的追求来掩饰其与现实关系的妥协，但从文学史的传统来看，"五四"新文学一直存在着两种启蒙的传统，一种是"启蒙的文学"，另一种则是"文学的启蒙"[①]。前者强调思想艺术的深刻性，并以文学与历史的现代化进程的同步性作为衡量其深刻与否的标准；后者则是以文学如何建立现代汉语的审美价值为目标，它常常依托民间风土来表达自己的理想境界，与现代化的历史进程不尽同步。追溯其源，新文学史上周作人、废名、沈从文、老舍、萧红等作家的散文、小说，断断续续地延续了这一传统。

　　"文革"刚刚结束之初，大多数作家都自觉以文学为社会良知
的武器，积极投入了维护与宣传改革开放的政治路线的社会实
践，以倡导和发扬知识分子现实战斗精神的传统为己任；但随着
80年代文学创作的繁荣发展，作家的创作个性逐渐体现出来，于
是，文学的审美精神也愈显多样化。就在"伤痕"、"反思"、"人道主
义"、"现代化"等新的时代共名对文学发生愈来愈重要的作用的
时候，一些作家别开生面地提出"民族文化"的审美概念，它包括
"民族性"、"乡土性"、"文化小说"、"西部精神"等一组新的审美内
涵来替代文学创作中愈演愈烈的政治意识形态。这类创作中的代
表作有被称为"乡土小说"的刘绍棠的《蒲柳人家》、《瓜棚柳巷》、
《花街》等中篇小说，有被称为"市井小说"的邓友梅的《烟壶》、《那
五》，冯骥才的《神鞭》、《三寸金莲》，陆文夫的《小巷人物志》系列
中短篇小说等，有以家乡纪事来揭示民间世界的汪曾祺的短篇小
说，有以家乡风情描写社会改革的林斤澜的《矮凳桥风情》系列，
有拟寓言体的高晓声的《钱包》、《飞磨》等新笔记小说，还包括了
体现西北地区粗犷的边塞风情的散文和诗歌，等等。在文学史上，
仅仅以描写风土人情为特征的作品是早已有
之的，"文革"后涌现出来的陈奂生系列、古华
的《芙蓉镇》等小说，在较充分的现实主义基础
上也同样出色地描写了乡土人情。但在汪曾祺
等作家的作品里，风土人情并不是小说故事的
环境描写，而是作为一种艺术的审美精神出现
的。民间社会与民间文化是艺术的主要审美对
象，反之，人物、环境、故事、情节倒退到了次要
的位置，使当时还作为不可动摇的创作原则
（诸如典型环境典型性格等）由此得以根本上
的动摇。"五四"以来被遮蔽的审美的传统得以
重新发扬光大。

　　在这一创作思潮中有意识地提倡"乡土小
说"的是刘绍棠，他对乡土小说有过理论阐释，
都是些大而无当的意思②，但他自己的鲜明的
创作风格倒是体现出他所要追求的"乡土小

作家刘绍棠

作家冯骥才

说"的特色。他把自己的语言美学命名为"山里红风味"③，大致上包含了学习和运用民间说书艺术、着力描写乡土的人情美与自然美。前一个特点使他的小说多带传奇性，语言是活泼的口语，但时而夹杂了旧时说书艺人惯用的形容词，民间的气息比较浓厚。他的几部最出色的中篇小说都以描写抗战爆发前夕的运河边上农村生活为背景，着重渲染的是农家生活传奇，俊男俊女恩爱夫妻，一诺千金生死交情，故事结局也总是"抗日加大团圆"。这样的故事传奇自然回避了现实生活中的尖锐矛盾，而且内容结构也常有重复之嫌。但由于吸收了大量的民间语言和艺术因素，可读性强，在大众读物刚刚起步的 80 年代，在农村会受到欢迎。后一个特点构成了刘绍棠小说的语言特色，其文笔优美而清新，意境淡雅而适远，景物描写尤胜，仿佛是一首首田园牧歌。他歌颂的人情美主要体现在中国民间道德的善良和情义方面，小说中的主人公无不是侠骨柔肠，重情重义，既描画了民间人情美的极致，也显示出作家的世俗理想。

这一创作思潮中另一个重要流派是"市井小说"，汪曾祺对这个概念有过一些论述，如："市井小说没有史诗，所写的都是小人小事。'市井小说'里没有英雄，写得都是极平凡的人"，但市井小说的"作者的思想在一个更高的层次。他们对市民生活的观察角度是俯视的，因此能看得更为真切，更为深刻。"④ 这些论述对有些作家的创作是合适的，尤其是邓友梅和冯骥才的小说，他们笔下的民俗风情可以说都是已经消失的民间社会的重现，既是已经"消失"，就自然有被历史淘汰的理由，如《那五》所写八旗破落子弟那五流落市井街头的种种遭遇，如盗卖古玩、买稿骗名、捧角、票友等等活动，都不是单纯的个人性的遭遇，而是作家有意识地写出了一种文化的没落。出于现实环境的要求，作家有时在小说里虚构一个"爱国主义"的故事背景，也有意将民间艺人与民间英雄联系起来，如《烟壶》里，这种旧民间工艺与传统的做人道德结合为一体，还发出一种类似铜绿铁锈的异彩。《神鞭》是一部准武侠的小说，对傻二辫子的神乎其神的渲染已经接近游戏成分，而其中傻二的父亲对他的临终忠告以及他随时代而变革"神鞭"精神的思想，却体现出中国传统文化思想的精华。由于这些作品描写民俗是与特定的历史背景联系在一起，才会有"俯视"的叙事视角来对民俗本身进行反思。

也有将民俗风情的描写与当代生活结合起来、以民情民俗来反衬当前政策的适时的创作。如陆文夫的"小巷人物"系列，在50年代就难能可贵地写出了《小巷深处》这样有独创性的小说，文革后他创作了《美食家》、《井》等脍炙人口的中篇小说，尤其是《美食家》，通过一位老"吃客"的经历反映了当代社会和文化观念的变迁，历次政治运动使社会生活日益粗鄙的外部环境与基层当权者内在狭隘的阶级报复心理，使有着悠久传统的江南食文化遭到破坏，但同时真正的民间社会却在日常生活方式下保存了这种俗文化的精髓。小说叙事者是个对食文化、对老吃客都有着严重偏见的"当权者"，由这样的角色叙述苏州民俗的美食文化很难说称职，但通过他的视角来反映食文化的历史变迁却有着警世的意义。林斤澜是浙江温州人，他的家乡在改革开放政策的鼓舞下，大力发展个体经济，迅速改变了贫困落后的局面，但温州的经济模式是否符合国家对社会主义的预设理想，在学术领域一向是有争议的，林斤澜的系列小说《矮凳桥风情》以家乡人和家乡事为题材，融现实生活与民间传说为一体，写出了别有风味的文化小说。

汪曾祺本人的小说创作特点与上述作品不太一样。如果说，他的创作也采用了他自己所说的"俯视"的视角，那倒不是站在"更高层次"上求得更"深刻"的效果，恰恰相反，汪曾祺的小说不但具有民间风

作家陆文夫

情,而且具有深刻的民间立场,其深刻性表现为对民间文化的无间的认同上,并没有人为地加入知识分子的价值判断。如果说,在邓友梅、冯骥才等人的叙事立场上,"深刻"的价值判断是体现在用知识分子的文化立场来清理民间的藏污纳垢性,而汪曾祺的小说的"深刻"则应该反过来理解,他从真正的下层民间生活中看出、并揭示出美的感受,并以此来衡量统治阶级强加于民间的道德意识、或者是知识分子新文化道德意识的合理性。譬如他在《大淖记事》中记载穷乡风俗:

> 这里人家的婚嫁极少明媒正娶,花轿吹鼓手是挣不着他们的钱的。媳妇,多是自己跑来的;姑娘,一般是自己找人。她们在男女关系上是比较随便的。姑娘在家生私孩子;一个媳妇,在丈夫以外,再"靠"一个,不是稀奇事。这里的女人和男人好,还是恼,只有一个标准,情愿。有的姑娘、媳妇相与了一个男人,自然也跟他要钱买花戴,但是有的不但不要他们的钱,反而把钱给他花,叫做"倒贴"。因此,街里的人说这里"风气不好"。到底是哪里的风气更好一些呢? 难说。

民间的藏污纳垢性也表现为封建意识对民间弱者变本加厉的残害,如小说《白鹿原》所描写的家规家法,所以汪曾祺才会说"难说",以表示真正下层民间的多元的道德标准。民间真正的文化价值就在于对生命自由的向往与追求,但是在封建传统道德和知识分子的现代道德下面它是被遮蔽的,无法自由生长,所以才会有文艺作品来鼓励它、歌颂它和追求它。汪曾祺的可贵之处,就是他站在民间文化的立场上写出了穷苦人们承受苦难和反抗压迫时的乐观、情义和坚强,热情讴歌了民间自己的道德立场,包括巧云接受强暴的态度、小锡匠对爱情的忠贞不渝以及锡匠抗议大兵的方式,都不带一点矫情和作派。汪曾祺的小说里所体现出来的民间叙事立场在当时还觉得新鲜,但到90年代以后,却对青年一代作家产生了重要的影响。

值得注意的是这个创作思潮还融入了来自西部边疆的民族风土的气息。西部风情进入当代文学,所带来的不是仅供猎奇的边缘地区的粗犷景色与风习，而是一种雄浑深厚的美学风貌与苍凉深广的悲剧精神。大西北既是贫穷荒寒的，又是广阔坦荡的，它高迥深远而又纯洁朴素——也许只有面对这种壮丽苍凉的自然，精神才能感受到世界的真正的崇高风貌；只有面对这种生存的极境，人类才能真正体验到生存的深广的悲剧精神。西部文学在 80 年代带给中国当代文学的，正是这种崇高的美学风貌与深广的悲剧精神。周涛与昌耀是西部文学中较为重要的作家，他们恰好也分别偏重于表现西部精神这两个互相联系的方面。

第二节 大地上涌动着人生的欢乐:《受戒》

汪曾祺在西南联大读书时曾受业于沈从文，他在创作上很受沈从文的影响。短篇小说《受戒》⑤与沈从文的《边城》有点相似，都是有意识地表达一种生活态度与理想境界。《受戒》刚发表的时候，受到很多赞扬，也引起不小的争议，因为其写法确实与 50—70 年代人们所习惯的小说写法大相径庭。它不但没有集中的故事情节，其叙述也好像是在不受拘束地信马由缰。表现在小说文本中，就是叙述者的插入成分特别多，如果按照传统小说"情节"集中的原则，很可能会被认为是跑题。例如，小说的题目是《受戒》，但"受戒"的场面一直到小说即将结尾时才出现，而且是通过小英子的眼睛侧写的，作者并不将它当成情节的中心或者枢纽。小说一开始，就不断地出现插入成分，叙述当地"当和尚"的习俗、明海出家的小庵里的生活方式、英子一家及其生活、明海与英子一家的关系等等。不但如此，小说的插入成分中还不断地出现其他的插入成分，例如讲庵中和尚的生活方式的一段，连带插入叙述庵中几个和尚的特点，而在介绍三师傅的聪明时又连带讲到他"飞铙"的绝技、放焰口时出尽风头、当地和尚与妇女私奔的风俗、三师傅的山歌小调等等。虽然有这么多的枝节，小说的叙述却曲尽自然，仿佛水的流动，既是安安静静的，同时又是活泼的、流动的。汪曾祺自己也说："《受戒》写水虽不多，但充满了水的感觉"，"水不但于不自觉中成了我的一些小说的背景，并且也影响了我的小说的风格。水有时是汹涌澎湃的，但我们那里的水平常总是柔软的，平和的，静静地流着。"⑥

这种顺其自然的闲话文体表面上看来不像小说笔法，却尽到了小说叙事话语的功能。正是这种随意漫谈，自然地营造了小说的虚构世界。这个世界中人的生活方式是世俗的，然而又是率性自然的，它充满了人间的烟火气，同时又有一种超功利的潇洒与美。例如，在当地，出家仅仅是一种谋生的职业，它既不比别的职业高贵，也不比别的职业低贱，庵中的和尚不高人一等，也不矮人三分，他们照样有人的七情六欲，也将之看作是正常的事情，并不以之为耻："这个庵里无所谓清规，连这两个字也没人提起。"——他们可以娶妻、找情人、谈恋爱，还可以杀猪、吃肉，唱"姐儿生得漂漂的，两个奶子翘翘的，有心上去摸一把，心里有点跳跳的"这样的酸曲。人的一切生活方

晚年的汪曾祺。其《受戒》、《大淖纪事》等作品在恬淡和谐的民间生活中表现生命的欢乐。

式都顺乎人的自然本性，自由自在，原始纯朴，不受任何清规戒律的束缚，正所谓"饥来便食，困来便眠"。庙里的和尚是如此，当地的居民也是如此，英子一家的生活，男耕女织，温饱无虞，充满了一种俗世的美："房檐下一边种着一棵石榴树，一边种着一棵栀子花，都齐房檐高了。夏天开了花，一红一白，好看得很。栀子花香得冲鼻子。顺风的时候，在孛荠庵都闻得见。"

《受戒》表面上的主人公是明海和小英子，实际上的主人公却应该是这种"桃花源"式的自然纯朴的生活理想。这个桃花源中诸多的人物不受清规戒律的约束，其情感表露非常直接而且质朴，他们虽然都是凡夫俗子，却没有任何奸猾、恶意，众多的人物之间的朴素自然的爱意组成了洋溢着生之快乐的生存空间。作者以一种通达的甚至理想化的态度看待这种生活，没有丝毫的冬烘头脑与

迂腐习气,他塑造的这个空间是诗意的,而又充满了梦幻色彩。不过明海和小英子虽然不能完全算作这篇小说的主人公,他们那种纯洁、朴素、自然而又有一点苦涩的爱情却确实可以给这种理想赋予一个灵魂。在汪曾祺笔下,明海是聪明的、善良、纯朴的,小英子是天真、美丽、多情的。他们之间朦胧的异性情感,呈现出浪漫的、纯真的色彩,在人生的旅程中奏出了一曲美的旋律。这种情感发自还没有受到俗世污染的童心,恰恰可以成为这个桃花源的灵魂的象征,所以作者把它表现得特别美。譬如,明海受戒后,小英子接他回来时,问他"我给你当老婆,你要不要?"明子先是大声然后是"小小声"说:"要——!"英子把船划进了芦花荡,小说接着这样描写:

> 芦花才吐新穗。紫灰色的芦穗,发着银光,滑溜溜的,像一串丝线。有的地方结了蒲棒,通红的,像一枝一枝小蜡烛。青浮萍,紫浮萍。长脚蚊子,水蜘蛛。野菱角开着四瓣的小白花。惊起一只青桩(一种水鸟),擦着芦穗,扑鲁鲁鲁飞远了。……

汪曾祺善于通过地域风情的描写,衬托那种纯朴的民俗,而明海与小英子的纯洁的爱情,也通过这种地域风情的描写,表现得纯朴、温馨、清雅。所以,虽然是表现理想境界,汪曾祺的笔调也不会失之甜俗,而是清雅之中隐隐有一点苦味:例如,明海为什么会出家呢?他和小英子的纯洁爱情乃至这个桃花源一样的世界能保持下去吗?(文本中作者将明海和小英子的年龄处理得很模糊,并尽量使人感觉他们的年龄很小,颇让人捉摸)……尽管作者将之进行淡化处理,这个理想世界中仍夹杂着那么一丝不易察觉的苦涩,只是不像《边城》的结尾那样明显。

小说中自然、纯朴的民俗世界实际上是汪曾祺自然、通脱、仁爱的生活理想的一个表征。他说:"有评论家说我的作品受了两千多年前的老庄思想的影响,可能有一点。……我自己想想,我受影响较深的,还是儒家。我觉得孔子是个很有人情味的人,并且是个诗人。……曾点的超功利的率性自然的思想是生活境界的美的极致。……我觉得儒家是爱人的。因此我自诩为'中国式的人道主义

者'"⑦。《受戒》中表现的就正是这种传统文人追慕的"超功利的率
性自然的思想",这种"生活境界的美的极致"。作者是爱世间的,对
之有无法割断的牵系,在态度上也就特别宽厚通脱。这种生活态度
和人生立场在"五四"以来的新文化传统中,肯定不占主流地位,也
不可能以完整的形态呈现,由此散落在民间世俗世界中,与被遮蔽
的民间文化建立了某种关联。与这种生活态度和人生立场相配合,
在审美上他也追求一种民间传统艺术趣味,如年画,如乡曲,在大
俗中弥散出一种萧散自然的神韵。

这种特有的气氛与韵味的营造,在很大程度上也得力于作品
的语言。《受戒》的语言是洗练的现代汉语,其行文如行云流水,潇
洒自然中自有法度,正如作者所言:"作品的语言映照出作者的全
部文化修养。语言的美不在一个一个的句子,而在句子与句子之间
的关系。包世臣论王羲之字,看来参差不齐,但如老翁携带幼孙,顾
盼有情,痛痒相关。好的语言正当如此。"⑧这不但是文章三昧,也
是一种人生态度。我们一开始就讨论的《受戒》叙述上的信马由缰,
实际上也与作者自己的生活理想相一致,是一种对"超功利的率性
自然的思想"的有意追求。

第三节　市井文化的描绘与反思:《烟壶》

邓友梅的小说艺术风格主要体现在他所自觉追求的"京味风
情小说"。他宣称:他的这类作品"都是探讨'民俗学风味'的小说
的一点试验。我向往一种《清明上河图》式的小说作品。"⑨与老舍的
《茶馆》、《正红旗下》等作品相似,《烟壶》⑩也采取了从描绘日常生
活、日常习俗的角度来表现历史变迁的叙事策略。它以"烟壶"为中
介,描绘了19世纪末叶北京城市的风俗画,串连起了各色各样的
人物,于方寸之中看到市井世界的芸芸众生和时代矛盾冲突,看到
市井文化中的高尚与卑鄙、狡诈与善良,同时也隐隐透露出一种反
思精神。

《烟壶》的故事发生在19世纪90年代,八旗子弟乌世保出身
于武职世家,虽为游手好闲却不失善良和爱国之心。他被恶奴徐焕
章所害,陷于牢中,结识身怀绝技的聂小轩,因缘际会学会了烟壶
的内画技术与"古月轩"瓷器的烧制技术。出狱后因家破人亡被聂

小轩父女收留，聂氏父女有意招赘他以继承家传绝技。但一个有权有势的"洋务派"贵族九爷为了向日本人讨好，逼聂小轩烧制绘有八国联军攻打北京后行乐图的烟壶，聂小轩毅然断手自戕，以示反抗。小说的结尾，乌世保与聂氏父女一起从北京城逃亡。

作家邓友梅（徐福生摄）

从简略的介绍已经可以看出，这是一部情节性颇强的小说。作者似乎从评书、相声、章回小说等北京传统民间艺术中吸收了不少营养，以全知的视角把故事讲得特别跌宕起伏。小说中的"说书人"（叙述者）始终处于一种相当活跃的地位，这一点与汪曾祺小说的叙述者有一点相似，但邓友梅的趣味与修养明显地与汪曾祺不同：他虽然也在海阔天空地闲聊，但始终忘不了编织复杂曲折的故事情节，他也不像汪曾祺那样在民俗趣味之中寄托自己的理想，他所关心的就是民间生活、民间风俗本身。所以，与汪曾祺相比，邓友梅少了一些萧散自然的神韵，却多了一些市井细民的趣味。不过俗也有俗的好处，《烟壶》中唠叨而自由的说书人是一个讲故事的能手。他从古典章回小说那里颇得到了一些叙事的技巧，虽然是全知的叙述者，但并不依靠理念做过多的评论，而善于从人物的语言、行为与心理的白描出发，把那些贵族王爷、八旗子弟、市井艺人、汉奸奴才等描画得惟妙惟肖。他也具有熟练的讲故事的才能，小说中，乌世保在狱中结识聂小轩以前是以他自己的故事为主要的叙事线索，从他出狱以后到再遇见聂氏父女则运用章回小说"花开两朵，各表一枝"的惯技，分头讲述乌世保与聂小轩的故事，重逢以后两条线索又合拢在一起对整个故事作一收束；他也善于利用插叙的方法，常常先讲述事件的结局，然后在合适的地方用插叙来解释，例如交待徐焕章的过去与乌世保入狱之后的家庭变故以及乌大奶奶的遭遇等都是如此，颇类似于相声与评书中"抖包袱"式的悬念制造。《烟壶》叙事上腾挪躲闪,舒卷自如,显得非常老到。

小说中说书人的插入语在两种情况下非常活跃,其一如上所述是出于讲故事的需要,其二则显示出叙事者确实具有一种《清明上河图》式的兴趣,他的插话不但给我们讲述了一些老北京颇具都市民间色彩的技艺与风俗,并进而向我们展示了那种封建社会末期熟透到极点的市井文化。《烟壶》首先表现了这种市井文化中正直而又具有创造性的一面,并将这一种品行赋予了远离权力中心、处于被压迫地位的民间艺人。这在小说中以"烟壶"的制造技术为主要的代表。说书人一开始就用单口相声的讲述技巧介绍了烟壶的繁复的种类,并对其制造技术极为推崇:"一句话,烟壶虽小,却渗透着一个民族的文化传统、心理特征、审美习尚、技艺水平与时代风貌","多少人精神和体力的劳动花在这玩意儿上,多少人的生命转移到了这物质上,使一堆死材料有了灵魂,有了精气神。……您得承认精美的烟壶也是我们中国人勤劳才智的结晶,是我们对人类文明的一种贡献……"然后又以惊叹的口气介绍了烟壶的"内画"技巧与"古月轩"瓷器的制造技术的繁难与精巧,例如聂小轩烧制古月轩"胡笳十八拍"烟壶,"怕要烧八十八窑还多",其绘图、上釉、烧制的技术要求非常苛刻,以致聂氏父女烧制古月轩几乎无利可图,就像柳娘对寿明说的"隔三差五烧几件,一是为了维持住这套手艺,怕长久不做荒废了,对不起祖宗。二是我爹跟我也把这当成了嗜好,就像您和我师哥好久不唱单弦就犯瘾似的,有时赔点钱也做!不管多么劳累辛苦,多么担惊受怕,一下把活烧成,晶莹耀眼,光彩照人,那个痛快可不是花钱能买来的!"这典型地体现出民间艺人对自己的艺术传统的忠诚,其为创造献身的精神也正体现了一种民间文化的吸引力与普通人民的活力。小说还介绍了当时的礼俗(如主子与奴才的关系)、民俗(如鬼市)、节日(如鬼节)等,从中显示出当年老北京人特有的生活方式与文化心态。

叙述者还以赞赏的态度描写了普通人的正直与情义。例如,乌世保入狱之后结识了聂小轩,聂小轩不仅指点他画烟壶内画,而且信赖地将家传绝技传授于他;乌世保的好友寿明在他入狱期间前后奔波,帮助他出狱;乌世保也不负他人所托,在处境稍有好转就去看聂小轩的女儿柳娘;聂小轩不愿制作凌辱国家的烟壶而断手自戕……在这里,我们看到了普通中下层市民心灵的美好与善良,也看到了他们高尚的民族气节和做人的良知。同时叙述者虽然欣赏这种民间的正直与创造性，在叙述中却让它们都处于一种"无力"的境地。这些"好人"都是毫无社会地位的人，他们处于一种被剥夺到没有能力保护自己的地步，权力者以一种玩弄的心理对待他们的艺术乃至生命，有权者的任何一点小小的手腕、甚或心血来潮的恶作剧，也会给他们造成巨大的灾难。

《烟壶》中的市井世界是以满清专制皇权体制下的等级秩序为基础的，这种专制体制，专注于"主子"和"奴才"的名分和关系的认定，使等级中人与人之间的关系处于既做主子又做奴才的畸形状态中，做小主子的人要做大主子的奴才，做奴才的人一旦有机会做主子比"主子"还要耀武扬威，"奴性"与"自大"便成为一种普遍的心理状态。在这样的关系中，做主子的人的"壮志"与生命力被日常生活所消磨，做奴才的人则常常一旦发迹就霸道阴毒之至。生活于其间的人，向好的方面发展也不过是安分守己地沉溺于一些细小的人生趣味，在其中浪费生命，若向坏的方面发展则人性中恶劣的一面暴露无遗。例如小说中徐焕章这样卖身求荣、奸诈残忍的小人，就是这种社会文化体制下的必然产物：他在破落的主子乌世保面前，也可以遵从名分，对后者的侮辱忍辱负重，但是一有机会却马上耍手腕将之投入监狱，使其倾家荡产。他在普通百姓面前作威作福，但对外国人与大官僚却又是狗一样的奴才——而他之所以能够获得一些权力正是与这种主动当奴才的行为直接相关的。在这个人物身上典型地体现了市井文化中劣根性的一面对人性所具有的侵蚀作用。其次，《烟壶》还表现了八面威风却又崇洋媚外的没落封建文化和半殖民文化的生活习气。例如，小说中的九爷身上，具有典型的八旗子弟爱玩闹、爱搞恶作剧的特点，小说由他百羊闹茶馆、玩烟壶逗狗、戏弄化缘和尚诸情节，揭示了他身上"爱惹漏子看热闹"的八旗子弟的习气。这种习气本来算不上什么大奸大恶，但他之所以能够如此称心如意地玩这些恶作剧，与他的权势是分不开的。而且，他为了讨好洋人，接受徐焕章的主意要聂小轩烧绘有"八国联军行乐图"的烟壶，在他自己不过是心血来潮，对于普通的艺人来说，却无异于灭顶之灾，体现出权力者与民间的不平等状态。

不过这种反思与批判的精神到底不是《烟壶》的主调，与《正红旗下》相比,他的反思与批判都算不上深刻。总体上看,它确如作者所称是一篇"民俗学风味"的小说。 虽然它设计了一个爱国主义的主题, 但实际上是将晚清北京城的社会生活与风俗世界作为关注的中心的。叙述者的娴熟的叙事技巧使他顺利地完成了一幅《清明上河图》式的作品,以封建社会末期高度发展的畸形文化和这种文化培养熏陶下的"特殊市民阶层"为表现对象,绘制了一幅独具色彩的民俗画和众生相。在某种程度上这是对老舍等人的颇具北京地方色彩的文学传统的继承和发展, 也为以后的文学脱离政治意识的干扰,自由地表现民俗世界提供了先例。

第四节　来自大西北风情的歌唱:《巩乃斯的马》与《内陆高迥》

周涛的散文《巩乃斯的马》①借助对马的形象的描绘,表达了一种对不受羁绊的生命力与进取精神的向往与渴求。作家先通过对比,议论马不像牛、骆驼、驴子的形象,它在广阔的草原上"是茫茫天地之间的一种尤物"。马虽然接受了文明的洗礼,却仍然保持了自由的生命力,与人类是朋友而非奴隶,兼得文明与自然之长:"它奔放有力却不让人畏惧,毫无凶暴之相;它优美柔顺却不让人随意欺凌,并不懦弱",故而认为"它是进取精神的象征,是崇高的化身,是力与美的巧妙结合"。很显然,马的形象寄托了作者自己对不受羁绊的自由的生命境界的追求。

文章中的两个场景典型地刻画出马的生命活力与人对自由境界的向往的融合。一个是作者1970年在一个农场接受再教育时忍受不了精神的压抑,在冬夜旷野的雪地上纵马狂奔的场景:"随着马的奔驰、起伏、跳跃和喘息,我们的心情变得开朗、舒展;压抑消失,豪兴顿起……感受自由的亲切和驾驭自己命运的能力,是何等的痛快舒畅啊!"马的狂奔与人的情感的宣泄合拍,生命的强力冲动抗拒着阴暗低沉的气候,在压抑的环境中使人重温到自由的快乐——了解了这层含义,就不难理解作者何以如此钟情于马。在另一个场景中, 作者进一步展示了这种生命力的冲动达到极致时酒神式的狂乱奋发的境界,生命的潮流在自然的鞭策下纵横驰骋,所有外界的羁绊都不放在它的眼里。这是作者在夏日暴雨下的巩乃斯草原上所见到的最壮阔的马群奔跑场面：

> 仿佛分散在所有山谷里的马都被赶到这儿来了，好家伙，被暴雨的长鞭抽打着，被低沉的怒雷恐吓着，被刺进大地倏忽消逝的闪电激奋着，马，这不安分的精灵从无数谷口、山坡涌出来，山洪奔泻式地在这原野上汇聚了，小群汇成大群，大群在运动中扩展，成为一片喧叫、纷乱、快速移动的集团冲锋场面！争先恐后，前呼后应，披头散发，淋漓尽致！……

> 雄浑的马蹄声在大地奏出的鼓点，悲怆苍劲的嘶鸣、叫喊在拥挤的空间碰撞、飞溅，划出一条条不规则的曲线，扭住、缠住漫天雨网，和雷声雨声交织成惊心动魄的大舞台。……

这淋漓尽致的力的奔流既是一种酣畅痛快的生命境界，也是一种恢宏壮阔的崇高的场面，使得叙事人"发愣、发痴、发呆"，在几分钟内见到的将"终身受用不尽"，因为在人生的瞬间他难得地面对了生命界真正的崇高壮烈。

周涛的散文常常将思想的表现与感性的叙述、描写结合起来，形成特有的清澈而又深邃的风格。在《巩乃斯的马》中，"马"作为核心形象引起了他对世界的思考，通过马联想到人生不朽的壮美和潜藏在其深层的忧郁，联想到流淌于民族精神中的英雄豪气与进取精神——现实与想象、情感与理性交织在一起，呈现出崇高深邃的气韵。不过，这种理性颇强的写作之所以能够达致崇高的风格，与其浸透了生命体验的感性的叙述、描写是分不开的。《巩乃斯的马》中描写的两个"马"的场面，是具有典型的西部草原特色的广阔壮烈的场面，正是这种特有的西部风情，提升了作为个体的作者生命境界，形成一种特定的西部气质，同时也显示出作为特定人文景观的西部气质是与特有的自然景观分不开的：这种广阔纯洁的自然景观是精神处于绝境的人的最后的支持，既逼迫又提升着使个体达到一种崇高壮烈的生命境界。对于周涛来说，马的优美

诗人昌耀

而不羁的精神正是这种西部气质的象征，他偏重它自然的一面，尤其是自然作为人的精神的最后支撑这一点。他写到，在那个与世隔绝、生活单调、充满潜伏危险的年代，他只有一个乐趣，看马："不像书可以被焚，画可以被禁，知识可以被践踏，马总不至于被驱逐出境吧？"这样，他就从巩乃斯的马身上找到了"奔驰的诗韵，辽阔草原的油画，夕阳落照中兀立于荒原的群雕，大规模转场时铺散在山坡上的好文章"。当然，也有我们在上段所指出的淋漓尽致、酣畅痛快的生命境界。人与自然处于一种互相激发的状态，终于将本来地方色彩颇浓的西部风情上升到一种具有普遍意义的人文境界。

昌耀是那种将诗歌视为"殉道者的宗教"⑫的人，所以，他与周涛不同，经常表现的乃是西部精神中悲剧性的神秘的一面。他认为"无论是（西部）'精神'也好，（西部）'气质'也好，（西部）'风格'也好，它总之只能是这块土地的色彩，这块土地上民族的文化……时代潮流……等等交相感应的产物。是浑然一体的。它源头古老，又是不断处于更新之中。它有勃勃生气。是的，当我触及到'西部主题'时总是能感受到它的某种力度，觉出一种阳刚、阴柔相生的多色调的美，并且总觉得透出来一层或淡或浓的神秘。——我以为在这些方面都可能寻找到"西部精神"的信息。⑬他大半生居于青海，1957年被错划右派后更是处于广阔而贫穷的青藏高原的最下层，因之他对西部那种悲剧性的生存处境有一种深入骨髓的感受。与他的同代人相比，昌耀不仅将个人的悲剧历史作为反思民族、国家的悲剧的契机，并且有能力将之上升到一种人类普遍的悲剧处境的地步。有评论家将昌耀的这一转变划定在1986年，认为"在这之前，昌耀基本保持着传统现实主义的重在通过客观外象的描述，达到主观抒情的目的……表现在诗歌中的悲剧精神，则是以忧患意识为内容，以善恶、是非为标准的传统悲剧价值判断，展示的是被流放荒原的苦难。"而从1986年起，他"走向隐喻性抒情"，"追求诗的多义性和朦胧性"，"转向对宇宙和人生奥义的探寻"，他的悲剧意识也发生了嬗变，"他被一种人类的生存宿命深深地攫住了"，这是"一种建立在人类生命意识上的新的悲剧意识"，"一种超功利、超利害的人类存在本身的悲剧"，这一时期，"'悲壮'作为昌耀悲剧美感的体现，主要并不表现在英雄主义的悲剧命运的搏击，而表现在为战胜生存荒诞所进行的恒久的人格升华与完善。"⑭如果将之理解为一种理想化的简洁的描述，这大体上是一种可以接受的划分。

《内陆高迥》⑮写于1988年底，属于后一阶段的诗，它比较简洁而完美地表现了昌耀的浸透了西部气质的悲剧精神所达到的高度。昌耀自述，在这一阶段，他"已不太习于从一个角度去认识对象，不太习于寻找惟一的答案，不太习于直观的形象感受"，认为"诗的语义场是诗语的多义性和多理解性的生存空间"，《内陆高迥》叙述的多角度性、写景的抽象性、悲剧意蕴的多义性正是这种诗歌意识的明显征象。诗歌一开始就以简洁的意象勾画出一幅抒情主人公孤独的剪影："内陆。一则垂立的身影。在河源。"紧接着一句石破天惊的咏叹："谁与我同享暮色的金黄然后一起退入月亮宝石？"第一句描绘的剪影，显然是站在身外所勾勒出的，第二句的抒情则直接从心里发出，短短两句已经暗含了视点的变换。紧接着，视点又转换为这个站在河源高度的抒情主人公的视角，他的视界向远处的高原大陆无限延展：

> 孤独的内陆高迥沉寂空旷恒大
> 使一切可能的轰动自肇始就将潮解而失去弹性。
> 而永远渺小。
> 孤独的内陆。
> 无声的火曜。
> 无声的崩毁。

这里在表现内陆的阔大时完全是抽象的，除过一组形容词的堆积外，仅仅作了一句引申的描述，所有的可能的轰动，自世界之

初在内陆的高迥旷大里一开始就注定会被消解而归于沉寂，这是
描述，也是隐喻——"内陆"既是旷远壮阔的，却也是让人因其广大
悠悠而会黯然伤神、怆然泪下的。在象征的意义上，它隐喻着世
界，也隐喻着宿命，一切的无机物、有机物的行动在这里只能是"无
声的火曜/无声的崩毁"，难怪抒情主人公要叹惜："孤独的内陆"。
短短的几句诗用抽象的描述已经形象地显示出一片广阔的天地，
一种遗世独立的境界。紧接着，视点凝聚在一个独行于天地之间
的旅行者身上，也同时引申出"在路上"的主题——昌耀信奉"诗的
'技巧'乃在于审美气质"的"自由挥写：我写我"善养"之"气"，故而
下面的诗句完全打破了常规，它是一行诗，但却是八个单句组成的
其长无比的一行诗，自然，你可以把它分开来读，但组织在一起的
单句却仍让你有一种透不过气来的急促感觉，与前面凝重缓慢的
节奏完全成为一种对比，而描述也由前面的抽象旷远的描写转化
为精雕细琢，几乎像电影里的特写镜头：

> 一个蓬头垢面的旅行者西行在旷远的公
> 路，一只燎黑了的铝制饭锅倒扣在他的背囊，一
> 根充作手杖的棍棒横抱在腰际。他的鬈角扎
> 起。兔毛似的灰白有如霉变。他的颈弯前翘如
> 牛负轭。他睁大的瞳仁也似因窒息而在喘息。
> 我直觉他的饥渴也是我的饥渴。我直觉组成他
> 的肉体的一部分也曾是组成我的肉体的一部
> 分。使他苦闷的原因也是使我同样苦闷的原
> 因，而我感受到的欢乐却未必是他的欢乐。

这种精细的描绘给我们勾勒出一个为了追求什么而义无反顾地前
行的旅行者形象，使人震动的不仅是他的肮脏、贫穷、疲惫，更是他
那种一往无前地前行的形象——我们直觉地感受到这样的旅行者
一定有一个值得他追求的目的与一种信念的支撑，这几乎是一个
求道者的形象。值得思考的是，这个旅行者是现实中的，还是仅仅
是抒情主人公想象中的？进而，他是过去的、现在的、还是将来的？
这些问题也许并不重要，因为他可以是其中的任意一种。他甚至
可以是"我"的过去、或者是"我"的另外一个分身——然而无论是

谁,一往无前地在路上行走的他,与也曾经如此前行的"我"之间却间隔了无尽的距离——即使同是追求者,即使同时意识到有同类的存在,对个体来说所能感受到的仍然是彻骨的孤独,于是那句慨叹像音乐的主题句一样重新响起:

> 而愈益沉重的却只是灵魂的寂寞/ 谁与我同享暮色的金黄然后一起退入月光宝石?

诗歌下文转向这个在路上的旅行者的视点,他"穿行在高迥内陆","不见村庄。/不见田垄。/不见井垣。"视点马上又提升到一个极高极高的地方,也许是从天上的上帝的高度,两个贬抑的意象,将雄伟的自然贬抑为极渺小的东西:"远山粗陋如同防水布绷紧在巨型动物骨架。/沼泽散布如同鲜绿的蛙皮。"而读到下面一句,我们可以确认这就是上帝的视点:

> 一个挑战的旅行者步行在上帝的沙盘。

贬抑的意象将上面极力夸饰的高迥的内陆高原比作沙盘,在上帝眼里,也许人世的追求注定就像蚂蚁在沙盘里行走那样可笑吧?这个意象有一种宿命的悲剧性。然而贬抑的意象在这里却产生一种崇高的感觉,因为这里有一种与宿命抗争的精神,一种迎接上帝的挑战的精神——面对广阔的内陆高原所象征的世界、命运,人也许是渺小的,然而他的那种不屈的意志,不达目的决不罢休的追求的精神,却是无法被战胜的……于是诗歌引申出一个既是写实的又是象征的结尾:

> 河源/一群旅游者手执酒瓶伫立望天豪饮,随后/将空瓶猛力抛掷在脚底高迥的路。/一次准宗教祭仪。/一地碎片如同鳞甲而令男儿动容。/内陆漂起。

在这里,伫立河源的一群旅游者——应该也包括那个孤独的抒情主人公与那个执著的旅行者吧——汇聚在一起,进行一次类似酒神节的祭仪。这里有一种达到圣地的豪壮,类似于朝圣者达到圣地之后的欣悦迷狂——然而，这种祭仪却有一种悲壮甚至悲怆的色彩，使得犹如神圣祭仪的行为似乎又加上了一种疯狂的宣泄因素：且不说全诗反复出现的"暮色金黄"、"月亮宝石"，像昌耀诗歌中经常出现的"烈风·高标·血晕"、"血色黄昏"一样，是一种悲苍境界。仅仅设想黄昏中那群在河源狂饮者灰黑色的剪影，那种全诗中彻入骨髓的孤独感与宿命的悲剧感就仍然难以消除。达到"目的"却仍然有一种悲怆感——这种含混表达了诗人的现代感：诗里的"旅行者"虽然是一个理想主义者，然而经过多少年的苦难，对世界的荒谬他又有一种清醒的现代意识，贯穿着他的想象中的行旅的，不是一种古典式有终点的追求，而是一种无终点的不懈的行走，犹如浮士德，永远不能达到让他感觉尽善尽美、可以不再前行的境界。所以诗歌的最后两句暗含了一个漂游的"鱼"的意象：酒瓶的碎片如同鱼的鳞甲，而整个内陆宛如鱼在水中一样漂浮起来……这不是一种停滞下来的静止，而是仍然充满了悲怆的生生不息的动感。

昌耀的这首诗，每一段都可以说写的是西部特有的真实的景象，但同时却又带有浓厚的象征色彩，整体上又贯穿了一个"朝圣"的神话结构——只是在这里，"朝圣"的主题已经暗转为带着现代精神的"在路上"的主题。这种漫漫长行的目的是什么？作为象征的"河源"，具有多义性，它可以是一种日渐稀薄的理想主义精神的象征，也可以是民族文化的源头的象征，也可以是生命的本源、信仰的本源的象征，生命的极高境界的象征……等等。在这一点上，它显示出整体意蕴的多义性，但这种多义仍然有一种相对稳定的能让我们把握住的整体意绪，吸引我们的，是诗中那种河源的高远的境界、"谁与我共享暮色的金黄然后一起隐入月亮宝石"的高洁而彻骨的孤独、那种面对命运的挑战义无反顾地前行的悲剧精神。

注释：

① 参阅陈思和《中国新文学发展中的两种启蒙传统》，收入《陈思和自选集》，广西师范大学出版社 1997 年，第 31—55 页。

② 刘绍棠关于乡土文学提出过五条原则，即：坚持文学的党性原则和社会主义性质；坚持革命现实主义的创作方法；继承和发展中国文学的民族风格；保持和发扬强烈的中国气派和浓郁的地方特色；描写农村的风土人情和农

民的历史和时代命运。参见刘绍棠《我与乡土文学》,春风文艺出版社 1984年版,第 95 页。

③ 参阅刘绍棠《〈乡土〉序》,《乡土》,刘绍棠主编,人民文学出版社 1984 年版。

④ 引自汪曾祺《〈市井小说选〉序》,《市井小说选》,杨德华编,作家出版社1988 年版。

⑤《受戒》,初发于《北京文学》1980 年 10 月号,本教材依据《汪曾祺全集》第 1卷,北京师范大学出版社 1998 年版。

⑥ 引自汪曾祺《自报家门》,收入《汪曾祺全集》第 4 卷,北京师范大学出版社1998 年版,第 281 页。

⑦ 同上书,第 290—291 页。

⑧ 同上书,第 292 页。

⑨《烟壶》初刊于《收获》1984 年第 1 期。本教材依据《邓友梅小说选》,四川文艺出版社 1987 年版。

⑩ 引自邓友梅《〈寻访画儿韩〉篇外缀语》,见《小说选刊》1982 年第 2 期。

⑪《巩乃斯的马》,初刊于《解放军文艺》1984 年 8 月号。

⑫《诗的礼赞》收入《命运之书——昌耀四十年诗作精品》,青海人民出版社1994 年版,第 300 页。

⑬ 同上书,第 297—298 页。

⑭ 引自李万庆《"内陆高迥"——论昌耀诗歌的悲剧精神》,载《当代作家评论》1991 年第 1 期。

⑮《内陆高迥》写于 1988 年 12 月 12 日,本教材依据《命运之书——昌耀四十年诗作精品》,青海人民出版社 1994 年版。

第十五章 新的美学原则的崛起

第一节 西方现代主义文学的引进与影响

随着中国大陆再次进入一个开放的国际文化环境，西方现代文化和现代主义文学思潮随之进入这个封闭了四十来年的东方国家，很快便与 60 年前的"五四"新文化时期遥相呼应，成为本世纪中国大陆第二次接受西方文化的高潮，也使中国文化和文学再一次汇入世界性潮流之中。最早开始译介西方现代主义文学的是一批外国文学研究者，其中有 40 年前在西方现代艺术思潮濡染中走上文坛的诗人和作家①。和本世纪 20 至 40 年代相比，文革后对西方现代主义的介绍显然更加全面系统，从 19 世纪末的早期象征主义到 20 世纪后期的后现代的各种流派，都逐渐为中国文坛所知悉。随着这些译介活动的深入展开，80 年代初的文艺创作和批评领域产生了相应的反响，在诗歌、小说、戏剧等文体的创作中相继出现了一系列作品，不同程度地体现了一系列新的美学原则，给读者带来新颖而强烈的阅读感受。

当然，西方现代主义文学的译介仅仅是这些具有现代主义倾向的文学作品产生的一个外在因素，只有当外来影响与本土文化和作家主体的内在表达需要相契合时，外来影响才可能促使本土作家相应地在创作中产生出世界性的因素，即既与世界文化现象相关或同步、又具有自身生存环境特点的文学意象。这些意象不是对西方文学的简单借鉴与模仿，而是以民族自身的血肉经验加入世界格局下的文学，以此形成丰富的、多元的世界性文学对话。所以，"文革"后文学中现代意识的产生正是中国特定的历史环境所造成的。

　　"文革"后文学的现代意识产生,最早可以追溯到 70 年代中期的青年诗人食指和芒克、多多、根子等人为主要成员的"白洋淀诗派"②,其社会起源与个人起源都与这一代人在文革中的个人经验有关,这些年轻诗人都有一个由信仰的狂热到理想破灭后坠入绝望的共同的"文革"经历,是这一代青年中最早觉醒并进行反思的一群。理想与现实的对立,使他们不约而同地想通过文学的方式得以解决,历史机遇在他们身上体现为怀疑——觉醒——思考的历程:

> 我的一生是辗转飘零的枯叶
> 我的未来是抽不出锋芒的青稞
> 如果命运真的是这样的话
> 我情愿为野生的荆棘放声高歌
>
> ——食指《命运》

在此,个人价值和命运的思考既带有精神贵族的多愁善感,也带有落难英雄的狷傲不羁,独醒者的恐惧与孤独为人道主义、理想主义涂上了一层朦胧色彩,既包含了不自觉的现代意识,又含有明显的浪漫主义色彩。这种在"文革"时期政治高压的缝隙中生成的现代意识及其艺术表现,或许已经预示了中国的现代意识与西方的现代派文学之间的重大区分,也预示了它在日后的演变轨迹。如果说,西方现代派文化艺术反映了知识分子对西方社会的现代化规范的质疑与绝望,那么,这种被质疑的"现代化"在中国当时社会中最敏感的知识分子中间还是积极向往的圣殿,他们把全部愤怒指向妨碍中国现代化的"文革"中的东方专制主义的政治因素。

　　1978 年民刊《今天》杂志③的创刊,标志着这股现代诗潮进入"文革"后波澜迭起的文学大潮之中。这就是通常所谓的"朦胧诗"派,其成员包括北岛、顾城、舒婷、江河、杨炼、芒克、多多、梁小斌等,这些年轻诗人从自我心灵出发,以象征、隐喻、通感等现代诗歌的艺术技巧,创作了一批具有新的美学特点的诗歌。这一诗歌群体刚一出现于文坛,就因其独特而新颖的审美因素而受到人们的注意,并引发了一系列的争议。1980 年 8 月,《诗刊》发表了章明的

《令人气闷的"朦胧"》一文,以"叫人看不懂"为由来否定它们的意义和价值,"朦胧诗"便因此得名。持这种观点的代表人物还有方冰、臧克家、周良沛等。与此相反,谢冕、孙绍振和徐敬亚等人④则先后著文肯定这一新诗潮,首先是诗评家谢冕从文学史的角度肯定了这些诗人的探索精神,孙绍振则认为这批年轻诗人的诗歌所代表的是一种新的美学原则,这一原则与传统美学原则的分歧在于"人的价值标准的分歧","在年轻的革新者看来,个人在社会中应该有一种更高的地位,……当社会、阶级、时代逐渐不再成为个人的统治力量的时候,在诗歌中所谓个人的情感、个人的悲欢、个人的心灵世界便自然会提高其存在的价值。社会战胜野蛮,使人性复归,自然会导致艺术中的人性复归",进而概括了这批"朦胧诗"的三个美学原则,即"不屑于作时代精神的传声筒","不屑于表现自我情感世界以外的丰功伟绩","回避写那些我们习惯了的人物的经历、英勇的斗争和忘我的劳动场景"。而本身就是新诗潮阵营一员的徐敬亚在其论文中大胆地以"现代倾向"和"现代主义文学"的字眼概括了新诗潮的性质。这三篇"崛起"的文章,对"朦胧诗潮"的文学史意义、美学原则及其特征、内涵进行了全面的阐述。简单地对其作一概括就是:由客体的真实趋向主体的真实,由被动的反映趋向主动的创造。但在另一方面,在"朦胧诗"的成熟形态中,"五四"新文学传统的内在机制明显地在起作用,蒙太奇、隐喻、反讽等手法为知识分子的集体经验提供了个人化、风格化的聚焦点;令人耳目一新的意象和意象的审美张力则构成意识冲突戏剧性的对象化,这既是个体的又是集体经验的审美表达。如北岛的"墓志铭"和江河的"纪念碑"等著名意象⑤,本身都隐含了一个集体形象,揭示出诗人与这一代人的共生关系。在这个意义上,他们是以独特而相对成熟的姿态参与了七八十年代之交的"伤痕文学"思潮。在这股"朦胧诗潮"中,舒婷是其中的代表诗人之一。她的诗忧伤而不悲观、真挚而又沉郁,既有苦难中对理想的追寻,又有对于人的自我价值的思考,信念、理想、社会的正义性、强烈的个人理性精神都通过"我"这一抒情形象表现出来。 正是由于具有坚定的进取精神,"我"的形象从一片触目的废墟上站立起来了:

　　　　　　我推翻了一道道定义;

> 我打破了一层层枷锁；
> 　　心中只剩下
> 一片触目的废墟……
> 但是，我站起来了，
> 站在广阔的地平线上，
> 再没有人，没有任何手段，
> 能把我重新推下去。
>
> 　　　　——《一代人的呼声》

舒婷在诗歌里很少直抒胸臆，她常常用象征主义的感觉和暗示、意象的组合和跳跃来营造诗的艺术境界，这不仅使诗歌的意境得到了拓展，而且推动了诗歌语言的变化和发展。

　　"朦胧诗"虽然在形式上显现出与西方现代主义的某种相似，但在经验内容的历史上却仍是"五四"意识的回归。前者与外来文学思潮和作品有关，但不管是在新诗潮的地下时期还是公开时期，这种相似不能理解为单向度的模仿学习，而是他们在外来思潮中辨认出了自身经验的世界性因素，因为事实上"它的发生不是在中外文化交流的繁盛时期，恰恰是在我国文艺道路最狭隘之间，在闭关锁国的年头。新倾向的主要力量——一批青年，在文化生活极其贫乏的境地里，甚至在中国的土地上总共没有几册外国诗集流传的情况下，零星地，然而却是不约而同地写着相近的诗"⑥。由于受当时社会政治、文化环境的制约，这一场有关"朦胧诗"的争论最后以浓厚的政治意味而结束，不过随着时间的延续，这一新的"朦胧诗潮"已在文学史上确立了不能忽视的位置，它们的美学追求已为文学史和广大读者所认同，异端已经化为传统，构成了文革后文学中非常重要的美学文本。

　　这种新的美学原则的崛起，一方面不仅仅限于诗歌一种文体，它同样反映在小说、戏剧、电影等叙述类文体中；另一方面，从作者群体的角度来看，正像"伤痕文学"的参与者一样，"文革"后文学对现代艺术探索的追求，在老、中、青三代作家中都有程度不同的体现。老一代作家中主要体现为 40 年代现代主义文学探索传统在新时代的继续，如已故的穆旦和仍然健在的杜运燮⑦等"中国新诗派"诗人和汪曾祺等作家的小说创作陆续发表；王蒙等一批在

50 年代成长起来的作家，也创作了一批结构和手法新颖别致的小说，在文坛上发生较大的影响；而在"文革"中成长起来的青年一代作家，则与西方现代主义艺术有着更加内在的情感上的暗合，他们不是将这种探索仅仅归于艺术表达方式的求新，更是为了表达一代人的历史经验和在现实中的生存体验。

70 年代末开始，王蒙的《布礼》等一系列小说、李国文的长篇小说《冬天里的春天》、茹志鹃的短篇小说《剪辑错了的故事》、宗璞的短篇小说《我是谁》等都不约而同地表现出新的艺术追求。王蒙的创作是小说领域内最早引起广泛争议的话题，他在 1979 至 1980 不到两年的时间里，相继发表了《布礼》、《春之声》等等被称为"集束手榴弹"⑧的六个中短篇小说，它们多以人物心理为结构线索，采用内心独白、自由联想及象征等艺术手法。尽管王蒙这些小说叙述方式的探索，主要是为了在有限的篇幅内表达他"故国八千里，风雨三十年"的人生经验，但作品所具有的某些意识流文学的表现特征，不仅给人予新鲜的阅读感受，还引发了有关意识流文学的讨论。1981 年 9 月，高行健的《现代小说技巧初探》一书由花城出版社出版，引起了许多作家的强烈兴趣，第二年的 8 月，《上海文学》杂志发表了冯骥才、李陀、刘心武三位作家的通信，已经将讨论的范围从小说文体和手法的革新扩大到对整个西方现代派的评价问题，表明这一代作家在参与伤痕文学和反思文学的同时，也开始了文学自觉意识的觉醒。

在"文革"中成长起来的一代青年作家中，张辛欣、刘索拉、徐星、李陀、残雪等也先后发表了一系列小说作品，引起了批评界的关注和争议。与 50 年代成长起来的作家相比，他们缺乏上一代人的乐观和自信，"文革"中被狂热的信仰鼓动而又被突然抛弃的特殊经历，造就了他们虚无、孤独的反抗意识⑨，所以，他们对西方现代主义艺术的亲近，并不局限于对新的表现形式的探索，而更多地体现在对现实的抗争和对个体命运的思考与追求。张辛欣在《我们这个年纪的梦》中，以女性特有的细腻表达了这一代人的痛苦，这种痛苦别人无法替代。《在同一地平线上》中的男女主人公，都在文革的苦难经历中看到了传统价值的虚伪和脆弱，只好依靠自己的努力去拼搏和挣扎，于是"孟加拉虎"就成为主人公的象征："它在大自然中有强劲的对手，为了应付对手，孟加拉虎不能不变得更加机警,更灵活,更勇敢和更残忍……"这种畸形心理正反映了历史灾难在年轻一代身上所留下的伤痕,也表现了他们对现实的绝望的抗争。刘索拉的《你别无选择》则以音乐学院作曲系的几个学生为主人公,他们寻找自己的人生和音乐旋律的创造欲,与学院以贾教授为代表的陈旧僵化的教育体制形成了尖锐的冲突,小说尝试着用音乐的结构,把一代青年的青春期的骚动,个人意识的萌动,以及他们在现实人生中所体验到的荒诞和梦魇,融进这群疯疯癫癫的青年艺术家的狂躁的血液里,流露出更明显的虚无与绝望的反抗意识。残雪的小说最决绝地体现绝望、孤独和非理性倾向,而且十多年来,始终坚守自己的叙事风格,将现代主义语言艺术与中国的生存状况结合起来,成为当代中国最有毅力、也是挣扎得最为艰苦的现代主义小说家。

戏剧领域在"文革"后一度空前繁荣的社会问题剧之后,一度发生了新的危机,这是在戏剧参与社会现实的变革所带来的兴奋过去之后,戏剧文学与戏剧表演艺术的陈旧与凝固化所必然导致的结果。最早的戏剧表现艺术探索开始于 1979 年,其最大的特点是重在表现人的灵魂,人的内心世界的复杂性和丰富性,并努力开拓戏剧表现人类生活的多种可能性。1982 年,马中骏、贾鸿源、瞿新华编剧的《屋外有热流》和高行健的《绝对信号》(与刘会远合作)和《车站》,是影响较大的探索戏剧。《屋外有热流》以超现实的象征手法,将屋外的热流与屋内的寒冷构成鲜明的对照,热流象征着沸腾的生活,寒冷象征灵魂的自私与卑鄙,死者的高尚、自我牺牲与生者的自私卑劣,构成了代表不同人生的对立形象。《绝对信号》采用了戏剧的"虚拟"和"假定性情境"的艺术原则,打破了传统戏剧观众与演员之间的固定交流方式,通过几根铁架和几把椅子,再加上演员的表演和音响效果,虚拟出行进中列车车厢的典型场景。另一方面,作品还打破了话剧的"现在进行式"的时间结构的老例,将所谓"现在进行式"的结构拓展为表现人物的现在、过去和未来想象的三种现实空间的叠化交错,从而打乱了传统话剧的"顺时序"时序,诉诸心理逻辑和多音部交响的结构原则。《车站》的剧情是一群人怀了各自的目的在车站上等待班车进城,可是整整等了十年,才发现车站是个废站。其现实意义显然是很强的,但形式上借鉴了西方的荒诞剧和荒诞意识,让人联想到著名的《等待戈多》。

"文革"后的中国文学界对文学现代意识的追求,虽然开始时局限在现代派艺术技巧的探索,但很快就显现了作家对现实生活矛盾与个人生存意义的整体性思考,所以,它引起学术领域的不同看法以至争论是必然的。对西方现代主义的评价在80年代初期成为文学界的一个普遍关注的现象,并引起一场有关现代派文学的争议。从70年代末"伤痕文学"的蓬勃掀起,到1980年对电影《苦恋》的批判;从80年代初的有关西方现代派文学的讨论,到1983年对人道主义和异化问题的批判,都显示出中国当代文学发展的曲折和艰难性。1985年以后,现代主义思潮在中国已经不再成为禁区,而且现代技巧和现代意识也已经普遍地被知识界所接受,不再以异端的姿态出现,当代文学创作在表现艺术方面由此获得了质的提高。

第二节　"朦胧诗"的新的美学追求:
《致橡树》与《双桅船》

"文革"结束以后,舒婷作为"朦胧诗"的主将之一,进入了更为自觉也更为多产的创作阶段。她的诗风细腻而沉静、哀婉而坚强,在意象的运用上趋于明朗、贴近自然而很少刻意为之的痕迹。她还受到了同时期北岛、芒克、多多等"今天"诗人的影响,更加注重对思想倾向的追求,表现在作品中便是有意识地突出了人道主义与个性主义的精神,以及表达对祖国和人民的深沉的挚爱。她的诗多用第一人称写成,信念、理想、社会的正义性都通过"我"这一抒情形象表现出来,诗行中充满了对人的自我价值的思考。比起北岛、顾城而言,舒婷更偏重于爱情题材的写作,在对真诚爱情的呼唤中融入理想,展露一种强烈的女性独立的意识。这方面的代表作品(也是舒婷的在读者中流传最广的作品)有抒情诗《致橡树》⑩和《双桅船》⑪。

写于1977年的《致橡树》犹如是一首爱情宣言,同时也是对自我独立人格的确认。诗中的女性自我这样表述对爱情的理想:"我必须是你近旁的一株木棉,/ 作为树的形象和你站在一起",这个

"我"是有着独立的人格和价值追求的人，在相爱中，不是对爱人有所依附或者忘我地奉献，也不是"增加你的高度，衬托你的威仪"，而是在心灵的默契和沟通中达到相互的理解和信任，但又坚持了自我的独立。诗中以浪漫的抒情形象地传达出这些内容："根，紧握在地下，/叶，相触在云里。/每一阵风过/我们都互相致意，/但没有人/听懂我们的言语。/你有你的铜枝铁干/像刀、像剑，/也像戟；/我有我红硕的花朵，/像沉重的叹息，/又像英勇的火炬。/我们

诗人舒婷

分担寒潮、风雷、霹雳；/我们共享雾霭、流岚、虹霓。/仿佛永远分离，/却又终身相依。"在写于1979年的《双桅船》中，诗人也以隐喻的方式曲折传达出了恋爱双方在相互依恋中所具有的自我的独立："是一场风暴、一盏灯/把我们联系在一起/是一场风暴、另一盏灯/使我们再分东西/不怕天涯海角/岂在朝朝夕夕/你在我的航程上/我在你的视线里"。

这样一种对情爱关系中个性与自我的维护，是在反叛传统伦理和道德理性的同时确认自己新的理想与追求；在文革刚过去的时候，这种看来很抒情的个性表达其实也是正在萌发中的"现代反抗意识"的显现。历史的苦难遭遇使这一代年轻诗人无法再轻易认同来自他人的"理想"和"道德"，他们的自我意识生成于个人的体验和思考中，当一切都从个体生存中剥离之后，他们惟有依恃自我的独立意志，才能走向精神的新生。

比较而言，舒婷的诗在整个"朦胧诗"中最富于浪漫气息，这可能也是她的作品在青年读者中影响最大的原因。同时她也在抒情方式中自觉地融入了一些现代主义的技巧，比如她经常运用象征主义手法，以个性化的感觉来凝聚意象，以隐喻的言辞来营造诗的精神境界。《致橡树》里以"树"的意象，《双桅船》里以"船"和"岸"的意象，都在表达中留下阐释的空间，贴近于一种主观的个体生存经验。在另外一些短诗中，她在诗艺上的探索更为明显，如《路遇》："凤凰树突然倾斜/自行车的铃声悬浮在空间/地球正飞速地

倒转／回到十年前的那一夜",由感觉上的联想创造独特的时空体验;又如《四月的黄昏》里则有"通感"的转化,能听到"旋律"的色彩,看到旋律的游移、低回,在灵魂里听到回响,对"通感"的运用使诗更加富有了多层次的含义,也更富有个性的生动气韵。总之,在舒婷的诗中,各种主观性的象征俯拾皆是,意象之间的组合由主体感觉的变化而任意多样,这其实都不仅仅是使诗的语言空间得到了拓展,而且也是突现出了诗人心灵中强烈的自我色彩。

第三节　舞台上的现代艺术尝试:《绝对信号》

　　高行健第一部重要的戏剧作品是无场次话剧《绝对信号》(与刘会远合作)[12]。剧中写待业青年黑子与少女蜜蜂相爱,但因为没有经济来源而无法结婚,在黑子迷惘彷徨之际,一个车匪利用了他对社会的不满心理,与他密谋一起合伙盗车。结果他们扒上了由小号担任见习车长的一节守车,小号是黑子的中学同学,他也深深爱着蜜蜂,而当列车开出不久,蜜蜂碰巧也搭上了这节车厢。由此在车厢十分有限的时空中,围绕着黑子、小号、蜜蜂之间的恋爱关系,以及老车长与车匪的较量,展开紧张激烈的矛盾冲突。最后黑子经过一番痛苦的心灵挣扎,猛然醒悟,他与车匪在搏斗中双双倒下,小号在老车长的指示下亮起红灯(绝对信号),列车安全进站。如果仅仅从剧情来看,这个故事并无多少新意:作品所着力描写的是像黑子这样的年轻人从内心的失落中重新找到理想与信念、重新理解做人的权利与义务之间关系的心路历程,基本未脱出"社会问题剧"的模式。但高行健却赋予这样一个有些老套的故事以十分新鲜的戏剧形式,这主要体现在他打破传统的戏剧表现手法,作了现代主义戏剧技巧的实验和尝试。

　　《绝对信号》的艺术创新首先体现在一种主观化的时空结构方式上。情节的展开不单单依循传统戏剧的"现在进行式"的客观时序,即在通常情况下,戏剧总是会按照时间顺序来展现正在发生的事件,但在《绝对信号》中,却既展示了正在车厢里发生的事件,同时又不断通过人物的回忆闪出过去的事件,或把人物的想象和内心深处的体验外化出来,使实际上没有发生的事件也在舞台上得到展现。如黑子在车上与蜜蜂重逢后,舞台上经过光影和音响的变化而把时间拉回到过去,演出了他与蜜蜂的相爱、迫于生存的烦恼和他被车匪拉拢、怂恿的心理变化;又如当列车三次经过隧道时,舞台全部变暗,只用追光打在人物的脸上,分别展示了黑子、蜜蜂和小号想象的情景,使三个人之间的内心矛盾和盗车之前的紧张心态得到有力度的刻画,另一方面,也更为深刻地揭示出人物内在的性格特征。由于这种打乱正常时序的时空表现,在舞台上便出现了现实、回忆和想象三个时空层次的叠化和交错,从而使整出戏呈现出异常的主观色彩,剧情的发展也更加

剧作家高行健

贴近于人物的心理逻辑。与此相关的是,剧中增多了"内心表现"的成分,除了把人物内心的想象和回忆外化为舞台场面之外,还多次以夸张的形式出现了人物之间的"内心的话",以人物的内心交流或心理交锋来推动剧情的发展。如黑子和蜜蜂在车厢里相逢时,舞台全暗,只有两束白光分别投在他们身上,他们在火车行进的节奏声和心跳的"怦怦"声中进行心灵的交谈。又如车长和车匪在最后亮牌之前的心理交锋,舞台上的人物都定格不动,两人展开一番激烈的内心较量。

　　此外,这出戏在舞台语言方面也有许多创新,比如大量运用了超现实的光影和音响,不仅是为了调整场景,还更加突现出了人物的主观情绪,如黑子回忆与蜜蜂恋爱时打出的蓝绿色光和优美抒情的音乐,小号回忆向蜜蜂求爱时的红光与光明而热情的号声,黑子在想象自己犯罪时的全场黑暗与无调性的嘈杂音乐,小号想象自己面对黑子犯罪的复杂心理时的白色追光与由打击乐器演奏的无调性音乐等等,都各自不同地深入刻画出了人物的内心感受,从整体上为剧情的展开和人物的塑造铺垫出了一层非常强烈的主观效果。

　　应该说《绝对信号》中的艺术探索还只是局限在技巧方面,尽管剧中对黑子这个人物的刻画隐约透出了一种虚无和反叛的倾向,似乎可以看作是后来《无主题变奏》等小说的先声,但在这个作

品中,由于老车长的正面教育意义被过度地突出了,因而不可能给这种朦胧的现代意识留出充分展现的空间。《绝对信号》在80年代初期的文坛上出现,其最大的意义可能就在于它为人们提供了一种新颖的审美感受,与王蒙的《春之声》、《夜的眼》等"东方意识流"小说相似,它是在形式与技巧创新的层面上为中国当代文学开拓了新的向度,构成了中国现代主义文学兴起过程的一个特殊环节。

第四节　小说中的现代意识:《山上的小屋》

残雪的小说是文革后文学创作中非常独特的存在。她用变异的感觉展示了一个荒诞、变形、梦魇般的世界,阴郁、晦涩、恐惧、焦虑、窥探和变态的人物心理及人性丑恶的相互仇视与倾轧,在她的作品中纠缠在一起,不仅写出了人类生存的悲剧,而且写出了人的某种本质性的丑陋特点。残雪小说的这一特点与西方现代荒诞小说似乎很接近,但其传达出的生命本体的苦痛、涌动出来的对生存的深刻绝望和绝望边缘的呐喊和挣扎,绝不仅仅是对西方现代荒诞小说的简单模拟,而是与她所生存的现实、所经历的历史有着密切的关系,她的现实中所叙述的场景常常使我们想到文化大革命期间人人都可能被窥视与告密,人与人之间互不信任,为了保存自己而不惜出卖别人,就是家庭亲人之间也互相设防,自私、无情……,当残雪把生存的荒诞体验和绝望感受落实于具体的时空背景下时,她对于人性丑恶与残酷的揭示就具有了一种强烈的现实战斗精神,就有了试图改变这种处境的社会性使命。"心中有光明,黑暗才成其为黑暗",由此,一种抗争现实残酷、人性丑陋的生命之光就燃烧于她的作品中,于绝望中保持生命的存在,于虚无悲观中渴望天堂的美丽。

残雪的小说总体上给人一种噩梦般的印象,像《山上的小屋》、《黄泥街》、《苍老的浮云》、《我在那个世界里的事情》等,每一篇作品都充满了变异错乱的感觉,故事环境无一例外使人感到恐怖和恶心,人物居于其中总有宿命般的恐惧感,或者也可以说,他们已蜕化为某种恐惧心理的象征物。短篇小说《山上的小屋》[13]是其代表作之一。它通过叙述者怪异的感官体验描绘出一个怪异的世界:

"所有的人的耳朵都出了毛病。"叙述者对她的母亲憋着一口气说下去，"月光下，有那么多的小偷在我们这栋房子周围徘徊。我打开灯，看见窗子上被人用手指捅出数不清的洞眼。隔壁房里，你和父亲的鼾声格外沉重，震得瓶瓶罐罐在碗柜里跳跃起来。我蹬了一脚床板，侧转肿大的头，听见那个被反锁在小屋里的人暴怒地撞着木板门，声音一直持续到天亮。"叙述者感到这个世界充满了隐密的威胁，她周围的事物都不可理喻，特别是她的亲人也都显出邪恶的面目："父亲每天夜里变为狼群中的一只，绕着这栋房子奔跑，发出凄厉的嗥叫"，"妈妈老在暗中与我作对"，"她正恶狠狠地盯着我的后脑勺，我感觉得出来。每次她盯着我的后脑勺，我头皮上被她盯的那块地方就发麻，而且肿起来"。可以说叙述者在如此恐怖的环境中也已失去了正常的理性和感受力，或者是她失去了后者才生发出种种奇异的体验，但她显然也正是被这环境所捆绑的一个分子。事实上，由于叙述与人物处在同一视界，让人难以区分是"我"的感觉出了问题还是生存环境就是如此，总之，小说把内心体验的阴暗面极端化地表现出来，显示出对人性近乎残酷和阴骘的透视力。

残雪漫画像(邓莉莉作)

然而作品里还写到了叙述者想象中的一所"山上的小屋"："在山上的小屋里，也有一个人正在呻吟。黑风里夹带着一些山葡萄的叶子。"这似乎在暗示着在她与那个不知名的人之间有着某种潜在的相知，这使她一次次走上山去，企图寻找这种相知的痕迹，也企图走出这噩梦的体验。但是每一次却都令她失望："我爬上山，满眼都是白石子的火焰，没有山葡萄，也没有小屋。"这也许可以看作是一种微弱理想的破灭，但叙述者对生存环境的反抗不止于此，作品里的一个比较明显的暗喻是写她"每天都在家中清理抽屉"，虽然这招来他人的嫉恨("母亲一直在打主意要弄断我的胳膊，因为我开关抽屉的声音使她发狂")和破坏("我发现他们趁我不在的时候把我的抽屉翻得乱七八糟，几只死蛾子、死蜻蜓全扔到了地上，他们很清楚那是我心爱的东西"),但是她却从不放弃,总是想方设法要把抽屉清理好,甚至起劲地干起通宵来。"清理抽屉"无疑隐喻着重建秩序和正常理性的努力,这一行为同寻找"山上的小屋"一样,在小说中看不出成功的希望,但却非常显明地传达出了对生存之恶的反抗意识。

《山上的小屋》记录了一种对于现实生存的特殊把握,写出了生存中的噩梦般的恶与丑陋的景象,也刻画出了人们找不到救赎与解脱的焦虑体验,但同时这描写包含了否定的向度,它将生存揭示得如此令人厌恶,也即是表明了它的无意义。这篇小说引人注目的地方还在于,它开拓了一种非常态的语言和审美空间,语意上的含混和不合逻辑、审美上的恶感与虚幻性,都是借以表达那种噩梦感受的不可分割的形式,与此同时,这也就造成了作品独特的审美效果:仿佛有一道超现实的光亮撕裂了生存的景象,而把它背后那种种晦暗的所在都呈现了出来。

注释:

① 如袁可嘉、朱虹等。"中国新诗派"成员袁可嘉就是自 70 年代末起译介西方文学的中坚,由他主编的四大卷《外国现代派文学作品选》影响广泛;而后来竭力鼓吹"现代派文学"的徐迟,早年就是一位现代派诗人,由此也可以看到本世纪中国接受外来文学的延续性。

② 参阅《沉沦的圣殿——中国 20 世纪 70 年代地下诗歌》,廖亦武主编,新疆青少年出版社 1999 年 4 月。

③ 《今天》杂志是由"《今天》编辑部"创办的一份民间的文学刊物。1978 年 12 月 23 日创刊,1980 年 12 月底因各种压力停刊,共出刊物 9 期。其主要编辑成员有北岛、芒克等。

④ 参见谢冕《在新的崛起面前》载《光明日报》1980 年 5 月 7 日。孙绍振《新的美学原则在崛起》,载《诗刊》1981 年第 3 期;徐敬亚《崛起的诗群——评我国诗歌的现代倾向》,载《当代文艺思潮》1983 年第 1 期。

⑤ 参见北岛的《回答》,初刊于民刊《今天》文学双月刊创刊号,其中有"卑鄙是卑鄙者的通行证,高尚是高尚者的墓志铭"一句。《纪念碑》则是江河的代表作,初刊于民刊《今天》第 3 期。

⑥ 引自徐敬亚《崛起的诗群——评中国诗歌的现代倾向》。

⑦ 其实对新诗潮最早责难的著名文章《令人气闷的"朦胧"》(发表于《诗刊》1980 年 8 月号)首先就是针对杜运燮的诗作《秋》提出尖锐质疑的,杜诗发表于当年 1 月号的《诗刊》。

⑧ 参阅本书第 11 章第 1 节。

⑨ 参阅陈思和《文学创作中的现代反抗意识》,见《笔走龙蛇》,山东友谊出版社 1997 年 5 月版,第 77—105 页。

⑩《致橡树》初刊于《今天》第 1 期(1978 年 12 月),后收入阎月君等编《朦胧诗选》,春风文艺出版社 1985 年版,第 54 页。

⑪《双桅船》,收入《朦胧诗选》,第 51 页。

⑫《绝对信号》, 1982 年 11 月首演于北京 。 剧本初刊于《十月》1982 年第 5 期。

⑬《山上的小屋》,初刊于《人民文学》1985 年第 8 期。

第十六章　文化寻根意识的实验

第一节　文化寻根意识与文学实验

"文革"后的文学史上，1985 年是很重要的一年。在此以前，作家们的主要工作集中体现在对历史的反思和对现实的批判方面，虽然也出现了汪曾祺等作家所开辟的民间世界的空间，但毕竟是个别人的创作，没有引起文坛的广泛注意。现代主义技巧和现代意识的出现虽然给了文学一种新的震撼，但随之而来的过于强大的政治压力使文学的实验无法健康正常地发展。而 1985 年文化寻根意识的崛起，却在政治和文化的多重关系下直接带动了文学上的实验，唤起作家艺术家对艺术本体的自觉关注。

这一思潮在当时与社会背景有密切关系，随着现代化经济建设的发展，中国势必要学习西方现代化的经验和引进先进技术，这样一来，西方现代文化思想也就相应地进入中国，打破了过去意识形态方面闭关自守的愚昧状态。但是，如何应对来自西方的各种文化思想的进入，当时的知识分子是没有足够思想准备的。一种比较流行的观点是唯现代化论，即只要是"现代"就是好的，就应该学习模仿，所以连文学艺术上的现代派也被当作现代化的一个组成部分，完全不考虑现代派艺术在西方正是对现代工业文明的反抗；还有一种比较冷静的观点即认为"现代化"这一目标由于各个国家的政治环境不同，文化基础也不相同，它所呈现的模式，尤其是文化上的发展模式，是不应该相同的。那么，中国在经济起飞之际应该如何把自身的文化传统作为接受场，来检验、吸收西方现代文化，以求发展自己的现代化？这个问题在当时人文知识分子中间逐渐引起关注，具体表现在对传统文化的价值作出多元的考察，这与80年代初的启蒙话语不同，启蒙主义者所强调的反传统和反封建，正好被用来批判"文化大革命"时期泛滥成灾的政治专制主义。但是当一部分知识分子在实际生活中研究如何建设现代化的命题时，就不能不注意到，对现实的改造必须利用好自己的文化传统，于是，重新研究、认识、评价中国传统文化成为一种既是客观的需要，也是主观上的要求，到了1985年前后，文化领域兴起了一股规模不小的文化热。

"文化寻根"是这股文化热在文学艺术领域的反映，它与弘扬民族文化的国家意志和引进西方现代主义的文学思潮巧妙地结合在一起，所以得以较顺利地发展。其实我们在第十四章已经谈到了民族风土对文学审美所构成的影响，但在整个寻根文学思潮中，担任主要角色的是知青作家。当这一批年轻的作家开始走向成熟的时候，他们也需要寻找一种属于自己的文化标志。事实上，知青作家与从50年代走过来的王蒙一代作家相比，并没有一种强大的理想主义和政治信心作为精神支柱，因而当现实理想失落之后，这一代作家必须找到一个属于自己的世界来证明他们存在于文坛的意义，即使在现实中找不到，也应该到想象中去寻找。于是，他们利用起自己曾下乡、接近过农民日常生活的经验，并透过这种生活经验进一步寻找散失在民间的传统文化的价值。但需要说明的是，这些知青作家并非是生活在传统民风民俗中的土著，正相反，他们大多数是积极接受西方现代派文学的一族，可是当现代主义的方法直接受到来自政治方面的批评以后，他们不得不改用民族的包装来含蓄地表达正在形成中的现代意识，这一点就使寻根文学与汪曾祺、邓友梅等民俗作家有了区别。文化寻根不是向传统复归，而是为西方现代文化寻找一个较为有利的接受场。

所谓"文化寻根"意识，大致包括了以下三个方面：一、在文学美学意义上对民族文化资料的重新认识与阐释，发掘其积极向上的文化内核（如阿城的《棋王》等）；二、以现代人感受世界的方式去领略古代文化遗风，寻找激发生命能量的源泉（如张承志的《北方的河》）；三、对当代社会生活中所存在的丑陋的文化因素的继续批判，如对民族文化心理的深层结构的深入挖掘。这虽然还是启蒙主义的话题，但也渗透了现代意识的某些特征（如韩少功的《爸爸

1984 年 12 月，一部分青年作家和评论家在杭州举行研讨会，讨论了文化寻根的问题。部分参加会议代表会前在上海留影。(左起)宋耀良、季红真、鲁枢元、李子云、李陀、黄子平、南帆、李庆西、许子东、陈思和、程德培、周介人、韩少功、吴亮、陈杏芬。

爸》)。但这三个方面也不是绝对分开的,许多作品是综合地表达了寻根的意义。当代文学创作中的文化寻根意识最早体现在朦胧派诗人杨炼的组诗里，包括他在 1982 年前后写成的《半坡》、《诺日郎》、《西藏》、《敦煌》和稍后模拟《易经》思维结构写出的大型组诗《自在者说》等，这些作品或者在对历史遗迹的吟赞中探询历史的深层内涵，或者借用民俗题材歌颂远古文明的生命力，或者通过对传统文化的想象来构筑人生和宇宙融为一体的理念世界。在小说领域里，则是起于王蒙发表于 1982 年到 1983 年之间的《在伊犁》系列小说，虽然作家不过是描写了个人的一段生活经历，但其对新疆各族民风以及伊斯兰文化的关注，对生活的实录手法以及对历史所持的宽容态度，都为后来的寻根文学开了先河。1983 年以后，随着贾平凹的《商州初录》、张承志的《北方的河》、阿城的《棋王》、王安忆的《小鲍庄》、李杭育的《最后一个渔佬儿》等作品的发表和引起轰动，许多知青作家加入到"文化寻根"的写作之中，并成为这一文学潮流的主体。1984 年 12 月，在《上海文学》杂志社与杭州《西湖》杂志社等文化单位在杭州举办的座谈会上，许多青年作家和评论家讨论近期出现的创作现象时提出了文化寻根的问题，此后韩少功在《文学的"根"》①一文中，第一次明确阐述了"寻根文学"的立场，认为文学的根应该深植于民族文化的土壤里，这种文化寻根是审美意识中潜在历史因素的觉醒，也是释放现代观念的能量来重铸和镀亮民族自我形象的努力。阿城、郑万隆、郑义、李杭育等作家对这一主张也做了各自的阐述，由此开始形成了自觉的"寻根文学"潮流。

这种文化寻根意识的确立与外来文学的影响也不无关系。前苏联一些民族作家（如艾特玛托夫、阿斯塔菲耶夫等）对异族民风的描写、拉美魔幻现实主义作家（如马尔克斯、阿斯图里亚思等）关于印第安古老文化的阐扬以及日本川端康成的具有东方风味的现代小说，对中国年轻一代作家是深有启发的。这些外国作家的作品在表现出浓厚的民族文化特征和民族审美方式的同时，又分明渗透了现代意识的精神，既富有民族文化独特性，又融合了现代感的创作倾向，为主张"文化寻根"的中国作家提供了现成的经验和有效的鼓励。所以说"寻根文学"自一开始就表现出现代意识与民族文化相互融合的愿望，这在某种意义上也正是对自 80 年代初以来的现代主义文学精神的延续。当然，"文化寻根"派作家更为自觉的努力还在于对各自向往的民族文化天地的探询，他们或者致力于中国古典哲学与美学精神的学习，或者以学者的姿态投入对非汉民族及地域文化的研究，或者走进大自然、到人迹罕至的所在去寻觅生命存在的特殊感受。正是凭借着一种认真、深切的探索精神，这一代年轻作家很快建立起自己的文化支点，并以此创造出种种新颖的审美形态。对于寻根作家来说，审美表达的创新是与他们的文化追求合而为一的，因为文化既然是人类精神活动的结晶，它的最高形态当然应是人类的审美境界，所以文化寻根派作家们对于传统文化和民族精神的认同或反省，都投射在他们那融合了传统和现代、特别富于想象力的艺术风格中。也正是在这一点上，"文化寻根意识"显示着它重要的文学史意义，它所表现出的一些新的思维方式和审美创新意识不仅在当时给人以耳目一新之感,更对于中国文学后来的民间走向具有开拓性的影响。

由"寻根文学"作家创造出的审美形态是多种多样的,大都生发于作家主体的独特感受和各自文化背景下不同的审美理想。其中有一些作家,倾向于从民族文化和大自然中寻求精神力量,以求达到对当代生存困境的解脱和超越,这在作品中往往表现在对人物的刻画上,通过具有生命活力的人格形象表达出文化魅力,并以此完成了对一种人格境界的美感塑造。比如阿城,他的《棋王》、《孩子王》、《树王》都直指中国传统文化的内核,棋、字、树,都是中国文化中人格的象征,小说里的人物便在与传统文化的相融之中,实现了一种超越世俗的人生追求。又如张承志,他的小说《黑骏马》、《北方的河》、《残月》、《九座宫殿》等,描绘北方的草原、戈壁、雪峰、江河,吟唱着古老的民族歌谣,刻画出彩陶碎片的美丽、清真寺的庄严……,在他笔下那种富有生命激情的人生境界中,民族文化精神与大自然的博大宽广、北方游牧民族的狞厉粗放的生存状态融化在一起,使人感悟到了"天行健,君子以自强不息"的强大的人格力量。在《北方的河》中,主人公"他"的心灵中充满了躁动和震颤,他以现代人的信念向世界发出生命自由前行的呐喊,在象征着民族文化传统的大河的奔涌中获得力量,而大河在他那一往无前的精神追求的映衬下,也体现出了更加深厚广阔的内涵。李杭育则徜徉于吴越文化的氛围中,在葛川江两岸发掘着南方心灵中的生命强力和自由自在的民族精神,寻找着人生存在意义的支点。他的代表作《最后一个渔佬儿》中,主人公福奎渴望过无拘无束的生活,他凭着无所畏惧的精神、强健的体魄做一个自由的渔人,但是现代社会发展所带来的负面因素毁灭了他的梦想,污染使葛川江里的鱼日益减少,大多数渔人都改弦易辙、另谋生路,只有福奎仍孤独持守着古老而正直的人生原则,以忠诚、坚毅、重人情轻财物的传统人格精神,对抗着浮躁和实利的现实人生。这种深沉的寻根意味使福奎在具有悲剧感的现实境遇里显示出一种悠远、苍劲的人格魅力。

除了这类对人格境界的审美塑造,"寻根文学"体现出的另一种新的文学思维,即对人类生命本体和生存方式的关怀。韩少功的《爸爸爸》、《归去来》、《女女女》等小说都带有这方面的探索意义,在《爸爸爸》中,作者以现代意识来审视一个原始部落的生存方式,用象征的方法描绘出个体生命、种族生命以至人类整体的生命存在之间的关系,以及生存的艰难过程。这些神秘的描写中显然都含有对生命奥秘的窥探。王安忆的《小鲍庄》则是在社会背景及具体时空虚化的前提下,以凝重、写实的笔触,突现出封闭状态中农民自在的生存方式,古朴的仁义道德作为小鲍庄村人的精神依托,呈现出作者对生存方式与民族文化构成之间关系的思考。李锐的《厚土》系列小说和郑义的《老井》也都有着类似的主题内涵,前者着力描绘山西农村特有的沉重、凝滞的生存景观和由这种生存景观孕育出的封闭、古朴的文化性格,后者则在对贫困地区农民打井求水过程的叙写中,实实在在地表达出了生存本身的意义和价值。此外,一些非汉族年轻作家也得天独厚地利用自己民族的文化资源,加入了文化寻根的行列。鄂温克族作家乌热尔图的《七岔犄角的公鹿》、《琥珀色的篝火》等小说,描写了自己民族的独特生活形态和美好心灵,寄托了作家对自己民族的挚爱和被理解的渴望;藏族作家扎西达娃的《西藏,隐秘岁月》、《西藏,系在皮扣上的魂》、《夏天酸溜溜的日子》等一系列小说,以强烈的现代意识来探询西藏人民的生存历史和生存体验,作品里充满着关于古老文化传统、宗教习俗的描绘,写出了自近代以来藏民族被现代文明遗忘、默默走过的孤独的精神历程,同时也展现出一幅富有原始色彩与魔幻魅力的藏民生存图景。

　　需要注意的是,由于传统文化的原初精神多已散失在民间,所以对民族文化之根的探询过程实际上也就是对民间的发现过程。寻根作家们在追求新的文学价值时,其实多半是把目光投向了未被意识形态内容遮蔽的民间文化,只有在这种非正统文化存在中才最大程度保留着民族自身的蓬勃生命力。因而不仅仅是在专事描写民间风情的《商州初录》等作品中明确体现出了民间的价值取向,即便是张承志等对文化人格的塑造,或王安忆、李锐等对生存意义的探询,也都必然表现出了对民间天地的不同程度的发掘。尽管寻根派作家们还是深受"五四"知识分子精英传统的熏陶,他们在对民间的亲近中仍保持着极强的主体精神,也就造成了他们对文化之根的追寻中有着较多的主体幻想,因而很难说是已经达到了对民间的真正认同,但毫无疑义的是,在"文化寻根"的倡导和发展中,已经开启了民间在当代文学中的还原过程。

第二节　寻根文学的南北呼应：
《棋王》与《爸爸爸》

"文化寻根派"作家群中，北京的阿城和湖南的韩少功是很有代表性的两位。他们的小说《棋王》②和《爸爸爸》③分别体现出了不同类型的文化寻根意识：前者以对传统文化精神的自觉认同而呈现出一种文化的人格魅力，后者则站在现代意识的角度，对民族文化形态表达了一种理性批判，探询了在这种文化形态下的生命本体意识。

阿城原是一位画家，在 1984 年首次发表文学作品，处女作就是被誉为"寻根文学"扛鼎之作的中篇小说《棋王》。这部作品和阿城随后一气写下的《孩子王》、《树王》皆取材于他本人亲历的知青生活，但无论在主题意旨还是表现形式上都与通常的知青小说有很大不同。阿城无意去描绘一种悲剧性的历史遭遇和个人经验，也避免了当时流行的浪漫主义和理想主义的风格模式，他在日常化的平和叙说中，传达出了对中国传统文化精神的认同。

《棋王》的主要魅力来自于主人公王一生。这是一个在历史旋涡中具有独立生活方式和生命力的人物形象，他的整个人格中投射着久远的、富有无限生机的文化精神，这使他一己的单薄存在显现出了无可比拟的顽强精神和文化魅力。小说中写王一生天性柔弱，在"文化大革命"这样的浩劫中，像他这种小人物好比狂风中的沙粒，要在不能自主的命运中获得意义和价值，唯一的力量只能来自于内心，寻求自身精神的平衡和充实。小说从知青离城的送别写起，首先就以"车站是乱得不能再乱"之句来映衬王一生独坐一旁的内心宁静，而后通过写他对于"吃"的高度重视，暗示了对生命价值的尊重，在他那种处世不惊、怡然自得的性格刻画中，已经悄悄拉开了这个人物与时代规范下的知青形象的距离，成为知青文学中的一个独特的艺术典型。

小说最精彩的地方还在于对他痴迷于棋道的描绘。王一生从小就迷恋下象棋，但把棋道与传统文化沟通，还是起因于一位神秘的拾垃圾的老头传授给他道家文化的精髓要义，这便是阴阳之气相游相交，"若对手盛，则以柔化之。可要在化的同时，造成克势。柔不是弱，是容，是收，是含。含而化之，让对手入你的势。这势要你造，需无为而无不为。无为即是道……"这里讲的都是下棋的要领，但同时也是讲万事万物的造化之道，王一生以生命的本能领悟了这些道理，把棋道和人格融为一体，此后他的人生变成一种"无为而无不为"的体现。他不囿于外物的控制，却能以"吸纳百川"的姿态，在无为的日常生活中，不断提升着自己的人生境界。小说中对王一生独特个性的描绘便集中在这个方面：他看似阴柔孱弱，其实是在无所作为中静静地积蓄了内在的力量，一旦需要他有所作为时，内力鹊起，阴极而阳复，他便迸发出了强大的生命能量。这仍体现在他的棋艺上，最突出的表现是王一生在同九个高手之间的"车轮大战"中，把全部潜能都发挥出来，取得大胜，作品中对这一场景的描绘是极动人的：

《棋王》书影

　　　　王一生孤身一人坐在大屋子中央，瞪眼看着我们，双手支在膝上，铁铸一个细树桩，似无所见，似无所闻。高高的一盏电灯，暗暗地照在他脸上，眼睛深陷进去，黑黑的似俯视大千世界，茫茫宇宙。那生命像聚在一头乱发中，久久不散，又慢慢弥漫开来，灼得人脸热。

在这九局连环大战中，王一生的生命之光和盘托出，与茫茫宇宙气息相贯通，实现了人格力量的充分展示，也完成了传统文化精神在个体身上的再造和复活。

　　阿城在塑造王一生这个人物形象、写出他的无为的人生态度与有为的创造力时，力图表现古代道家文化思想。贯穿在小说里的是有为与无为、阴柔和阳刚的相互转化，生命归于自然、得宇宙之大而获得无限自由的所谓"道理"，并进而把这种传统文化精神与当代人生联系起来，赋予其进取的现代意义。但作家没有直接

作家韩少功(徐福生摄)

讲述这些"道理",而是将其隐没于饶有风趣的故事和生动的艺术描写里而不彰。这正是《棋王》作为"寻根文学"作品的独特的价值取向。

韩少功的中篇小说《爸爸爸》以一种富于想象力的魔幻现实主义手法,通过描写在湘山鄂水之间一个原始部落的历史变迁,把祭祀打冤、迷信掌故、乡规土语糅合在一起,刻画出了一幅具有象征色彩的民俗画,其中隐喻着封闭、凝滞、愚昧落后的民族文化形态。小说体现出强烈的主体理性批判精神,对这种文化状态的各种劣根性内容给予深刻的揭露,《爸爸爸》里的文化批判精神特别体现在小说对于民族文化形态中理性迷失的可怕揭示。作家从现代意识的角度出发,在对鸡头寨的原始生存方式的审视中,发掘出其文化构成的巨大缺陷,这就是在其"文化之根"中缺少着理性的自觉,并且这一缺陷延伸至今天的生活现实。这个文化批判的主题是通过对"丙崽"这一形象的描绘完成的,丙崽是个只会嘟哝"爸爸爸"和"×妈妈"这两句话的白痴小孩,他的存在无疑是象征了人类生存中的丑恶、顽固和浑浑噩噩的一面。但就是这样一个令人厌恶的人物竟然得到了鸡头寨全体村民的顶礼膜拜,尊称其为"丙大爷",成为指点迷津的神灵。在此,缺少正常理性的丙崽恰好也揭示出其他人的精神病态:理性迷失之后的愚昧与残忍。这也就难怪村人们为什么祭告神灵要杀人,且与鸡尾寨发生了你死我活的争战,做出种种从现代文明角度看来是毫无人性的事情。让人惊奇的是部落里经过一次生死劫难之后,独独丙崽不死,依然喊着"爸爸爸爸爸",依然顽固地生存下去。丙崽作为一个象征性的形象,显然还意味着传统与当代现实之间的某种联系,丙崽死不了,也就表明了那些古老文化的丑陋之处是难以根除掉的。

除了文化批判的内容之外,《爸爸爸》还有一些非常引人入胜的地方。作家在小说中把笔触探向了生命的本体存在,探索着生命的起源、生存的艰难及生命存在的方式和意义。比如丙崽的那两句谶语般的口头禅,包括了人类生命创造和延续的最原始最基本的形态,这也正是他受到村民礼拜的原因所在;又如丙崽的母亲用"剪鞋样、剪酸菜、剪指甲"的剪刀去为人接生,剪出了山寨里的整整一代人,这无疑也是隐喻着生命延续的顽强和无理性;还有那个裁缝仲满,因为不满世风日下,深感愧对先人,便熬了毒药与村民一起面向东方而坐饮,祖先是从那里来的,他们也要回到那里去,这殉死的场景显然与原始部落的某种风俗有关,但在今天的读者看来,却似乎含有个体生命和种族生命之间息息相通的神秘意味。这样的描写打破了小说情节所依赖的因果关系,出现了以意象为主体、以感应为联系环节的新的审美思维形态。

由于魔幻现实主义手法的运用,这部小说的内涵不可能拘泥于具体时空中的意义,而能产生出种种神奇的联想:由具象到抽象、由经验到超验,在漫天浓雾、闭塞幽暗、山水禽兽皆有灵气的神秘氛围中,在丙崽和他娘、祠堂、仁宝和父亲仲满、谷神、姜凉与刑天等奇奇怪怪的人物背后,联想到久远的历史和今天之间的关系,将给人留下无穷的回味与思考。

第三节　来自民间的美好诗情:《商州初录》

贾平凹的《商州初录》④写于1983年。他在此前和此后的很多小说如《腊月·正月》、《鸡窝洼人家》、《天狗》、《小月前本》、《浮躁》等,都主要描写农村社会中传统与现代的冲突,描写随着改革开放而进入农村的商品意识和现代生活方式对古老民风民俗的冲击,以及所引起的价值观念的转变,他由此来探索人性在时代变革中的内涵,写出了人们精神世界的各种生动气象。但贾平凹更为突出的创作特色,还在于他通过描绘秦汉文化环境中特有的生存方式和风土人情,展现出来自民间的美好人情,以一种清新、纯朴的笔调营造出了一个特别具有诗意美感的艺术世界。这种倾向在《商州初录》中表现得最为显明。

这部作品由一段"引言"和十四个相对独立的短章组成,作者在引言中自述了写作的起因:随着现代文明的发达,"商州便愈是显得古老,落后,撵不上时代的步伐。但亦正如此,这块地方因此而保持了自己特有的神秘。今日世界,人们想尽一切办法以人的需要来进行电气化,自动化,机械化,但这种人工化的发展往往使人又失去了单纯,清静,而这块地方便显出它的难得处了。"作者感慨于这种难得,感受到商州古老文化的存在对于现代社会的价值和意义,他的写作意图便在于对这种文化加以全面、深入的描述,努力展现出它的种种美好。与其他寻根派作家有些不同的是,由于商州还是他成长的故乡,贾平凹对于自己的"文化之根"怀有着特殊的亲近,这使得他在一种多情、诗化的描述中,自觉过滤掉了那些可能同时存在的愚昧、丑陋、恶的成分,更加突现出了商州文化中的风情和人情之美,那些民族文化的优秀内涵在他的情感表达中犹如一颗颗耀眼的珍珠,闪烁着无穷的魅力。

贾平凹漫画像(张守义作)

《商州初录》首先展示出商州的自然之美,在贾平凹看来,自然之美无疑正是孕育着风情与人情之美的理想土壤。作品中深情地把商州称作是"这块美丽、富饶而充满着野情野味的神秘的地方",这里的树细而高长,向着天空拥挤,炊烟也被拉成一条直线,山的悬崖险峻处则树木皆怪、枝叶错综,白云忽聚忽散、幽幽冥冥,有水则晶莹似玻璃,清澈见底,这美丽的自然风光如诗如画,这里的人文风情当然也更是温馨动人。作者同样深情地把商州人称作"勤劳、勇敢而又多情多善的父老兄弟",对来客他们都尽心相待,把好酒给你喝,把好菜给你吃,天冷路滑,他们扶你,背你,人与人之间相互扶持、相互帮助,"宁叫人亏我,不叫我亏人"是这里人与人交往的基本原则。在淳朴民风的陶冶下,人人都有着一颗纯洁无邪的美好心灵。《商州初录》里的各种小故事几乎都是在表现这种人情的美,写出了商州民风的质朴、善良、大胆、真诚、正义和宽容。像《黑龙口》中,主人夫妇请客人和其同床过夜,坦坦荡荡,并不感到不便或尴尬;《莽岭一条沟》里的老汉身怀接骨绝技,不知医好过多少病人,但在被迫替狼治病后,却感到了自己的罪恶,便在内疚中跳崖自杀;《一对情人》中的姑娘为了爱情,勇敢地反抗贪财的父亲;《摸鱼捉鳖的人》中,那个丑陋的中年汉子每天都把求爱信装在玻璃瓶里,让河水带着它去寻找心上人,对纯真爱情的向往真诚而又执着;《小白菜》里的女演员虽然受到大家的不公对待,但当她得知造反派要去抓那些"走资派"时,便不惜委身于造反司令,换得一纸手令,赶去为"走资派"们通风报信;《桃冲》中摆渡老汉的儿子,并不因父亲曾受到别人嫉恨就反过来再嫉恨人家,结果过去的恩怨全都无影无踪……这一个个善良可爱的人物,心灵中无不包容着民间至真至纯、至善至美的精神,而这来自民间世界的美好情愫,被作者有意地加以与现代社会人情日益淡漠、人心日益荒芜的对比,便愈加使人觉得弥足珍贵,也更加令人神往了。

无可否认,贾平凹在《商州初录》里对商州文化的描述和赞颂含有着极大的理想色彩(包括作品结尾处所写的:"城里的好处在这里越来越多,这里的好处在城里却越来越少了"),这其实正表现出了他自己的理想寄托。长期浸润于秦汉古老文化之中,贾平凹深深地体验到它的厚重、朴实、浑放的风格,他将其视作为一种对自我和全体社会都大有意义的民族精神。又由于这一文化传统早已散逸民间,这就使得他的"寻根"过程,实际上也就是进入民间世界、感受民间气息的过程,后者更加呈现出蓬蓬勃勃的生命力,而古老文化不会老去,便在于与民间的贯通凝合,两者已成一个整体。虽然贾平凹作品中对民间世界的展示还很表浅,但事实上他(还有许多其他寻根派作家)已经为文革后文学开启了新的文学向度。

此外值得一提的是,贾平凹在《商州初录》中尝试了一种拟笔记体的文体形式,有着文字精炼、结构呈现散文化的特点,回荡着浓烈的古典艺术气韵。这其实也是一种对传统文化的有意回归，特别是在西方经典小说叙述形式之外，找到了中国文人笔记小说这一传统叙述形式，正表达出作者对古典美学境界的追求。

第四节．"探索电影"的文化反思：《黄土地》

1984年前后，中国电影界出现了一批富有探索精神的年轻导演，他们大多是"文革"后电影学院的第一批毕业生，包括陈凯歌、田壮壮、黄建新、吴子牛、张艺谋等，根据中国电影的发展阶段，他们被通称作"第五代"导演⑤。他们对电影艺术的探索和创新，主要在于更新了中国电影的传统造型语言和视听表现手法，追求主观性的审美感受，并且大多喜欢用象征的方式，在精心设计的意象中体现出深沉的历史文化意蕴。在对民族文化精神的自觉反省、承担和对民族生命力的唤醒方面，"第五代"导演与同一时期的"寻根文学"作家们形成应和之势。

由陈凯歌导演的《黄土地》是"第五代"导演的代表作⑥。据陈凯歌自述，这部影片的剧本是电影厂派给他的，原作是个非常老套的故事，但他之所以获得再创造的机会，是因为整个故事都发生在陕北黄土高原上。"黄土地"成为整个影片的核心意象：画面构图始终以大面积的黄土为主，沟壑与土塬连绵不绝，山形地貌经岁月的销蚀，大起大落，高原一片荒凉，没有一点生命的痕迹。"黄土地"看上去或温暖、或冷漠、或贫瘠、或深广，总是传达出一种特别沉重和压抑的感觉，在影片中，它的意义已远不只是单纯的故事背景，成了整个民族的人格化的象征体。

在后来阐述导演意图时，陈凯歌说他是想要"以养育了中华民族、产生过灿烂民族文化的陕北高原为基本造型素材，通过人与土地这种自氏族社会以来就存在的

电影《黄土地》剧照

古老而又最永恒的关系的展示"，来引出一些"有益的思考"⑦。影片中陕北农民在黄土地上默默耕作的身影，显出一种巨大的韧性和耐力，但土地的凝重也映衬着心灵的闭塞、保守和无奈。电影的故事情节主要是从一个启蒙者的目光来看出这块古老土

电影《黄土地》剧照

地上人民的愚昧落后：在黄土高原上搜集民歌的八路军文艺工作者顾青，唤醒了当地少女翠巧对自由生活的向往，但她却难以抵抗自己作为女性的悲剧命运，她所面对的是养育了她的亲人，是那种平静和温暖中的愚昧，最终她为自己的选择付出了死的代价。"黄土地"的象征意义就在于那种沉积在民族文化深处的保守性格和无法挣脱天命的悲剧感。

　　但影片的价值并没有停留在这一明显体现着现代理性精神的结论上，而是更深层地表达出对"黄土地"的复杂感情。这是通过电影里两个大场面的对比表达出来的，即安塞腰鼓和农民祈雨。在前一个场面中，使用了全片中少有的晃动镜头，满山遍野之中，上百名青年农民兴高采烈地打起了腰鼓，尽情释放着欢乐情绪和使不完的力气，好像一切都在瞬间变得生机昂然；后一个场面则非常压抑，无数瘦弱的老农向画面尽头缓缓奔去，传达出一种茫然无措的感觉。这两个场面都象征着力量，但前一个意味着生命本身的积极进取的力量，后者则表现着不知所终的盲目的力量。影片显然是想要说明，这两者都是中华民族性格的成分，是这片"黄土地"上生成的民族文化的必然的两面；而在影片结尾的段落里，翠巧的弟弟在求雨的人流中逆向奔跑的情景，正象征着他在投向一种新的人生，似乎也在暗示着那种长期被压抑在古老黄土之下的年轻的生命力必定有它被唤醒并喷薄而出的一天。

注释：

① 《文学的"根"》发表于《作家》1985 年第 4 期。

② 《棋王》，初刊于《上海文学》1984 年第 7 期。

③ 《爸爸爸》，初刊于《人民文学》1985 年第 6 期。

④ 《商州初录》，初刊于《钟山》1983 年第 5 期。

⑤ 中国电影导演的前四代分别是：中国电影诞生时的"第一代"；30 到 40 年代时的"第二代"；50 年代时的"第三代"；"文革"后出现的中年导演是"第四代"。

⑥ 《黄土地》，根据柯蓝的散文《深谷回声》改编，编剧为张子良，广西电影制片厂 1984 年出品。

⑦ 引自陈凯歌《我怎样拍〈黄土地〉》，《中国电影理论文选》下册，文化艺术出版社 1991 年版，第 566 页。

第十七章　先锋精神与小说创作

第一节　先锋小说的文化背景和文化意义

中国当代文学中先锋精神的源头一直可以追溯到文革中青年一代在诗歌与小说领域的探索,但是直到 80 年代中叶文学中激进的实验才形成了强大的阵容和声势。所谓先锋精神,意味着以前卫的姿态探索存在的可能性以及与之相关的艺术的可能性,它以不避极端的态度对文学的共名状态形成强烈的冲击。

80 年代中期马原、莫言、残雪等人的崛起是先锋小说历史上的大事,某种意义上甚至可以把它当作先锋小说的真正开端。这一开端在叙事革命、语言实验、生存状态三个层面上同时进行。马原是叙事革命的代表人物,并因之被某些批评家称为"形式主义者"①。在他创作的顶峰期,他写了许多在当时让人耳目一新的小说,如《冈底斯的诱惑》、《西海无帆船》、《虚构》、《涂满古怪图案的墙壁》等作品。这些小说中,元叙事手法②的使用在打破小说的"似真幻觉"③之后又进一步混淆现实与虚构的界限;作者及其朋友直接以自己的本名出现在小说中,并让多部小说互相指涉,进一步加强了这种效果;设置许多有头无尾的故事并对之进行片断连缀式的情节结构方式似乎暗示了经验的片断性与现实的不可知性,产生了似真似幻的叙述效果;作为一个叙事革命者,马原保持着对神秘的煞有介事而又并不专心的爱好与探索——这些探索常常有头无尾,又进一步加强了这种不可知性与不确定性……马原的这些叙述探索形成了著名的"马原的叙事圈套"④,并以引人注目的方式消解了此前人们所熟悉的现实主义手法所造成的真实幻觉，成为以后的作家的模仿对象和小说实验的起点。与马原相比，莫言的成就是多方面的，他的小说形成了个人化的神话世界与语象世界，并由于其感觉方式的独特性而对现代汉语进行了引人注目的扭曲与违反，形成一种独特的个人文体。这种文体富于主观性与感觉性，在一定意义上是把诗语引入小说的一种尝试。这在他的中篇小说如《筑路》、《白狗秋千架》、《爆炸》、《球状闪电》等小说中表现尤为明显。残雪的《山上的小屋》等小说则以一种丑恶意象的堆积凸现外在世界对人的压迫，以及人自身的丑陋与无望，把一种个人化的感觉上升到对人的生存状态的寓言的层次。莫言与残雪是在寻求表达自己的感觉方式的时候显示出其在形式方面的先锋性的，这一点与马原不同，但他们确实基本涵蕴了以后的先锋小说的基本方面的萌芽。

稍晚于他们也被人们看作是先锋小说家的有格非、孙甘露、苏童、余华、洪峰、北村等人。我们着重介绍其中的格非、孙甘露、余华三位，他们代表了先锋小说在以上三个方面的探索的发展。格非的小说也致力于叙事迷宫的构建，但他的方式与马原不同。马原是用一些并置的故事块搭成一些近于"八阵图"的小说，在每一个路口他又加上一些让人误入歧途的指标；格非则主要以人物内在意识的无序性构筑出一团线圈式的迷宫——其中有缠绕、有冲撞、也有意识的弥散与短路。如在《褐色鸟群》中，"我"与女人"棋"的三次相遇如梦似真，似乎有几个不同的"棋"存在于一个共时的世界中，但在小说进行的历时层面，每一个"棋"都对前一个"棋"起着解构的作用。这标志了格非对现实的怀疑，如同他所说的："现实是抽象的，先验的，因而也是空洞的。"⑤所以他着重描写人与物的相互脱离，"在这样的'错位'式的情景中，人物仿佛已变成了若有若无的鬼魂，身历的事件则比传闻还要虚渺，人就是处在这样的从未证实过而又永远也走不出'相似'的陷阱的一种假定状态中"⑥。《青黄》可以说是这种情境中的世界图像的一个寓言，在这里"青黄"到底是指代什么？不同的记载与不同的人有着各种各样的迥然不同的叙述与解释，而叙述者根本无法判断谁是谁非，这种叙述与判断的不确定，使得小说的世界变得恍惚起来。另一篇小说《迷舟》叙述由于一次偶然的事件使得军人萧丧生并导致战争局势的转变，琐屑微末、毫不相干之事竟引起意想不到的结局,从而展示了历史与现实的无序状态。先锋小说家都很重视小说的语言,但在语言实验上走得最极端的是孙甘露的《信使之函》、《访问梦境》、《请女人猜谜》、《我是少年酒坛子》等作品。孙甘露的这些小说彻底斩断了小说与现实的关系,而专注于幻象与幻境的虚构,但这些幻象与幻境又都只是一些无关紧要的琐屑线索,无法构成一个条理贯通的虚构世界。他着力于使小说语言诗化的诗性探索,词语被斩断了能指与所指⑦的关系,以一种意想不到的方式搭配起来,使能指自我指涉与相互指涉。如《信使之函》中 "信是焦虑时钟的一根指针"、"信是耳语城低垂的眼帘"、"信是锚地不明的孤独航行"等等几十个充满了诗意的梦呓式的对"信"的述说,在每一句述说下摘录一段信使所送的信中的段落,这些段落同样华美、富于诗意而又没有任何现实或者象征的寓意。孙甘露的小说语言实验,其实最接近超现实主义诗歌与绘画,他的小说是这些语言的与视觉的幻象集合而成的恍惚暧昧的梦与诗,这比莫言着力于表现自己的主观世界的语言探索更进了一步:在莫言那里语言仍然有着主体的、现实的、与人文的意义,孙甘露则抽空了这些意义而只剩下纯净的言辞。与以上两位相比,余华发展了残雪对人的存在的探索。他的小说以一种冷静的笔调描写死亡、血腥与暴力,并在此基础上揭示人性的残酷与存在的荒谬。在《四月三日事件》、《河边的错误》、《现实一种》、《难逃劫数》等作品中,他细致地描写人与人之间的残杀,如《现实一种》"像是在说一种事物的因缘,人们虽然在彼此伤害、杀戮,生活的本相是如此的残酷,但是人类却仍然莫名其妙地繁衍"⑧。他早期的这些小说中叙述者在表现这种冷漠与残酷时,由于刻意追求的冷峻风格而使得作者的态度显得暧昧,事实上余华的这种貌似超然而冷静的叙述风格来源于作家与现实之间的一种紧张关系,他要与他笔下的人物及其代表的人性的残暴与残酷的一面保持距离。不论善恶,他都要保持一种理解之后的超然,并由之产生一种悲悯心,这也导致了他在进入 90 年代之后的在《活着》、《许三观卖血记》中的风格转变:这些小说在描写底层生活的血泪时仍然保持了冷静的笔触,但更为明显的是加入了悲天悯人的因素。除过以上三位作家以外,北村的小说《施洗的河》、《玛卓的爱情》等小说从神学生存论的角度来考察人在缺少了神性的一维之后的生存状态,也值得重视。

所谓"一往无前"的先锋作家其实只能是一种理想,至少在中国是如此,很少有作家能够一直保持探索的姿态。等到 90 年代初,当初被人们看作是先锋的作家们纷纷降低了探索的力度,而采取一种更能为一般读者接受的叙述风格,有的甚至和商业文化结合,这标志了 80 年代中期以来的先锋文学思潮的终结。当然,我们应该相信,文学的探索并不会因此而停止。在先锋文学作为一种思潮已经过去的情况下,我们回头来看 80 年代中期先锋文学的出现,就会发现在当时的文化背景中,这并不是一件十分突兀的事情。文革后的中国文化界引进了数量相当多的现代主义与后现代主义的文学作品,西方现代的哲学、艺术与社会思潮亦相伴而来。以文学领域来说,心理分析小说,意识流,魔幻现实主义、新小说派以及理论界的形式主义、叙述学、结构主义以及存在主义等等成为人们所关注与争论的热点。在这种情况下,中国作家在 80 年代初便有意识地在自己的创作中移植西方文学中自现代主义以来的艺术手法与文学观念。事实上,80 年代以来的主流意识形态与知识界的新启蒙主义思潮,都不能形成笼罩全局的"共名"状态,给作家们在思想与艺术上的探索留下了一点空间——虽然这个空间一开始并不是很大,但却已足以使得中国作家接受西方现代文学观念并以之刺激自己的探索成为可能。先锋文学先天地带有西方文学影响的痕迹,如马原、格非、孙甘露都承认博尔赫斯的影响。承认影响的存在却并不等于抹煞先锋作家们的努力,如马原、格非等人不同于博尔赫斯对纯粹的幻想世界的迷恋,带上了一种传统东方关注"现象"而不重视"真"与"幻"的区别的亦真亦幻色彩(马原可能还受西藏宗教文化的影响);孙甘露的诗性探索也立足并着力于对现代汉语诗性功能的挖掘,等等。综合来看,先锋小说在叙事革命、语言实验与生存探索这三个层次上的推进,对以后文学创作的影响之大,是不应低估的。

在另一方面,我们可以把先锋文学看作是 80 年代的文学状态向 90 年代的文学状态转化的契机,它的出现改变了已有的文学图景与文学路向。在 80 年代前半期,文化界的启蒙主义、人道主义思潮,虽然不可能形成"五四"时期那样绝对的强势话语,但已颇有上升为"准共名"的趋势。先锋文学的出现,某种程度上是对启蒙与人性的怀疑,打破了传统的文学规范,使得极端个人化的写作成为可能。以马原的"叙事革命"为例,某些评论家加之于他头上的形式主义、技术主义的标签其实并不合适,因为艺术形式从来不可能仅仅是形式,马原对传统叙事的似真幻觉的破坏以及随之而来的经验的主观性、片断性与不可确定性,打破了任何一种宏大叙事重新整合个体经验的可能性,这使得充满个人性与主观性的现实凸现了出来。先锋小说正是这样一种打破统一的世界图像与文学图像的努力。经由这条途径,文学进入90年代的个人写作与个体叙事的无名状态。

第二节 小说叙事美学的探索:
《冈底斯的诱惑》

在中国当代文学史上,马原第一个把小说的叙事因素置于比情节因素更重要的地位,他广泛地采用"元叙事"的手法,有意识地追求一种亦真亦幻的叙事效果,形成著名的"马原的叙事圈套"。事实上,这使他不仅致力于瓦解经典现实主义的"似真幻觉",更创造了一种对现实的新的理解。

《冈底斯的诱惑》①第一个值得重视的特点是"元叙事"手法的运用。在小说的第四节中,第一级的叙事者"我"直接跳出来,向读者声明这里的故事不是爱情故事;在第十五节,他又站出来与读者直接讨论小说的"结构"、"线索"与"遗留问题",如顿月为什么莫名其妙地断线,为什么不给他的未婚妻尼姆写信? 这个叙述者以讨巧的态度粗暴地告诉读者,顿月"入伍不久就因公牺牲了"等等。他显然不回避这样设置结局是出于小说技术上的考虑。这种自觉地暴露小说的虚构性的技法当然会产生一种间离效果,明确地告诉读者,虚构就是虚构,不能把小说当作现实。马原通过元叙事的手法不但反讽了传统现实主义小说的情节连贯性以及基于此基础上的现实的整体性与真实性,他还从根本上质疑经验的整体性、连续性与确实性,正是这一点,才动摇了小说的"似真幻觉"。

这在小说的结构上也表现出来。这部小说是几个故事的拼合与组装,但与一般的看法不同,马原似乎并非出于纯技术的考虑。

在组织、叙述全部故事的第一级叙述者之下，还有几个"二级叙述者"，一个是老作家，他以第一人称讲述了自己的一次神秘经历，又以第二人称"你"讲述了猎人穷布打猎时的神秘经验；另一个是第三人称叙述者，讲述了陆高、姚亮等人去看"天葬"的故事，并转述了听来的顿珠、顿月的神秘故事。这些故事中，都牵涉到未知的神秘因素：在老作家的故事中，他在一次神秘的远游中看到一个"巨大的羊头"，这个羊头是神秘的宗教偶像，还是史前生物的化石，抑或是老作家的妄想症产生的幻觉？在穷布的故事里，他似乎碰到了"喜马拉雅山雪人"，但叙述者马上告诉我们，关于这种雪人的存在并没有科学的证据，那么穷布碰到的究竟是什么？在顿珠、顿月的故事中，不识字的顿珠在失踪一个月（他自己只觉得出去了一天）后突然能唱全部的史诗《格萨尔王传》，对这件事有遗传的、神话的、唯物的种种解释，但没有一种解释能说服其他解释的持有者……等等。这些有头无尾，抽去了因果关系的神秘的故事片断，拼合起来就构成小说的大体。在所有这些故事中都牵涉到一些神秘的、未知的因素，但作者从来不准备告诉读者这些神秘因素到底是什么？甚至更要紧的，他们是否真的存在？抑或只是人的幻觉与臆想？种种疑问在小说中都是没有结果的，尽管这些故事的叙述方法，都是以很精确的、现实主义式的、甚至是"客观的"态度讲述出来的。

马原要在小说里达到一种"亦真亦幻"的艺术效果，所以才让第一级叙述者肆无忌惮地在小说中直接露面，打破叙事的进程，以元叙事的手法拆除"真实"与"虚构"之间的墙壁。小说其实一开始就显示出这一点，它引了拉格洛孚的一句话："当然，信不信都由你们，打猎的故事是不能强要人相信的。"更耐人寻味的是小说第一节中冒出来的第一人称叙述者"我"，这个"我"是谁？我们从小说本文中没法弄清楚，他显然不

马原漫画像（邵飞作）

是"老作家"，因为他才三十来岁；他也不可能是陆高，因为他在敲
陆高的门，怂恿他去参加一次冒险；他自己也告诉我们他不是姚亮
……总之，他不可能是小说故事中的任何人物，因为他在后面根本
没有露面。他是作家马原吗？也没法弄清楚。总之，这个暧昧模糊
的叙述者，我们只知道他不是谁，而没法弄明白他是谁，但又是他
发起组织了整个探险过程，而后者是小说的基础。那么这个探险
过程是谁组织的，又是谁讲述的？谁是那个第一级的叙述者？我们
不知道，于是整部小说都变得暧昧、恍惚与可疑起来。

　　由此我们再一次感到，艺术形式不仅仅是形式。全知的叙述
者与现实幻觉的消退不仅仅是一个小小的艺术技巧的变革。传统
的权威意识形态不仅有解释生活的能力，而且有组织经验(甚至最
个人性的经验)使之成为一个明晰清楚、条理一贯的叙事的能力。
《冈底斯的诱惑》这样的小说是权威意识形态不再具有普遍意义后
的一种表征，它预示了一个不再有明晰清楚、条理一贯的整体叙事
赋予个体经验以现实性与意义，只剩下暧昧不明的似真似幻的个
体经验与个人叙述的时代的到来。也许由此我们可以理解马原的
叙事革命在当代文学史上的意义。

第三节　小说语言美学的实验：
《我是少年酒坛子》

　　与其把孙甘露的写作与叙事文学的传统联系起来考察，还不
如把它与超现实主义之后的诗歌写作联系起来看。他的小说语言
实验，导致的是超现实主义诗歌式的梦态抒情、冥想与沉思，例如：
《我是少年酒坛子》[10]中的许多段落，分行排列，都是很不错的诗
歌：

> 他们决定遇见的
> 第一块岩石的。回忆。
> 送给它音乐。其余的岩石
> 有福了。他们分享回忆。
> 等候音乐来拯救他们进入消沉。

> 这是 1959 年之前的一个片断。
> 沉思默想的英雄们表演牺牲。
> 在河流与山脉之间。
> 一些凄苦的植物。被画入风景。

这种分行排列，虽然没有加添字句，却还算对原作的排列做了改动，其实这篇小说的许多段落其排列只需略加调整，如"尾声"：

> 放筏的人们顺流而下
> 傍水而会的是翩翩少年
> 是渔色的英雄

他使得诗情的舞蹈改变了小说语言严格的行军，语言不再有一个指向意义的所指，而是从惯常的组合中解放出来，专注于自己，并做出一些颇具难度的姿势。如这样的一段："那些人开始过山了。他们手持古老的信念。在 1959 年的山谷里。注视一片期待已久的云越过他们头顶"，"在我们谈话的时候，时间因讽拟而为感觉所羁留"等等。"信念"可以"手持"，"时间"可以被"讽拟"，"1959年"可以修饰"山谷"，这完全是与日常语言的组合规则对着干——这正是一般所公认的诗歌语言的特点，但比一般的诗歌语言更进一步，在这种超现实主义式的语言中，语词不再指向现实，也不具有主体赋予的象征或隐喻意向，它们从表意功能中滑脱，成为一些自由的语象，在文本中自在地游走。在这种类似冥想或梦幻的状态中，一个意念的游走就可以让许多不相干的语象连在一起，似乎讲了一个有深意的故事，其实什么也没有。我们看其中的一个小段落："他们最先发现的是那片划向深谷的。枝叶。他们为它取了两个名字。使它们在落至谷底能够互相意识。随后以其中的一个名字穿越梦境。并且不至迷失。并且传回痛苦的讯息。使另一个入迷。守护这 1959 年的秘密"。如同"古老的信念"仅仅是一个煞有介事的词汇一样，所谓的"秘密"也仅仅是个空洞的秘密，被"命名"的落叶，可以"互相意识"，甚至可以"穿透梦境"，"传回痛苦的讯息"，都带有强烈的梦幻色彩，显然是在类似于梦幻状态下的某一意念点化的许多语象的定向组合，如同梦中的许多稀奇古怪但却色彩缤纷的蝴蝶。这样的蝴蝶飞满了孙甘露小说的夜空。他"专注于这一向度上的可能性，并把它推向了极点，正是这一极端的做法——远离具体物事，使抽象观念诗化，斩断语言的所指，让能指做封闭运动，如此等等——"⑪使他与其他先锋作家区别开来。

作家孙甘露(徐福生摄)

　　其实上面对他的小说片断的分析也可以适用于全篇，虽说《我是少年酒坛子》并非是他的语言实验最极端的小说（后者如《信使之函》、《访问梦境》等等）。它似乎还提供给我们一个煞有介事的"引言"、"场景"、"人物"、"故事"和"结语"，但是整体看来语词与语象的冥想与游戏使得这一切表面上的煞有介事变成了迷宫中的梦幻，"在现实世界这个遥远得无法看清也没有必要看清的背景之上，是玄思冥想的神秘世界"，同样也是朦胧迷茫的梦幻世界。在这个世界中，来自于通常小说中的"引言"、"场景"、"人物"、"故事"、"结语"等等仅仅是个反讽，无法用通常分析的方法来分析。在这个小说世界中，"引言"来自于一部其存在与否十分可疑的书籍，"场景"是超现实主义诗歌梦呓式的段落，"人物"则"毫无办法，诗情洋溢"，——"我的世界，也就是/一眼水井，几处栏杆。/一壶浊酒，几句昏话。"故事则是两个来无影去无踪的诗人在一处叫作"鸵鸟钱庄"的酒店里的一场不着边际的谈话。"鸵鸟钱庄"中"草席如水、瓦罐如冰"，"极为阴暗潮湿，如同我满脑子的胡思乱想"，掌柜的"神情介于哲人与鳏夫之间"；钱庄里没有下酒的小菜，"据邻桌一对表情暧昧的人声称，谈话，就是这儿下酒的小菜。"于是所谓的故事就是一场不着边际的谈话，是"梦语般入迷的低述"，"引人遐想不已的语调，给人一种讶异不已的愉悦之感"；是"一首十分口语化的诗作片断。不断切入，走向不明，娓娓道来"。我们还是把这些谈话改写成诗句来看：

在梦与梦之间，是一些典礼
　　　　　　和一些仪式
而仪式和雨点是同时来临的
在传说中，这是
　　　　　　永恒出现的方式
　　　　　　　　　——片断一

我们总有
无穷无尽的走廊
和与之相连的无穷无尽花园
岁去年来，这些漫步演绎出
空穴来风般的神力

而异香薰人的花园则给人一种
独寝花间，孤眠水上的氛围
行走和死亡，同样妙不可言
　　　　　　　　　——片断二

　　这是语言的致幻剂。"总之，他是不真实的，而又是令人难忘的。"这样的语言是孙甘露小说的中枢，环绕这两个诗人的语言的则是周围模糊的人群的吵吵嚷嚷的评论。这些语言每一次似乎都要给出我们一点故事的线索，但每一次都在紧要的转折关头把我们丢在语言迷宫的花园，像一个恍惚迷离的梦境。《我是少年酒坛子》中若隐若现的故事也是这样，两个"诗人"的谈话场所由"钱庄"转到迷宫般的"花园"，一个诗人突然追随一只铜币跑得无影无踪，据一个"卖春药的江湖骗子"讲："他已不再追赶铜币，半道上，他随几个苦行僧追赶一匹发情的骡子去啦"，于是只有"我"独自屹立。如果说这也是故事，那么必须改写对故事的定义，如同小说里说的："倘若我愿意，我还可以面对另一个奇迹：成为一只空洞的容器——一个杜撰而缺乏张力的故事是它的标志。"
　　总之，《我是少年酒坛子》让我们明显地感受到了孙甘露对幻想与冥思的近乎天然的亲切感。"他使我们又一次止步于我们的理智之前,并且深感怀疑地将我们的心灵和思想拆散开来,分别予以考虑",“将平凡的探索重新领回到感觉的空旷地带"。在这里,他的冥想与语言实验“设置了一个个迷宫",“他的想象穿行于迷宫中,一边津津乐道地破迷解迷,一边又以破解活动遮蔽了烛照谜底的光亮,‘用一种貌似明晰和实事求是的风格掩盖其中的秘密'"。

第四节　残酷与冷漠的人性发掘: 《现实一种》

余华在 1986 至 1987 年写作的小说,每一篇小说都可以被称为一个寓言。他企图建构一个封闭的个人的小说世界,通过这种世界,赋予外部世界一个他认为是真实的图像模型。这显示出一种强烈的解释世界的冲动,仿佛一个少年人突然发现他掌握着世界的秘密后迫不及待地要将之到处宣讲,他表面摹拟的老成中夹杂着一种错愕:事实上,正是后者而不是前者产生了一种新的观察世界的视角,也确实发现了世界的另一面。但这一时期他所刻意追求的“无我"的叙述效果迫使他不得不创造一个面具:一个冷漠的叙述者,结果,是他的冷漠而不是他的震惊留给当时的读者很深的印象。《现实一种》[12]的本文中并没有什么观念化的议论,然而从小说的题目和情节布局都可以看出一种解说观念的意图。这种意图正如批评家所说的:“是一种观念性的解释世界的冲动和为世界制造一次性的图像模型的艺术理想的复杂混合。"[13]

这种图像模型首先可以在他的小说的布局中发现。这是一种“沙漏"式的小说布局,它显示出一种刻意的对称性:山岗的儿子皮皮杀死了山峰的儿子,山峰杀死了皮皮,山岗杀死了山峰,山峰的妻子借助公安机关杀死了山岗。甚至人物的名字“山岗"、“山峰"也显示出一种刻意的对称。如果仅从“主题学"的角度讨论,这里讲的并不是一个新鲜的故事,这种连环报式的情节在民间故事里其实已经广泛地流传[14]。值得注意的是,以前这些故事的所有讲法都提供了一个起因,这些起因都很微小琐屑,显示出人性中文明的一面远远抵挡不住其野蛮与愚蠢的一面,后者略受诱惑就一触即发,而一旦引发就会像多米诺骨牌一样自动发展、扩大,直到将双方都毁灭殆尽。在民间故事中其实已经体现出看待人性的另一种视角，只是因为采取了一种传统的故事形式而导致了对之的遮蔽。从故事情节的角度考虑，余华的贡献在于取消了故事的起因，将这种仇杀设计为一种盲目的冲动，同时他将互相残杀的对象设计为传统五伦关系中的兄弟一伦，使这种仇杀的故事表现得触目惊心，而进一步在叙述上的革新使得他将一个古老的故事改编成一个新的故事。

余华说："我寻找的是无我的叙述方式"，在叙述过程中"尽可能回避直接的叙述，让阴沉的天空来展示阳光"[15]。与传统的故事讲法不同，余华设计了一个冷漠的叙述者，并借助这个叙述者提供了观察世界的另一种视角，这种视角极端而直截了当地使人看到另一副世界图景与人的兽性的一面。这个叙述者使得他能够将这个残忍的故事貌似不动声色地讲述出来。这也在小说的叙述态度中表现出来，小说中叙述者特权的使用尽量降低，既不作过多的议论，也不对人物进行心理分析，更不作价值评判，仿佛是从天外俯视世间的愚昧与凶残。但叙述者的作用还是很重要的，他的冷漠使人物可以走到前台，进行充分的表演。他好像一部灵活的摄影机，不断变换视点，通过变换将各个片断组接起来，展示出仇杀的血淋淋的过程。这样的叙述产生了强烈的效果，仇杀的场面令人毛骨悚然地表现出来。例如小说中山岗虐杀兄弟山峰的场面，小说将之描写

余华漫画像(XB 作)

为一种处心积虑的算计，但对这种算计并没有进行详细的心理展示，而仅仅描写他的外部活动，呆板的叙述将我们带到山峰被捆绑在树上、山岗向他的脚底板上浇满了骨头汤、然后让一只小狗去舔时，我们才明白他的目的。即使在这种极端的场合，叙述者也决不对人物的意识活动进行描写，而仅仅展示人物的感觉与直接反应，小说中这样叙述山峰被虐杀的场面：

　　然而这时一股奇异的感觉从脚底慢慢升起，又往上面爬了过来，越爬越快，不一会就爬到胸口了。他第三次喊叫还没出来，就不由得自己脑袋一缩，然后拼命地笑了起来。他要缩回腿，可腿没法弯曲，于是他只得将腿上下摆动，身体尽管乱扭起来，可一点也没有动。他的脑袋此刻摇得令人眼花缭乱。山峰的笑声像是两张铝片刮出来一样。

　　山岗这时的神色令人愉快，他对山峰说："你可真高兴呵。"随后他回头对妻子说："高兴得都有点让我妒嫉了。"妻子没有望着他，她的眼睛正望着那条狗，小狗贪婪地用舌头舔着山峰赤裸的脚底。他发现妻子的神色和狗一样贪婪。接着他又去看看弟媳，弟媳还坐在地上，她已经被山峰古怪的笑声弄糊涂了。她呆呆地望着山峰，她因为莫名其妙都有点神志不清了。

这种叙述上的冷漠与简略有着深刻的观念上的策略。作者余华声称自己追求的是"真实"，但是这种真实并不是"被日常生活围困的经验"，而是一种"作家眼中的真实"。为了有别于前一种真实，他在叙述上采取了与之相异的策略，这种简略也正是其中的重要因素。正是借助于这种简略，而不是对日常生活经验的叙述、评价、合理化，将世界与人性的黑暗的另一面演示出来。叙述上仅仅描写人物的外部动作、简单的感觉与直接的生理反应，而对人物的理性的意识活动付之阙如，正是有意识地将之描写为失去理智的物种，这不但符合小说中那种盲目的仇杀的情节，也符合他对世界与人性的观念。正如评论家指出的："他仿佛是跳出了这个世界，回过头来冷静地看人们是怎样的活法。《现实一种》就是把人生的一幕揭示出来给你看：人生的真相是什么？从小孩间的无意伤害，到大人们的相互杀戮，每个人的犯罪似乎都是出于偶然或者本能，就跟游戏相同"[16]，简略的叙述策略无疑适应于这种意图。

　　那么，余华所追求的"真实"到底是什么呢？他自己说："到《现实一种》为止，我有关真实的思考只是对常识的怀疑。也就是说，当我不再相信有关现实生活的常识时，这种怀疑便导致我对另一部分真实的重视，从而直接诱发了我有关混乱和暴力的想法。"[17]《现实一种》中的暴力可以说正是对这"另一部分真实"的象喻:从古老的奴隶的角斗，到现在的拳击甚至是斗蟋蟀，余华都从中看到了"文明对野蛮的悄悄让步"，意识到"暴力是如何深入人心"，"在暴力和混乱面前，文明只是一个口号，秩序成了装饰"⑱。小说的结尾,山岗身上的大多数器官被移植都没有成功,生殖器官的移植却成功了,死者的生命种子仍然极其荒诞地延续下去,象征着混乱与暴力仍然会绵延不绝。《现实一种》的形式是造作的，或者用余华的话说，是"虚伪的形式"，然而借助于这种"虚伪的形式"⑲，余华对他发现的这种"另一部分真实"作了成功的表现。也许因为他为世界制造图像模型的艺术理想太过强烈，他这一时期的思维方式在《现实一种》中"已经成熟和固定下来"，趋于定型化。定型意味着死亡,这逼迫他以后的创作发生新的变化。

注释:

① 形式主义:通常的理解指热衷于玩弄写作技巧而缺乏经验与观念的支撑的文学倾向。

② 作者在小说中直接出现并揭露小说的虚构性。

③ 似真幻觉:传统的现实主义观念认为小说本身是对世界的真实反映。20世纪文学理论的一个倾向在于揭示那些在我们看来似乎是真实的叙事同样也是高度成规化的,对于现实的一切再现都同样是人为的。因此,小说中的所谓"真实"仅仅应该理解为某种特定的叙事方式在读者心里引起的"幻觉"。

④ 马原的叙述圈套:该观点系吴亮提出，请参阅其同名论文,载《当代作家评论》1987年第3期。

⑤ 引自格非《边缘》自序。

⑥ 引自张清华《中国当代先锋文学思潮论》,江苏文艺出版社1997年版，第25页。

⑦ 能指所指:结构主义语言学的基本概念。结构主义的创始人索绪尔认为语言是一个共时的符号系统,其中的每一个符号被视为由一个"能指"(一个音响形象或它的书写对应物)和一个"所指"(概念或意义)组成。能指与所指之间的关系是一种约定俗成的任意关系。后来的结构主义诗学将之作了进一步的发展,认为在"诗性"语言中,符号与它的对象脱了节,符号与所指者的正常关系被打乱,这样就使符号作为自身价值的对象获得了某种独立性。

⑧ 引自陈思和等人的对话集《理解九十年代》,人民文学出版社1996年版,

"猫头鹰书丛"本,第 11—12 页。

⑨《冈底斯的诱惑》,初刊于《上海文学》1985 年第 2 期。

⑩《我是少年酒坛子》,初刊于 1987 年《人民文学》1—2 期合刊。

⑪ 本书理论性分析的引文均引自张新颖《栖居与游牧之地》,"火凤凰新批评
文丛"本,学林出版社 1993 年版,第 41—42 页。

⑫《现实一种》初刊于《北京文学》1988 年第 1 期,本教材依据《余华作品集》
第 2 卷,中国社会科学出版社 1994 年版。

⑬ 郜元宝语,引自陈思和等人的对话集《理解九十年代》,人民文学出版社
1996 年版,第 9 页。

⑭ 读者可以参考《醒世恒言》中的《一文钱小隙酿大祸》。

⑮ 余华《虚伪的作品》,收入《余华作品集》第 2 卷,中国社会科学出版社 1994
年版,第 283 页。

⑯ 同注⑧,第 11 页。

⑰ 同注⑮,第 281 页。

⑱ 同注⑮,第 280 页。

⑲ 同注⑮,第 277 页。

第十八章　生存意识与文学创作

第一节　新写实小说与新历史小说

作为文学创作现象的"新写实小说"与"先锋小说"同时产生于80年代中后期，大约是在"文化寻根"思潮以后，可以看作是"后寻根"现象，即舍弃了"文化寻根"所追求的某些过于狭隘与虚幻的"文化之根"，否定了对生活背后是否隐藏着"意义"的探询，又延续着"寻根文学"的真正的精神内核。正如"先锋小说"把"意义"规定在小说的叙事形式，新写实小说则把"意义"规定在描写生活本身即生存过程之中。"文化寻根"小说所展示出来的被政治权力话语和知识分子精英话语遮蔽的民间世界的信息，在新写实小说里得到了进一步的渲染，民间的日常生活场景充斥了小说的主要画面。江苏《钟山》杂志从1989年第3期开始设立"新写实小说大联展"栏目，正式提出这个名称。该栏目的"卷首语"将其创作特点概括为"特别注重现实生活原生形态的还原，真诚直面现实、直面人生"①。被归入这一名目之下的作家非常广泛，包括刘恒、刘震云、方方、池莉、苏童、叶兆言、王安忆、李晓等②。尽管对于这一创作倾向的理论归纳后来一直都有争论，但是就新写实小说的实际创作情况而言，对于中国文学在90年代的走向，特别是对于长期占主导地位的现实主义文学观念的被消解，发生了重要影响。

新写实小说之"新"，在于更新了原来的"写实"观念，即改变了小说创作中对于"现实"的认识及反映方式。在此之前，当代文学中对现实主义创作方法的经典性表述是：文学创作中要反映的

"现实",除细节真实外,还要真实地再现典型环境中的典型性格。艺术上的"真实"不仅来自生活现象本身,还要体现出生活的"本质"及其发展规律。这里所说的"现实",显然是经过意识形态加工处理后才被写进作品中的生活事件。由于政治权力对中国文学具有的强大控制力,以上表述中的所谓"生活本质"及其观念形态,都是出于政治需要而设定的内容。由此也就使所谓的现实主义创作方式含有明显的为政治权力服务的特征,比如要求通过塑造"典型"来宣传具体的政治路线,要求作家在创作中具有明确的倾向性,要求文艺作品把某种"真理"通过艺术手段传达给读者,等等。新写实小说正是对这种含有强烈政治权力色彩的创作原则的拒绝,它基本的创作特征就是要清除观念形态(尤其是政治权力意识)对生活的遮蔽,消解强加在生活现象之上的所谓"本质"的观念,以求还原出一个自然形态的生活本来面貌。为达到这一效果,新写实小说在创作方式上有意以冷漠的叙述态度来掩藏作者的主观倾向。新写实小说的意义,首先在于使生活现象本身成为写作对象,作品不去刻意追问生活究竟有什么意义,只关注人的生存处境和生存方式,体现出一种中国文学过去少有的"生存意识"。

　　探讨人的生存意义较之探讨人的存在意义,是更为原始,同时也更趋向低级的一个认识范畴。但它在当代中国,甚至在五四新文学以来,几乎没有进入知识分子的思维领域。我们经常自觉或被迫思考人为什么活着,却很少去考虑人活着本身是怎么一回事,能否活下去。后者看起来是个很简单的、属于感性层次和生物学意义的问题,但正是由于它的感性和生物性,才为文学创作提供了一种新的审美体验的可能性。

　　这种回归到人本身的生存意识最早体现在80年代中期王安忆、刘恒的小说创作中。比如在著名的"三恋"(《荒山之恋》、《小城之恋》、《锦绣谷之恋》)及承续其后的《岗上的世纪》等小说中,王安忆有意突现出性爱本身具有的美感,而舍弃了一切外加的社会文化方面的意义。这组作品以强烈的震撼力还原出生命存在形态中的本能欲望,对人性之根源的探询达到了相当深刻的程度。刘恒的小说如《狗日的粮食》、《伏羲伏羲》等,比王安忆的创作更进一步消除了人的精神性因素,把全部笔墨都集中于"食色"的本性描写。所谓"食色"的本性,就是生命的繁殖与维持,不存在任何超出生存本身的意义。刘恒的小说直接写出了人的生存因素，由此描绘出一个几近原始的人的本能世界。

不过，像王安忆、刘恒这样一种对人性的生理因素的自然主义探询，在新写实小说中并不多见。而更多的作家，像方方、池莉、刘震云、叶兆言、李晓等人的创作中，体现出对人间凡俗性的展示。以池莉的《烦恼人生》为例，这篇小说写一个普通城市市民的平凡一天，他为各种各样的生活琐事所烦恼着，但又没有解决的可能，小说的意思大致是说，这种平凡单调的生活就是现实社会中人的生存本相。又比如刘震云的《单位》、《一地鸡毛》写日常工作与生活中平庸琐细的状态，叶兆言的《艳歌》写由恋爱到结婚的夫妻生活中浪漫色彩的无所见容……这些作品致力于描绘生活中的凡俗细节，将一切宏大崇高的思想观念都排除出去，再现生活原生样态，也就是所谓的"纯态事实"。就这种凡俗性本身的描写而言，这类小说打开了一个关注当代生存状况的新的空间。与这种凡俗性叙述相关的，是这些作品在叙事方式上也有一些新的特点：它们消解了戏剧性的情节构成与典型性的人物塑造，使小说描写的事件以看似未经加工的无序状态呈现出来，人物的思想行为也随生活状态不同而随机变化，既然取消了典型性格，也就自然取消了人物携带的意识形态内容。

这股创作思潮中，最出色的作家是方方。她的中篇小说《风景》③是新写实小说的代表作。这篇小说写的是武汉一个贫民家庭在几十年间的遭遇：父亲是个码头工人，性情粗暴、为人凶悍，母亲风骚粗俗，他们过着一贫如洗的生活，所得只有十个儿女，除了最小的一个生下不久即夭折之外，其余九个像野生植物般地在放任自流中长大成人。情节的主线是父母与七哥的故事，其中又依次串起其他八个孩子的经历，如大哥与邻居的老婆发生恋情；二哥渴望摆脱粗鄙的家庭，最终付出了生命代价；三哥对女性的仇恨；哑巴四哥与一个盲女平淡自足的婚姻；五哥、六哥在生意场上的拼命周旋；还有大香、小香两姐妹各自或普通或放浪的家庭生活；至于七哥的故事则写得更为详细：他自幼没有得到过家庭温暖，被父亲和兄弟姐妹肆意地凌辱打骂，像条野狗似地活着，"文革"中他怀着对家庭的仇恨离家下乡，然后完全出于意外机缘被推荐到北京上大学，从此他抓住一切机会，努力改变自己的人生命运,最后终于顺利踏上仕途,成为这个贫民家庭的第一个"大人物"。小说对每段故事的叙写都集中于生存景象的刻画,所有的人物都为他们的生存境况所紧紧制约,任何跌爬滚打和生死忧乐都生成于他们最基本的生存欲求与所处境遇之间的摩擦和挣扎。

这篇小说的叙述者被设置为一名死者,即那个夭折的小儿子。由死者视角来讲述活人生存的故事,是一种机智的安排,使得作品中的生存景观看来异常的冷漠和残酷。这生存充满了无价值的毁灭:在械斗中死去的工人被沉入江底、一个女孩突然被火车碾死、一对夫妇在绝望中投水自杀、货车上的货箱无端落下将人砸得脑浆四溅……生存的处境狭仄得令人透不过气来:十一口人全都拥挤在肮脏鄙陋、只有十三平米的板壁房间里度日,七哥从小到大只能睡在暗湿的床底,饥饿和贫穷困扰着他们,他们的心灵也为生存挤压得异常卑琐贫瘠。如此恶劣的生存境况更呈现出野蛮、残酷、毫无人性的景象:父亲无故地以毒打自己的子女取乐时,母亲则若无其事地坐在一旁翘着大腿剪脚皮;床板上两个男孩粗暴地轮奸一个女孩,人的廉价的生命力全都消耗于自然本能的宣泄。在这生存状态中看不出任何文明和理性的痕迹。

《风景》的全部笔墨都用于描述生存本身,但小说中的二哥却是一个例外,他遇到了少女杨朗一家,朦胧地意识到,世界上原来还有另外一种生活方式,由此产生了追求文明、美和善的理想。二哥成了一个真诚的理想主义者,但事实上那种文明在生存境遇中也有着残酷无情的一面,二哥的热烈的理想最后遭到粉碎,使他再也找不到活下去的理由,他的自杀象征着理想主义在真实生存境况中的失败。与二哥不同,七哥也同样心怀改变自身命运的理想,但这理想却是生成于生存之恶的根芽,他的生存哲学是:要不择手段来改变你的命运。七哥的心中没有善、美或文明的余地,他的全部为人原则只有一个基点,就是生存本身。七哥是自觉地认识到生存绝对至上的意义,他由卑微到富贵的命运变迁,也验证了这种生存哲学在现实境遇中根本不可能含有任何自我超越的意义。

"新历史小说"与新写实小说是同根异枝而生,只是把描写的

时空推移到历史之中。新历史小说所选取的题材范围大致限制在
民国时期,避开了重大的革命事件,所以界定新历史小说的概念,
主要是指民国时期的非党史题材创作④。其创作方法与新写实小
说的基本倾向是相一致的。新历史小说在处理历史题材时,有意
识地拒绝政治意识形态对历史的图解,尽可能地突现出民间历史
的本来面目。较早体现这一创作特点的是赵本夫,他创作的一系
列中长篇小说《刀客与女人》、《涸辙》等,创造了民间历史话语的
美学意境,悲壮、传奇地描写了黄河边上民众抗衡天灾人祸的粗犷
生活场景,由此产生出一种与传统儒家礼乐文化相对立的民间文
化的强悍生命力。新历史小说的代表作是莫言的《红高粱》,作家
以抗日战争为背景,把政治党派势力之外的民间社群作为主要描
写对象,把一种充沛饱满、自由自在的民间情感作为作品内在的精
神支撑。此后如陈忠实的《白鹿原》、刘震云的《故乡天下黄花》以
及尤凤伟的《石门夜话》系列等,在艺术表现上都呈现出越来越丰
富的民间色彩。

但是也有很多新历史小说并不具备像《红高粱》、《白鹿原》
那样浓烈的民间情感,它们是把民国社会的精神没落和传统文化
的式微作为叙述内容。作为新写实小说在题材上的一个分支,它
们同样有着消解激情的叙事特点,在叙述过程中并不显现作家明
确的主体判断⑤,在对过去历史事件的叙述中,这类小说往往呈现
出异常暗淡的色调。比如叶兆言的"夜泊秦淮"系列小说(包括
《状元境》、《追月楼》、《半边营》和《十字铺》四部中篇小说)和苏
童的《妻妾成群》、《米》等作品,主要是描写旧时代的精神没落状
况。这些作品写得都很精彩,在一定意义上是为新历史题材创作
开辟了新的向度,特别是叶兆言的小说生动地写出了中国民间社
会在近代史上的变迁过程,堪称是从民间视角来"重写民国史"。
但是也必须看到,在这类小说所隐含的主体意识弱化及现实批判
立场缺席的倾向中,或多或少地表现出一种对当代生活的有意逃
避。这种倾向在此后很多年轻作家模仿其立意和叙事方式的创作
中变得更加突出,这就使得文坛上出现了大量纯粹沉迷于没落气
息和颓废趣味的民国题材作品。这都可看作是新历史小说的末流
之作,已经失去了新写实小说消解政治意识形态、回归到文学本身
的初始意义。

第二节　当代生存意识的经典文本：《狗日的粮食》

生存意识的最初表现形态与西方自然主义文学有相似之处，表现为从对人的生命因素的描写发展为对人的生理性的强调，由性意识的描写进入到对繁衍即生殖的歌颂。自然主义作家从不讳避性意识所具含的人类文化心理的一面，他们把生殖看作生命的赞歌，这早有法国作家左拉的《生之快乐》和《繁殖》为证。生殖是动物最自然的本性，非人类所专有，但唯有人能从生殖繁衍过程中感悟到生命的升华和永恒，含有社会的意义。

作家刘恒

这一特征在当代小说中最集中地表现在刘恒的小说里。《狗日的粮食》⑥是一个相当有意思的文本，从故事的表层看，它描绘了一个饥饿的故事，但饥饿始终未被正面描写，同以往的现实主义作品不同，这个作品的故事背景是虚拟的，从土改到"文革"的农村变革历程对主人公的经历产生的影响，都是通过间接的暗示表达出来。作家表面所写的仅仅是一个农民与粮食之间的故事，其讲述的结构顺序是：其一，农民杨天宽用二百斤谷子换了一个老婆，因她生得丑，尤其是脖子上生了一个瘤，人们都叫她瘿袋。这个名字也有象征意义，瘿袋是无害的瘤子，它既是肉体的一部分，也与人的生命相连，但它毫无用处，完全是多余的。那女人的身世及扮演的角色与"瘿袋"相吻合。其二，瘿袋在生育与劳动两方面都很能干，她连生了六个子女，因而带来口粮不足，不得不使出各种手段来攫取粮食，可以说，自她嫁给杨天宽后，所有的生活内容就是生孩子和挣粮食。其三，瘿袋去购粮，不慎丢了粮本。农民没有粮本就无法购粮食。其四，杨天宽为此殴打瘿袋，瘿袋服杏核自杀。其五，后来粮本找到了，瘿袋却死了。其六，杨天宽的子女都长大了，谁也不想念瘿袋，但他们从此不许自己的孩子玩杏核。

如果把故事简化，我们就可以看到这样一个公式：杨天宽（A）是个不变的常数，粮食（x）和瘿袋（y）是互相交替的变数。排列成公式就是：

一、Ax（杨天宽用二百斤粮食去换女人）；

二、Ayx（杨天宽的女人不断挣粮食）；

三、Ayx（-x）（杨天宽女人把粮本丢了）；

四、Ay（-y）（女人也死了，剩下杨天宽一个人）；

五、Ax（杨天宽的粮本又找到了）。

故事从原点（Ax）出发，兜了一圈又回到原点（Ax），瘿袋女人（y）赤条条来去无牵挂，白白在人间走一趟，原来怎样的现在仍然怎样，唯有留下一群子女，这是她生命的延续，也是她活在世上的唯一实有的意义。她的子女又有了孩子，并不许要杏核，即是在孙子一辈身上，瘿袋的生命阴影犹在。故事中杨天宽与粮食一样不过是个道具，饥饿不过是叙述程式，女人瘿袋的生存意义，最后通过"生殖"得到了肯定。

这是一部新写实主义小说的代表作。故事的叙述完全虚化了中国农村的时代背景：杨天宽用二百斤谷子买老婆与土改时期翻身农民奔好日子之间，杨天宽夫妇狂生孩子以致口粮奇缺与大跃进的天灾人祸之间，瘿袋女人丢了粮本丧生与"文革"时期农村经济凋敝的现实之间，可能存在的关系都被淡化了。表面上看，这就是一部关于饥饿的自然主义的叙事，但是刘恒的高明之处，是他在不动声色的冷静叙述中，依然写出了惊心动魄的生活真实。他写饥饿的农民如何从军队里的驴子粪便里获得碎玉米粒，煮了吃：

> 骡粪沾了猪圈的脏味儿，淘得不能不细。草棍儿和渣子顺水漂去，余下的是整的碎的玉米粒儿，两把能攥住。一锅煮糟的杏叶上就有了金光四射的粮食星星。一边搅着舌头细嚼，一边就觉得骡儿的大肠在蠕动，天宽家吃得惬意。女人是好的，天宽用筷子在打肥的腮上拨，这么想。乡人们只好沉默，百孬不如一好，这娘们儿坏得不透。

那年头天宽家坟场没有新土,一靠万幸,二靠这脏嘴凶心的女人。

这是对善于持家的女人瘿袋的最高赞美。但作家写起来一句不带赞词,全是略带贬义的如实描述:前面几句写粮食来历,写得有点恶心,但又透出特别浓浊的温度。后半部分写杨天宽和乡人们心里对瘿袋的佩服,改变了原来嫌恶她的看法,但用的词是"这娘们儿坏得不透"。最后一句更是石破天惊:"那年头天宽家坟场没有新土",简单一句话,就像一把剑突然划开了二十世纪六十年代中国农村大饥荒的惨痛真相。而随着故事的情节推进,天宽家的坟场里,第一抔"新土"安放的竟是这个"脏嘴凶心"的女人的尸骨。这是具有巨大的艺术震撼力的。刘恒的语言非常凝练,也非常有力,需要认真咀嚼细读。

第三节 日常生活的诗性消解:《一地鸡毛》

中篇小说《一地鸡毛》[7]发表于1991年初。刘震云在这部作品中以非常冷峻而又略带微讽的笔触,叙写出了极其平庸琐碎的当代日常生活景况。"小林家一斤豆腐变馊了。"这是小说开头的第一句话,也是小说情节的起始所在。这当然是一件看起来微不足道、再平常不过的日常琐事,但正是诸如此类的日常琐事组成了小林的全部生活内容:和老婆吵架、老婆调动工作、孩子入托、排队抢购大白菜、拉蜂窝煤以及每天的上班下班、吃饭睡觉,对所有这些琐事的叙写就构成了这篇小说的全部情节。"一地鸡毛",这个标题所具有的象征意义在小说结尾处通过小林的一个梦境直接表述出来:小林"梦见自己睡觉,上边盖着一堆鸡毛,下边铺着许多人掉下的皮屑,柔软舒服,度日如年。又梦见黑压压的人群一齐向前涌动,又变成一队队祈雨的蚂蚁。"这显然不是那种追求深刻性的象征,而是以十分表浅的意义述说揭示出作者所理解的生存本相:生活就是种种无聊小事的任意集合,它以无休无止的纠缠使每个现实中的人都挣脱不得,并以巨大的销蚀性磨损掉他们个性中的一切棱角,使他们在昏昏若睡的状态中丧失了精神上的自觉。这也就是作者在一篇创作谈里所说的:"生活是严峻的,那严峻不是要你去上刀山下火海,上刀山下火海并不严峻。严峻的是那个日复一日、年复一年的日常生活琐事。"⑧

考察小林这个人物的精神发展轨迹,即可具体看出这种生活的严峻性及其对个人精神磨损的效用。小林原是刘震云在《单位》中写过的人物,在那部小说里,他由于生活中的各种实际问题如结婚后没房子、工资收入跟不上物价飞涨等等,逐渐意识到生活本身的沉重分量,为了解决问题,他不得不谋求在单位里提级长工资,而这样一来,他也就不得不改变从前大学生的自由脾性,向过去深恶痛绝的世俗关系下的人与事低头。最后的结果是在单位里的"小林像换了一个人",变成了一个规规矩矩的、毫无自我特点的小公务员。《一地鸡毛》基本上承续了这个思路,继续写小林在家庭生活中所经历的精神磨砺与变化。如果说《单位》是写生活迫使小林在公共生存空间中(即工作场所)放弃了自我的个性追求,而在《一地鸡毛》中,这种生活的严峻性和销蚀力则更渗透进他的私人生存空间,使他在更本己的层面上也必须彻底摈弃自我意识。

比如小林老家来了人,而且是当年有恩于他的、十几年没见过面的老师,但小林却有碍于自己家的经济条件,这种鄙陋的生存状况决定了他必须放弃好好侍奉老师的心意。又比如小林的孩子入托,全靠邻居帮忙才进了理想的幼儿园,后来却发现是给邻家孩子当了陪读,小林"像吃了马粪一样感到龌龊",但是龌龊归龌龊,他最终还是得让孩子继续去那家幼儿园。再比如小林被一个卖鸭子的老同学拉去帮忙收账,起初感到很不好意思,觉得是丢人现眼的事,可是没几天下来,很容易地就挣到了钱,他也就习惯成自然了,小说中形容他的心态:"小林感到就好像当娼妓,头一次接客总是害怕、害臊,时间一长,态度就大方了,接谁都一样。"后来写小林爱看足球赛,本想半夜起来看电视转播世界杯,却被老婆一顿臭骂,让他明天早起去拉蜂窝煤,结果小林一夜没睡着,虽然十分不情愿,但看来他终于还是想明白了,在生活中蜂窝煤远比看球赛重要得多。经过如此这般无数日常琐事的教育与磨练,小林的精神世界大为改观了。小说最后写到他向老婆大发议论,说:"其实世界上事情也很简单,只要弄明白一个道理,按道理办事,生活就像流水,一天天过下去,也满舒服。舒服世界,环球同此凉热。"最后一句话是反讽,但由此引出的道理也就是无论做什么事情,都不能任由自己的意愿,生活中要紧的是吃喝拉撒睡,唯有物质要求牵动着人的一举一动,其余诸如师生之情、龌龊之感、脸皮面子甚至个人爱好等所有精神层面上的内容都可抛开不顾;是一切繁琐小事造就了人生,而不是任何浪漫的理想或精神的追求,即便是最私人化的生存空间中也容不下一个真正的"我"存在。小林的精神发展轨迹,就是他的精神世界逐渐抽空、个性逐渐消退的过程:他置身于生存的沉重压力之下,在毫不间断的生存的跌爬滚打中,难以有机会从容地听从于内心,而不得不坠入无边的生存网络中,这同时也就注定了他已彻底丧失再度发展自我、抑或改变这种生存状况的可能。听任自己的精神世界愈加滑向平庸和贫瘠,人生的过程也就意味着丧失自己的过程。

刘震云漫画像(苗地作)

　　整个《一地鸡毛》皆可看作是对这个过程的如实记录。刘震云显示出真正冷静客观的写实功力:他始终以不动声色的平静口吻叙述小林遭遇的林林总总,这叙述看来如同现实生活本身,把创作主体的感受与判断几乎完全排挤干净,只有按照日常经验逻辑,依次地呈现出各种琐碎事件。其中极少有观念意义的直接添加,并将主体情感的传达弱化到一笔带过的程度(如小说中常出现"辛酸"这个词,应是主体的感受,但却又总是被继之以"不把它放在心上",于是这种辛酸的情感体验就被有意放过了),叙述者的声音最大程度地被掩盖起来,或者以程式化的语气和句式叙述,或者稍有感想也都被混同于人物的意识,并不显示出独立判断的倾向。与此同时,经验性的事件被不厌其烦地施以琐屑的细节描绘、反复的心理揭示,对现象本身给以质感充分、以至于令人感到处身其间的繁琐刻画。至于他所叙述的内容,则完全来自现实经验,小林经历的正是80年代末90年代初中国社会生活中最为普遍、几乎每个普通家庭都曾遇到过的一些事件。这样,刘震云真正写出了一个社会生存中人人都会认同又都会感到无奈的人间。

这样理解《一地鸡毛》,似乎很容易会得出刘震云既然运用了凡俗化叙事(或说是"草民"叙事),也就是向凡俗心态认同的结论。这可以被看作是社会上现实境况对个人精神世界的压迫,也是知识分子主体意识软弱、存在着巨大的不完善性与不坚定性的证明。但是问题也许还可再深入一步去看。刘震云这样不动声色地叙述,让读者感受到了这一切(包括生存的可悲处境、主体精神失落的必然趋势等),事实上也就是有效地体现出了他的人文意图。这里我们应该看清《一地鸡毛》的叙述中除了冷静客观的写实风格之外,比较一般新写实小说而言,还隐约闪烁着一种尖锐的讽刺精神:文本叙述的所有这些都是真实存在的,但所有这些都被揭露为无价值,正是这无价值本身构成了人生的沉重,而这种沉重看起来则是极不合理、无比荒谬的。这种讽刺精神的存在其实还是由文本内含的知识分子人文传统所支配的,它是"来自一个有社会责任感的知识分子对自己所赖以安身立命的人生原则的绝望"⑨,在根本上是社会人生的大悲哀。尽管《一地鸡毛》的叙写是这样的低调和平淡,但绝望的情绪还是曲折地传达出来,由此也就意味着这篇小说对于知识分子立场艰难的保持,它活生生地勾画出人对现实无可抗争的处境,揭示出这处境的荒谬,这便是体现出了通常认为新写实小说所缺失的现实批判立场。

第四节 对战争历史的民间审视:《红高粱》

莫言的中篇小说《红高粱》⑩是站在民间立场上讲述的一个抗日故事。这种民间立场首先体现在作品的情节框架和人物形象这两个方面。对于抗日故事的描写在中国当代文学中并不少见,但《红高粱》与以往革命历史战争小说的不同就在于,它以虚拟家族回忆的形式,把全部笔墨都用来描写由土匪司令余占鳌组织的民间武装,以及发生在高密东北乡这个乡野世界中的各种野性故事。这部小说的情节是由两条故事线索交织而成的:主干写民间武装伏击日本汽车队的起因和过程,后者由余占鳌与戴凤莲在抗战前的爱情故事串起。余占鳌在戴凤莲出嫁时做脚夫,一路上试图与

她调情，并率众杀了一个想劫花轿的土
匪，随后他在戴凤莲回门时埋伏在路边，
把她劫进高粱地里野合，两个人由此开始
了激情迷荡的欢爱，接下来余占鳌杀死戴
凤莲的麻风病人丈夫，正式做了土匪，也
正式地成为她的情人。我们不难看出在
这条故事线索中，始终被突现出来的是一
种生机勃勃的民间激情，它包容了对性爱
与暴力的迷醉，以狂野不羁的野性生命力
为其根本。这显然逾越了政治意识形态
的限制，对民间世界给予一种直接的观照
与自由的表达。前一条抗日的故事线索，
从戴凤莲家的长工罗汉大爷被日本人命
令残酷剥皮而死开始，到余占鳌愤而拉起
土匪队伍在胶平公路边上伏击日本汽车

莫言漫画像（阿城作）

队，于是发动了一场全部由土匪和村民参加的民间战争。整个战
斗过程体现出一种民间自发的为生存而奋起反抗的暴力欲望，这
在很大程度上弱化了历史战争所具有的政治色彩，将其还原成了
一种自然主义式的生存斗争。概括地说，《红高粱》在情节构成上
是依照了民间自身的主题模式，尽管它讲述的是抗日战争的故事，
但其中所突现出来的主要都是民间世界中强悍生动的暴力与性爱
内容。与此相关的是这部小说在人物形象塑造上，也除去了传统
意识形态二元对立式的正反人物概念，比如把作为"我爷爷"出场
的余占鳌写成身兼土匪头子和抗日英雄的两重身份，并在他的性
格中极力渲染出了一种粗野、狂暴而富有原始正义感和生命激情
的民间色彩。50—70年代现代历史小说中也出现过类似的草莽
人物，但必须要在他身边再树立一个负载政治道德标准的正统英
雄人物，以此传达意识形态所规定的思想内容，但在《红高粱》中，
余占鳌是唯一被突出的主要英雄，他的草莽缺点和英雄气概都未
经任何政治标准加以评判或校正，而是以其性格的真实还原出了
民间的本色。这些特点也同样体现在对于"我奶奶"戴凤莲和罗
汉大爷等人物的刻画中。比如"我奶奶"具有的那种温热、丰腴、
泼辣、果断的女性的美，罗汉大爷的忠诚、坚忍、不屈不挠的农民秉

性，以及"我父亲"小豆官的莽撞冲动的脾气，都有一种民间的放纵和生气充盈其中。由于叙述者把这些人物都作为自己的家族长辈来写，就又在他们身上体现出了以前革命历史故事中少有的任性与平易之感。这就使得这部小说在人物形象塑造和情感亲合方面，都非常鲜明地表达出了一种真正向民间价值尺度认同的倾向。正是建立在民间崇尚生命力与自由状态的价值取向上，作者描写"我爷爷"的杀人越货，写"我爷爷"和"我奶奶"的野地欢爱，以及其他人物种种粗野不驯的个性与行为，才能那样自然地创造出一种强劲与质朴的美。

《红高粱》在现代历史战争题材的创作中开辟出一个鲜活生动的民间世界，在这个意义上也可以说这部小说讲述的其实并非是历史战争，而是作家在民间话语空间里的某种寄托。叙述者在小说开头有一段充满激情的感叹，极力赞美他的故乡，赞美他的那些豪气盖天的先辈，并称先辈的所作所为和他们的英勇悲壮"使我们这些活着的不肖子孙相形见绌，在进步的同时，我真切感到种的退化"。这种感叹贯穿在整部小说中，而且愈加变得浓烈感人，其中所体现出来的无疑是一种作家把民间作为理想的生存状态。民间是自由自在、无法无天的所在，民间是生机盎然、热情奔放的状态，民间是辉煌壮阔、温柔敦厚的精神，这些都是人所憧憬的自由自在的魅力之源。叙述者以这样一种民间的理想状态来对比现实生活，却发现这种状态只是过去时态的存在，高密东北乡的英雄剧全都上演在已经逝去的时间中，这不能不令他感到遗憾，不能不令他屡屡发出文明进步隐含种性退化的感慨。这里显然引入了一种与政治意识形态及知识分子传统都全然无关的历史评判尺度：站在民间的立场上来看历史发展与社会现实境况，便暴露出某种生气流散与自由状态受到限制的趋向。而在《红高粱》中，这种遗憾与感慨反过来又强化了对曾经存在过的民间自在状态的理想化与赞美，从而使其呈现出了更为灿烂夺目的迷人色彩。

但是也不能不看到，把民间世界认同为一种理想状态，事实上也会使描绘其中粗鄙丑恶的一面变得自然起来：像《红高粱》中有关人物粗俗性格的刻画，有关残酷杀戮（特别是剥人皮那个自然主义式的血腥场面）的描写，都以刺激的暴力展现呈现出与作品整体相和谐的奇异美感，但是在根本上，这种倾向反映了民间世界与生俱来的粗鄙文化形态。只不过这种倾向在《红高粱》中还能因为作者饱满的艺术理想而保有一种震撼人心的力度，依然有利于体现作品中所蕴含的人文关怀。但就新历史小说后来的走向而言，由《红高粱》开拓的这种对民间粗鄙形态不加选择的表现方式，愈加显现出低俗趣味的性质，一旦失去真正的民间理想的支撑，这类描写就很自然地堕为作者感官刺激上的自我放纵，而丧失了向民间认同所应具有的人文意义。

有关《红高粱》，值得述及的还有这部小说在写作上的新颖之处。莫言曾较深地受到美国作家福克纳和拉美作家马尔克斯的影响，从他们那里大胆借鉴了意识流小说的时空表现手法和魔幻现实主义小说的情节结构方式，他在《红高粱》中几乎完全打破了传统的时空顺序与情节逻辑，把整个故事讲述得非常自由散漫。但这种看来任意的讲述却是统领在作家的主体情绪之下，与作品中那种生机勃勃的自由精神暗暗相合。此外，莫言在这部小说中还显示出了驾驭汉语言的卓越才能，他运用了大量充满了想象力并且总是违背常规的比喻与通感等修辞手法，在语言的层面上就形成了一种瑰丽神奇的特点，以此造就出了整部小说中那种异于寻常的民间之美的感性依托。

注释：

① "新写实"现象最早是1988年秋在无锡由《文学评论》杂志和《钟山》杂志联合举行的"现实主义与先锋派"研讨会上提出来加以讨论的。起先有多种提法，如"后现实主义"、"新现实主义"等等，《钟山》杂志1989年第3期上开辟"新写实小说大联展"，正式确定了"新写实主义"的名称。

② 所有这些作家对这一命名方式几乎都持否认或无可无不可的态度，并且他们的创作风格也各有相异之处，很难将其全都划入一个绝对统一的理论概括之中；这都说明所谓新写实小说只能算是一定时期内的一种创作倾向，而不是一种严格意义上的文学流派。

③《风景》，初刊于《当代作家》1987年第5期。

④ 引自陈思和《关于"新历史小说"》，收入《鸡鸣风雨》，学林出版社1994年版。

⑤ 参阅张业松《新写实：回到文学自身》，收入《个人情境》，山东友谊

出版社1997年版。

⑥ 《狗日的粮食》,初刊于《中国》1986年第9期。

⑦ 《一地鸡毛》,初刊于《小说家》1991年第1期。

⑧ 引自刘震云《磨损与丧失》,《中篇小说选刊》1991年第2期。

⑨ 引自陈思和等对话《刘震云:当代小说中的讽刺精神到底能坚持多久》,收入《理解九十年代》,人民文学出版社1996年版,第90页。

⑩ 《红高粱》,初刊于《人民文学》1986年第3期。莫言后来把《红高粱》及其续篇《高粱酒》、《狗道》、《高粱殡》、《狗皮》这五部中篇小说合成为一部情节连贯的长篇小说《红高粱家族》,由解放军文艺出版社于1987年出版。本文讨论的仍是最初发表的中篇小说《红高粱》。

第十九章 社会转型与文学创作

第一节 社会转型期的文学特点

80 年代末到 90 年代初,中国社会发生了急剧的转型,国家经济领域的改革开放步伐正在加快,商品经济意识不断渗透到各个社会文化领域,社会经济体制也随之转轨,统治了中国近四十年的社会主义计划经济体制向社会主义的市场经济体制转型。在这种情形下,传统意识形态的格局也相应地发生了调整,知识分子原先所处的社会文化的中心地位渐渐失落,向社会文化空间的边缘滑行。但要探究这种变化的根源,除了经济因素之外还有一些不容忽视的政治文化方面的事实背景,知识分子的社会理想激情受到一而再的挫败以后,一方面难以很快地重新获得明确统一的追求方向和动力,另一方面也暴露了精英意识自身浮躁膨胀的缺陷。来自这两方面的原因促成了 90 年代初基本的文化特征:"五四"传统中的知识分子启蒙话语受到质疑,个人性的多元文化格局开始形成以及出现了知识分子在精神上的自我反省。在文学创作上则体现为对于传统的道德理想的怀疑,转向对个人生存空间的真正关怀,特别是由此走向了民间立场的重新发现与主动认同。

在这诸种变化中,市场经济迅速发展所带来的一系列人文意识的变化是关键性的。在当代文学史上,文学艺术一向是作为国家政治权力的宣传工具而存在的,作家和艺术家都是作为国家干部编制的人员进行写作活动,某种意义上说,长达四十年的文学创作中,公开发表的作品只能是国家意志的体现,作家可能在具体创作过程中渗透了有限的主体意识,但不可能持真正的个人立场进行创作。而所谓"文艺为工农兵服务"的口号也只是对如何使国家意识形态的宣传更为有效的思考，并非真正对工农兵审美要求的满足。随着市场经济的迅猛发展，来自群众性的审美要求呈现出越来越多样化，而较为僵硬的传统政治宣传方式也相应地发生了变化，当代文学史上第一次出现了无主潮、无定向、无共名的现象，几种文学走向同时并存，表达出多元的价值取向。如宣传主旋律的文艺作品，通常是以政府部门的经济资助和国家评奖鼓励来确认其价值；消费型的文学作品是以获得大众文化市场的促销成功为其目的；纯文学的创作则是以圈子内的行家认可和某类读者群的欢迎为标志，等等。由于多种并存的时代主题构成了相对的多层次的复合文化结构，才有可能出现文学多种走向的局面。

但是，在这种看似自由多元的创作格局下，知识分子及其文学创造仍然面对了严峻的考验。市场经济下的文化建设仍然是不平衡的，现代传播媒体和大众文化市场在现代城市文化发展中起了越来越重要的作用，其背后仍然体现着强大的国家意志与商业利润双重力量的制约，而知识分子所坚持的特立独行的社会批判立场和纯文学的审美理想，在越来越边缘化的文化趋势中相对处于比较艰难的境地，这就不能不迫使作家们重新思考和探索文学与市场经济体制的关系。90年代相对多元的文化格局和文化论争，都与这样一种关系的调整有关。

由表浅到深层的来看，市场经济对于文学的影响首先表现为流行性的现代文学读物的大量兴起。本来在一个精英文化向市场文化转移的社会环境里，"现代读物"包括了各种各样的文化类别，其中文学性的读物最接近审美的意义。由于市场运作方式进入到文学生产领域，同时形成了对创作起明显制约作用的读者消费市场，所以相应产生了适应于这种运作方式及消费市场的文学作品，其中主体性或精神性的成分大大受到压抑，因而明显强化了物化的因素，使写作含有较为直接的追逐商业利润的目的。这里所说的"文学读物"，是与纯文学(或说严肃文学)作品相对立存在的，包括两者的艺术观念、写作方式和审美趣味都截然不同，市场经济下的文学读物不是一种尽到"现代知识分子批判责任与使命的精神产品，也不是一种民族生命力的文化积淀，并通过新奇的审美方式表现出来的象征体，更不是凭一己之兴趣，孤独地尝试着表达各种话语的美文学,后者林林总总,都以作家的主体性为精神前导,是知识分子占有的一片神秘领地"。然而,文学读物的存在则是"以现代社会的需要为前提,它将帮助人们在现代社会中更适宜地生存"①,是可提供给读者消闲、益智、娱乐的精神消遣品。自 80 年代以来大陆地区文学读物的兴盛受到过港台、国外及民国时期同类作品的刺激与导引,像琼瑶、亦舒的言情小说,金庸、梁羽生、古龙的新武侠小说,普佐、谢尔顿等的黑社会犯罪小说,以及林语堂、梁实秋、张爱玲、苏青的闲适型或市民气的消闲散文,它们都率先占据了大陆文化消费市场,并培养和形成了后来的文学时尚。正是踏着它们的足印,当代文学才在 90 年代之后产生出了庞大驳杂的读物型作品。这类作品中较有影响的大致包括以下这些:王朔的"顽主"系列小说,春风文艺出版社策划编辑的"布老虎丛书"(包括洪峰的《苦界》、王蒙的《暗杀》、张抗抗的《情爱画廊》、铁凝的《无雨之城》等),余秋雨的《文化苦旅》等"大文化"散文,叶永烈等的政治人物传记,黄蓓佳等女作家的言情小说,秦文君和陈丹燕的青春小说,彭懿的恐怖小说,张中行等前辈文人的学者随笔等等。随着社会转型的进一步深入,文学读物的种类及内容日益变得丰富多姿,其可读性和吸引力也逐渐增强,相反的,纯文学作品正在失去读者,成为一种精神奢侈品,文学读物作为现代读物的一个较为高级的品种,堂而皇之地接管了各个社会阶层的读者,与影视文化、流行音乐鼎足而立,共同左右着现代城市的文化消费市场。

应该指出的是,文学性的现代读物与传统意义上的通俗文学不能完全等同起来,虽然读物也包括了不同档次的通俗读物,但也确实有许多相当严肃的普及"高雅"文化的文学性读物,如余秋雨的散文就是体现了这种"高雅"文化精神的文学读物。它是追求城市文化品格和商业效应两方面同时获得成功的少数例子之一,让人想起 30 年代的海派文人林语堂。余秋雨的《文化苦旅》和《山居笔记》里有许多令人读之难忘的作品,如《遥远的绝响》,是一篇追怀魏晋文人风度以及讨论其与时代、与政治关系的散文,作者一开始就把魏晋时代描写成英雄时代消失后的"一个无序和黑暗的后英雄时期",在这样的时代里,专制与乱世像两个轮子载着国家狂奔在悬崖峭壁上,文人是这辆车上唯一头脑清醒的乘客,但他们稍稍有所动作,就立刻被两个轮子压得粉碎。所以当一代文豪嵇康被杀后，他的朋友阮籍、向秀等不得不向司马氏的政治权力屈服，有的郁闷而死，有的忍辱而活，风流云散。为什么这么一篇涉及到古代知识分子生存状况的散文会在当下物质欲望与感官欲望支配下的大众文化市场上引起广泛的兴趣？其阅读对象显然已经从学者的书斋转移到一般社会上追求文化品位的青年中间。究其原因，除了作者的文笔通俗浅显外，更重要的是城市文化性格的多元发展滋生了一种对雅致文化的精神需求。二三十年代的现代都市形成之初，教育不普及，知识分子的精英文化与大众的通俗文化尖锐地对立着，但现代城市里中等和高等教育相当普遍，在知识分子精英教育与追求色相的粗鄙文化以外，还存在着大量"高雅文化"的中间地带，需要有大量"高雅"的现代读物来满足这种精神需要。现代读物是一种多层次的文化现象，"高雅"是其中某个层次的标记。从梁实秋的小品到张爱玲的小说，从米兰·昆德拉小说的译本到余光中的诗集，从金庸的武侠小说到余秋雨的散文，都可以被纳入到现代文学读物的范畴里加以考察。

市场经济影响文学的另一个方面，是作为创作主体的知识分子在精神上受到了剧烈冲击，这也就是所谓的"人文精神的失落"。事实上，由于旧有计划经济体制下文化工作长期都回避了利益问题，因而当商品经济大潮袭来之后，知识分子顿时失去了经济地位（也包括心理适应）上的平衡，最浅显的表现即是坚持纯粹精神劳动的作家不能凭此来改善自己的生活，而与此同时，他所从事的事业在经济体制改革的过程中也日益被挤向了社会的边缘。这些切身相关的价值及生存难题，造成了90年代以来知识分子内部出现的一种商业化倾向，有的知识分子主动地放弃了自己的岗位和使命，而把所谓"生存"放在第一位，为了"生存"（事实上，也就是为了在商品经济的大潮中也能获得相应的经济利益），部分作家争相"下海经商"，摇身变成"经济型文化人"，也有些作家为追逐商业利润而丧失了精神上必需的内敛与自律，炮制了大量媚俗的作品。深入来看这种文化现象，可以发现其中暴露出中国知识分子长久处在计划经济体制下所产生的某些痼疾，这就是其独立人格的萎缩与丧失，正是这种精神上的巨大残缺才导致知识分子主体精神在商业冲击下那样不堪一击，并进而形成了愈加恶劣与粗鄙的物质拜物教。当然，这仅仅是在社会转型过程中出现的问题，由此引发了 90 年代初由相当多的坚守岗位的知识分子参与的"人文精神"大讨论，有关的深思与探讨表明，人文精神的保持与坚守不应该要求于变动中外在的社会规范（即不应要求市场经济的社会环境如何来迁就自己），而是首先需要知识分子在此情境下反省自己并坚固内在的心理规范②。

社会转型中的知识分子所面对的主要困境，并不是选择还是拒绝市场经济的问题，而是如何在市场经济的社会体制下保持和发扬知识分子原有的精神传统。"五四"以来知识分子长期与现实社会的批判斗争中形成的人文精神，在一个启蒙话语受到质疑的时代里，究竟能否利用相对宽松多元的文化环境进一步发扬开去，还是在随波逐流的淘金梦里销蚀散尽？市场经济以表面上的自由放任来消解传统意识形态的一元性规范，但同时对整体性的人文精神也起着腐蚀的作用，它具有"双面刃"的效用，既能消解意识形态的遮蔽，但也会消解一切精神性的存在，显现为一种破坏性及粗鄙化的向度③。这就使知识分子利用市场经济规律来争取文化消费对象、弘扬人文精神的努力始终像在走钢丝那样，充满了冒险的刺激和失落自己的危险。80 年代以来，从崔健的摇滚、王朔的小说到苏童等先锋作家走影视的道路，都可以看到这样一条反叛到归顺的艰辛路。

以被称为"中国当代商业写作第一人"的王朔的创作情况为例，从作家个体层面上来看市场对文学的影响力。王朔早期致力于写作"言情"及"犯罪"题材的小说，包括《空中小姐》、《一半是海水，一半是火焰》、《玩的就是心跳》在内的一系列作品，均成为 80 年代以来最畅销的文学读物，其后他发展了极为个性化的"调侃风格"，在《顽主》、《千万别把我当人》、《一点正经没有》等小说中十分成功地触动了读者的阅读兴奋点，他的文学创作的商业倾向愈加明显，并促使他最终放弃小说，转入纯粹商业性的影视剧创作，经他策划和编剧的作品有《渴望》、《编辑部的故事》、《爱你没商量》等，都曾经轰动一时，成为开拓中国当代商业影视创作的先锋。在此过程中，王朔始终明确标榜他的商业化倾向（及相应的"躲避崇高"和"我天生就是一个俗人"的创作理论），在开始写作的时候，他以北京下层社会的市民立场对"文革"以来的虚伪的道德意识和社会时尚作了辛辣的讽刺，顺应了当代社会中骚动不安的主导社会情绪，具体表现在作品里的，正是他无所顾忌地亵渎神圣的放肆、撒野以至于颓废的语言艺术。但王朔在嘲讽理想主义的同时已经显露出不分青红皂白一概拒绝人类理想的暗疾，90年代以后，在理想主义受到普遍唾弃的风气下，他在致力于影视剧制作时很快就暴露了媚俗倾向，表现出来的是对知识分子精神传统的破坏力。

从以上几个方面的论述可以看出，在这个方生未死的社会转型时期，文学受到市场经济的影响是复杂而又难以做出简单判断的，事实上，就在这嘈杂和暧昧的新的文化格局之中，形成了当代富有生气和开拓意义的文学新向度，走向未来文学的启示与转机也即孕育其中。

第二节　摇滚中的个性意识:《一无所有》

作为"中国摇滚第一人"的崔健，他的歌曲全都由其自作词曲，撇开音乐上恒以贯之的先锋取向不论，仅就他在歌词写作上表现出的强烈而绝不妥协的个性精神而言，他无愧为当代的首席摇滚诗人。崔健于1986年在为纪念"国际和平年"而举办的百名歌星演唱会上首次唱出的《一无所有》，既是他本人的创作起点，同时也是中国第一首真正的摇滚作品。

首先必须明确的是摇滚与流行歌曲的区别。毫无疑问,流行歌曲是一种媚俗的商业文化类型，它的制作演出和流行方式无一不受市场规律的支配，它必须迁就文化消费者的兴趣才能被接受，才能发挥它作为商品的价值，这也就意味着它必然不可能含有太多独特的及创造性的内容。而摇滚自诞生之日起就是对流行音乐的叛逆，它与后者最大的不同就在于，尽管它也是植根于商业社会的文化类型，但它的基本特征是表达尖锐的个性化和叛逆性的内容，或者如崔健本人所说，是一种对现实的力度的表达，其中包括在思想上追求清醒的理性与深度,在感受上强化个体的独特经验，在批判的向度上针锋相对。崔健这样描述他的摇滚观念:"我的摇滚乐表达的是一种社会所需要的思考、一种理性,在你最顺的时候,在你最不顺、最萧条的时候,这个社会总是需要一群人理智地看待它,这种看待是黑色的,它诚实地说出问题,让你觉得社会很有意思，帮助你有所发现，但并不是为了逗你笑就隔肢你……"④自80年代以来，崔健作为一名严肃的创作者，在《新长征路上的摇滚》、《解决》、《红旗下的蛋》和《无能的力量》四张专辑中毫不放松地坚守着他的个性立场和批判的力度，并将其中的叛逆性愈加强化，及至于在艺术上达到了堪称独步的绝佳境界。但如果回到崔健的创作起点，则在《一无所有》中即已明确地酝酿着以上述及的这些倾向及特点。

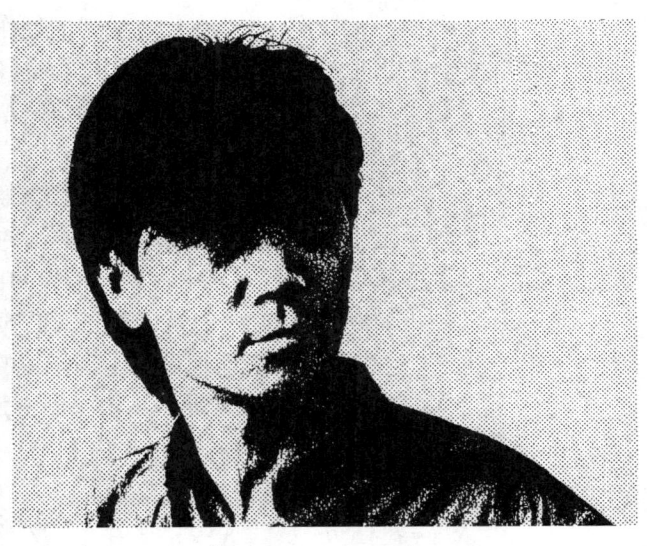

崔健《新长征路上的摇滚》CD 封面

　　这首歌词的核心意念可说是在于"否定"，"一无所有"的情境也就是"否定和拒绝了历史、现实以及其他的一切"⑤，即表达的是一种艰难而痛楚的文化反抗的处境，它意味着在自我与外部世界之间构筑了对立的关系，故此也就失去了来自外部的控制与文化的内援，而惟余下袒露、无助和唯我主义的个体心灵。其中的歌者形象正如《新长征路上的摇滚》整张专辑中的歌者一样，是一个怀有着内心撕裂痛感的孤独者，他除了自己的个性之外，没有任何可以凭靠的事物，他对歌中的抒情对象怀有情爱的倾向，但这却给他带来了受挫和焦灼的感受："我曾经问个不休　你何时跟我走 ／ 可你却总是笑我一无所有 ／ 我要给你我的追求　还有我的自由 ／ 可你却总是笑我一无所有……"通过情感关系表达出的这种矛盾与纷争，其实也可说是曲折地隐喻了文化反抗者内心的迷惘，然而这并未导引他走向对个性立场的放弃，或媾和于环境的不可捉摸的压力，反倒由这种焦灼和迷惘更显出自由及个体追求的意义，并转化成一种愤怒情绪和更坚决的自我坚守。所以歌的末段从受挫的感受中呈现出明快的色调及决绝的意向："告诉你我等了很久　告诉你我最后的要求 ／ 我要抓起你的双手　你这就跟我走 ／ 这时你的手在颤抖　这时你的泪在流 ／ 莫非你是正在告诉我　你爱我一无所有……"在这首最初的创作里,崔健在其言词中真诚地投射出他心灵的困惑与激情,由反抗和选择的倾向、碰撞所突现的是个体在承受文化反抗角色时的剧烈感受,所有的痛苦都表达为愤怒,所有的绝望都呈现为力度。

此外《一无所有》还奠定了崔健摇滚的基本言说风格,即是一种完全投入、直接表达而又毫不掩饰的风格。其实这也正是因为力度的表现在崔健摇滚中占到了最大的比重,面对现实的情绪都无须再加以改头换面,而是以其强大的喷涌之势原样地释放出来。当然,这也就最大可能地保留了创作者的自我形象,可谓是"此中有人,呼之欲出",或者即是崔健自己所强调的:"艺术家的作品应该表现的是人格的力量"⑥。

第三节　商业写作中的反叛意识:《动物凶猛》

王朔发表于 90 年代初的中篇小说《动物凶猛》⑦,在他本人的创作史上占有非常特殊的地位。他在这部作品中唯一一次不加掩饰地展示出个体经历中曾经有过的"阳光灿烂的日子"⑧——他的自我珍爱的纯洁的青春记忆:激情涌动的少年梦想与纯真烂漫的初恋情怀,并且以追忆与自我剖析的叙事方式为这些内容带来了浓郁迷人的个人化色彩。尽管王朔的写作多带有商业气味,但《动物凶猛》却是一个例外,至少也应该是王朔作品中最少商业气味的一篇(事实上,它明显地有别于他在此前所努力经营的商业性写作,而在它问世之后他几乎完全转入了影视剧的策划与创作),它比较多的应属于他本人珍视的、为自己而写的那类小说,即他自己所认为的"或多或少都含有我自己的一些切身感受,有过去日子的斑驳影子。写存在过的人和生活,下笔就用心一点,表情状物也就精确一点"⑨。或者也可以说,这篇小说中有着超越通俗读物的审美趣味之上的个人性的内容,这才会使得它能够为当代文学世界提供出创造性的新视界和新感受。

《动物凶猛》的主要情节颇具王朔的一贯风格,只是人物的年龄变小,但仍能看出叙述者的身影即代表着《浮出海面》、《玩的就是心跳》、《顽主》这类作品主人公的少年时代,他和玩伴们之间的相互调侃、性幻想和打群架,也可看作是长大后颓废与犯罪行为的

雏形。至于女主人公米兰的形象，则
无疑是王湄、吴迪、于晶与李白玲
这两种女性类型的结合，兼具天真
明朗与放荡妩媚这两方面的特点，
叙述者由米兰的身上获得了情感的
最初唤醒，而最终导致性强暴行为，
这似乎也是相当多的王朔小说中所
隐含的男女情爱线索的某种原型。
但是毫无疑问的是，所有曾经在王
朔其他作品中出现过的情节因素，
在《动物凶猛》中都大大减弱了构筑
情节的功能作用，更多地显现为互
无直接关联的经验印象，它们出现
在作品里的主要功能不是为了讲一
个大众爱听的故事，而是依照叙述
者回应内心情感的思绪活动而融和
成为一个整体，塑造出了一个记忆
里面鲜活纯朴的青春世界。

作家王朔

　　其中最基本的叙事动力源于叙
述者重拾逝去时光的情绪冲动。他
羡慕那些来自乡村的人有一个长久
不变的故乡可以寄托"自己丢失殆尽的某些东西"，但是在他居住
的大城市里，个体经历中过去的事物全都已经彻底消失，"没有痕
迹，一切都被剥夺得干干净净"，除非他去向记忆里追问和想象。
当然之所以会有此冲动，是因为过去有着许多现在难以觅得的美
好事物，比如十五岁时作为部队大院里无人管教的男孩他所获得
的"空前的解放"，又如他当时对女孩和性所持有的既纯洁又脆弱
的态度，尤其还有他所无法抑制地自由萌生出的对米兰的爱情。
那种空前的解放与文革后期的特殊气氛结合在一起，成为故事最
初的动因：他在政治及个人生活空间双重的无政府状态下，得以尽
情发展了一种令他迷恋的恶习，即打开别人家的门锁入内闲逛，这
使他有机会得到一个秘密的经验进入米兰的房间，在使人痴迷的
馥郁香气中见到照片上的她，而这个鲜艳夺目光洁的女孩带给他

的震撼立即唤起他心中懵懂的情感。此后叙述者的回忆无论怎样分散，但都会远兜近绕地回到爱恋米兰的主题上来：他设法与她相识，"像一粒铁屑被紧紧吸引在她富有磁力的身影之后"，与她在一起结成一种富有暗示的诱惑、但又单纯清白的亲密关系，这种关系令他无比欢悦，使他体验到了人生中最初的巨大幸福与迷乱的情感，成为他记忆中最宝贵最不愿丢失的部分……

　　但随后由于虚荣心的驱使，他迫不及待地将米兰作为自己拍上的女孩介绍给玩伴们，这个举动逐渐导向了他记忆的混乱与中断，使他不得不在叙事的中途停下来解释说："我感到现在要如实描述我当时的真情实感十分困难，因为我现在和那时是那么不同的两个人。记忆中的事实很清楚，毋须置疑，但如今支配我行为的价值观使我对这记忆产生深刻的抵触。强烈感到这记忆中的行为不合理、荒谬，因而似乎并不真实。"令他产生不真实感觉的原因，归根到底是米兰与他的玩伴越来越好了，这给整个小说的色调带来了 180 度的大转弯。首先是米兰那单纯明朗的形象中显现出了放荡的面目，甚至在叙述者的记忆里从高大美丽变成了丑陋下流、浑身臭气的坏女人，那种朦胧初恋的美好感觉消失得无影无踪，继而作品里增强了叙事的不确定性，回忆里的阴影一旦出现便有了越来越强大的破坏力，果然它终于导致叙事完全走向了崩溃："现在我的头脑像皎洁的月亮一样清醒，我发现我又在虚构了。……我一直以为我是遵循记忆点滴如实地描述，……可我还是步入了编织和合理推导的惯性运作。……我像一个有洁癖的女人情不自禁地把一切擦得锃亮。"叙述者极不情愿地道出真相，原来他与米兰的恋爱故事完全是他伪造出来的，事实是他和米兰从来就没熟过，只是那年夏天"我看到了一个少女，产生了一些惊心动魄的想象。我在这里死去活来，她在那厢一无所知。后来她循着自己轨迹消失了，我为自己增添了一段不堪回首的经历。"于是这里打开了两个完全不同的记忆大门：真实的但并不如意的和伪造的却极其绚丽的，叙述者经过一番自我说服，还是放弃了真实而选择在虚构中完成这个探索记忆的过程。然而经过拆穿之后的虚构难以再美丽起来，叙述者后来强暴了米兰，但他并未因此如愿地得到性的满足，反倒使他少年稚嫩的心灵受到了致命的伤害。作品中在最后的段落里反复借游泳的动作刻画出他陷入虚无之境无法挣脱的内心感受,这段美好记忆的破灭即在于,只要逾越了天真单纯的界限,绚丽的想象之物便也失了味,而成为令人绝望的存在,"能感到它们沉甸甸、柔韧的存在,可聚散无形,一把抓去,又眼睁睁地看着它们从指缝中泻出、溜走"。

最值得玩味与寻思的是,叙述者为什么要(不惜冒犯读者信任地)公开这段情感记忆的虚构性质。显然他是要以此来袒露出往事中照亮自身生命历程的阳光,那其实是他唯一能够借以自我原宥和自我慰藉的、但却曾丢失殆尽的东西,所以他才会不由自主地采取叙事上的冒险行为,最终剥落故事所有的外在包装,包括故事本身,然后显露出来的便直接是一个少年在一个大而破的混乱时代里无所拘束的欲望和自由自在的情感方式。这个违反小说叙事常规的行为,使这种情感的感染力绝对超过并压倒了纯粹情节所具有的吸引力。尽管为了避免矫情,这种情感的表达自始至终一直处于某种压抑的状态,但即便是被压抑着,它依然是整个作品中最打动人心的部分。事实上,如果我们认可叙述者对故事虚构本性所做的坦白,那么整个故事(他和米兰从相识到相熟的故事)其实也不过就是一场白日梦想,潜隐在这场大而清晰的梦境之下的,即是由时代的氛围和个人欲望所交融生成的骚动不安的懵懂情感。

这种失而不能复得的情感方式,显然是王朔所最为留恋的事物:在那样一个无秩序无束缚的时代里,尽情地凭借自己那最初萌动的欲望冲动来创造出仅仅属于自己的独一无二的想象空间。那是人一生中最为坦荡的情感,是无知而单纯的,是粗野而强大的,他对这情感以及生成这情感的欲望冲动是那样钟爱,以至于不惜在叙事中做得夸张,甚至自相矛盾,他顾不得这些细节,因为最要紧的是这情感可以得到纯粹而绝对的表现。所以米兰第一次出现在叙述者视野中的那张照片是如此美丽,她的笑容真正地灿若阳光,显得超凡脱俗,仿佛可以穿透一切时间的壁垒,永远地激发起无可名状的爱的迷醉。

第四节 从小说到电影：《妻妾成群》
与《大红灯笼高高挂》

中篇小说《妻妾成群》[1]问世于 1989 年底，它是苏童的成名作，也是"新历史小说"最精致的作品之一。由"一夫多妻制"生成的封建家庭内部互相倾轧的人生景象及相应的生存原则，是这篇小说的核心意念。作品的主人公颂莲作为受过新式教育的女性，在父亲去世后迫于无奈，自愿嫁给一个有钱人做了他的四姨太，从此便介入到了"妻妾成群"的人际模式之中。她所处的是一个阴森恐怖、勾心斗角的生存环境，为了能在这个家庭中立足并获得尊严和做人的正常权利，她必须争取老爷陈佐千的宠爱，以及胜过毓如、卓云、梅珊等其他三位太太。小说的情节便在颂莲的个性和欲望与她的生存环境之间的摩擦中展开，由此而产生出许多含义丰富的意象与行为，例如颂莲探询死人井的秘密，陈佐千性能力衰退后陈府笼罩着的暧昧气氛，及至后来颂莲逐渐在这阴郁的生活中感到虚无的恐怖，她退回自己的内心，在失宠的落寞中孤独地度着光阴。然而悲剧终不可免，她亲眼目睹偷情的梅珊在黑夜里被秘密处死，杀人的场景引出她的狂叫与疯癫，但事实的真相却被掩盖起来，而口中念念说着"杀人"的颂莲从此被看作疯子。值得注意的是，在小说的这条情节线索中，颂莲的形象被特别刻画出了知识女性的多思与敏感、内倾的特点，她的命运遭际实际是由现代文化的价值取向与没落垂死的传统文化世界的冲突所致，颂莲之所以会主动退出这种非人道的人际模式，主要也是因为她不肯完全放弃自己，不肯把她的精神理念彻底泯灭掉，将自己融入到那个朽灭的世界中，相反的，她在任何事情上都听从于她的内心，竭力守持着她的理性与信念，例如她不愿为了争宠而顺服陈佐千的侮辱与贬损，又如她执迷地坚持勘破死人井的秘密，这使得她成了陈家花园里的一叶孤零零的浮萍，犹如局外人似的兀自感伤着，怀疑着，直到她所持守的自我的精神世界在尖利的生存压力下突然崩溃。

由于整个小说基本上是以颂莲的单一视点来叙事，苏童因而得以施展了他那种非常细腻精微的文字魅力，他极善于捕捉女性身心的微妙感受,在生存景象的透视中融入深邃的人性力量,并在人物的活动与心理中设置种种精确传神且又富有神秘性的多义隐喻,由此而使作品具有了超越客观层面的主体精神向度,而这些内容都婉妙地编入了颂莲的内心世界之中,也更加丰富了她作为知识女性而区别于其他人物的性格特征。有些描写是非常精彩的,例如写颂莲从梦中醒来,她"发现窗子也一如梦中半掩着,从室外穿来的空气新鲜清洌,但颂莲辨别了窗户上雁儿残存的死亡气息。下雪了,世界就剩下一半了。另外一半看不见了,它被静静地抹去,也许这就是一场不彻底的死亡。颂莲想我为什么死到一半又停止了呢,真让人奇怪。另外的一半在哪里?"作品中始终充盈着这种浓重的死亡气息,神秘莫测的死人井成为恐怖的源泉,里面藏着家族几个世代的罪恶,而对这恐怖和罪恶的惧怕与探询更加重了森森然的鬼气,在小说的字里行间都透射出一种令人心惊的主观感受,也就是对于人的生存世界的普遍化的警觉与疑惑。

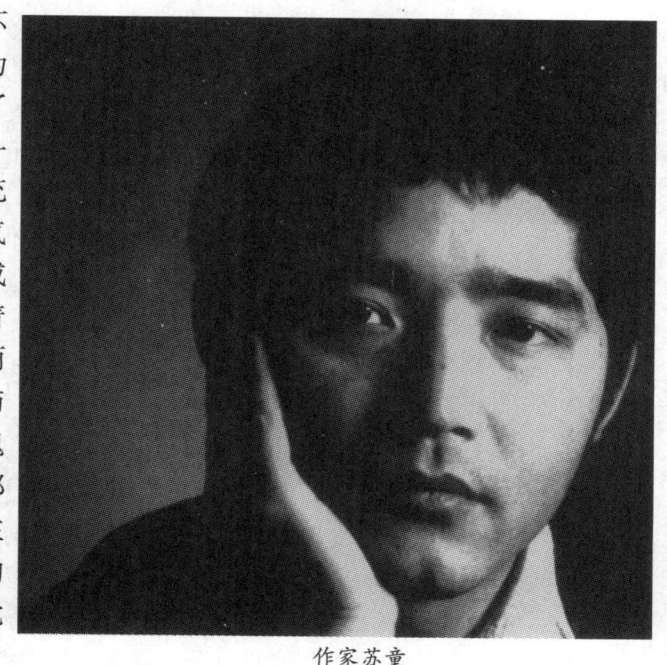

作家苏童

两年之后,第五代导演张艺谋把《妻妾成群》搬上银幕(编剧是倪震),更名为《大红灯笼高高挂》。比较这两种不同类型的文本,可以发现就《妻妾成群》的电影化过程而言,最明显的改变是其中的主观感受与精神力量的相对削弱。两者之间主要有这样一些可以对比之处:电影中增加了象征意义非常明确的"灯笼"意象,点灯——灭灯——封灯的程式代表着权力的施用与对人的精神控制,在陈府获得点灯(及相应的捶脚)的机会,便意味着受宠和得到尊重,即如卓云对颂莲所说的:"以后你要是能天天点灯捶脚,在陈家,你就想怎么着就怎么着。"尽管这一意象更加具有可视性及符合电影的特性,并且还有着符号化的欲望与文化深层含义,但是很显然,由点灯的程式构成了完全外在化的权力施演方式,这就使得小说中人物与环境的微妙关系减少了主体的感受性,从而排除了原作那更为普遍化的丰富的人生意义;更为重要的改变是电影中颂莲像其他所有人物一样没有了十分明确的自觉意识,她也被完全纳入到受点灯程式支配的"争权夺势"之中,她的知识女性的背景则在有意无意中被忽略了,至于原作里她守持自我,以主动退出来反抗"妻妾成群"的人际模式的过程,在电影里被改写成她为了争宠而假装怀孕,被陈佐千发现后一怒之下封了灯,使她完全变成被动地遭受打击而成为失败者,这不仅更加减弱了人物行为中的主观力度,而且也大大地使颂莲的形象失去了精神上的光彩,小说中那个有着无数独特感受与个性追求的颂莲,在电影中被替换为不断地迫于命运的压力而无法应付的悲剧女性,这虽然可以说是加深了对没落的传统世界的批判性,但是实际上却是丧失了小说中有着超越意义的、并含有丰富创造性的个人化的独特精神主题。

从《妻妾成群》到《大红灯笼高高挂》,这些改变的缘由一方面是由于电影对视觉性的要求,精神与主观性的内容很难得到影像上的明晰表达,但另一方面,也应该认识到《大红灯笼高高挂》所不得不穿上的商业性的外衣:颂莲作为悲剧女性的命运固然是对人生的简化处理,但是却更加符合情节剧的要求;至于包括点灯——灭灯——封灯、捶脚及陈府的深庭大院等等异于寻常的仪式和环境描绘,无疑也会大大激发观众的猎奇心理,而它们的文化象征意义反倒可能会因此而受到蒙蔽,只在视觉刺激上堕为一种令人好奇的噱头。

应该承认张艺谋对《妻妾成群》的改编还是一次比较成功的操作,其实《大红灯笼高高挂》也在努力地深入探询人性的主题,甚至在对环境给人的精神戕害方面还有更出色的表现。但是其中不容忽视的是,电影是很不同于小说的一种艺术类型,它由于自诞生之日起就具有着明显的企业化性质,创作过程中很难真正地排除掉商业的影响,除非是纯粹"为艺术而艺术"的前卫电影,所以在文学作品到电影的改编中必然会丧失掉一些宝贵的东西,而同时也必然包括了商业性逐渐增强的过程。

注释：

① 参阅陈思和《现代社会与读物》，收入《羊骚与猴骚》，上海人民出版社 1994
年版，第 296—297 页。

② 参阅陈思和《致日本学者坂井洋史（二）》，收入《犬耕集》，上海远东出版社
1996 年版，第 113—114 页。

③ 参阅蔡翔《私人性和相关的社会想象》，《花城》1996 年版第 4 期。

④ 引自崔健、毛丹青对话《飞越摇滚的"孤岛"》，《文艺理论研究》1998 年第 1
期。

⑤ 引自张新颖《中国当代文化反抗的流变：从北岛到崔健到王朔》，收入《栖居
与游牧之地》，学林出版社 1994 年版，第 12 页。

⑥ 同④。

⑦《动物凶猛》收入《王朔自选集》，华艺出版社 1998 年版。

⑧ 这里借用了根据《动物凶猛》所改编的电影的标题，其实所谓"阳光灿烂的
日子"也就是每个人最美好的青春年华。

⑨ 引自王朔《自选集序》，《王朔自选集》，华艺出版社 1998 年版，第 1 页。

⑩ 她们分别是《空中小姐》、《一半是海水，一半是火焰》、《浮出海面》和《橡皮
人》等小说中的人物。

⑪《妻妾成群》，初刊于《收获》1989 年第 6 期。

第二十章 个人立场与文学创作

第一节 无名状态下的个人写作立场

进入到 90 年代以前，中国当代文学始终处于一种共名状态。所谓共名，是指时代本身含有重大而统一的主题，知识分子思考问题和探索问题的材料都来自时代的主题，个人的独立性因而被掩盖起来。与共名相对立存在的，是无名状态。所谓无名，则是指当时代进入比较稳定、开放、多元的社会时期，人们的精神生活日益变得丰富，那种重大而统一的时代主题往往拢不住民族的精神走向，于是出现了价值多元、共生共存的状态①。由于国家文艺政策的制约，以及作家们社会理想的相对统一，90 年代以前的中国当代文学创作基本上被各种时代共名的主题所贯穿，如社会主义革命、文革、批判文革、改革开放等等。但随着整个社会文化空间的日益开放，这种文学的共名状态开始逐渐涣散，为那种更偏重个人性的多元化的无名状态所取代。

在描述 90 年代文学的无名状态之前，有必要先介绍一下 80 年代中期出现的第三代诗歌。由于受到现代主义思潮的影响和社会文化心理中个性因素自身的生长，当时的文学中出现了一种反叛传统的先锋倾向，其最突出的特点就是把关注焦点由作为类的文化建构转向作为个体的自我确立。虽然在小说方面也出现了徐星的《无主题变奏》、刘索拉的《你别无选择》等一批个性鲜明的作品，但这种倾向最明确的表现还是第三代诗歌的崛起。第三代诗歌（或称作新生代诗歌）主要包括出生于 60 年代的一群青年诗人，他们以 50 年代的第一代诗歌和"文革"中诞生的第二代诗歌（即朦胧诗)作为反叛对象,竞相以宣言式的、横空出世的方式出现在文坛上,他们在短短两三年之内发起成立了上百种诗社和流派,可以说是构成了当代诗歌中最为喧哗热闹的景观。他们之中比较有影响的诗人包括"新传统主义"的欧阳江河、廖亦武,"他们"诗派的韩东、吕德安、于坚,"整体主义"的石光华,"非非主义"的周伦佑、杨黎,"莽汉主义"的万夏、李亚伟,"城市诗派"的宋琳,以及没有明确派别的王家新、柏桦、肖开愚、牛波、陈东东、海子、骆一禾、西川、张枣、翟永明、伊蕾、钟鸣等。概括地说,第三代诗歌的总体特征是呈现出一种复杂多样化和个性化的景观,即"让每个人自己成为一种文化和意义源头"②。其中表现出鲜明的个人立场的,则当属"他们"诗派,最典型的例子是韩东的一首诗《有关大雁塔》。当时朦胧诗人杨炼刚刚发表过一个大型组诗《大雁塔》,赋予这个著名的历史古迹以辉煌的文化意义,其中所蕴含的都是民族历史的深在意韵,正是符合"民族新生"这个时代主题的共名式作品。但韩东的诗正与其相反,他有意识地剔除了所有文化意味丰富的词语,进而又用消解意义的低调话语方式剥落了大雁塔自身的文化意义。其中有很著名的一段:"有关大雁塔 / 我们又能知道些什么 /我们爬上去 / 看看四周的风景 / 然后再下来"。这里所体现出的是一种对宏大历史叙事断然拒绝的心态,诗中所关心的唯独是个体本身的体验,所有外在于个人体验的政治文化内容都被排除到诗外,诗人的目光集中在个体生命与心灵世界的原生状态,因此产生的效果是突出了存在的日常性因素,并以内在化的个体特征形成了新的诗美原则。与此相关的,是有些第三代诗人还发展了一种消解性的话语方式,让语言还原成最单纯的表意形式,从而在更根本的层面上消除了意识形态对写作的控制。

尽管第三代诗歌已经显示出了个人化倾向,但它还仅是作为80年代文坛的局部现象,还不能把这种倾向影响到当时文学的整体状况中。直到中国社会在90年代初发生了重大转型,文学自身也才真正由共名走向无名。其中最为根本的变化,是文学以及整个人文学科在新的社会变革中失落了原来的地位,而趋于社会文化空间的边缘。这是由两方面的原因造成的:一方面,中国知识分子的精英意识在80年代末遭到了严重挫折,很多作家都已放弃对社会理想或时代主题的盲目认同;另一方面,商品经济大潮猛烈地冲击了传统意识形态的陈旧格局，文学无法再继续承担对社会理想的许诺和表达。作家们不再依照对社会的共同理解来进行创作，而是以个体的生命直面人生，从每个人都不相同的个人体验与独特方式出发，来描述自己眼中的世界。在这种情形之下，文学看来是彻底丧失了 80 年代那种对社会的巨大影响力。但其实立足于个人立场的文学叙事并没有使文学本身遭遇绝望，也许倒是回归到文学本体的起点，它因而可以打破以前强加于文学之上的宏大叙事模式，转向更贴近生活本身的个人叙事方式，并且也真正地建构起丰富和多元的文学景观。90 年代的文学仿佛是一个碎片中的世界，作家们站在不同的立场上写作：有的继续坚持传统的精英意识，有的则走向广大的民间世界，有的认同商品经济条件下的通俗文学倾向，或者还有人转向极端化的个人世界，勾画出形色各异的私人生活……无论这种无名状态初看上去显得有多么陌生，抑或令人感到非常不适，但它毕竟使文学摆脱了时代共名的制约，在社会文化空间中发出了独立存在的声音[3]。

这种无名状态下的个人化倾向，最明显地体现在由原来的第三代诗人所写作的小说中，韩东和朱文的作品是其中较典型的代表。它们延续了在诗歌领域中的反社会文化、倾向于日常性的特点，只是在 90 年代的文化背景中可以表现得更为突出。比如韩东的短篇小说《掘地三尺》、《田园》等，它们都写文革中的故事，但完全是以纯真无知的孩童视点来看那个时代，所以在作品中没有规范的时代共名话语，而纯粹表现为个人对时代的理解，这些小说都因此还原出了不受政治话语制约的日常生活情景。再比如他的中篇小说《障碍》，写一个青年知识分子在自己的性欲望和世俗道德之间感到的心理障碍，尖锐地表现了个人与社会之间的紧张关系，描绘出这一代人渴望自我确立的艰难境况。朱文的小说如《食指》、《去赵国的邯郸》、《尖锐之秋》等，则主要刻画出了个人世界中支离破碎、空虚焦虑的人生图景，所描写的内容正如小说文本的结构形式，往往显得凌乱松弛，充满了压抑与沉闷的延宕。虽然这些小说的内容看来极其琐碎而又微不足道，但所有这些对茫然和焦虑状态的描写，都是出自于个人生活中的独特话语表达，这既是一种个性化的叙事策略，也更是对一种实际精神状况的自我写照。韩东与朱文的小说逐渐形成了较为成熟的风格，并对同年龄或更年轻的作家产生了影响，包括 70 年代出生的新作者在内，有一大批文学新人都是仿照了韩东和朱文这种个人化的创作倾向与叙事方式登上了文坛。

需要特别强调的是，体现出强烈的个人化倾向，并不意味着文学就此已完全放弃了对时代与社会的承担。事实上，真正的个人化存在方式必然离不开对时代的关心与对现实的思考。个人立场在 90 年代文学中得到强化，不仅仅如像韩东、朱文、陈染、林白等作家那样对社会的拒绝和批判充满了个人性的因素，更多的是表现为由个人的视点出发去理解社会，以自己独特的方式来表达对现实的态度和情感。比如许多早在 80 年代就已开始写作的作家，包括那些曾经致力于建构宏大叙事的知青一代作家，他们都以非常个性化的方式来抒写他们体验到的时代精神状貌。其中最为突出的一些作家包括张承志、张炜、王安忆、韩少功、史铁生、李锐、刘震云、余华、莫言、王小波等等，他们或者开创了新的个人叙事风格，或者从独特的视点出发对中国历史重新做出阐释，或者在对时代的思考中融入个人生命中最隐秘的经验，或者是在对以往宏大叙事进行解构的过程中表达自己的思想意识，或者把个体心灵与广大的民间世界结合在一起来抒写，也或者干脆是从最本己的生命力出发去破除一切社会文化意识的成规；但总之，他们都以各自的立场和视点，向现实社会提供了属于自己的那一份思想表达，因而也就履行了自己对于时代所承担的那一份职责。其实即便是韩东和朱文这些执着于描写私人生活的作家，他们所描绘的自我精神状貌也未尝不是以个体来对社会作出的承担。

就在这种文学的无名状态之中，由各种个人立场的写作构成了日益丰富而喧哗的多元化格局，过去所谓的那种整体性的文学"主流"恐怕再也难以真正形成。整个的文学创作空间相对地走向了自由，而很多作家逐渐发展起了独特成熟的个人创作风格，写出了越来越多的优秀作品。诸如王安忆的《叔叔的故事》、史铁生的《我与地坛》、张承志的《心灵史》、张炜的《九月寓言》、余华的《许三观卖血记》、王小波的《黄金时代》等都堪称是中国当代文坛最美的收获。这也预示着无名状态下的写作将越来越有利于在文学自身尺度上达到它应有的高度。

第二节　个人对生命的沉思：
《我与地坛》

　　《我与地坛》①是一篇在当代非常难得的、值得人反复吟读的优美散文，作家史铁生以极朴素动人的语言讲述自己的经历和所思。全部讲述所围绕的核心是有关生命本身的问题：人该怎样来看待生命中的苦难。这问题的提出首先是由于他自身经历中的残酷事件，即"活到最狂妄的年龄上忽地残废了双腿"。这种并非普遍性的事件落到了个体的头上，使他的命运顿时与他人判然有别，而他对这命运的承受也只能由他独自来完成。从这个意义上说，史铁生对生命的沉思首先是属于他个人的心境内容。

　　在整篇散文中，这沉思大致经历了前后两个阶段。在最初的那个阶段中，史铁生观察与反省个人的遭遇，渐渐地看清了个体生命中必然的事相。这是在地坛里面默坐呆想出来的：他在腿残之后，有一天无意中来到了地坛公园，感悟到自己心里与这荒园产生了神秘契合，"在满园弥漫的沉静光芒中，一个人更容易看到时间，并看见自己的身影"。从此他几乎天天都要来到这里，摇着轮椅走遍了园子里的每一处角落，他在这里度过了各个季节的天气，专心致志地思考着生命的难题。置身于"这样一个宁静的去处"，人或许就渐渐达到了物我合一的从容，于是"这样想了好几年，最后事情终于弄明白了：一个人，出生了，这就不再是一个可以辩论的问题，而只是上帝交给他的一个事实"。这样的结论便引出了无法反抗的命运的观念：人生就是一种不可捉摸的命运的造就，包括生命中最不堪的残酷与伤痛也都是不能选择的必然，人对于由超越个体生命的外在力量所设定的事实显然没有任何改变的余地。

　　接下来，史铁生将视界稍稍越出自身的范围，写到来这园子里的其他人，去看看别人都有什么样的命运和活法。先是写到他的母亲。他自己的不幸在母亲那里是加了倍的，她兼着痛苦与惊恐祈求儿子能好好地活下去，"可她又确信一个人不能仅仅是活着，儿子得有一条路走向自己的幸福；而这条路呢，没有谁能保证她的儿子终于能找到"。母亲完全是在这苦难的折磨中度完了她自己的命运，史铁生伤心而怨恨地想，"莫非她来此世上只是为了替儿子担忧"。看来，命运的造就也就决定了角色的分配和承担的方式，有些人仿佛生来就是为了承受苦难，在苦难中默默地忍受着命运的重压。他在园子里又遇到一个漂亮但却是弱智的少女，再一次感受到"就命运而言，休论公道"，这就是一个因苦难而有差别的世界，如果你被选择去充任那苦难的角色，"看来就只好接受苦难——人类的全部剧目需要它，存在的本身需要它"。既然如此，事情也就变得非常绝望了。不幸的

作家史铁生

命运已经为你规定了承受苦难的角色，那么你还能有什么别的方式来度过你的人生呢?或者说,你还能有属于自己的救赎之路吗?很显然,问题的关键就是在于那个想不透的方式:人到底应该怎样来看待自己的苦难。

　　思路到了这里，史铁生个人的问题其实早已变成了众生共同的问题，"一切不幸命运的救赎之路在哪里呢？"有论者从"平常心和非常心"的关系来看史铁生的写作⑤，所谓"平常心"的根基所在，是指"他把内在的痛苦外化，把具体的遭遇抽象化，把不能忍受的一切都扔给命运，然后再设法调整自我与命运的关系，力求达到一种平衡"。这种在根本上认可了苦难的命运和不幸的角色，却不是看轻生命自身的残酷和伤痛，而是把这生命的残酷和伤痛从自我中抽离出来，去融入到一个更大也更恢宏的所在之中。这个所在就关系到了"非常心"，它是指"以最真实的人生境界和最深入的内心痛苦为基础，将一己的生命放在天地宇宙之间而不觉其小，反而因背景的恢宏和深邃更显生命之大"。这就是史铁生在这篇散文中最后画出的自我形象了，他静静坐在园子的一角，听到有唢呐声在夜空里低吟高唱，"清清楚楚地听出它响在过去，响在现在，响在未来，回旋飘转亘古不散"。就在这融会了过去现在和未来，融会了死生的时刻里，史铁生看到了包容任何孤独的个体生命在内

的更大的生命本相。底下一直到文章结尾是一段绝好仿若天成的文字。史铁生写出了自我的三种不同样态：刚来到人间时是个"哭着喊着闹着要来"的孩子，一见到这个世界便成了"一刻也不想离开"的情人，而在时光的流逝之中，他又变成"无可质疑地走向他的安息地，走得任劳任怨"的老人。在时间中的自我就是这样处于稍纵即逝的无常，但是这无常却又仿佛太阳永远的轮回往复，"它每时每刻都是夕阳也都是旭日。当它熄灭着走下山去收尽苍凉残照之际，正是它在另一面燃烧着爬上山巅布散烈烈朝辉之时"。史铁生因而想到自己"也将沉静着走下山去，扶着我的拐杖。有一天，在某一处山洼里，势必会跑上来一个欢蹦的孩子，抱着他的玩具"。这是生命永恒的最动人心魄的画面，他因而向自己问道：

当然，那不是我。

但是，那不是我吗？

由个人严酷的命运上升到生命永恒的流变，史铁生终于超越了个体生命中有限的必然，把自己的沉思带入到了生命全体的融会之中，这时所体现出的个人对苦难的承受已不再是偏狭的绝望，而呈现为对人类的整体存在的担当。他在反复说着欲望不息（写作的欲望也就是活着的欲望）使个体生命的延续得到了最充分自明的理由，而这理由使他对残酷和伤痛的忍受都成为一种阔大的境界，因为个人已不仅仅是个人，个人的局限也已不再成为问题，个人的苦难都已为全体存在所包容。与此同时，有关于怎样活着和怎样达到自我救赎的困扰，也终于为所有生命永恒的欲望所涤净，当投入到永无终结的生命之舞中时，对于个体苦难以及一切不幸命运的自我超越就都变成了一种必然。

这样一种洋溢着生命本色之美的境界，既成就了史铁生内心的希冀与不舍的探询，也完成了他为文的寄托。为文与为人在此才是真正的一体，整篇《我与地坛》都是那样的和美亲切，而又内蕴着一种实在的激情。所以成其为艰难的是真正完全地投入到那生命本身的舞蹈，而这一点唯独还需经过真正的苦难才能做到。由此，我们也就可以更深地体会到史铁生写《我与地坛》所体现出的个人心境的痛切之处以及他对自我所执的真正超越。

第三节　个人对时代的反省：
《叔叔的故事》

　　中篇小说《叔叔的故事》⑥问世于 1990 年的冬天。在此之前，向来高产的王安忆有过长达一年的封笔。后来王安忆写文章谈到她在这封笔期间的心情，说她感到一切都被破坏了，有一种世界观遭到粉碎的巨大痛苦；严峻的现实社会迫使她必须对时代做出新的思考，或者说进行世界观的重建工作。《叔叔的故事》作为她重新开笔后写出的第一篇小说，便是经过艰辛思考结出的最初果实。可以说无论是在精神探索的深刻性还是在艺术创新的完美性上，这篇小说都达到了王安忆此前从未有过的高度。

　　概括地说，《叔叔的故事》是对"一个时代的总结与检讨"⑦，是作家站在个人立场上对时代的反省。小说文本反映了作家对一个公共历史叙事的拆解过程。所谓"叔叔的故事"是一个历史叙事的浓缩形式，这个故事经王安忆以各种叙述手法拼合而成，最终暴露出了源自于几十年的历史遭遇、而存在于时代的精神现象中的一场巨大危机。尽管小说中这一切都单指涉叔叔（一个类似精神领袖的著名作家）这一个人物，但其实他也正是时代人格化的形式，叔叔的悲剧及其精神世界的虚妄，也反映了时代的可悲之处。就此而言，《叔叔的故事》可以看作是王安忆抒写的个人化的时代寓言，其中所含纳的个人视界的丰富意蕴全都盈溢在更广大的精神域界之中。

　　如果从文本形式的角度来看，所有这些思想上的深刻探索正体现在作品的叙事方式之中：可以说重建世界观的工作对于王安忆而言，在根本上等同于探寻一种新的叙事方式。《叔叔的故事》在叙事上具有的新颖特点，主要表现为它所内含的一个双层叙事文本，即这篇小说中的"故事"不仅仅是叔叔的故事，还应包括叙述者讲述这个故事的全过程。这也就是人们通常所说的：《叔叔的故事》是一篇后设小说。所谓后设小说，就是关于小说的小说，它的根本特点是编制故事的过程也出现在文本中，而它的主要功能就在于打破它所讲述的故事的真实性，同时强化了叙述者的个人观点。在这篇小说中，叙述者一开头就坦白说他讲述这个故事开始于叔叔的一个警句："原先我以为自己是幸运者，如今却发现不是"。而他所以要讲故事，则是为了表达心中一个近似的思想："我一直以为自己是快乐的孩子，却忽然明白其实不是"。文本中讲故事的过程其实就是用来表达这个思想，而这个过程的实质不在于完整地讲述"叔叔的故事"，恰恰却是要以各种叙述手段来拆解那个看上去非常辉煌的"叔叔的故事"。这样一种拆解意义的叙事方式，也就是作品中个人立场的具体显现。

作家王安忆

具体地看来，这篇小说在情节展开中大致具有两种新颖的叙述手段：一种是复数性叙述，即同一件事被叙述多次，而每次都有所不同；另一种是分析性虚构，即叙述者没有任何材料，完全通过他的主观分析来推导下一步的故事内容。先看复数性叙述的艺术效果。例如故事开头关于叔叔被打成右派后下放的地点，小说有两次不同的叙述。叙述者先说他去了青海，并在雪天暗夜里听到了一个童话，即鹰宁可喝鲜血只活三十年，也不愿像乌鸦那样吃死尸而活三百年，叔叔像受到洗礼似的，从此把崇高的理想主义存在心中。但叙述者马上说这只是传奇，事实的真相是叔叔被遣返回乡，到苏北的一个小镇过起了平庸的生活。尽管叙述者最终选择了叔叔曾受到理想主义洗礼的说法，从而符合了他作为精神领袖的形象要求，但是由于公开了编制情节过程中所依据的材料，就阅读效果而言，显然已显示出故事的另一种可能，即叔叔可能根本就没有真正的理想主义信念。可以说无论故事再怎么发展，这种复数性叙述已成功地在文本中造成了一种反讽效果，它以正反相异的叙述解构了叙述内容的严肃性和崇高感，由此也就得以表达出作者个人的思想，即叔叔及他所代表的那个时代的理想主义精神都只是后来赋予的虚伪假象。再来看小说中分析性虚构的运用。比如叔叔离婚的一段情节,叙述者没有采用叔叔本人的叙述(即他离婚不仅不违背道德,更无损其人格),而是以叔叔在小镇结婚后的一次桃色事件作为叙述起点,然后依照逻辑分析编出后面的情节:叔叔的婚外恋败露后,妻子以粗鲁的方式维护他的人格,表面看来是为他挽回尊严,其实却在精神上给了他致命一击。从此叔叔变得怕老婆了,他的婚姻生活变成了苦难,只给他带来屈辱和不幸,而他整个人也就完全消沉下去,彻底遗忘了理想主义的人生信念,而成为一个生存主义者甚至肉欲主义者,他的精神世界呈现出极丑陋的面目。叔叔既有了这番心理上的隐秘经历,当他日后成名并开始新生活时,当然不能再容忍这段往事对自己的损毁,他要灵魂新生,必将不愿再维持那段婚姻了。至此,叙述者通过自己的分析圆满完成了对这段情节的叙述,同时也彻底揭露出叔叔的精神世界与人格力量根本就是不堪一击的。

整篇小说就以这种拆解意义的方式叙述下去,最终要说明叔叔的那个警句:他究竟何以会发现自己不是幸运者。为此小说中设下了两个重要的动机,即叔叔的精神世界其实并非神圣高尚,以及他在小镇上曾有过堕落的生活。这样一来,尽管叔叔在文革后成了知名的作家,为自己塑造起了社会英雄般的崇高形象,但他仍时时感到一种潜在的危机,他愈想要摆脱自己丑陋的过去,就愈加被套上了精神桎梏。当他面对新鲜的生活渴望改变自己时,却无法获得真正自由的心态,这就使他彻底丧失了真正的快乐,而且还濒临了"虚无主义的黑暗深渊"。小说最后,两个年轻的人物在精神上最终击垮了叔叔。先是叔叔想要亲近一个德国女孩,却在她眼中看到一种厌恶和鄙夷的神情,这显然是成名后的叔叔从未遭遇到的,他突然破口大骂起来,"骂的全是他曾经生活过的那个小镇里的粗话俚语",就在这一刻,他"重又变成那个小镇上的倒霉的自暴自弃的叔叔"。他顿时"觉得自己无可救药了,一无希望了"。随后,叔叔那个早已经被他遗忘了的、小镇上的儿子大宝来找他了。由于两人感情的隔膜与相互的敌视,于是爆发了父子间的一场殊死搏斗,叔叔尽管最终打败了自己的儿子,但在他心中却真正有了一种被打败的感觉:"将儿子打败的父亲还会有什么希望可言?……叔叔不止一遍地想:他再也不会快乐了。他曾经有过狗一般的生涯，他还能如人那样骄傲地生活吗？他想这一段猪狗和虫蚁般的生涯是无法销毁了，这生涯变成了个活物，正缩在他的屋角，这就是大宝。"叙述者经过这段情节的演绎，终于揭开了叔叔不幸的根源，即在他那光彩照人的形象之下，还有着一个曾经丑陋的自我，而在他那得意辉煌的现在背后，还存在一段卑贱屈辱的过去；叔叔尽一切力量来摆脱他的丑陋和屈辱，但他却没有想到，这丑陋和屈辱其实就是他的自我和过去的全部，甚至就连他现在的光彩和辉煌也正建立于其上。当他一旦由于现实的变故醒悟过来，那一切虚浮的假象在顷刻间就崩溃了，叔叔不得不面对自己那黑暗的心灵，完全丧失了自我救赎的可能。

由此"叔叔的故事"中所有那些虚假的神圣与高尚都被拆解掉了，显现出一个时代的荒芜与丑陋。叙述者在小说的最后说："我讲完了叔叔的故事后，再不会讲快乐的故事了。"这里表现出王安忆对于更年轻一代人的看法：他们是既无信仰也无责任的一代，他们的追求是做自由快乐的游戏主义者，但是事实上他们的游戏既不快乐也不自由。在作者看来，只有真正严肃的悲剧感才能够成就这代人的自我救赎，而叙述者讲这个故事的初衷就是想要获得这样一个机会。他选择了被认为具有坚定信仰和强大高尚的精神世界的人物作为叙述对象，目的本是要把他作为攻击目标，以类似弑父的行为换得自己精神上的成熟。虽然这在根本上仍是游戏的方式，但却是严肃的游戏，带有精神战斗的意味。但殊难料到的却是，他选择的攻击目标其实是那样不堪一击，甚至无须攻击就已自显原形。当叙述者一步步解构了叔叔的精神世界，揭示出其人格的丑陋及无法抗争的宿命后，却发现他的消解没有了意义；他所做的这一切只不过更加重了他的茫然与悲恸，再次证明了他的不快乐，同时也彻底揭露了时代精神现象本身的虚妄。

第四节 个人对时代的承担：《帕斯捷尔纳克》

前苏联诗人帕斯捷尔纳克是王家新在这首诗中歌咏、倾诉、以期达到"一种灵魂上的无言的亲近"的对象。在分析诗歌本身之前,最好先了解一下这位诗人:帕斯捷尔纳克原来是一位注重自我内在体验的现代诗人,但在苏联建国后被逐渐剥夺了自由写作的权利,他经过长期沉默后,于 50 年代后期发表长篇小说《日瓦戈医生》,又因被授予诺贝尔文学奖再度受到国内的严厉批判,此后他不得不屈服于这种专制的压力,直到去世。显然,在这首诗里的帕斯捷尔纳克的形象被强烈地涂抹上了诗人王家新的主观色彩,用他的话来说,帕斯捷尔纳克比起苏联专制时代的其他一些诗人,他"活得更久,经受了更为漫长的艰难岁月,……他更是一位'承担者'"⑧。但他的活着并非是媾和于黑暗的年代,而是保持着自己的信念与良知,要比死者承受更多的痛苦和压力。

　　在《帕斯捷尔纳克》⑨这首诗中,王家新这样刻画这位诗人的境遇与精神:"你的嘴角更加缄默,那是 // 命运的秘密,你不能说出 / 只是承受、承受,让笔下的刻痕加深 / 为了获得,而放弃 / 为了生,你要求自己去死,彻底地死"。诗中所有意象几乎都集中于时代的苦难:"那些放逐、牺牲、见证,那些 / 在弥撒曲的震颤中相逢的灵魂 / 那些死亡中的闪耀,和我的 // 自己的土地! 那北方牲畜眼中的泪光 / 在风中燃烧的枫叶 / 人民胃中的黑暗、饥饿……"面对苦难的唯一选择,只有承受。帕斯捷尔纳克只有承受更疯狂的风雪扑打,才能守住他的俄罗斯,而承受的结果便不再是苦难,"这是幸福,是从心底升起的最高律令"。诗歌本身已经清楚地表达出了这些意向,而且把它所能说的全部说了出来,这在 90 年代初的中国是震撼人心的。所以这首诗一经发表便传诵一时,它以个人的睿智和忧伤体认了一个时代苦难的形象,然后确立起了一种要求承担苦难并朝向灵魂的高贵的存在尺度。

　　也许后者是迫使王家新写作这首诗的更根本的冲动。这个存在的尺度是由帕斯捷尔纳克所给予的:"这就是你,从一次次劫难

诗人王家新

里你找到我 / 检验我,使我的生命骤然疼痛";"不是苦难,是你最终承担起的这些 / 仍无可阻止地,前来寻找我们 // 发掘我们:它在要求一个对称 / 或一支比回声更激荡的安魂曲";"这是你目光中的忧伤、探询和质问 / 钟声一样,压迫着我的灵魂"。非常明显,这首诗中的个人化倾向,所强调的不是从时代中抽身而退,也不是逃避对时代的责任和对传统的绝对反叛,而是显现为人与世界的必然相遇,显现为个人对以往人类精神的主动承续,以及凭借一己的存在来承担起人类命运与时代生活的全部压力。在这个意义上,帕斯捷尔纳克其实是一个精神上的象征,他是王家新为自己及同时代人所矗立的精神高度,借以自我观照、涤净心灵中的雾霭。

正是通过这种承担,个人也才能真正成其为个人。这意味着告别流行的轰响与喧哗,穿透轻浮的言词与行为,以坚持某种真正属于内心良知、同时也真正属于人类整体的原则。这个原则在诗中的体现,就是虽不能按一个人的内心生活,但却要按自己的内心写作。这也就意味着,这首诗透露出来自帕斯捷尔纳克的另外一个启示,就是坚守内心的写作:"从茫茫雾霾中,透出的不仅是俄罗斯的灵感,而且是诗歌本身在向我走来:它再一次构成了对我的审判……"⑩应该说这首诗中确实还提供了一个诗学尺度,写作是个人对时代承担的具体形式,借用王家新自己在别处写下的话来说,写作是"一种把我们同时代联系起来但又从根本上区别开来的方式"。至于写作的内心化的方面,则意味着"把终生的孤独化为劳动"⑪。这其实正是帕斯捷尔纳克在诗中的写照,他始终是被作为一个按照内心良知写作的诗人来加以歌咏的,他以缄默的嘴角拒绝了世俗的喧哗之声,而进入到心灵世界的孤独与忧伤之中。诗中对于这一形象深情的吟咏,也就是诗人对自己的个体存在方式的确认和内在约束。

有关《帕斯捷尔纳克》这首诗在艺术上的成就,主要被认为是创造了一种"深度意象"。这也就意味着它通篇都保持了一种朴素直接的表达方式,很少需要特别加以诠释的修辞,亦没有那些浮于语言表层的装饰性意象,所有的语词都用来营造一个内心化的意象,也就是以上所述及的全部内容。这在根本上正是一种按照内心的写作:表达的冲动全部都来自于诗人最纯粹最内在化的要求。

注释：

① 引自陈思和《共名与无名》，收入《陈思和自选集》，广西师范大学出版社 1997 年版，第 139 页。

② 引自李振声《季节轮换》，学林出版社 1996 年版，第 34 页。

③ 参阅陈思和《逼近世纪末小说选（卷二）》序，收入《犬耕集》，上海远东出版社 1996 年版；《碎片中的世界》，收入《写在子夜》，上海人民出版社 1996 年版。

④《我与地坛》，初刊于《上海文学》1991 年第 1 期。

⑤ 参阅张新颖：《平常心与非常心——史铁生论》，收入《栖居与游牧之地》，学林出版社 1994 版。

⑥《叔叔的故事》，初刊于《收获》1990 年第 6 期。

⑦ 引自王安忆《近日创作谈》，收入《乘火车旅行》，中国华侨出版社 1995 年版，第 39 页。

⑧ 引自王家新《回答四十个问题》，收入《游动悬崖》，湖南文艺出版社 1997 年版，第 205—206 页。

⑨《帕斯捷尔纳克》收入王家新诗集《游动悬崖》，第 64 页。

⑩ 同上，206 页。

⑪ 引自王家新《谁在我们中间》，收入《夜莺在它自己的时代》，东方出版中心 1997 年版，第 67 页。

第二十一章　新的写作空间的拓展

第一节　新的写作空间的拓展

社会转型的另外一个方面是拓展了各种新的生活空间领域，或者是改变了旧有生活空间的实质内容，这给当代文学创作带来了相应的变化，即表现为对写作空间的拓展。如果举其大概而言，主要表现在三个方面：随着多元文化格局的形成和女性意识的日趋自觉，当代诗歌和小说中出现了具有鲜明个人立场的女性题材创作；又由于80年代以来大量中国人留学或移民国外，随之兴起了海外新移民题材的文学创作；还因为和平时期军队生活的特殊性，军旅题材创作也有了新的发展，由传统的敌我斗争意识的艺术表现转向了对军人深层个性心理的探询。这里必须明确的是，写作空间的拓展不仅是指创作题材的开拓，同时它还意味着形成了新的审美形态，为文学的发展提供了富于创造性的因素，这实际上是在更加切近文学自身的层面上打开了新的写作向度。

女性写作空间的开拓。尽管女性意识在本世纪的中国文学中是早已有之的内容，像丁玲、萧红、庐隐、张洁、舒婷等女作家的创作都明确表现出女性对自由与平等的向往，并且其中也含有女性视角及修辞方式的自觉，甚至在丁玲的早期作品中还反映出了与当代女性写作的个人化倾向相沟通的潜在可能，但在当代女性文学的主张者看来，90年代以前的女性写作处在一种"'花木兰式境遇'——化妆为超越性别的'人'"，这也就是说，其中所表现的女性自身特征是有一定限度的，多半会为无性别之分的知识分子精英意识所遮蔽。这种情形直到80年代中期才有变化，特别是90年代之后，女性写作终于形成了与此前截然不同的新向度。女性文学的主张者认为"90 年代女性写作最引人注目的特征之一便是充分的性别意识与性别自觉。……女性写作显露出在历史与现实中不断为男性话语所遮蔽、或始终为男性叙述所无视的女性生存与经验"①。从根本上来看，这种新向度是一种着重于表现女性自身特征、并且更加个人化的写作倾向，其中所表达的女性意识已不是与男性可以共享的公共意识，所揭示的女性问题也不再具有共名的普遍意义，反之，这种倾向所展露出来的女性视角更多地聚焦于写作者的个人世界之中，尤其是作为女性的个体生命体验之中，是以独特的个人话语来描绘女性的个体生存状态（包括相对私人性的生存体验，也包括女性的躯体感受、性欲望等感性内容）。

这一新的写作倾向的最初成就是 80 年代中期的女性诗歌创作：翟永明的大型组诗《女人》宣示了女性自觉写作的开始，随后唐亚平的组诗《黑色沙漠》、伊蕾的组诗《独身女人的卧室》和翟永明的另外两个组诗《静安庄》、《人生在世》陆续问世，此外陆忆敏、张真

（左起）陈染、林白、海男

等女诗人也在此前或此后写出了大量尽管风格各异但全都意在表现女性个体生存体验的抒情诗，这些作品构成当代女性写作的第一个高峰。这些创作比较一致的特点，是几乎都把男性世界和权力世界作为一个反抗的对象，作者们都在努力确立女性自己的话语方式，以期达到对意识形态中心话语的颠覆。这些作品里出现了一系列二元对立的意象组合，比如女性／男性，黑夜／白昼，月亮／太阳，癫狂／理性，反叛／占有等等，作品在尖锐的对照中突现出女性生存的感性内容，同时瓦解了社会历史的种种虚妄假象。翟永明在《女人》中所精心营造出的"黑夜"意象，后来逐渐为大多数女

诗人接受，并成为女性诗歌创作的核心象征，把它表现成在消除了男性话语遮蔽后浮现出来的女性的自我世界，是一个完全边缘化和个人化的生存空间。

女性写作在小说方面的主要作家有陈染、林白、海男和徐小斌等，她们都在 90 年代写出自己的代表作，如陈染的中篇小说《无处告别》、《与往事干杯》和长篇小说《私人生活》，林白的长篇小说《一个人的战争》、《说吧，房间》和中篇小说《回廊之椅》等。这两位女作家都着力于探询女性生存的私人空间。陈染的《私人生活》把全部笔墨都用于描写女性的个体生存世界，强烈地表现出个体与环境的对峙。主人公倪拗拗是一个孤僻、敏感、执拗的年轻女子，她完全沉溺于内心生活中，对任何公共意识都持有憎恶和彻底拒绝的态度，最终变成了无法适应社会交往的幽闭症患者，用她自己的话来说，是"一个残缺的时代里的残缺的人"。作品对于主人公的精神世界及性欲望的渲染，尤其是对她的非伦理化的同性爱的描写，在很大意义上都可算是一种离经叛道、惊世骇俗的叙事，并相应地带来了某种新颖的审美风格：大量的独白自赏、对躯体及器官的感受、纯粹精神上的白日幻想等等，显露出了女性生命体验中极为偏至的迷狂色彩。与陈染相比，林白的小说更多地写出了女性感性世界的丰富与美丽，她的《一个人的战争》是写女人的个体成长经历，主人公多米在性意识的成熟过程中不断遭到男性世界的打击与伤害，最终转向了自我恋，如小说题记中所说："一个人的战争意味着一个巴掌自己拍自己，一面墙自己挡住自己，一朵花自己毁灭自己。一个人的战争意味着一个女人自己嫁给自己。"作品里直接地写出了女性感官的爱，刻画出女性对肉体的感受与迷恋，营造出了至为热烈而坦荡的个人经验世界。与此相应的叙事方式也呈现为非中心化的零散、片断式形态，并由于情绪与感受的层叠聚合，虽然无序但却令人处处感到深情灵动的轻盈美感，或者也可以说是创造出了女性写作独特的审美精神。

海外新移民题材的写作空间。自从 80 年代以来，到海外去留学、打工的中国人数量越来越大，反映他们在异国生活的小说创作也随之兴盛起来，其中包括了大量纪实性和通俗性的商业写作，但也不乏有小楂（查建英）的《丛林下的冰河》和严歌苓的《少女小渔》、《女房东》这类令人感到耳目一新的佳作。这些作品的优秀之处，就在于它们比较深刻地写出了中外文化在个体经历中的冲撞，以及这种冲撞积淀在人物性格及精神层面上的影响。小楂的《丛林下的冰河》是这类创作中先驱性的作品。它写一个留学美国的青年女子在认同西方文化过程中所体验到的巨大伤痛，这就是小说借套讲亨利·詹姆斯的小说名著《丛林中的猛兽》而揭示出的"错过人生珍爱"的主题，即"找到的就已不是你所要找的"。在小说中，主人公初恋男友的死展示了中国式理想主义的最后终结，而她本人早先曾经拒绝这种激情的感染，直到当她看出在那充实自由的西方物质生活下面一直存在着的轻与虚，她才感到了这种理想丧失所带来的不幸。这里真诚地表现出了人处于不同文化撞击下的失落与悲哀，以及这种失落与悲哀在当代文化格局中不容改变的必然所在，所以小楂没有可能让她的主人公彻底认同于西方文化，而是把心中最宝贵的角落留给那已被她错过的理想精神，尽管这样一来她就不得不承担起一种真正的绝望。90 年代以后，海外题材创作的代表当之无愧是严歌苓。她的一系列作品在海外华人文坛上获得了巨大成功，她从中西文化的对话与冲撞的背景下生动展示了海外中国人的生活传奇，如长篇小说《扶桑》是海外华人史诗的第一部，描写了早期华人妓女和劳工的苦难历史与白人对黄种人的种族歧视与文化上的误解，一剑两刃地批判了西方文化中的野蛮因素与东方文化中的愚昧落后，同时又几乎是不自觉地颂扬了东方民族承受苦难的坚韧精神。长篇小说《人寰》以一个留美的中国女性在就诊心理治疗时的口述为线索，叙述了当代中国几十年政治斗争中男人间的友谊、人伦、道德等人格方面所经受的考验，叙述者已经接受了西方文化的教育，她试图用西方人的眼光来审视东方人的伦理问题，使叙述与被叙述之间充满了解释的张力。这两部作品别开生面，展示出海外题材创作的新空间。除了小楂和严歌苓之外，以描绘异域生活见长的海外作家还包括虹影、友友、严力、刘西鸿、刘索拉、高行健等。

军旅题材写作的新向度，主要体现为对和平时期军人精神世界的反映与审思。这方面最为突出的代表是朱苏进的小说创作。由于战争中两极对立的敌我斗争形态在和平年代只能以虚拟的形式出现，其所蕴含的那种强大的权力意志与生存欲望都发生了移位，或者是由壮烈的英雄主义转化为狭仄阴险的工于心计，铺演成权力场上的争权夺势;或者是强调出了人物本身的个人欲望,体现为个体精神世界的膨胀壮大,以及对于个人生命价值的追求。这两类内容在朱苏进的长篇小说《醉太平》和中篇小说《绝望中诞生》、《金色叶片》、《接近于无限透明》中都有独到的表现,这在很大意义上改变了军旅题材创作的旧有面貌,使得原来的敌对意识的艺术表达被模糊淡化,转而揭示出了新时代军人个性化的深层心理空间。朱苏进的作品中还往往强烈地具有一种令人为之迷醉的主观力量,它能够穿透平庸阴暗的现实生活,呈现出使人眩目的精神光芒,可以说这是一个崭新的魅力十足的艺术向度。

第二节 女性自我世界的空间:《女人组诗》

翟永明在 1984 年完成了她的第一个大型组诗《女人》②,其中所包括的二十首抒情诗均以独特奇诡的语言风格和惊世骇俗的女性立场震撼了文坛。这是中国当代文学史上比较早的、并且也是相当成熟的一部女性主义文学作品,有关其女性立场的思想意识较为鲜明地表达在翟永明为组诗所作的序言《黑夜的意识》中:"作为人类的一半,女性从诞生起就面对着一个完全不同的世界,她对这世界最初的一瞥必然带着自己的情绪和直觉⋯⋯她是否竭尽全力地投射生命去创造一个黑夜? 并在危机中把世界变形为一颗巨大的灵魂? 事实上,每个女人都面对自己的深渊不断泯灭、不断认可的私心痛楚与经验⋯⋯这是最初的黑夜,它升起时领我们进入全新的、一个有着特殊布局和角度的、只属于女性的世界。这不是拯救的过程,而是彻悟的过程。"③

整个组诗具有一种涵盖女性全部生存体验的宏大气魄,大量密集的抒情与描写,似乎是想要穷尽女性所有的情感、境遇、意识与诉说;但更为重要的是,诗中所写的完全是从诗人的个人视角去看的世界,翟永明以此揭开的是一个殊异于常态的隐秘空间,即个体性的女性自我世界。这也便是所谓"黑夜"的命名所指。组诗全部的二十首中几乎无一例外地都出现了黑夜的意象,比如《世界》:"我创造黑夜使人类幸免于难";比如《独白》:"渴望一个冬天,一个巨大的黑夜";比如《边缘》:"我想告诉你,没有人去阻拦黑夜/黑暗已进入这个边缘"；比如《沉默》："你的眼睛变成一个圈套，装满黑夜"；比如《结束》："一点灵犀使我倾心注视黑夜的方向"，而卷首的题词之一是杰佛斯的这样两句诗："至关重要／在我们身上必须有一个黑夜"。在这里黑夜的象喻其实不难理解，它指的是女性长期以来都处在被压抑遮蔽的境遇中，因而她们的自我正仿佛黑夜般的晦暗未明。

很显然，"创造一个黑夜"的意识，在翟永明的诗里意味着对于女性自我世界的发现及确立。但是由于两性关系的紧张和对立，在这个创造的过程中必然带有着巨大的对抗性与深深的痛苦。诗中的意象表达体现为抒情者把男性世界置于女性自我存在的对立面，二者之间的关联被体认为伤害与被伤害，侵犯与被侵犯，占有与惨败的对照。像《独白》这首诗通篇写的是女性与男性之间复杂而不平等的情感关系："以心为界，我想握住你的手／但在你的面前我的姿态就是一种惨败"；又如《七月》所描写的情境："你是侵犯我栖身之地的阴影／用人类的唯一手段你使我沉默不语"。这种对抗既是诗人的选择，但更被看作为一种命运的必然，正因为女性的自我确立无法在男性世界中实现，所以才会自觉地转向边缘化的存在，即女性是在别无选择的情形下退到一个疏离并对立于男性世界的私人化的生存及话语空间中，或说是"退缩到黑夜的梦幻之中去编织自己的内心生活"④。

值得注意的是，倾心于黑夜及在黑夜中的表达，在《女人组诗》中基本上是一种迷狂与非理性的方式。诗中的抒情者以第一人称进行自白，她在《独白》里这样形容自己："我，一个狂想，充满深渊的魅力"。黑夜正是这狂想与深渊魅力的根源，诗人由这个充满破坏性和灾难感的永恒意象中离析出女性独特的体验和意识，由黑夜所包容的种种特质均以象征的方式在诗中显现为女性的自我特

诗人翟永明

征,其中被反复强调的就是这种迷狂与非理性的倾向。这一方面显露出女性在自我体认过程中遭遇的巨大迷茫,但更为主要的,还是在于它指向一个极端个性化的审美空间。组诗中所抒写的心灵体验往往被表述为臆想、噩梦、紧张、癫狂、晕眩及痉挛之类,以此来构成了抒情者那与众不同的自我形象,那是一个放任内心激情与欲望、沉溺于对世界的自由幻想中的女子,她由自己最独异的生存体验来拒绝和摈弃了所谓"常态"的观念和情感,从而达到了凌驾于一切之上的仿若造物者般的自足而诗意的表达境界。尽管这种黑夜迷狂式的话语方式,在根本上还是生成于与男性世界的对立(既然男性世界被认为意味着通常意义上的正常和理性,甚至也代表了整个人类世界既有的文明形态,那么女性的自我确立不得不放弃这些,在痛苦中退向了反常和非理性的表达方式),但它却仍具有着巨大的创造性的意义,即迷狂式的话语不仅能全面地拆解掉意识形态中心话语的控制,像诗中以太阳和白昼作为男性世界的象征,而诸如"太阳,我在怀疑"(《臆想》)和"外表孱弱的女儿们／当白昼来临时,你们掉头而走"(《人生》)之类的诗句则明确表明了消解中心的意义指向,并且它更因为诗人无所拘束的激情叙说,从而彻底还原出个体经验层面上的女性自我世界,这也就意味着,黑夜对于女性而言,由被遮蔽的象喻生成了蕴含着无限丰富意义的自我创造的心灵居所。

除此之外,在很大的程度上《女人组诗》中的"创造一个黑夜"还意味着一种女性的自缚状态。例如《生命》这首诗中所表达的感受:"又害怕,又着迷,而房间正在变黑／白昼曾是我身上的一部分,现在被取走／橙红色在头顶向我凝视／它正在凝视这世上最恐怖的内容";又如《憧憬》中的疑问:"我在何处显现? 夕阳落下／敲打黑暗,我仍是痛苦的中心"。事实上,《女人》的深刻与优秀之处正是显现在类似的自我怀疑与审视中,即诗人既选择了个性化的自我确认,但同时也坦然表露出了女性自身的矛盾及居于隐秘世界中的自虐倾向。女性创造出了黑夜,却依旧无法消除焦虑,这焦虑还来自于最内在化的个体经验,即便放弃了所有对外在世界的依托与信任,女性的黑夜本身仍会成为巨大的困境,她将自己置于直面本己的境遇中,这时所不能避免的恰恰是来源于自我本身的捆绑。

由于受到美国自白派女诗人西尔维娅·普拉斯的影响,翟永明在《女人》组诗中采用了一种独白体的表达,其语气显出此前中国女性诗歌中少有的深沉与力度;并且她在遣词造句与修辞方式上也都刻意求新,尽管有时不免显得有些晦涩、硬气,但却形成了极具表现力的个人风格。翟永明在中国新诗史上有她独特的贡献,她既开拓了女性诗歌的新向度,同时也达到了一个诗艺上的高峰,无论是她所提出的"黑夜的意识",还是由她首次运用的独白体表达方式,后来都成为女性诗歌创作的主要特征。

第三节 中外文化撞击的空间:《少女小渔》

严歌苓在移居美国后的第三年即 1992 年,发表了引起广泛关注的反映海外新移民生活的短篇小说《少女小渔》⑤。这部作品笔墨集中地刻画出了中外文化撞击的特殊情境,它的故事情节紧紧围绕异域生活中最敏感、也是最具文化冲突尖锐性的身份及情感认同问题,揭示出处于弱势文化地位上的海外华人,在面对强大的西方文明时所感受到的错综复杂的情感,及在这种境遇中获得跨越文化障碍的内心沟通的艰难性与可能性。

小说最基本的事件是中国姑娘小渔在男友江伟的安排下,与一个贫穷的洋老头假结婚,以金钱作为代价来换取她的合法身份。这个行为本身无疑是非常龌龊的,而且带有极大的屈辱性,不仅小渔内心感到委屈,就是那洋老头也为她怜惜:"似乎看谁毁了小渔这么个清清洁洁的少女,他觉得罪过。"尽管作品在对江伟的性格塑造上始终着意强调了一种实利主义的倾向,但当小渔的婚礼确实举行过后,他的心理刻画中被特别突现出的仍是一种受到伤害的痛感。他是那样不快活,甚至小渔感到他整个人都变了,无论她怎样对他温存体贴,"江伟与她从此有了那么点生分;一点阴阳怪气的感伤"。所以会觉得龌龊和屈辱,当然还是因为这行为将海外中国人的弱势文化处境暴露无余,并且由于这情境内的要求,还不得不主动咽下这龌龊,压下心头的怨气而不能发泄。事实上,就小说中江伟的行为表现而言,弱势文化处境还更多地带来心理上的扭曲,他只能从所面对的强势文化中接受那些丑陋的影响,他愈加趋向于物质利益至上和自私专横的性格,只想着用更龌龊的行为来应付龌龊的处境,以至他一面忍受着屈辱,一面又不断地陷入到更大的屈辱中。

但是作为小说的中心人物，同样是处在弱势文化位置上的少女小渔，却明显趋向于另一种完全不同于江伟的对应方式。她显然是作家钟爱的人物，被塑造成那种非常善良、纯真的姑娘，她似乎总是考虑别人比自己多，她会因为同情一个快死的病人而把童贞给了他，当与洋老头举行婚礼后，她又因为江伟的冲天怨气而硬压下自己心里真正的委屈，她觉得"他伤痛得更狠更深，把哭的机会给他吧。不然两人都哭，谁来哄呢？"当被置于那种龌龊的假结婚的处境中时，本应是受伤害最多的小渔却最少体现出屈辱的感受，反

作家严歌苓

倒由对那洋老头善意的同情而展现出人性的美好光辉。她以真心向善的心情看待洋老头及其情妇瑞塔的生活，即便是他们那种"一塌糊涂的幸福"也能给予她很深的感动，她会毫不顾忌洋老头人格上的"堕落"，以"真实生命和青春"的面目来与他认真相处，或用瑞塔的话来说，小渔与洋老头过的是人与人的生活，是小渔那真诚的关心使老头由"畜生"变回了人。正是在小渔美好心灵的感染下，洋老头逐渐除去了气质里的龌龊邋遢，日益恢复了做人的尊严："他悄悄找回了遗失了更久的一部分他自己。那一部分的他是宁静、文雅的。"情节后来的发展是小渔在对待老头的态度上不肯顺从江伟，后者看重的只是

在金钱上斤斤计较，以及提防她对洋老头会有越出物质关系的情感流露，两人终于为此而争吵，小渔尽管还是要回到江伟身边，却仍然尽了最大努力来照顾被瑞塔抛弃、随后又中风的洋老头。小说结尾处写到小渔在离开时的心情："她开始清扫房子，想在她搬出去时留下个清爽些、人味些的居处给老头。她希望任何东西经过她手能变得好些；世上没有理应被糟蹋掉的东西，包括这个糟蹋了自

己大半生的老头。"最后小渔与洋老头告别的场面表明他们的内心达到了真正的沟通,两个人彼此间建立了极其自然而率真的美好情感。

可以说,正是小渔性格中那种善良纯真的品性涤净了弱势文化处境下的龌龊与屈辱,正因为她处处都顺应和保持着自己本心的做人尺度,并不特意向强势文化的压力轻易低头,反而能够非常容易地克服了强弱两种文化冲突给她带来的卑微感受,使她在这种畸形的境遇中得以做到不为所乱,并由她自己的行为选择展示出一种令人爱慕的人性之美。由此来总结《少女小渔》这部作品所要表达的伦理价值倾向,最感人的一点无疑还是那种超越于东西方文化及道德差异之上的、向善向美的朴素情感,作者渴望以此来表明的,大约也就是这种情感在中西文化撞击中的难得与可贵,只有出自于小渔那清洁明亮的心灵深处的真情(而不是江伟所不得不认同的那种实利主义的处世方式)才能确实地打破文化的隔阂,从而使不同境遇中的人心都能够得到相互间真正的沟通。

第四节 深层个性心理的空间:《绝望中诞生》

朱苏进与其他一些部队作家不同,他的创作中有着强烈的个人化倾向:自中篇小说《第三只眼》以来,他很少再写作那类正统的主旋律题材(即偏重于表现主流意识形态规定中的理想主义与英雄主义)的小说,而是努力在军事题材中投入个人独特的感受与情绪。概括地说,他开拓出了一种在意识形态性极强的军旅题材中深入探询个性心理空间的创作倾向。

发表于 1989 年的中篇小说《绝望中诞生》⑥最能体现上述这种创作倾向,它没有特别复杂的故事,基本的情节线索就是对一个军人的精神世界的探索,但其中蕴藏着震撼人心的力度,尤其是在对人物的个性刻画中呈现出神奇而迷人的色彩。主人公孟中天是一个怀有异秉的天才人物,正如作品里所描绘的:"他具有一般人罕见的狂热欲望和极其冷静的智慧。越是绝望的事,越使他兴奋不已。他会像求生者那样执着地酝酿狠狠一击,会像饿兽撕扯肉骨那样撕扯疑难。是的,他有双倍的野性和双倍的智慧。他绝不肯容忍失败……"他在专业领域内的才能令人瞠目,小说对此特别加以反复的强调，如他在接受军区司令员宋雨考验时表现出的堪称卓越的测地才能与军事素质；又如小说开头设置的那个谜样的悬念，他在几无任何工具的绝境中，完全凭借超常的思维与观察力测出他在地球上的立足点。这种才能与作为绝不会让人满足于一般功利性的目的，孟中天产生了超乎其上的、与他那超人般的天资心智性格相匹配的个人野心，因此他在地图上精确标出自己的立足点之后，继而写下这样一句话："一切发现与猜想均在此开始。"正是这种几乎凌驾于万物之上的自信，以及敢于向一切挑战的激情，使孟中天注定不能满足于只做个平庸的专业技术员，而是一俟有了机会即厕身于政治斗争的权力场中，以使他那满溢于生命中的才能获得更广大、也更具实际性的施展之地。他被不怀好意的宋雨看中，调往军区当机要秘书，随后他平步青云，将要成就一番叱咤风云的政治事业。只可惜他身在文革，尽管风光一时，但那些政治作为却很快就灰飞烟灭了，他沦为阶下囚，只能在绝境中期待着再一次的崛起。

　　作品正面描写的内容，即从这里开始：若干年后，叙述者偶然勘破了孟中天从前测量自己立足点的那种奇迹般的方法，其后他们两人得以相识，仍在监禁之中的孟中天遂向叙述者公开了他在这孤身独处的八年间的生活内容。原来他在对自身命运感到绝望之后，重又激发起了对地质学的研究热情，他以旷世稀有的灵感火花照亮了地球构造学中的许多千古之谜，以疯狂的想象和不可思议的假设提出了一种"完美"得无可挑剔的地球运动理论，理论的核心动力所在，恰恰就是孟中天人生遭遇中的绝望与向绝望挑战的强大意志。我们身处其间的地球，经过他的描述成了一个强大意志的生命体，它在远古浩渺无边的时间尽头，也历经了绝望中诞生的痛苦时刻，以巨大而神秘的奇迹力量逐渐形成了今日的地貌……对于这项科学理论的漫长陈述，在整个作品中占到了三分

作家朱苏进(徐福生摄)

之一的篇幅,但这种违背写作常规的做法并不让人觉得不适,反倒造就出了全篇中最激动人心的段落:面对地球表面谜样的形态,孟中天的理论像是撕开了它的全部帷幕,暴露出它那种种被长久禁锢的欲望,以及那令人感到恐怖的力度,由此展现出的,是中国当代文学中所少有的那种包容天地万物在内而又富有无穷神秘色彩的恢宏境界,仅此一点而言,《绝望中诞生》也可算是创造出了绝无仅有的独特意境。但在作品中,这段理论陈述主要还是作为情节构造因素出现的,孟中天的个人欲望在地学研究中得以满足,他虽然被剥夺了行动的自由,但却在方寸之间获得穷尽宇宙的目力,他是以他的思想征服了他所身处其中的整个世界。这一方面更加深了对孟中天精神世界的描绘,同时也由此而明确提出了“绝望中诞生”这个精神性的价值理念。毫无疑问,后者是朱苏进探询孟中天深层个性心理最动人心魄的收获:像孟中天这样的人,其欲望与才华都是超群的,以至于他们往往不能容身于平庸的现实环境,那将导致他们与现实发生毁灭性的冲突,终于落入绝境,但这种看似穷途末路的极地却又不会使他们走向精神幻灭,反倒愈加能够使他们的生命力与创造性得到惊人的迸发(虽然可能多半是在别一方面),因而他们在这种非常状态下更能产生出平常所不能见的作为。

　　这种个性化的价值理念一方面展现出了作者那殊异于常人的精神向度,他显然不能信任日常生存状态下的,或说是公共生活空间的人性质量,而是必须向个体生存最尖锐的所在去寻觅生命的伟力;另外也必须看到,所谓“绝望中诞生”的境遇在某种程度上与军事文学固有的精神光彩仍有沟通。军事文学的主要魅力之源就在于其中必不可少的那种两极对立状态,人物无论处身任何一方,都必得遭遇生死胜败的残酷选择,这也正是那种难以以个人力量去战胜的、由政治制约形成的绝境,人的精神性的力度唯有在与这必然的境遇相冲突中才能够真正穿透闪现出来。然而和平时期的军事文学中逐渐缺少了这种悲剧的必然因素,在向日常性平淡叙事的转化中明显丧失了原有的精神光彩,而《绝望中诞生》则非常精彩地把那种意识形态性的两极对立状态转变成为个体生命层次上欲望与目的的对立,把硝烟弥漫的战场转换成人内心深处的痛苦挣扎,这就使得作品既释放出了军事文学长久以来固有的那种强大生命能量，同时也使对这种内心状况的叙写超越了纯粹政治性的层面，它饱含着对人性及人的处境的深切关怀，所提供的是植根于个人精神世界但却又具有普遍意义的生命感悟。

《绝望中诞生》的结尾是官复原职的宋雨再次征调孟中天去他身边工作，孟中天便立即放弃了地学研究，而以巨大的热情准备再次投入权力场中，他那种疯狂而又冷酷的政治野心令叙述者感到了无以言说的惊愕与惋惜……事实上，这部小说以此来收束，并不足以为奇，因为孟中天的那种壮丽迷人的精神力度始终是与个人欲望紧紧缠锁在一起的，而且在这位天才身上还被刻画出了魔鬼般丑陋的另一面，他有着种种恶劣的事迹与残忍的本性，这又无一不与他在尘世中的欲望方式密切相关。很显然，这些内容是与前面所述及的孟中天那种超越凡俗的创造力相违逆的，可能也会是小说中最令读者感到困惑的部分，但这正是作品中现实投影最深重的地方，朱苏进写出一个如此复杂矛盾的人物，其实这也应该是他本人对现实的迷惘感受在作品里的投射⑦。

注释:

① 引自戴锦华《奇遇与突围——90 年代女性写作》，《文学评论》1996 年第 5 期。

②《女人组诗》收入翟永明诗集《女人》，漓江出版社 1988 年版。

③《黑夜的意识》，初刊于 1986 年 11 月 15 日安徽《诗歌报》。

④ 李振声《季节轮换》，学林出版社 1996 年版，第 219 页。

⑤《少女小渔》，在大陆初刊于《台港文学选刊》1995 年第 9 期。

⑥《绝望中诞生》，初刊于《钟山》1989 年第 3 期。

⑦ 本节论述内容可参阅陈思和等对话《朱苏进：欲望的升华与世俗的羁绊之间能否超越?》，收入《理解九十年代》，人民文学出版社 1996 年版，第 219 页。

第二十二章　理想主义与民间立场

第一节　坚持民间理想的文学创作

民间理想主义反映了一种新的叙事立场,指 90 年代出现的一批歌颂民间理想的作家的创作现象。"民间"一词在不同的历史条件下有不同的解释。本文所用的"民间",是指中国文学创作中的一种文化形态和价值取向。在实际的文学创作中,"民间"不是专指传统农村自然经济为基础的宗法社会, 其意义也不在具体的创作题材和创作方法,"民间"所涵盖的意义要广泛得多,它是指一种非权力形态也非知识分子的精英文化形态的文化视界和空间, 渗透在作家的写作立场、价值取向、审美风格等方面。知识分子把自己隐藏在民间,用"讲述老百姓的故事"作为认知世界的出发点,来表达原先难以表述的对时代的认识。本教材在分析各个文学史阶段的创作时,曾多次涉及到对"民间"一词的使用,但在不同的时间范畴中"民间"的文学功能也不相同。五六十年代的"民间",主要表现为某种艺术因素渗透在创作中, 稀释了当时对创作干预过多的国家意志和政治宣传功能; 文革后的 80 年代的创作中, "民间"常常作为新的审美空间,并以"文化"为特征来取代文学创作中过于强大的政治意识; 而 90 年代以来,作家们从"共名"的宏大叙事模式中游离出来以后,一部分在 80 年代就有相当成就的作家都纷纷转向民间的叙事立场,他们深深地立足于民间社会生活,并从中确认理想的存在方式和价值取向。

当代中国并不缺乏对理想主义的阐释和宣传, 但是在五六十年代,所谓的理想主义都是国家意志的派生物,尤其在"文化大革

诗人海子

命"时期,理想主义被"四人帮"统治集团强调到压制人性摧残人性的地步,所以,随着"文革"结束后市场经济的兴起,人们普遍地对虚伪的理想主义感到厌倦,同时也滋长了放弃人类向上追求、放逐理想和信仰的庸俗唯物主义。这种倾向到了90年代风气尤盛。有些知识分子看到了市场经济兴起后,经济利益刺激了一般社会情绪,追逐经济利益的社会潮流似乎淹没了过去处处制约社会的强大政治意识形态,所以就不加分析地盲目歌颂市场经济,却回避了在整个社会朝市场经济转型过程中存在的诸种不容回避的问题:如国家所有的财产再分配时哪些阶层获得了最大利益,而真正受到损害的又是哪些阶层?在追逐物质财富的过程中如何看待脑力劳动者的知识财富? 知识分子原来都是国家体制下的"干部"身份,如今他们向市场滑行的过程中是否需要重新确认自己的社会地位和劳动价值? 知识分子能不能放弃理想随波逐流去追逐经济利益?如果他们还需要理想人格来制约自身,那么他们的理想又从何而来? 等等。据此,90年代有一部分知识分子自动发起"人文精神寻思"的讨论,重新呼唤人的精神理想,也有不少作家也在创作中歌颂人的理想性,但他们都在历史的经验教训面前改变了五六十年代寻求理想的方式,其中不少作家与学者都转向民间立场,在民间大地上寻找和确立人生理想,表现出丰富的多元性。从民间树立生活的理想价值,以新的健康的审美意象来表达知识分子的理想追求,这其实在80年代的诗歌和小说创作中已经出现,只是没有引起广泛的关注。莫言的《红高粱》已经表现出浓厚的民间理想。80年代末卧轨自杀的诗人海子,早在他的短暂的诗歌生涯中响亮地喊出了民间的理想主义。在他的关于麦子的诗歌创作里,麦地成了诗人的"乌托邦":

　　　全世界的兄弟们
　　　要在麦地里拥抱

东方,南方,北方和西方,
麦地里的四兄弟,好兄弟
回顾往昔
背诵各自的诗歌
要在麦地里拥抱
　　　——《五月的麦地》①

当我痛苦地站在你的面前
你不能说我一无所有
你不能说我两手空空

麦地啊,人类的痛苦
是他放射的诗歌和光芒!
　　　——《麦地与诗人》②

在诗人的笔底下麦地并不是完美的理想天堂,而是一个痛苦的圣地,但全世界的"众兄弟"相拥抱之地,就是这个放射人类痛苦的圣地。海子,还有他的朋友、年轻的短命诗人骆一禾,当他们出现在诗坛上的时候,诗歌领域正是充满喧嚣与骚动的时刻,反叛的旗帜林立,反叛崇高人格、反叛英雄神话、反叛一切与传统有关的文化遗产……,急功近利的创新和狭隘琐碎的题材使诗歌创作进入一种无序状态,深刻地反映出理想失落后的个人性的脆弱。然而海子、骆一禾等诗人则在反叛声中捍卫了自己的"精神家园"。他们在诗歌里唱出了来自民间的麦地、草原、太阳、天堂、少女、月光、向日葵、杨树、鹰、马……渗透在他们作品里的生命意识,超越了以个体为特征的生命存在,成为囊括宇宙万象,是大地、天空、诗人共同创造和拥有的,并用心灵去感知和倾听的一种神启。海子身后留下以太阳为总题的长篇诗剧残稿,陶醉在神话与传说的浪漫辉煌里面,但从艺术的实践来看,他早期的抒情短诗更加体现出对民间理想的追求。

从民间吸取生活理想与国家意志所提倡的理想不一样,首先民间的理想不是外在于现实生活的理想,它是同老百姓在日常生活中所表现出来的乐观主义和对苦难的深刻理解联系在一起。如果说,这种理想也具有某种道德的成分,那既不应该是过去虚伪的理想主义(如五六十年代的所谓"革命浪漫主义与革命现实主义两结合"的理想主义),更不应该是封建时代遗留下来的道德观念(包括对女性的蔑视和对两性生活的禁忌),真正的民间道德是穷人在承受和抵抗苦难命运时所表现的正义、勇敢、乐观和富有仁爱的同情心,是普通人在寻求自由、争取自由过程中所表现出的开朗、健康、热烈,并富有强烈的生命力冲动,这样的道德在现实生活中往往不见容于社会的规范与正统的道德意识,但从艺术上则提供了新的审美空间和理想坐标。作家余华在 90 年代连续发表长篇小说《活着》和《许三观卖血记》,完全改变了他在 80 年代的创作风格。这两部作品深刻描写了近半个世纪来中国城镇社会中下层人民所遭遇的日常性的苦难,如果从传统知识分子精英立场来表现这个题材,也许会成为具有某种政治寓意的社会批判性作品,但余华改变了这一叙事方法,他利用这个题材探讨中国民间对苦难的承受力和承受态度,尤其是许三观的故事,写出了苦难重压下民间赖以生存的幽默与乐观主义。如果孤立地看,这些幽默和乐观很可能会被知识分子批判为阿 Q 式的可笑方式,但余华把这些因素置于源远流长的民间文化背景下给以表现,其效果显然不一样,成功地挖掘出长期被主流文化遮蔽的中国民间抗衡苦难的精神来源。这些作品在揭露现实生活存在的严峻性时一点也不比传统的现实主义的作品差,但它驱除了意识形态化的廉价的天堂预言,也不像某些知识分子所表达的孤愤绝望的现代战斗立场,小说与现实生活的距离被拉到最为接近的方位,挣扎在生活底层的人民表现出独立(而不是借助知识分子的话语)的面对苦难的本色。

其次,民间的理想还表现在历史整合过程中民间生活的自身逻辑性。与国家意志对历史的渗透与改造相反,民间有其自身的历史形态与生活逻辑。王安忆在 90 年代发表长篇小说《长恨歌》,在表现上海这座城市从 40 年代到 80 年代的历史过程时,有意淡化了政治性的历史事件,突出民间生活的自然状态,她通过上海市民王琦瑶一生的悲喜剧,展示出丰富的都市民间的历史场景和文化记忆。通常,民间世界是与大地、农村、民风民俗紧密联系在一起的,与现代都市没有直接的关连。但是在现代都市的形成过程中,来自各地的城市移民都不自觉地带来了各自的文化背景,虽然这些文化背景在都市现代化过程中日趋消亡，但其虚拟的价值仍然存在，并对城市文化的建设带来深刻的影响。《长恨歌》写小市民王琦瑶的人生三部曲：年轻时代参加上海的选美活动，一举成名，随即又成了国民党某要员的外室，辉煌与腐烂共生；中年时代蛰居上海弄堂，与一群游离于体制外的市民整日沉浸在怀旧中，并演出了一场多余人的爱情悲喜剧；老年时代适逢改革开放，旧上海的繁华梦又重新发出迷醉的诱惑力，结果吸引了一批粗鄙腐烂的寄生者，作为旧梦象征的王琦瑶被谋杀。小说通过一个人的命运写了上海近四十年的命运，意蕴丰富地象征了上海的市民文化本身的生命力与魅力，显然与以前通过一个艺术典型来图解意识形态化的历史是不一样的。

作家李锐

　　其三，民间文化形态本身的丰富性决定了理想的多元性，每个作家根据不同的民间生活场景对理想也有完全不同的理解。如张承志从 80 年代中期起就深深地扎根于伊斯兰民间宗教文化中，他的《心灵史》宣扬了哲合忍耶教派的历史和教义，但广大读者却在他对形而上界的颂扬中读出了他对追求肉欲的现世社会的强烈批判，因此而受到震撼；而张炜的长篇小说《九月寓言》则通过对大地之母的衷心赞美和徜徉在民间生活之流的纯美态度，表达出一种与生活大地血脉相通的、因而是元气充沛的文化精神。其他如莫言、王安忆、李锐、韩少功、陈忠实等作家虽然表达的民间理想均不相同，但由于他们自觉地把个人立场与民间立场很好地结合起来，所以能在个人视角下展示出多元的社会场景和价值体系。他们的创作达到了 90 年代文学的最高成就。

　　在讨论民间理想时需要指出的是，民间并不是一个纯粹的理想世界，民间理想是以历史与现实发展过程中的某种现实世界为基础的，所以，在强调民间世界的理想性时，不能不意识到它的藏污纳垢性。在以往的历史中，民间社会一向是以弱势者的形态存在的，它以含垢忍辱的方式来延续和发展自身历史，统治者的强势不仅在权力(包括政权、族权等)上控制了民间,还在文化上控制了民间,真正的民间是处于长期的遮蔽之中的。所以在发掘民间的理想价值的同时作家不能不意识到它本身还掺杂了污垢的因素。但复杂的情况是,民间的生命力已经与它的藏污纳垢性与生俱在,昏昏默默,无法截然分开。许多作家在表现民间的理想的同时,也注意到了这一特点。较为典型的是李锐的小说。李锐作为一个知青作家,他在小说世界里始终贯穿了知识分子面对民间的复杂心态,他的尖锐的解剖刀双刃出击:一面揭示出知识分子自身的文化局限,一面也揭示了民间近乎宿命的愚昧状态。系列小说《黑白》、《北京有个金太阳》和《行走的群山》完整地写出了知识分子幼稚的理想与农村民间文化之间的复杂的较量,以及知识分子最后不得不失败的过程;长篇小说《无风之树》则尖锐地写出了"矮人坪"的民间世界与代表着官方意志的权力之间的对立。矮人坪是一个残废的世界,那里贫穷落后的男人们共同供养了一个女人暖玉,并使这种本来很丑陋的"公妻"制度变成了矮人坪民间世界的一个精神凝聚点,一个乌托邦。当权力者为了争权夺利想通过暖玉来整人的时候,矮人坪的拐叔为了维护这个乌托邦而自杀。小说非常生动地写出了民间藏污纳垢的特点:本来从矮人坪的民间社会关系来看暖玉的处境,它构成了对人性的严重伤害,但矮人坪的男人在守护这种耻辱的秘密时恰恰又体现出对人性的爱护,因为与权力者出于卑鄙政治目的的"理想主义"相比,矮人坪的民间道德还是体现出一定的人性力量。矮人坪的民间社会处于极端软弱和愚昧的境地,几乎没有任何能力抗拒来自外部世界的天灾人祸,但他们在认命的前提下,维护着自己特殊的文化形态和原始正义。尤其当富农拐叔自杀后,矮人坪的农民在葬礼中显示了民间自在的道德力量和文化魅力。基于民间立场的理想主义创作中,陈忠实的长篇小说《白鹿原》和韩少功的长篇小说《马桥词典》在展示民间文化形态时,也相当生动地描绘了这种文化的复杂性。

第二节　民间宗教与理想的确立:《残月》

张承志与海子都是在 80 年代中期开始意识到民间世界的存在,所不同的是,海子的诗里渗透着乌托邦的理想,而张承志则很快将民间理想价值确立于伊斯兰宗教中的哲合忍耶。

　　他真诚地相信，世界上最美好的东西存在于生活的底层，而哲合忍耶首先是一种穷人所信奉的宗教。1984年以后，张承志作为一个知青作家和人文学者，他把热情与理想投诸草原牧民和北方大自然，寻求与现代化的都市文明趋向相异的价值坐标。那一年冬天他走进茫茫大西北，声称他远远地离开了"中国文人的团伙"，"他们在跳舞，我们在上坟"③，张承志用这样的语言断绝了他与文坛的关系，成为一名边缘性的民间知识分子。这以后他的创作风格骤变，《九座宫殿》、《残月》、《黄泥小屋》……直至《心灵史》的出现，无论从题材内容、语言形式还是写作观念，都与以前迥然不同，它以一种特殊的语言形式来展示一个特殊地域、特殊的民间社会以及生活在其中的特殊的民族的精神文化。

　　张承志的这一民间精神的追求，随着90年代初的长篇历史叙事《心灵史》的发表而引起广泛的关注与争论，但在早些时候发表的短篇小说《残月》④已经包含了其基本的精神特征和审美追求。"残月"的意象是指小说中那弯在三间土坯屋顶上的残缺的月亮，它象征着信仰，也象征着信仰的不易，由此折射出不同于一般世俗

知青时代的张承志

的美学观念。"残月"的残缺,昭示了回民的心灵上曾留下过的伤害,"人活得不像人样,日子是亡人舍下的一半,心是碎了一半的心。连寺上的弯月也缺着一块"。这样的字里行间所蕴涵的是一种悲壮,回民的生存艰难也指陈着信仰的不易,他们在恶劣的自然环境与血腥的政治环境下顽强生存着,惟有信仰给以他们抗衡环境的力量。所以,"残月"是沉重而神圣的,构成了作品悲怆而崇高的美学风格。

作品的主人公杨三老汉是一个普普通通的回民,生活在黄土高原的西海固,到处是荒山秃岭干沟裸石,"整个西海固,半个陇东,……都是这种粗碴碴的穷山恶水",这就是杨三老汉必须面对的生存环境。个人如何在这种无奈的荒芜中求得生存就显得尤为重要,于是,"念想"就成了杨三老汉支撑生命的基石。"念想"就是信仰,就是生命中的一份坚定的执着,也就是回民对真主的不舍的追随和忠诚。杨三老汉反复强调"念想"之于人生的重要,他在极端艰苦的生存环境里,只靠心里念唤"真主"来打发那一个个漫漫长夜。他还想把"念想"介绍给从外国来考察的洋女子:"丫头,慢慢地你就明白啦,人得有个念想。"当外国人不解地问他:"念想,就是希望吗?"他又觉得不对,便回答她:"说不清,这个念想,人可是能为了它舍命呐。"这样的沟通也许是困难的,那位外国人不一定能理解回民的精神世界,但杨三老汉却准确无误地向外界表达了信仰对于人生的重要性,他的一生经历就是明证:牧羊、造反、逃难、举家过日子……无论动荡日子还是安定日子,无不与他的"念想"交关。

小说所展示的现实世界是远离现代文明与汉文化中心的边缘民间,这里没有世俗的滋扰,平静的荒凉中生长着穷人的宗教信仰,黄土的沟壑涌动着生生不息的精神源流。杨三老汉只是那个民间群体中的普通一员,他却让人们看到了信仰的力量。他的内心世界与外部世界之间的巨大反差,正显示了人在精神上对客观生存环境的超越,物质的贫乏并不能妨碍精神上的追求,而这与汉文化传统中的所谓"仓廪实而知礼节"的观念,是两种完全不一样的价值取向与价值标准。杨三老汉在苍茫夜色中拖着病体过沟爬坎,他是赶去清真寺做晚祷,当他意识到已经迟到或有可能错过时间时,他作出了不近正常人情的严厉自责:"晚上不该贪吃那碗酸汤面……"晚祷是回民必修的宗教功课,是回民精神信仰的外在表现形式之一,伊斯兰教信仰强调教民不仅要口舌承认,还要内心诚信和身体力行,所以每一种规定的仪式都是严肃而神圣的,都是向真主表露心迹的机会。它是说,也是做,因此杨三老汉所表现出来的那份虔诚与执着也就在情理之中了。

张承志在小说里还有意突出人物对宗教的沉入和体验,描写了这个民族独特的心理特征。特殊的地理环境与民族的边缘位置,使人物变得封闭内向,痛苦与欢乐都会在无言中独自体验。杨三老汉的晚祷之途也是他的心路历程,尽管夜色弥漫,但心中的路却清晰可见,一生的大小事件都在黑夜里出来自我告白。他沉浸在内心世界中,时时能听到冥冥之中有"主啊"的声音,那不是幻听,而是特殊的空间回响着他心底的呼唤。但他把一切告诉人们时得到的却是嘲笑与误解,因为那种个人所拥有的宗教体验只取决于诚信的程度和沉入的深度,而张承志从杨三老汉这样的普通回民身上挖掘出人的潜在的精神能量,写出了信仰对于人的重要。他将精神因素提到了价值本位,使其产生了终极的意义,理想也将以此为最终的寄寓地。

《残月》与张承志在 1985 年以后的创作风格相一致,由粗砺、硬健、并不流畅的语体构成了特殊的叙事文风,作家故意放弃其早期小说里浪漫又诗意的表达方式,在粗砺、质朴、强悍的话语背后站立的是同样质朴、强悍的民间群体。但这种质朴和强悍的语体所营造的精神世界却是极为丰富而细腻的,作家就这样以民间的话语成功表达出了人类高贵的精神图像。

第三节 语言覆盖下的民间世界:《马桥词典》

韩少功在 80 年代的文化寻根小说创作中,已经比较自觉地确定了民间的表达立场,但从《爸爸爸》等作品来看,他仍然是用启蒙的态度来批判民间的藏污纳垢性。1996 年初,他沉寂多年后发表的长篇小说《马桥词典》[⑤], 在对民间世界的创造性的营造和对小说形式的实验性开拓两方面都具有鲜明的个人特色。

经历了 80—90 年代从共名状态向无名状态的转化, 90 年代中期文学创作出现了一种众声喧哗的多元格局, 虽然总体上的创作成就还不能说很高，但对一些出色的作家来说个人性的风格已有可能在意识形态的缝隙下得以曲折生长。这当然是一种妥协的结果。作家们转向边缘性的民间世界，以民间文化形态作掩护，开拓出另外一个话语空间来寄存知识分子的理想和良知。他们从宏大历史的叙事传统中游离开去，在民间世界中寻找个人本色的叙事风格，不同程度地尝试着对原有的叙事立场和文体传统的突破。叙事立场的转移和作品文体的探索，本来是不可分割的两个侧面，既然突破和游离主流话语本身就是充满意识形态情结的文体改革，那末所谓现代汉语写作也就不会单单属于语言学的范畴。像《马桥词典》这样一部尝试用词典形式来改变小说文体的作品，看似作家把创新的兴趣集中在文体革命与语言实验上面，但其背景仍然是对人文传统的寄存和保留。韩少功是具有强烈知识分子使命感和人文理想的作家，他为探索小说文体和语言的突破，主动改变了80年代知识分子启蒙的立场，在无限广阔的民间世界里学习语言，学习语言所表达的生活，开拓了当代小说的新的境界。这似乎可以视为90年代现代汉语写作的一个标志性事件，知识分子从民间立场上建构起自己的理想主义，不但没有放弃批判的使命，反而获得了更大的人文空间。

《马桥词典》在许多方面都延续了韩少功以往的创作风格，但在小说的叙事文体上却开创了一种新的小说叙事文体——用词典的语言来写小说。"马桥"是个地理上的名词，据小说的叙事者介绍，"马桥"是古代罗国所在地，就在楚国大夫屈原流放和投河的汨罗江旁。故事以叙事者下乡当知青的年代为主体，向上追溯到各个历史时期的生活片段，向下也延伸到改革开放以后，着重讲的是70年代马桥乡的各色人物与风俗情景。但这些故事的文学性被包容在词典的叙事形式里面，作家首先以完整的艺术构思提供了一个"马桥"王国，将其历史、地理、风俗、物产、传说、人物等等，以马桥土语为符号，汇编成一部名副其实的乡土词典；然后叙事者才以词典编撰者与当年插队知青的身份，对这些词条作诠释，引申出一个个文学性的故事。韩少功把作为词条展开形态的叙事方式推向极致，并且用小说形式固定下来，从而丰富了小说的形态品种，即在通常意义上的"日记体小说"、"书信体小说"之外又多了"词典体小说"⑥。

　　这部小说在语言上的探索更加成功些。在以往小说家那里，语言作为一种工具被用来表达小说的世界，而在《马桥词典》里，语言成了小说展示的对象，小说世界被包含在语言的展示中，也就是说，马桥活在马桥话里。韩少功把描述语言和描述对象统一起来，通过开掘长期被公众语言所遮蔽的民间词语，来展示同样被遮蔽的民间生活。尽管他在讲解这些词语时仍不得不借助某些公众话语，但小说突出的是马桥的民间语言，文本里的语词解释部分构成了小说最有趣的叙事。如对"醒"的解释，在马桥人看来，醒即糊涂，他们从屈原的悲惨遭遇中看到了"众人皆醉，唯我独醒"的格言背后所包含的残酷现实，这与鲁迅笔下的"狂人"意象一样，既是对先驱者的祭奠，又是对国民性的嘲讽，也包含了民间以自己的方式对三闾大夫的同情……所有这些，不是通过人物形象，不是通过抒发感情，甚至也不是通过语言的修辞，它是通过对某个词所作的历史的、民俗的、文化的以及文学性的解释而得到的。即使在一些故事性较强的词条里，它主要的魅力仍然来自构成故事的关键词。像"贵生"一词的解释里叙述了"雄狮之死"，雄狮本是个极有个性的农民孩子，他误遭炸弹惨死后，小说重点阐释了民间词"贵生"的含义，即指男子 18 岁、女子 16 岁以前的生活。在农民看来，人在 18 岁以前的生活是珍贵而幸福的，再往上就要成家立业，越来越苦恼，到了男子 36 岁女子 32 岁，就称"满生"，意思是活满、活够了，再往上就被称作"贱生"了。所以，乡亲们对雄狮的误死并不烦恼，他们用"贵生"的相关语言来安慰死者父母，数说了人一旦成年后就如何如何的痛苦，让人读之动容的正是这些语词里透露出来的农民对贫困无望生活的极度厌倦，雄狮之死仅仅成了民间语言的一个注脚。

　　《马桥词典》是对传统小说文体的一次成功颠覆，而它真正的独创性，是运用民间方言颠覆了人们的日常语言，从而揭示出一个在日常生活中不被人们意识到的民间世界。马桥的人物故事大致分作三类：一类是政治故事，如马疤子、盐早的故事；一类是民间风俗故事，讲的是乡间日常生活，如志煌的故事；还有一类是即使在乡间世界也找不到正常话语来解释和讲述的，如铁香、万玉、方鸣等人的故事。第一类故事是政治性的，含有历史的惨痛教训。如对随马疤子起义的土匪的镇压、地主的儿子盐早所过的悲惨生活，都是让人欲哭无泪的动人篇章,闪烁着作家正义的良知之光。比较有意思的是第二、三类,马桥本身是国家权力意识和民间文化形态混合的现实社会缩影,各种意识形态在这里构成了一个藏污纳垢的世界,权力通过话语及对话语的解释,压抑了民间世界的生命力,第二类民间风俗故事正反映出被压抑的民间如何以自己的方式拒绝来自社会规范和伦理形态的权力,如志煌的故事,是通过对"宝气"这一民间词的解释来展开的,在其前面有"豺猛子"的词条,介绍了民间有一种平时蛰伏不动、一旦发作起来却十分凶猛的鱼,暗示了志煌的性格,而"宝气"作傻子解,这个词语背后隐藏了民间正道和对权力的不屈反抗,最后又设"三毛"词条,解释一头牛与志煌的情感。通过这一组词条的诠释,把极度压抑下的中国农民的所恨所爱淋漓尽致地表现出来。第三类被遮蔽的民间故事更加有意思,像万玉、铁香、马鸣等人,他们的欲望、悲怆、甚至生活方式,就连乡间村里的人们也无法理解,也就是说,在权力制度与民间同构的正常社会秩序里,无法容忍民间世界的真正生命力的自由生长,这些人只能在黑暗的空间表达和生长自己,在正常世界的眼光里他们乖戾无度不可理解,但在属于他们自己的空间里,他们同样活得元气充沛可歌可泣。这种含义复杂的民间悲剧也许光靠几个语焉不详的词条和不完整的诠释是无法说清楚的,但这些语词背后的黑暗空间却给人提供了深邃的想象力。

第四节　在民间大地上寻求理想:《九月寓言》

张炜的长篇小说《九月寓言》[①]可以说是 20 世纪中国文学的殿军之作,它所描写的是一组发生在田野里的故事,具有极其浓厚的民间色彩。小说写了一个"小村"从 50 年代到 70 年代的历史,它由三类故事所组成:一类是传说中的小村故事,一类是民间口头创作的故事,还有一类是现实中的小村故事。第一类故事带有传奇性,如流浪汉露筋与瞎眼女闪婆浪漫野合的故事,如农民金祥千里买鏊子改变了小村的食物方式的故事,等等;第二类故事主要是通过人物之口转述出来的历史故事,明显经过了叙述者主观的夸张与变形,成为口头创作文本,如金祥忆苦,独眼义士三十年寻妻的传奇,等等;这两类故事的民间色彩极强,似与具体时代的意识形态无关，即使有个别的故事脱胎于时代烙印，如忆苦大会，但经过了叙述者的艺术加工，也使之充分民间化了。只有第三类故事即描写现实中的小村，才隐隐约约地透露出 70 年代中国农村的信息。但由于小村历史是以寓言化的形态出现，所以，小村其实是一个基本处于自在状态下的民间社会。

作家张炜

　　小村历史本身就是一则寓言。作家将叙述时间的起点置于十几年后的某一天，村姑肥和丈夫重返小村遗址，面对着一片燃烧的荒草和游荡的鼹鼠，面对着小村遗留下的废弃碾盘，肥成了小村故事的唯一见证人，其他一切都消逝殆尽。全书共七章，第一章采用了肥夫妇俩的视角来回忆往事，但自第二章始，作家作为一个独立的叙事者，正式插入故事场景，由回忆带来的真实感逐渐为寓言的虚拟性所取代。小说的结尾处，作家不再回复到叙述的起点，而是结束于小村历史的终点：在一场地下煤矿的塌方中，也就是村姑肥背叛小村祖训、与矿上青年私奔的时刻，一个神话般的奇迹突然出现：

　　　　无边的绿蔓呼呼燃烧起来，大地成了一片火海，一匹健壮的宝驹甩动鬃毛，声声嘶鸣，刨起长腿在火海里奔驰。它的毛色与大火的颜色一样，与早晨的太阳也一样。"天哩，一个……精灵！"

这个结尾使小村的历史完全被寓言化了，由回忆始，由寓言终，当事人的回忆在缠绵语句中变得又细腻又动听，仿佛是老年人讲古，往昔今日未来都成混沌一片，时间在其中失去了作用。

　　小说的无时间性不仅仅指那些独立的传奇故事，它还包括一些故意摆脱了历史参照系的现实性事件，就好像一般寓言作品中经常使用的"很久以前"、"古时候"、"从前……"等等不确定的时间概念，使故事本身与时代背景相分离一样。这一特点在《九月寓言》里表现得相当突出。如第六章"首领之家"，集中写村长赖牙一家的故事，暗示了乡村权力者的淫威与丑陋，若把它放在70年代初的政治背景下去理解，可以找出许多时代的蛛丝马迹，但作家显然有意回避了这类表面的影射，而在赖牙和大脚肥肩夫妇的家庭生活里插入了两个故事，一个是大脚肥肩虐待儿媳妇的惨剧，另一个是大脚肥肩三十年前的情人独眼义士寻妻的佳话，这两个故事都描写了大脚肥肩的狠毒、刁辣、薄情和心理变态，但更主要的作用是把一个本来含有现实政治内涵的家庭故事消融于民间传奇之中。同样，第二章写疯女庆余逃荒到小村，暗示了60年代初"自然灾害"在农村的可怕后果，但这个故事的现实悲剧很快又被农民金祥千里买鏊子的传奇所冲淡。从中可以体会到小说的叙事特色：作家采取了"寓言"的笔法，一次又一次地在现实故事中插入无特指时间性的叙事，把故事从具体历史背景下扯拉开去，扯拉得远远的，小村的历史游离开人们通常所认识的历史轨迹，便展示出无拘无束的自身的魅力。

于是，正如有的评论家诗意地指出的："《九月寓言》造天地境界，它写的是一个与外界隔绝的小村，小村人的苦难像日子一样久远绵长，而且也不乏残暴与血腥，然而所有这一切因在天地境界之中而显现出更高层次的存在形态，人间的浊气被天地吸纳、消融，人不再局促于人间而存活于天地之间，得天地之精气与自然之清明，时空顿然开阔无边，万物生生不息，活力长存。在这个世界里，露筋与闪婆浪漫传奇、引人入胜的爱情与流浪，金祥历尽千难万险寻找烙煎饼的鏊子和被全村人当成宝贝的忆苦，乃至能够集体推动碾盘飞快旋转的鼹鼠，田野里火红的地瓜，几乎所有的一切都因为融入了造化而获得源头活水并散发出弥漫天地、又如精灵一般的魅力。"⑧

这种天地境界的造化并不回避小村人物质财富的极度贫乏，但作家更强调的是他们的近乎可怜的精神需要。相传小村人的祖先是一种叫"艇鲅"的鱼，有剧毒，谁也不敢碰。其实这不过是反映了正常社会对小村的拒绝心理，"艇鲅"不过是"停吧"之误传，小村的历史起源于流浪人,他们从四面八方逃难到平原上,感到疲惫不堪,于是一迭声地喊:停吧,停吧,就这么安下小村来。所以,小村社会形成某种无政府状态,小村人的心理依然向往着无拘无束的田野流浪生活。小说里的民间传奇故事都与流浪有关,而且当描写到小村青年男女在夜色苍茫中无目的奔跑的意象时,总是洋溢着青春蓬勃的生命力,也可以说,这样的田野聚会与奔跑对小村人来说就类似于民间的狂欢节,是他们所确认的精神需要。"忆苦"也是一种类似民间聚会的集体活动,它本是"文革"时期统治集团的一种统治术,具有鲜明的政治目的,然而这个严肃的政治活动在社会底层的民间却产生另外一种含义,金祥与闪婆这两个传奇人物都是"忆苦"的好手,尤其是金祥忆苦,成了幸福的提醒者:"在寒冷的冬夜里,给了村里人那么多希望,差不多等于是一个最好的歌者。"实际上忆苦的政治目的在民间已经很不明确,人们从金祥那种充满神奇、惊险、刺激、怪诞的民间故事里获得精神上的满足就仿佛今天青年人期待听一场流行歌曲。金祥是一个出色的民间歌手,他把"忆苦"这个沉重的话题转化成充满趣味与魅力的精神食粮,填补了小村人在漫长冬夜中百无聊赖的心理空间。

张炜笔下的小村历史可以用"奔跑"和"停吧"的意象来涵盖。一旦由"奔跑"转换为"停吧",便是善良渐退,邪恶滋生,兽欲开始取代人性力量,于是有了男人摧残婆娘,恶婆虐杀媳妇,也有了男人间的自相残害。小村的历史就是一个寓言,有人性与兽性的搏斗,有善良与邪恶的冲突,也有保守与愚昧对社会进程的阻碍,一切冲突都可归结为"奔跑"与"停吧"的转换。小村最终在工业开发的炮声中崩溃、瓦解、消失,正如小说中一个人物所叹息:世事变了,小村又一次面临绝境,又该像老一辈人那样开始一场迁徙了。"停吧"时代行将结束,小村人将在灾难中重归大地母亲,将在流浪中重新激发起蓬勃的生命力。结尾时的宝驹腾飞,或可以说是小村寓言的最高意象。

注释:

① 《五月的麦地》收入《海子诗全编》,上海三联书店 1997 年出版,第 353 页。

② 《麦地与诗人》收入《海子诗全编》,上海三联书店 1997 年出版,第 356页。

③ 引自张承志《离别西海固》,收《荒芜英雄路》,知识出版社 1994 年。

④《残月》，初刊于《中国作家》1985 年第 2 期。

⑤《马桥词典》，初刊于《小说界》1996 年第 2 期。

⑥ 关于"词典小说"的形式，国外也有作家尝试过，但表现形式不同。捷克流亡作家米兰·昆德拉和塞尔维亚作家帕维奇的作品里都使用过"词条展开的叙事形式"，其基本艺术特征是通过对某些名词的重新解释和引申出生动的故事为例证，来更好地表达作家倾注在小说里的整体构思。他们虽也自称是"误解小辞书"或者"辞典小说"的写作，其实只是用词条形式来展开故事情节，并没有当真地将小说写成词典；而韩少功则在这一基础上举一反三，着着实实地写出了一本词典形态的小说。

⑦《九月寓言》初刊于《收获》杂志，1992 年第 3 期。

⑧ 参阅张新颖《大地守夜人——张炜论》，收入其评论集《栖居与游牧之地》，"火凤凰新批评文库"本，学林出版社 1994 年版，引文见该书第 102 页。

附录一

本教材参考的主要书籍

作品类：

《20世纪中国文学精品·当代文学100篇》，陈思和、李平主编，学林出版社1999年版。

理论类：

《20世纪中国文学史论》（三卷），王晓明主编，东方出版中心1997年版。

《批评空间的开创——20世纪中国文学研究》，王晓明主编，东方出版中心1997年版。

《陈思和自选集》，陈思和著，广西师范大学出版社1997年版。

《风雨中的雕像》，李辉著，山东画报出版社1997年版。

《1948：天地玄黄》（《百年中国文学总系》之一），钱理群著，山东教育出版社1998年版。

《1956：百花时代》（《百年中国文学总系》之一），洪子诚著，山东教育出版社1998年版。

《1967：狂乱的文学年代》（《百年中国文学总系》之一），杨鼎川著，山东教育出版社1998年版。

《文化大革命时期的地下文学》，杨健著，朝华出版社1993年版。

《季节轮换》（"火凤凰新批评文丛"之一），李振声著，学林出版社 1996 年版。

《拯救大地》("火凤凰新批评文丛"之一),郜元宝著,学林出版社 1994 年版。

《栖居与游牧之地》("火凤凰新批评文丛"之一),张新颖著,学林出版社 1994 年版。

资料类:

《新中国文学词典》,潘旭澜主编,江苏文艺出版社 1993 年版。

附录二

当代作家小资料

本资料是为阅读本教材的读者设计的一份作家简介,所列入下列简介的作家,仅限于本教材每章第二、三、四节专门分析其作品的作家,但整理民歌、改编戏曲和电影的作者和编导不列入;本教材每章第一节总论中介绍的作家,除个别特殊情况外,一般不作简介。特此说明。

阿城(男)(1949—)

原名钟阿城。原籍四川江津,生于北京。高中一年级逢"文革"中断学业,1968 年下放山西、内蒙插队,后又去云南农场。1979 年回北京,在中国图书进出口公司工作,曾任《世界图书》编辑。1984 年发表处女作《棋王》,引起广泛关注,获 1983—1984 年全国优秀中篇小说奖。此后又有中篇小说《树王》、《孩子王》及系列短篇《遍地风流》问世,也引起评论界的广泛关注。他的作品以白描淡彩的手法渲染民俗文化的氛围,透露出隽永的人生逸趣,寄寓了对人类生存方式的关心,表现出传统文化的现时积淀。这些作品以及他在 1985 年发表的关于"寻根"的理论文章《文化制约着人类》使他成为当时揭示民族文化心理的文化寻根派的代表人物,在海外也产生了一定的影响。90 年代后定居美国,仍有不少随笔和散文作品发表,出版有《常识与通识》、《闲话闲说——中国世俗与中国小说》等随笔集。

艾青（男）（1910—1996）

原名蒋海澄，笔名还有莪伽、克阿、纳雍、林壁等。浙江金华人。出生在一个地主家庭，但自五岁起被寄养在一位贫苦农民"大堰河"家里，这段经历成为他日后诗歌创作的重要思想源泉。1928 年考入杭州国立西湖艺术学院绘画系。次年赴法留学，学习绘画，深受欧洲现代主义艺术影响。1932 年回国，在上海加入中国左翼美术家联盟，同年 7 月被捕入狱。以在狱中写成的《大堰河——我的保姆》一诗成名。1935 年出狱。抗日战争爆发后，加入中华全国文艺界抗敌协会。1941 年 3 月赴延安，任教于鲁艺文学系，主编《诗刊》（延安版）。1945 年 10 月任华北联大文学院副院长、华北大学第三部副主任等职。1949 年随军进京，曾任中央美术学院军代表、中国文联筹备委员会常委、中国作协副主席、中国美协理事、《人民文学》副主编等职。1957 年被划为右派，到北大荒劳动。1959 年调往新疆生产建设兵团。1975 年回京治眼疾。1978 年重新发表诗作。1979 年平反。后任中国作协副主席、中国笔会中心理事等职。他的早期创作《大堰河》、《北方》、《黎明的通知》、《向太阳》、《火把》等诗集，多写劳苦大众的生活、民族命运和社会黑暗，呈现悲怆、高昂、亢奋的重彩格调，他在诗歌创作中强烈表达对光明的向往和汹涌澎湃的革命激情，在青年中产生极大的号召力。50 年代发表了一些图解政策和歌功颂德的作品，因概念化和平面化而显平庸，缺乏生命力，但有些描写域外题材的作品则得到评论界的肯定。70 年代末复出后，发表了大量诗作，包括《光的赞歌》、《古罗马的大斗技场》和许多短小篇什，延续了三四十年代的创作风格，思想艺术更为凝练、深沉。其中《归来的歌》和《雪莲》分获全国第一、第二届优秀新诗诗集奖。另外著有理论集《诗论》、《艾青谈诗》、《艾青论创作》等。作品被译成多国文字，享有广泛声誉。1985 年，获法国艺术最高勋章。

巴金（男）（1904—　　）

原名李尧棠，字芾甘。笔名还有黑浪、王文慧、欧阳镜蓉、余一、黄树辉等。祖籍浙江嘉兴，出生于四川成都的一个官宦家庭。1918 年入成都青年会的英文补习学校，1920 年考入成都外国语专业学校。在学期间接受"五四"新文化洗礼,并深受无政府主义思想的影响,这构成了他前期创作的底色。1923 年离开四川老家,奔波于南京、上海等地,从事无政府主义运动。1927 年至 1928 年在法国留学,开始文学创作,1929 年长篇小说《灭亡》的发表使他正式走上文学创作道路。此后 20 年,他创作、翻译了大量深受青年喜爱的作品。1949 年以后,历任中国文联常务委员、副主席,中国作协副主席,上海市文联和作协上海分会主席。"文革"中受到迫害,开始反思自己的思想写作历程。"文革"后任中国作协主席、全国政协副主席等职。他的作品经历了几个阶段的变化,30 年代发表的长篇小说"爱情的三部曲"《雾》、《雨》、《电》,"激流三部曲"《家》、《春》、《秋》,以激越的情感喷发来倾吐对不合理社会的痛恨和对理想社会的追求。40 年代始对现实有了更深层的认识,开始关注小人物的生存悲剧,发表了《憩园》、《寒夜》等感情更蕴藉、思想更深刻的作品,为后来的研究界更为推崇。50 年代从小说创作逐渐转向散文创作,跟随政府号召写新题材、新主题,写出了不少遵命文学,丧失本来的艺术个性,但也有像《纳粹杀人工厂——奥斯威辛》这样在当时独具一格的报告文学集。经历"文革"后,思想又有了新的认识,感情更内敛,一部拷问现代中国知识分子灵魂的《随想录》闪烁着一个历经苦难的世纪老人的政治智慧和人格光芒,该作 1989 年获全国优秀散文(集)、杂文(集)荣誉奖。一生坚持人道主义的追求,晚年卧病在床却笔耕不辍,近年有《再思录》出版,并编辑出版《巴金全集》(26 卷)和《巴金译文全集》(10 卷)。他在国内外享有崇高的声誉,1982 年获意大利"但丁国际奖",1983 年获法国"荣誉军团勋章",1990 年获苏联"人民友谊勋章"、日本"福冈亚洲文化奖特别奖"等多项国际荣誉、奖项。2003 年被国务院授予"人民作家"称号。

巴人(男)(1901—1972)

原名王任叔。笔名屈轶、行者、八戒、赵冷等。浙江奉化人。1920 年毕业于浙江省立宁波第四师范学校后,曾担任过小学、中学教员和编辑工作。1923 年开始文学创作,参加文学研究会。1925 年加入中国共产党。1926 年参加北伐,任北伐军总司令部秘书。1929 年赴日,次年回国,参加左联。1933—1935 年在南京交通部任职。抗战爆发后,在"孤岛"上海从事抗日救亡工作,曾主编《申报·自由谈》、《译报》、《译报周刊》等刊物。1941年去南洋从事华侨的统战工作。1947年回香港。1948年进入华北解放区,任中共中央统战部第二处副处长。1949年后历任中国驻印度尼西亚大使、人民文学出版社副社长、社长兼总编辑。1954年修订出版文艺论著《文学论稿》。50年代中期发表许多杂文,具有人道主义思想倾向。其中《况钟的笔》、《论人情》等都传诵一时,部分作品编辑出版为《遵命集》。另外还创作了长篇小说《莽秀才造反记》等。在50年代反右倾运动中,因提倡"人性论"遭批判和撤职处分。1960年又被指为修正主义再受全面批判。晚年从事东南亚历史研究工作,编成《印尼史稿》。"文革"中被遣送原籍,迫害至疯而死。

白桦(男)(1930—　　)

原名陈佑华。河南信阳人。1942年入河南潢川初中,1945年入信阳师范艺术科,1946年夏入潢川高中,开始文学创作。诗歌处女作发表在信阳的《中州日报》。1947年参加中国人民解放军,任中原野战军宣传员。1952年调任昆明军区创作组长。1955年调总政创作室。1958年因《森林里的故事》被划为右派,开除军籍、党籍。后在上海当钳工3年。1961年调上海电影制片厂。1964年重返军队,任武汉军区创作员。"文革"期间曾在新疆度过数年。1979年恢复名誉。1985年转业,调中国作协上海分会。历任中国作协理事、作协湖北分会副主席、作协上海分会副主席、中国电影家协会理事等。50年代在西南边疆时期出版诗集《金沙江的怀念》、《热芭人之歌》,长诗《鹰群》、《孔雀》,小说集《边疆的声色》、《猎人的姑娘》等,以单纯、明净的热情将斗争生活与边疆风物融汇一体。"文革"后的创作活动有诗集《情思》、《我在爱和被爱时的歌》等,小说《远方有个女儿国》等,电影剧本《苦恋》(与彭宁合作)、《今夜星光灿烂》、话剧《吴王金戈越王剑》等。其中诗歌《春潮在望》获1979—1980年全国中青年诗人优秀诗歌奖。1979年10月他在第四次文代会上发言《没有突破就没有文学》,引起许多文艺工作者的共鸣。他的后期作品尖锐地对社会现实、历史文化进行批判,引起较大争议。1981年,电影《苦恋》受到批判,但仍坚持创作不止。他是中国当代作家中为数不多的能进行多种文学体裁创作的作家。

残雪（女）（1953— ）

原名邓小华。原籍湖南耒阳，出生于长沙市。1966 年小学毕业。四年后，进长沙一街道小厂当铣工十年。后为服装缝纫个体营业者。1985 年开始发表作品。1988 年参加中国作协。出版有小说集《天堂里的对话》、《黄泥街》，长篇小说《突围表演》、《五香街》等。她的具有"先锋"色彩的小说《山上的小屋》、《天窗》、《阿梅在一个太阳天里的愁思》等在读者和批评界中强烈反响。她的创作具有鲜明的个性，形式上受到西方现代派作品的影响，但内容却表达了强烈的中国特色的现实感受，以臆想、梦呓的手法组织神秘荒诞的叙述氛围，造成朦胧晦涩、离奇可怖的审美意象。她的作品有一种对人性丑恶的近乎残酷的透视力，对人类生存的悲剧本质进行无可保留的暴露，表现其独特的生命体验。近年在小说创作的同时，还写下多篇解读卡夫卡、博尔赫斯等外国著名作家作品的随笔，结集为《灵魂的城堡》、《解读博尔赫斯》等出版。

曹禺（男）（1910—1996）

原名万家宝，字小石。原籍湖北潜江，生于天津。1923 年入南开中学，是南开新剧团的活跃分子。1926 年发表没有引起注意的处女作《今宵酒醒何处》（中篇小说）。1929 年升入南开大学，次年转入清华大学西洋文学系。在此期间，完成了他第一部多幕话剧剧本《雷雨》，复杂的戏剧冲突和卓越的艺术魅力立刻引起轰动。大学毕业后入清华研究院深造，后因故辍学，开始教育活动，先后在保定中学、天津河北女子师范、南京国立戏剧专科学校等处任教。在《雷雨》之后，他又创作了《日出》、《原野》等多部影响巨大的话剧剧本，确立了其中国现代话剧大师的地位。抗战期间，在重庆参加文化界抗敌活动，创作了《蜕变》、《北京人》等作品，并改编巴金的《家》，都获得了广泛好评。1946 年应邀赴美国讲学，同年底回国。1947 年在上海市立实验戏剧学校任教，并在上海文华影业公司工作，发表电影剧本《艳阳天》。1949 年参加全国第一次文代会，当选为第一届中国文联常委，后任中央戏剧学院副院长。

1950 年任北京人民艺术剧院院长。50 年代起积极参与各项文艺运动,写过一些迎合政策的散文,收入《迎春集》。1954 年创作反映知识分子改造的多幕话剧《明朗的天》,在全国第一届话剧观摩演出中获剧本一等奖。1960 年完成歌颂自力更生、艰苦奋斗的历史剧《胆剑篇》(与梅阡、于是之合作)。1978 年完成受周恩来委托的描写民族团结的历史剧《王昭君》,在庆祝建国三十周年献礼演出中获戏剧创作一等奖,但"古为今用"的痕迹太重。他的早期戏剧创作成就突出,是中国现代话剧成熟的标志。但 50 年代以后的创作因多为应时与宣传政策而作,受各种限制,没有取得前期作品所达到的成就。他吸收了传统戏剧和西洋戏剧的双重营养,善于应用各种创作技法,擅长对戏剧冲突的把握和人物心理的刻画,个性化的人物语言以及戏剧氛围的诗化处理更是其剧作独具一格的要素。对于人性和命运的探索是其剧作的重要主题,也使得他的剧作的艺术生命长久不衰。《雷雨》等剧作至今还在世界各地上演,以此为底本的电视、电影作品也不断出现。历任中国文联委员、全国人大常委、中国剧协主席、中国作协理事、北京市文联主席、中国文联执行主席等。

昌耀(男)(1936—2000)

原名王昌耀。湖南桃源人。1950 年参加中国人民解放军,入师文工团。1953 年,在朝鲜战场上负伤后转入河北省荣军学校读书。1954 年开始发表诗作。1955 年调青海省文联。1958 年被划成右派。后颠沛流离于青海垦区。1979 年平反。后调任中国作协青海分会专业作家。1982 年后参与"新边塞诗"运动,是新边塞诗派主要代表之一。2000 年 3 月,不堪疾病折磨,坠楼身亡。著有《昌耀抒情诗集》、《命运之书》、《昌耀诗文总集》等,代表作有《划呀,划呀,父亲们!》、《慈航》、《意绪》等。他的诗以张扬生命在深重困境中的亢奋见长,感悟和激情融于凝重、壮美的意象之中。其新边塞诗将饱经沧桑的情怀、古老开阔的西部人文背景、博大的生命意识,构成协调的整体。晚年的诗作趋向反思静悟,语言略趋平和,有很强的知性张力。

陈村（男）（1954—　）

原名杨遗华。上海人。回族。1971 年底到安徽农村插队。1975 年病退回沪,进街道里弄生产组做工。1978 年初入上海师范大学政教系专科学习,毕业后到上海市政二公司工作。1979 年发表处女作小说《两代人》,步入文坛。1985 年加入中国作协,同年调作协上海分会从事专业创作至今。作品有中、短篇小说集《走通大渡河》、《少男少女,一共七个》、《蓝旗》等,长篇小说《住读生》、《从前》、《鲜花和》等。他的小说一类主要是对亲历的知青生活的描写,采用“我”作为叙述者,表达对农村和农民的复杂情感。另一类是对普通人生世事的描摹,在凡人对外物的无助的情境下展现人的自尊与自卑的交织心理,显露他对人生的忧思。后期的小说有较强的实验意识,但仍保持着对现实生存状况的关怀。近年以随笔写作为主,并对新兴的网络文学保持极大的兴趣和关注。

陈染（女）（1962—　）

1962 年 4 月出生于北京。1986 年毕业于北京师范大学。曾任作家出版社编辑。后出国漂流多年,又回中国定居。主要作品有中短篇小说集《纸片儿》、《嘴唇里的阳光》、《无处告别》、《与往事干杯》、《在禁中守望》、《潜性逸事》等,长篇小说《私人生活》。此外著有随笔《声声断断》和谈话录《不可言说》等。作品关注女性的内心成长过程,表达女性复杂或变异的心理状态,直面人性,直面自我,文笔凌厉又纤细可感。

陈翔鹤（男）（1901—1969）

四川重庆人。1920 年入上海复旦大学,同年底转入北京大学。1922—1925 年间参与发起组织浅草社和沉钟社,开始发表作品。1927 年起任教于山东、吉林、河北等地,抗战爆发后到成都,曾参与中华全国文艺界抗敌协会成都分会领导工作多年。出版短篇小说集《不安定的灵魂》、《在阪道上》、《独身者》、《鹰爪李三及其他》等。1949 年后,历任川西文化厅副厅长、川西文联副主席、四川省文联副主席。1954 年到北京,任中国科学院文学研究所研究员、中国作家协会理事、古典文学部副部长兼《光明日报》专刊《文学遗产》主编。后期致力研究,创作较少。曾拟将庄子、屈原等十二位文化名人的故事写成短篇小说,但仅完成《陶渊明写〈挽歌〉》和《广陵散》两种,发表后影响广泛。两篇作品都有借古喻今的意思,影射了当时知识分子艰难的生存环境,借高风亮节、正直狂傲的古人来映照现时的知识分子,寄托了他对现实的批判,同时也是他在时代感伤中对于知识分子如何安身立命的一种关照。作品自 1964 年起受到批判,作家在"文革"中遭受迫害,于 1969 年去世。

池莉(女)(1957—   )

湖北沔阳人。高中毕业后下乡插队,在农村当过小学教师。曾读过三年医专,毕业后在武汉钢铁公司当过五年医生。后就读武汉大学中文系,毕业后任《芳草》杂志社编辑,后在武汉市文联从事专业创作,任武汉市文联主席。1978 年开始创作诗歌、散文。1981 年开始发表小说。主要作品有《烦恼人生》、《不谈爱情》、《太阳出世》、《冷也好热也好活着就好》、《来来往往》、《小姐你早》等。其中《烦恼人生》获 1987—1988 年全国优秀中篇小说奖。她的小说大多取材于寻常百姓的凡俗生活,呈现本真的原生状态。朴实流畅的语言风格,冷静客观的叙述态度,使她成为 80 年代末新写实小说的代表作家。她的小说放弃终极理想,面对琐屑的现实,揭示平凡生活的生命现象。90 年代后期,其作品多被改编成电视剧,在公众和读者中产生较大影响,与此同时,其创作的世俗化倾向也日益严重。

戴厚英(女)(1938—1996)

安徽颍上人。1956 年考入上海华东师范大学。1960 年毕业,到上海作家协会文学研究所从事文学理论研究。"文革"初期是当时大批判的活跃分子。1968 年因"右倾"遭批判。"文革"后期思想发生大转变。1979 年到复旦大学中文系任教,1980 年调复旦大学分校(现为上海大学文学院)。处女作长篇小说《诗人之死》因有争议而延迟出版,第二部小说《人啊,人!》反而先期于 1980 年出版。作品表现知识分子的反思历程,以蓬勃的激情和理性的笔调对人性进行大胆的探讨,引发了关于人道主义的争论,《人啊,人!》受到政治性的批判,但产生了很大的社会影响。其他作品还有短篇小说集《项链,是柔软的》,长篇小说《空中的足音》、《流泪的淮河》、《悬空的十字架》、《脑裂》等,散文集《戴厚英随笔》等,晚年信佛教,1996 年被歹徒杀害,遗作有《心中的坟》。

邓拓(男)(1912—1966)

原名邓子建、邓云特。笔名马南邨、于遂安、卜无忌等。福建闽侯人。1929 年高中毕业,考入上海光华大学政法系。1930 年参加左翼社会科学家联盟,同年加入中国共产党。1931 年转入上海法政学院经济系,从事中共地下活动。1934 年插班到河南大学历史系,开始研究中国经济史。1937 年出版《中国救荒史》,引起史学界注意。同年被分配到中共晋察冀边区党校任教,先后任《晋察冀日报》社长兼总编辑、新华社晋察冀总分社社长等职。1947 年任中共华北局政治研究室主任、中共中央政策研究室经济组长。1949 年后,历任中共北京市委宣传部长、《人民日报》社总编辑、中华全国新闻工作者联合会主席、《人民日报》社社长、中共北京市委文教书记等职。1961 年在《北京晚报》副刊上以马南邨笔名开辟"燕山夜话"杂文专栏。又与吴晗、廖沫沙以"吴南星"笔名在《前线》杂志上开设"三家村札记"杂文专栏,因面对现实有感而发,文笔浅通,知识丰富,产生很大的社会影响。"文革"初期"三家村"受到残酷迫害,邓拓以死抗争。1979 年得到平反。他的作品涉猎很广,杂文独树一帜,有针砭时弊的批判性,并且把知识、趣味融于一炉,具有学者杂文的独特魅力。

邓友梅(男)(1931—　)

曾用笔名方文、右枚、于冬等。原籍山东平原,生于天津。1942 年加入八路军,任通信员。1943 年为躲避日寇汉奸的追捕,曾在天津街头流浪,被一家工厂招工后,强行押送到日本做苦工。1944 年回国,重新参加八路军,1948 年开始创作。1949 年任新华社军队分社的记者。1951 年发表小说处女作《成长》。1953 年入北京中央文学讲习所学习。1956 年发表作品《在悬崖上》,1957 年发表《沂州道上》,引起读者注意。不久即遭批判,被划为右派,在社会基层劳动。1962 年在鞍山文联下属从事专业创作,发表的《草鞋坪》又受批判。1976 年回北京,1978 年重新发表作品。1980 年任作协北京分会的专业作家。历任中国作协理事、书记处书记等职。出版小说集《京城内外》、《烟壶》等。《我们的军长》、《话说陶然亭》分获 1978、1979 年全国优秀短篇小说奖。《追赶队伍的女兵们》、《那五》、《烟壶》,分别获 1977—1980、1981—1982、1983—1984 年全国优秀中篇小说奖。其他的优秀作品还有《寻访"画儿韩"》、《双猫图》等。他以描写市井生活和市民文化见长,对文物书画又非常熟悉,以生动简练的笔锋刻画民俗风情,赋予历史的感悟,透露出浓浓的"京味"。

杜鹏程(男)(1921—1991)

原名杜红喜。笔名司马君、宏溪、朴诚等。童年困苦,入孤儿院。1938 年到延安,先后在抗大、鲁迅师范学校学习,毕业后在延川农村工作。1941 年底调延安大学学习。1944 年到工厂做基层干部,开始文学创作。1947 年调《边区群众报》社,任随军记者,先后任新华社记者、新华社新疆分社社长。在此期间,完成长篇小说《保卫延安》(人民文学出版社 1954 初版)。在当时时代话语的需求下,用歌颂革命战争的宏大叙述手法塑造英雄形象和战争的史诗画面,气势磅礴,是描写大规模战争的第一部代表作品。但因小说里描绘了彭德怀形象,1959 年后被查禁销毁。另有短篇小说集《光辉的里程》、中篇小说《在和平的日子里》等,都受到好评。"文革"初作者被强加"利用小说反党"的罪名遭迫害。1977 年重新发表作品。后历任全国文联委员、中国作协理事、中国作协陕西分会副主席、陕西省文联副主席等职。

方方(女)(1955—　　)

原名汪芳。原籍江西彭泽县,生于南京。1957 年随父母迁至武汉。1974 年高中毕业,做了四年装卸工。1978 年考入武汉大学中文系。毕业后到湖北电视台任编辑,1989 年调作协湖北分会从事专业创作。曾任湖北省作协副主席、《今日名流》杂志社社长兼总编。1975 年开始写诗。1982 年发表小说处女作《大篷车上》。出版作品集有《大篷车上》、《十八岁进行曲》、《江那一岸》、《一唱三叹》、《行云流水》等。早先的作品以反映青年人的生活和心理为主。1987 年发表《风景》(《当代作家》1987 年 5 期),获 1987—1988 年全国优秀中篇小说奖,被批评界认为"拉开'新写实主义'序幕"。自此发表的《祖父在父亲心中》、《行云流水》、《桃花灿烂》、《奔跑的火光》等一系列作品,均受好评。她着重描写底层人物的生存景状,善于刻画卑琐丑陋的病态人生,以冷峻的眼光剖析人性的弱点,探索生命的本真意义。语气中常透露着一种冷嘲和尖刻,在简洁明快、舒畅淋漓的叙述中蕴含着敏锐的洞察力和深邃的人生思考。晚近有长篇小说《乌泥湖年谱》出版,反映知识分子在反右前后的生存状态,反思一段不正常的历史,引起强烈反响。

方之(男)(1930—1979)

原名韩建国。原籍湖南省湘潭,生于南京。抗战期间,在湖南农村避难。抗战结束后,入南京市第一中学学习,参加共产党地下组织,在此期间开始文学创作。50 年代从事共青团的工作。发表短篇小说《章老师》、《兄弟团圆》、《在泉边》、《曹松山》,中篇小说《浪头与石头》等。1957 年后曾在南京市文联从事专业创作。1957 年与高晓声、陆文夫、叶至诚等准备组织"探求者"文学社,提出"干预生活"的主张,受批判并下放农村劳动,但中断创作时间较短,1958 年至 1959 年与叶至诚合作电影剧本《绿洲》。1962—1965 年间又发表短篇小说《岁交春》、《看瓜人》、《出山》等,都是立足于当时实际的颇具深度的现实主义作品,另有一些作品未及发表,在"文革"中佚失。"文革"期间,被下放江苏洪泽县劳动,健康受损。1978 年调回南京市文联,重新开始创作,1979 年恢复名誉,发表《内奸》(《北京文学》1979 年 3 期),引起广泛重视,获该年度全国优秀短篇小说奖,并被译成多国文字。这是一篇通过描写一个小人物的生命历程来对时代悲剧进行反思的作品,小说纵横捭阖,极尽辛辣讽刺。

丰子恺(男)(1898—1975)

原名丰慈玉、丰润、丰仁。浙江崇德人。出生于书香门第,1914 年考入浙江省第一师范学校,遇到了影响一生的老师李叔同。毕业后,担任一年半的美术教员。后自费赴日本留学,研习绘画与音乐。由于经济拮据,1921 年底提前回国。回国后先后在上海专科师范学校、吴淞中国公学中学部、浙江上虞春晖中学任教。1924 年,参与友人在上海创办的"立达学园"工作。1925 年开始散文创作。1926 年,曾一度担任开明书店编辑,成为《中学生》杂志的特约撰稿人。1927 年出版画集《子恺漫画》,形成了充满人情味的独特漫画风格。1931 年他的第一本随笔集《缘缘堂随笔》(开明书店 1931 年初版)出版。1933 年,回家乡石门镇缘缘堂定居。抗战期间,先后在桂林师院、浙江大学和国立艺术专科学校任教,抗战结束后重回故乡。陆续出版了《随笔二十篇》、《车厢社会》、《缘缘堂再笔》、《率真集》等。50 年代以后担任上海市美术家协会主席、上海国画院院长等,仍坚持风格独特的漫画和随笔创作。"文革"中受到残酷迫害,以致去世,但在身处逆境中仍秘密写作,即 1971—1973 年写成的《缘缘堂续笔》。他具有独特的艺术气质,作品崇尚自然、温和含蓄、暗藏机锋。描绘儿童的世界,表现真情真性;执着于宗教关怀,流露超脱淡泊的情怀。不求功利、讲究人生平淡趣味,使他在那个疯狂喧嚣的时代仍能坚持自己的人生追求,记录下内心真实的声音。

冯骥才(男)(1942—　)

原籍浙江慈溪,生于天津。1961 年天津塘沽第一中学毕业后,入选天津市篮球队。同年因伤转入天津书画社从事美术工作。1974 年调天津工艺美术工人大学任国画教师。期间创作长篇历史小说《义和拳》(与李定兴合作)。1978 年调天津作协从事专业创作。现任天津市文联主席、中国文联副主席、中国民间文艺家协会主席、民进中央副主席等职。出版的作品有小说集《铺花的歧路》、《啊!》、《雕花烟斗》、《爱之上》、《雾中人》、《高女人和她的矮丈夫》等。其中《雕花烟斗》获 1979 年全国优秀短篇小说奖。《啊!》、《神鞭》分获第一、第三届全国优秀中篇小说奖。散文集《珍珠鸟》获新时期全国优秀散文(集)奖。早期写作感应时代伤痕、反思的潮流,以人性的变异来揭示历史、社会问题,带有批判性的政治色彩。80 年代中期后,他更关注于民风民俗,《神鞭》、《三寸金莲》、《阴阳八卦》等"怪世奇谈"系列小说描写天津市民的众生相,体现出浓厚的"津味儿",以严肃的思考和荒诞的形式揭示隐藏在普通人事背后的民族文化传统。近年积极倡导和组织中国民间文化抢救工程,并有多部文化随笔出版。

高晓声(男)(1928—1999)

出生在江苏省武进农民家庭。从小酷爱文学,受古典名著熏陶。中学时代因经济原因曾三次中断学业。1947 年高中毕业,1948 年考入上海法学院经济系。1949 年入苏南新闻专科学校,次年毕业。先后在苏南文联、江苏省文化局从事群众文化工作,在《新华日报》文艺副刊任编辑。1951 年发表小说《收田财》,接受文学家直接指导的创作训练。1953 年参加农村合作化运动,撰写锡剧剧本《走上新路》(与叶至诚合作)并获奖。1954 年,以新的婚姻法为背景的小说《解约》引起文坛注意。1957 年与方之、陆文夫、叶至诚等江苏青年文艺工作者发起"探索者"文学社团,起草《"探索者"文学月刊启事》。同年 6 月发表了小说《不幸》,受到批判,被划成右派,遭送武进农村"劳动改造"。1962 年又重新创作,"文革"期间在农村劳动。1979 年平反,重归文坛。任中国作协理事、江苏作协分会副主席。1980 年发表的小说《陈奂生上城》,因塑造了陈奂生这一继阿 Q 之后的典型农民形象而获得高度评价。他的主要作品有小说集《79 小说集》、《高晓声1980 年短篇小说集》、《高晓声1981 年短篇小说集》、《高晓声1982 年短篇小说集》、《高晓声1983 年小说集》、《高晓声1984 年小说集》等,长篇小说《青天在上》、《陈奂生上城出国记》等,散文集《生活的交流》等,文艺论集《创作谈》、《生活、思考、创作》等。其中《李顺大造屋》、《陈奂生上城》分获 1979、1980 年全国优秀短篇小说奖。多篇作品被翻译成外语。其创作多取材于苏南农村生活,"陈奂生系列"小说以严峻的现实主义笔触,揭示风云变幻的政治、经济变革对普通农民命运的深刻影响,剖析了农民身上的劣根性,但仍有政策主导情节的倾向。另一类小说《鱼钓》、《钱包》等则以讽喻、象征的手法体味深刻的人生哲理。晚近以散文创作为主。

高行健(男)(1940—)

原籍江苏泰州,出生于江西赣州。1962 年从北京外国语大学毕业,任中国国际书店翻译。1971—1974 年到干校劳动,后在皖南山区农村中学任教。1975年回北京,任《中国建设》杂志社法文组组长。1977年调中国作协对外联络委员会工作。1978年开始文学创作。1979年发表散文《巴金在巴黎》,中篇小说《寒夜的星辰》。1981年调北京人民艺术剧院任编剧。创作《绝对信号》(与刘会远合作)、《车站》、《野人》等剧作,引起很大反响,并因其新的演出形式和思想内涵而发生争议。他大量吸收了西方现代派的思想观念和戏剧手法,突破了话剧传统的时间结构,拓宽了戏剧表现空间,探索新的戏剧观念包括舞台观念。论著《现代小说技巧初探》提出新的文学观,强调小说要揭示现代社会矛盾,探索人物的内心世界,表现复杂的人性,尝试新的表现手法等,引起广泛注意和争论。论文《谈小说观与小说技巧》也在1983年遭到批判。另外还出版过小说集《有只鸽子叫红唇儿》,理论著作《现代戏剧手段初探》、《对一种现代戏剧的追求》和戏剧作品集《高行健戏剧集》等,90年代定居法国,继续从事创作和绘画,出版长篇小说《灵山》、《一个人的圣经》等。

公刘(男)(1927—2003)

原名刘仁勇、刘耿直。江西南昌人。1939年开始写诗。1946年半工半读于中正大学法学院。1948年赴香港参加革命工作。1949年参加中国人民解放军,随军赴大西南,当过见习编辑和文艺助理员。发表反映西南边疆的诗歌《西盟的早晨》等。1955年调北京中央军委总政治部创作室任创作员。此时代表诗作有《五月一日的夜晚》、《运杨柳的骆驼》、《上海夜歌(一)》等。出版了与人共同整理的民间长诗《阿诗玛》,影响较大。其他诗集有《神圣的岗位》、《黎明的城》、《在北方》等,短篇小说集《国境一条街》。1958年被划为右派,遣送山西工地服劳役。60年代初曾发表过一些诗作。"文革"中再次遭受磨难。1979年平反后,又发表有《沉思》、《星》、《十二月二十六日》、《读罗中立的油画〈父亲〉》等反思作品。出版长诗《尹灵芝》,诗集《白花·红花》、《离离原上草》、《仙人掌》、《母亲——长江》、《骆驼》、《大上海》、《夜梦钞》、《刻骨铭心》等,散文集《酒的怀念》等。其中诗集《仙人掌》获全国第一届新诗诗集一等奖。他的早期作品表现革命乐观主义的精神,热烈直白。"文革"后的作品风格沉郁,对历史和现实的感悟富有哲理,对发生在中华大地上的悲欢沉浮进行严峻的反思,感觉敏锐,意象深邃。

顾城(男)(1956—1993)

原籍上海,出生于北京。1969 年随其父下放到山东一个农场。1974 年回北京后,当过木工、搬运工、借调编辑等。1980 年待业。"文革"时期开始创作,是"朦胧诗"的主要作家之一,在青年中影响很大,许多诗句被反复咏唱。1980 年《小诗六首》参加青春诗会,因不同于以往的现实主义的审美追求而引起争论,从而引发了关于"朦胧诗"的论争。1981 年因《抒情诗十首》获"星星诗歌奖"。著有《黑眼睛》、《雷米》、《城》、《水银》等诗集。1987 年应邀出访欧美国家。1988 年赴新西兰教授中国古典文学,被聘为奥克兰大学亚语系研究员。后辞职隐居新西兰激流岛。1992 年获德国学术交流中心 DAAD 创作年金。1993 年获伯尔创作基金,在德写作。1993 年 9 月在新西兰寓所杀死了妻子谢烨,同时自缢身亡。死后记录他一男二女隐居生活的小说《英儿》(与雷米合作)出版,其行为其作品又一次引起争议。他的作品较少关心社会历史,更多关注人的内心。早期的诗歌有孩子般的纯稚风格、梦幻情绪,用直觉和印象式的语句来咏唱童话般的少年生活。代表作品有《一代人》、《我是一个任性的孩子》等。后期的诗作因其理想与现实的不能和谐以及隐居生活造成的性格的扭曲,产生脱离现实一味沉溺于个人感觉世界的转变,艰涩难懂。身后出版《顾城诗全编》。

郭沫若(男)(1892—1978)

原名郭开贞,号尚武、鼎堂,曾用笔名麦克昂、易坎人、石沱等。四川乐山人。1913 年毕业于成都高等学堂分设中学。同年底赴日本留学。1918 年入九州帝国大学医科,后弃医从文。1921 年出版第一本诗集《女神》,是中国新诗的奠基人。同年与成仿吾、郁达夫等人发起成立创造社。发表过《残春》等少量小说。1923 年大学毕业回国,参与《创造周报》、《创造日》等编辑工作。1924 年始接受马克思主义。1926 年任中山大学文学院院长。同年参加北伐战争,任国民革命军总政治部副主任。1927 年参加南昌起义。1928 年出版诗集《恢复》。同年因反对国民党政府被迫流亡日本,开始研究中国古代史和古文字,并撰写回忆录。1937 年抗战爆发后回国,任国民党军委政治部第三厅厅长、文化工作委员会主任。抗战期间写了《屈原》、《虎符》等历史剧及大量诗文,并继续从事马克思主义的古代历史研究,出版了后来引起争议的《青铜时代》和《十批判书》。1948 年到解放区。50 年代后历任中央人民政府委员、政务院副总理兼文化教育委员会主任、中国科学院院长、中国科学院哲学社会科学部主任、历史研究所第一所所长、中国科学技术大学校长、中国人民保卫世界和平委员会主席等职。当选为中国共产党中央委员、全国人大常委会副委员长、全国政协副主席、全国文联主席。先后出版诗集《新华颂》、《百花齐放》、《长春集》、《潮汐集》、《骆驼集》、《东风集》等,历史剧《蔡文姬》、《武则天》等,论著《李白与杜甫》等。郭沫若是个复杂的人物,他极具天赋,早期诗作直抒胸意,热烈如脱缰之马,在文学的各种体裁、翻译、史学、文字学等各方面都有建树,是少有的全能型文人,又是多产作家。他在 50 年代后常常以文艺界领导人的身份作了很多响应政策的号召和配合政治运动的讲话;写了很多结合形势、图解政策的作品,甚至是标语口号式的应景之作;利用历史剧以古喻今,为"古人"翻案。他的性格特征和价值取向限制了他的才华的发挥,留给历史一个遗憾。

郭小川(男)(1919—1976)

原名郭恩大。曾用笔名郭苏、湘云等。河北丰宁县人。中学读书时,投身抗日救亡运动,开始写诗。1937 年 9 月参加八路军。1941 年至 1945 年在延安马列学院、中央党校三部等单位学习,解放战争期间任丰宁县县长等职。在这期间创造的诗歌后来收入诗集《平原老人》和《投入火热的斗争》中。50 年代后在中南局宣传部、中宣部和中国作协等部门工作。在武汉时曾与陈笑雨、张铁夫三人以"马铁丁"的笔名写了不少"思想杂谈",他的政治抒情诗《致青年公民》在 1955 年发表时,仍沿用了"马铁丁"的笔名。陆续出版诗集《白雪与山谷》、《鹏程万里》、《将军三部曲》、《甘蔗林——青纱帐》、《昆仑行》等。饱满的政治热情、旺盛的战斗意志和正直坦诚的抒情是他的政治抒情诗的特点,他自觉投入政治斗争,自觉充当时代的歌手,但有一些探索性作品如《望星空》等因表达了自己真实的感受和思考而一再受到批判,当时的时代标准不能接受这样非教条非完美的倾向。这阻碍了郭小川的诗歌的进一步发展,限制了他的创造个性,使他以后的作品中的战士气质更浓,"文革"后期写过《团泊洼的秋天》等诗,传诵一时。

海子(男)(1964—1989)

原名查海生。安徽怀宁县人。1979 年考入北京大学法律系。1983 年毕业后任教于中国政法大学。1989 年 3 月 26 日在河北山海关卧轨自杀。从 1984 年的《亚洲铜》到 1989 年 3 月 14 日的最后一首诗《春天,十个海子》,海子创造了数量惊人的诗歌作品,包括短诗、长诗、诗剧和一些札记。其中影响最大,在青年中流传最为广泛的是他的短诗。比较著名的有《亚洲铜》、《麦地》、《以梦为马》、《黑夜的献诗——献给黑夜的女儿》等。出版作品有长诗《土地》、短诗选集《海子、骆一禾作品集》、《海子的诗》等,另外近年出版了《海子诗全编》(上海三联 1997 年初版)。他的作品后来影响甚至感召一代青年学子并越来越引起各界重视,但生前几乎没有公开结集出版。海子是个极有天赋的诗人,他独有的自由率真的抒情风格、对生命的崇高的激情关怀、对美好事物的眷恋,使他的作品有一种童真梦幻般的吸引力。寓言、纯粹的歌咏和遥想式的倾诉是其三种基本的表现方式,但散漫的抒写并没有影响他语言的特殊的节奏和字句的锻炼。对死亡的特有的敏感使他的一些诗作带着一层神秘抑郁悲观的色彩。

韩少功(男)(1953—)

笔名少功、艄公等。湖南长沙人。1969 年初中毕业后,下放汨罗县的农村插队。1974 年调县文化馆工作,开始发表作品。执笔含有大量史料的传记《任弼时》(与甘征文合作)。1978 年考入湖南师范学院中文系。1979 年发表短篇小说《月兰》,在文坛崭露头角。1982 年毕业后在湖南省总工会的杂志《主人翁》任编辑。1984 年调作协湖南分会从事专业创作。1988 年到海南后开始主编《海南纪实》杂志。1996 年与同仁策划文人杂志《天涯》,任杂志社社长。现任海南省文联主席。出版有中短篇小说集《月兰》、

《飞过蓝天》、《诱惑》等，文艺理论《面对神秘空阔的世界》。1996年出版的长篇小说《马桥词典》引起各方争论。对传统文化心理的反思和批判是其创作的一个基本主题，他的《西望茅草地》和《飞过蓝天》分获 1980、1981 年全国优秀短篇小说奖。他是 1985年倡导"寻根文学"的主将，发表《文学的根》，提出"寻根"的口号，并以自己的创作实践了这一主张。代表作有《爸爸爸》、《女女女》等，表现了向民族历史文化深层汲取力量的趋向，饱含深邃的哲学意蕴，在文坛产生很大影响。2002 年发表长篇小说《暗示》，以笔记体的形式揭示生活之"象"，充满着对社会、人生的思考，引起广泛关注。小说创作之外，他还曾写下大量随笔，针对当代文化现象表达看法，体现出中国当代精英知识分子对文化生态的维护。另外，尚有《生命中不能承受之轻》、《惶然录》等译作。

贺敬之（男）（1924—　　）

　　山东峄县人。出生于一个贫苦农民的家庭，读过小学与乡村师范。抗战爆发，他随校流亡，1940 年赴延安，考入鲁迅艺术学院文学院。诗作发表在胡风主编的《七月》、《希望》杂志上，以反映农村被压迫的贫苦农民为主。1945 年参与创作大型歌剧《白毛女》，获斯大林文学奖二等奖。抗战胜利后，在华北联合大学文艺学院工作。创作诗集《笑》。50 年代后任中国作协书记处书记，中国作协理事。"文革"后，曾担任宣传部、文化部的领导职务。1989 年任文化部代部长。五六十年代以创作政治抒情诗闻名。代表作有《回延安》、《放声歌唱》、《雷锋之歌》、《桂林山水歌》等，出版诗集《放歌集》，当时流传甚广。

胡风（男）（1902—1985）

　　原名张名桢，1923 年后改用自己处女作发表时的署名张光人。笔名谷非、谷莹、高荒、张果等。湖北蕲春人。1925 年起就读于北京大学预科和清华大学英文系，开始新诗创作。大革命失败后流亡日本，在东京庆应大学读书，并积极参加日本共产党以及普罗文艺运动。1933 年被日本当局驱逐回国。在上海参加左联，从事文学理论批判工作。与鲁迅、冯雪峰交好，并于 1936 年提出"民族革命战争的大众文学"的口号，与周扬提出的"国防文学"相对立,引发两个口号的论争。抗战期间,自筹经费出版《七月》(1937年9月11日创刊),扶植培养一批新作家,在其推动和影响下逐渐形成了以《七月》为阵地的文学流派。《七月》停刊后,主编"七月诗丛"、"七月文丛"等丛书,开始在桂林、重庆、香港出版。1945年1月胡风主编《希望》杂志,继续"七月"的事业。从抗战前夕到1948年,胡风先后撰写出版了《文艺笔谈》、《文学与生活》、《密云期风习小记》、《民族战争与文艺性格》、《论民族形式问题》、《在混乱里》、《逆流的日子》、《为了明天》、《论现实主义的路》等理论著作。他的理论中心是"主观战斗精神",要求作家用强烈的主观战斗精神去拥抱现实,从改造现实的角度去把握现实;另外一个重要观点是揭示民众的"精神奴役的创伤"。这些与延安的文艺政策并不十分一致的观点从一开始就引来了反对意见并在左翼内部遭到批判。50年代他与文艺界领导的理论矛盾日渐激烈。1953年向中央递交了阐述自己对文艺工作意见的《关于几年来文艺实践情况的报告》(即三十万言书)。1955年因震动国内外的"胡风反革命集团"冤案被捕入狱,身心受到巨大摧残。但在狱中仍创作旧体诗词《怀春曲》、《怀春室感怀》等。1979年获释,1980年、1988年两度平反。解放前著有诗集《鲜花和箭》、《为祖国而歌》,解放初创作了长诗《时间开始了》。后者激情勃发,语言凝重,为当代歌颂性的诗歌创作开了先河。80年代以后陆续出版了《胡风评论集》、《胡风晚年作品选》和《胡风全集》等。

贾平凹(男)(1952—　)

原名贾平娃。陕西丹凤人。上初中时"文革"爆发,因父亲的原因全家受牵连,中途辍学在家务农,后还在建筑工地从事过重劳动等。1972年被推荐到西北大学中文系学习。其间开始文学创作,发表处女作《一双袜子》。1975年毕业分配到陕西人民出版社任编辑。1978年以《满月儿》(《上海文艺》1978年8期)获全国优秀短篇小说奖,开始引起文坛注意。1980年调任《长安》文学月刊编辑。1983年起任作协陕西分会专业作家。后创办《美文》杂志,并任主编。贾平凹是个多产作家,主要作品有:长篇小说《商州》、《浮躁》、《废都》、《白夜》、《土门》、《高老庄》、《怀念狼》、《秦腔》等,中、短篇小说集《山地笔记》、《早晨的歌》、《腊月·正月》、《天狗》等,散文集《月迹》、《爱的踪迹》、《商州散记》、《红狐》等。其中《腊月·正月》获1983—1984年全国优秀中篇小说奖,《浮躁》获美孚飞马文学奖。80年代初的小说《二月杏》、《好了歌》曾因"不健康倾向"而遭批判,90年代初又因小说《废都》中过多的性描写而引起争议,并成为在公众中有着巨大影响力的少数当代作家之一。他早期的作品主要是以陕南山村的普通人为题材,抒写恬淡的生命旨趣。自"商州系列"起,从历史的深度展现商州地区的古老民风,旨在向商洛文化寻根。近来作品的文化意识渐浓,写出当代知识分子面对纷繁复杂的社会变化的一种无力感。他的文笔纯熟流畅,有很强的语言把握能力。

蒋子龙(男)(1941—)

河北沧县人。1950年入农闲时的"季节性小学"。1955年入天津市第四十中学。1958年毕业考入天津重型机器厂技工学校。1960年毕业在工厂当见习工。同年加入海军,在部队的宣传部工作。开始文艺创作,1962年始发表杂文通讯等,1964年第一篇散文《老崔》发表在《光明日报》。1965年复员回天津重型机器厂。同年发表短篇小说《新站长》。1972年发表小说《三个起重工》。1976年发表的《机电局长的一天》引起强烈的社会反响,却因所谓"走资派路线"受攻击。后在压力下写了应时的《铁锨传》。1979年以改革为背景,描绘新时代的英雄的小说《乔厂长上任记》,在1979年全国优秀小说评奖中以压倒性票数获奖,引发了"改革文学"的热潮。1980年在作协主办的文学讲习所第五期学习班毕业。后历任《人民文学》编委、中国作协理事、天津市文联副主席、天津市作协主席等职。主要作品有小说集《开拓者》、《一个工厂秘书的日记》、《蒋子龙集》、《拜年》、《蒋子龙创作精选集》等,长篇小说《蛇神》等,散文集《过海日记》、《国外掠影》,文艺论集《不惑文谈》等。他坚持现实主义的创作方法,作品有浓郁的生活气息和较强的可读性,特别是前期作品充满"开拓者"的热情。

老舍(男)(1899—1966)

原名舒庆春,字舍予。出生于北京的一个普通满族家庭。1905年到一家改良私塾读书,1913年考入北京师范学校。1918

年毕业后任小学校长,兼国民学校校长。1922 年到天津南开学校中学部任国文教员。1923 年发表第一篇短篇小说《小铃儿》(《南开季刊》1923 第 2、3 期合刊)。后回京任教,1924 年赴英国,任伦敦大学东方学院华语讲师。这期间创作了追忆国内生活的长篇小说《老张的哲学》、《赵子曰》、《二马》。这些小说都有很高的艺术价值,以"看戏"的态度来旁观北京的众生相,文笔轻松活泼、幽默诙谐。1929 年回国途中滞留新加坡任国文教员。1930 年至 1937 年,老舍先后在齐鲁大学、山东大学任教,课余坚持小说创作。在这期间写出了《大明湖》、《猫城记》、《离婚》、《骆驼祥子》等长、中篇小说,还有《赶集》等短篇小说集。在揭示市民阶层的人情世态、精神弱点的同时,加强了社会批判的力度。抗战爆发后,在武汉、重庆任中华全国文艺界抗敌协会常务理事、总务主任。为了抗日宣传,写下了许多通俗作品,并开始创作长篇小说《四世同堂》。1946 年应邀去美国讲学,写了长篇小说《鼓书艺人》,并完成了长篇巨著《四世同堂》,这是一部结构谨严、气势磅礴、饱含感情的民族抗争史。50 年代后,历任政务院文教委员会委员、北京市人民政府委员、政协常委。当选为中国文联副主席、中国作协副主席、北京市文联主席等。以满腔热情投入到新的生活中,用新的方法创作符合时代的新作品,写了一些流于表面的文章;同时也创作了话剧《龙须沟》、《西望长安》、《茶馆》等和长篇小说《正红旗下》。其中《茶馆》是一部充分展现了他"语言大师"实力的不可多得的好作品。1951 年北京市人民政府授予他"人民艺术家"称号。"文革"开始不久,作家因不能忍受身心双重摧残而自杀身亡。

李锐(男)(1950—　　)

　　原籍四川自贡,生于北京。1969 年高中毕业后到山西插队,六年后分配到钢铁厂做工。1977 年调山西《汾水》编辑部,后任《山西文学》编辑部主任、副主编。1988 年调入作协山西分会从事专业创作。2003 年,宣布辞去山西省作协副主席一职,并声明放弃中国作家协会会员资格。1974 年发表处女作《杨树庄的风情》。出版小说集《丢失的长命锁》、《红房子》、《厚土》等,长篇小说《旧址》、《无风之树》、《万里无云》。其中《合坟》获 1985—1986 年全国优秀短篇小说奖。他的作品主要取材于吕梁山区,1986 年起陆续发表的"厚土"系列小说引人注目,以冷峻的笔调揭示贫瘠山区农民僵滞粗砺的生活样态,追求客观化的绝对真实效果,他自我抑制式的写作却写出了一种抑制状态中的倔强生活。2002 年创作长篇小说《银城故事》,充满着对革命、暴力、历史的反思。其作品大多被译介至海外,并引起相当关注。

李準(男)(1928—2000)

本姓木华梨。蒙古族。河南洛阳人。1943 年因经济原因初中辍学,在盐栈、邮政代办所、银行、干部文化学校等处工作过。1952 年开始创作生涯。1953 年发表最早反映土改后出现两极分化现象的短篇小说《不能走那条路》,轰动一时。1954 年起在河南省文联从事专业创作。曾携家下放农村,参加基层工作。1960 年发表的小说《李双双小传》影响较大。并编有电影剧本若干。历任中国作协理事、河南省文联副主席等职。1976 年复出文坛后,创作反映黄河边上劳动人民生活的长篇小说《黄河东流去》,获第二届茅盾文学奖。其他出版的作品有短篇小说集《卖马》、《车轮的辙印》、《春笋集》等。改编的电影文学剧本《牧马人》和《高山下的花环》也获得成功。他的作品多取材于不同历史时期的农村生活,带有特定时代的政治印迹,但由于对民间文化及文艺形式的熟悉,使作品富有较浓的生活气息。

梁斌(男)(1914—1996)

原名梁维周。河北蠡县人。1930 年考入保定第二师范学校,参加过著名的"二师学潮"。1932 年发生的"高蠡暴动",对其影响很大,曾以此为题材写过短篇小说《夜之交流》、《三个布尔什维克的爸爸》等。1933 年到北平。1938 年任冀中地区"新世纪剧社"社长。1942 年起从事地方工作。历任中共湖北襄阳地委宣传部长兼《襄阳报》社社长、《武汉日报》社社长、中央文学讲习所党支部书记、河北省文联副主席、中国作协理事等职。后在天津从事专业创作。1953 年开始创作长篇小说《红旗谱》,1957 年底出版,影响广泛,被当时评论家称为概括了中国农民的"苦难史、斗争史、革命史",艺术上也有自己的特色。1963 年,《红旗谱》第二部《播火记》出版。1983 年,第三部《烽火图》出版。但后来续篇的艺术高度都不及《红旗谱》。

林白（女）（1958—　　）

原名林白薇。原籍广西博白，生于广西北流县。曾插队两年，此期间当过民办教师。1982 年毕业于武汉大学图书馆学系。曾在图书馆、电影厂工作，后定居北京，现为武汉文学院签约作家。起先创作诗歌，后从事小说写作，主要作品有长篇小说《一个人的战争》、《青苔》、《守望空心岁月》、《说吧，房间》等，中短篇小说集《玫瑰过道》、《子弹穿过苹果》、《同心爱者不能分手》、《致命的飞翔》等，散文集《丝绸与岁月》等。她的作品善于捕捉女性内心的复杂微妙的涌动，对女性个人体验进行极端化的描述，女性意识强烈。她的这种封闭的自我指涉的写作，特别是有些关于自恋、同性恋的描写也引起了一些争议。2003 年创作长篇小说《万物花开》，体现出走出封闭自我、关注现实民生的重要转变。

刘白羽（男）（1916—　　）

北京人。1938 年赴延安，参加文艺工作团，到过华北各抗日根据地，出版了散文报告集《游击中间》、《延安生活》，小说集《五台山下》、《龙烟村纪事》等。1944 年起担任编辑、记者工作，除了写通讯报导外，还创作了一些小说。朝鲜战争时期，两次赴朝，出版了通讯报告集《朝鲜在战火中前进》、《对和平宣誓》，短篇小说集《战斗的幸福》。1955 年以后，从事文化领导工作。先后出版了短篇小说集《晨光集》、《踏着晨光前进的人们》，散文集《火炬与太阳》、《早晨的太阳》等，长篇回忆录《心灵的历程》，文学评论集《文学杂记》。长篇小说《第二个太阳》获第三届茅盾文学奖（1991年）。1990 年任《人民文学》主编。他的作品紧密配合形势，富于激情，充满时代政治使命感，但有时也因过度渲染而失之空泛。

刘恒（男）（1954—　　）

原名刘冠军。北京人。曾就读于北京外国语学院附属小学及中学。1969 年入伍，在海军部队服役 6 年。退伍后在北京汽车制造厂当装配钳工 4 年，1979 年调北京市文联，任《北京文学》编辑。现任北京市作协主席，兼任《北京文学》主编。1977 年发表处女作

《小石磨》。1986 年发表小说《狗日的粮食》开始引人注目,获
1985—1986 年全国优秀短篇小说奖。著有长篇小说《黑的雪》、
《逍遥颂》、《苍河白日梦》等,中短篇小说《伏羲伏羲》、《白涡》、
《虚证》、《教育诗》等,已出版小说集《虚证》、《连环套》、《白涡》
等。他的作品偏重写实,对中国农村情况与农民生活有深刻的了
解,但描写中时带现代主义的色彩,擅长心理分析。以各种人物灵
魂的骚动展示人性的本相,从原始欲望出发探求人的命运。《狗
日的粮食》这类作品关注最低的生活欲求,成为 80 年代末"新写
实"小说的代表作之一。

刘绍棠(男)(1936—1997)

北京通县人。1946 年入通县的模范小学,1948 年以最高分考
入北京市立二中学习。1949 年 10 月开始发表作品。有《缝鞋
匠》、《三岔口》、《一顶轿子》等,同年末以《新式犁杖》获《河北文
艺》小说奖,受到河北省文联的赏识。初中毕业,河北省文教厅推
荐其入通县潞河中学。1952 年小说《红花》发表后受到更广泛的
瞩目。1953 年出版第一本短篇小说集《青枝绿叶》,其中《青枝绿
叶》被选入高中语文课本。1954 年入北京大学中文系学习,次年
退学。1956 年开始从事专业创作。1957 年发表的小说《田野落
霞》及理论文章《现实主义在社会主义时代的发展》、《我对当前文
艺问题的一些浅见》受批判,1958 年被划成右派分子,开除党籍。
到京郊铁路工地和水利工地劳动。"文革"中,回家乡从事农业劳
动。在此间仍坚持创作。1962 年发表了作品《县报记者》。
1962—1978 年写了长篇小说《地火》、《春草》和《狼烟》。1979 年
恢复名誉后,创作甚勤。主要作品有小说集《运河的桨声》、《小荷
才露尖尖角》、《蒲柳人家》、《蛾眉》、《私访记》、《中秋集》等,散文
短论集《乡土与创作》等。其中《蒲柳人家》获 1977—1980 年全国
优秀中篇小说奖,《蛾眉》获 1981 年全国优秀短篇小说奖。他的
作品受孙犁影响较大,大力倡导"中国气派,民族风格,地方特色,
乡土题材,今昔交叉,城乡结合,自然成趣,雅俗共赏"的乡土文
学,笔调清新脱俗、语言简约纯朴,呈现"田园牧歌"式的艺术风
格,但也形成了一种固定程式。

刘震云（男）（1958— ）

河南延津人。1973 年参加中国人民解放军。1978 年复员，在家乡当中学教师，同年考入北京大学中文系。1982 年毕业到《农民日报》工作。1988 年至 1991 年曾到北京师范大学、鲁迅文学院读研究生。1982 年开始创作，1987 年后连续发表《塔铺》、《新兵连》、《头人》、《单位》、《官场》、《一地鸡毛》、《官人》、《温故一九四二》等，引起强烈反响，被称作新写实小说的主力作家。其中《塔铺》获 1987—1988 年全国优秀短篇小说奖。作品一以贯之的精神是对小人物或底层人的生存境遇和生活态度的刻画，用冷静客观的叙事笔调书写无聊乏味的日常生活来反讽日常权力关系。自 1991 年发表长篇小说《故乡天下黄花》始，他开始追求新的创作境界。1993 年发表"故乡"系列第二部长篇《故乡相处流传》，后经过五六年的时间完成长篇巨著《故乡面和花朵》（华艺出版社 1999 年初版）。《故乡面和花朵》体现着他在文体和内容上的双重探索。结构的庞杂、技巧的多变、语言的繁复、意义的含混等等都令人叹为观止，也引起了一些争议。

柳青（男）（1916—1978）

原名刘蕴华。陕西吴堡人。1935 年参加"一二九"运动，任《救亡线》、《学生呼声》编辑。1938 年到延安，先后在陕甘宁边区文化协会和中华全国文艺界抗敌协会延安分会工作。1945 年写出长篇小说《种谷记》。1949 年调北京参与《中国青年报》创办工作。1952 年回陕西，深入生活，任中共长安县委副书记，并在皇甫村安家十四年。历任中国文联委员、中共作协理事、作协西安分会副主席等职。"文革"中，遭受残酷迫害，家破人亡，但仍坚持写作。1973 年，抱病回城，重改旧作。主要作品有短篇小说集《地雷》、《牺牲者》等，长篇小说《铜墙铁壁》、《创业史》（中国青年出版社 1960 年初版）等，散文特写集《皇甫村的三年》等。他是 50 年代农村题材创作的重要作家，在其长篇小说《创业史》中，力图记下社会主义运动在中国农村的发展史、农民心理的演变史，由此塑造了各色的农民形象，描写农民在合作化运动中的命运。然而因为是贯彻政策而作，所以随着时间的推移、政策的破产与改变，它的艺术真实性渐渐受到怀疑,影响了整体的艺术魅力。但其所描写的农民对土地的眷爱感情和走社会主义道路的艰难,仍有一定感人之处。

陆文夫(男)(1928—)

　　江苏泰兴人。1945 年入苏州高级中学,1948 年毕业后赴苏北解放区,在华中大学学习。1949 年到新华社苏州支社任采访员,《新苏州报》记者。1953 年开始文学创作。1956 年出版第一本小说集《荣誉》,同年发表小说《小巷深处》,很受好评。1957 年调江苏省文联从事专业创作。后因"探求者"一案受牵连,被下放到工厂参加劳动。1960 年调回文联继续创作。发表了小说《葛师傅》、《二遇周泰》、《队长的经验》、《牌坊的故事》等。1964 年,在文艺整风运动中又受批判,1965 年再次下放劳动。1970 年一家下放盐城地区农村落户。1978 年调回苏州重新从事专业创作。现为中国作协副主席,江苏省作协主席,《苏州杂志》主编。主要作品有小说集《小巷深处》、《特别法庭》、《小巷人物志》一、二卷等。其中《献身》、《小贩世家》、《围墙》分获 1978、1980、1983 年全国优秀短篇小说奖,《美食家》获 1983—1984 年全国优秀中篇小说奖。90 年代,撰写了长篇小说《人之窝》。他的作品地方特色浓厚,专注于描写苏州的文化风情,写小巷人物的命运变迁,借鉴了传统话本和苏州评弹的写作手法,具有清淡悠远的艺术韵味。80 年代中期始,他的小说从政治反思进入文化反思,文化意蕴更为深刻。

路遥(男)(1949—1992)

　　陕西清涧人。出生在一个贫困的农民家庭。中学毕业后返回故乡当小学教师,1973 年进入延安大学中文系学习,开始文学创作的尝试。1973 年小说处女作《优胜红旗》发表。1976 年毕业分配到陕西省文学创作研究室,后任《陕西文艺》(今《延河》)编辑。1980 年发表《惊心动魄的一幕》,获第一届全国优秀中篇小说奖。1982 年发表《人生》,是其代表作品,在读者中引起很大反响,获第二届全国优秀中篇小说奖。同年成为作协陕西分会的专业作家。出版中短篇小说集《当代纪事》、《姐姐的爱情》、《路遥小说选》等。长篇小说《平凡的世界》是一部现实主义力作,在读者中引起轰动,获第三届茅盾文学奖。他的作品多描写农村和城市的"交叉地带"的生活,善于刻画各种人物形象和人物的矛盾心理,在社会变动中理解人物的命运。朴素凝练、贴近生活的语言风格,深沉厚重的社会、人生主题容易引发读者的共鸣。

绿原(男)(1922—)

原名刘仁甫。笔名有刘半九等。湖北黄陂人。父母早丧,1938 年流亡重庆求学。1941 年开始发表诗作。同年进复旦大学外国文学系学习,编《诗垦地》。在胡风主编的《七月》上发表诗歌,成为著名的"七月派"诗人。1942 年出版第一本诗集《童话》。1944 年逃离重庆,先后在川北、武汉等地教英语。1948 年间在上海出版诗集《又一个起点》、《集合》。后任《长江日报》社文艺组组长。1953 年调中共中央宣传部国际宣传处任组长。1954 年出版诗集《从一九四九算起》。1955 年因胡风案受牵连,被禁七年,期间自修德语。1962 年恢复工作,在人民文学出版社从事德语文学编译。1969 年下放湖北咸宁文化部干校。1974 年调国家出版局版本图书馆翻译组。1977 年调人民文学出版社,负责德文翻译。1980 年正式平反。1983 年至 1985 年,任人民文学出版社副总编辑,主持外国文学作品编辑出版工作。他在遭受命运打击以后仍然顽强地坚持诗歌创作,历史风云和德国论著的研读迫使他冷静思考,也使他后期的诗作带上了强烈的思辨色彩,凝练而深沉。代表作有《又一个哥伦布》、《重读〈圣经〉》等。复出后的诗作在此基础上进一步深化了对人生的体验,对历史的反思。出版的诗集有《人之诗》、《人之诗续编》、《另一只歌》等,其中《另一只歌》获全国第三届新诗诗集奖。德文译著主要有《黑格尔小传》、《莎士比亚笔下的女性人物》、《现代美学析疑》、《叔本华文论选》等。

马原(男)(1953—)

辽宁锦州人。1970 年中学毕业后到辽宁锦县农村插队。1974 年入沈阳铁路运输机械学校机械制造专业学习。1976 年毕业后到阜新当钳工。1978 年考入辽宁大学中文系。1982 年毕业后进藏,任记者、编辑。这段时期的经历是他创作的重要素材。

1989 年调回辽宁,为专业作家。现为同济大学中文系教授。1982 年开始发表作品,1984 年发表的《拉萨河女神》首次把叙述置于故事之上。主要作品有小说集《冈底斯的诱惑》、《西海无帆船》、《虚构》等,长篇小说《上下都很平坦》等。他是"先锋派"的重要作家,他的作品在形式上作了认真的尝试,吸取了西方现代主义的技巧,特别是结构主义的影响。他把故事结构分解重组,时空关系不断跳跃,背景氛围有意抽空,造成阅读的陌生化,显示着小说观念的根本变化。他的"叙述圈套"名噪一时,用叙述人视点的变化来展示作品真实与虚构的转换,突出小说的叙述功能。在叙事形式的实验之外,他的行文中有不少关于人的本质的寓言设置。

茅盾(男)(1896—1981)

原名沈德鸿,字雁冰。笔名还有玄珠、方璧、M. D 等。浙江桐乡人。1916 年北京大学预科毕业,因家境窘迫,入上海商务印书馆编译所工作。1920 年底接编《小说月报》,次年起加以革新,使之成为新文学运动的主要阵地。1921 年参与发起文学研究会,主要从事理论研究。同年加入中国共产党。1926 年任国民党中央宣传部秘书。1927 年去武汉主编汉口《民国日报》。大革命失败后与组织失去联系,同年发表处女作《幻灭》(《蚀》三部曲之一)。翌年秘密赴日本,继续创作小说。1930 年回上海,参加领导左联。继《蚀》三部曲之后,他又创作了《虹》、《路》、《三人行》、《子夜》、《林家铺子》、《春蚕》、《秋收》、《残冬》等作品。《子夜》以宏大的艺术结构、深刻的社会剖析和对资本家形象的塑造使它的魅力经久不衰。抗战时期,任《文艺阵地》主编。1946 年赴苏联访问。期间创作了《腐蚀》、《霜叶红似二月花》、《走上岗位》等中、长篇小说。1949 年 2 月到北平参与筹备第一次中华全国文学艺术界代表大会,当选中国文联副主席和中华全国文学工作者协会主席,后任文化部长。社会工作之余,常以个人的艺术感觉和阅读心得,对作品作出评价与分析,提携过不少好作品。但有的也是围绕文艺政策来探讨文艺问题。著有《鼓吹集》、《鼓吹续集》、《夜读偶记》、《关于历史和历史剧》等论著。"文革"时期被迫搁笔。复出后,撰写长篇回忆录《我走过的道路》。出版有《茅盾全集》(40卷)。早期的创作几乎都是从一定的社会命题出发表现时代和人

生,具有艺术编年史的特征,为大时代的变革留下鲜活的记录。这
种以理性策划建构,然后再填充内容的写作方法是茅盾的擅长,也
引起了后来人的效仿。

莫言(男)(1956—)

原名管谟业。山东高密人。小学五年级辍学后,回乡务农近
十年。1976 年参加中国人民解放军。1981 年开始创作,发表了
《枯河》、《秋水》、《民间音乐》等作品。1985 年以中篇小说《透明
的红萝卜》轰动文坛。1986 年毕业于解放军艺术学院文学系。代
表作还有《金发婴儿》、《红高粱》等。先后出版了中短篇小说集
《透明的红萝卜》、《爆炸》、《红高粱家族》等,长篇小说《天堂蒜苔
之歌》、《十三步》、《丰乳肥臀》等。其中《红高粱》获 1985—1986
年全国优秀中篇小说奖。他的早期作品注重表现细腻独特的生命
体验,描写童年记忆的乡村世界,达到了自然与感觉的奇妙和谐。
1985 到 1986 年前后,受拉美魔幻现实主义的影响,他开始文体实
验,构造独特的主观感觉世界,天马行空般的叙述,陌生化的处理,
塑造神秘超验的对象世界,带有明显的"先锋"色彩。近年推出的
长篇小说《檀香刑》、《四十一炮》等,回归现实和民族传统,文字上
激情勃发,画面五彩斑斓,语言无节制、夸诞等。

穆旦(男)(1918—1977)

本名查良铮,还有笔名梁真。祖籍浙江海宁。1918 年出生于
天津。1935 年入清华大学,1940 年毕业于西南联大外文系,留校
任教。1948—1952 年在美国留学,1950 年获芝加哥大学英美文学
硕士学位。1953 年回国后任南开大学外文系副教授。1958 年被
打成"历史反革命"调校图书馆监督劳动。在逆境中仍坚持翻译、
写作。1977 年突发心脏病去世。40 年代是具有浓厚的现代意识
与时代色彩的"九叶诗派"的主要诗人之一。他的诗作富于象征
寓意和心灵思辨,具有坚韧不拔的人格力量和人文精神。出版有
诗集《探险者》、《穆旦诗集》、《旗》、《穆旦诗全集》等。他也是著
名的翻译家,主要译作有普希金的作品《波尔塔瓦》、《青铜骑士》、
《欧根·奥涅金》、《加甫利颂》、《高加索的俘虏》以及《普希金抒
情诗》,英国雪莱的《云雀》、《雪莱抒情诗选》,拜伦的《唐璜》、《拜

伦抒情诗选》、《布莱克诗选》、《济慈诗选》、《英国现代诗选》等。所译文艺理论著作有苏联季摩菲耶夫的《文学概论》、《文学原理》、《文学发展过程》、《怎样分析文学作品》,均有很大影响。

牛汉（男）（1923—　）

原名史成汉、牛汀。笔名还有谷风。山西定襄人。远祖蒙古族。童年生活在农村,抗日战争爆发后,流亡西北高原。在天水读完中学。1941年开始发表诗歌,创作长诗《鄂尔多斯草原》。1943年入陕西城固西北大学读俄文。1944年任西安《秦风工商联合报》编辑,主编文学期刊《流火》。1946年因参与学生运动被捕,创作组诗《牢狱集》。经组织援救到开封,写了长诗《血的流域》、《彩色的生活》等。1948年赴华北解放区。后在中国人民大学、东北空军工作。1953年调人民文学出版社。后因胡风案受牵连,长期搁笔。复出后,任《新文学史料》主编,《中国》杂志副主编、编审。50年代出版诗集《祖国》、《在祖国的面前》、《爱与歌》等。平反后出版了诗集《温泉》、《海上蝴蝶》、《沉默的悬崖》等,诗论集《学诗手记》。《温泉》获全国第二届优秀新诗诗集奖。在"文革"中的创作体现了他在困境中不屈的抗争精神,带有悲壮的情感,如《华南虎》、《悼念一棵树》等。

欧阳山（男）（1908—2000）

原名杨凤歧。笔名凡鸟、罗西、龙贡公等。湖北荆州人。1924年开始创作,组织广州文学会,创办《广州文学》周刊。1926年进中山大学当旁听生。1927年发表第一部中篇小说《玫瑰残了》,并组织南中国文学会。1932年在广州组织普罗作家同盟,次年在上海参加左联。1941年到延安,任中共中央文委常委、中央研究院文艺研究室主任。1947年写出《高干大》,以新的风格为世人瞩目。后历任作协广东分会主席、广东省文联主席。1982年任中共中央顾问委员会委员。1985年完成了因"文革"被迫中止的长篇巨著《一代风流》（《三家巷》、《苦斗》、《柳暗花明》、《圣地》、《万年春》）最后两卷。五卷中以第一卷《三家巷》艺术成就最高,广为流传,人物刻画、语言表达都独具匠心。晚年笔耕不辍,1989年起陆续撰写发表系列杂文《广语丝》,对当时文艺、文化的现象,多有严峻的批评。

曲波（男）（1923—2002）

山东黄县人。8 岁入小学,13 岁失学在家。1938 年参加八路军。1943 年入胶东抗日军政大学学习,并开始文学创作。1944 年起历任胶东军区《前线报》记者、团政治处主任、团政治委员等职,曾参加东北剿匪斗争。1950 年后转入地方,历任机车车辆制造厂党委书记、设计院副院长、铁道部工业总局副局长,当选全国作协理事。1957 年出版第一部长篇小说《林海雪原》,产生很大影响。1959 年至 1962 年又先后写出长篇小说《山呼海啸》、《桥隆飚》的初稿,直至"文革"后才得以出版。另有长篇小说《戎萼碑》等。其创作受中国章回小说的影响,情节跌宕起伏,故事性强,善于塑造传奇性的英雄。

茹志鹃（女）（1925—1998）

曾用笔名阿如、初旭。原籍浙江杭州,生于上海。3 岁时亡母,幼年随祖母做手工活为生。11 岁进上海私立普志小学读书,一年后辍学。1938 年祖母逝世,曾被送入上海基督会所办的孤儿院。后经补习插班入浙江武康中学。1943 年毕业回上海,做家庭教师维持生计,此时在《申报》副刊发表作品《生活》。1944 年随兄参加新四军,发表小说《一个女学生的遭遇》。先后任文工团组长、分队长、创作组副组长。1951 年创作的话剧《不拿枪的战士》获南京军区 55 年文艺创作二等奖。1955 年转业到上海,任《文艺月报》编辑。出版小说集《关大妈》、《黎明前的故事》。1958 年发表短篇小说《百合花》(《延河》1958 年 3 期),以细腻的笔触、清新的文风受到茅盾的赞赏,声誉鹊起。1960 年起从事专业创作,出版了小说集《静静的产院》。"文革"中创作中断。1974 年在上海人民出版社文艺组工作。1977 年发表小说《出山》,重新开始创作。对历史现实进行反思,批判极左路线的作品《剪辑错了的故事》、《草原上的小路》等是其"文革"后的代表作品,文风柔美中见刚强。《剪辑错了的故事》获 1979 年全国优秀短篇小说奖。历任《上海文学》副主编、作协上海分会副主席、党组书记、中国作协理事等职。还有小说集《高高的白杨树》、《百合花》等,长篇小说《她从那条路上来》,散文集《惜花人已去》等。

沙叶新(男)(1939—　　)

江苏南京人。回族。1950 年南京火瓦巷小学毕业,后入南京市第五中学。高二时开始发表诗歌《小波折》、《笑》等。并创作小说,1956 年《江苏文艺》发表他的短篇小说《妙计》。1957 年考入华东师范大学中文系。发表短篇小说《美国剧院的悲剧》、《"老鹰"篮球队》,论文《艺术史上的喜剧》等。1961 年毕业保送到上海戏剧学院戏曲创作研究班学习。1963 年曾在《文汇报》上发表论文《审美的鼻子如何伸向德彪西》,在音乐家问题上与姚文元展开论战。同年分配到上海人民艺术剧院任编剧。1966 年发表第一个剧本喜剧《一分钱》,为著名导演黄佐临赞赏。"文革"初期因反对"三突出"而遭批判。1970 年执笔话剧《边疆新苗》。1975 年发表剧本《一篮菜秧》,回上海人民艺术剧院。文革后,主要致力于话剧创作。1985 年任上海人民艺术剧院院长,现为上海人艺编剧。主要作品《假如我是真的》(与李守成、姚明德合作)、《大幕已经拉开》、《马克思秘史》、《寻找男子汉》、《耶稣·孔子·披头士列农》等发表后都产生很大影响,但也因揭露不正之风、新形式的尝试等原因引起争议甚至批判。《陈毅市长》获文化部和中国剧协联合颁发的 1980—1981 年全国话剧优秀剧本奖,《兔兄弟》获第二次全国少年儿童文艺创作三等奖。

邵荃麟(男)(1906—1971)

原名邵骏远。浙江慈溪人。1926 年入上海复旦大学。1927 年参加上海三次武装起义。1928 至 1933 年因病修养。后任上海反帝反战大同盟宣传部长。1934 年至 1937 年被捕入狱。1941 年任广西桂林文化工作小组组长。1945 年后在香港从事文化活动,任中国南方局文委书记。1946 年参加文艺论争,发表《论主观问题》、《对当前文艺运动的意见》等对胡风派进行批判。出版过短篇小说集《英雄》、《喜酒》、《宿店》等。50 年代后长期从事文艺领导工作,代表官方发表文艺讲话和文学评论。历任政务院文教委员会计划局长、副秘书长,中共中央宣传部教育处长,中国作协副主席、党组书记等职。重要文章有《文学十年历程》、《沿着社会主

义现实主义的方向前进》等。1962 年在大连主持农村题材短篇小
说创作座谈会,提倡"现实主义深化"、可以写"中间人物"等理论,
因而遭到批判。在"文革"中入狱,被迫害致死。有《邵荃麟评论
选集》等遗世。

沈从文(男)(1902—1988)

原名沈茂林、沈岳焕,笔名休芸芸、甲辰、上官碧、璇若等。湖
南凤凰人。1917 年小学毕业后,参加家乡土著部队预备兵的训
练,后正式从军,任上士司书,后来作过屠宰收税员。谙熟湘西民
风民俗,对其后来创作的题材选择和艺术风格形成很大影响。因
受"五四"新文化运动影响,1922 年到北京谋求升学,未果,开始写
作求生。曾与胡也频合编《京报》副刊,同时在香山慈幼院图书馆
工作。1928 年到上海,先后与丁玲合编《红与黑》、《红黑》,并曾
参加新月社。出版了《鸭子》、《阿丽思中国游记》、《入伍后》、《雨
后及其他》、《神巫之爱》等作品和作品集。此后历任中国公学、武
汉大学、青岛大学、西南联大、北京大学教职。编过天津版《大公
报》文艺副刊。30 年代是他的创作高峰期,出版了中篇小说《边
城》、《阿黑小史》,短篇小说集《虎雏》、《月下小景》、《如蕤集》、
《八骏图》、《新与旧》,传记《记胡也频》、《记丁玲》,散文集《从文
自传》、《湘行散记》、《湘西》等作品,成为文坛影响颇大的京派小
说家。在三四十年代的历次论争中,他一再显出与左翼文学思潮
的隔膜。1948 年曾被郭沫若点名批判,一度使他因神经过度紧张
造成疾病,幸自杀未遂,后在中国历史博物馆等从事工艺美术和物
质文化史的研究,不再从事文学创作。1978 年调任中国社科院历
史研究所研究员。1981 年长期研究的成果《中国古代服饰研究》
(香港商务印书馆初版)出版。80 年代初期开始出现一股"沈从
文热",对他的研究逐步深入,对他的作品的评价也越来越高。近
年他的书信集《从文家书》出版后更引起了学界广泛的研究兴趣。
他的小说创造了一个独特的湘西艺术世界,在这个恬淡静谧的氛
围中揭示乡村生命形式的美丽,以及对它的对照物城市生命形式
的批判,是一种自然、纯朴、自由的抒情文学。他把乡土文学发展
到了更高的境界,小说达到了乡情风俗、人事命运、人物形象完美
和谐、浑然一体的境地,语言具有个性,生机勃勃。而他至善至美

的文学理想,探求人性的文学立场,在当时喧哗的时代中迟迟不能得到理解。

史铁生(男)(1951—)

北京人。1958 年入北京东城区王大人胡同小学读书。1967 年毕业于清华大学附中初中。1969 年去陕西延安插队。1972 年因双腿瘫痪返回北京医疗。1974 年到北京北新桥地区街道工厂工作。病后致力于文学创作,1979 年发表第一篇小说《法学教授及其夫人》。1981 年病情加重,遂回家养病。1983 年加入中国作协。主要作品有中短篇小说集《我的遥远的清平湾》、《礼拜日》、《舞台效果》、《命若琴弦》等,长篇小说《务虚笔记》等。其中《我的遥远的清平湾》、《奶奶的星星》分获 1983、1984 年全国优秀短篇小说奖。另外散文《我与地坛》、《病隙随笔》等作品也获得了很大影响。他的作品一类是对知青生活的回忆和反思,另一类是对残疾人命运的描摩,作品呈现平淡质朴而意蕴深沉的“散文化”倾向。自 1985 年以来,开始思考人的命运,略带哲理玄思,揭示人与生俱来的局限是能力与愿望之间的永恒距离,生命的目的就是不断跨越困境的过程。后形式上也有所变化,吸取了现代主义的因素。

食指(男)(1948—)

原名郭路生。原籍山东,生于北京。15 岁开始诗歌创作。1964 年高中升学考失利,在文化补习班接触了当时前卫的秘密文学团体“X 诗社”及“太阳纵队”中的文学青年。1965 年开始他的重要作品《海洋三部曲》的第一部分《波浪与海洋》的写作,同年考入北京五十六中学高中部。文革爆发,中学停课,他站在时代的背景上写出一代青年的失落,《鱼儿三部曲》、《海洋三部曲》的另两部、《命运》、《书简》、《烟》、《酒》、《相信未来》等是当时的代表作品。1968 年赴山西杏花村插队,在离开北京的火车上创作了《这是四点零八分的北京》这首流传甚广的名作。插队时创作了各种体裁和风格的诗作《新情歌对唱》、《窗花》、《南京长江大桥——写给工人阶级》等。他的许多诗歌以手抄本的形式在知青中传唱。1971 年入伍,写了一些反映部队生活的诗。1972 年因各种压力造成他精神崩溃,1973 年退伍就医,后到北京光电技术研究所工作。"文革"后,创作出现转机,写出了《热爱生命》等好作品。1979 年他的作品终于在《诗刊》上首次公开发表,引起各方关注。后在福利院疗养,期间不断创作新的诗作,如《落叶与大地的对话》、《愿望》、《向青春告别》、《人生舞台》等。1988 年,他的第一本诗集《相信未来》(漓江出版社)出版面世。1992 年,《食指、黑大春现代抒情诗合集》出版,引起较大反响。1998 年出版《诗探索金库·食指卷》,2000 年出版《食指的诗》。他的诗中纯净的抒情体现出健康的平民风格,与当时青年一代的精神脉息紧密相通,诗歌语言节奏铿锵易于朗诵。尽管"文革"中的作品中也有一些平庸的应时之作,但掩不住天性中的叛逆成分。"文革"后的诗更加深沉,在沉静中寻找力量。

舒婷(女)(1952—　)

原名龚佩瑜。原籍福建厦门,出生于泉州。初中时代,1966 年曾因借阅外国文学作品且作文中的抒情表现而受校内批评。1967 年结束中学学业。1969 年到闽西山区插队。1971 年开始写诗,在知青中传抄。1972 年回厦门,成为建筑公司的临时工。1975 年起在集体所有制企业工作。1977 年她与后同成为"朦胧诗"旗手的诗人北岛结识,创作受其影响。1980 年入福建文联创作室。后作为"朦胧诗的代表",她的诗《流水线》、《墙》受到过批评。后任中国作协理事、作协福建分会副主席。著有诗集《双桅船》、《会唱歌的鸢尾花》,散文集《心烟》等多种。其中《双桅船》获全国第一届新诗集优秀奖,诗作《祖国啊,我亲爱的祖国》获1979—1980 年全国中青年诗人优秀诗歌奖。另外还有代表作《致橡树》、《四月的黄昏》等。她的诗具有细腻柔婉抒情浪漫的女性风格,忧伤而不绝望,沉郁而不悲观,充满对价值寻找的渴望,带有理想主义的色彩。她的诗歌表达了对理想的追寻、对传统的反思背叛和对人的价值的呼唤,深受当时青年的喜爱。近年,多从事散文、随笔写作。

苏童(男)(1963—　)

原名童忠贵。原籍江苏扬中,生于苏州。1980 年考入北京师范大学中文系,1984 年分配到南京艺术学院工作。1986 年调《钟山》杂志任编辑。1991 年转为作协江苏分会专业作家。1983 年开始发表小说,出版了中短篇小说集《一九三四年的逃亡》、《妻妾成群》、《伤心的舞蹈》、《妇女乐园》、《红粉》、《祭奠红马》等,长篇小说《米》、《我的帝王生涯》、《武则天》、《城北地带》、《蛇为什么会飞》等。从 1987 年发表《一九三四年的逃亡》受到注意起,他被批评界看成"先锋派"的主将,发表了许多"大胆的充满奇思异想的"作品。1989 年以后,他的风格有所变化,从形式退回到故事,写了所谓"妇女生活"的一系列小说,细腻敏锐地重现冰冷的历史,被称作"新历史小说",是永恒人性与生命经验在历史空间中的感验、认知与演示。

孙甘露(男)(1959—　　)

　　原籍山东,生于上海。1967 年上小学,1976 年结束学校生活。1977 年进当地邮政局工作。1983 年开始发表作品。1986 年发表《访问梦境》开始引人注目。随后的《我是少年酒坛子》和《信使之函》使他成为一个典型的"先锋派"。1989 年成为上海作家协会的专业作家。主要作品还有《夜晚的语言》,长篇小说《呼吸》等。他对小说创作进行了诸多探索,他试图颠覆所有"强加"于小说的形式规范,特别是对叙事话语的实验,使他的写作变成"反小说"的修辞游戏。梦呓般的话语却给人明丽舒畅的感觉,对时间的永恒性与存在的瞬间性的哲学思考以文学语式书写出来。

孙犁(男)(1913—2002)

　　原名孙树勋。河北安平人。1927 年考入保定育德中学,高中毕业后任职员、小学教员。抗战爆发后,在冀中从事抗日宣传、教育、文化工作,并开始文学创作。1944 年到延安,在鲁迅艺术文学院从事研究和教学,这时发表的《荷花淀》等作品受到称赏。抗战胜利后回冀中编杂志、写小说散文并参加土改工作。1949 年 1 月随军入天津,在《天津日报》主编文艺副刊。早期作品后选编、修改收入小说散文合集《白洋淀纪事》(中国青年出版社 1958 年初版)。50 年代初出版反映抗战的长篇小说《风云初记》。1959 年出版中篇小说《铁木前传》。历任中国作协理事、天津作协副主席、主席、名誉主席。1955 年后因病远离文坛的主流,并开始阅读大量传统文化典籍。1977 年以来,主要以散文创作为主。因自成风格而被称为"荷花淀派"开创者,有诸多后人效仿。"文革"后出版了《芸斋小说》、《耕堂杂录》、《尺泽集》、《老荒集》、《陌巷集》、《无为集》、《曲终集》等散文集。《孙犁散文选》于 1989 年获新时期全国优秀散文(集)荣誉奖。早期作品明净质朴,勾勒出乡土民风,继承了废名一脉的抒情风格,具有独特的艺术魅力。《荷花淀》、《吴召儿》、《嘱咐》等流传不衰。晚近所作由清新入于平淡,而在简洁之中更富于蕴藉。

唐湜(男)(1920—2005)

　　原名扬和,字迪文。笔名还有秧和、陈洛等。浙江温州人。1942 年开始发表作品。1944 年考入战时的浙江大学龙泉分校外文系。1947 年参与《诗创造》月刊编务。1948 年毕业,任《中国新诗》编委。40 年代致力于吸收西方诗作之长建设中国新诗,诗风敏感而精巧,为"九叶派"的代表诗人。此期著有诗集《骚动的城》、长诗《英雄的草原》、《飞扬的歌》、评论集《意度集》等。1954 年调北京任《戏剧报》编辑。1958 年被划成右派,送北大荒劳动三年。1961 年回乡任永嘉昆剧团临时编剧,后回温州劳动。1978 年任教于温州师专,1981 年平反后在温州地区文化局创作室工作,现为温州市艺术研究所研究员。长年在困境中坚持写作,出版有历史叙事诗集《海陵王》、诗集《幻美之旅》、《泪瀑》、《遐思:诗与美》、《春江花月夜》、《蓝色的十四行》等,散文集《月下乐章》,评论集《新意度集》、《翠羽集》、《民族戏曲散论》等,创作回忆录《一叶诗魂》也即将出版。他以家乡流传的民间故事为素材创作的南方风土诗和历史叙事诗以其奇丽的色彩和浪漫的抒情而引起注意,这些作品激情饱满而又澄净隽永,与他以前柔美的小诗风格有所不同。

田汉(男)(1898—1968)

　　原名田寿昌。曾用笔名陈瑜、绍伯、张坤等。湖南长沙人。1912 年考入长沙师范学院。1916 年赴日本留学,进东京高等师范。1920 年起从事剧本创作和翻译。1921 年回国,任上海中华书局编辑,同时任教于大夏大学和上海大学。1925 年创办南国社,1927 年负责上海艺术大学文科,建立南国艺术学院。20 年代创作了《咖啡店之一夜》、《获虎之夜》、《名优之死》等话剧剧本,是中国现代话剧的奠基人之一。还翻译了莎士比亚和王尔德的多种剧本。对于爱和美的无尽追求和这种爱和美的最终幻灭是其早期剧作的主题。1932 年参加中国左翼作家联盟,参与创立左翼戏剧家联盟。30 年代创作了《梅雨》、《乱钟》、《回春之曲》等话剧剧本,《扬子江的暴风雨》等歌剧剧本。抗战爆发后任国民党军委政治部第三厅处长,组织领导抗日救亡宣传工作。抗战胜利后到上海,创作了《丽人行》、《忆江南》等话剧、电影剧本。1948 年进入华北解放区。50 年代后历任文化部戏曲改革局局长、中国戏剧家协会主席、中国文联副主席等职。在不同历史时期创作了几十首歌词,其中《义勇军进行曲》被定为国歌。五六十年代对传统戏剧进行了改编,发表了新编历史戏曲《谢瑶环》。也写了一些应景的作品,浮夸狂热,艺术价值不高。1958 年发表的《关汉卿》和 1960 年发表的《文成公主》则广受赞誉。特别是《关汉卿》,寄托了一个知识分子高昂的人格理想,也延续了他早年"精神至上"、"艺术神圣"的艺术家形象,为当时的中国提供了一种"异调"的声音。

铁凝(女)(1957—)

原籍河北赵县,生于北京,四岁回保定。1970 年入中学,中学时代即开始发表作品。1974 年处女作《会飞的镰刀》在《保定文艺》发表。1975 年毕业于保定第十一中学高中,赴保定附近的农村插队。创作了《夜路》、《丧事》、《不受欢迎的礼物》等作品。1979 年调保定地区文联《花山》编辑部任小说编辑。1980 年出版短篇小说集《夜路》,渐为文坛注意。1982 年发表短篇小说《哦,香雪》,受到广泛称誉,获同年全国优秀短篇小说奖。后来的《没有纽扣的红衬衫》、《六月的话题》又分获全国优秀中篇和短篇小说奖。1984 年调河北省文联创作室。现为中国作协副主席、河北省作协主席。出版有中短篇小说集《没有纽扣的红衬衫》、《哦,香雪》等,长篇小说《玫瑰门》、《无雨之城》、《大浴女》。她的小说可分两类,一类"清新秀润",表现淡远含蓄的美,如早期的《哦,香雪》;另一类则粗砺酣畅,如《麦秸垛》。

汪曾祺（男）（1920—1997）

　　江苏高邮人。小时候受过正规的传统教育。1939 年考入西南联大中国文学系,1940 年开始写小说,受到当时为中文系教授的沈从文的指导。1943 年毕业后在昆明、上海执教于中学,出版了小说集《邂逅集》。1948 年到北平,任职历史博物馆,不久参加中国人民解放军四野南下工作团,行至武汉被留下接管文教单位。1950 年调回北京,在文艺团体、文艺刊物工作。1956 年发表京剧剧本《范进中举》。1958 年被划成右派,下放张家口的农业研究所。1962 年调北京市京剧团任编剧。1963 年出版儿童小说集《羊舍的夜晚》。“文革”中参与样板戏《沙家浜》的定稿。1979 年重新开始创作。80 年代以后写了许多描写民国时代风俗人情的小说,受到很高的赞誉。出版了小说集《邂逅集》、《晚饭花集》、《汪曾祺短篇小说选》,散文集《蒲桥集》,论文集《晚翠文谈》等。所作《大淖记事》获 1981 年全国优秀短篇小说奖。比较有影响的作品还有《受戒》、《异秉》等。所作小说多写童年、故乡,写记忆里的人和事,在浑朴自然、清淡委婉中表现和谐的意趣。他力求淡泊,脱离外界的喧哗和干扰,精心营构自己的艺术世界。自觉吸收传统文化,具有浓郁的乡土气息,显示出沈从文的师承。在小说散文化方面,开风气之先。

王安忆（女）（1954—　　）

　　原籍福建省同安县,出生在南京,是作家茹志鹃的次女。1955 年随母移居上海。1961 年入淮海中路小学,1967 年入向明中学读初中。1970 年到安徽五河插队。1972 年考入江苏省徐州地区文工团,在乐队拉大提琴,并参加一些创作活动。1976 年开始发表作品。1978 年调上海中国福利会《儿童时代》任编辑。1980 年曾入中国作协文学讲习所学习。因发表短篇小说《雨,沙沙沙》等“雯雯系列小说”而引人注目。1987 年调上海作家协会创作室从事专业创作。现为上海市作协主席、复旦大学中文系教授。著有中短篇小说集《雨,沙沙沙》、《流逝》、《小鲍庄》、《尾声》、《荒山之恋》、《海上繁华梦》、《神圣祭坛》、《乌托邦诗篇》等,长篇小说《69届初中生》、《黄河故道人》、《流水十三章》、《米尼》、《纪实与虚构》、《长恨歌》等。其中《本次列车终点》获 1981 年全国优秀短篇小说奖,《流逝》、《小鲍庄》分获 1981—1982 年、1985—1986 年全国优秀中篇小说奖,其作品在海内外都有较大影响。80 年代中期以前的作品多以知青为题材,表现其人生的追求和向往,以心理描写见长。80 年代中期以后则着力于人性和人的生命本相的探索,如"三恋"等。90 年代以后开始追求新的叙事风格,以《叔叔的故事》、《乌托邦诗篇》等为代表,她用现实世界的原材料来虚构小说,以小说的精神力量改造日渐平庸的客体世界,营造体现知识分子群体传统的精神之塔。自《长恨歌》而后的《富萍》、《上种红菱下种藕》、《桃之夭夭》等几部长篇小说,注重对城市与人的文化性格的揭示,文字铺排繁密,叙述从容镇静,体现了创作的新追求。

王家新(男)(1957—)

　　曾用笔名北新等。湖北丹江口人。1972 年入湖北丹江口市肖川中学。1974 年高中毕业后下乡到肖川农化厂劳动。1977 年考入武汉大学中文系,就读大学期间开始发表诗作。1982 年毕业分配到湖北郧阳师专任教。1983 年参加诗刊组织的青春诗会。1984 年写出组诗《中国画》、《长江组诗》等,广受关注。1985 年借调北京《诗刊》从事编辑工作,出版诗集《告别》、《纪念》。1986 年始诗风有所转变,更为凝重,告别青春写作。这时期的代表作有《触摸》、《风景》、《预感》等,诗论《人与世界的相遇》。1992 年赴英作访问学者,1994 年回国,后调入北京教育学院中文系。自 1990 年写作《帕斯捷尔纳克》到后来旅欧期间写作《临海孤独的房子》、《卡夫卡》、《醒来》等,他在中国诗歌界的影响逐渐增大。这些流亡或准流亡的诗人命运是他写作的主要源泉,他试图通过与众多亡灵的对话,编写一部罕见的诗歌写作史,作品中经常有令人警醒的独白,笔意沉痛。1996 年之后,以《伦敦随笔》、《挽歌》为代表,又开始诗歌的新的探索。出版的诗集还有《一只手掌的声音》、《游动悬崖》等。

王蒙(男)(1934—)

　　曾用笔名阳雨。原籍河北南皮,出生于北京。1940 年入北京师范学校附属小学。1945 年入私立平民中学学习,中学时代与共产党地下党员接触，受到影响。50 年代后担任青年团干部，并开始文学创作，1953 年着手写长篇处女作《青春万岁》，并于 1956 年 9 月定稿，但因"反右斗争"受影响，直到二十多年后才得以出版。1955 年发表第一篇小说《小豆儿》，1956 年以一篇"干预生活"的作品《组织部新来的青年人》而引起轰动，1957 年因这篇小说获罪被划右派。1958—1962 年在北京郊区劳动。1962 年曾到北京师范学校任教，同年发表了《眼睛》、《夜雨》等小说。1963 年赴边疆思想改造，举家迁至新疆伊犁，曾在那里任汉语翻译。1978 年调回作协北京分会，重新发表小说，1979 年平反。1983 至 1986 年任《人民文学》主编，中国作协副主席、书记处书记。1986 年 6 月任文化部部长，1990 年卸任。"文革"后撰写了大量作品，出版小说集《深的湖》、《冬雨》、《木箱深处的紫绸花服》、《在伊犁》、《星球奇遇记》、《我又梦见了你》、《坚硬的稀粥》等，长篇小说《青春万岁》、《活动变人形》等，1993 年开始创作反映知识分子近半个世纪心路历程的长篇小说，至 2001 年完成"季节"系列四部：《恋爱的季节》、《失态的季节》、《蹉跎的季节》、《狂欢的季节》等。另有评论集《漫话小说创作》及《王蒙、王干谈话录》、《红楼启示录》等。其中《最宝贵的》、《悠悠寸草心》、《春之声》、《蝴蝶》、《相见时难》等先后获全国优秀短、中篇小说奖。有广泛的国际声誉，曾获得意大利的蒙德罗文学奖和日本创作学会的"和平文化奖"等。2014 年出版四十五卷本《王蒙文集》。

王朔（男）（1958—　）

北京人。1976 年中学毕业后，曾先后在海军北海舰队服役、在北京医药公司工作。1978 年开始创作。先后发表了《空中小姐》、《浮出海面》、《一半是火焰，一半是海水》、《顽主》、《千万别把我当人》、《橡皮人》、《玩的就是心跳》、《我是你爸爸》、《看上去很美》等中、长篇小说，广受读者欢迎。出版有四卷本的《王朔文集》和《王朔自选集》等，曾引起轰动。他的早期作品都是以自己部队"大杂院"的成长经历为素材，写过一些言情、侦探类的小说。后来的小说则形成特有风格，写一群文化痞子，以游戏、颓废为精神特征，对白通俗化又充满活力，叙述语言则戏谑、反讽为主，对权威话语和知识分子的精英立场都有嘲讽。他的人物的"我是痞子我怕谁"和他自己"我是码字的"的宣言一样,成为一部分青年人的精神象征。后进入影视业,由他策划的电视连续剧《渴望》和《编辑部的故事》都获成功。他的作品虽风靡一时,但评论界却分歧很大,以至在八九十年代之交的中国文坛影坛出现了引人注目的"王朔现象"。

吴强(男)(1910—1990)

原名汪大同。曾用笔名吴蔷、叶如桐等。江苏涟水人。8岁入小学,后当过酒店学徒和小学教师。1933年在上海参加左联。1935年开始发表作品。1938年在皖南参加新四军,从事文艺和宣传工作,创作过几个剧本。建国后任华东军区政治部文化部副部长。1952年转业到上海,任中共中央华东局宣传部文艺处副处长,中共上海市文艺工作委员会秘书长。1957年出版描写莱芜、孟良崮等战役的长篇小说《红日》,是当时通过写战役歌颂毛泽东军事思想的胜利的战争小说一种,影响很大。"文革"中因《红日》受到批判,一度入狱。"文革"后任中国作协理事,上海作协副主席,上海市文联党组副书记、副主席等职。著作还有散文集《淮海前线纪事》,小说集《灵魂的搏斗》,中篇小说《他高高举起雪亮的小马枪》、《养马的人》,长篇小说《堡垒》(上部)等,但影响都不及《红日》。

严歌苓(女)(1959—　　)

生于上海,在安徽的知识分子家庭长大,从小受到良好的家庭教育。12岁参加中国人民解放军成都军区文工团,学习舞蹈。在部队里开始学习写作。1980年开始发表作品。著有长篇小说《绿血》、《一个女兵的悄悄话》和《雌性的草地》,后者开始显示其独特的语言风格。1988年赴美留学,获哥伦比亚艺术学院艺术硕士学位。现定居美国。创作出一批反映几代中国移民在美国的生活和命运的小说,海外、台湾等华人生活区有很大影响,其短篇小说《少女小渔》和《女房东》分别获台湾《中央日报》第三届、第五届文学奖、长篇小说《扶桑》获台湾《联合报》副刊小说大奖、《人寰》获台湾《中国时报》百万元小说大奖,根据其小说改编的电影作品也屡获大奖。还出版有小说集《海那边》、《少女小渔》、《倒淌河》

等。近年创作"穗子的故事"系列小说,反映在"文革"中一群少年男女的成长经历,写出了"文革"留在作家心中的个人记忆,结集《穗子物语》出版。

杨绛(女)(1911—)

原名杨季康。原籍江苏省无锡,生于北京。1932年毕业于苏州东吴大学,成为清华大学研究院外国语文研究生。1935年至1938年与丈夫钱钟书一同留学于英、法等国,回国后历任上海震旦女子文理学院外语系教授、清华大学西语系教授。1953年,任北京大学文学研究所、中国科学院文学研究所、中国社会科学院外国文学研究所的研究员。著有剧本《称心如意》、《弄假成真》、《风絮》等,翻译了《一九三九年以来英国散文作品》、西班牙著名流浪汉小说《小癞子》、法国勒萨日的长篇小说《吉尔·布拉斯》等。1970年下放河南省息县干校,在菜园劳动。1972年回北京。"文革"后继续研究翻译外国文学,并从事散文创作。著有论文集《春泥集》,翻译了西班牙塞万提斯的著名长篇小说《堂·吉诃德》等。关于干校生活的散文集《干校六记》很受推崇,获新时期全国优秀散文(集)奖,并被翻译成各种语言。其他还有一些散文如《将饮茶》、《回忆两篇》、《记钱钟书与〈围城〉》等都是平常的生活琐记和关于亲人的回忆文献性质的文章。最近有回忆录《我们仨》出版,在读书界引起强烈反响。长篇小说《洗澡》以客观超脱的白描手法记录了一群知识分子在1953年知识分子思想改造期间的生活遭遇,以及他们在政治运动中的不同心态和表现,出版后很受评论界的重视。《洗澡》续篇《洗澡之后》2014年出版。

杨沫(女)(1914—1995)

原名杨成业。曾用名杨君默、杨默、杨慧梅等,笔名鲁佳、小慧等。原籍湖南湘阴,生于北京。1928年入北京温泉女子中学读书,因家庭破产而失学,曾任小学教员、书店店员。1934年在《黑白》上发表处女作。抗战爆发后,在晋察冀边区做妇女工作和报刊编辑工作。1952年起先后担任中央电影局剧本创编室、北京电影制片厂编辑。1963年起为北京市文联专业作家,任北京作协副主席、北京文联主席等职。主要作品有《青春之歌》、《苇塘纪事》、

《芳菲之歌》、《英华之歌》(《青春之歌》续集)、《自白——我的日记》、《不是日记的日记》等。长篇小说《青春之歌》(作家出版社1958 年初版)在国内外有广泛影响,写"九一八"事变至"一二九"运动时期形形色色的青年知识分子的生活道路和革命道路,但因以在当时被视为小资产阶级的人物作为小说主人公,发表后引起争论,后作者听从意见所作的趋时的修改再次引起评论界的分歧。

余华(男)(1960—)

原籍山东高唐。生于浙江杭州,长于海盐。父母都是医生。1973 年小学毕业,1977 年中学毕业,曾在一家镇上的医院任牙医。1983 年开始创作,同年进入浙江省海盐县文化馆。处女作《星星》发表在《北京文学》1984 年 1 期。后就读于鲁迅文学院、北京师范大学联合招收的研究生班。现定居北京,从事专业创作。主要作品有中短篇小说《十八岁出门远行》、《四月三日事件》、《一九八六年》、《河边的错误》、《现实一种》、《鲜血梅花》、《在劫难逃》、《世事如烟》、《古典爱情》、《黄昏里的男孩》等,长篇小说《在细雨中呼喊》、《活着》、《许三观卖血记》。另有《我能否相信自己》、《高潮》、《内心之死》等随笔集。他是"先锋派"的代表作家,早年的小说带有很强的实验性,以极其冷酷的笔调揭示人性丑陋阴暗的角落,罪恶、暴力、死亡是他执着于描写的对象,处处透着怪异奇特的气息,又有非凡的想象力,客观的叙述语言和跌宕恐怖的情节形成鲜明的对比,对生存的异化状况有着特殊的敏感,给人以震撼。然而他在 90 年代后创作的长篇小说与 80 年代中后期的中短篇有很大的不同,特别是使他享有盛誉的《活着》和《许三观卖血记》,逼近生活真实,以平实的民间姿态呈现一种淡泊而又坚毅的力量,提供了历史的另一种叙述方法。死亡仍是其一大主题,极端化处理仍时隐时现。

曾卓(男)(1922—2002)

原名曾庆冠。笔名还有柳红、马莱、阿文、方宁、方萌、林薇等。原籍湖北黄陂,生于湖北武汉。1936 年加入武汉市民族解放先锋队,武汉沦陷前夕流亡到重庆继续求学,并开始发表作品。1940年加入全国文协,组织诗垦地社,编辑出版《诗垦地丛刊》。1943

年入重庆中央大学历史系学习。1944 至 1945 年从事《诗文学》编辑工作。1947 年毕业后回武汉为《大刚报》主编副刊。1950 年任教湖北省教育学院和武汉大学中文系,1952 年任《长江日报》副社长,当选武汉市文联、文协副主席。1955 年受胡风案牵连,被捕入狱。1957 年因病保外就医。1959 年下放农村。1961 年调任武汉人民艺术剧院编剧。1979 年底平反,调回武汉市文联工作。出版的诗集有《门》、《悬崖边的树》、《老水手的歌》等,其中《老水手的歌》获全国第二届优秀新诗诗集奖。所著散文集有《痛苦与欢乐》、《美的寻求者》、《让火燃着》、《听笛人手记》等,其中《听笛人手记》获新时期全国优秀散文(集)奖。还有诗论集《诗人的两翼》、剧作集《处女的心》等。诗歌真诚朴素,饱含情感,特别是在逆境中坚持创作,如《悬崖边的树》、《有赠》等,沉郁中透露着刚毅,在孤苦中表现积极向上精神。

翟永明(女)(1955—　)

　　四川成都人。1974 年在兵器工业部 209 所工作。1977 年进成都电讯工程学院读书,1980 年毕业后回原单位。1981 年开始诗歌创作。1988 年调入成都文学院。出版有诗集《女人》、《黑暗里的表现》等。代表作有组诗《女人》、《静安庄》、《人生在世》、《我策马扬鞭》等。《女人》等作品有很强的女性意识,以激愤的语言探寻中国女性的命运,显示反抗的姿态。所阐释的"黑暗意识",即女性对自身使命的深刻自觉,被认为给当代诗坛提供了一个独到而又深刻的主题。《莉莉和我》、《道具与场景的述说》、《脸谱生活》等作品则表现出她趋向于独特的艺术创造力。对"脸谱"——人格面具的研究,使她 90 年代的诗具有一种深沉的悲悯,也使她的叙事游离于纯粹的个人体验。她对诗歌进行了小说化的处理,而且重视诗的戏剧性,这都使她的诗具有独到的魅力。近年还写作了大量艺术随笔,有《坚韧的破碎之花》、《正如你所看到的》等随笔集出版。

张承志(男)(1948—　)

　　原籍山东济南,生于北京。回族。1967 年毕业于北京清华大学附属中学。1968 年到内蒙古东乌珠穆沁旗插队,在草原上当了四年的牧民。1972 年入北京大学历史系考古专业学习。1975 年毕业分配到中国历史博物馆考古组工作。1978 年发表处女作《骑手为什么歌唱母亲》,引起文坛注意,获全国优秀短篇小说奖。同年考入中国社会科学院研究生院历史语言系学习,研究蒙古族及北方诸民族的历史。1981 年毕业分配到中国社会科学院民族研究所。1981—1982 年曾在日本东京大学进修。这时期主要作品有长篇小说《金牧场》,中短篇小说《北方的河》、《黑骏马》、《黄泥小屋》等,其中《黑骏马》、《北方的河》分获 1981—1982 年和 1983—1984 年全国优秀中篇小说奖。他被称作一个理想主义的精神漫游者,早期以草原生活为题材,从大地、民间汲取精神养料;稍后他把个人理想与宗教信仰结合在一起,开始了他对于回民生存和真主信仰的探索。1984 年,他到回民聚集地西海固,在那里结识了一大批哲合忍耶的教友,他们为了维护信仰的纯洁及心灵的自由而不惜牺牲的英雄主义精神极大地震动了张承志。他不仅成了哲合忍耶教徒,而且用文学的形式写了一部宗教史《心灵史》,在文坛引起了很大的震动。他用宗教写作企图为现代社会的精神沉沦亮出一条拯救之路,著有随笔集《荒芜英雄路》、《大陆与情感》等。然而他作品中越来越浓厚的宗教倾向也引起了争议。

张洁(女)(1937—)

原籍辽宁抚顺,生于北京。幼年丧父,从母姓。酷爱文艺,尤其是诗歌和音乐。1956 年高中毕业,入中国人民大学计划统计系。1960 年分配到第一机械工业部工作。1978 年发表处女作《森林里来的孩子》,引起文坛注目,获当年全国优秀短篇小说奖。1979 年加入中国作协,同年发表的短篇小说《爱,是不能忘记的》触及爱情与伦理道德的关系这一敏感问题,引起文坛的大反响。1980 年调北京电影制片厂工作。后为作协北京分会专业作家。出版有《张洁小说剧本选》,小说散文集《爱,是不能忘记的》、《方舟》,中短篇小说集《祖母绿》,长篇小说《沉重的翅膀》、《只有一个太阳》等,长篇散文《那个最爱我的人去了》,游记《一个中国女人在欧洲》等。其中《谁生活得更美好》、《条件尚未成熟》分获 1979、1983 年全国优秀短篇小说奖;《祖母绿》获 1983—1984 年全

国优秀中篇小说奖;《沉重的翅膀》获第二届茅盾文学奖,是反映
改革的代表作品,发表后争议很大,被译成多种文字出版。她的创
作享有国际声誉,曾获意大利 1989 年玛拉帕尔蒂国际文学奖,被
授予美国文学艺术院荣誉院士。她的作品初期特点是婉约清丽,
在宁静悠远中呼唤人的真情;后来的作品则更关注社会现实,挖掘
人性的复杂。近年创作完成八十万字的长篇小说《无字》,坚持对
女性命运的关照的一贯立场,更强化了对社会历史的反思,颇引人
关注。

张炜(男)(1956—　)

　　山东栖霞人。1976 年高中毕业后,回原籍在农村参加工副业
劳动。1978 年考入山东烟台师专中文系。1980 年毕业后到山东
省档案局工作。同年发表小说处女作。1983 年加入中国作协,
1984 年调山东省文联从事专业创作,现为山东省作协主席。出版
有短篇小说集《芦青河告诉我》,中短篇小说集《浪漫的秋夜》、《秋
天的愤怒》等,中篇小说集《秋夜》等,散文集《融入野地》等,长诗
《皈依之路》,长篇小说《古船》、《我的田园》、《九月寓言》、《柏
慧》、《家族》等。所作《声音》、《一潭清水》分获 1982、1984 年全
国优秀短篇小说奖,《古船》、《九月寓言》等获得评论界极高的评
价。早期的创作描写两性之间淡淡的朦胧的柔情,显得纤巧柔美。
后转入对农村现实的揭示,表达对人性的深入思考。自"秋天三
部曲"直至《古船》,他彻底从原来的纤细敏感走向深厚沉郁,这或
许就是他从土地中所得。从《九月寓言》开始的三部长篇,显示了
他对知识分子精神理想和民间立场的坚持。他更多地在思考中国
文化的命运和出路的问题,包括传统文化的现代化改造问题和知
识分子的精神自救问题,"融入野地"是他设计的一条理想之路。
在他的史诗般的作品中,感情的勃发,诗性的潺潺流动,展现了他
的作品与其他写"史"的小说的不同之处,显示着他对纯文学的执
着追求。近年来,他连续创作《外省书》、《能不忆蜀葵》、《丑行或
浪漫》等长篇小说,反映在经济大潮冲击下知识分子的躁动心理,
并对"现代化"的道路提出强烈质疑,作品以强烈的道德感和批判
色彩而为人关注。

张贤亮（男）（1936—　　）

原籍江苏盱眙，生于南京。抗战时期在重庆读小学，抗战胜利后，在南京建南中学、南京市三中学习。1951 年入北京三十九中学，1954 年被除籍。1956 年自愿报名去西北，在甘肃贺兰县的农村当文书，后调任甘肃省干部文化学校文学课教员。50 年代初期开始诗歌创作，1957 年因发表诗歌《大风歌》被划成右派。1958 年至 1976 年，经历了劳动、管制、群专、关监，在宁夏农场被剥夺一切社会权利从事劳动。1979 年获平反，重新发表作品。1980 年调宁夏自治区文联工作，当《宁夏文艺》的编辑，后从事专业创作。曾任宁夏自治区文联主席、作协宁夏分会主席。出版有小说集《灵与肉》、《肖尔布拉克》、《感情的历程》等，长篇小说《男人的风格》、《习惯死亡》、《朋友早安》、《青春期》等。代表作有《灵与肉》、《肖尔布拉克》、《绿化树》、《男人的一半是女人》、《邢老汉和狗的故事》等，前两篇分获 1980、1983 年全国优秀短篇小说奖，《绿化树》获 1983—1984 年全国优秀中篇小说奖，还被翻译成各国文字。他的作品一方面取材于自身经历过的苦难生活，表现知识分子在困境中的反应和省思；另一方面写农民的命运际遇，探究人性、人生，耐人寻味。以粗犷、苍凉的大西北为背景，饱含情感，又带有理性色彩，但也曾因较为大胆的性描写引起过争议。

张辛欣（女）（1953—　　）

原籍山东，生于江苏南京。幼年随父到北京。小学毕业时"文革"爆发，16 岁时下放黑龙江生产建设兵团。第二年加入湖南省军队。后归北京，当过护士和共青团干部。1979 年考入中央戏剧学院导演系。1980 年发表的《我在哪儿错过了你?》和 1981 年发表的《在同一地平线上》两篇小说开始引起文坛注目。1984 年分配到北京人民艺术剧院任导演。后曾到海外访学，现为文化公司的艺术总监。主要作品有《张辛欣小说集》、《我们这个年纪的梦》、《北京人——一百个中国人的自述》（与桑晔合著）、《封·片·连》等，很多作品被翻译成多种语言。作品风格发生过较多变化，早期侧重描写知识女性的心灵世界，带有明显的主观色彩，讲究心理和寓意，与传统的故事性的主流文学不同；后多吸取西方现代派文学的因素,特别是心理分析和黑色幽默的特点,如《疯狂的君子兰》等;《北京人》展现了具有文化意蕴的中国民众生活相,不追求情节,而重视叙述本身,自此之后她开始更多致力于纪实文学的创作。她的很多作品评论界褒贬不一,引起广泛的争议。

张中晓(男)(1930—1966 年尾或 1967 年初)

　　1930 年出生于浙江绍兴,读书时受到鲁迅、胡风等人影响。1950 年经人介绍与胡风通信。1952 年入新文艺出版社任编辑。1955 年胡风事件发生后被作为"反革命嗅觉最灵"的"胡风集团骨干分子"逮捕入狱,次年因旧病复发获"保外就医",回到家乡。"文革"前夕调到上海新华书店储运部劳动,约在 1966 年尾或 1967 年初去世。在生命的最后十年,他写下了大量的札记,1966 年由路莘整理选编为《无梦楼随笔》出版。

赵树理(男)(1906—1970)

　　原名赵树礼。笔名野小、尚在、常哉、五甲士等。山西沁水人。1925 年就读于山西省立第四师范,积极参加学生运动。1929 年被捕,在"自新院"里写过小说,次年获释。1936 年任教上党公立简易师范。1937 年参加山西抗日救国同盟会。1939 年调任长治第五专署民宣科员,创作通俗剧本多种。1942 年调北方局党校研究室。毛泽东的《讲话》发表后,他的《小二黑结婚》受到根据地群众的欢迎,被认为是实践《讲话》方向的代表作品。50 年代后任文化部戏曲改进局曲艺处长,兼《说说唱唱》、《曲艺》主编,并担任全国文联委员、中国作协理事和中国曲艺工作者协会主席。1965 年调山西文联工作。"文革"中受到残酷迫害,被殴致残致死。代表作品还有《李有才板话》、《邪不压正》、《登记》、《锻炼锻炼》、《套不住的手》,长篇小说《三里湾》等。此外还有文艺论集《三复集》,长篇评书体小说《灵泉洞》(上),戏曲剧本《三关排宴》、《十里店》等。他是一个来自民间、回归民间的作家,写农民的生活给农民看,自称"地摊"作家。他的语言通俗有趣,情节引人入胜,作品站在农民的立场看问题,所以他的农村小说不同于其他来自知识分子作家的农村题材作品,而总是站在农民的立场上实实在在地反映了农村的现实问题。因为他对农民理解得深,所以不可避免地触及了政策执行中的失误,也造成他的一些作品在当时受到批判。

赵振开(男)(1949—　　)

笔名北岛,还有石默、艾珊等。原籍浙江,生于北京。就读于北京第四中学。1969 年进北京一家建筑公司,当过混凝土工、铁匠等。1970 年末开始写诗。1972 年开始写小说。1976 年参加天安门运动,写诗《回答》。1978 年与芒克等文学同人创刊《今天》,担任主编。其现代主义色彩的新诗歌形式受到青年读者的欢迎,被称为“朦胧诗”的代表诗人,但也受到来自传统保守势力的批评。1980 年进《新观察》杂志社当编辑,1981 年在《中国报道》社的文学部门当编辑,后辞职。发表过小说《波动》(《长江》1981 年 1 期)和《稿纸上的月亮》等,《波动》因其存在主义的倾向受到批判。1986 年被《星星》杂志评为“我最喜欢的中青年诗人”之一。《北岛诗选》获中国作协全国第三届新诗诗集奖。在美国、瑞典分别出版有诗集《太阳城札记》、《北岛顾城诗集》。还著有小说集《归来的陌生人》。90 年代后在欧洲、美国流浪,现居美国。近年多从事散文创作,有散文集《蓝房子》、《失败之书》等。

周立波(男)(1908—1979)

原名周绍仪,又名周凤翔,周立波是他 30 年代初期的改名。曾用笔名张一柯、张尚斌等。湖南益阳人。1929 年入上海劳动大学社会科学院经济系学习,并开始写作,后因参加左翼活动被除名。1932 年在神州国光社当校对时因参加罢工而被捕。1934 年出狱,加入左联,从事名著翻译、散文创作。加入中国共产党后参加左联党团工作,任《每周文学》编辑。在此期间翻译了肖洛霍夫《被开垦的处女地》(第一部)、基希《秘密的中国》等。抗战时期在八路军前方总司令部、晋察冀边区担任新闻工作,写了《战地日记》、《晋察冀边区印象记》等报告文学。1939 年底到延安,任教鲁艺兼编译处处长。1944 年任《解放日报》副刊部副部长。后又先后担任《七七日报》、《中原日报》、《民声报》副社长。抗战胜利后赴东北参加土改,又在宣传部门、文学部门担任职务。1946 年开始创作《暴风骤雨》,获斯大林文学奖金三等奖。1948 年主编《文学战线》,1949 年任沈阳鲁艺研究室主任。50 年代回农村生活,创作了长篇小说《山乡巨变》，因其浓厚的乡土气息而获得艺术上的成功，文革前担任湖南省文联主席兼党组书记。"文革"中受到残酷迫害。1978 年发表《湘江一夜》，获该年全国优秀短篇小说奖。作品还有长篇小说《铁水奔流》，短篇小说集《禾场上》、《山那面人家》等。他的作品以故乡农村为背景，文风秀美，但也因时代局限性使他对农村真实生活的把握不够准确。

周涛（男）（1946—　　）

原名周小涛。原籍山西，生于北京，1955 年迁居新疆。1965年考入新疆大学中文系，开始发表作品。1970 年接受"再教育"一年。1972 年分配至喀什市团委工作。1979 年参加人民解放军，调入新疆军区政治部创作组。1986 年后在兰州军区政治部创作组工作。1979 年长诗《八月的果园》出版。1982 年后，与杨牧、章德益等合力发表"新边塞诗"，对西部文学的发展起了推动作用。著有诗集《牧人集》、《神山》、《鹰笛》、《野马群》、《云游》等，长诗《山岳山岳·丛林丛林》等。代表作有《野马群》、《马蹄耕耘的历史》、《鹰之击》、《一座名叫博格达的峰峦所塑的雕像》等。诗集《神山》获第二届全国优秀新诗诗集奖。部分诗作被译介到国外。他的诗歌和散文多取材于西北边疆生活，特别是部队生活，开掘、张扬在极度艰难中谋求生存和发展的生命韧性，格调雄壮、冷峻，具有纵深感、历史感。

周扬（男）（1908—1989）

原名周运宜，字起应。笔名有绮影、谷扬、周苋等。湖南益阳人。1928 年毕业于上海大夏大学，同年冬留学日本。1930 年回上海，参加领导中国左翼文艺运动。曾任左联党团书记、文化总同盟书记、《文学月报》主编。期间主要介绍苏联文艺理论。1936 年提倡"国防文学"，与鲁迅、胡风等提出的"民族革命战争的大众文学"发生著名的"两个口号"的论争。1937 年到延安，历任陕甘宁边区教育厅长，鲁迅艺术文学院院长，中央文委委员，延安大学校长。抗战胜利后，任华北联合大学副校长。后相继任中共晋察冀中央局宣传部长、华北局宣传部长。1949 年与郭沫若、茅盾等筹备、召开了全国第一次文代会。中华人民共和国成立后，一直担任文化宣传方面的领导工作,主要担任中共中央宣传部副部长、文化部副部长等职。他是五六十年代中国大陆文艺界的实权人物,具体领导了中共中央部署的各种文艺运动和思想斗争,发表了许多重要的文艺讲话。"文革"初受到政治性批判,并被监禁。"文革"后得到平反重新复出,担任过文联主席、中宣部副部长等职。1983年因发表《关于马克思主义几个理论问题的探讨》,涉及"人道主义"和"异化"的问题而遭胡乔木等人的批判,后长期卧病。一生著译甚多。翻译作品有《安娜·卡列尼娜》、《生活与美学》等。编有《马克思主义与文艺》,系统分类介绍马、恩、列、斯、毛以及高尔基、鲁迅的有关论述,有较大影响。出版论著有《表现新的群众的时代》、《新的人民的文艺》、《坚决贯彻毛泽东文艺路线》等。他的很多论述带有不同时代强烈的政治色彩,是个争议较大的人物。

朱苏进(男)(1953—)

江苏南京人。1959年随父到福州入小学,后因病辍学。1969年参加中国人民解放军。当过战士、班长、排长、副指导员等。1971年开始业余创作。1977年到南京军区政治部文化部创作室从事专业创作。1986年考入北京大学中文系作家班,同年转入南京大学中文系,1988年毕业。现任创作室主任,中国作协理事。主要作品有长篇小说《在一个夏令营里》、《炮群》、《醉太平》,中篇小说《射天狼》、《引而不发》、《凝眸》、《第三只眼》、《绝望中诞生》、《金色叶片》、《接近无限透明》等,散文集《天圆地方》等。《射天狼》、《凝眸》分获1981—1982、1983—1984年全国优秀中篇小说奖。其作品多表现和平时期的军人生活和思考,切入角度新颖,立意深邃,语言具有穿透力又不乏幽默。他拓宽了军旅题材的写作空间,以个性化的视角,对人性进行深入地开掘。

宗璞(女)(1928—)

原名冯钟璞,笔名还有绿繁、任小哲等。原籍河南省唐河,生于北京,著名哲学家冯友兰之女。就读清华大学附属成志小学校。抗战爆发,随父赴昆明,就读西南联大附属中学。1945年回北京。1946年入南开大学外文系,1948年转入清华大学外文系,同年在《大公报》发表处女作《A. K. C》。1951年毕业分配在政务院宗教事务委员会工作。同年末调入中国文联研究部。1956 年至 1958 年在《文艺报》任外国文学的编辑。1957 年出版童话集《寻月集》,同年发表短篇小说《红豆》,引起文坛注目,在反右斗争中遭到批判。1959 年下放河北省农村。1960 年调入《世界文学》编辑部。主要撰写散文和小说。"文革"中被迫中断创作,1978 年重新发表作品。后调入北京外国文学研究所。主要作品有《宗璞散文小说选》,散文集《丁香结》,翻译《缪塞诗选》(合译)、《拉帕其尼的女儿》等。所作《弦上的梦》获 1978 年全国优秀短篇小说奖,《三生石》获 1977—1980 年全国优秀中篇小说奖,散文集《丁香结》获全国优秀散文(集)奖。她的作品多写知识阶层,文字优雅,富于学养,含蓄蕴藉。"文革"后的创作追求现代主义技巧的探索,注重心理描写,具有超现实的荒诞和象征,比如《我是谁》、《蜗居》、《泥沼中的头颅》等,受到批评界的注意。从 1988 年开始,致力于长篇系列小说《野葫芦引》的创作,计划写作四部,现已完成《南渡记》、《东藏记》两部,该系列小说主要表现抗战中高级知识分子的生活,并以此写出知识分子的气节和社会的人情世态。

附录三

关于当代文学史教学的几点看法①

一、我对当代文学史的一些看法

中国当代文学史作为一门学科,我以为有两个显著特点:第一,它只是中国 20 世纪文学史的一部分,无法脱离了近现代文学的历史经验来谈当代文学;第二,它与同时期的台湾、香港文学形成了几个完全不一样形态的文学区域,严格地说,它只是当代中国的一部分(大陆地区)文学。因此,我们在讨论当代文学的问题时,应该在时间和空间上有整体观意识,不能过于狭隘地把 1949 年大陆文学运动和文学现象孤立地视为中国唯一的文学史。我看到有些当代文学史象征性地加上一两个章节讲一下台湾、香港文学,以为这样一来就全面了,其实这样做并不能准确表达和描述中国当代文学的状况。还有一个相关的问题是,当代文学的研究范围似乎是没有下限的,它可以无限地延伸下去。那么,我们这门学科将不会有稳定的学术结论。社会日常生活在不断变化,与日常生活关系密切的文学也将不断发生变化,文学的观念和审美的认识都会在不断的变化中影响我们对文学史的科学判断。我在过去提出《中国新文学整体观》时,曾经把本世纪以来的文学史比作是

---

① 2000 年 8 月 17—20 日,复旦大学中文系与复旦大学出版社联合举办中国当代文学史教学交流会议,参加者均是来自全国各高校教授中国当代文学的教师,会上讨论了中国当代文学教学中的一些问题。本文是陈思和教授在 18 日、20 日会上的两次发言,结合主编的《中国当代文学史教程》和会议的各种问题而谈的个人教学体会。

一个开放性的整体结构,当这个结构里加入了任何一种新的成分,
它都会导致对整个结构的重新审视和证伪。这种现象,看上去似
乎与学术研究所需要的科学性稳定性规范性是相矛盾的,但它确
实又是当代文学的活力所在。它使研究者不断遭遇新的问题和新
的刺激,激发起研究者重新审视历史、自我批判的热情,使我们在
投入推动当代文学的学科建设的同时,也正是参与和改变了当代
文学的现实甚至是形成这些文学现象的环境。十几年前我们提倡
"重写文学史"也就是为了强调这一特点,那时候,学术界许多人
对文学史需要重写的观念无法接受,视为异端,现在是否能在这一
观念上达成共识还不知道,但总算获得了一点进步,可惜十二年过
去了。

　　这本《中国当代文学史教程》虽然是一本集体编写的教材,但
参加编写的都是对我的一些文学史理论探讨比较理解的青年学
者,因此也可以说,这本文学史里面确实渗透着我个人的文学史观
念的探索。我很早就有过编写一本有自己想法的文学史的打算,
但没有写下去,其中原因之一是自己的功力不够,对文学史的各种
现象还没有想"通",所以,从 90 年代初开始我一直在探寻一种当
代文学史的表述形态和理论形态,我提出了"战争文化心理"、"民
间文化形态"等理论性的文学史课题,都是作为对文学史研究和
写作的实践和练兵。但是在编写这本《教程》时,我不想把这些自
己已经形成的文学史观念作为理论形态来灌输于数学中,而是把
这些观念融化到具体作品文本分析中去,让学习者在无意识的审
美过程中自己去慢慢领会。但我对当代文学史是有些基本看法和
进入文学史的具体路径的。

　　1949 年以后中国大陆的当代文学史主要是分成三个阶段:
1949—1977 年为第一个阶段,1978—1989 年为第二阶段,90 年代
为第三个阶段。每个阶段的文学史形态是不一样的。

　　20 世纪五六十年代文学是当代文学史的开端,它包括了社会
主义初期国家文艺政策与知识分子的"五四"新文学传统在具体
历史阶段的演变以及民间文化形态的作用三者合力构成的一种文
学史形态。我们过去只强调它作为国家意识形态的显形的一面,
却没有看到,隐形的知识分子传统与民间文化形态依然在起作用,
内在地制约了文学创作的艺术价值。"五四"以来知识分子在实

践中体现出来的人格力量,或者说五四以来的一种精神传统,说实话,从 40 年代以来已经非常微弱,但并不是没有。50 年代以来文艺界之所以有那么多的政治运动,就说明知识分子的精神传统还是存在的。大体上来说,50 年代以后这种精神传统没有一个大规模的明显继承,但是它转化为曲折的、隐蔽的、含蓄的表达。很多东西看上去不起眼,但它是一种曲折的表现。50 年代以后为什么许多原来以写现代题材著称的老作家都不约而同地创作历史剧?"双百方针"期间许多青年作家对文学干预现实的追求,甚至像《燕山夜话》等杂文的写作,等等,或多或少,曲直都隐含了一种知识分子的人文关怀在里面。还有一块就是民间话语。民间包括两个方面,一个就是不以人为的意志所转移,不以知识分子描绘为价值的客观存在,即老百姓的生活,老百姓的生活不是在真空里,所以他们的生活里永远存在着权力和统治阶级意识形态侵犯的问题。不是因为有了统治阶级的侵犯,有了知识分子的描绘,老百姓他们自己的文化就不存在。另外一个民间就是出现在文学作品中的民间,它是经过知识分子的思考和选择,通过他们审美形式提炼出来的,这里面的价值观念实际上是知识分子的价值观念。这种价值观念用这样一种弱势的文化形态来抗衡无所不在的权力意志,有自觉的,也有不自觉的,或者根本就不存在现实的意义,它只是个美学的观念,无意识地出现在文学作品中。但我认为,我们作为文学史家应该去发现后一种民间,否则的话,我们所解读的 50 年代文学就是非常单调的文学,我们只是对它作出价值判断(比如是赞同还是不赞同)而无法对它作出审美的理性的分析和判断。过去我们总是用战争的眼光来看问题,总是分成我方、敌方,好像这样才能推动历史进步,所以我们在文学史的编写上突出的就是运动和斗争,我觉得一部文学史的根本问题,不但要灌输给学习者一个现成的结论,最重要的是让学生通过对作家创作的文本解读,来了解时代的多元性和丰富性。

有一种观点,就是简单地认定知识分子传统和民间立场都是与官方天然地相对立的,这样的观点可以引出两种片面的误解。一种是乌托邦的观点,把人间社会看得非常纯洁,所以一看到知识分子先天的软弱性,就马上悲观起来,似乎在那个时代的知识分子一无是处,不是烈士就是孬种;对民间的理解也是这样,民间作为一种弱势文化本来就渗透着统治阶级的意志,但因为如此,就排斥民间的独立存在的意义,或者将现实的民间状态与体现了知识分子价值立场的民间相混淆,认为民间不过是权力者的同谋。从表面上看,这样的理解是有许多证据的,但它看不到生活与文化现象的复杂性。因为本来就没有一个纯之又纯的知识分子文学或者民间文化,在这样的标准下面,等于把一部文学史都简单抹杀了。另外一种观点是夸大了知识分子传统、民间立场与国家意识形态的对立性,好像一讲知识分子立场和民间立场,就与官方对立了。这也是形而上学地看问题的一种表现。因为在当代文学史上,所有公开发表的文学都无例外地体现了官方的政治意识形态,文学的知识分子传统和民间立场是通过对政治意识形态的传达体现出来的。否则不可能被出版。我们分析三者的关系,只是要分解出作品内涵的丰富性,而不是要抹杀它们宣传和表现政治意识形态的特点。民间立场说到底也就是一种实实在在的社会底层的民众立场,对于一个作家来说,他在创作作品、理解作品时应站在普通人的立场、弱者的立场,这是一个基本点。我们写文学史也要尊重和体现一个普通人的基本的权利。这是我对当代文学的基本理解,也是当代文学研究和评论的出发点。

这是我研究20世纪五六十年代文学的一个出发点和方法,但除此而外,还有另外一个空间的文学创作现象也要注意。那就是对"潜在写作"——在当时没有公开发表的文学创作的研究。以前有的学者把这类创作称为地下文学,我是不赞成的。这倒不仅是"地下"这个词含有强烈地反抗现实的意义,我不想把这个概念引进文学史,是因为它不符合中国"潜在写作"的状况。我认为中国的"潜在写作"中大部分作品与中国现实没有什么对抗性,有一部分作品是可以公开发表的,只是作家失去了发表的资格,还有很多"潜在写作"是明志文学,例如胡风在监狱里写的很多诗,用一个简单的"地下文学"不能涵盖它们。"潜在写作"的前提是这些作家被剥夺政治权利不能发表创作,或者一些虽然没有被剥夺政治权利但其作品却不适合公开发表的,还有一些不自觉的写作,如书信、日记等。绝大多数的"潜在写作"的创作愿望与发生这一事实本身,就与现实有直接的对抗性。它们为那个时代的文学提供了另外一种思路,尤其是因为那个时代的公开发表的文学被意识形态控制得过于紧密,使很多个人话语无法表达,在这种情况下,"潜在写作"的作家作品有可能在较大程度上把心里话表达出来,这种"潜在写作"是个人抒情的产物。鉴定"潜在写作"是一个很严肃的科学的工作,需要我们去实事求是地考证,当代文学研究是有很多事可以做的,研究潜在写作应该成为我们一个课题。

这本《教程》中关于第一阶段的当代文学论述,我花的功夫较大。第二阶段和第三阶段的论述相对就薄弱一些。在评述 80 年代的文学时,我遇到了一个最大的问题是:很多人都认为 80 年代文学是在不断进步,如伤痕文学不如其后的反思文学,伤痕文学不成熟,是年轻一代对社会现实(文革)的浮躁的批判,而反思文学则进入到理性阶段,有历史感,然后就是现代派文学、寻根文学、新写实等,从一个方面的思路看,好像是越来越丰富,引进的样式也越来越多,审美趋向多元化。其实这只是一个现象。我感觉到,如果以文学作品来批判、推动社会的五四新文学传统而言,那种知识分子对现实的关怀,那种对现实的批判精神,80 年代是一步步地后退了。伤痕文学与反思文学的交替,是从非常尖锐甚至绝望地批评现实和反思历史,撤退到一个以比较妥协、中和的态度来批评现实和反思历史。最早出现的伤痕文学,其作者都是些知青,那些作者都有一种非常强烈的受骗的感觉,他们所追求的青春、思想、信仰,包括自己的人生道路,都因"文革"的结束而结束。他们对"文革",对当时的现实都采取了强烈的否定态度,他们不是从理论上去否定"文革",而是通过个体的声音,个人的遭遇来表达、来传达这种绝望情绪。比如卢新华的《伤痕》,是一种通过个人的绝望来反映时代,是一种对时代的个人性的控诉。一般的读者、评论界普遍对《伤痕》所表露出的心灵伤痕表示可以理解,但却视为是片面的、偏激的,而认同刘心武的《班主任》。《班主任》的创作迹象表明一代人由绝望走向希望,由对时代的不可挽回的伤痛的控诉转为对时代的理性分析。《班主任》所体现的,正是官方所需要的宣传口径。从这个角度,《班主任》就得到认可。《班主任》这条线直接导致了反思文学的出现。反思文学一出现就得到主流批评的认可,其价值观取代了伤痕文学的价值观念,反思文学被抬上主流地位,而伤痕文学则被压抑。由此可见,这时期文学的进步是以退步为代价的,这是一个复杂的过程。现代派文学和寻根文学的出现也走过了类似的过程,他们在文学批判精神上又退了一步。这样的过程要在文学史上表达是非常困难的。我想通过文学作品的分析必然会注意到这一点。寻根文学的出现在审美上有很大的发展。寻根文学很重要,是知青一代作家独立话语的传达,知青作家其伤痕话语被压抑后,出现在文坛上的都是比他们年长的前两代作家。知青作家一定要从现实知识分子话语中分离出去,找到自己的话语世界,于是就出现了像王安忆、李锐、韩少功等一代作家。他们导致了 90 年代最优秀的文学作品的产生。90 年代最重要的作品都与寻根文学有着先天关系,都是在这条线上发展而来的。但这些作品回避了 90 年代的现实尖锐的矛盾冲突。虽然艺术上表现了知识分子的人文理想和追求所能达到的最高程度,但是没有一部是写变化中的 90 年代,一批成熟的作家拿出的最成熟的作品都不是写变化中的现实。我这部文学史教程对 90 年代文学讨论得比较少,是因为我认为现在写与时代生活同步的文学史需要慎重,所以对于 90 年代新出现的文学现象基本上没有涉及,只是在每一节的概述里提了一下。我对 90 年代文学的看法是有的,但现在写入文学史还为时过早。

二、编写当代文学史的几个问题

第一,当代文学史的新与旧。

张新颖有个观点很好,他说,这部教材许多人觉得有"新"意,其实是老师觉得"新",因为老师是针对了以前所接受的教育和所进行的教学经验而言的。但是对学生来说,他读什么作品,读什么文学史,是没有比较的。对他来说,文学史可能就是这样的。文学史说到底是一种解释,无所谓"新"与"旧"的对立,应该允许有各种各样不同风格的文学史的存在。尤其是当代文学史,它作为一门学科真正建立大约只有近二十年的历史,而且与这个时代的政治、社会的大改革大变动联系在一起。从 20 世纪 80 年代到 90 年代,每一次政治和社会经济改革的变动,都为文学提出了"新"的认识要求,有的变动甚至会改变对以往文学史的根本性看法。在这一点上我很赞同许多老师的看法,当代文学作为一门"史"是不成熟的。但正因为是不成熟的,我们才有可能去重写、去探索,才能允许我们去打破以前的文学史框架。说到底,以前的文学史框架、观念和大纲也是过渡性的,随着发展而变化的。所以,教什么内容而不教什么内容,我们应该有更多的主动权。如果说,教外国文学不教莎士比亚和歌德,教古代文学不教李白杜甫,教现代文学不教鲁迅,都是不对的。但在当代文学方面,历史还没有经典化的筛选,没有哪个作家和哪种理论是永垂不朽的。我们今天因为与时代隔得近,会觉得有些作品很重要,但时代风气一旦变化,这些作品就微不足道了。比如80年代初的当代文学史往往要编上下卷或三卷,而且还不包括80年代中期以后的文学作品,并不是写进去的作家都很重要,而是因为时代太近没有办法进行筛选。如果按照这样的罗列法来编写,那么编到20世纪末起码要编六七卷,根本没有办法用来上课。所以重写文学史也就是一个重新筛选的过程,要不断筛去有共性而没有个性的作家作品,补充新的更能够体现时代特征和有个性的作品。时代发展变化了,时间的容量大了,而历史上的内容只能减少不可能增加。《中国当代文学史教程》的困难就在这里,它的篇幅在编写时都已经定下来了,只能是一卷本,但内容不但要包含五十年的时间,还要发掘50年代—70年代的"潜在写作",无论从时间到空间都扩大了。所以,与传统的当代文学相比,我就不能不删去许多旧内容,这是很正常的。

第二,叙述文学史的立场不能自相矛盾。

我觉得,当代文学史内容的选择和解释,都应该根据现在对时代生活的认识而不能停留于历史上的认识。这次会上有老师提出为什么好作品都是冲破了当时的国家意识形态对文艺的控制,表达了作家个人情怀的作品,如潜在写作或民间文化的隐形结构。我想这也是很正常的。文学作品从来就离不开作家对生活的独立思考和个人命运的感受,时代精神只有通过个人命运来反映,才可能是文学创作。而50—70年代许多歌功颂德或者宣传政策的读物,在那时候虽然只能按当时的意识形态来理解,但并不一定是正确的。一项政策的正确不正确需要长期的实践检验,不能靠作家来预售进入天堂的门票。如50年代的农业合作化运动,本来是国家计划中的一项长期的社会主义改造运动,可是后来有些领导人头脑发热,就大干快上了,当时的农村工作部部长邓子恢被批评为"小脚女人"。结果是怎样呢? 在合作化运动中到底是谁犯了错误,现在看来是很清楚了,实践早已证明了。可是当时不清楚,作家一窝蜂去写合作化,历史还没有证明的东西他们已经预言了,目的是为了宣传政策和教育农民。但有些作家们自己心里也是明白的,所以才会有"中间人物"比英雄人物写得好,作家们实际上对这批农民最同情最理解,只是当时不敢说。如果我们觉得这些作品在今天还有意义,那就是通过对"中间人物"的塑造和描写,曲折地表达了广大农民的真实想法。这就是所谓的民间立场。因为作家在这一点上与广大农民的真实想法是沟通的。我觉得我们今天讲课就应该讲作家是如何在宣传政策与民间立场之间的复杂选择。像《创业史》,柳青难道不了解农民的真实想法吗?他既然按照政策虚构梁生宝这样的英雄,又要写出梁三老汉来曲折传递农民的信息。但现在看来,这部小说的价值就是在真实地写出了梁三老汉,而且描写中国农民对土地的感情时寄予了极大的同情,而不是站在官方立场上对农民最神圣的感情持嘲笑的态度。合作化运动从改变私有制度和私有观念的理想来说当然是对的,可是这显然超出了当时中国的历史条件和农民的接受能力,成为一种乌托邦。结果是影响了生产力而不是提高了生产力,也违背了广大农民的根本利益。"文革"后经济改革政策首先是从农村责任田开始,撤销了人民公社,所以才会有高晓声的"漏斗户主"陈奂生的故事。我们讲文学史应该把历史前后发展要贯穿起来,讲课的立场要统一,否则,讲50年代文学时就大讲梁生宝等当代英雄的正确性,讲80年代文学时又讲漏斗户主的命运变化,那学生就会搞得稀里糊涂:既然梁生宝的道路是金光大道,那怎么会有漏斗户主?会有造不起屋的李顺大?小说《李双双》也有这个问题,李凖是位风格比较明亮的作家,他笔下的河南农村总是亮色居多,再加上图解政策,对生活的描写不能不是伪现实主义的。所以我对小说《李双双》的内容不敢恭维。但它在采取民间艺术的营养和创作当代喜剧方面却有一定的意义。如果我们觉得今天在课堂里讲这些作品还有意义,在我看来,那就是刚才所举的作家的民间立场和民间审美形态。这些作品在当时都是图解国家意识形态的作品,如果作家没有民间立场和民间审美形态,那写出来的只是一部图解政策的宣传品,它的宣传时效过去了,我们就应该把它们遗忘掉,不值得在文学史谈它们。如果我们从小说所歌颂的大跃进办食堂等内容上肯定了《李双双》,那么,同样是河南作家,我们如何来理解今天的作家如张一弓、刘震云、阎连科等人写作的农村图景的真实性呢?学生就会问老师,到底哪一个河南农村图景是现实主义的?所以,只有充分揭露了50—70年代的文学创作在反映现实面前的虚伪性和伪现实主义,才能让学生更好地理解中国的现实和中国今天的文学创作的真正意义。时代、社会以及生活的发展可能是充满矛盾的,但我们叙述文学史的立场不能自相矛盾,不能迁就历史上错误的观念,否则就不能说服学生。

第三,历史在个人切身体会中获得理解。

我主编的《教程》之所以采用以解读文学作品为主型,就是出于两种想法:一方面是文学作品的选择本身是不确定的,可以有多种组合,这样的文学史型一旦被认可,就可以出现多种选择的文学史,有无限生长变化的可能性;另一方面是一部文学史最主要教会本科学生或专科学生的是阅读文学作品和分析作品艺术的能力,文学史知识可以通过对作品的分析来理解。这当然给老师提出了更高的要求。我觉得这是最实在的。文学史上的政治运动,在今天的环境下有些可以讲清楚,有些还不能彻底讲清楚,这些事关中国知识分子与现实政治、自身传统等问题,是大问题,你对那些毫无生活经验的大学生讲很难讲清楚,因为他们在中学里受的完全是另外一种虚伪的历史教育。要戳穿历史的虚伪性,展示历史真相,我觉得最有效的办法是诉诸感性,让他们对什么是美的什么是丑的有明确的分辨能力,才能真正揭示出历史真相。在旧小说《说岳》里,王佐帮助岳飞去游说陆文龙,先要断臂使得陆文龙对他同情,再者通过讲故事获得陆文龙的感情认同,然后才能说出真相,随即自刎,让陆文龙又一次产生感情上的震撼,翻然猛醒。其中讲故事一环,也就是我们的读作品。本科生和大专生可以通过阅读作品(尤其是阅读潜在写作的作品)来理解历史背景,了解中国知识分子的命运。以后如果他们进一步深造,攻读现当代文学专业的研究生,可以在这样的基础上来研究历史经验和知识分子的道路,不仅顺理成章,而且也能够获得比较实在的成果。历史不在个人切身体会之中,是很难真正获得理解的,这些人生经验需要一步一步地来获得,而感性的阅读作品和讲解作品则是第一步。所以,我在文学史中尽量少写文学运动和文学论争,用正面介绍的方式来向学生介绍有价值的东西,而尽量少提没有价值或已经不再在今天生活中发生影响的东西,都是出于方便教学的目的,并不是我故意不讲历史背景。

　　第四,尽量将学术思考放进文学史的教学中。

　　不能用对立的观念来处理当代文学理论。我们过去研究文学史的基本思路有一种战争文化思维在起作用,喜欢强调几大斗争,几大运动,以及双方的理论观点等,当代文学史也是深受影响的。从思维特点来说就是二元对立模式。比如学术/教学就是一个对立范畴,以为学术上可以自由讨论的东西不宜在课堂里讲授。还有民间/国家也是一个对立范畴,似乎一谈民间立场就是淡化国家立场。还有很多,不一一举例。我这部文学史的尝试目标之一,就是要沟通和消除二元对立的简单化思路。为什么学术研究的成果不能进入教学?这种思维的潜在台词是不信任当前的学术研究,认为学术研究是探索性的,而教育需要稳定性。这种思维定势造成的结果就是教育严重脱离学术,成为一种没有生命力激荡的陈腐教条。我们培养的大学生,特别是师范大学和师范专科的学生,如果不能在接受高等教育期间培养他们独立思考的能力和激发起他们的关心学术、投身于学术研究的热情,把他们接受教育的过程与学术发展分离开来,将来当这一批大学生走上学术、编辑、教学等工作岗位以后,如何来推动学术的进一步发展?学术是有传统的,是需要一代一代学人前赴后继,不断将新的生命信息夹杂着时代信息带进学术传统,使学术传统丰富起来。我们身处的现当代文学的研究传统就比二十年前严家炎老师、樊骏老师的一代所身处的传统资源要丰富得多,因为我们正是在他们的成果基础上发展起来的,并融入了我们这个时代的经验。现在张新颖一代身处的学术传统显然比我们更丰富,道理也是一样。但是我们自觉地将学生的教育与学术隔离开来,结果是学生每提高一级要脱胎换骨一次,他从高中到大学,必须完全扭转中学教育所灌输的内容,将来考上研究生,又必须换一次"脑筋",甚至硕士到博士也会有这些差距,学生戏说这是"洗脑"。这样的教学方式不仅浪费了学生宝贵的青春时间,而且可能会使他们以后在学术研究方面上不去。当然,学术研究本身具有探索的性质,并非传播真理,也需要经过时间与实践的检验,教育工作需要的是相对成熟、被实践检验证明是正确的学术成果。这里确实存在着一些矛盾,但这一矛盾在当代文学教学领域中恰恰表现得不一样。因为当代文学这门学科本身只有二十来年的历史,而且始终随着时代政治的发展而变化,即使已经编入文学史著作的教学内容和学术结论很难说经得起时间与实践的检验,很难说是成熟和准确的。相反,倒是随着学术研究的深入,愈加暴露其错误、过时的学术结论。当代文学这门课本身具有探索性质,我每次上课前就告诉学生,这门课本来就没有什么定论的东西,一切需要我们大胆探索,独立思想,让我们用教学与学术研究来参与当代文学建设,推动当代文学发展。探索性就是这门课的特点。我编这本文学史的一个努力就是尽量将学术思考放进文学史,使研究与教学结合起来。这自然会冲破或动摇现存教学中的一些陈旧规范,如果不这么做,不但学术研究不会有进步,而且把一些僵化的或无用的甚至错误的文学史知识教给学生,就是误人子弟。许多老师都说到这本书应该给研究生读或专家读,现在教学生程度还是太艰深,我想很可能这也是我们自己预设的一个前提,因为我们对"教育"已经有了设定的内容。我编这本书正是设想给本科或本科以下的大学生读的,让他们一开始就接触更多的好作品,就学会解读作品和分辨艺术美的能力,以此来改变今天当代文学教学的面貌。所以我是处处注意到了叙述的分寸感,尽可能用比较中性的、客观的理论话语来解释当代文学现象,使学生尽可能客观地了解当代文学真相是什么。这项工作要依靠广大老师的理解和共同努力,也是我的一点心愿。

还有,关于"民间立场"与民间文化形态等问题,我觉得有必要澄清的是,在50—70年代的文学创作中,"民间"与官方并不是二元对立的范畴,中国从未有过脱离了国家主流意识形态的民间,没有绝对的民间。我只说过民间具有非官方的性质,也有藏污纳垢的特点。强调了作家的民间立场是为了更好地理解作品的复杂形态,解释作家的创作心理和美学风格追求。有位老师问:你强调民间,那么怎么讲官方的文学呢? 我觉得不存在这个问题。我只是分析文学作品的民间特点,从中挖掘作品的艺术价值,并不否认这些作品也是宣扬国家主流意识形态的作品。其实在50—70年代公开发表的创作都是官方文学,"普天之下,莫非王土",难道《在桥梁工地上》、《组织部新来的年轻人》不是官方文学吗? 难道

"双百方针"不是官方意志吗？任何时代占统治的思想总是统治阶级的思想，怎么可能有脱离了官方意识形态控制的公开文学呢？但文学不是宣传品，一些刻意的宣传品（如歌颂各项政策的文学）都不会有文学史的地位，我要分析是这样一种复杂现象：它既是宣传主流意识形态的作品，又产生了艺术的作用，使广大老百姓喜闻乐见，这本身是两种现象同时产生在一部作品里，我分析了《李双双》的民间艺术形式；分析《三家巷》、《林海雪原》、《山乡巨变》等小说时，着重分析的是作家们如何运用民间隐形结构，这本来都是在分析当时主流意识形态的作品的艺术存在的可能性。这就好像我们在分析古典文学名著时，也会注意到作品有封建性的糟粕和民主性的精华，但不是说那些名著就不是封建时代的作品，就没有封建时代的主流意识。所以，不要一讲民间就以为是与国家对立，难道国家不应该代表最广大的人民利益吗？不应该考虑民间立场吗？强调50—70年代的民间因素，就是要强调文化的多层次性，文学不是简单地宣传国家意识形态，它作为一种创作文本，应该是多种话语的结合，既有国家意识形态的内容，也有知识分子的独立思考，也有民间立场的阐释。这样我们才能把握文学所拥有的多种阐释的可能性。

　　要消除二元对立的思维模式，我认为首先要尽可能地使当代文学史学科化，以尽可能客观的态度来研究这段历史和文学。我所作的尝试就是努力将多种立场尽可能客观地并置在同一层面进行比较和展示，这样才能使我们的当代文学史摆脱单调和贫乏，变得丰富起来。我在讲述50—70年代文学时引进潜在写作和民间话语，都是为了更加充分和丰富地展现中国当代文学的真实面貌，这当然会在一定程度上淡化原来只强调主流作品和只强调它们的政治宣传功能，我觉得这不是当代文学的损失，而是还原了当代文学史上真正的知识分子的心声和立场，使我们身处世纪末的青年读者能够更加理解和亲近那个时代的文学，把历史的文学与现实的文学自然连接起来。当然这些只是我在主编文学史时候的一些不成熟的想法，仅供大家参考。

图书在版编目(CIP)数据

中国当代文学史教程/陈思和主编. —2 版. —上海：复旦大学出版社，1999.9(2024.7 重印)
ISBN 978-7-309-02357-2

Ⅰ. 中… Ⅱ. 陈… Ⅲ. 文学史-中国-当代-教材　Ⅳ. I209.7

中国版本图书馆 CIP 数据核字(1999)第 39664 号

中国当代文学史教程(第二版)
陈思和　主编
出 品 人/严　峰
责任编辑/孙　晶

复旦大学出版社有限公司出版发行
上海市国权路 579 号　邮编：200433
网址：fupnet@ fudanpress.com　http://www.fudanpress.com
门市零售：86-21-65102580　团体订购：86-21-65104505
出版部电话：86-21-65642845
上海华业装潢印刷厂有限公司

开本 787 毫米×960 毫米　1/16　印张 29.25　字数 453 千字
2024 年 7 月第 2 版第 41 次印刷
印数 346 001—354 000

ISBN 978-7-309-02357-2/I·183
定价：68.00 元